国家社科基金
GUOJIA SHEKE JIJIN HOUQI ZIZHU XIANGMU
后期资助项目

《诗经》之器乐研究

A Study of Instrumental Music in the Book of Songs

李婷婷 著

中国社会科学出版社

图书在版编目（CIP）数据

《诗经》之器乐研究/李婷婷著. —北京：中国社会科学出版社，
2019.10

ISBN 978 - 7 - 5203 - 4559 - 0

Ⅰ.①诗… Ⅱ.①李… Ⅲ.①《诗经》—诗歌研究②民族器乐—
研究—中国 Ⅳ.①I207.222②J632

中国版本图书馆 CIP 数据核字（2019）第 115448 号

出 版 人	赵剑英
责任编辑	陈肖静
责任校对	牛　玺
责任印制	王　超

出　　版	中国社会科学出版社
社　　址	北京鼓楼西大街甲 158 号
邮　　编	100720
网　　址	http://www.csspw.cn
发 行 部	010 - 84083685
门 市 部	010 - 84029450
经　　销	新华书店及其他书店

印　　刷	北京君升印刷有限公司
装　　订	廊坊市广阳区广增装订厂
版　　次	2019 年 10 月第 1 版
印　　次	2019 年 10 月第 1 次印刷

开　　本	710×1000　1/16
印　　张	21
插　　页	2
字　　数	377 千字
定　　价	99.00 元

国家社科基金后期资助项目

出 版 说 明

后期资助项目是国家社科基金设立的一类重要项目，旨在鼓励广大社科研究者潜心治学，支持基础研究多出优秀成果。它是经过严格评审，从接近完成的科研成果中遴选立项的。为扩大后期资助项目的影响，更好地推动学术发展，促进成果转化，全国哲学社会科学工作办公室按照"统一设计、统一标识、统一版式、形成系列"的总体要求，组织出版国家社科基金后期资助项目成果。

全国哲学社会科学工作办公室

前　言

关于《诗经》的研究历来被视为显学，可谓是经久不衰又熟又热了。但《诗经》研究的熟和热只是就儒学、经学、文学、语言学、音韵学诸方面而言，从古迄今，有关这些方面的著述，可谓汗牛充栋，成就极为可观。然而从音乐学、民族音乐学，尤其是器乐学切入《诗经》，却稀有罕见，著述亦如同凤毛麟角，少得可怜。

就《诗经》之器乐学研究而言，笔者考察、梳理，其历史大体可分为三个阶段：

一、汉代至清代两千馀年的研究，受孔子"诗可以兴，可以观，可以群，可以怨。迩之事父，远之事君，多识于鸟兽草木之名"① 之说的影响，大都着眼于乐器的名称、形制和器乐的礼乐功能诸方面的考辨、述说，虽未见专著，但涉及这些问题的短章、片断不少，尤其对乐器的名称、形制的考辨，取得了显著成就。如宋代陈旸的《乐书》、清代陈大章的《诗传名物集览》等。可惜的是，很少对于《诗经》的器乐演奏本身进行具体探讨，更缺乏艺术的视角。

二、清末至新中国成立，即 20 世纪上半个世纪，这方面的研究有所拓展，已有学者注意了艺术的观照。如叶伯和、郑觐文、王光祈等人的同名《中国音乐史》和顾颉刚《古史辨》第三册之《〈诗经〉在春秋战国间的地位·孔子对于诗乐的态度》、《从〈诗经〉中整理出歌谣的意见》、《论〈诗经〉所录全为乐歌》等，皆有所涉猎，但多系粗略旁及，未作具体深入的阐述。这时期亦未见有专著问世。

三、新中国成立以来，1952 年杨荫浏《中国音乐史纲》之《二、上古期：远古至战国·周代的音乐》论及《诗经》与器乐的关系时，仍局囿于乐器的形制和器乐的功能等。② 至 1964 年其《中国古代音乐史稿》

---

① （三国·魏）何晏集解，（宋）邢昺疏：《论语注疏》卷十七《阳货》，（清）阮元校刻《十三经注疏》，中华书局 1980 年影印，第 2525 页。

② 杨荫浏：《中国音乐史纲》，上海万叶书店 1952 年印行，第 23—82 页。

出版，则说明他已摆脱了旧的思维定势，开始从音乐性质与歌曲、器乐艺术形态的视角审视这一问题。最突出的是对《诗经》乐章所包含的曲式进行了考察，梳理、归纳出《国风》和《雅》两类歌曲中十种不同的曲式，并予以举例说明。① 同时，还提出了《诗经》中"有二十九种"乐器说。② 从某种意义上说，杨荫浏的探讨是具有开创性的，影响很大，颇具权威性。此后出现的关于"中国音乐史"和"民族器乐"之类的著述，涉及于此，大都沿袭杨荫浏之说，人云亦云，陈陈相因，而自己却缺乏对于《诗经》与器乐关系的具体深入的考察和探求。在这方面，只有家浚的《〈诗经〉音乐初探》③、欧兰香的《〈诗经〉的曲式结构分析》④ 和秦序的《关于〈诗经〉歌曲曲式的若干推测》⑤ 值得一读。欧兰香在杨荫浏研究的基础上，较为认真地对《诗经》进行了一番考察、梳理，对杨先生的十种曲式类型有所匡正和补充，认为《诗经》中有十二种曲式类型，较有后出转精之意。秦序则在肯定、介绍杨荫浏分析现存的《诗经》歌词而归纳的《国风》和《雅》两类歌曲中的十种不同曲式的同时，具体指出"仅据现存《诗经》歌词来推测它们原来的歌曲曲式，有很大的困难和局限"，颇具启发性。而何定生《定生论学集——诗经与孔学研究·诗经与乐歌的原始关系》，则依据周礼诸仪式过程对《诗经》中的器乐与歌舞以及《仪礼》中的《诗经》与礼乐的关系，作了较具体的探讨；并就郑玄关于正乐、无算乐之注予以批驳，阐明了自己的看法。⑥ 刘莎等《〈诗经〉中的祭祀诗与乐器运用》通过对《小雅·楚茨》、《小雅·甫田》、《周颂·执竞》、《周颂·有瞽》、《商颂·那》的分析，探讨了乐器在祭祀中的运用及其特点。⑦ 其都较具开拓性。另外，赵敏俐的《略论〈诗经〉乐歌的生产、消费与配乐问题》⑧、《略论〈诗经〉的乐歌性质及其认识价值》⑨，周延良的《诗经学案与儒家伦理思想研究》第七、八、

---

① 杨荫浏：《中国古代音乐史稿》，人民音乐出版社 1981 年版，第 57—62 页。

② 同上书，第 41 页。

③ 家浚：《〈诗经〉音乐初探》，《音乐研究》1981 年第 1 期。

④ 欧兰香：《〈诗经〉的曲式结构分析》，《西北师大学报》2004 年第 2 期。

⑤ 秦序：《关于〈诗经〉歌曲曲式的若干推测》，李心峰主编《中华艺术通史（夏商周卷）》第二章《夏商周歌曲与歌唱艺术》第二节《西周和春秋时期的歌曲艺术》（上）之"三"，北京师范大学出版社 2006 年版，第 94—98 页。

⑥ 何定生：《定生论学集——诗经与孔学研究》，台北幼狮文化事业公司 1978 年版，第 17—93 页。

⑦ 刘莎等：《〈诗经〉中的祭祀诗与乐器运用》，《南京艺术学院学报》2008 年第 3 期。

⑧ 赵敏俐：《略论〈诗经〉乐歌的生产、消费与配乐问题》，《北方论丛》2005 年第 1 期。

⑨ 赵敏俐：《略论〈诗经〉的乐歌性质及其认识价值》，《陕西师范大学学报》2004 年第 1 期。

十章等,①亦与本课题有关,颇具参考价值。

如今流传下来的《诗经》,实际上只是一部失去了曲谱的歌词集;而在先秦,尤其在《诗经》产生的西周至春秋中叶,诗、乐和舞三位一体的混沌状态虽然有所析离,但诗歌与音乐的融合还是紧密的。既然如此,从音乐学、民族音乐学和器乐学方面研究《诗经》的冷清、乏力、欠缺,不能不说是《诗经》研究的一大缺憾。这就导致了上古音乐文本和音乐形态的失落。这固然有种种原因,但最主要的是在先秦典籍和文献中,关于《诗经》的音乐和演奏的记载和论说太少,而且《诗经》的曲谱(或曰《乐经》)经礼崩乐坏的战国和焚书坑儒的暴秦之后也荡然无存,这就给后人的研究带来了极大的困难。尽管如此,我们不应冷落这一学术领地,任其永远荒芜下去。积极的态度应是,仔细审视遗存在历史文献中的蛛丝马迹,极力关注考古的新发现,力争多有开拓。

我自幼修习古筝,对我国的民族音乐产生了浓厚的兴趣。读本科和研究生期间,我拼命的搜集、阅读有关著述,深深地迷恋于我国民族音乐悠久的历史和丰富的蕴藏。任教高校以来,我一直教授民族音乐,教学之馀则潜心于民族音乐的研讨,绝不旁骛。我之所以选择《〈诗经〉之器乐研究》这一课题,就是认为:有周礼乐文化之乐,泛指诗歌、音乐、舞蹈而言。当时,不仅诗歌、音乐、舞蹈尚处于亚混沌状态,而且音乐之声乐(歌)必有乐器伴奏②。这就是说《诗经》作为乐章,离不开器乐。因而,从古今罕有人问津的民族音乐学尤其是器乐学这一视角切入《诗经》,既有可能填补《诗经》研究的某些空白,又有利于从源头上探讨中国民族器乐之奥妙,同时还可以使自己的教学和科研方向保持一致。需要特别说明的是,由于西周至春秋中叶,除打击乐器钟、鼓等和吹奏乐器笙等可独奏之外,绝大部分管弦乐器都是用于伴唱演奏的,所以笔者所探讨的,并不都是纯器乐,这"器乐"只是一个宽泛的概念。

而今,这一课题总算结项了,推出的从与《诗经》乐章直接相关的

---

① 周延良:《诗经学案与儒家伦理思想研究》,学苑出版社 2005 年版,第 312—422、448—481 页。

② (汉)郑玄注,(唐)孔颖达等正义《礼记正义》卷三十八《乐记》:"金石丝竹,乐之器也。《诗》言其志也,歌咏其声也,舞动其容也。三者本于心,然后乐器从之。"〔(清)阮元校刻:《十三经注疏》,中华书局 1980 年影印,第 1536 页〕(明)陈士元《论语类考》卷十三《制乐考·弦歌》:"盖古人不徒歌,必合琴瑟而后谓之歌。□举其词而琴瑟以咏之,犹作乐者升歌而有琴瑟从之也。"(文渊阁《四库全书》本)

《乐经》和《诗经》的曲式入手、逐步涉猎具体问题的《诗经之器乐研究》，即其成果。笔者不避谫陋，决然啃这块硬骨头，虽然窃以为或在前哲时贤的研究基础上有所辨证和推进，或开辟生荒有所发现和新见，但结出的果实还可能是苦涩的。即便如此，只要这一果实的苦涩能刺激人们关注并深入探讨《诗经》与器乐问题，我就心满意足了。

目　　录

第一章 《乐经》即《诗经》的曲谱考论

关于《乐经》，聚讼纷纭，千古难以论定。这桩公案，虽像古希蜡神话中斯芬克司手中的谜一样难以破疑，但并非无解。

第一节 本有一部《乐经》

《乐经》这一专用名词，特指先秦作为音乐典范的书。这里包含三层意思：一、必须是先秦时的，二、被音乐奉为典范、长久不易的，三、编丝将竹简缀属成书的。究竟有没有这样一部《乐经》呢？笔者回答是肯定的。不必找更多的理由，流传至今的先秦典籍和不断出土的先秦文献即可提供充足的证据。

《乐经》之称，首见于《庄子·天运》：

> 孔子谓老聃曰："丘治《诗》、《书》、《礼》、《乐》、《易》、《春秋》六经，自以为久矣，孰知其故矣……"①

这则记载说明，不仅战国时期已流行《乐经》之称，或许早在孔子51岁（前501）造访老子问礼之时，《乐》已称"经"了。但是，如同《诗经》在先秦通称《诗》一样，《乐经》在先秦则通称之为《乐》。

先看先秦典籍：

> 徐无鬼出，女商曰："先生独何以说吾君乎？吾所以说吾君者，横说之则以《诗》、《书》、《礼》、《乐》，从说之则以《金板》、《六

---

① （清）王先谦：《庄子集解》卷四，三秦出版社2005年版，第204—205页。

韶》，奉事而大有功者不可为数，而吾君未尝启齿。"①

其明而在数度者，旧法世传之史尚多有之。其在于《诗》、《书》、《礼》、《乐》者，邹、鲁之士、搢绅先生多能明之。《诗》以道志，《书》以道事，《礼》以道行，《乐》以道和，《易》以道阴阳，《春秋》以道名分。其数散于天下而设于中国者，百家之学时或称而道之。②

《书》者，政事之纪也；《诗》者，中声之所止也；《礼》者，法之大分，类之纲纪也。……《礼》之敬文也，《乐》之中和也，《诗》、《书》之博也，《春秋》之微也，在天地之间者毕矣。……《礼》、《乐》法而不说，《诗》、《书》故而不切，《春秋》约而不速。③

故《诗》、《书》、《礼》、《乐》之归是矣。《诗》言是，其志也；《书》言是，其事也；《礼》言是，其行也；《乐》言是，其和也；《春秋》言是，其微也。④

孔子曰：入其国，其教可知也。其为人也，温柔敦厚，《诗》教也；疏通知远，《书》教也；广博易良，《乐》教也；洁净精微，《易》教也；恭俭庄敬，《礼》教也；属辞比事，《春秋》教也。故《诗》之失愚，《书》之失诬，《乐》之失奢，《易》之失贼，《礼》之失烦，《春秋》之失乱。其为人也，温柔敦厚而不愚，则深于《诗》者也；疏通知远而不诬，则深于《书》者也；广博易良而不奢，则深于《乐》者也；洁净精微而不贼，则深于《易》者也；恭俭庄敬而不烦，则深于《礼》者也；属辞比事而不乱，则深于《春秋》者也。⑤

乐正崇四术。立四教，顺先王《诗》、《书》、《礼》、《乐》以造士。春、秋教以《礼》、《乐》，冬、夏教以《诗》、《书》。⑥

---

① （清）王先谦：《庄子集解》卷六《徐无鬼》，三秦出版社2005年版，第339页。
② （清）王先谦：《庄子集解》卷八《天下》，三秦出版社2005年版，第465页。
③ 董治安、郑杰文汇撰：《荀子汇校汇注·劝学篇》，《文献集成》（2），齐鲁书社1998年版，第49—55页。
④ 董治安、郑杰文汇撰：《荀子汇校汇注·儒效篇》，《文献集成》（2），齐鲁书社1998年版，第241页。
⑤ （汉）郑玄注，（唐）孔颖达等正义：《礼记正义》卷五十《经解》，（清）阮元校刻《十三经注疏》，中华书局1980年影印，第1609页。按：《礼记》虽传为西汉戴圣编纂，却是秦汉之前礼仪论著的选集，故列为先秦典籍。
⑥ （汉）郑玄注，（唐）孔颖达等正义：《礼记正义》卷十三《王制》，（清）阮元校刻《十三经注疏》，中华书局1980年影印，第1342页。

从语言环境审视，以上诸条目中的《诗》、《书》、《礼》、《易》、《春秋》等皆为书无疑，与之并举共列的《乐》岂有他哉？故两宋之交时胡寅曰："《礼》、《乐》之书，其不知者指《周官》、《戴记》为《礼经》，指《乐记》为《乐经》；其知者曰礼乐无全书。此考之未深者。孔子曰：'吾自卫反鲁，然后乐正，《雅》、《颂》各得其所。'是诗与乐相须，不可谓乐无书。"① 汉应劭亦曰："〔孔子〕自卫反鲁，删《诗》、《书》，定《礼》、《乐》，制《春秋》之义，著素王之法。"②

再看出土的先秦文献：

> 《诗》、《书》、《礼》、《乐》，其始出皆生于人。《诗》，有为为之也。《书》，有为言之也；《礼》、《乐》，有为举之也。③

此为1993年10月湖北荆门郭店一号墓出土的战国中期偏晚之楚简《性自命出》篇第15、16简中的文字，谓《诗》、《书》、《礼》、《乐》诸书的创作都产生于人，都是反映人们的作为的。还有郭店楚简《六德》第23至25简亦曰：

> 故夫夫、妇妇、父父、子子、君君、臣臣，六者各行其职而狱訿亡由作也。观诸《诗》、《书》则亦在矣，观诸《礼》、《乐》则亦在矣，观诸《易》、《春秋》则亦在矣。④

《语丛一》第37至43简亦曰：

> 《易》所以会天道、人道也。《诗》所以会古今之恃也者。《春秋》所以会古今之事也。《礼》，交之行述也。《乐》，或生或教者也。"⑤

这里《乐》亦与《诗》、《书》、《礼》、《易》、《春秋》五书并称。基于此，李学勤则一再强调："篇内……尽管没有提到'六经'一词，但经的

---

① （宋）王应麟：《困学纪闻》卷五引，《四部丛刊》三编本。

② 王利器校注：《风俗通义校注》卷七《穷通·孔子》，中华书局1981年版，第315页。

③ 荆门市博物馆编：《郭店楚墓竹简·性自命出释文注释》，文物出版社1998年版，第179页。

④ 荆门市博物馆编：《郭店楚墓竹简·六德释文注释》，文物出版社1998年版，第188页。

⑤ 荆门市博物馆编：《郭店楚墓竹简·语丛一释文注释》，文物出版社1998年版，第194—195页。

次序与《天运》完全一致。看来战国中期儒家确实已有这种说法。"①
"周代尚文，当时教育已包括《诗》、《书》、《礼》、《乐》。如《国语·楚
语》记载，春秋中叶楚庄王定太子傅，大夫申叔时回答王问，提到'教
之春秋'、'教之诗'、'教之礼'、'教之乐'、'教之训典'等等，即涵有
《诗》、《书》、《礼》、《乐》及《春秋》等方面的内容。春秋晚年，孔子
立私学，以《诗》、《书》、《礼》、《乐》教弟子，经的体系进一步奠定。
史籍传述孔子曾修纂六经，对此学者颇有争论，但六经之称在战国时确已
存在。《庄子·天运篇》载：'孔子谓老聃曰：丘治《诗》、《书》、《礼》、
《乐》、《易》、《春秋》六经'，语属寓言，很多人不相信。不久前湖北荆
门郭店楚墓出土竹简《六德》，篇中说：'观诸《诗》、《书》，则亦在矣；
观诸《礼》、《乐》，则亦在矣；观诸《易》、《春秋》，则亦在矣'，所讲
六经次第与庄子全同，证明战国中叶实有这种说法。"②"诸子作品也有称
'经'的，如《墨子》有《经上、下》，《经说上、下》，《管子》有《经
言》和《解》，《韩非子》的《内、外储说》也有'经'。不过这些文献，
即使在当时也没有得到普遍的尊崇，真正称得上是'经'的，只有《六
经》。《六经》见于战国，即《诗》、《书》、《礼》、《乐》、《易》、《春
秋》，《庄子》的《天运》和《天下》、《商君书》的《农战》、《荀子》
的《儒效》等篇都有记载。其中《天下篇》说：'《诗》以道志，《书》
以道事，《礼》以道行，《乐》以道和，《易》以道阴阳，《春秋》以道名
分，其数散于天下而设于中国者，百家之学时或称而道之。'可见《六
经》不是儒家所特有。曾有学者以为《庄子》等记述或系晚出，战国时
的'乐'本来没有成文，质疑是否有《六经》存在。最近，在荆门郭店
楚简里发现了《诗》、《书》、《礼》、《乐》、《易》、《春秋》之名，次序
与《庄子》等全然一致，这种怀疑便消除了。"③夏传才亦曰："考察先
秦文献，我们可以确定古有《乐》经，理由有二：一、六经之名，古有
记载，它不仅见于儒家文献如《论语》、《孟子》、《荀子》等书，也见于
诸子著作如《庄子》、《吕氏春秋》、《商君书》等书，可见它是战国时期
通行的古籍之一；二、它是儒家的一个独立的教学科目。孔子重诗教，也

---

① 李学勤：《郭店楚简与儒家经籍》，《郭店楚简研究（中国哲学：第20辑）》，辽宁教育
出版社1999年版，第19—21页。
② 李学勤：《十三经注疏·序言》，李学勤主编《十三经注疏点校本》，北京大学出版社
1999年版，第1页。
③ 李学勤：《经史总说》，李学勤、郑万耕等《经史说略·十三经说略》，北京燕山出版社
2002年版，第2页。

重乐教，'兴于《诗》，立于《礼》，成于《乐》'，三者教学内容和教学的目的不同，传授时间有先有后，先学《诗》，以后次第学《书》、学《礼》、学《乐》，它不可能没有独立的教材而仅仅作《诗》、《礼》的附庸。"① 另外，1973 年底湖南长沙马王堆三号墓出土的帛书《要》篇亦谓《乐》为书：

> 孔子……戒门弟子曰：……《诗》、《书》、《礼》、《乐》不□百扁，难以致之。不问于古法，不可顺以辞令，不可求以志善。②

廖名春考证说："从随葬木牍可知，马王堆三号汉墓葬于汉文帝前元十二年（前 168 年），该墓帛书的抄写最晚不会迟于该年。从《要》篇的书写形制、篇题及其所记字数来看，帛书《要》篇系抄本无疑，应有更早的篆书竹简本存在。从篆书竹简本到被抄为帛书，《要》篇应有一段流传的时间。《要》系摘录性质之书，其材料来源应较其成书更早。考虑到秦始皇三十四年（前 213 年）根据李斯所议制定了《挟书令》，而该令直到汉惠帝四年（前 191 年）才废除，考古发掘表明，在《挟书令》实施时期以内的墓葬，迄今所出书籍均未超出该令的规定。所以，帛书《要》篇的记载不可能出自汉初，也不可能出自短短 15 年的秦代，应该会早到战国。"并说："'诗书礼乐不□百扁'句的缺文，……应补为'止'，'扁'……当读为'篇'。"③

　　笔者之所以不厌其详地征引先秦传世典籍和出土的先秦文献，以二重证据确认本有一部《乐经》，不仅因为往古存在着否定《乐经》之说，④ 更主要的是因为现当代某些论者，为了支持其"先秦只有五经而并无《乐经》"的论点，竟然不顾事实，断言：

> 古未有所谓"乐经"，此为沈约想象之词。……秦之前，未尝有

---

① 夏传才：《十三经讲座·第一讲经和经学》，广西师范大学出版社 2006 年版，第 10 页。

② 廖名春：《马王堆帛书周易经传释文》，《续修四库全书》（经部第 1 册），上海古籍出版社 2002 年，第 38—39 页。

③ 廖名春：《"六经"次序探源》，《历史研究》2002 年第 2 期。

④ （清）纪昀总纂《四库全书总目提要》卷三十八《经部·乐类》："沈约称《乐经》亡于秦。考诸古籍，惟《礼记·经解》有'《乐》教'之文。伏生《尚书大传》引'辟雝舟张'四语，亦谓之《乐》。然他书均不云有《乐经》。大抵《乐》之纲目具于《礼》，其歌词具于《诗》，其铿锵鼓舞则传在伶官。汉初制氏所记，盖其遗谱，非别有一经为圣人手定也。"（河北人民出版社 2000 年版，第 1009 页）

所谓"乐经"者在，未有乐经，则秦火又安得而焚之者哉？然则所谓乐经者，乃子虚乌有之物，后人信口谬悠而成，因见《易》、《书》、《诗》、《礼》、《春秋》皆有经，遂漫然以为乐亦有经，不知秦火虽烈，未可以并经名而焚之也。汉承秦火之后，《易》、《书》、《诗》、《礼》、《春秋》靡不有博士、儒生，互相传授。且一经之传，必有数家，未有若乐之寂寂无闻也者。制氏世世为大乐官，但能记其铿锵鼓舞，而不能言其义。魏文侯乐人窦公，年一百八十岁，所献者亦唯《周官·大司乐》章。可知秦火之前，未尝有所谓"乐经"，其谓因秦火而亡者，妄也。①

先秦史书与诸子无一言及《乐经》之书。②

至于所谓今文学家之"乐本无经"说，实际上与笔者持论并无大矛盾，下文将涉及这一问题。

第二节 《诗经》的曲谱即《乐经》

不少人认为，《乐》既称之为经，就应在乐理、乐律、乐的意义、歌唱和演奏的方式方法、用乐规范乃至音乐机构、音乐制度等方面有所阐释或规范。其实不然，《乐经》只是一部《诗经》的曲谱，供歌唱和演奏而已。《诗经》在其产生的时代是诗、乐、舞三位一体的融合体，其曲谱的意义即寓于歌词（诗）之中；其演奏方法，有关的乐理、乐律，也包含在曲谱之中，这都毋庸多言。至于音乐机构、音乐制度和用乐规范等，应属于官制和礼制问题。陈启源曰："《序》自言诗不言乐也，意歌诗之法自载于《乐经》，元无烦序《诗》者之赘。及《乐经》已不存，则亦无可考矣。"③ 这就是说，《乐经》并没有多少文字说明，因而，先秦诸典籍文献虽频频言及《乐经》，但未见有何征引。这正如全都湮没无闻的汉魏乐府、唐绝句、宋词、元明散曲的曲谱一样，当时皆可歌唱、演奏，其演奏方法就寓于曲谱之中，无需什么文字说明。

关于《诗经》的曲谱即《乐经》问题，明代刘濂《乐经元义·序》

---

① 丘琼荪：《历代乐志乐律校释·宋书乐志一》（第二分册）注释"秦焚典籍，乐经用亡"，人民音乐出版社1999年版，第123页。

② 邓安生：《论"六艺"与"六经"》，《南开学报》2000年第2期。

③ （清）陈启源：《毛诗稽古编》卷二十五《诗乐》，文渊阁《四库全书》本。

首先明确阐述曰：

> 六经缺《乐经》，古今有是论矣。予谓《乐经》不缺，"三百
> 篇"者，《乐经》也。……惟所谓《诗》者，以辞义寓乎诗歌，以声
> 音附之辞义，读之则为言，歌之则为曲，被之金石弦管则为乐，"三
> 百篇"非《乐经》而何哉！①

对此，朱载堉充分肯定曰："刘濂指《诗经》即《乐经》，其论甚精！"②
又曰："臣尝闻臣父曰：'乐经者何？《诗经》是也。'"③ 还有许自昌《樗
斋漫录》卷三曰："王房仲曰：'今人俱以六经缺其一矣，不知"三百篇"
实居二焉。盖载之简编则为诗，布之管弦则为乐，乐何尝亡乎！'此实具
眼者之言。"④ 至清初，黄宗羲亦曰：

> 原诗之起，皆因于乐。是故"三百篇"即《乐经》也。儒者疑
> 别有《乐经》，秦火之后无传焉，此不知《诗》者之言也。"三百
> 篇"皆可歌，若朝夕讽咏，更唱迭和，节以钟磬鼗鼓，和以琴瑟笙
> 箫，则感触天机，自不容已。⑤

很明显，刘濂、朱载堉、许自昌、黄宗羲所说的《乐经》，实质上就是
《诗经》的曲谱，只是认为《诗经》是诗、乐、舞融为一体的，曲谱不能
独自存在而已。这与《辞源》所谓"今文学家谓乐本无经，只是附于
《诗经》的一种乐谱"基本一致，⑥ 所不同的是，刘濂、朱载堉、许自昌、
黄宗羲承认《诗经》的曲谱为经，而今文学家则否认是经。清儒邵懿辰
可谓今文学家的代表，他说得也最透彻：

> 乐本无经也。……夫声之铿锵鼓舞，不可以言传也；可以言传，
> 则如制氏等之琴调曲谱而已。……乐之原在《诗》三百篇之中，乐

---

① （明）刘濂：《乐经元义》，明嘉靖刻本。
② （明）朱载堉：《乐律全书》卷五《候气辨疑第八》，文渊阁《四库全书》本。
③ （明）朱载堉：《乐律全书》卷十七《论礼乐二者不可偏废第六之下》，文渊阁《四库全
  书》本。
④ （明）许自昌：《樗斋漫录》，《续修四库全书》本，上海古籍出版社 2002 年版。
⑤ （清）黄宗羲：《黄梨洲文集》卷二《序类·〈乐府广序〉序》，中华书局 1959 年版，
  第 374 页。
⑥ 《辞源》（修订之合订本），商务印书馆 1988 年版，第 881 页。

之用在《礼》十七篇之中。……欲知乐之大原，观三百篇而可；欲知乐之大用，观十七篇而可；而初非别有《乐经》也。①

笔者以为，既然古代《诗》、《书》、《礼》、《乐》、《易》、《春秋》之六经并陈，《诗经》（指歌词）之外，必有一部单独存在的曲谱。检视古代典籍文献，以下说法，似乎就认可《乐经》是一部独立的曲谱集，并指出了其很少有叙说文字的特点：

　　《礼经》之仅存者，犹有今《仪礼》十七篇，《乐经》则亡矣。其经疑多是声音乐舞之节，少有辞句可诵读记识，故秦火之后无传，诸儒不过能言乐之义而已。②
　　《乐经》既亡，独《乐记》不亡，可见《乐经》是记声音乐舞之节，非文辞可读之书。③
　　《乐记》者，记乐之义也。古有《乐经》，疑多是声音乐舞之节，少有辞句可读诵记识，是以秦火之后无传焉。④

故而杨伯峻说："《乐经》可能只是曲调曲谱，或者依附'礼'，由古人'礼乐'连言推想而知之；或者依附'诗'，因为古人唱诗，一定有音乐配合。"⑤ 陈铁镔亦曰："古人说《六经》里的《乐经》亡于秦火，实际上《乐经》并不单独存在，所谓《乐经》就是《诗》的乐谱。"⑥

　　有周之时，音乐是颇为发达的，音乐理论也有了比较系统的发展。如《周礼·春官宗伯·大师》："大师掌六律六同，以合阴阳之声。阳声黄锺、大蔟、姑洗、蕤宾、夷则、无射，阴声大吕、应锺、南吕、函锺、小吕、夹锺，皆文之以五声：宫、商、角、徵、羽。"⑦《左传·昭公二十年》："声亦如味，一气、二体、三类、四物、五声、六律、七音、

---

① （清）邵懿辰：《礼经通论·论乐本无经》，《皇清经解续编》，光绪刻本。
② （元）吴澄：《礼记纂言》卷三十六《乐记》，文渊阁《四库全书》本。
③ （明）周琦：《东溪日谈录》卷十，文渊阁《四库全书》本。
④ （清）张廷玉等纂修：《日讲礼记解义》卷四十一《乐记》，文渊阁《四库全书》本。
　　（清）朱彝尊：《经义考》卷一百六十七《乐·乐经》引谓明"徐师曾曰"，《四部备要》本。
⑤ 杨伯峻主编：《经学浅谈·导言·十三经的完成经过》，中华书局1984年版，第3页。
⑥ 陈铁镔：《诗经解说》第一章《诗经概述》，书目文献出版社1985年版，第5页。
⑦ （汉）郑玄注，（唐）贾公彦疏：《周礼注疏》卷二十三，（清）阮元校刻《十三经注疏》，中华书局1980年影印，第795页。

八风、九歌，以相成也。清浊、小大、短长、疾徐、哀乐、刚柔、迟速、高下、出入、周疏，以相济也。"① 《左传·昭公二十五年》："为《九歌》、八风、七音、六律以奉五声。"② 《管子·地员篇》："凡听徵，如负猪豕，觉而骇。凡听羽，如鸣马在野。凡听宫，如牛鸣窌中。凡听商，如离群羊。凡听角，如雉登木以鸣，音疾以清。凡将起五音凡首，先主一而三之，四开以合九九。以是生黄钟小素之首，以成宫。三分而益之以一，为百有八，为徵。不无有三分而去其乘，适足，以是生商。有三分，而复于其所，以是生羽。有三分，去其乘，适足，以是成角。"③《国语·周语·景王问钟律于伶州鸠》："王将铸无射，问律于伶州鸠。对曰：'律所以立均出度也。古之神瞽，考中声而量之以制，度律均钟，百官轨仪，纪之以三，平之以六，成于十二，天之道也。夫六，中之色也，故名之曰黄钟，所以宣养六气、九德也。由是第之：二曰太蔟，所以金奏赞阳出滞也；三曰姑洗，所以修洁百物，考神纳宾也；四曰蕤宾，所以安靖神人，献酬交酢也；五曰夷则，所以咏歌九则，平民无贰也；六曰无射，所以宣布哲人之令德，示民轨仪也。为之六间，以扬沉伏而黜散越也。元间大吕，助宣物也；二间夹钟，出四隙之细也；三间仲吕，宣中气也；四间林钟，和展百事，俾莫不任肃纯恪也；五间南吕，赞阳秀也；六间应钟，均利器用，俾应复也。'"④ 《礼记·礼运》："五声、六律、十二管，还相为宫也。"⑤ 《礼记·乐记》："歌者上如抗，下如队，曲如折，止如槁木。倨中矩，句中钩，累累乎端如贯珠。"⑥ 总之，"这时期已形成调、调式、转调、固定音高、节奏、速度等古代乐理观念。流行三种音阶和多种调式。以十二个半音构成的十二律，不但形成并在实践中应用。乐律学已有一定成就，在音乐实践中已运用三分损益律，并出现计算乐律的三分损益法。声学发展到较高水平，可以铸出在一个钟体内演奏大三度或小三度的钟，并利用不同高度的大小三度

① （晋）杜预注，（唐）孔颖达等正义：《春秋左传正义》卷四十九晏婴说明当时音乐的丰富变化，（清）阮元校刻《十三经注疏》，中华书局 1980 年影印，第 2093—2094 页。

② （晋）杜预注，（唐）孔颖达等正义：《春秋左传正义》卷五十一子大叔对赵简子说，（清）阮元校刻《十三经注疏》，中华书局 1980 年影印，第 2108 页。

③ 颜昌峣：《管子校释》卷十九，岳麓书社 1996 年版，第 465 页。

④ （三国·吴）韦昭解：《国语》卷三，《四部丛刊》初编本。

⑤ （汉）郑玄注，（唐）孔颖达等正义：《礼记正义》卷二十二，（清）阮元校刻《十三经注疏》，中华书局 1980 年影印，第 1423 页。

⑥ （汉）郑玄注，（唐）孔颖达等正义：《礼记正义》卷三十九，（清）阮元校刻《十三经注疏》，中华书局 1980 年影印，第 1545 页。

构成半音。"① 由此（特别作为乐谱要素的音高、音值、旋律、节奏、速度、强弱等）我们可以推断，当时应有记谱的方法，《诗经》已有曲谱。所以，郑玉曰："琴何始，始乎伏羲。琴谱何始，吾不知。其始其可知者舜而已。要之，有琴斯有谱，其不知者不传耳。舜之谱，皋财解愠四语之外无闻焉。降而为商周之'诗三百篇'之作，所谓用之邦国、用之乡人者，即琴谱之大成也。"② 章潢曰："四始既别，唱叹有谱，汎汎洋洋，六代其庶几乎。"③ 范家相曰："三百五篇有节、有调，可歌、可弦，无非乐章、乐谱而已。"④ 江永曰："奏乐者欲其间若一，发矢者迟疾亦必与之相比，此为尤难。诗句不可过多，故于诗之章句短少者取之《采蘋》、《采蘩》四句、《驺虞》三句、《狸首》两句。于诗义不甚重，重其音节耳。《狸首》两句似太少，歌宜永言，鼓节宜疏缓，亦可容两矢。意当时皆有谱。"⑤ 朱自清亦曰："我们知道春秋时的乐工就和后世阔人家的戏班子一样，老板叫太师。那时各国都养着一班乐工，各国使臣来往，宴会时都得奏乐唱歌。太师们不但得搜集本国乐歌，还得搜集别国乐歌。不但搜集乐词，还得搜集乐谱。除了这种搜集的歌谣以外，太师们所保存的还有贵族们为了特种事情，如祭祖、宴客、房屋落成、出兵、打猎等等作的诗。又有讽谏、颂美等等的献诗。……太师们保存下这些唱本儿，带着乐谱：唱词儿共有三百多篇，当时通称作'诗三百'。"⑥ 顾颉刚则举《左传》文公四年卫国宁武子聘于鲁所说的"臣以为肆业及之也"之"肆业"和《诗经·周颂·有瞽》"有瞽有鼓，在周之庭。设业设虡，崇牙树羽"之"设业"曰："业即版，所以纪乐谱的。"⑦ 冼焜虹亦曰："周代贵族子弟十三岁即学乐、诵诗，并且还要学会'将歌辞应用在日常生活里'，这就需要有一个类似'课本'之类的东西，它应该包括乐谱和歌辞，相当于现代的唱本。这个'唱本'，可以说就是《诗经》的雏形。……起

---

① 孙继南、周柱铨主编：《中国音乐通史简编》第二章《西周、春秋、战国时期》第一节《概述》，山东教育出版社 1993 年版，第 20—21 页。

② （元）郑玉：《师山遗文》卷一《琴谱序》，文渊阁《四库全书》本。

③ （明）章潢：《图书编》卷一百十五《乐以歌声为主议》，文渊阁《四库全书》本。

④ （清）范家相：《诗沈》卷一《总论上·声乐一》，文渊阁《四库全书》本。

⑤ （清）江永：《群经补义》卷三《礼记·射义》，文渊阁《四库全书》本。

⑥ 朱自清：《经典常谈·诗经第四》，复旦大学出版社 2004 年版，第 36—37 页。

⑦ 顾颉刚：《论〈诗经〉所录全为乐歌》，《古史辨》第三册，上海古籍出版社 1982 年版，第 649 页。按（清）马瑞辰《毛诗传笺通释》卷二十九《周颂·有瞽》曰："至弟子之言习业、请业，皆谓书所问于版，以备遗忘。盖弟子之有业版，犹人臣之有笏。"（中华书局 1989 年版，第 1076 页）此"业"，即指用以写字帮助记忆的业版。

初，它只包括《诗经》里的某些歌诗，随着时间的推移，不断地增加其数量。春秋时代，各国贵族差不多都能即席赋诗言志，而且所赋之诗，绝大多数包括在今本《诗经》之内，逸诗极为罕见，以此推断，当时各国有一个内容大致相同的类似唱本的东西存在，当不是无稽之谈。""季札观乐这年，孔子八岁。据《论语》，孔子一再谈到'诗三百'，假定这话是孔子中年时说的，'诗三百'就是在公元前五四四年之后不太长的时间内编纂成书的。那时候的'诗三百'，还保存乐谱。《史记·孔子世家》说：'三百五篇孔子皆弦歌之'。如果没有乐谱，孔子也就无法弦歌了。"①

我们推测曾有一部独立的《诗经》曲谱，不仅仅因为有周音乐理论比较系统的发展应有了记谱的方法，而且前哲时贤多主于此，这一问题，亦可从以下几方面得以印证：

第一，《乐经》是孔子整理的教科书。章太炎曰："周代《诗》、《书》、《礼》、《乐》皆官书。""孔子之前，《诗》、《书》、《礼》、《乐》已备。学校教授，即此四种。孔子教人，亦曰：'兴于《诗》，立于《礼》，成于《乐》。'又曰：'《诗》、《书》执礼，皆雅言也。'可见《诗》、《书》、《礼》、《乐》，乃周代通行之课本。"② 刘师培曰"《书经》、《春秋》掌于太史、外史。《诗经》掌于太师。《礼经》掌于宗伯。《乐经》掌于大司乐。有官斯有法，故法具于官。有法斯有书，故官守其书。（用章学诚《校雠通义》说）而《礼》、《乐》、《诗》、《书》复备学校教民之用。（《礼记·王制篇》云：'春秋教以《礼》、《乐》，冬夏教以《诗》、《书》。'）诸侯各邦，亦奉六经为典臬。因职官不备，或以史官兼掌之。"③ "（孔子）删殷周之诗，定为三百一十篇。复返鲁正乐，播以弦歌（用《史记·孔子世家》说），使《雅》、《颂》各得其所（《论语·子罕》）。……而周室未修之六经，易为孔门编订之六经。盖六经之中，或为讲义，或为课本。……《乐经》者，唱歌课本以及体操之模范也。"④ 今人范文澜曰："孔子非常博学，收集鲁、宋、杞等故国的文献，整理出

① 冼焜虹：《诗经述论》第二章《诗经的产生·二从"唱本"、"诗三百"到"经"》，山西人民出版社1986年版，第33、37页。

② （近代）章太炎：《国学讲演录·经学略说》，华东师范大学出版社1995年版，第45、46—47页。

③ 劳舒编：《刘师培学术论著·经学教科书·第四课西周之六经》，浙江人民出版社1998年版，第177页。

④ 劳舒编：《刘师培学术论著·经学教科书·第五课孔子定六经》，浙江人民出版社1998年版，第179页。

《易》、《书》、《诗》、《礼》、《乐》、《春秋》六种教本来，讲授给弟子们。这些教本写在二尺四寸长的竹简上被尊称为经，孔子和其他诸儒解释经义的文字写在较短的竹简或木版上称为传。"① 周予同亦曰："孔子是我国历史上第一个创办私立学校的教育家。……孔既然设教讲学，学生又那么多，很难想象他没有课本。毫无疑问，对于第一所私立学校来说，现成的教本是没有的。《论语》记载孔子十分留心三代典章，指导学生学习《诗》、《书》及礼乐制度。因而，我以为，孔子为了讲授的需要，搜集鲁、周、宋、杞等故国文献，重加整理编次，形成《易》、《书》、《诗》、《礼》、《乐》、《春秋》六种教本，这种说法是可信的。"② 金景芳也认为："六经……实际上它是当时孔子为了教学所编的教科书。六经中的诗、书、礼、乐本是春秋时人共同学习的科目。……今日称为经的《诗》、《书》、《礼》、《乐》则不然，它乃是孔子为了教学所编选的四种教科书。六经中的《易》和《春秋》应是孔子新增的。……大体上说，孔子对《诗》、《书》所做的加工是'论次'。对《礼》、《乐》所做的加工是'修起'。对《易》则是做《易传》，对《春秋》则是另成新著。《史记·儒林列传》说：'孔子闵王路废而邪道兴，于是论次诗书，修起礼乐。'"③ 夏传才曰："在孔子生活的春秋末年，由于周室衰微和旧贵族没落，大批文献散失或残缺。孔子历来爱好和重视古代文献，进行了大量的搜集。他晚年创办私学，因为教学需要，分别进行不同程度的整理，整理出六种读本传授给学生。后来他的弟子形成战国时期最大的儒家学派，将这六种读本代代相传，便成为儒家的基本经典。"④ "孔子搜集、整理古代文献，整理出六种读本传授学生。这个说法，大体上历代是公认的。"⑤ 确实，"六经"曾是孔子重加整理编次的六种教本，东汉许慎即曰："孔子书'六经'。"⑥ 东汉徐防曾上疏曰："臣闻《诗》、《书》、《礼》、《乐》，定自孔子。"⑦ 清皮锡瑞亦曰："经学开辟时代，断自孔子删定六经为始。"⑧ 细品《论语》，则早已透露了这一信息。就《乐经》而言，《论语·子罕》

① 范文澜：《中国通史》第一册，人民出版社 1994 年版，第 170 页。
② 朱维铮编：《周予同经学史论著选集·"六经"与孔子的关系问题》，上海人民出版社 1983 年版，第 801 页。
③ 金景芳：《孔子与六经》，《孔子研究》1986 年创刊号。
④ 夏传才：《十三经讲座·第一讲经和经学》，广西师范大学出版社 2006 年版，第 5 页。
⑤ 同上书，第 4 页。
⑥ （汉）许慎：《说文解字》卷十五，中华书局 1963 年版，第 314 页。
⑦ （南朝·宋）范晔：《后汉书》卷四十四《徐防传》，中华书局 1965 年版，第 1500 页。
⑧ （清）皮锡瑞：《经学历史》，中华书局 2004 年版，第 1 页。

谓:"子曰:'吾自卫反鲁,然后乐正,《雅》、《颂》各得其所。'"① 即是说鲁哀公十一年(前474年),对"三百五篇孔子皆弦歌之,以求合《韶》、《武》、《雅》、《颂》之音",② "乐正而律与度协,声与律谐,郑、卫不得乱之",③ 厘正了《诗经》曲谱在长期流传中的杂乱。为便于施教、传承,孔子正乐厘定的曲谱必然要一一记录,编订成册。煌煌三百馀篇曲谱仅凭记忆是难以做到前后一致、准确无误的。

第二,《乐经》不仅仅是孔子重加整理编定的教材,早在孔子生前一百年左右,就已经有一种《乐》作为统治者为政和培养贵族子弟的读本了。如:

> 赵衰曰:"……臣亟闻其言矣,说《礼》、《乐》而敦《诗》、《书》。《诗》、《书》,义之府也。《礼》、《乐》,德之则也。德、义,利之本也。④

此见于《左传》僖公二十七年(前633年),即孔子生前83年。又《国语·楚语上》载楚大夫申叔时关于教育楚庄王太子的一段话:

> 教之《春秋》,而为之耸善而抑恶焉,以戒劝其心;教之《世》,而为之昭明德而废幽昏焉,以休惧其动;教之《诗》,而为之导广显德,以耀明其志;教之《礼》,使知上下之则;教之《乐》,以疏其秽而镇其浮;教之《令》,使访物官;教之《语》,使明其德,而知先王之务用明德于民也;教之《故志》,使知废兴者而戒惧焉;教《训典》,使知族类,行比义焉。⑤

楚庄王公元前613—前591年在位,此事必发生在前591年之前,亦即孔子诞生前40年。以上两段话中的《乐》,已不同于《周礼·地官·大司徒》所谓"礼、乐、射、御、书、数"之"六艺"中所指《云门》、《大

① (三国·魏)何晏集解,(宋)邢昺疏:《论语注疏》卷九,(清)阮元校刻《十三经注疏》,中华书局1980年影印,第2491页。
② (汉)司马迁:《史记》卷四十七《孔子世家》,中华书局1959年版,第1936页。
③ (清)刘宝楠:《论语正义》引清包慎言之语,中华书局1990年版,第346页。
④ (晋)杜预注,(唐)孔颖达等正义:《春秋左传正义》卷十六《僖公二十七年》,(清)阮元校刻《十三经注疏》,中华书局1980年影印,第1822页。
⑤ (三国·吴)韦昭解:《国语》卷十七,《四部丛刊》初编本。

咸》、《大韶》、《大夏》、《大濩》、《大武》等六个乐舞之"乐",应是《诗经》一部分诗的曲谱集,或是六个乐舞的曲谱与《诗经》一部分诗的曲谱的合集。或曰:"《诗》者,太平之《乐经》,虞、夏、商以前未论,自周言之,周公当成王之时制为乐章,谓之《乐经》,以授之太师,施之郊庙、朝廷与夫王之起居燕寝,而又有达于邦国、乡人可通用者,其《风》则《关雎》、《麟趾》、《鹊巢》、《驺虞》,其《小雅》则《鹿鸣》至《菁莪》,其《大雅》则《文王》至《卷阿》,其《颂》则《清庙》至《般》。此皆仁义礼智之言,祖宗功德之盛,天命人心之所系,国俗王化之所基。由此观之,治世之诗,祭祀、宾客、燕居、出入,弦诵而歌吹之,可以正君臣、民物之得失,动乎天地,感乎鬼神。而先王以之经正乎夫妇,如孟子所谓经正则庶民兴,成乎孝亲、敬长之义,厚乎人伦,美乎教化,移乎风俗,本三纲之正。当时亲炙而和平,后世闻风而感发,渐渍日化而不自知,诚莫近乎诗之教也"① 其实,周公旦只是以《诗经》为主体的周代雅乐的倡始者,《诗经》之曲谱集,则是由西周至春秋中叶一代又一代的乐师们搜集、整理或谱写,经历了一个漫长的积累的动态过程。董治安即猜测说:"伴随着采诗、集诗的过程,删诗、编诗事实上也在进行。《诗》三百应为经过多次整理编订而后成。"② 至鲁襄公二十九年(前 544 年)吴国公子季札出访鲁国"请观于周乐"时,鲁国乐师为之一一弦歌的《周南》、《召南》、《邶》、《鄘》、《卫》、《王》、《郑》、《齐》、《豳》、《秦》、《魏》、《唐》、《陈》、《郐》、《曹》(笔者按:《曹》应包括在行文"自《郐》以下"之内)、《小雅》、《大雅》、《颂》等,③ 较之今传《诗经》,其弦歌之《风》未出十五国《风》的范围,弦歌顺序只是《豳》、《秦》提前,《颂》可能只是《周颂》而已④。这说明其时周乐的编排方式已与今传《诗经》大体一致,已有诸乐章的曲谱也基本定型。所以,孔子 51 岁赴沛拜见老聃时,对老聃说:"丘治《诗》、《书》、《礼》、《乐》、《易》、《春秋》六经,自以为久矣……'"老聃即曰:"夫六经,先王之陈迹也,岂其所以迹哉!"⑤

---

① (宋)林岊:《毛诗讲义》卷十一《诗序》诠释"故正得失,动天地,感鬼神,莫近于诗。先王以是经夫妇,成孝敬,厚人伦,美教化,移风俗",文渊阁《四库全书》本。

② 董治安:《先秦文献与先秦文学》,齐鲁书社 1994 年版,第 29 页。

③ (晋)杜预注,(唐)孔颖达等正义:《春秋左传正义》卷三十九《襄公二十九年》,(清)阮元校刻《十三经注疏》,中华书局 1980 年影印,第 2006—2007 页。

④ 《鲁颂》、《商颂》有可能是孔子进一步整理时增补的。

⑤ (清)王先谦:《庄子集解》卷四《天运》,三秦出版社 2005 年版,第 2004—205 页。

第三，自北宋开始的围绕着"六笙诗"有无文辞展开的论争，双方都肯定其有曲谱。特别是坚持无文辞一派，更极力强调"六笙诗"的曲谱。如：

> 古者丝竹与歌相和，故有谱无词。所以六诗在"三百篇"中但存名耳。①

> 六亡诗，不曰六亡诗，曰六笙诗，盖歌主人，必有辞，笙主竹，故不必辞也，但有其谱耳。②

> 亡其辞者，元未尝有辞也。……且古《诗》经删及逸不存者多矣，何独列此六名于大序中乎？……《左传》叔孙豹如晋，晋侯享之，金奏《肆夏》、《韶夏》、《纳夏》，……三夏者乐曲名，击钟而奏，亦以乐曲无辞，故以金奏。③

> 大率歌者，有辞有调者也；笙者、管者，有腔无辞者也。……有声无辞，当是相传有腔而已，此六诗之比也。④

> 《南陔》以下，今无以考其名篇之义，然曰笙，曰乐，曰奏，而不言歌，则有声而无辞明矣。……意古经篇题之下必有谱焉，如《投壶》"鲁薛鼓"之节而亡之耳。⑤

> 《诗》风、雅、颂，凡三百十一篇，皆古之乐章。六篇无辞者，笙诗也，旧盖有谱，以记其音节，而今亡。其三百五篇，则歌辞也。⑥

> 笙诗六篇，有声无辞，旧盖有谱，以记其声，而今亡矣。非但笙诗也，馀诗皆有谱，有谱而后声可传，今辞传而声不传矣。⑦

> 六笙只有谱而亡其词也。⑧

而坚持有文辞一派，是主张文辞、曲谱并存的，其虽然着力点在于阐明文辞本有的必然性，亦时而提及曲谱。如：

① （宋）郑樵：《通志》卷四十九《乐略第一·乐府总序》，中华书局1987年版，第625页。
② （宋）周孚：《蠹斋铅刀编》卷三十一《非诗辨妄》引郑樵语，文渊阁《四库全书》本。
③ （宋）洪迈：《容斋随笔·容斋续笔》卷十五《南陔六诗》，中国世界语出版社1995年版，第258页。
④ （宋）王质：《诗总闻》卷十《由仪》，文渊阁《四库全书》本。
⑤ （宋）朱熹：《诗集传》卷九《华黍》，中华书局1958年版，第109页。
⑥ （元）吴澄：《吴文正集》卷一《四经叙录》，文渊阁《四库全书》本。
⑦ （明）王樵：《方麓集》卷二《诗考序》，文渊阁《四库全书》本。
⑧ （清）秦蕙田：《五礼通考》卷一百六十七《嘉礼四十·乡饮酒礼》，载清方观承案，文渊阁《四库全书》本。

《由庚》以下逸诗，既有声无词，则乐谱也。夫子删诗而系乐谱者何也？①

朱子曰笙之无词大约如鲁鼓、薛鼓之节而亡之，是又不然。鼓所以节乐，考击出于人手，类于戛磬柷敔，不可比之以词。若笙簫管笛，皆因人气逼而有音，其音高下长短疾徐，唯人是使，如今俗乐，必有工尺之谱也，而谓笙本无词乎？②

曲谱是记录音乐的一些特定符号的有规律的组合。《诗经》既有曲谱，势必有记录其乐的较为固定的方法，这是不言而喻的。虽然《诗经》的曲谱早已遗失，现在已不可能完全确知其方法，但是先秦音乐遗存的蛛丝马迹以及后人的一些拟作和探索，不仅昭示了《诗经》曲谱的存在，而且我们还能从中窥察和推想《诗经》曲谱的某些特性。

一　先秦音乐遗存

（一）鲁鼓、薛鼓

[据（清）阮元校刻《十三经注疏》，中华书局1980年影印，第1667页]

《礼记·投壶》篇末载有以符号"○"和"□"记录的流行于鲁国、薛国的燕射与投壶时使用的两种鼓谱："鼓：○□○○□□○□○○□半

---

① （元）朱倬：《诗经疑问》卷三《小雅》，文渊阁《四库全书》本。
② （清）范家相：《诗沈》卷十一，文渊阁《四库全书》本。

○□○□○○○□□○○□○○ 鲁鼓，○□○○□○○□○□○○□□○○○○
○○□□○半○□○○○□□○ 薛鼓。取半以下为投壶礼，尽用之为射
礼。"又附记异闻："鲁鼓：○□○○○□○半○□○○○□□○○
□；薛鼓：○□○□○○○□○□○○○□□○○○□○半○□□
○○○○□○。"郑玄注："此鲁、薛击鼓之节也，圜者击鼙，方者击鼓。
古者举事，鼓各有节，闻其节则知其事矣。""此二者记两家之异，故兼
列之。"① 朱公迁曰："此鲁鼓、薛鼓之节也，圆者击鼙，方者击鼓。击其
鼙，其声下，其音榻榻然；击其鼓，其声高，其音镗镗然。燕礼用其全，
投壶用其半以下也。"② 蔡德晋曰："今按：前图鼙声七，鼓声五，此鲁鼓
之半也；其全则鼙声十三，鼓声十。鼙声五，鼓声七，此薛鼓之半也；其
全则鼙声十六，鼓声十二。后图鼙声九，鼓声四，此鲁鼓之半也；其全则
鼙声十四，鼓声七。鼙声七，鼓声三，此薛鼓之半也；其全则鼙声二十
一，鼓声十。然以诗序考之，恐当以前图为正。"③ 这是历来公认的先秦
遗存下来的唯一的乐谱。④ 由这种乐谱，胡彦升则进一步曰："投壶礼：
鲁鼓、薛鼓有○□之谱，此即《狸首》一乐之鼓节也。注云：'圜者击
鼙，方者击鼓。'是先击鼙后击鼓也。又因是而知鼓既有谱，鼙亦有谱，
凡歌诗及乐器皆当有谱。唯有谱也，故汉制氏世在乐官能纪其铿锵鼓舞，
非但鼓鼙有谱也。"⑤ 但是，鲁鼓、薛鼓之○□谱，记载的仅是两种鼓乐
的节奏，这要比声乐谱、管弦乐谱简单得多。可以肯定，既能歌唱又能以
诸多乐器演奏的《诗经》之谱，要比其复杂得多。

（二）上博简《采风曲目》

马承源主编的《上海博物馆藏战国楚竹书（四）》，收入竹书七篇，
其首篇《采风曲目》所记 40 种曲的篇名中，除《硕人》见于《诗经·卫
风》外，其馀皆无文字记载。⑥ 兹抄录部分简文如下：

---

① （汉）郑玄注，（唐）孔颖达等正义：《礼记正义》卷五十八，（清）阮元校刻《十三经
注疏》，中华书局 1980 年影印，第 1667 页。

② （元）朱公迁：《诗经疏义会通》卷九《华黍》，文渊阁《四库全书》本。

③ （清）蔡德晋：《礼经本义》卷十七《投壶礼》，文渊阁《四库全书》本。

④ 王耀华等《中国传统音乐乐谱学·绪论·——乐谱·（三）中国传统音乐的谱》曰：
"在中国，从迄今发现的乐谱资料来看，较为公认的现存最早的乐谱是《礼记·投壶》
所载的一种鼓谱，又名礼记鼓谱，记录了周代鲁国薛国流行的称为鲁鼓、薛鼓的两种鼓
乐的节奏。汉代郑玄对此作如下注释：'此鲁、薛击鼓之节也。圆者击鼙，方者击
鼓。'"（福建教育出版社 2006 年版，第 3—4 页）

⑤ （清）胡彦升：《乐律表微》卷七《考器上·论鼓鼙》，文渊阁《四库全书》本。

⑥ 马承源主编：《上海博物馆藏战国楚竹书（四）》，上海古籍出版社 2004 年版。

又戬。《子奴思我》。宫穆：《硕人》，又文又戬。

宫巷：《丧之木》。宫讦：《疋共月》，《野又葛》，《出门以东》。
宫祝：《君寿》（第一简）□》，《将美人》，《毋过吾门》，《不寅之
婵》。徙商：《要丘》，又戬。《奚言不从》，《豐又酉》。趧商：《高
木》。讦商：《㮌（第二简）□》，《亓翱也》，《鹭羽之白也》。趧羽：
《子之贱奴》。讦羽：《北野人》，《鸟虎》，《咎比》，《王音深浴》。羽
詐：《嘉宾慆喜》（第四简）

大都认为这可能是楚国历史上某一时期流行的歌曲曲目。其竹简整理和研究编发出版之前，新华社曾报道说："上海博物馆在对 1200 支战国竹简整理和研究中发现，有 7 枚简上端正地抄录着各种演奏诗曲和吟唱诗的音高，即声调。计有宫、商、徵、羽等 4 个声阶和穆、和、讦、祝、嬰、䰨 等 9 个不同音调。每个声下有不同调，如宫有宫祝、宫穆，商有讦商，徵有徵和、讦徵，羽有讦羽等等。这些声调分别出现在 40 种不同名称的诗篇上。如宫穆《硕人》、宫讦《野有英》、《出门有东》、宫祝《君寿》、嬰商《高木》、讦商《报许报》、讦徵《城上生苇》、《道之达尔》、讦羽《北野人》等等。……上海音乐学院一批古代音乐研究教授和博士生在看到战国竹简中的这些音名以后认为，竹简中的 4 声 9 调就是今天的 A 调、D 调、F 调等。由此可见，先秦时期我国音乐曲调就很规范。"[1] 确实，楚竹书对于先秦音乐解密有着特殊意义，几乎与新华社报道同时，马承源于美国华盛顿弗利尔艺术馆演讲时指出："诗本是音乐的组成部分，诗句就是乐曲的词。……此书是残件，见到七枚简上端正地抄写各种诗的篇名和演奏诗曲吟唱诗的各种音高。其中有一个篇名称《硕人》，同样的篇名见于《毛诗·卫风》，古代诗有相同的篇名而内容不同，因此我们不能决定简文中的《硕人》是否是同一篇，但是作为诗篇名是没有问题的。其馀40 种篇名有的和《毛诗》其他篇名用词的格调相似，估计都是三百零五篇以外诗的篇名，这是 2000 多年来从未知道的事情。……更奇特的是在一篇或几篇成组的篇名之前写有一个特定的声律名，这种声律现今的说法就是音高。音高名用两个字组成，一是'声'名，即是五声音阶的名，其中发现了宫、商、徵、羽四个'声'名，其次是音调名，有穆、和、讦、嬰、祝、䰨、㲄、頜、崀等九个音区或音位名。其中，'穆'、'和'之名，已见于曾侯乙编钟，楚王青铜钟上也有穆商这个名称，这九个音调

<hr>

名可能和楚国的乐名有关。竹简上这些音调名是以前从未见过的重要发现。现今可以知道，每一篇诗都有它特定的音高，并不是随意用任何音调可以自由地吟唱，这一点也可以知道诗经时代音乐的成熟和曲调的规范。"① 马承源还从 7 枚楚竹简中"每两篇或三、四篇诗名或诗曲名的前面，都有音名，这音名以五声为基准，有前缀字或后缀字"，推测其"不是打击乐器的音名，而是弦乐器的音名"，并进而强调："拨弦必须依据一定曲调，而曲调之谱必须有音高。以五声十二律（不同于现代的十二律）来取音高，不仅曾侯乙编钟如此，相配合的其他乐器也遵循同一规律。因而每篇诗必定配合某一特定的曲调，而所谓曲调必须有音高，没有固定的音高就不能成调。"② 尽管《采风曲目》仅是楚国历史上某一时期的歌曲曲目，并不直接关乎《诗经》乐章，但其竹简经碳 14 年代测定为距今 2271 年（正负 65 年），说明这些歌曲流行的年代当与《诗经》乐章接近甚而同步，由此足可推及，经有周御用太师们严格整理、润饰，又经孔子一一厘正的《诗经》乐章的曲谱，肯定比《采风曲目》更成熟、更规范，起码应有宫、商、角、徵、羽 5 个音阶以及在同一个五声音阶的音序中分别以各音为主音而构成的固定调式。蔡先金等即据《采风曲目》推测："《乐经》犹如《采风曲目》，记录乐之曲目以及'乐谱'，乃至乐之使用制度。"③

二 后人的探索

在汉代，人们即开始了对于《诗经》曲谱的探索。综观历史，起初的探索是推出拟古之作，力图再现《诗经》曲谱的原貌；后来则主要围绕着唐开元"风雅十二诗谱"、明朱载堉"乡饮诗乐谱"等展开了理论探讨。

（一）拟古之作

唐房玄龄、褚遂良等撰《晋书·乐志上》所谓东汉末年杜夔传《鹿鸣》，《驺虞》，《伐檀》、《文王》旧雅乐四曲，是今见拟古之作的最早记载。④ 三国

① 马承源著，陈佩芬、陈识吾编：《马承源文博论集·战国竹简中的诗乐》，上海古籍出版社 2007 年版，第 315—316 页。

② 马承源著，陈佩芬、陈识吾编：《马承源文博论集·从战国楚竹书材料看古诗音乐》，上海古籍出版社 2007 年版，第 318—319 页。

③ 蔡先金等：《上海博物馆楚简〈采风曲目〉与〈诗经〉学案》，《合肥学院学报》2013年第 6 期。

④ 本章第六节"杜夔传旧雅乐四曲"不是孔子审定的《诗经》原曲作了考论，可参考。

魏明帝曹叡太和年间（227—233），协律中郎将左延年则改杜夔《驺虞》、《伐檀》、《文王》三曲，更自作声节。至西晋武帝司马炎泰始五年（269），时任中书监加侍中领著作事的荀勖又废除《鹿鸣》旧歌，更作行礼诗四篇。这些拟古之作，寿命都不长，曲谱早于南北时期渺无踪影，仅存其名。唐、宋之时，亦不乏出自时人之手的《诗经》乐章拟古之作，如唐中敕撰《大唐开元礼》卷一百二十七《嘉礼·乡饮酒》和卷一百二十八《嘉礼·正齿位》皆记有正歌四节："设工人席于堂廉西阶之东，北面东上。工四人入，先二瑟，后二歌，工持瑟升自西阶，就位坐。工歌《鹿鸣》，卒歌，笙入，立于堂下，北面，奏《南陔》。讫，乃间歌《南有嘉鱼》，笙《崇丘》；乃合乐《周南·关雎》、《召南·鹊巢》。"① 宋欧阳修等《新唐书》卷十九《礼乐志第九》亦谓"行乡饮酒之礼"时："设工人席于堂廉西之东，北面东上。工四人，先二瑟，后二歌，工持瑟升自阶，就位坐。工鼓《鹿鸣》，卒歌，笙入，立于堂下，北面，奏《南陔》。乃间歌，歌《南有嘉鱼》，笙《崇丘》；乃合乐《周南·关雎》、《召南·鹊巢》。"② 南宋孝宗赵昚乾道年间（1165—1174）进士赵彦肃（字子钦，号复斋）所传唐代玄宗李隆基开元年间（713—742）"乡饮酒风雅十二诗谱"，或即《大唐开元礼》和《新唐书》所言乐章的部分曲谱。此后，元初有熊朋来《瑟谱》中谱写的瑟用诗谱，明代有李文察著《青宫乐章》所载诗谱、朱载堉著《乐律全书》所载诗谱以及魏之琰带到日本去的《魏氏乐谱》等，清代有乾隆年间御制的《诗经乐谱》、丘之稑编撰的《律音汇考》等。对于这些拟古之作，刘明澜曰："历代诗经乐谱上的歌曲都具有模式化的特点。从调式上看，赵彦肃所传的《风雅十二诗谱》上的歌曲，篇篇都采用'起调毕曲'之法；朱载堉对歌曲调式的确定，一律固守《记》的观点；乾隆敕撰的《律吕正义》上的诗乐，全用了五声音阶的羽调式。从曲调上看，李文察制曲一律按五度相生次序衍生的音为曲调；刘濂一律以喉舌齿牙唇五音确定音调；乾隆《律吕正义后编》卷五十六所载的 12 首歌曲中，竟有 8、9 首头句与尾句的旋律完全相同。至于节拍节奏，除了丘之《律音汇考》外，唐宋元明清几代的市井乐谱，千篇一律地均是从头至尾的一字一音。之所以形成这种雷同化、固定化、模式化的特点，是由于这些歌曲都是历代君主及儒家文人为振兴礼乐，发

---

① （唐）中敕：《大唐开元礼》，民族出版社 2000 年据光绪十二年氏公善堂校刊本影印，第 604、607 页。

② （宋）欧阳修等：《新唐书》，中华书局 1975 年版，第 438 页。

挥音乐教化功能的产物。"① 而今尚存的最早的《诗经》之拟古曲谱是"乡饮酒风雅十二诗谱",即《小雅》之《鹿鸣》、《四牡》、《皇皇者华》、《鱼丽》、《南有嘉鱼》、《南山有台》,《周南》之《关雎》、《葛覃》、《卷耳》和《召南》之《鹊巢》、《采蘩》、《采蘋》之谱。此谱最具影响,首先被朱熹《仪礼经传通解》卷十四《学礼七·诗乐》收录,后来元熊朋来《瑟谱》、明倪复《钟律通考》、清胡彦升《乐律表微》、清陈澧《声律通考》、清袁嘉谷整理《诗经古谱》等皆予以转录。其为律吕谱,明显的特点是:

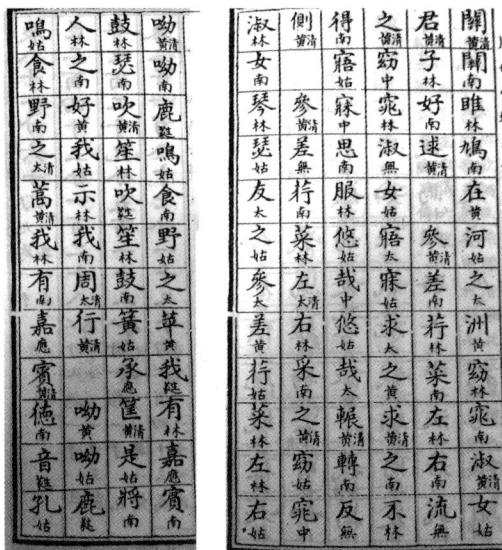

（据台湾商务印书馆 1980 年影印文渊阁《四库全书》
经部第 131 册,第 250、252 页）

1. 《小雅》6 篇,皆用"黄钟宫调,俗呼正宫";《周南》和《召南》6 篇,皆用后出的"无射清商,俗称越调"。② 由此可知,唐人制谱时,应具体考虑到了"雅"与"风"的类别以及乐章与区域的关系等问题。如"二南"6 篇,之所以皆用出自南方民间音乐并为汉魏六朝时期所用的无射清商,正是因为其隶属于"风"并且流行于以楚国为中心的南方一些诸侯国。这说明作者是想极力恢复这些乐章的原貌的。

---

① 刘明澜:《中国古代诗词音乐》第一章《先秦诗骚音乐·附录一:历代诗经乐谱中的音乐》,中国科学文化出版社 2003 年版,第 21 页。

② （宋）朱熹:《仪礼经传通解》卷十四《学礼七·诗乐》,文渊阁《四库全书》本。

2. 每字一音，不标节奏。如《小雅·鹿鸣》第一章：

【歌词】	呦呦鹿鸣，食野之苹。我有嘉宾，鼓瑟吹笙。
【曲谱】	黄清南蕤姑　南姑太黄　蕤林应南　林南黄清林
【歌词】	吹笙鼓簧，承筐是将。人之好我，示我周　行。
【曲谱】	蕤林南姑　应黄清姑南　林南黄姑　林南太清黄清

再如《周南·关雎》第一章：

| 【歌词】 | 关关雎鸠，在河之洲。窈窕淑女，君子好逑。 |
| 【曲谱】 | 黄清南林南　黄姑太黄　林南黄清姑　黄清林南黄清 |

由此可知，唐人制谱时，着眼于古朴简直，摒弃了烦声促节，而以一声歌一言来谱曲。其实，古人多认为，每字一音就是古代雅乐的基本特点，如宋神宗赵顼元丰二年（1079）太常礼院主簿杨杰上言大乐七事曰："盖歌以永诗之言，五声以依歌之咏，阳律阴吕以和其声，金石丝竹匏土革木八音克谐无相夺伦，然后神人以和也。若夫歌不永言，声不依永，律不和声，八音不谐而更相夺，则神人安得和哉！……惟人禀中和之气，而有中和之声，足以权量八音，使无重轻、高下、洪细、长短之失。故古者升歌，贵人声。八音律吕，皆以人声歌为度，以一声歌一言，言虽永不可以逾其声。今夫歌者或咏一言而滥及数律，或章句已阕而乐声未终，兹所谓歌不永言也。伏请节裁烦声，以一声歌一言，遵用永言之法。且诗言人志，咏以为歌，五声随歌，故曰依永；律吕协奏，故曰和声。先儒云依人音而制乐，托乐器以写音，乐本效人，非人效乐，此之谓也。今祭祀乐章，并随月律，声不依咏，以咏依声，律不和声，以声和律，非古制也。伏请详定，使乐以歌为本，律必和声也。"① 所以此后元熊朋来《瑟谱》卷三、卷四记载的自己创作的《驺虞》、《淇澳》、《考槃》、《黍离》、《伐檀》、《蒹葭》、《衡门》、《七月》、《菁菁者莪》、《鹤鸣》、《白驹》、《文王》、《抑》、《崧高》、《烝民》、《清庙》、《载芟》、《良耜》、《駉》等"诗新谱"20首，明朱载堉《乐律全书》卷十七《律吕精义外编七》所载正歌18谱、卷三十六《乡饮诗乐谱六》所载《周南》、《召南》25谱、

---

① （宋）杨杰：《无为集》卷十五《奏议·上言大乐七事·一曰歌不永言声不依永律不和声》，文渊阁《四库全书》本。

清乾隆五十三年（1788）邹奕孝奉敕主持编撰的涵盖了《诗经》311 首、分列箫笛钟琴瑟五种谱、多达 1555 篇的《诗经乐谱》等，皆为每字一音。这正如四库馆臣所说："御定为一字一声，合于大音希声之义，……足以识性情之正，而建中和之极矣。考歌诗之见于史册者，汉宗庙乐用登歌而犹仿《清庙》遗音，晋正会乐奏於赫而不改《鹿鸣》声节，则知古乐虽屡变而其音节不能尽变也。唐开元乡饮乐虽不著宫谱，而独取一字一音，朱子盖尝言之。岂非古有其法而不能用？我皇上深究其本原，适合于古哉。"① 刘明澜曰："历代诗经乐谱上的歌曲都属于典礼性质的雅乐歌曲，音乐上以儒家要求的'中正平和'为原则，以'啴、谐、慢、易'为标准：'啴'是节奏宽广而平稳；'谐'是'八音克谐，无相夺轮'（《尚书正义·舜典》），各种乐器要齐奏；'慢'是速度要缓慢；'易'即'省其文彩'，曲调要简单，一字一音之内不宜加装饰音。虽然它们一字一音，每音为全音，节奏十分单调，但今人却不应以现代欣赏口味去多加贬抑，因为这种节奏划一，平稳舒缓，又以齐唱形式出现的雅乐歌曲，具有庄严肃穆之感，符合典礼场面的需要。"② 总之，后人的拟古之作，"大部分仍保留一字一音、工整淡雅的艺术传统，音乐较窄，旋律平淡"③，不乏《诗经》曲谱等传统文化积淀留有的原始影子。

（二）理论探讨

1. 由评议唐开元"风雅十二诗谱"展开的探讨：朱熹首先对其门人赵彦肃所传"唐时乡饮酒风雅十二诗谱"评议曰："风雅拾贰诗谱。……至唐开元乡饮酒礼，其所奏乐乃有此十二篇之目，而其声今亦莫得闻矣。此谱乃赵彦肃所传，云即开元遗声也。古声亡灭已久，不知当时工师何所考而为此也。窃疑古乐有唱有叹，唱者发歌句也，和者继其声也。诗词之外，应更有迭字、散声，以叹发其趣。故汉晋之间，旧曲既失其传，则其词虽存，而世莫能补，为此故也。若但如此谱，直以一声叶一字，则古诗篇篇可歌，无复乐崩之叹矣。……又其以清声为调，似亦非古法。然古声既不可考，则姑存此以见声歌之彷佛，俟知乐者考其得失云。"④ 这就是说，《诗经》的曲谱应"有唱有叹"，更应有"诗词之外"的"迭字、散

---

① （清）永瑢等：《四库全书总目》卷三十八《〈钦定诗经乐谱〉三十卷、〈乐律正俗〉一卷》，中华书局 1965 年版，第 326—327 页。

② 刘明澜：《中国古代诗词音乐》第一章《先秦诗骚音乐·附录一：历代诗经乐谱中的音乐》，中国科学文化出版社 2003 年版，第 18 页。

③ 梁志锵：《〈诗经〉与〈楚辞〉音乐研究》，上海古籍出版社 2010 年版，第 73 页。

④ （宋）朱熹：《仪礼经传通解·诗乐》卷十四《学礼七》，文渊阁《四库全书》本。

声"；不应只是简单的"一声叶一字"，更不应"以清声为调"。对这些主张，看来胡彦升完全赞同，因而一再曰："今按：声中无字，即转声不变字之谓也。转声即迭字、散声也。古人永言之旨如此。《古乐记》言曲直者，歌之曲折也。言嗟叹者，谓和续之也。若直以一声叶一字，无曲折之节，无和续之声，岂复成乐？""冯定远班《古今乐府论》云：今太常乐府，其文用诗。余尚及闻前辈有歌绝句者，三十年来亦绝矣。宋人长短句，今亦不能歌，然嘉靖中善胡琴者，犹能弹宋词。至于今，则元人北词亦不知矣，南词亦渐失本调矣，乐其亡乎！今按：古乐久失，其传唐宋诗词及元曲歌法，纵令至今尚存，亦不足以存古乐之遗声。然语其大概，则唐宋声歌犹未为大失，而以一字一声拟古者，直谓之念曲、叫曲可也。""赵子敬之十二诗谱，纵其声可听，不过如左延年所改《骢虞》三篇耳。况一字一声，全无韵逗曲折可听也。明代乐章似仿此谱，亦以一声叶一字。按姜夔言乐曲，知以一律配一字，而未知永言之旨，则南宋之乐固以一律配一字，而赵子敬因之作谱，元明并沿以为乐也。"① 陈澧亦曰："其以清声为调，似非古法。"② 很明显，他们只是附和朱熹之说，一味地否定"风雅十二诗谱""存古乐之遗声"而已，并无所开拓。倒是明朱载堉《乐律全书》卷三十一《乡饮诗乐谱一》、卷三十二《乡饮诗乐谱二》、卷三十三《乡饮诗乐谱三》、卷三十四《乡饮诗乐谱四》、卷三十五《乡饮诗乐谱五》所撰《诗经》曲谱每字皆为 16 音，清丘之稺《律音汇考》给一字一音的"风雅十二诗谱"加上了衬音③，日籍华人魏皓整理编辑的其为明末宫廷乐师的曾祖魏之琰带到日本去的《魏氏乐谱》卷五将收录的"风雅十二诗谱"加入了经过性的装饰音④，使其旋律变得丰富而具流动性，或系受朱熹的启示而进行的实践。但就复原《诗经》曲谱的原貌而言，其于"一字一音"未免有矫枉过正之嫌。因而江永曰："今按歌以永言，固当延引其声，抑扬宛转，以发其趣。若但一字一声，是谓诵诗，非歌诗也。人声出于喉牙齿舌唇，有三十六字母。牙齿舌唇之字，开口即尽，不能引长。即喉音中'晓'、'匣'二母，亦一吷而止。唯'影'、'喻'二母为深喉，乃人身之元声，能使三十四母之字皆可抑扬宛转而引长之，一字中可为宫商角徵羽也。然歌声有当徐，亦有当疾，书言'歌永言'，必先云'诗言志'。志者诗人之意也，音节之疾徐，宜视言中之

---

① （清）胡彦升：《乐律表微》卷四《审音下》，文渊阁《四库全书》本。
② （清）陈澧：《声律通考》卷十《风雅十二诗谱考》，咸丰十年大兴殷保康刻本。
③ （清）丘之稺：《律音汇考》，宣统三年（1911）浏阳礼乐局精写刻本。
④ ［日］魏子明氏辑：《魏氏乐谱》，明和五年戊子正月书林芸香堂刊。

意。如关关、萋萋、喈喈、莫莫，叠字也，窈窕、参差，双声也。叠字者急叠，双声者联绵，下一字可引长上一字，不可引长雎鸠、黄鸟物名也。淑女、君子，人之称谓也，意义相连，不可将上一字隔断。他如虚辞、语助之字亦然。其有当重叠者，如'辗转反侧'，再歌以写其忧。'琴瑟友之，锺鼓乐之'，重言以写其乐可也。此'歌永言'而不失其言中之意者也。乐府之谱，皆以一声叶一字，恐为朱子所诃。载埴乐谱，一字例引十馀声，又恐失诗中之意。平时学操缦而拈弄可也，若用之燕享、祭祀古人礼，文甚繁，如歌《文王》、《大明》、《绵》诸句，又甚多。若字字如此引长，穷日之力，不足以给矣。"① 这对朱熹之说的理解和阐释就比较符合原意，因为朱熹还说过："今日到詹元善处，见其教乐，又以管吹习古诗'二南'、《七月》之属。其歌调却只用太常谱，然亦只做得今乐。若古乐，必不惬地美人听。他在行在录得谱子，大凡压入音律，只以首尾二字，章首一字是某调，章尾即以某调终之。如《关雎》关字，合作无射调，结尾亦著作无射声应之。《葛覃》葛字，合作黄锺调，结尾亦著作黄锺声应之。如《七月》流火三章，皆七字起，七字则是清声调，末亦以清声调结之。……如宫商角徵羽，固是就喉舌唇齿上分，他便道只此便了，元不知道喉舌唇齿上亦各自有宫商角徵羽何者，盖自有个疾徐高下。（贺孙）"② 然而丘浚则对朱熹进行了尖锐地批驳："噫，朱子非知乐者哉，而姑为是谦退之辞耳。大贤若朱子而不任其责，后世之人又孰有过于朱子者哉！人人皆为是言，则此乐直至天地之戌会，永无可复之期矣。虽然，与其不能尽复天地之纯全，而略得以见古人之彷佛，犹贤乎已。夫有之而不全，犹胜于全无而不有也。汉唐以来，郊庙燕享未尝不用乐，而乐之用，或至于用郑卫之音，今吾稍存古人之意，以仿古人之乐，虽不全于古而犹彷佛于古，岂不愈于郑卫之音也哉？程子曰：'古人之诗，如今之歌曲。'古人之诗，其音调不复可知也，而今之歌曲，虽出时人之口，而亦有所沿袭。如向所谓'十二诗'，于《鹿鸣》等六诗云'黄锺清宫'，注云'俗呼正宫'；《关雎》等六诗云'无射清商'，注云'俗呼越调'。所谓'黄锺清宫'、'无射清商'，世俗固不知所以为声，而'正宫'、'越调'之类，宋世所谓诗馀、金元以来所传南北曲者，虽非古之遗音，而犹有此名目也。夫人能为之，而闻之者亦能辨别其是否，诚因今而求之古，循俗而入于雅，以求古人之所彷佛者万一。天生妙解音乐之人，如师旷、州鸠、信都芳、

---

① （清）江永：《律吕阐微》卷十《论诗乐》，文渊阁《四库全书》本。

② （宋）黎靖德编：《朱子语类》卷九十二《乐（古今）》，文渊阁《四库全书》本。

万宝常、王令言、张文收之辈，必能因其彷佛而得其纯全者焉。因声以考律，正律以定器，三代之乐亦可复矣。然如此之人，岂易得哉。吁，必待后夔而后作乐，必待师旷而后听音，斯人不世出，而乐之在天下，不可一日无也，而音岂可不听哉？世无后夔、师旷，而后□之心、师旷之耳，则人人有也，万古如一日也。"①清高宗弘历亦曰："彦肃所传十二篇谱皆一字一音，诸谱中仅见此耳。朱子疑以为：'直以一声叶一字，则古诗篇篇皆可歌矣。'夫乐与诗相比，篇篇可歌，何所致疑。"②此批评虽未涉及《诗经》曲谱的原貌，但在肯定"风雅十二诗谱"的实践时，丘浚提出了"因今而求之古，循俗而入于雅，以求古人之所彷佛者万一"之途径。其后的朱载堉亦有这样的主张："古人乐谱今虽失传，然其理则未尝亡也。学者不过穷理而已。必欲穷究古乐未亡之理，莫若先自今乐所易知者以发明之。其理既明，一通百达，举而措之，斯无难矣，乃捷要之法也。孟轲氏不云乎：'今之乐犹古之乐也。'"③只是他在实践上走的却是引古入俗之路，与"因今而求之古，循俗而入于雅"相背而行。

2. 由批评朱载堉乡饮诗诸乐谱而展开的探讨：上文提及的江永对朱载堉乡饮诗诸乐谱每字皆为16音的批评，是站在朱熹否定"一字一音"的立场上发出的；而清高宗爱新觉罗·弘历则站在截然相反的立场上再三批评朱载堉乡饮诗诸乐谱曰："朕向披阅明朱载堉《乐律全书》所载乐谱，内填注五六工尺上等字，并未兼注宫商角徵羽，而于雅颂《烝民》、《思文》诸诗，以时俗《豆叶黄》等牌名小令分谱，未免援古而入于俗。又所著琴谱，一弦之内用正应和同四声，长至十六弹，不胜其冗。而一音之中，已有抑扬高下，是徒滋繁缛而近于靡曼，有类时曲。……古乐皆主一字一音，虞书依永和声，虽有清浊长短之节，合之五声六律，祇于一句之数字内分抑扬高下，不得于一字一音之内参以曼声。后世古法渐湮，取悦听者之耳，多有一字而曼引至数声，此乃时俗伶优所为，正古人所讥烦手之音，未足与言乐也。……皇祖钦定《律吕正义》，考订精审，皆主一字一音，实为古乐正声，永当遵守。"④"盖古乐皆主一字一音，如'关关

① （明）丘浚：《大学衍义补》卷四十四《治国平天下之要·明礼乐·乐律之制下》，京华出版社1999年版，第390页。
② （清）高宗弘历：《御制诗五集》卷二十九《内廷翰林等考据琴谱指法按语》，文渊阁《四库全书》本。
③ （明）朱载堉：《乐律全书》卷二十五《起调毕曲新说》，文渊阁《四库全书》本。
④ （清）高宗弘历：《御制文三集》卷五《命诸皇子及乐部大臣定诗经全部乐谱谕》，文渊阁《四库全书》本。

雎鸠'、'文王在上'等诗，咏歌时自应以一字一音，庶合'声依永，律和声'之义。若如朱载堉所注歌诗章谱，每一字下辄用五六工等字，试以五音分注，未免一字下而有数音，是又援雅正而入于繁靡也。即以琴瑟而论，上古操缦亦系一字一音，后世古乐失传，而制谱者多用钩擘扫拂等法，以悦听者之耳，遂使一字而有数音，几与时曲俗剧相似，更失古人'审音知乐'，能使人人'声入心通'之意。"① "向于香山听唐侃弹琴，作诗谓即古乐。迨后厘定中和韶乐，始悟一字一音之为古，而今琴为俗。故曾题朱载堉《乐律全书》，再三辟其踳驳，并令定全诗乐谱。"② 总之，乾隆皇帝执着于《诗经》曲谱原本为一字一音，并指令臣属照此编撰《诗经乐谱》，用他的话说，就是"已于一字一音窥见依永和声之原③"。

　　3. 朱载堉的《诗经》乐章起调毕曲说及相关批评：就《诗经》乐章古谱的调式，朱载堉出新说曰："《大雅》者，宫调曲也，宫为君，《大雅》朝廷之乐，乐中至贵至尊者也，故用宫音起调毕曲。《小雅》者，徵调曲也，徵为事，《小雅》周爰咨诹咨询谋度者皆事也，故用徵音起调毕曲。《国风》者，角调曲也，角为民，民俗歌谣风行草偃属角木也，故用角音起调毕曲。《周颂》者，羽调曲也，羽为物，周乐一变致羽物及地祇，六变致象物及天神，神祇不可见，可见者物耳，故用羽音起调毕曲。人皆知《风》、《雅》有正变，殊不知《颂》亦有正变。《鲁颂》者，《颂》之变者也。诸侯之乐曰《风》，天子之乐曰《雅》、曰《颂》，鲁于僖公庙中赞其先君功德，是亦变《风》之美者也，不曰《风》而曰《颂》，僭天子之乐非礼也。仲尼删诗，不没其实，所以著文公君臣之罪，故《鲁颂》亦用羽起调毕曲也。《商颂》者，商调曲也，盖商与商同名，商人或尝贵之，是故周人黜而不用以新民听云耳，亦犹改统易朔屋社之意，无别意也。或谓周木德，畏金克，是乃巫瞽之言，非君子所取也，故周一代之乐通不用商音，不止不用音调而已，今若拟其谱，亦不宜用商，从周之制也。唐虞夏商之乐未尝忌商，今若拟之则亦不必忌，故《商颂》独用商音起调毕曲也。此则《国风》、《雅》、《颂》四诗起调毕曲之正理也。然尝见好事者拟古乐谱：有谓《风》、《雅》、《颂》皆只用宫商，而不用角徵羽，若刘濂之说是也；有谓不拘何诗，只次第用相生之音为谱，若李文察之说是也；或以牙齿舌喉唇五音为宫商之清浊，或以平上去入

---

① （清）高宗弘历：《乾隆五十一年十二月十七日上谕》，见朱载堉《乐律全书·之首》。

② （清）高宗弘历：《御制诗五集》卷二十九《乙卯重题朱载堉琴谱并命入四库全书以示辟识事》，文渊阁《四库全书》本。

③ （清）高宗弘历：《御制诗五集》卷四十五《仲春经筵》之按。

四声为律吕之高下，殊不思切韵之法，别是一家，而与腔谱之理不相关也。……故臣愚以为如欲拟造'三百篇'诗之谱，当取法于太庙乐谱可也。古云：'尧作大章，一夔足矣。'皇上欲兴雅乐，其腔谱只委任太常知音道士为之，则何难之有。或议以为访求天下知音儒者，若刘濂、李文察之流，臣愚以为议者误矣。"① 这亦引发了异议，如："古乐今无传，载埙谓《商颂》用商调，《周颂》无商调，亦无商音。《国风》用角调，《小雅》用徵调，《大雅》用宫调，《周颂》、《鲁颂》用羽调，惟变《风》、变《雅》有商音，亦无商调。是说未知何据，姑存其说，未敢以为必然也。"② "朱载埙诗谱又固执周诗不用商声之说，以角调谱《国风》，徵调谱《小雅》，宫调谱《大雅》，羽调谱《周颂》，而专以商调谱《商颂》。夫商调乃宫商之商，非夏商之商也。此其穿凿拘墟，不待辨而自明，岂足与言五音述'三百'哉？"③ 惜其批评者只是献疑、否定而已，破而未立，并无新见。

总之，我们认为《诗经》诸乐章原本应是有曲谱的。至于其曲谱经周代乐官们之手而统一颁行于天下之时是什么样子？这些乐曲在各诸侯国长期流传中又发生了什么变化？"郑声之乱雅乐"出现了怎样的情况？孔子是怎样弦歌305篇正乐并整理编订成学乐的固定课本的？当时的记谱方法如何？由于先秦时《诗经》的曲谱已无处寻觅，当前看来，这些矛盾（或曰问题）是无法解决的。尽管诸多前哲时贤已从实践上和理论上作了多方面的探索和论述，甚至触及到了原始曲谱的某些特性，其意义不应低估；但只要曲谱不出现，这些努力就不可能从根本上全面揭示《诗经》曲谱的原貌。

第三节 《乐经》不仅毁于秦火

秦汉之际，《乐经》失传，《诗》、《书》、《礼》、《乐》、《易》、《春秋》之六经，变成了《诗》、《书》、《礼》、《易》、《春秋》之五经，这是不争的事实。然而，秦之后七百馀年，诸典籍文献只是在言及秦焚书灭学、雅乐和杜夔传《鹿鸣》、《驺虞》、《伐檀》、《文王》等四曲时，透露了一些《乐

---

① （明）朱载埙：《乐律全书》卷十五《起调毕曲新说》，文渊阁《四库全书》本。

② （清）江永：《律吕阐微》卷十《论诗乐》，文渊阁《四库全书》本。

③ （清）高宗弘历：《御制文三集》卷五《诸皇子及乐部大臣定诗经全部乐谱谕》，文渊阁《四库全书》本。

经》亡佚的信息。如晋袁宏曰："秦燔诗书，愚百姓，六经典籍残为灰烬。"① 直至梁之沈约，才明言："窃以秦代灭学，《乐经》残亡。"②"周衰凋缺，又为郑卫所乱。……于是淫声炽而雅音废矣。及秦焚典籍，《乐经》用亡。"③ 继而刘勰又曰："秦燔《乐经》，汉初绍复，制氏纪其铿锵，叔孙定其容典。于是，武德兴乎高祖，四时广于孝文，虽摹《韶》、《夏》，而颇袭秦旧，中和之响，阒其不还。"④ 从沈约、刘勰的表述及其具体的语言环境看，他们并没有将《乐经》亡佚的原因仅仅归之于秦始皇焚书灭学，但后人在言及这一问题时，却时而执其一而不及其馀。如：

> 古者以《易》、《书》、《诗》、《礼》、《乐》、《春秋》为六经，至秦焚书，《乐经》亡。今以《易》、《诗》、《书》、《礼》、《春秋》为五经。⑤
> 秦始皇焚书坑儒，六经也遭一炬，其后治经者遂有今文家、古文家之分。⑥
> 据说，孔子删诗书订礼乐，一共整理了《诗经》、《书经》、《易经》、《礼记》、《乐经》及《春秋》6 部书。但自秦始皇烧书，再加项羽咸阳的一把火，《乐经》遂告失传。所以流传下来只剩了"五经"。⑦
> 春秋末期，孔子首创私学，以《诗》、《书》、《礼》、《乐》、《易》、《春秋》教授弟子，从此，经书就成了儒家的经典。秦火之后，《乐》经失传，《六经》变成了《五经》。⑧

其实，《乐经》亡佚，是多方面的原因促成的。"朱载堉曰：古乐绝传，率归罪于秦火，殆不然也。古乐使人收敛，俗乐使人放肆，放肆人自好之，收敛人自恶之，是以听古乐惟恐卧，听俗乐不知倦，俗乐兴则古乐亡，与秦火不相干也"，⑨ 这只强调了古乐自身的问题，亦不够全面。笔

---

① （晋）袁宏：《后汉纪》卷十《孝明皇帝纪》，《四部丛刊》初编本。
② （南朝·梁）沈约：《修订乐书疏》，（明）张溥辑《汉魏六朝百三家集》卷八十七《梁沈约集》，文渊阁《四库全书》本。
③ （南朝·梁）沈约：《宋书》卷十九《乐志》，中华书局 1974 年版，第 533 页。
④ （南朝·梁）刘勰著，詹锳义证：《文心雕龙义证》卷二《乐府》，上海古籍出版社 1989年版，第 232 页。
⑤ （唐）徐坚等：《初学记》卷二十一《文部·经典第一》，文渊阁《四库全书》本。
⑥ （近代）章太炎：《国学概论·经学的派别》，上海古籍出版社 1997 年版，第 18—19 页。
⑦ 南怀瑾：《孟子旁通·音乐的今昔观》，北京国际文化出版公司 1994 年版，第 186 页。
⑧ 彭林：《儒学之根基 六经之阶梯——"四书五经"简介》，《古典文学知识》2006 年第1 期。
⑨ （清）朱彝尊：《经义考》卷一百六十七《乐·乐经》，《四部备要》本。

者以为秦火对先秦典籍文献的破坏是严重的，不应低估；古乐自身与社会发展不适应，确实存在。但秦火与古乐自身之外，《乐经》亡佚还与以下几方面密切相关：

一 列国纷争，礼崩乐坏

周平王东迁之后，丧失了"礼乐征伐自天子出"① 的权势，仅名义上保留了天子的地位。此后，王室日益凌夷，竟至"日蹙国百里"，② 礼乐散佚，周桓王后，诸侯几乎就不再朝觐、入贡、祭祀王室宗庙了。与此同时，诸侯势力则迅速膨胀，强凌弱，众暴寡，割据称雄，相互兼并，战火弥漫。吕振羽说：

> 所谓"国初千八百国"（一说国初八百国），至春秋，见于经传记载者，便仅百四十七国；到春秋战国之际，七雄而外，虽尚有鲁、卫、蔡、郑、宋、越、滕、薛、莒等，然却成了七雄的附庸，周初所封诸侯，到春秋末，仅存四十了。司马迁在"自序"中说："春秋之中，弑君三十六，亡国五十二，诸侯奔走不得保其社稷者，不可胜数。"③
>
> 在春秋三百年间，据《春秋》所记，言"侵"的有六十次，言"伐"的有二百十二次，言"围"的有四十四次，言"取师"的三次，言"战"的二十三次，言"入"的二十七次，言"进"的二次，言"袭"的一次，言"取"言"灭"的更是不可胜数。④

时至战国，周天子沦为方圆仅一二百里的小国之君，剩下的中小诸侯国也先后被吞并，又形成了七雄并峙、合纵连横、纷争不休的混乱局面。而各诸侯国内，卿、大夫擅权、僭越亦愈发普遍。如此，则原有的社会秩序和道德规范逐渐瓦解，书佚简脱，致使后世文献残缺不足。就连周平王迁都洛阳后保全周代礼乐最好的鲁国⑤，公元前 623 年，卫国的卿大夫宁武子到访，鲁文公在宴会上命乐师给其演唱周王宴请诸侯时用的小雅《湛露》

---

① （三国·魏）何晏集解，（宋）邢昺疏：《论语注疏》卷十六《季氏》，（清）阮元校刻《十三经注疏》，中华书局 1980 年影印，第 2521 页。

② （汉）毛亨传，（汉）郑玄笺，（唐）孔颖达等正义：《毛诗正义》卷十八之五《大雅·召旻》，（清）阮元校刻《十三经注疏》，中华书局 1980 年影印，第 580 页。

③ 吕振羽：《简明中国通史》上册，人民出版社 1982 年版，第 150 页。

④ 同上。

⑤ （汉）司马迁《史记》卷三十三《鲁周公世家》："鲁有天子礼乐者，以褒周公之德也。"（中华书局 1959 年版，第 1523 页）

和《彤弓》;① "季氏亦僭于公室,陪臣执国政,是以鲁自大夫以下皆僭离于正道";② 宫廷乐师鸟兽散,"大师挚适齐,亚饭干适楚,三饭缭适蔡,四饭缺适秦,鼓方叔入于河,播鼗武入于汉,少师阳、击磬襄入于海";③ "礼乐废,诗书缺"④。无怪乎古人谓:

> 是时,周室大坏,诸侯恣行,设两观,乘大路。陪臣管仲、季氏之属,三归《雍》彻,八佾舞廷。制度遂坏,陵夷而不反,桑间、濮上,郑、卫、宋、赵之声并出。⑤

> 周公制礼,以著乐章,《雅》《颂》之音,播于管弦,荐于郊国,而太师主职。及天厌周德,礼坏乐崩,春秋之际,旧章泯绝。⑥

> 及周衰,礼坏乐崩,典籍皆灭弃。汉兴草创,礼之存者,才十二三事,而宗庙之礼,盖阙如也。⑦

> 晚周风衰雅缺,而妖淫靡曼之声蠭起并作,遭秦苛暴,《乐经》放失。⑧

> 自周之衰,礼颓乐坏,天下指玉帛为礼、锺鼓为乐。太师挚适齐,亚饭干适楚,适蔡适秦,入河入海,乐工乐器一切沦亡,后世所谓乐者始流于工伎之末矣。⑨

> 六经经秦火之后,多失其真。其《诗》、《书》、《易》、《春秋》四经,在春秋、战国时,固皆全备无恙。惟《礼》、《乐》之书,当春秋之诸侯僭窃,皆去其籍,未经秦火之前,固已难考矣。而《乐》之一事,当时列国但用新声,古乐弃而不用。是《礼》、《乐》二事,比之他经,其残缺固甚;而《乐》之一事,比之《礼》尤甚。⑩

---

① (晋)杜预注,(唐)孔颖达等正义:《春秋左传正义》卷十八《鲁文公四年》,(清)阮元校刻《十三经注疏》,中华书局 1980 年影印,第 1840—1841 页。

② (汉)司马迁:《史记》卷四十七《孔子世家》,中华书局 1959 年版,第 1914 页。

③ (三国·魏)何晏集解,(宋)邢昺疏:《论语注疏》卷十八《微子》,(清)阮元校刻《十三经注疏》,中华书局 1980 年影印,第 2530 页。

④ (汉)司马迁:《史记》卷四十七《孔子世家》,中华书局 1959 年版,第 1935 页。

⑤ (汉)班固:《汉书》卷二十二《礼乐志》,中华书局 1962 年版,第 1042 页。

⑥ (唐)成伯玙:《毛诗指说·兴述第一》,文渊阁《四库全书》本。

⑦ (宋)孙洙:《严宗庙》,(宋)吕祖谦编《宋文鉴》卷一百三《策》,文渊阁《四库全书》本。

⑧ (宋)陈旸:《乐书》卷一百六十二《乐图论·俗部·歌·四方歌》,文渊阁《四库全书》本。

⑨ (宋)郑樵:《六经奥论》卷五《乐书》,文渊阁《四库全书》本。

⑩ (明)韩邦奇:《苑洛志乐》卷八《周乐》,文渊阁《四库全书》本。

今人杨伯峻亦曰：

> 儒家的经书，最初只有"六经"，也叫"六艺"。到后来，《乐》亡佚了，只剩下"五经"。……我还猜想，无论"礼乐"的"乐"，或者"诗乐"的"乐"，到了战国，都属于"古乐"一类，已经不时兴了。《孟子·梁惠王下》载有齐宣王的话，说："我并不是爱好古代音乐，只是爱好一般流行乐曲罢了。"春秋末期，诸侯各国君主或者使者互相访问，已经不用"诗"来表达情意或使命。战国时期，若引用诗句，作用和引用一般古书相同，完全不同于春秋时代用"诗"来作外交手段。那么，依附于"诗"的乐曲乐谱自然可能废弃不用。而且根据目前所已知的战国文献，西周以至春秋那种繁文褥节的"礼"也长时期不用，依附于"礼"的"乐"也可能失掉用场。"乐"的亡佚，或许是时代潮流的自然淘汰。《乐经》的失传是有它的必然性，所以《汉书·艺文志》没有《乐经》。"①

二 郑卫之声的冲击

广义地说，郑卫之声是奴隶社会向封建社会转型的大变动时期兴起的一种新乐，是当时经济、政治、文化发展，尤其是商业发展、都会勃兴、人欲失控、追求感官享受的现实的必然产物；是音乐发展趋势的代表。吕祖谦曰："《诗》，雅乐也，祭祀朝聘之所用也。'桑间濮上之音'，郑卫之乐也，世俗之所用也。雅、郑不同部，其来尚矣。"② 与雅乐的基本文化载体《诗经》之乐相比，郑卫之声讲究技巧，形式新颖多变，不拘一格，声调靡曼幻眇，伸缩随意，突破了五声的界限和传统的声律相结合的原则；其内容着意于世俗，宣泄生活中的喜怒哀乐和男女情欲，不再以仁为本、依礼而行、拘囿于伦理和教化；其风格或柔婉，或愤激，悖离于中和平顺和崇高典雅。因而，郑卫之声具有极强的感染力，受到社会各阶层的喜爱，真所谓"好音生于郑卫，而人皆乐之"，③ "若夫郑声是音声之至妙，妙音感人，犹美色惑志，……自非至人，孰能御之"④。就连诸侯、

---

① 杨伯峻主编：《经学浅谈·导言·三、十三经的完成经过》，中华书局1984年版，第3页。
② （宋）吕祖谦：《吕氏家塾读诗记》卷五，文渊阁《四库全书》本。
③ （明）徐元太：《喻林》卷四《人事门·感通》，文渊阁《四库全书》本。
④ （三国·魏）嵇康：《嵇中散集》卷五《声无哀乐论》，《四部丛刊》初编本。

王公大臣们，也多偏嗜、迷恋于郑卫之声，而厌倦、冷落以《诗经》之乐为主体的雅乐。如：齐景公夜听新乐而不朝，晏子拘善新乐的虞公，景公则曰；"酒礼之味，金石之声，愿夫子无与焉。夫乐，何必夫故哉？"[①]"齐人归女乐，季桓子受之，三日不朝"。[②]齐宣王对孟子说："寡人非能好先王之乐也，直好世俗之乐耳。"[③]晋"平公说新声"。[④]班固所谓"最为好古"的魏文侯曰："吾端冕而听古乐，则唯恐卧；听郑卫之音，则不知倦。"[⑤]"客有以吹籁见越王者，羽、角、宫、徵、商不缪，越王不善；为野音，而反善之"。[⑥]"卫灵公将之晋，至濮水之上，税车而放马，设舍以宿，夜分而闻鼓新声者而说之"。[⑦]赵烈侯"好音"，曰："夫郑歌者枪、石二人，吾赐之田，人万亩。"[⑧]楚庄王"日夜为乐"，"左抱郑姬，右抱越女，坐钟鼓之间"[⑨]……由此可见，春秋之后兴盛漫延的郑卫之声，严重地冲击了雅乐的基本载体《诗经》之乐，故班固曰："孔子曰：'安上治民，莫善于礼；移风易俗，莫善于乐。'二者相与并行。周衰俱坏，乐尤微眇，以音律为节。又为郑、卫所乱，故无遗法。"[⑩]林葱亦曰："自春秋到战国这一段时期内，魏人槌凿之声，楚人潇湘之乐，齐人房中之谱，燕人变徵之音，杂奏喧陈，而三代的旧音因其太简单，而无人问津了。"[⑪]秦序亦曰："在民间歌唱繁荣的同时，古乐雅乐不再受欢迎，西周春秋以来盛于一时的三百篇诗乐，则明显衰落。《战国策》和其他战国文献，基本不见赋诗活动的记载。少数儒者努力维护古乐研习古诗，也无济于颓势。"[⑫]历史发展的规律告诉我们："每一种新的进步都必然表现为对

① 吴则虞编著：《晏子春秋集释》卷一《内篇谏上·景公夜听新乐而不朝晏子谏第六》，中华书局 1962 年版，第 24 页。

② （三国·魏）何晏集解，（宋）邢昺疏：《论语注疏》卷十八《微子》，（清）阮元校刻《十三经注疏》，中华书局 1980 年影印，第 2529 页。

③ （汉）赵岐注，（宋）孙奭疏：《孟子注疏》卷二上《梁惠王章句下》，（清）阮元校刻《十三经注疏》，中华书局 1980 年影印，第 2673 页。

④ （三国·吴）韦昭解：《国语》卷十四《晋语》，《四部丛刊》初编本。

⑤ （汉）郑玄注，（唐）孔颖达等正义：《礼记正义》卷三十八《乐记》，（清）阮元校刻《十三经注疏》，中华书局 1980 年影印，第 1538 页。

⑥ （战国）吕不韦等：《吕氏春秋》卷十四《孝行览第二·遇合》，《四部丛刊》初编本。

⑦ （战国）韩非：《韩非子》卷三《十过》，《四部丛刊》初编本。

⑧ （汉）司马迁：《史记》卷四十三《赵世家》，中华书局 1959 年版，第 1775 页。

⑨ （汉）司马迁：《史记》卷四十《楚世家》，中华书局 1959 年版，第 1700 页。

⑩ （汉）班固：《汉书》卷三十《艺文志》，中华书局 1962 年版，第 1711—1712 页。

⑪ 林葱：《中国音乐史提要·三中国音乐的演进》，学艺出版社 1982 年版，第 9 页。

⑫ 秦序：《夏商周歌曲与歌唱艺术·战国时期的声乐艺术》，李心峰主编《中华艺术通史（夏商周卷）》第二章第四节，北京师范大学出版社 2006 年版，第 110—111 页。

某一神圣事物的亵渎。"① 尽管孔子"恶郑声之乱雅也",② 疾呼"郑声淫"、"放郑声"③；诸儒亦大肆贬斥、挞伐郑卫之声，厉言："郑音好滥淫志，宋音燕女溺志，卫音趋数烦志，齐音敖辟乔志。此四者，皆淫于色而害于德。"④ "姚冶之容，郑、卫之音，使人心淫。"⑤ 但无法阻挡雅乐行将为郑卫之声取而代之之势。

三　关注《诗经》的视角发生了转移

《诗经》原本是诗、乐、舞三位一体的，但在西周，统治者以乐为用，极为重视其音乐在各种礼仪中的作用，而于其文辞本义则有所忽视。"当'诗'作为乐章而出现于各种庄严、肃穆的典礼时，人们首先意识到的是'乐'而不是'诗'，因为它所体现的是'乐'的功能，而不是'诗'的本义。……我们看到在飨礼、燕礼、乡饮酒礼等各种礼仪的演礼过程中，诗的本义甚至可以说是诗的辞章意义根本就没有得到体现，并且它和乐在仪典中所体现出来的等级、身份意义也没有直接的关系和必然的联系，诗的内容似乎只是一种音乐符号，它的作用也仅仅局限于区分不同等级内容的乐章，是乐章身份的标签。""我们不能说诗之本义与它用于仪典的仪式意义没有任何意义上的关联，从逻辑上讲，它们最初应该有一定的渊源关系。但由于仪典用诗'以声为用'的特点，再加上典礼上过于强调礼节的身份、等级，乐作为区分这种等级的标志意义被有意或无意地得以强化，从而掩盖了诗的本义。随着典礼制度的不断完善和典礼范围的不断扩大，诗自身的意义不断被磨损，以至于到后来根本就找不到诗的本义了。"⑥ 迄至春秋时，伴随着礼崩乐坏的日益严重和郑卫之声对雅乐愈演愈烈的冲击，人们对《诗经》关注的视角则逐渐由音乐移向歌词（诗歌），越来越看重歌词的意义和作用，赋诗、引诗之风滋漫为时尚。赋诗，即唱《诗》或者口诵《诗》，多是酌情自由选《诗》。唱《诗》，

---

① 《马克思恩格斯选集》第四卷，人民出版社 1972 年版，第 233 页。

② （三国·魏）何晏集解，（宋）邢昺疏：《论语注疏》卷十七《阳货》，（清）阮元校刻《十三经注疏》，中华书局 1980 年影印，第 2525 页。

③ （三国·魏）何晏集解，（宋）邢昺疏：《论语注疏》卷十五《卫灵公》，（清）阮元校刻《十三经注疏》，中华书局 1980 年影印，第 2517 页。

④ （汉）郑玄注，（唐）孔颖达等正义：《礼记正义》卷三十九《乐记》，（清）阮元校刻《十三经注疏》，中华书局 1980 年影印，第 1540 页。

⑤ （清）王先谦：《荀子集解》卷十四《乐论篇第二十》，中华书局 1988 年版，第 381 页。

⑥ 王秀臣：《"仪礼时代"与〈仪礼〉中燕飨礼仪中的诗乐情况分析》，《中国韵文学刊》2005 年第 1 期。

或随口自唱，不一定有乐器伴奏；或由乐工代为合乐歌唱。如此，则突破了西周礼仪用乐繁杂而僵化的规定，《诗》原有的音乐性，或递变为一种婉转地言情表志的方式，或已消解。引诗，即言辞或著作直接引用《诗》句。其出现于春秋之前，春秋时与赋诗并行，战国时即发展为主流。引诗，则完全摆脱了《诗》的音乐性，只着眼于其纯粹文本的应用，反映了《诗》之乐的失落。如《左传》中记载，春秋前期引诗 2 次、赋诗为零①，春秋中期引诗 44 次、赋诗 13 次，春秋后期引诗 70 次、赋诗 55 次，即反映了这一趋势。② 据《论语》所述，生活于春秋末期的孔子尚能经常言及《诗经》之乐，并有正乐之举；而"至战国之时，治《乐经》者遂鲜"，③ "孟氏时，古之诗学几无好而存之者，其后《乐经》失传，士大夫纵能谈说其义，然精知者事著绝少"④。人们关注《诗经》的视角已完全集中于歌词上了，"全部《孟子》里，除讲诗义，没有一回讲到诗的音乐的"。⑤ 这时，"雅乐成为古乐，更加衰微得不成样子。一二儒者极力拥护古乐诗，却只会讲古诗的意义，不会讲古乐的声律"。⑥ "儒家虽读先王之诗，但不懂得'先王之乐'，领会方面已经差一点了；虽然是不懂得先王之乐，但一定要去讲先王之诗，不得不偏向基本意义一方面，又揣测到历史一方面的。……孟子拿它讲古代的王道，高子拿它分别作者的君子小人。一部《诗经》除了考古证今以外没有别的应用"。⑦ 主要传承《诗经》的孟子及诸儒尚且不懂《诗经》之乐，其他人更可想而知了。这充分说明人们关注《诗经》的视角发生了转移，重视其政治功利价值而忽视其欣赏娱乐功能，只记其词而不记其曲，已直接影响到《诗经》之乐的生存。这正如郑樵所说："仲尼编诗为燕享祀之时，用以歌，而非用以说义也。古之诗，今之辞曲也，若不能歌之，但能诵其文而说其

---

① 赋诗，有时是口诵，有时是唱。范文澜曰："春秋列国朝聘，宾主多赋诗言志，盖随时口诵，不待乐奏也。"（范文澜：《文心雕龙注·诠赋》，人民文学出版社 1958 年版，第 137 页）顾颉刚则曰："我以为春秋时人所赋的诗都是乐歌。"（顾颉刚：《论〈诗经〉所录全为乐歌》，《古史辨》第三册，上海古籍出版社 1982 年版，第 648 页。）笔者按：范、顾二人对春秋赋诗未作全面考察，结论未免偏颇。

② 董治安：《先秦文献与先秦文学·从〈左传〉、〈国语〉看"诗三百"在春秋时期的流传》，齐鲁书社 1994 年版，第 27 页。

③ 刘师培：《刘师培讲经学》，凤凰出版社 2008 年版，第 15 页。

④ （清）朱彝尊：《经义考》卷一百六十七《乐·乐经》引明沈懋孝语，《四部备要》本。

⑤ 顾颉刚：《古史辨》第三册《〈诗经〉在春秋战国间的地位·战国时的诗乐》，上海古籍出版社 1982 年版，第 358 页。

⑥ 同上书，第 366—367 页。

⑦ 同上书，第 358 页。

义可乎？不幸腐儒之说起，齐、鲁、韩、毛四家各为序训，而以说相高，汉朝又立之学官，以义理相授，遂使声歌之音湮没无闻。……奈义理之说既胜，则声歌之学日微。"① 顾炎武亦曰："言诗者，大率以声为末艺。不知古人入学，自六艺始，孔子以游艺为学之成。后人之学好高，以此为鼓师、乐工之事，遂使三代之音不存于两京，两京之音不存于六代，而声音之学遂为当代之绝艺。"②

第四节　牵强附会的《乐经》诸说

《乐经》于秦汉之际亡佚，先秦诸典籍文献中又不见具体的记载和征引，《乐经》究竟是什么样子，自汉以来，猜想臆说不断，还出现了一些佚文。然而，这些说法和佚文，皆牵强附会，不足为信。

关于《乐经》诸说，除笔者于 "《乐经》即《诗经》的曲谱"部分论及者外，尚有以下诸种：

一　以《大司乐》为《乐经》

其说本之于汉班固《汉书·艺文志》，但班固仅曰："六国之君，魏文侯最为好古，孝文时得其乐人窦公，献其书，乃《周官·大宗伯》之《大司乐》章也。"③ 并未言及《乐经》。而且魏文侯当政在公元前445—前396年，汉文帝登基在公元前179年，中间最少相隔217年，即使"桓谭《新论》云'窦公年百八十岁'"属实，④ 班固所记也不合情理。因而，丘琼荪曰："桓谭云文帝时百八十岁，然年代不符，假使自魏文侯末年数至汉文帝元年，相距二百有八年。则窦公至少有二百二十馀岁才合。"⑤ 周予同亦指出："所谓窦公献书这件事，当然是造谎，不值得一驳。"⑥ 明清两代，其说颇盛。正德与嘉靖年间黄佐曰："凡此皆《大司乐》成均之法也。孰谓五经具在而《乐》独无传耶？矧夫歌奏相命，声

---

① （宋）郑樵：《通志》卷四十九《乐略第一·乐府总序》，中华书局1987年版，第625页。

② （清）顾炎武：《日知录》卷五《乐章》，文渊阁《四库全书》本。

③ （汉）班固：《汉书》卷三十，中华书局1962年版，第1712页。

④ （宋）李昉等：《太平御览》卷七百四十《疾病部·盲》征引，《四部丛刊》三编本。

⑤ 丘琼荪：《历代乐志律志校释·宋书乐志一》（第二分册）注释"秦焚典籍，乐经用亡"，人民音乐出版社1999年版，第123页。

⑥ 周予同：《中国经学史讲义》，上海文艺出版社1999年版，第22页。

变成方，虽谓之《乐记》之经可也。"① 嘉靖乙巳（1545）柯尚迁曰："言
礼必及乐，乐依乎礼者也。古之《乐经》存于《大司乐》，其五声、六律、
八音，《大师》以下备详其制，而六列、三宫之歌奏，则六代之乐咸备焉。
愚既取汉太史之所传授、宋朱、蔡之《新书》及近代明乐之著作，详具于
《大司乐》之中矣；但乐章不传，则不可得而补也。"② 万历年间朱载堉
曰："汉时窦公献古《乐经》，其文与《大司乐》同，然则《乐经》未尝
亡也。"③ 其后，"堂邑张蓬玄（凤翔），自明时已为尚书，入国朝为大司
寇，年已七十馀。一日侍宴上前，下阶而仆，世祖命内侍掖以行，出长安
门，尚有诏追问能骑否，徐讽令以礼致仕，遂进所撰《礼经》、《乐经》
而去。"④ 此《乐经》，即《乐经集注》二卷，"是书取《春官·大司乐》
以下二十官为《乐经》，谓汉窦公献古《乐经》，文与《大司乐》合，是
其明证"。⑤ 张凤翔《自序》即曰："礼乐至周而大备，《周礼·大司乐》
文则周公所手著也。汉初魏窦公献古《乐经》，其文与《大司乐》合，而
学士大夫率沿为礼家言，无专学也。古学庸存于《戴记》，至程子始尊信
表章，而古者由学入道之大法始赖以存。……愚窃取程子之意乃表而出
之，俾专于乐者考焉。"⑥ 清康熙年间，朱彝尊曰："乐之有经，大约存其
纲领。然则，《大司乐》一章即《乐经》可知矣。《乐记》从而畅言之，
无异《冠礼》之有《义》，《丧服》之有《传》，即谓《乐经》于今具存
可也。"⑦ 与其同时的李光地撰《古乐经传》五卷，解诂古《乐经》亦
曰："《汉书》：文帝时得魏文侯乐工窦公，年一百八十岁，出其本经一
卷，即今《周礼·大司乐》章，则知此篇乃古《乐经》也。"⑧ 此书"取
《周礼·大司乐》以下二十官为经，以《乐记》为之传"，⑨ 当沿袭张凤
翔《乐经集注》。阎若璩曰："近日有人援此（按，指《汉书·艺文志》

---

① （清）朱彝尊：《经义考》卷一百六十七《乐·乐经》，《四部备要》本。
② （明）柯尚迁：《周礼全经释原》卷首《三官日问》，文渊阁《四库全书》本。
③ （明）朱载堉：《乐律全书》卷二十五《乐学新说》，文渊阁《四库全书》本。
④ （清）王士禛著，赵伯陶选注：《池北偶谈·张尚书》，学苑出版社1999年版，第71页。
⑤ （清）纪昀总纂：《四库全书总目提要》卷三十九《〈乐经集注〉二卷》，河北人民出版
　社2000年版，第1049页。
⑥ （清）朱彝尊：《经义考》卷一百六十七《乐·张氏（凤翔）〈乐经集注〉》，《四部备
　要》本。
⑦ （清）朱彝尊：《经义考》卷一百六十七《乐·乐经·隋志四卷》，《四部备要》本。
⑧ （清）李光地：《古乐经传》卷一《乐经》，文渊阁《四库全书》本。
⑨ （清）纪昀总纂：《四库全书总目提要》卷三十八《〈古乐经传〉五卷》，河北人民出版
　社2000年版，第1025页。

记窦公献《大司乐》）以表章为古《乐经》，与《礼经》并配，亦小有致。"① 即是对以上诸人之言的附和。还有马国翰辑佚《乐经》一卷，亦主要摘录《大司乐》。② "近人黄侃在《六艺略说》中说：'乐本有经，盖即周官大司乐'二十职'。或谓《乐经》至秦燔失，或谓乐本无经，殆皆不然。"③ 今人范文澜亦曰："乐必有经，其经有至今幸而未亡。所谓《乐经》即今《周礼》中的《大司乐》章。"④ 实际上，《大司乐》是《周礼·春官宗伯》中的一部分，应属于礼的范畴，"固不得与《礼经》比并"⑤。因而，早在宋代，此说刚刚明确化时，就受到了接连不断的批驳：

> 《周礼》虽有《大司乐》（乃乐之职，非乐之书），而不可谓之乐书。⑥
>
> 自秦灭典籍，至汉而《易》、《诗》、《书》、《礼》、《春秋》复兴，惟《乐》虽废不讲，学者不过取《周官·宗伯》下篇，与夫二戴所记，诵习之而已。然以班固《艺文志》考之，是《礼经》非《乐经》也。⑦
>
> 若《周官·大司乐》以至《司干》，凡二十官，皆属宗伯，礼乐非二事也。⑧

今人丘琼荪曰：

> 乐之所贵者在乎音节，乐以音声感人，不以文字说教。不以文字说教，即不言义理。是故窦公所献者，亦唯《周官·大司乐》章，未有经。⑨

---

① （清）阎若璩：《尚书古文疏证》卷五下《第七十九》，上海古籍出版社1987年版，第538页。

② （清）马国翰辑佚：《玉函山房辑佚书》，上海古籍出版社1990年影印光绪九年娴嬛馆补校本，第1170—1172页。

③ 周予同：《中国经学史讲义》，上海文艺出版社1999年版，第22页。

④ 范文澜：《范文澜全集》第一册《群经概论》，河北教育出版社2002年版，第183页。

⑤ （清）邵懿辰：《礼经通论·论乐本无经》，《皇清经解续编》，光绪刻本。

⑥ （宋）郑樵：《六经奥论》卷五《乐书》，文渊阁《四库全书》本。

⑦ （宋）周必大：《文忠集》卷十三《策问·家塾策问十二首》，文渊阁《四库全书》本。

⑧ （宋）黄仲元：《四如讲稿》卷四《〈小戴礼·乐记·周官〉大司乐至司干二十官》，文渊阁《四库全书》本。

⑨ 丘琼荪：《历代乐志乐律校释·序》（第一分册），人民音乐出版社1999年版。

二　以《乐记》为《乐经》

宋黄仲元曰："《乐》，六经之一，其书今亡（无字），求之《礼记》，仅有《乐记》一篇，马融以此足。"① 看来，其说当肇端于东汉马融。至唐代，《礼记》入列九经，孔颖达撰《礼记正义》之"疏"则谓《乐记》为"经"。明代何乔新更明言："《乐书》虽亡，而杂出于二礼者犹可核也。《乐记》一篇，可以为《乐经》。而陈旸《乐书》，亦可删其繁芜以附于后。他如宋之《景佑乐记》、房庶之《乐书补亡》、蔡元定之《律吕新书》、吴仁杰之《乐舞新书》，皆参考以辅翼之，庶乎可以补《乐书》之阙矣。"② 其后梁斗辉《十二经纬》自序曰："孔子删述六经，自五经分，而《乐经》仅存一篇，以附《礼记》，全书阙焉。"③ 今人熊十力亦曰："《乐》以道和，何也？昔孔子修六经，而《乐经》居一焉。汉以来不见《乐经》有单行本，疑《乐经》独亡，愚谓《礼记》中有《乐记》一篇，即是《乐经》。其文虽不多，然经之为经，固不在文广也。"④ 其实，《乐记》被西汉戴圣编纂《礼记》时收入，已昭示其属于礼了。而且，从《乐记》为子贡作、孔子再传弟子公孙尼子作、荀子门人作、河间献王集毛生等采集《周礼》及诸子著述作等说法看，其不是孔子之前就存在又经孔子整理过的著作无疑；从其主要论述音乐的起源、本质、特征、社会功能及艺术创作、欣赏中的主客观关系看，也不应是《乐经》涉猎的内容。黄仲元曾辩驳曰：

> 然《乐记》与《大司乐》俱不可谓乐之经。……大抵此记有出于《家语》、出于《荀子》、出于《易大传》与"文言"。河间集博士诸生所作，王定传之，王禹又传之，至向之所校，亦不外于河间所记。又有所谓圣人曰、君子曰、故曰者，岂多采前言以备著作与？中间格言极多，意思极好，前辈亦谓当为《大学》、《中庸》之次。⑤

---

① （宋）黄仲元：《四如讲稿》卷四《〈小戴礼·乐记·周官〉大司乐至司干二十官》，文渊阁《四库全书》本。
② （明）何乔新：《椒丘文集》卷一《策府十科摘要·经科·六经》，文渊阁《四库全书》本。
③ （清）朱彝尊：《经义考》卷二百五十《群经》，《四部备要》本。
④ 熊十力：《论六经·中国历史讲话》，中国人民大学出版社2006年版，第17页。
⑤ （宋）黄仲元：《四如讲稿》卷四《〈小戴礼·乐记·周官〉大司乐至司干二十官》，文渊阁《四库全书》本。

这是很有道理的。另外，郑樵曰：

> 《礼记》虽有《乐记》，乃乐之传，非乐之经。①

则是从"记"为记述或解释典章制度的文字角度，否认《乐记》为《乐经》的。

三 以律吕声音为《乐经》

其说见于明湛若水《古乐经传》。湛若水曰："乐之起在度数矣。度数者，乐之经也。……度数者，律吕声音之谓也。予年耄耋矣，幸天数之未尽，……闲取诸家律吕之说，而窃损益更张以文之，拟为《古乐经》一篇，而以《乐记》诸见于载籍者列于后，以为之传焉。经以定其度数，传以发其义理，而《乐》其可知矣。"② 对此，四库馆臣评说较为切中肯綮：

> 是书《补乐经》一篇，若水所拟；《古乐正传》十篇，则录其门人吕怀之书；《古乐本传》一篇，即《乐记》原文；《别传》一篇，皆《周礼》所言乐事；《杂传》一篇、《律传》一篇，则杂采《孟子》以下及历代论乐语也。其大旨以论度数为主，以论义理为后。故以己所作者反谓之经，而《乐记》以下古经反谓之传。然古之度数，其密率已不可知，非圣人声律身度者，何由于百世之下暗与古合，而用以播诸金石管弦之器？若水遽定为经，未免自信之过矣。③

四 以杂采诸言乐之文为《乐经》

宋陈旸曰："《乐经》之亡久矣，其遗音馀韵虽夺于淆乱之众言，然质诸他经，亦可少概见矣。"④ 清秦蕙田曰："观承案……故愚则谓《乐经》不亡，官具于《周礼》，义存于《戴记》，而歌备于'三百篇'，皆

---

① （宋）郑樵：《六经奥论》卷五《乐书》，文渊阁《四库全书》本。
② （清）朱彝尊：《经义考》卷二百七十四《湛氏若水〈补乐经〉》，《四部备要》本。
③ （清）纪昀总纂：《四库全书总目提要》卷三十九《〈古乐经传〉三卷》，河北人民出版社 2000 年版，第 1038 页。
④ （宋）陈旸：《乐书》卷一百六《八音下》，文渊阁《四库全书》本。

乐之经也。所亡者，特其谱耳。苟能合诸经传记而精考之，古乐亦复了了可寻。"① "采集经典论乐语，汇而为书"的元代余载的《中和乐经》，② 清初出现的毘陵张宣猷"杂采诸经书言乐之文，排纂成书"的《乐经内编》、③ 张行言"裒辑极繁，而征引诸书仍不出寻常习见"的"《乐经》、《乐志》、《乐器》、《律品》、《谱图》"，④ 等等，可谓其说的具体实践。然而，这显然不是孔子之前即存在又经孔子整理过的《乐经》。

五　以新编的雅乐为《乐经》

唐开元八年（720）赵慎言《论郊庙用表》曰："《周礼》曰：以乐教国子中、和、祇、庸、孝、友，其国子诸生请教。而《乐经》同于礼传，则人人知礼，家家知乐，自然风移俗易，灾害不生。其《乐经》章目虽详，稍乖旨要，请委通明博识修撰讫，然后颁下。"⑤ 其所谓《乐经》，即《旧唐书》所谓："贞观二年，太常少卿祖孝孙既定雅乐，至六年，诏褚亮、虞世南、魏征等分制乐章。其后至则天称制，多所改易，歌词皆是内出。开元初，则中书令张说奉制所作，然杂用贞观旧词。……二十五年，太常卿韦绦令博士韦逌、直太乐尚冲、乐正沈元福、郊社令陈虔、申怀操等，铨叙前后所行用乐章为五卷，以付太乐、鼓吹两署，令工人习之。时太常旧相传有宫、商、角、徵、羽《燕乐》五调歌词各一卷，或云贞观中侍中杨恭仁姜赵方等所铨集，词多郑、卫，皆近代词人杂诗。至绦又令太乐令孙玄成更加整比为七卷。"⑥ 这些均系唐人新编的雅乐，绝非古《乐经》。陈旸曰："唐之贤相称于前者不过房、杜，闻于后者不过姚、宋，然文皇有兴礼乐之问而房、杜不能对，明皇有喜夷乐之心而宋璟又从而道之。终唐之世，典章文物虽号为至盛，然卒于昏乱，而后已无礼乐以文之故也。"⑦

---

① （清）秦蕙田：《五礼通考》卷七十五《宗庙制度》，文渊阁《四库全书》本。
② （清）朱彝尊：《经义考》卷二百七十四《余氏载〈中和乐经〉》引张萱语，《四部备要》本。
③ （清）纪昀总纂：《四库全书总目提要》卷三十九《〈乐经内编〉二十卷》，河北人民出版社2000年版，第1053页。
④ （清）纪昀总纂：《四库全书总目提要》卷八十三《〈圣门礼乐统〉二十四卷》，河北人民出版社2000年版，第2187页。
⑤ （唐）杜佑：《通典》卷一百四十七《乐七·郊庙宫悬备舞议》，文渊阁《四库全书》本。
⑥ （后晋）刘昫：《旧唐书》卷三十《音乐志三》，中华书局1975年版，第1089页。
⑦ （宋）陈旸：《乐书》卷一百八《乐图论·雅部·八音·薛鼓·鼓论》，文渊阁《四库全书》本。

六　将十二律衍为十二月令为《乐经》

其说见于明瞿九思《乐经以俟录》。四库馆臣评曰："是编首以十二律衍为十二月令，摹仿《礼记》之文，颇为芜杂"，多"误"、"杜撰"、"臆度"、"乖舛"、"浅陋"，"尤不知而作也"。①

另外，唐李玄楚撰《乐经》、② 明冯复京《六家诗名物疏·引用书目》提及的《乐经》（撰者不详）、③ 明湛若水撰《古乐经传全书》、④ 明杨继盛《拟补乐经》、⑤ 清汪烜（一名绂）《乐经律吕通解》⑥ 等，皆为后人编纂，且多散佚，姑置勿论。至于朱彝尊《经义考》卷一百六十七《乐》所载"《乐经管见》"，实则明黄积庆撰《乐律管见》之误；清张廷玉等《皇朝文献通考》卷二百十七所载"《乐经古义》"，实则清童能灵撰《律吕古义》之误而已。

第五节　各种佚文均非出自古《乐经》

《乐经》只是一部《诗经》的曲谱，无须多少文字说明。据笔者考证，后出的各种佚文，均非出自古《乐经》。所谓《乐经》佚文，主要有以下六种：

一　"磬前长三律二尺七寸，后长二律尺八寸"

唐贾公彦首谓此语系"《乐》云"，⑦ 清沈廷芳《十三经注疏正字》卷

---

① （清）纪昀总纂：《四库全书总目提要》卷三十九《乐经以俟录》，河北人民出版社2000年版，第1048—1049页。
② 见（后晋）刘昫《旧唐书》卷四十六《经籍上》，中华书局1975年版，第1975页；（宋）欧阳修等《新唐书》卷五十七《艺文志》，中华书局1975年版，第1435页；（宋）郑樵《通志》卷六十四《艺文略第二·乐书》，中华书局1987年版，第766页；（宋）王应麟《玉海》卷一百四《音乐·汉乐经》，文渊阁《四库全书》本；（宋）章如愚《群书考索》卷四十九，文渊阁《四库全书》本。
③ （明）冯复京：《六家诗名物疏》，文渊阁《四库全书》本。
④ （清）张廷玉等：《明史》卷九十六《艺文》，中华书局1974年版，第2361页；（清）黄虞稷：《千顷堂书目》卷二，文渊阁《四库全书》本。
⑤ 同上。
⑥ （清）汪烜（一名绂）：《乐经律吕通解》，中华书局1985年版。按：此书共五卷，卷一收《乐记》并附"或问"二十二条，卷二、卷三收宋蔡文定《律吕新书》，卷四、卷五为自撰《续律吕新书》。
⑦ （汉）郑玄注，（唐）贾公彦疏：《周礼注疏》卷四十一《冬官考工记·磬氏疏》，（清）阮元校刻《十三经注疏》，中华书局1980年影印，第923页。

三十二《周礼·冬官考工记·磬氏》校以《三礼图》认为其"乐"后"脱'经'"字。① 朱熹曰:"昨看《周礼·磬氏》疏中引案'《乐》云……',不知所谓《乐》者是何书?"② 王应麟曰:"今考《三礼图》,以为《乐经》。"③ 又曰:"(此语)与《三礼图》所引同。今《乐经》亡传,莫知谁作。王充《论衡》曰'阳成子长作《乐经》……'然则,汉儒所作欤?"④ 实际上,此书即《汉书·王莽传》谓王莽摄政时于汉平帝元始四年(公元4)奏立之《乐经》⑤。王充曰:"阳成子长作《乐经》,扬子云作《太玄经》,造于助思,极窅冥之深,非庶几之才,不能成也。孔子作《春秋》,二子作两经,所谓卓尔蹈孔子之迹,鸿茂参贰圣之才者也。"⑥ 清马国翰《乐经》辑本序亦肯定曰:"莽时所立,即衡所著之《乐经》。"⑦ 阳成子长,即阳成衡,汉蜀郡人,曾任讲学祭酒、谏议大夫,其《乐经》当与扬雄《太玄经》一样,系揣度摹仿之作。四库馆臣曰:"贾公彦《考工记·磬氏疏》所称'《乐》曰',当即莽书,非古《乐经》也。"⑧ 唐魏征等《隋书》所谓"《乐经》四卷",⑨ 明凌迪知所谓"汉艮当注《乐经》",⑩ 当为此书。

二 "十二月行之,所以宣气丰物也"

南朝梁刘昭补并注《后汉书》卷十一《律历志》曰:车骑将军马防奏言,建初二年七月太乐丞鲍邺上言此语为"《乐经》曰"。⑪ 尔后宋王应麟《困学纪闻》卷五、《汉书艺文志考证》卷三、《玉海》卷一百四,

---

① (清)沈廷芳:《十三经注疏正字》,文渊阁《四库全书》本。

② (宋)朱熹:《晦庵先生朱文公文集续集》卷二《答蔡季通》,《四部丛刊》初编本。

③ (宋)王应麟:《困学纪闻》卷五,《四部丛刊》三编本。

④ (宋)王应麟:《汉书艺文志考证》卷三《乐》,文渊阁《四库全书》本。

⑤ (汉)班固《汉书》卷九十九上《王莽传》:"是岁,莽奏起明堂、辟雍、灵台,为学者筑舍万区,作市、常满仓,制度甚盛。立《乐经》,益博士员,经各五人。"(中华书局1962年版,第4069页)

⑥ (汉)王充:《论衡》卷十三《超奇篇》,《四部丛刊》初编本。

⑦ (清)马国翰辑佚:《玉函山房辑佚书》,上海古籍出版社1990年影印光绪九年娜嬛馆补校本,第1170页下。

⑧ (清)纪昀总纂:《四库全书总目提要》卷三十八《乐类》,河北人民出版社2000年版,第1009页。

⑨ (唐)魏征等:《隋书》卷三十二《经籍志》,中华书局1973年版,第926页。(清)纪昀总纂《四库全书总目提要》卷三十八《经部·乐类》曰:"《隋志》'《乐经》四卷',盖王莽元始三年所立。"(河北人民出版社2000年版,第1009页)

⑩ (明)凌迪知:《万姓统谱》卷一百,文渊阁《四库全书》本。

⑪ (南朝·梁)刘昭补并注:《后汉书》,文渊阁《四库全书》本。

明杨士奇等编《历代名臣奏议》卷一百二十七、梅鼎祚编《东汉文纪》卷六，清姚之骃《后汉书补逸》卷十三等，所言皆本于此。如王应麟即曰："汉元始四年立《乐经》。《续汉志》：鲍邺引《乐经》。今其书无传。"① 王莽于汉平帝元始四年奏立《乐经》，至汉章帝建初二年（77），相隔仅73年，可知，鲍邺所引亦应出自王莽奏立之《乐经》。

三 "舟张辟雍，鸧鸧相从。八风回回，凤凰喈喈"

其出处有二说：一说首见于《尚书大传》。宋罗泌最先曰："执事还归二年，谔然乃作《大唐之歌》，以声帝美。声成而朱凤至，故其乐曰：'舟张辟雝，鸧鸧相从。八风回回，凤皇喈喈。'言其和也。"② 继而王应麟则于《困学纪闻》卷五、《汉书艺文志考证》卷三、《玉海》卷一百四等处再三谓其为"《尚书大传》引《乐》曰"，并认为此"乐"指汉《乐经》，亦即汉平帝"元始四年立《乐经》"。后继者如明方以智《通雅》卷六、冯惟讷《古诗纪》卷九等，皆沿袭王应麟之说。但《尚书大传》旧题西汉伏胜撰，伏胜是汉文帝时人，断不会征引150馀年之后王莽奏立的《乐经》。退一步说，即如王应麟等人所言，也只能与上两条一样，出自王莽奏立之《乐经》，绝非古《乐经》之佚文。另一说首见于《乐元语》。清朱彝尊《经义考》卷二百六十一《逸经·诗·逸篇》、成僎《诗说考略》卷四等持此说。而《汉书》卷二十四下《食货志》"乐语有五均"一语注："邓展曰：'《乐语》、《乐元语》，河间献王所传，道五均事。'臣瓒曰：'其文云：天子取诸侯之（士）［土］以立五均，则市无二贾，四民常均，强者不得困弱，富者不得要贫，则公家有馀，恩及小民矣。'"③ 五均即五声的韵调，又指管理物价的官署。清马国翰《玉函山房辑佚书》载《乐元语》一卷，计四条，其中三条言"夷狄之乐"，一条言物价管理之事，④ 可见《乐元语》并非《乐经》。又朱彝尊亦曰："河间献王刘德《乐元语》，佚。"⑤ 既已佚，朱彝尊又谓出自《乐元语》，不知何据。笔者审视今存《尚书大传》：

---

① （宋）王应麟：《困学纪闻》卷五，《四部丛刊》三编本。
② （宋）罗泌：《路史》卷二十一《后纪十二·疏仡纪·有虞氏》，文渊阁《四库全书》本。
③ （汉）班固：《汉书》，中华书局1962年版，第1180页。
④ （清）马国翰辑佚：《玉函山房辑佚书》，上海古籍出版社1990年影印光绪九年嫏嬛馆补校本，第1175—1176页。
⑤ （清）朱彝尊：《经义考》卷一百六十七《乐》，《四部备要》本。

惟五祀，奏钟石，论人声，及乃鸟兽，咸变于前。秋养耆老，而春食孤子，乃浡然招乐，兴于大麓之野。报事还归二年，谈然乃作《大唐之歌》，其"乐"曰："舟张辟雝，鸧鸧相从。八风回回，凤皇喈喈。"歌者三年，昭然乃知乎王世，明有不世之义。①

并参照汉郑玄注："《大唐之歌》，美尧禅也。"② 明董斯张诠释："舜既巽禹于洞庭，张乐成于洞庭之野，乃作《大唐之乐》，以皈帝美；作《大化》、《大训》、《六府》、《九原》之章，以飏禹功，而君臣之美尽矣。"③ 知其所谓"乐"，实指"乐章"而言，非谓《乐经》。

四 "《乐经》曰：'以乐德教国子中、和、祇、庸、孝、友，以乐语教国子兴道、讽诵、言语，以乐舞教国子舞《云门大卷》、《大咸》、《大磬》、《大夏》、《大濩》、《大武》'"

此说见于清张廷玉等编辑《皇清文颖》卷二十八载张照《回奏乐律札子》④。其所谓《乐经》之言，实出自《周礼·春官宗伯·大司乐》，论者大概也是把《大司乐》视为《乐经》了。如上所言，《大司乐》属于礼，并非《乐经》。

五 "金声玉振，始终条理"

宋真德秀首谓此语曰："疑古《乐经》之言。故倪宽云'惟天子建中和之极，兼总条贯，金声而玉振之'，亦此意也。"⑤ 其后宋赵顺孙《孟子纂疏》卷十，元胡炳文《孟子通》卷十、詹道传《孟子纂笺》卷十等均沿袭其说，但具体诠释则不同。赵顺孙曰："《语录》曰：如倪宽亦引'金声玉振'，是时未有《孟子》之书，此必古曲中有此语。"⑥ 詹道传则驳之曰："武帝元鼎五年得宝鼎，上问封禅仪，宽论及此。按：《语录》云：'是时未有《孟子》之书，必古曲中有此语。'然《孟子》之书出于文帝，而董仲舒亦尝辩孟子性善之说，况倪宽又在后，乃未详《语录》

① （清）孙之騄辑：《尚书大传》卷一《虞书》，文渊阁《四库全书》本。
② 同上。
③ （明）董斯张：《广博物志》卷三十三《声乐》，岳麓书社1991年据明万历四十五年高晖堂刻本影印，第709页。
④ （清）张廷玉等：《皇清文颖》，文渊阁《四库全书》本。
⑤ （宋）真德秀：《西山读书记》卷十，文渊阁《四库全书》本。
⑥ （宋）赵顺孙：《孟子纂疏》卷十《万章下》，文渊阁《四库全书》本。

之意。"① 而胡广又出新说："新安倪氏曰：前汉倪宽与武帝论封禅仪而有
是言，必非其自言。又不纯举《孟子》之言，且简要精密，故疑其为古
乐书之言也。"② 这更说明其论只是臆测而已。《孟子·万章下》曰：

> 孔子谓集大成。集大成也者，金声而玉振之也。金声也者，始条理也；
> 玉振也者，终条理也。始条理者，智之事也；终条理者，圣之事也。③

此即"金声玉振，始终条理"所本，至于说"古曲中有此语"，没有任何
证据，无法确认。《孟子》之言，本是赞颂孔子"集大成"的，不关音
乐；后人借以论乐，只是将语言锤炼得更加洗练而已。

六　"三分损益，隔八相生"

清张廷玉等《钦定续文献通考》卷一百七《乐考·万历中王邦直著
〈律吕正声〉》曰："疑古《乐经》之言。"④ 这是古人根据物体发音的规
律借用数学知识制定出来的确定律管比例关系的方法，"古之为乐者通
用三分损益、隔八相生之法"⑤。"三分损益"之说，最早见于《管子·
地员》：

> 凡将起五音凡首，先主一而三之，四开以合九九。以是生黄钟小
> 素之首，以成宫。三分而益之以一，为百有八，为徵。不无有三分而
> 去其乘，适足，以是生商。有三分，而复于其所，以是成羽。有三
> 分，去其乘，适足，以是成角。⑥

其大意是说，要求出五音，先应求出一个标准音"黄钟"，作为"宫"
音，然后按宫音的长度增加 1/3，算出低四度的"徵"音；再从徵音的长
度减去 1/3，可得比徵音高五度的"商"音；从商音的长度增加 1/3，可
得比商音低四度的"羽"音；从羽音的长度减去 1/3，可得比羽音高五度

---

① （元）詹道传：《孟子纂笺》卷十《万章下》，文渊阁《四库全书》本。
② （明）胡广等：《四书大全·孟子集注大全》卷十《万章下》，文渊阁《四库全书》本。
③ （汉）赵岐注，（宋）孙奭疏：《孟子注疏》卷十上《万章下》，（清）阮元校刻《十三
　　经注疏》，中华书局 1980 年影印，第 2741 页。
④ （清）张廷玉等：《钦定续文献通考》，文渊阁《四库全书》本。
⑤ （宋）朱熹：《晦庵先生朱文公文集》卷六十六《琴律说·调弦》，《四部丛刊》初编本。
⑥ 颜昌峣：《管子校释》卷十九，岳麓书社 1996 年版，第 465 页。

的"角"音。后来,《吕氏春秋·音律》的记载就更为完整:

> 黄钟生林钟,林钟生太蔟,太蔟生南吕,南吕生姑洗,姑洗生应钟,应钟生蕤宾,蕤宾生大吕,大吕生夷则,夷则生夹钟,夹钟生无射,无射生仲吕。三分所生,益之一分以上生。三分所生,去其一分以下生。黄钟、大吕、太蔟、夹钟、姑洗、仲吕、蕤宾为上,林钟、夷则、南吕、无射、应钟为下。[①]

这是用以求十二律。但是,汉之前未见"隔八相生"的记载。笔者考稽,"隔八相生"应肇端于班固《汉书·律历志上》:

> 如法为一寸,则黄钟之长也。参分损一,下生林钟。参分林钟益一,上生太蔟。参分太蔟损一,下生南吕。参分南吕益一,上生姑洗。参分姑洗损一,下生应钟。参分应钟益一,上生蕤宾。参分蕤宾损一,下生大吕。参分大吕益一,上生夷则。参分夷则损一,下生夹钟。参分夹钟益一,上生亡射。三分亡射损一,下生中吕。阴阳相生,自黄钟始而左旋,八八为伍。[②]

这里已论及于"隔八"和"相生"。后来之所以有人将"三分损益"称作"隔八相生",是因为用"三分损益"法得出的各律按十二律排列时,自出发律至所生律,连同首尾计算共为八律。从"三分损益"的最初记载,至"隔八相生"说法的出现,少说也有 500 年之久,显然,是后人将二者合为一体的,根本不是"古《乐经》之言"。笔者以为,持"古《乐经》之言"者的依据,大概是《史记》卷二十四《乐书》所言:"五色成文而不乱,八风从律而不奸,百度得数而有常;大小相成,始终相生,倡和清浊,代相为经。"[③] 但唐张守节认为其所谓"经"即"常也",[④] 并不是指《乐经》。

---

① (战国)吕不韦等:《吕氏春秋》卷六《季夏纪第六·音律》,《四部丛刊》初编本。
② (汉)班固:《汉书》卷二十一上,中华书局 1962 年版,第 965 页。
③ (汉)司马迁:《史记》,中华书局 1959 年版,第 1211 页。
④ (唐)张守节:《史记正义》卷二十四,文渊阁《四库全书》本。

第六节 "杜夔传旧雅乐四曲"不是
孔子审定的《诗经》原曲

唐代房玄龄、褚遂良等撰《晋书》卷二十二《乐志上》曰：

> 杜夔传旧雅乐四曲，一曰《鹿鸣》，二曰《驺虞》，三曰《伐
> 檀》、四曰《文王》，皆古声辞。及太和中，左延年改夔《驺虞》、
> 《伐檀》、《文王》三曲，更自作声节，其名虽存，而声实异。唯因夔
> 《鹿鸣》，全不改易。每正日大会，太尉奉璧，群后行礼，东厢雅乐
> 常作者是也。……至泰始五年……（荀）勖乃除《鹿鸣》旧歌，更
> 作行礼诗四篇。①

这是今存"杜夔传旧雅乐四曲"的最早记载（房玄龄等之后的杜佑
《通典》卷一百四十七《三朝行礼乐失制议》谓晋司律中郎将陈颁曾有
此言）。其所谓"旧雅乐"、"古声辞"，应如何理解？南宋郑樵具体阐
释曰：

> 当汉之初，去三代未远，虽经主学者不识诗，而太乐氏以声歌肆
> 业，往往仲尼"三百篇"瞽史之徒例能歌也。奈义理之说既胜，则
> 声歌之学日微。东汉之末，礼乐萧条，虽东观、石渠议论纷纭，无补
> 于事。曹孟德平刘表，得汉雅乐郎杜夔。夔老矣，久不肆习，所得于
> "三百篇"者，惟《鹿鸣》、《驺虞》、《伐檀》、《文王》四篇而已，
> 馀声不传。②

这段话不仅揭明了"杜夔传旧雅乐四曲"来自"仲尼'三百篇'"（即孔
子正乐审定的"三百篇"），而且还摆出了"当汉之初……太乐氏以声歌
肆业，往往仲尼'三百篇'瞽史之徒例能歌也"的理由，因而影响深远，
后人多沿袭此说。如明代王志长曰："曹孟德平刘表而得汉雅乐郎杜夔，
夔老，久矣不肆习，所得于'三百篇'者，惟《鹿鸣》、《驺虞》、《伐

---

① （唐）房玄龄、褚遂良等撰：《晋书》，中华书局1974年版，第684—685页。
② （宋）郑樵：《通志》卷四十九《乐略第一·乐府总序》，中华书局1987年版，第625页。

檀》、《文王》四篇而已，馀声不传。"① 当代的《辞海》、《汉语大辞典》等皆谓："据清代学者研究，《鹿鸣》的乐曲至西汉、魏、晋间尚存，后即失传。"② 其"清代学者"实际上也是依据房玄龄等《晋书》及其沿袭者的述说而下的结论。

那么，"杜夔传旧雅乐四曲"果得之于"仲尼'三百篇'"吗？房玄龄等《晋书》未作说明，而其所依据的臧荣绪《晋书》及陆机《晋纪》等皆佚，亦无从查寻。为此，笔者详考细察了《诗经》歌唱、演奏的历史传承和杜夔其人其事，寻绎的答案是否定的。倒是清人所谓"夫乐章之欲拟于古难矣。若乃习其数者，不能明其义；为其词者，不能度其曲：此又后世之通患也。杜夔所传《鹿鸣》、《驺虞》、《伐檀》、《文王》四曲，施之郊庙，罔知所应，抑又名实乖异，音节已非"③，更接近于事实。实际上，"杜夔传旧雅乐四曲"，只不过是其拟古之作而已。

《诗经》本来是诗、乐和舞融合体，《墨子》即曰：儒者"诵诗三百，弦诗三百，歌诗三百，舞诗三百"④。而在《诗经》产生的时代，对这一融合体，人们更看重的是它的音乐的仪礼作用。历史典籍和文献说明，《诗经》乐章的一些曲谱，应在鲁襄公二十九年（公元前544）吴国公子季札出访鲁国"请观于周乐"之前，已基本定型⑤；鲁哀公十一年（公元前474）孔子"自卫返鲁"正乐，又厘正了这些乐章的曲谱在长期流传中出现的杂乱⑥，亦即顾颉刚所谓"孔子秉着好古的宗旨，又有乐律的智识，所以把雅乐在郑声挠乱之中重新整理一番，回复了它的真相"⑦。但遗憾的是，由于春秋后期和战国时期列国纷争、礼崩乐坏及郑卫之音的冲击，《诗经》的重要传播者儒家学派（如子夏、孟子、荀子以及鲁、齐、韩、毛四家等）越来越重视歌词，《诗经》记谱

---

① （明）王志长：《周礼注疏删翼》卷十四，文渊阁《四库全书》本。

② 夏征农主编：《辞海》（缩印本），上海辞书出版社2000年版，第2482页；罗竹风主编：《汉语大词典》（缩印本），汉语大辞典出版社1997年版，第7661页。

③ （清）张廷玉等：《皇清文颖》卷八载韩菼《乐章论》，文渊阁《四库全书》本。

④ （清）孙诒让：《墨子闲诂》卷十二《公孟》，中华书局1954年版，第285页。

⑤ （晋）杜预注，（唐）孔颖达等正义：《春秋左传正义》卷三十九《襄公二十九年》，（清）阮元校刻《十三经注疏》，中华书局1980年影印，第2006—2008页。

⑥ （三国·魏）何晏集解，（宋）邢昺疏：《论语注疏》卷九《子罕》，（清）阮元校刻《十三经注疏》，中华书局1980年影印，第2491页。

⑦ 顾颉刚：《古史辨》第三册《〈诗经〉在春秋战国间的地位·战国时的诗乐》，上海古籍出版社1982年版，第351页。

的方式简单①，主要靠口耳相传，秦始皇焚书坑儒等原因而散佚、毁灭。魏收曰：

> 周之衰也，诸侯力争，浇伪萌生，淫慝滋甚，竞其邪，忘其正，广其器，蔑其礼，或奏之而心疾，或撞之而不令。晋平公闻清角而颠陨，魏文侯听古雅而眠睡，郑、宋、齐、卫，流宕不反，于是正乐亏矣。……乐之崩矣，秦始灭学，经亡义绝，莫采其真。人重协俗，世贵顺耳，则雅声古器几将沦绝。②

则反映了秦时以《诗经》乐章为主体的雅乐亡佚的实情及其部分原因。

西汉时，以《诗经》为主体的雅乐如何，司马迁《史记》只字未提，直至东汉班固《汉书》，才有所记载，兹胪列如下（东汉荀悦撰《汉纪》只是把《汉书》传、志、表的材料按年代顺序加以剪裁，编排在帝纪之内，故略而不录）：

> 汉兴，乐家有制氏，以雅乐声律，世世在大乐官，但能纪其铿锵鼓舞，而不能言其义。高祖时，叔孙通因秦乐人制宗庙乐。③
>
> 汉兴，制氏以雅乐声律世在乐官，颇能纪其铿锵鼓舞，而不能言其义。④
>
> 武帝时，河间献王好儒，与毛生等共采《周官》及诸子言乐事者，以作《乐记》，献八佾之舞，与制氏不相远。⑤
>
> 河间献王有雅材，亦以为治道非礼乐不成，因献所集雅乐。天子下大乐官，常存肄之，岁时以备数，然不常御，常御及郊庙皆非雅声。⑥
>
> 武帝时，献王来朝，献雅乐……⑦

---

① 上海博物馆藏《战国楚竹书》中有 7 枚竹简记录的 40 种诗曲篇名（楚地乐歌，不在《诗经》之内），仅在一篇或几篇成组的篇名前用两个字（一是"声"名，有宫、商、徵、羽；一是"音"名，有穆、和、评等 9 个）标明音高。（朱渊春、廖名春主编：《上海馆藏战国楚竹书》，上海书店出版社 2002 年版）又今存唐以后编制的《开元十二诗谱》等亦极为简略。由此可推知《诗经》的曲谱不会复杂。

② （北齐）魏收：《魏书》卷一百九《乐志》，中华书局 1974 年版，第 2826 页。

③ （汉）班固：《汉书》卷二十二《礼乐志第二》，中华书局 1962 年版，第 1043 页。

④ （清）王先谦：《汉书补注》之《本志》第十卷《艺文志》，中华书局 1983 年版，第 872 页。

⑤ 同上。

⑥ （汉）班固：《汉书》卷二十二《礼乐志第二》，中华书局 1962 年版，第 1070 页。

⑦ （汉）班固：《汉书》卷五十三《景十三王传》，中华书局 1962 年版，第 2411 页。

　　成帝时，谒者常山王禹世受河间乐，能说其义，其弟子宋晔等上书言之，下大夫博士平当等考试。当以为……河间献王聘求幽隐，修兴雅乐以助化。时，大儒公孙弘、董仲舒等皆以为音中正雅，立之大乐。①

　　益州刺史王襄欲宣风化于众庶，闻王褒有俊材，请与相见，使褒作《中和》、《乐职》、《宣布诗》，选好事者令依《鹿鸣》之声习而歌之。时汜乡侯何武为僮子，选在歌中。②

这些零星的记载显示西汉初期尚有雅乐之"铿锵鼓舞"，武帝时曾有河间王献雅乐，宣帝时还有"《鹿鸣》之声"。这是不是说，西汉时孔子正乐审定的"三百篇"之乐尚有部分遗存呢？笔者以为，凭此难以定论。因为：

（1）前哲时贤大都认为孔子正乐审定的"三百篇"之曲调早亡于秦，就连班固亦曰：汉之前"礼乐丧矣"③，"孔子曰：'安上治民，莫善于礼；移风易俗，莫善于乐。'二者相与并行。周衰俱坏，乐尤微眇，以音律为节。又为郑、卫所乱，故无遗法。"④

（2）汉初制氏，我们仅从《汉书》服虔注知其为鲁人，而其名不详，世为太乐官更无从稽考。关于制氏所记雅乐之"铿锵鼓舞"，虽时有人重复郑樵之说曰："汉去三代未远，仲尼'三百篇'，大乐氏例能歌之。"⑤ 又有人据制氏为鲁人而断言："周乐在鲁，故制氏犹传其声律。"⑥ 但多数人不以为然：或认为"康成所谓诗有毛公、书有伏生、礼有高堂生、乐有制氏也。此恐亦臆度之词，而未必然也"⑦；或认为"制氏，代司铸钟，即其事也"⑧，"第能识其钟鼓铿锵而已"⑨；或认为"《周官》成均之法，所以教国子乐德、乐语、乐舞三者而已。乐德，则《舜典》命夔教胄子，数言已括其要；乐语，则'三百篇'可被弦

---

① （汉）班固：《汉书》卷二十二《礼乐志第二》，中华书局 1962 年版，第 1071—1072 页。
② （汉）班固：《汉书》卷六十四下《王褒传》，中华书局 1962 年版，第 2821 页。
③ （汉）班固：《汉书》卷二十二《礼乐志第二》，中华书局 1962 年版，第 1042 页。
④ （汉）班固：《汉书》卷三十《艺文志》，中华书局 1962 年版，第 1711—1712 页。
⑤ （明）唐顺之：《稗海》卷四十二《乐七·古度曲之源》，文渊阁《四库全书》本。
⑥ （清）何焯：《义门读书记》卷十六《前汉书》，文渊阁《四库全书》本。
⑦ （清）秦蕙田：《五礼通考》卷一百十七《吉礼·祭先圣先师》，文渊阁《四库全书》本。
⑧ （唐）杜佑：《通典》卷十七《杂议论中》，文渊阁《四库全书》本。
⑨ （元）吴莱：《渊颖吴先生文集》（宋濂编）卷七《与黄明远第三书论乐府杂说》，《四部丛刊》初编本。

歌者是；乐舞，则铿锵鼓舞之节"①；或认为"先王之声音度数，不止其所谓铿锵鼓舞，其人固不能尽纪也"②，"彼所谓能纪其铿锵者，又岂真得其节奏哉"③；或认为"及始皇一统，傲视百王。钟鼓满于秦宫，无非郑、卫；歌舞陈于汉庙，并匪《咸》、《韶》。而九成、六变之容，八佾、四悬之制，但存其数，罕达其情。而制氏所传，形容而已"④，"而于郊庙朝廷，皆协律新变，杂以赵、代、秦、楚之曲"⑤。如此这般，无怪乎清允禄、张照等《御制律吕正义后编》卷七十九发问："顾所谓制氏之铿锵者，秦耶？周耶？"⑥ 这怎可论定制氏所纪即孔子正乐审定的"三百篇"之乐呢？

（3）河间献王，即刘德（前？—前130）。汉景帝刘启之子，武帝刘彻之弟，景帝前元二年（公元前155）封河间王，卒谥献。司马迁谓其："好儒学，被服造次必于儒者。山东诸儒多从之游。"⑦ 班固亦曰："其学举六艺，立毛氏《诗》、左氏《春秋》博士，修礼乐，被服儒术，造次必于儒者。"⑧ 武帝时，曾献雅乐及大毛公《诗》之《训诂传》、《周官》五篇、孔子宅壁藏古经五十六篇、仲尼弟子及后学者所记一百三十一篇等。其所献雅乐，从《汉书》记载成帝时平当受命考试"王禹世受河间乐"时所言，知乃"河间献王聘求幽隐，修兴"而已，可能就是所"献八佾之舞"。退一步说，即便是"三百篇"之乐，也不是孔子正乐审定者。因为"汉兴，去圣帝明王遐远，仲尼之道又绝，法度无所因袭。时独有一叔孙通略定礼仪"⑨，而"叔孙通因秦乐人制宗庙乐"，"大抵皆袭秦故"⑩。乐为时间性艺术，"仲尼'三百篇'"之曲谱秦时已亡佚，仅凭口耳相传，由叔孙通、制氏至河间王献雅乐也应有半个世纪，其时连"制氏所传遂泯绝无闻焉"⑪，还有什么真传？

① （清）朱彝尊：《经义考》卷一百六十七《乐·乐经》，《四部备要》本。

② （明）胡翰：《胡仲子集》卷四《古乐府诗类编序》，文渊阁《四库全书》本。

③ （宋）方大琮：《铁庵集》卷二十五《乐律》，文渊阁《四库全书》本。

④ （后晋）刘昫：《旧唐书》卷二十八《志第八·音乐一》，中华书局1975年版，第1039—1040页。

⑤ （北齐）魏收：《魏书》卷一百九《志·乐五》，中华书局1974年版，第2826页。

⑥ （清）允禄、张照等：《御制律吕正义后编》，文渊阁《四库全书》本。

⑦ （汉）司马迁：《史记》卷五十九《五宗世家》，中华书局1959年版，第2093页。

⑧ （汉）班固：《汉书》卷五十三《景十三王传》，中华书局1962年版，第2410页。

⑨ （汉）班固：《汉书》卷三十六《楚元王传》，中华书局1962年版，第1968页。

⑩ （汉）司马迁：《史记》卷二十三《礼书》，中华书局1959年版，第1159页。

⑪ （宋）祝穆：《古今事文类聚》续集卷二十四《杂著·歌曲源流》，文渊阁《四库全书》本。

（4）《鹿鸣》乐曲，《毛诗序》谓"燕群臣嘉宾也"①。在先秦，其使用范围较广，演奏频率较高。然而，至西汉，上引《汉书·王褒传》所谓"《鹿鸣》之声"，系两汉之典籍文献所仅见；《史记·平津侯主父列传》虽谓王褒"以文章显"，但并未涉及《鹿鸣》之事。而且，如上所述，西汉初年以"三百篇"为主体的雅乐亡佚已无遗法，世代为太乐官的制氏只能"纪其铿锵鼓舞"，大儒叔孙通只能"因秦乐人制宗庙乐"。时经百馀年后的汉宣帝时，忽然冒出了"《鹿鸣》之声"，其是否就在孔子正乐审定的"三百篇"之列呢，实在令人生疑。笔者以为，这很可能是王褒一类通音律、善歌诗者的拟古之作。

西汉初年，雅乐"颇袭秦旧，中和之响，阒其不还。"②"迨汉兴八十馀载，武帝始立乐府，……然杂出于街陌，讴谣之鄙，不纯乎先王；歌颂之音，亦在去取之域矣。"③"迄及元、成，稍广淫乐。正音乖俗，其难也如此。暨后汉郊庙，惟杂雅章，辞虽典雅，而律非夔、旷。"④可见东汉时，其雅乐去古就更远了。考诸历史典籍文献，有关东汉雅乐的记载多限于《鹿鸣》一曲，亦胪列如下：

> （明帝永平）二年……冬十月壬子，幸辟雍，初行养老礼。诏曰："……升歌《鹿鸣》，下管《新宫》，八佾具修，万舞于庭。……"⑤
>
> （永平十年）闰月甲午，行幸南阳，祠章陵，祭于旧宅。作雅乐，奏《鹿鸣》，天子亲御埙篪，以娱嘉宾。⑥
>
> （明帝永平）十年……闰月甲午，南巡狩，幸南阳，祠章陵。日北至，又祠旧宅。礼毕，召校官弟子作雅乐，奏《鹿鸣》，帝自御埙篪和之，以娱嘉宾。⑦
>
> 章帝元和二年，宗庙乐，故事，食举有《鹿鸣》、《承元气》

① （汉）毛亨传，（汉）郑玄笺，（唐）孔颖达等正义：《毛诗正义》卷九之二，（清）阮元校刻《十三经注疏》，中华书局1980年影印，第405页。

② （南朝·梁）刘勰著，詹锳义证：《文心雕龙义证》卷二《乐府》，上海古籍出版社1989年版，第232页。

③ （宋）陈旸：《乐书》卷一百六十二《四方歌》，文渊阁《四库全书》本。

④ （南朝·梁）刘勰著，詹锳义证：《文心雕龙义证》卷二《乐府》，上海古籍出版社1989年版，第240—242页。

⑤ （南朝·宋）范晔：《后汉书》卷二《明帝纪》，中华书局1965年版，第102页。

⑥ （晋）袁宏：《后汉纪》卷十《孝明皇帝纪》，《四部丛刊》初编本。

⑦ （南朝·宋）范晔：《后汉书》卷二《明帝纪》，中华书局1965年版，第113页。

二曲。①

又汉太乐食举十三曲：一曰《鹿鸣》，二曰《重来》……②（按宋陈旸《乐书》卷一百九十六《王日食一举》谓"汉太乐旧传食举十三曲，章帝推用《鹿鸣》一曲"，宋王质《诗总闻》卷九《闻雅四》、郭茂倩《乐府诗集》卷十三《燕射歌辞》皆谓"食举七曲"亦有《鹿鸣》。）

另外，东汉末年蔡邕《琴赋》有"《鹿鸣》三章"一语③，旧传东汉蔡邕撰《琴操》曰："古琴曲有歌诗五曲，一曰《鹿鸣》、二曰《伐檀》、三曰《驺虞》、四曰《鹊巢》、五曰《白驹》。"④ 这些记载，离西汉宣帝时冒出的"《鹿鸣》之声"，又逾一个世纪。笔者以为，此《鹿鸣》之乐等，或即宣帝时的"《鹿鸣》之声"，或为又一些拟古之作。惟其如此，郝经才说："夫律准京房所制，东汉二百年间已不知其意，况三代之乐乎？则永平之所作，亦制氏之铿锵鼓舞而已。"⑤

笔者历数两汉，详考细究其以"三百篇"为主体的雅乐之存佚，目的在于说明秦之后四百馀年，真正由孔子正乐审定的"三百篇"之乐已荡然无存。就在这"乐阙于秦，汉以来不知先王制作之本，而正声雅义不传，其诸乐舞各以其意为之，有依放（仿）古乐者，有杂用古今乐者，有皆创为之者，是以卒归于郑、卫而不自知"⑥ 的背景和现实中，杜夔传旧雅乐四曲有可能得之于"仲尼'三百篇'"吗？

对于这一问题，我们还可进一步考察有关杜夔的记载。其记载主要有两处：一是本文开始征引的唐代房玄龄等《晋书》一段文字；一是晋代陈寿《三国志》之《魏志》卷二十九《杜夔传》，这是杜夔生平行实的最原始、最详尽的记载：

杜夔字公良，河南人也。以知音为雅乐郎，中平五年，疾去官。州郡司徒礼辟，以世乱奔荆州。荆州牧刘表令与孟曜为汉主合雅乐，

---

① （南朝·梁）沈约：《宋书》卷十九《乐一》，中华书局1974年版，第538页。
② 同上书，第538—539页。
③ （唐）欧阳询：《艺文类聚》卷四十四《乐部四·琴》，上海古籍出版社1965年版，第783页。
④ （东汉）蔡邕：《琴操》卷上，中华书局1985年版，第1页。
⑤ （元）郝经：《续后汉书》卷八十七上下《礼乐·律吕、声音》，文渊阁《四库全书》本。
⑥ （元）郝经：《续后汉书》卷八十七下下《礼乐·代乐》，文渊阁《四库全书》本。

乐备，表欲庭观之，夔谏曰："今将军号不为天子合乐，而庭作之，无乃不可乎！"表纳其言而止。后表子琮降太祖，太祖以夔为军谋祭酒，参太乐事，因令创制雅乐。夔善钟律，聪思过人，丝竹八音，靡所不能，惟歌舞非所长。时散郎邓静、尹齐善咏雅乐，歌师尹胡能歌宗庙郊祀之曲，舞师冯肃、服养晓知先代诸舞，夔总统研精，远考诸经，近采故事，教习讲肄，备作乐器，绍复先代古乐，皆自夔始也。黄初中，为太乐令、协律都尉。汉铸钟工柴玉巧有意思，形器之中，多所造作，亦为时贵人见知。夔令玉铸铜钟，其声均清浊多不如法，数毁改作。玉甚厌之，谓夔清浊任意，颇拒捍夔。夔、玉更相白于太祖，太祖取所铸钟，杂错更试，然后知夔为精而玉之妄也。于是罪玉及诸子，皆为养马士。文帝爱待玉，又尝令夔与左愿等于宾客之中吹笙鼓琴，夔有难色，由是帝意不悦。后因他事系夔，使愿等就学，夔自谓所习者雅，仕宦有本，意犹不满，遂黜免以卒。弟子河南邵登、张泰、桑馥，各至太乐丞；下邳陈颀司律中郎将。自左延年等虽妙于音，咸善郑声，其好古存正莫及夔。①

其传未有只字言及"杜夔传旧雅乐四曲"之事。审视其传，我们可以更明确地说：

（1）杜夔在荆州刘表处，只是与孟曜"合雅乐"而已；在曹操手下，只是"总统"邓静、尹齐、尹胡、冯肃、服养诸人，"远考诸经，近采故事，教习讲肄，备作乐器"，"创制雅乐"而已。其所"传旧雅乐四曲"，实即拟古之作。元吴莱即评曰："《鹿鸣》、《驺虞》、《伐檀》、《文王》四调，犹得为汉雅乐之所肄，且混于赵、燕、代之讴者无几。自其辞言，古今义理之极致一也；自其声言，则乐师、蒙瞍之任未必能胜。……自汉、魏以来，诚不以可望古'三百篇'。②杨伯峻亦曰："至于东汉末年曹操从荆州得到雅乐郎杜夔，他还能记出《诗经》中四篇乐谱，我却认为，杜夔所记出的《诗》的四篇乐谱未必是春秋以前的古乐谱。"③

（2）杜夔所"绍复先代古乐"，应指东汉时的雅乐，绝非纯粹的周代雅乐。因为周代雅乐，汉初已面目全非，又经四百馀年，更是无章可循了。杜夔于东汉灵帝时"以知音为雅乐郎"，其所"教习讲肄"者，只能

① （晋）陈寿：《三国志》，中华书局1969年版，第806—807页。
② （元）吴莱：《渊颖吴先生文集》（宋濂编）卷十二《古诗考录后序》，《四部丛刊》初编本。
③ 杨伯峻主编：《经学浅谈·导言·三、十三经的完成经过》，中华书局1984年版，第3页。

是东汉时的雅乐。

第七节　近年来《乐经》研究述评

　　现在，弘扬"国学"的呼声甚高。何谓"国学"？如何弘扬"国学"？我完全赞同刘梦溪根据马一浮《泰和会语》所谓"今揩定国学者，即是六艺之学，用此代表一切固有学术，广大精微，无所不备"而倡扬的："'六艺'亦称'六经'，就是孔子删定的六门学问，包括《诗》、《书》、《礼》、《乐》、《易》、《春秋》。我国学术的源头即在于此，中华文化的原典精神亦出于此。我们今天讲国学，重要的一点是回归'六经'。"①然而，秦汉之际，作为"六经"之一的《乐经》竟然失传了，"六经"变成了《诗》、《书》、《礼》、《易》、《春秋》之"五经"，实为一大憾事。《乐经》过早地亡佚，先秦诸典籍文献中又不见具体的记载和征引，因而，究竟有没有一部《乐经》？《乐经》是什么样子？《乐经》何以亡佚？等等疑问，就成了难以破解之谜。两千馀年来，古人总想破解其留下的一系列谜团，因而猜想臆说不断，还出现了一些佚文。但进入现、当代以来，不知为何，人们对其竟罕于问津了。即便时而有人于著述中提及（如刘师培《经学教科书》、杨伯峻《经学浅谈·导言·十三经的完成经过》、朱谦之《中国音乐文学史》第三章《诗与乐·一、〈诗经〉全为乐歌论》、熊十力《论六经》、李学勤《十三经注疏·序言》和《经史总说》以及《郭店楚简与儒家经籍》、南怀瑾《孟子旁通·音乐的今昔观》、周国林《六经次序及其有关问题》等），也大都是些只言片语，并无专论。直至 2007 年 4 月，笔者《〈乐经〉考论》（即本章第一节至第五节的初稿）……公诸于世（2010 年方作为单篇论文正式发表于《中国文化研究》第 2 期），2007 年 8 月罗艺峰在举办的《中国经学第二届国际研讨会》上作了《由〈乐纬〉的研究引申到〈乐记〉与〈乐经〉的问题》的发言（发表于台湾高雄师范大学经学研究所出版的《经学研究集刊》2007 年第三期），项阳于 2008 年 6 月 23 日《光明日报》第 012 版《国学》专栏发表了《〈乐经〉何以失传？》，才引起学术界的重视。继而田君、成相如、付林鹏和曹胜高、杨赛、孙蓉蓉、聂麟枭、张放、刘全志、余作胜、王锦生等人争相撰文，形成了一个热点。这些探讨，颇为广泛，

---

　　①　刘梦溪：《国学辨义》，《文汇报》2008 年 8 月 4 日第 016 版《学林》专栏。

有助于"国学"的弘扬。据笔者所知，迄今已累积发表了这方面的专题论文 20 馀篇，兹按所涉及的问题分类述评如下：

一　有无《乐经》

笔者与绝大多数学者考察《庄子》、《荀子》、《礼记》等先秦典籍文献和郭店楚墓出土的竹简、湖南长沙马王堆三号墓出土的帛书等，以二重证据确认先秦确实存在过以文本为实体的《乐经》，只是"如同《诗经》在先秦通称《诗》一样，《乐经》在先秦则通称之为《乐》"。[①] 罗艺峰亦独辟蹊径，从古代学术传统上以纬证经的思路出发，通过对《乐记》和《乐纬》的研究，论证了古已有《乐经》的结论，强化了《乐经》存在的事实。[②]

至于王锦生所谓："河南博物院藏有被誉为'我国最早的官定儒家经本'的'熹平石经'残石三件，其中二块残碑文字全都与'音''律'以及乐器（编钟）有关。这二件残石所刻内容似乎就是早已失传的儒家经籍《乐经》。因石藏河南，为阐述方便，将此两件'熹平石经'残石分别命名为'豫一''豫二'。""《熹平石经》自北宋以来即备受重视，不断有人辨识考证，已被历代学者公认为'中国刻于石碑上最早的官定儒家经本'，'立于洛阳城南开阳门外太学讲堂（遗址在今河南偃师朱家圪垱村）前的《熹平石经》之四十六碑皆是儒家经籍，《熹平石经》不会有任何儒家经籍之外的文献入选。'而在儒家其他经籍中从未发现有如此密集的关于音乐的内容。且《礼记·乐记》虽是谈'乐'，但通篇并无这两块残碑所载之文字。因此'豫一''豫二'文字内容为《乐经》应该可以肯定。"[③] "笔者以为此二件残石应该就是早已失传的儒家经籍《乐经》。"[④] **笔者按**：此《熹平石经》实乃汉灵帝熹平四年（175）许可议

---

① 2007 年 4 月网络推出的笔者：《本有一部〈乐经〉》，第 3—5 页；项阳《"六代乐舞"为〈乐经〉说》，《中国文化》2010 年第三十一期；田君《〈乐经〉的性质与亡佚新探》，《南京艺术学院学报·音乐与表演》2010 年第 1 期；田君：《〈乐经〉考疑》，《北方论丛》2013 年第 2 期和《乐经〉年代学研究》，《南京艺术学院学报·音乐与表演》2013 年第 3 期；（按，田君以上两文大同小异，实为一稿，故之间不用分号）刘全志《论〈乐经〉的基本形态及其在战国的传播》，《南京艺术学院学报·音乐与表演》2013 年第 2 期；付林鹏《〈乐经〉存佚说新探》，《中国社会科学报》2013 年 5 月 8 日第 B03 版。

② 罗艺峰：《由〈乐纬〉的研究引申到〈乐记〉与〈乐经〉的问题》，台湾高雄师范大学经学研究所出版《经学研究集刊》2007 年第三期。

③ 王锦生：《探佚消失的〈乐经〉——河南博物院藏"熹平石经"残石内容管窥》，《光明日报》2013 年 11 月 21 日第 012 版。

④ 王锦生：《〈乐经〉——佚失的儒家经籍——河南博物院藏熹平石经残石内容管窥》，《中原文物》2014 年第 1 期。

郎蔡邕等奏求正定六经文字而立于太学者，即使其上刻有"乐经"，也只能是汉平帝刘衍元始四年（公元4）奏立的阳成衡揣度摹仿之作。其书隋时尚在，即唐魏征等《隋书》卷三十二《经籍志》记为"《乐经》四卷"者。

河南博物院藏熹平石经残石

项阳虽然肯定《乐经》的存在，但强调"乐本体之活态传承的特殊性"[①]，在当时的条件下"其特定性决定了乐之形态最难以用文字加以表述"[②]。并声言："《乐经》不可能有完整的文本意义。"[③]"我与经史界最大的不同在于他们把'乐经'看成文本，我把'乐经'视为在国家最高祭祀仪式中所用的经典乐舞，即'六代乐舞'。"[④] **笔者按**：1. 实际上，"六经"系儒家的六部典籍，"六经"之"经"，尤其在先秦，是有特定涵义的，即特指儒家的典范著作。如《荀子·劝学》："其数则始乎诵经，终乎读礼。"唐杨倞注："经，谓《诗》、《书》。"[⑤] 范文澜曰："孔子非常博学，收集鲁、周、宋、杞等故国的文献，整理出《易》、《书》、《诗》、《礼》、《乐》、《春秋》六种教本来，讲授给弟子们。这些教本……被尊称为经。"[⑥] 这说明，《乐经》是有文本的。而项阳所强调的"活态传承"

---

① 项阳：《"六代乐舞"为〈乐经〉说》，《中国文化》2010年第三十一期。
② 同上。
③ 同上。
④ 彭林、项阳：《礼乐之间：一个久违的思想空间》，《光明日报》2011年5月9日第015版。
⑤ （清）王先谦：《荀子集解》卷一《劝学篇第一》，中华书局1988年版，第11页。
⑥ 范文澜：《中国通史》第一册，人民出版社1994年版，第170页。

的乐舞，只是就乐舞的演奏而言，这是对于文本的实践，并非指文本本体。2. 历来对于《乐经》的诠说很不一致，就"六代乐舞"而论，项阳由乐舞的"活态传承"而推及"六代乐舞"无文本，也是不符合逻辑的。因为作为时空艺术的乐舞而言，不仅在先秦，就是在音像大兴的现代，传承也离不开耳提面命、言传身教。按项阳的逻辑，岂不也可推论现代乐舞没有文本？笔者认为，在文字产生之后，为了帮助记忆，保持乐舞传承和演出的一致性，教授和指导者、习练和演奏者，必有"本"可依。据《礼记·投壶》之篇末记载，先秦士大夫宴饮中投壶时打击的鲁鼓、薛鼓都有"○"和"□"记录的鼓谱，[①] 何况六代乐舞？虽然有关六代乐舞的具体情况，今天已无法尽知，但从《礼记》记载的六代乐舞之一的《大武》的演出看，其歌颂武王伐纣大获全胜、万邦来朝的丰功伟业：有武王伐纣的决心，有出征前士兵峰峦般巍然屹立的阵势，有姜太公率领前锋直指商都朝歌的威武勇猛，有剑击枪刺、斧砍盾挡的激烈战斗场景，有周、召二公亲自出场的领舞，有凯旋而归诸侯尊崇武王的仪式，有对周王的无尚崇敬等。整个乐舞分为六成（场），结构十分宏大而复杂，[②] 如无文字或符号记录，单凭空记忆是万万难以确保其代相传承的一致性的。

对于项阳坚持的"乐经"无文本的主张，田君亦有所商榷："先秦典籍，有'记'则有'经'，无'经'，'记'从何来？因此《乐记》当有所承系、有所依凭，古本《乐记》存在解读《乐经》的内容。"[③] "此谓古《乐》典籍，经孔子编订，以作教材之用。'《乐经》者，唱歌课本以及体操之模范也'，其内容当为乐舞之教育。所谓教育者，其大要不外两端，教之以技与教之以义。教之以技者，钟鼓管磬，倡和清浊，屈伸俯仰，缀兆舒疾，此乐之文也；教之以义者，和顺积中，追远道古，穷本知变，以象事功，此乐之实也。两者得兼，则文备而实足。教之以技，或言传身授，或形诸谱录；教之以义，则大可载于典册，畅发幽旨，传诸后世，何谓古《乐》定无其书？"[④] **笔者按：**由于田君对于《乐经》内涵和

---

① （汉）郑玄注，（唐）孔颖达等正义：《礼记正义》卷五十八，（清）阮元校刻《十三经注疏》，中华书局 1980 年影印，第 1667 页。

② （汉）郑玄注，（唐）孔颖达等正义：《礼记正义》卷三十九，（清）阮元校刻《十三经注疏》，中华书局 1980 年影印，第 1541—1542 页。杨荫浏并对照《乐记》作了具体的分析和阐释（《中国古代音乐史稿》第三章《二、大武》，第 31—33 页）。

③ 田君：《〈乐经〉的性质与亡佚新探》，《南京艺术学院学报·音乐与表演》2010 年第 1 期。

④ 田君：《国学名家〈乐经〉论说汇考》，《交响—西安音乐学院学报》2013 年第 1 期。

外延的理解与项阳完全相左，未免有各说各的之嫌，缺乏针对性，无怪乎项阳谓之"有若隔山打牛"。

聂麟枭则主张："首先，'乐本无经'；其次，'乐经'一词为后人所造。"① "今日谈及'六经'必称为孔子编订，似乎孔子时便有'六经'一词；然而，孔子时不仅从未有'六经'一词，也从未有'乐经'的说法，其他'五经'也并未有'经'的称谓。在整个先秦时期，'诗、书、礼、乐、易、春秋'的存在方式并非汉代之后经学意义上的'六经'，而是存在于先秦时期特有的教学意义上的'六艺'教学活动。"② "乐本无经，'经'脱胎于'六艺'教学活动，'经学'诞生于秦汉之际'焚书'后产生的'文献自觉'，'五经博士'确认之时便无'乐经'，'乐经'一词出于王莽时人伪作，发扬于沈约《宋书·乐志》，后世之研究多误，盖受后世经学思维影响过深之故。"③ 笔者按：1. 当先秦典籍文献和出土的先秦竹简已证实有周曾存在一部《乐经》之时，这一"乐本无经"论则明显不符合历史实际情况，其辩说未免苍白。2.《乐经》不是从天上掉下来的，其产生当然有所承续，与周初的"六艺"渊源密切。但是"六经"不是周初的"六艺"：周初的"六艺"是周代官学教育学生掌握的六种基本技能，即《周礼·地官司徒·保氏》所说的"养国子以道，乃教之六艺：一曰五礼，二曰六乐，三曰五射，四曰五御，五曰六书，六曰九数。"④ 具体说：五礼即吉、凶、宾、军、嘉之礼节，六乐即《云门大卷》、《咸池》、《大韶》、《大夏》、《大濩》、《大武》之六代乐舞，五射即白矢、参连、剡注、襄尺、井仪之射箭技术，五御即鸣和鸾、逐水车、过君表、舞交衢、逐禽左之驾车技术，六书即象形、指事、会意、形声、转注、假借之书法，九数即方田、栗布、差分、少广、商功、均输、盈朒、方程、勾股之算法；而六经则是春秋时期私学教育中儒家奉为圭臬的施教课本，即《易》、《书》、《诗》、《礼》、《乐》、《春秋》六部经典。而且，从具体的语言环境看，聂文举以为证的《史记·孔子世家》曰："孔子以'诗、书、礼、乐'教，弟子盖三千焉，身通六艺者七十有二人。"⑤ 其

---

① 聂麟枭：《乐本无经——从经学史与"六艺"教学活动解读"乐经"疑案》，《人民音乐》2011 年第 8 期。
② 同上。
③ 同上。
④ （汉）郑玄注，（唐）贾公彦疏：《周礼注疏》卷十四，（清）阮元校刻《十三经注疏》，中华书局 1980 年影印，第 731 页。
⑤ （汉）司马迁：《史记》，中华书局 1959 年版，第 1938 页。

"诗、书、礼、乐"也是指孔子施教的课本，其"六艺"，已不同于《周礼·保氏》中的"六艺"，而是指《易》、《书》、《诗》、《礼》、《乐》、《春秋》六部经典。东晋葛洪曰："或曰：'儒者，周孔也，其籍则六经也，盖治世存正之所由也，立身举动之准绳也，其用远而业贵，其事大而辞美，有国有家不易之制也。'"① 许慎曰："孔子书六经。"② 皮锡瑞说："经学开辟时代，断自孔子删定六经为始。孔子以前，不得有经；犹之李耳既出，始著五千之言；释迦未生，不传七佛之论也。"③ 马宗霍曰："盖古之六艺，自孔子修订，已成为孔门之六艺矣。未修订以前，六艺但为政典；已修订以后，六艺乃有义例。政典备，可见一王之法；义例定，遂成一家之学。法仅效绩于当时，学斯垂教于万祀。"④ 有周教育与六经的形成有一个发展过程，孔子创设私学编修施教课本，乃是集其大成。这正如李学勤所说："周代尚文，当时教育已包括《诗》、《书》、《礼》、《乐》。如《国语·楚语》记载，春秋中叶楚庄王定太子傅，大夫申叔时回答王问，提到'教之春秋'、'教之诗'、'教之礼'、'教之乐'、'教之训典'等等，即涵有《诗》、《书》、《礼》、《乐》及《春秋》等方面的内容。春秋晚年，孔子立私学，以《诗》、《书》、《礼》、《乐》教弟子，经的体系进一步奠定。史籍传述孔子曾修纂六经，对此学者颇有争论，但六经之称在战国时确已存在。《庄子·天运篇》载：'孔子谓老聃曰：丘治《诗》、《书》、《礼》、《乐》、《易》、《春秋》六经'，语属寓言，很多人不相信。不久前湖北荆门郭店楚墓出土竹简《六德》，篇中说：'观诸《诗》、《书》，则亦在矣；观诸《礼》、《乐》，则亦在矣；观诸《易》、《春秋》，则亦在矣'，所讲六经次第与庄子全同，证明战国中叶实有这种说法。"⑤

二 《乐经》是什么

1. 笔者认为："不少人认为，《乐》既称之为经，就应在乐理、乐律、乐的意义、歌唱和演奏的方式方法、用乐规范乃至音乐机构、音乐制度等方面有所阐释或规范。其实不然，《乐经》只是一都《诗经》的曲谱，供

---

① 王明：《抱朴子内篇校释·明本卷十》，中华书局 1985 年版，第 188 页。

② （汉）许慎：《说文解字》第十五上，中华书局 1963 年版，第 314 页。

③ （清）皮锡瑞：《经学历史》，中华书局 2004 年版，第 1 页。

④ 马宗霍：《中国经学史·第二篇孔子之六经》，商务印书馆 1937 年版，第 9 页。

⑤ 李学勤：《十三经注疏·序言》，李学勤主编《十三经注疏点校本》，北京大学出版社 1999 年版。

歌唱和演奏而已。《诗经》在当时是诗、乐、舞三位一体的融合体，其曲谱的意义即寓于歌词（诗）之中；其演奏方法，有关的乐理、乐律，也包含在曲谱之中，这都毋庸多言。至于音乐机构、音乐制度和用乐规范等，应属于官制和礼制问题。陈启源曰：'《序》自言诗不言乐也，意歌诗之法自载于《乐经》，元无烦序《诗》者之赘及。'这就是说，《乐经》并没有多少文字说明，因而，先秦诸典籍文献虽频频言及《乐经》，但未见有何征引。这正如全都湮没无闻的汉魏乐府、唐绝句、宋词、元明散曲的曲谱一样，当时皆可歌唱、演奏，其演奏方法就寓于曲谱之中，无需什么文字说明。周予同说：'孔子《乐经》只是一部《诗经》的曲谱，供歌唱和演奏而已。'"① 明代刘濂、朱载堉等已明确提出此说，拙文旨在进一步申述、论证而已。

对此，刘全志曰："最近也有论者指出，先秦本有一部《乐经》，但此《乐经》就是《诗经》之曲谱。这种观点显然也是《乐经》与《诗经》为一体说的延续与发挥。总体来看，《诗》《乐》一体说固然考虑到诗与乐的密切关系，但认为《乐》就是《诗》之曲谱显然也不符合先秦典籍的记载。无论如何，《乐经》即《大司乐》、《诗》《乐》一体这两种说法，都有助于启发我们对《乐经》的考察，因为在先秦时期，特别是西周乃至春秋时期，诗、乐、礼关系密切：一场典礼往往是诗、乐、礼的合一，其中有乐的演奏、诗的歌唱，更有礼仪的考虑。"② **笔者按**："先秦典籍"关于《乐经》的"记载"是什么？惜其破而不立，未正面亮明观点，并作具体论说。

罗艺峰则本《四库提要》所谓"盖经者非他，即天下之公理而已"曰："铿锵鼓舞、鲁鼓薛鼓、曲谱课本当然不是经，而是乐之末节，不言义理如何可能是经？器之术不足以称道之经。"③ **笔者按**：**1**. 有周雅乐原本是诗、乐、舞三位一体的，其曲谱是制乐的重要内容，系演奏之本。《礼记·乐记》曰："夫乐者乐也，人情之所不能免也。乐必发于声音，形于动静，人之道也。声音动静，性术之变尽于此矣。故人不耐无乐，乐不耐无形，形而不为道不耐无乱。先王耻其乱，故制雅乐之声以道之，使其声足

---

① 2007 年 4 月网络推出的笔者：《〈诗经〉与器乐·第一章〈乐经〉考论·第二节〈乐经〉即〈诗经〉的曲谱》，第 6 页。

② 刘全志：《论〈乐经〉的基本形态及其在战国的传播》，《南京艺术学院学报·音乐与表演》2013 年第 2 期。

③ 罗艺峰：《由〈乐纬〉的研究引申到〈乐记〉与〈乐经〉的问题》，《经学研究集刊》2007 年第三期。

乐而不流，使其文足论而不息，使其曲直、繁瘠、廉肉、节奏足以感动人之善心而已矣，不使放心邪气得接焉，是先王立乐之方也。是故乐在宗庙之中，君臣上下同听之，则莫不和敬；在族长乡里之中，长幼同听之，则莫不和顺；在闺门之内，父子兄弟同听之，则莫不和亲。故乐者，审一以定和，比物以饰节，节奏合以成文，所以合和父子、君臣，附亲万民也，是先王立乐之方也。"① 如此，岂可仅仅与实际是具体演奏的"器之术"、"技艺"等量齐观并进而贬之为"乐之末节"？**2.** 就"经"字来说，夏传才考证指出："'经'的初字是'圣'，始见于周代铜器，盂鼎、克鼎、毛公鼎、克钟上面都有'圣'字。'圣'即'丝'。古文字学家认为'圣'就是'线'。古代的典籍写在二尺四寸长（汉制尺约今二十厘米）的竹简或木牍上，用丝绳串起来。这个尺寸的简牍，在当时是最大号的，相当于现代最大的版本，表示用它书写的典籍重要；这些典籍就叫'经'。"② "对于这个问题，章太炎曾这样说：'经者，编丝连缀之称，犹印度梵语之称"修多罗"也。'印度的'修多罗'也是以丝编贝叶为书，汉译也译为'经'。所以，'经'原意是指重要的书籍。"③ 先秦"六经"之"经"，用的就是"经"的本意，指"重要的书籍"，绝不是汉代以来被无限引申了的"经，常也"④、"经，径也，常典也，如径路无所不通，可常用也"⑤、"经也者，恒久之至道，不刊之鸿教也"⑥、"经者非他，即天下之公理而已"⑦ 等。"六经"即儒家奉为典范的六种施教的课本。基于这一认识，东汉徐防曾言："臣闻《诗》、《书》、《礼》、《乐》，定自孔子。"⑧ 周予同亦说："孔子以前，不得有经；孔子以后的著作，也不得冒称为经。他们以为经、传、记、说四者的区别，由于著作者身份的不同，就是孔子所作的叫做经，弟子所述的叫做传或叫做记，弟子后学辗转口传的叫做说。"⑨ **3.** 据考，从来未有人说过"鲁鼓薛鼓"就是《乐经》，即罗

---

① （汉）郑玄注，（唐）孔颖达等正义：《礼记正义》卷三十九《乐记》，（清）阮元校刻《十三经注疏》，中华书局 1980 年影印，第 1544—1545 页。

② 夏传才：《十三经讲座·第一讲经和经学》，广西师范大学出版社 2006 年版，第 1 页。

③ 同上书，第 2 页。

④ （汉）班固：《白虎通德论》卷八《五经》，《四部丛刊》初编本。

⑤ （宋）李昉等：《太平御览》卷六百零八《学部二·叙经典》引刘熙《释名》，《四部丛刊》三编本。

⑥ 陆侃如、牟世金：《文心雕龙译注·宗经》，齐鲁书社 1995 年版，第 110 页。

⑦ （清）永瑢等：《四库全书总目》卷一《经部总叙》，中华书局 1965 年版，第 1 页。

⑧ （南朝·宋）范晔：《后汉书》卷四十四《徐防传》，中华书局 1965 年版，第 1500 页。

⑨ 朱维铮编：《周予同经学史论著选集》，上海人民出版社 1983 年版，第 206 页。

文征引的丘琼荪之言中提及的"汪烜亦云：'其篇盖有谱无文，如鲁鼓、薛鼓之类。即其有文字处，亦琐碎不可读，故儒者不能传。'"① 其中"鲁鼓、薛鼓"也只是个比喻。汪烜是主张《乐记》为《乐经》的，以上之语，见汪烜《乐经律吕通解》卷一《乐记或问》："今观《乐经》所遗篇名，曰《奏乐》者，是盖古琴瑟笙磬节奏之谱也；曰《乐器》，则琴瑟钟磬凡器之制也；曰《乐作》，则教人作乐之法也；曰《说律》，则十二律相生相用之法，规径长短之准也。曰《招本》、《招颂》，盖《韶》乐之遗（'韶'、'招'，古字通用）。是其篇盖有谱无文，如鲁鼓、薛鼓之类。即其有文字处，亦琐碎不可读，故儒者不能传。"② 审视其所处的具体语言环境，则知汪烜是在以"鲁鼓、薛鼓"比喻"《招本》、《招颂》，盖《韶》乐之遗""有谱无文"，不是说"鲁鼓、薛鼓"就是《乐经》。

2. 罗艺峰认为："熊十力先生著《论六经·中国历史讲话》，以为《乐记》就是古之《乐经》。……他说，虽然《乐记》其文不多，但宏阔深邃，'究天人之际，著万物之理，非圣人不能作也。'主要是从内容立论，以为《乐记》的思想、哲学、伦理，非圣人难以有此气象。……故可知熊十力先生主《乐记》即《乐经》说，且从内容和精神气象分析，得出此论。"③ 罗艺峰虽未明言《乐经》为何，但从其否定丘琼荪"《乐记》非经"、范文澜"《乐》是孔子的教学课本"、杨伯峻"《乐经》……不过是曲谱"诸说，④ 肯定熊十力"《乐记》即《乐经》"说，知其是倾向于《乐记》即《乐经》的。窥究其所据：**1.** "什么是'经'？按《四库提要》：'盖经者非他，即天下之公理而已'，'经'，也即论述事物常道、天下至理的典籍，如六经。"⑤ **2.** 考察《乐记正义》与"经"、《乐纬》与《乐记》的关系，"发现纬书正是以《乐记》为经，从而以纬证经，以纬论经的。这里，特别要指出被人往往忽视的《礼记·乐记》有两个与《乐经》有关的要害：一是《正义》明确把《乐记》作为经书；二是《正义》常引纬书以证经。东汉郑玄注，唐孔颖达疏《礼记正义》

① 罗艺峰：《由〈乐纬〉的研究引申到〈乐记〉与〈乐经〉的问题》，《经学研究集刊》2007 年第三期。

② （清）汪烜（一名绂）：《乐经律吕通解》，中华书局 1985 年版，第 37—38 页。

③ 罗艺峰：《由〈乐纬〉的研究引申到〈乐记〉与〈乐经〉的问题》，《经学研究集刊》2007 年第三期。

④ 同上。

⑤ 同上。

在注疏《乐记》时常常指称其为‘经’”①。孙蓉蓉亦承袭其说。② **笔者按：**（1）2007 年 4 月网上推出的拙稿《〈诗经〉与器乐·第一章〈乐经〉考论·第四节牵强附会的〈乐经〉诸说》之“二、以《乐记》为《乐经》”（第 14—15 页），已考证其说肇端于东汉马融，至明代何乔新始明言“《乐记》一篇，可以为《乐经》”③；并指出：“其实，《乐记》被西汉戴圣编纂《礼记》时收入，已昭示其属于礼了。而且，从《乐记》为子贡作、孔子再传弟子公孙尼子作、荀子门人作、河间献王集毛生等采集《周礼》及诸子著述作等说法看，其不是孔子之前就存在又经孔子整理过的著作无疑；从其主要论述音乐的起源、本质、特征、社会功能及艺术创作、欣赏中的主客观关系看，也不应是《乐经》涉猎的内容。”（2）上文已论及以《四库提要》所谓“天下之公理”为“经”，系后人对于”经”本义的引申，脱离了先秦的具体时代，不符合历史唯物主义原则；（3）细审《礼记正义》，只有唐孔颖达之“疏”常指称《乐记》为“经”，因为隋炀帝置“明经”科，以经义取士时，《礼记》实际已入九经，唐承隋制，故孔颖达以《礼记》中的《乐记》为“经”；而东汉郑玄之“注”，根本未指称《乐记》为“经”，因为当时的《礼记》尚未被尊为“经”。

项阳也立足于他对“乐经”的独特认识指出：“我们对于《乐记》为《乐经》解经一说，有一定程度的认同，但这并不等同于讲《乐记》是为《乐经》者，即便有古本《乐记》，相信在当时的社会和科技条件下也不会有对乐本体形态的整体把握。必须正视乐本体之活态传承的特殊性，围绕《乐经》进行释解和现象记述的文本《乐记》或可全部、或可部分保存，而《乐经》不可能有完整的文本意义。……《乐记》虽有解经之考虑，但解经非经。”④ “学界一些探讨《乐经》的文字，最大的缺失就在于将乐仅仅视为论说乐之义理，而忽略了乐在其时的社会实用性功能和活态传承性”⑤ **笔者按：**我虽不赞成项阳由乐的“活态传承性”而得出的乐无“文本”的结论，但就先秦之“六经”而言，则认同其“解经非经”的主张。成相如也认为：“后世出现的《乐记》一类是儒生讲‘乐’

---

① 罗艺峰：《由〈乐纬〉的研究引申到〈乐记〉与〈乐经〉的问题》，《经学研究集刊》2007 年第三期。

② 孙蓉蓉：《〈乐纬〉与〈乐经〉》，《中国社会科学报》2010 年 7 月 27 日第 012 版。

③ （明）何乔新：《椒丘文集》卷一《策府十科摘要·经科·六经》，文渊阁《四库全书》本。

④ 项阳：《“六代乐舞”为〈乐经〉说》，《中国文化》2010 年第三十一期。

⑤ 同上。

作用、性质的评说文字，非《乐经》本身。"①

另外，张放说："因为作为中国古代历史文化典籍的《礼记》、《史记》的重要作用和影响，所以，《乐记》对两千多年来中华民族的音乐、美学、文化的发展都有着深刻的影响，并在世界音乐思想史上占有重要的地位。无论是在历史上甚或是在今天，从事音乐理论和音乐历史的研究者，仍然是言必称《乐记》，这就足见它对中国民族音乐文化的巨大和深远的影响了。因此，完全可以认为：《乐记》替代了《乐经》，与《诗》、《书》、《礼》、《易》、《春秋》共同组成了作为儒家经典的'六经'。"② **笔者按**：张放既言"《乐记》替代了《乐经》"，说明其所讲的是先秦《乐经》佚失之后的事，其《乐记》无论有多大影响，但都不是原初的《乐经》。

3. 项阳认为："《乐经》应该特指在周代被奉为经典的、作为雅乐核心存在、所备受推崇的'六代乐舞'，这里的'乐经'是'经典乐舞'的含义。"③ "六经中的《乐经》是指由周公钦定、代表两周礼制社会中核心用乐的'六代乐舞'。"④ **笔者按**：（1）项阳从"所谓《乐经》，应该是国家意义上用于国之大事中乐之经典"的观念出发⑤，展开的逻辑论证是：祭祀"所用之乐方为经典之乐"⑥ →"国家最重要的大事祭祀——吉礼仪式中所用的乐，当然成为礼乐中的重中之重。"⑦ →"当时用于国家最高祭祀活动中的经典乐舞"即"六代乐舞"。⑧ →"因此我们说，《乐经》就应该是为这经典乐舞（歌乐舞三位一体）自身。"⑨ 清张照《回奏乐律札子》曾曰："《乐经》曰：'以乐德教国子中、和、祗、庸、孝、友，以乐语教国子兴道、讽诵、言语，以乐舞教国子舞《云门大卷》、《大咸》、《大磬》、《大夏》、《大濩》、《大武》。'"⑩ 项阳之说，或受其启发。因此，刘全志指出："最近，项阳提出的'六代乐舞'为《乐经》，也大致是明清学人的延续。"⑪ （2）上文已经论述"六经"在先秦是有

---

① 成相如：《〈乐经〉迷失考略》，《安徽文学》2009 年第 11 期。
② 张放：《论〈乐记〉对〈乐经〉的替代》，《中华文化论坛》2013 年第 12 期。
③ 项阳：《〈乐经〉何以失传?》，《光明日报》2008 年 6 月 23 日第 012 版《国学》专栏。
④ 项阳：《"六代乐舞"为〈乐经〉说》，《中国文化》2010 年第三十一期。
⑤ 同上。
⑥ 项阳：《〈乐经〉何以失传?》，《光明日报》2008 年 6 月 23 日第 012 版《国学》专栏。
⑦ 项阳：《"六代乐舞"为〈乐经〉说》，《中国文化》2010 年第三十一期。
⑧ 项阳：《〈乐经〉何以失传?》，《光明日报》2008 年 6 月 23 日第 012 版《国学》专栏。
⑨ 项阳：《"六代乐舞"为〈乐经〉说》，《中国文化》2010 年第三十一期。
⑩ （清）张廷玉等：《皇清文颖》卷二十八，文渊阁《四库全书》本。
⑪ 刘全志：《论〈乐经〉的基本形态及其在战国的传播》，《南京艺术学院学报·音乐与表演》2013 年第 2 期。

特定涵义的，即特指儒家的六部典籍，学术界大都认为其最初是孔子创设私学编修的施教课本，孔子之前并无"六经"。准此，则孔子之前用于官学教育的"六艺"中的"六乐"（"六代乐舞"）就不是《乐经》。

（3）孔子编修的《乐经》是《诗经》诸乐章的曲谱。孔子自称："吾自卫返鲁，然后乐正，雅颂各得其所。"① 司马迁亦曰："三百五篇孔子皆弦歌之，以求合《韶》、《武》、《雅》、《颂》之音。礼乐自此可得而述，以备王道，成六艺。"② 即为明证。春秋中叶，吴国公子季札出访鲁国"请观于周乐"，曾观赏品评了四代乐舞③："见舞《象箾》、《南籥》者，曰：'美哉！犹有憾。'见舞《大武》者，曰：'美哉！周之盛也，其若此乎！'见舞《韶濩》者，曰：'圣人之弘也，而犹有惭德，圣人之难也！'见舞《大夏》者，曰：'美哉！勤而不德，非禹其谁能修之？'见舞《韶箾》者，曰：'德至矣哉！大矣！如天之无不帱也，如地之无不载也。虽甚盛德，其蔑以加于此矣。观止矣！'"④ 但至孔子时，除《大武》、《大夏》尚存于享有用"天子之乐"特权的鲁国之外，"闻《韶》"只能在齐国了⑤。《论语》之《述而》、《八佾》、《卫灵公》曾三及《韶》、《武》，⑥ 而《云

---

① （三国·魏）何晏集解，（宋）邢昺疏：《论语注疏》卷九《子罕》，（清）阮元校刻《十三经注疏》，中华书局1980年影印，第2491页。

② （汉）司马迁：《史记》卷四十七《孔子世家》，中华书局1959年版，第1936页。按，此"六艺"指《诗》、《书》、《礼》、《乐》、《易》、《春秋》之"六经"。

③ （明）朱载堉曰："今按：《周礼》大司乐存六代之乐，而〈明堂位〉言鲁用四代之乐。四代者，虞、夏、商、周也，其乐则《韶》、《夏》、《濩》、《武》。"［（明）朱载堉：《乐律全书》卷十九《律吕精义外篇九·古今乐律杂说并附录·舞名》，文渊阁《四库全书》本］

④ （晋）杜预注，（唐）孔颖达等正义：《春秋左传正义》卷三十九《襄公二十九年》，（清）阮元校刻《十三经注疏》，中华书局1980年影印，第2008页。

⑤ （三国·魏）何晏集解，（宋）邢昺疏《论语注疏》卷七《述而》："子在齐，闻《韶》，三月不知肉味，曰：'不图为乐之至于斯也！'"［（清）阮元校刻：《十三经注疏》，中华书局1980年影印，第2482页］按，（汉）司马迁《史记》卷四十七《孔子世家》曰："鲁乱。孔子适齐，为高昭子家臣，欲以通乎景公。与齐太师语乐，闻《韶》音，学之，三月不知肉味，齐人称之。"（中华书局1959年版，第1910—1911页）而唐司马贞《索隐》则按曰："《论语》，子语鲁太师乐，非齐太师乐。又'子在齐闻《韶》，三月不知肉味'，无'学之'文。今此合《论语》齐、鲁两文而为此言，恐失事实。"（同上，第1911页）

⑥ （三国·魏）何晏集解，（宋）邢昺疏《论语注疏》卷三《八佾》："子谓《韶》：'尽美矣，又尽善也。'谓《武》：'尽美矣，未尽善也。'"［（清）阮元校刻：《十三经注疏》，中华书局1980年影印，第2469页］（三国·魏）何晏集解，（宋）邢昺疏《论语注疏》卷十五《卫灵公》："颜渊问为邦。子曰：'行夏之时，乘殷之辂，服周之冕，乐则《韶》、《武》。……'"［（清）阮元校刻：《十三经注疏》，中华书局1980年影印，第2517页］

门大卷》、《咸池》、《大濩》则觅无踪影，或已遗散失传。从《礼记·乐记》记载孔子考问宾牟贾并为其详解《大武》演出的情况看，① 其于《周颂》之《我将》、《武》、《赉》、《般》、《酌》、《桓》乐章组编的《大武》是熟悉精通的②；但对于《韶》，夸饰闻之而"三月不知肉味"，只是陶醉沉迷而已；至于《云门大卷》、《咸池》、《大濩》，已无所知晓。《荀子·儒效篇》即曰："（武王）遂承殷人而诛纣。……反而定三革，偃五兵，合天下，立声乐，于是《武》、《象》起而《韶》、《濩》废矣。"③如此这般，孔子是难以整理"六代乐舞"并以之为施教课本的。(4) 为论证六代乐舞是"礼乐中的重中之重"，项阳曰："《周礼·春官·宗伯下·大司乐》中涉及乐的内容多是围绕'六代乐舞'展开，无论歌舞乐均如此，'乐德'、'乐语'也是'六代乐舞'的体现。……所谓解经之语（对乐舞本体和精神内涵进行描述和释解），一切都应围绕代表国家形象、当时最高礼乐形式和内容展开。大司乐首先要教授基础知识，在此基础上再学习乐舞的形式和内容，再后围绕六乐强调对内容和形式的深层认知（乐德、乐语、乐舞），后世再解读为'乐本'、'乐论'、'乐礼'、'乐施'、'乐言'、'乐象'、'乐情'、'乐化'之意义，强调用乐以教者，在大祀乐舞中心灵升华，体味和谐之境界。"④ 这样强调"六代乐舞"，将其视为乐教之"本"，断言"'乐德'、'乐语'也是'六代乐舞'的体现"，甚至说"解经之语"、"后世再解读为'乐本'、'乐论'、'乐礼'、'乐施'、'乐言'、'乐象'、'乐情'、'乐化'之意义，强调用乐以教者"等"一切都应围绕"着"六代乐舞"的"形式和内容展开"，则未免本末倒置。有周之时，虽然礼乐并举，但却是礼为主乐为辅，乐是服从于礼、为礼服务的。陈旸曰："扬子曰：'人而无礼，焉以为德？'易曰：'先王以

---

① （汉）郑玄注，（唐）孔颖达等正义：《礼记正义》卷三十九《乐记》，（清）阮元校刻《十三经注疏》，中华书局 1980 年影印，第 1541—1543 页。

② 自《左传·宣公十二年》"楚子"认为《大武》包括六部分，以《赉》为《大武》的第三篇，《桓》为第六篇，还有《武》等篇。[（晋）杜预注，（唐）孔颖达等正义：《春秋左传正义》卷二十三，（清）阮元校刻《十三经注疏》，中华书局 1980 年影印，第 1882 页] 至今，学界多谓《大武》是《周颂》部分乐章的组合，但所指具体篇章及次第同异不一。姚小鸥《诗经三颂与先秦礼乐文化》一书中曾将王国维、高亨、孙作云、张西堂、杨向奎五家之说排列一起进行比较。（北京广播学院出版社 2000 年版，第 47 页）此采用高亨之说（见《周代〈大武〉乐的考释》，《山东大学学报》1955 年第二卷第二期）。

③ （清）王先谦：《荀子集解》卷四《儒效篇第八》，中华书局 1988 年版，第 136 页。

④ 项阳：《"六代乐舞"为〈乐经〉说》，《中国文化》2010 年第三十一期。

作乐崇德.' 则礼为德之容,乐为德之华,人而不仁,如礼乐何哉?"①
"先王作乐以崇德,奏之于诗为德言,咏之于歌为德音,形之于舞为德
容。故尧之《大章》、舜之《大韶》、禹之《大夏》、汤之《大濩》,岂皆
足以既德之实邪?不过形容其英华而已。由是观之,明君务以德称乐,而
日趋于治,其本先立矣。暴君务以乐荡德,而日趋于乱,其本先亡矣。德
本也,乐末也,知所本末可与论乐矣。"② 张载亦曰:"以乐之所成所生者
言之,作乐崇德,是德者,乐之所自生也;功成作乐,是功者,乐之所自
成也。黄帝有润泽之仁,故作《咸池》以象之;舜有继绍之义,故作
《大韶》以象之。是《咸池》、《大韶》之乐,非黄帝、虞舜则无由以生,
无由以成也。汤护民于涂炭,故其乐曰《濩》;武王继伐于一怒,故其乐
曰《武》。是《濩》、《武》之乐,非汤、武则无由以生,无由以成也。"③
如此这般,大师"教六诗"尚"以六德为之本,以六律为之音"④,而所
谓"礼乐中的重中之重"的"六代乐舞"岂可不"以六德为之本"?因
此,我们只能说"乐舞"("六代乐舞")是"乐德"某些方面的具体体
现,即以音乐和舞蹈艺术表演形式对"乐德"进行象征性地呈现,"乐
德"(中、和、祇、庸、孝、友)才是"本"。**(5)** 项阳将"乐德"解释
为:"乐舞中所具有的社会伦理道德的精神内涵。"⑤ 也值得商榷。在先
秦,"乐德"的内涵和外延超出了"社会伦理道德"的范围,晁福林曰:
"'中国古代思想研究中,'德'是一个比较复杂的观念。论者多将其直接
解释为'道德',这对于理解先秦时代的'德'观念是不妥当的。大体说
来,先秦时期的'德'观念经历了三个阶段,一是天德、祖宗之德;二
是制度之德;三是精神品行之德。"⑥ 邓安生曰:"今人一提到'乐德',
往往认为'德'就是道德,'乐德'就是乐的道德精神。实际上这是一个
不小的误解。……先秦文献中的"德"字义蕴极为丰富,并且通常不是
指称道德,而是指称行为、属性、品性、政教、恩惠,等等。……《周
礼·春官》'乐德',大体具有三方面内涵:中、和主要是对乐艺术的风
格要求,包括歌词的思想情感,乐曲的格调,乐舞的仪态,以及节奏、旋

---

① (宋)陈旸:《乐书》卷十《礼记训义·乐记》,文渊阁《四库全书》本。
② (宋)陈旸:《乐书》卷十九《礼记训义·乐记》,文渊阁《四库全书》本。
③ (宋)卫湜:《礼记集说》卷六十二引,文渊阁《四库全书》本。
④ (汉)郑玄注,(唐)贾公彦疏:《周礼注疏》卷二十三《春官宗伯下·大师》,(清)
阮元校刻《十三经注疏》,中华书局 1980 年影印,第 796 页。
⑤ 项阳:《〈乐经〉何以失传?》,《光明日报》2008 年 6 月 23 日第 012 版《国学》专栏。
⑥ 晁福林:《先秦时期"德"观念的起源及其发展》,《中国社会科学》2005 年第 4 期。

律等等；祗、庸是指乐教应当体现尊尊、用贤的政治原则。以上四德基本不属于道德的范畴。六德之中，只有孝、友才真正具有伦理道德义蕴。"①雷永强亦曰："在先秦，乐德在意义上涵摄'乐自天德（得）'、乐教的'制度之德'以及乐教中个体'精神品行之德'三个层面，……反映了'人文觉醒'初期'乐德'意义的混融性。"②

　　田君亦与项阳的主张相左，一再曰："周代之'乐'，的确是歌、舞、乐三位一体的乐舞，但据此是否就可以推导出'乐经是经典乐舞'呢？《乐经》的内容涉及乐舞，但是说其本身就是乐舞，现在看来，恐怕不太妥当。'德成而上，艺成而下'（《乐记》），声音、乐舞之节属于技艺，而技艺是在师徒间传承的。古代重德轻艺，《乐经》作为先秦经典，其中记载的内容，应当是乐之义理体制。从《乐记》通篇不讲具体的乐奏舞步，可以逆探《乐经》内容的性质，主要是讲'乐德'（《周礼·大司乐》）与乐制，发挥理论指导与行为规范的作用。"③ "《乐经》既多为'声音、乐舞之节'，则不当'秦火之后无传'，盖技艺之书，秦火弗及也。历代'重德轻艺'（《礼记·乐记》：'是故德成而上，艺成而下，行成而先，事成而后。'），《乐经》若为艺书，不焚亦亡；诸儒既能言乐之义，何谓《乐经》仅为'声音、乐舞之节'？"④ **笔者按：（1）** 项阳得出结论，运用的是演绎推理，依据的大前提是"《乐经》应该是国家意义上用于国之大事中乐之经典"，不是田君所说的"周代之'乐'……是歌、舞、乐三位一体的乐舞"。项阳推论步骤完整，小前提也基本上正确，问题就在于其大前提并非公理，因而其结论也不会得到一致认同。**（2）** 司马迁《史记·秦始皇本纪》写得很具体：秦火"所不去者，医药、卜筮、种树之书"⑤，并没有笼统地说"技艺之书，秦火弗及"。**（3）** 就宗周礼乐制本质而言，乐绝不会受到轻视。从具体的语言环境看，《礼记·乐记》所谓"德成而上，艺成而下；行成而先，事成而后"，主要强调的是技艺要彰明德行，推重有德行有技艺者。柯尚迁曰："传曰：德成而上，艺成而下，行成而先，事成而后。艺者所以尽乎事之理也，而道存于其间矣。故道得于心之谓德，道行于身之谓行，道见于事之谓艺。德行所以成

---

① 邓安生：《简说周礼"乐德"》，《文史知识》2014 年第 4 期。
② 雷永强：《先秦时期"乐德"观念的内涵及其嬗变》，《山西师大学报》2011 年第 4 期。
③ 田君：《〈乐经〉的性质与亡佚新探》，《南京艺术学院学报·音乐与表演》2010 年第 1 期。
④ 田君：《历代〈乐经〉论说流派考》，《中国音乐学》2010 年第 4 期。
⑤ （汉）司马迁：《史记》卷六《秦始皇本纪》，中华书局 1959 年版，第 255 页。

己，道艺所以成物，不可偏废也。"① 易祓曰："若夫五礼六乐之见于玉帛钟鼓者，为六艺之首；五射六御之见于弓矢绥策者，为六艺之次；六书九数之见于文字筹算者，为六艺之末。是虽艺成而下，实有形而上者之道，充之以德行，则为天下全才之士。"②《日讲礼记解义·乐记》曰："盖德成者兼乎艺而居上，艺成者不必有德而居下。"③ 胡渭曰："师氏之教，皆先德行而后六艺。苟无德行以为之本，即非道艺而谓之曲艺，故下之后之。"④ "六代乐舞"，是"乐德"的体现，绝不是单纯的"艺成而下"之"艺"。田君将其视为仅具"声音、乐舞之节"的"技艺"，则从项阳的极端又走向另一个极端，不仅项阳不服，更主要的是难以服众。

4. 成相如认为："儒者在教授、传承的过程中曾把'乐'如何操作、演示等具体情况记录下来——也就是《乐经》，以便研习。《周礼·大司乐》可能保存了一小部分古乐演示的具体情况。"⑤ **笔者按**：**（1）** 2007 年4月网上推出的拙稿《〈诗经〉与器乐·第一章〈乐经〉考论·第四节牵强附会的〈乐经〉诸说》之"一、以《大司乐》为《乐经》"已考证其说肇端于东汉班固《汉书·艺文志》，至明请两代颇盛；并指出："实际上，《大司乐》是《周礼·春官宗伯》中的一部分，应属于礼的范畴，'固不得与《礼经》比并'。因而，早在宋代，此说刚刚明确化时，就受到了接连不断的批驳。"（第13—14页）**（2）**《乐经》既是记录"'乐'如何操作、演示等具体情况"的，其所谓"乐"也应是具体的。这具体的"乐"究竟指什么？有多少？如一一记录其"操作、演示等具体情况"，未免林林总总，繁多而庞杂，岂可为经？

5. 田君关于《乐经》的主张可分为两个阶段：2010 年主要从"'记'……是解释经书的一种体裁"和《乐记》的内容出发，推论："'记'既然用来解'经'，那么《乐记》就可能用来解读《乐经》，……诸所引述，极可能属于《乐经》遗文。……先秦典籍，有'记'则有'经'，无'经'，'记'从何来？因此《乐记》当有所承系、有所依凭，古本《乐记》存在解读《乐经》的内容。"⑥ "从《乐记》通篇不讲具体的乐奏舞

---

① （明）柯尚迁：《周礼全经释原·周礼通今续论·艺记》，文渊阁《四库全书》本。
② （宋）易祓：《周官总义》卷七《地官司徒第二》，文渊阁《四库全书》本。
③ （清）张廷玉等纂修：《日讲礼记解义》卷四十二，文渊阁《四库全书》本。
④ （清）胡渭：《大学翼真》卷二《学校选举之法》，文渊阁《四库全书》本。
⑤ 成相如：《〈乐经〉迷失考略》，《安徽文学》2009 年第 11 期。
⑥ 田君：《〈乐经〉的性质与亡佚新探》，《南京艺术学院学报·音乐与表演》2010 年第1 期。

步，可以逆探《乐经》内容的性质，主要是讲'乐德'（《周礼·大司乐》）与乐制，发挥理论指导与行为规范的作用。"① 这是在否定项阳"六代乐舞"为《乐经》说的同时提出的，不久，项阳即反驳曰："说乐，并被后世奉为经典者，是否就是一种离开音乐本体的清谈、空论，一种形而上的把握？空谈'乐德'、'乐施'、'乐化'、'乐教'即为乐之经典？是'无乐'之经典，或称论乐之经典？在下以为，这样讲如同《易经》不涉及八卦本体，显然有违乐之特殊性内涵。""如果没有乐的本体形态作为被观察，被体验，被思考，被参照的对象，那么，这所谓的论乐将毫无意义。"② "学界一些探讨《乐经》的文字，最大的缺失就在于将乐仅仅视为论说乐之义理，而忽略了乐在其时的社会实用性功能和活态传承性。"③ "（田君谓《乐记》）'诸所引述，极可能属于《乐经》遗文'，这倒是值得辨析者。问题在于，解经非经，如果将礼乐和六代乐舞作为论说的本体，这《乐记》倒是可以作为解经之作；如果说这解经之语中涉及经的内容也可以通，讲其夹叙夹议，《乐经》仅是文本的意义，就值得考虑。从另一个角度说来，讲礼乐之道者，并非《乐记》所独有，先秦诸子多有论述，是否都可以称之为解经呢？"④ "所谓'从《乐记》通篇不讲具体的乐奏舞步，可以逆探《乐经》内容的性质，主要是讲"乐德"（《周礼·大司乐》）与乐制，发挥理论指导与行为规范的作用。'这里预设了一个前提，即古本《乐记》解经，所以《乐经》'主要讲"乐德"与乐制'。……《乐记》之于乐制其实不如《周礼·春官·宗伯·大司乐》以及《左传》等文献讲得更为清楚，如此，田君先生所论《乐经》也就只剩'乐德'了，这《乐经》就成为'乐德之经'。"⑤ 经此论辩，田君虽未首肯"六代乐舞"为《乐经》说，但 2013 年却修补其说曰："《周礼·春官宗伯·大司乐》是古本《乐经》孑遗。"⑥ "此谓《乐经》，系'记载乐谱和制度的典籍'。乐谱，属古乐形式，制度，乃古乐内涵，亦即上文所言，'教技'与'教义'之别也。古《乐经》之内容，实应括此两端。"⑦ 并猜测："《孝经》不足两千字，仍被尊为经典，《乐经》

---

① 田君：《〈乐经〉的性质与亡佚新探》，《南京艺术学院学报·音乐与表演》2010 年第 1 期。

② 项阳：《"六代乐舞"为〈乐经〉说》，《中国文化》2010 年第三十一期。

③ 同上。

④ 同上。

⑤ 同上。

⑥ 田君：《〈乐经〉考疑》，《北方论丛》2013 年第 2 期。

⑦ 田君：《国学名家〈乐经〉论说汇考》，《交响—西安音乐学院学报》2013 年第 1 期。

篇幅，庶几近之。"① **笔者按：（1）**上文已涉及解经非经、《大司乐》不是《乐经》的问题，此不累述。**（2）**脱离乐之实体而侃谈《乐经》，"乐德"、"乐制"等形同无本之木。项阳反驳触及了田君主张的主要问题。**（3）**《乐记》中究竟引述了哪些《乐经》的遗文？田君既然有此主张，理应辨析、指认才是，遗憾的是，其竟然于此失语。**（4）**与乐谱、制度"两端"相关的"古乐"具体指什么，亦应明确，惜田君并未坐实。**（5）**《乐经》与《孝经》并没有必然的联系，由《孝经》而推测《乐经》"不足两千字"，明显是主观臆测。

6. 刘全志认为："我们依据《左传》、《国语》所载乐官用乐及卿大夫论乐之事例，可以归纳出《乐经》具有以下基本特征：第一，《乐经》按时代顺序记载了周代以及前代的大乐，如舜之《韶乐》、禹之《大夏》、商之《韶濩》《桑林》、周之《象箾》《南籥》《大武》。""第二，《乐经》记载了乐官用于聘享场合的音乐及诗篇，如用于'天子享元侯'的《肆夏》三曲，用于'两君相见'的《文王》三诗，用于奖掖使臣的《鹿鸣》三诗。""第三，《乐经》记载用于配乐、歌唱的诗篇不同于《诗经》之诗篇。……因为在《乐经》中，诗篇用于演奏、歌唱，与卿大夫之间的赋诗、引诗注重'辞章义'相比，它更突出诗篇的'乐章'。""第四，《乐经》所记诗篇均是礼仪用乐，篇数与《诗经》相差悬殊。……即《乐经》所记用乐之诗篇远少于《诗经》之篇章。""第五，《乐经》记有演奏、歌唱及乐器使用方法，如'金奏'、'伶箫'、'声歌'、'间歌'、'管'、'笙'、'合乐'等。""第六，《乐经》记载音律、乐调等，如'五声，六律，七音，八风，九歌'、六吕、十二律等。""《乐经》作为一部经典之作，一定还存在其他特点，但由于资料的缺乏，我们也不便过分地揣测。以上归纳的六项特征，虽有助于我们把握《乐经》的形态特征，但毋庸置疑的是，《乐经》早已亡佚，它的真实面貌实为难以再现。"② **笔者按：**此说着重于乐章本体及音律、乐调等，指明《乐经》中的具体篇章"均是礼仪用乐"，但认为用于礼仪的与流传下来的《诗经》的篇目相同的乐章，"不同于《诗经》之诗篇"，有违历史实际。原始之时，诗、乐、舞本是三位一体的，至西周和春秋中叶，诗、乐、舞一体的关系虽然有所松动，《诗经》中三《颂》之外的篇章已罕有

---

① 田君：《国学名家〈乐经〉论说汇考》，《交响—西安音乐学院学报》2013 年第 1 期。
② 刘全志：《论〈乐经〉的基本形态及其在战国的传播》，《南京艺术学院学报·音乐与表演》2013 年第 2 期。

舞蹈，但诗与乐的结合仍是紧密的，各篇章之诗（歌词）、乐（主要是曲谱）都是由御用乐官们根据演奏和歌唱的需要编订成型而推行的，后来又经过孔子进一步整理、删汰，二者原本是协调一致的，其权威性不容置疑。而今流传下来的《诗经》，由于种种原因，虽然另外存在一些异文，但大部分都是孔子当时整修过的《诗经》乐章的歌词，即使刘全志所说的用于礼仪的"《文王》三诗"、"《鹿鸣》三诗"等篇章亦然。如此，岂能说其歌词"不同于《诗经》之诗篇"？至于"清华简"所载《周公之琴舞》十首佚诗中成王作下冠有"元内（人）启曰"的一篇，李学勤谓"这篇诗即是传世《周颂》里的《敬之》"①。两相比对，确如刘全志所指："字句、结构存有差别：……诗之中有"乱曰"，今本'维予小子，不聪敬止'不见于简文。"②但是，从竹简所载诗中之"乱曰"常见于《楚辞》（如屈原的《离骚》、《招魂》、《涉江》、《哀郢》、《抽思》、《怀沙》等）来看，其差别很可能是于礼乐失序的春秋后期"王室之乱"时，王子朝兵败奔楚，将周之大量典籍带到楚国而被篡改所致③。王长华即曰："战国简《周公之琴舞》的出现，使我们看到，除楚辞作品之外，'乱曰'的表述方式还存在于楚地其他以音乐为背景的作品中，我们自然就会得出如下结论：'乱曰'和楚地特有的音乐语言表现方式应该是息息相关的。换句话说，'乱曰'的文本表现似仅存于楚地与音乐相关的文献当中。与《周颂》相似的内容，融入'启曰''乱曰'相结合的固定程序当中，让我们有理由进一步展开讨论，战国简《周公之琴舞》中的诗篇极有可能是由周宫廷乐师整理之后传入楚地，楚人按照自己的理解，吸纳和结合了楚地音乐表现形式并对之进行了改造，结果就成了我们今天看到的《周公之琴舞》。……历史上有许多这样的情况，事件的发生是一码事，记录这个事件的文字的发生又是另一码事，后人追记前人事迹或对已有文本进行演绎，几乎是历史文本生成的一个通例。由此出发，也许还不能仅仅因为《周公之琴舞》记录了周公、成王时期的事，我们就径直认

---

① 李学勤：《新整理清华简六种概述》，《文物》2012 年第 8 期。

② 刘全志：《论〈乐经〉的基本形态及其在战国的传播》，《南京艺术学院学报·音乐与表演》2013 年第 2 期。

③ 李学勤《新整理清华简六种概述》："其所以传流到楚地，是很值得思考的。笔者猜想，这可能与周王朝发生王子朝之乱有关。据《左传》昭公二十六年载，公元前 516 年，周朝发生变乱，召伯盈逆敬王而逐王子朝，'王子朝及召氏之族、毛伯得、尹氏固、南宫嚣奉周之典籍以奔楚。'像《周公之琴舞》这种专供嗣王即位一类典礼时演奏的乐章，如果说来自王子朝等所携往楚国的典籍之中，是合乎情理的。"（《文物》2012 年第 8 期）

为它就一定产生于周公、周成王时期。当然，就《周公之琴舞》而言，未传入楚地，未经楚文化改造的原本肯定是有的，而那个诗作文本应该产生于周初，战国简《周公之琴舞》还没有充分的理由被认定就是那个原本。而将其看成是周朝颂诗的衍生文本也许更接近历史的原貌。"① 即便依刘全志之说，仅此孤证，也难能确认与流传下来的《诗经》中的篇目同名的乐章的歌词，都"不同于《诗经》之诗篇"，因为缺乏必然性。

7. 付林鹏、曹胜高认为："《乐经》中所保存的当是在西周被奉为政典的、以六代雅乐为核心的音乐内容，至少包括对乐德、乐语、乐用、乐舞等各类知识的总结，它用以培养贵族子弟的音乐演奏技巧和人格素养。而在经过孔子的整理之后，它成为一门反映西周雅乐教育的专门之学。因此，在很大程度上，孔子之前《乐经》的内容是以非实体的状态——演奏为主的。""孔子虽通雅乐之理，却无资格演奏雅乐，故其对《乐经》的阐释更偏重于义理的层面。""《乐经》……另外也许还有对礼乐关系的探讨及对上古音乐知识的普及等内容。"② **笔者按：（1）**此说或是在项阳"'六代乐舞'为《乐经》说"的基础上，增加了"乐德、乐语、乐用"以及"对礼乐关系的探讨及对上古音乐知识的普及等内容"。付林鹏、曹胜高既然说"《乐经》中所保存的当是在西周被奉为政典的、以六代雅乐为核心的音乐内容"，那么这增添的内容，就应属于从"义理的层面对'六代雅乐'进行阐释了。这"对《乐经》的阐释"，不是《乐经》，上文已论及，此不累言。**（2）**付林鹏、曹胜高强调《乐经》是"经过孔子的整理"的，并具体阐述了孔子所具备的整理《乐经》的三个条件。③ 可是，至孔子之时，其所谓"六代雅乐"中的《云门大卷》、《咸池》、《大濩》已不存在，孔子还能进行整理吗？

三 《乐经》产生于何时

这一问题，与什么是《乐经》直接相关：

1. 笔者认为：被儒家崇奉的原始"六经"，"曾是孔子重加整理编次的六种教本"，其中"只是一部《诗经》的曲谱，供歌唱和演奏而已"的《乐经》，倡始于周公，"由西周至春秋中叶的乐师们搜集、整理或谱写，

① 王长华：《关于新出土文献进入文学史叙述的思考——以清华简〈周公之琴舞〉为例》，《河北师范大学学报》2014 年第 4 期。
② 付林鹏、曹胜高：《从乐教传统论〈乐经〉之形成与残佚》，《黄钟》2010 年第 1 期。
③ 付林鹏、曹胜高：《从乐教传统论〈乐经〉之形成与残佚》，《黄钟》2010 年第 1 期；又见于付林鹏《〈乐经〉存佚说新探》，中国社会科学报 2013 年 5 月 8 日第 B03 版。

一代又一代累积而成的。据鲁襄公二十九年（前544）吴国公子季札出访鲁国'请观于周乐'知，其时周乐的编排方式已与今传《诗经》大体一致，诸乐章的曲谱也基本定型"，至鲁哀公十一年（前474），孔子"自卫反鲁，然后乐正，《雅》、《颂》各得其所"之时，则删汰、厘正了《诗经》曲谱在长期流传中的杂乱，成为一部经典。① 杨赛亦肯定："六经是儒家的基本典籍。……六经的编定者是孔子。"② 还有付林鹏、曹胜高亦认为："《乐经》的编纂，当是伴随雅乐观念之形成，对上古三代乐教经验的总结。"③ "孔子确实具备编订《乐经》的便利条件……完成对《乐经》文本的整理，也是很有可能的。"④ "经过孔子的整理之后，它成为一门反映西周雅乐教育的专门之学。"⑤

2. 项阳主张："六经中的《乐经》是指由周公钦定、代表两周礼制社会中核心用乐的'六代乐舞'。"⑥ 并一再指出："'六代乐舞，这应该是周公制礼作乐时的经典之乐。"⑦ "周公有崇圣情结，把黄帝、尧、舜、禹、汤的乐舞用来祭天、地、山川、四望、先妣，把周的乐舞添列其中祭先考，形成特定时间、特定地点、特定承祀对象的'六代乐舞'，这是在'国之大事'中所用经典乐舞的意义。"⑧ **笔者按**：《尚书大传·洛诰传》记："周公摄政，四年建侯卫，五年营成周，六年制礼作乐，七年致政成王。"⑨《礼记·明堂位》记："武王崩，成王幼弱，周公践天之子位，以治天下。六年，朝诸侯于明堂，制礼作乐，颁度量，而天下大服。七年，致政于成王。"⑩ 这就是说周公姬旦于其摄政的第六年（前1037）编制了《乐经》。另外，南宋林岊也说过"周公当成王之时制为乐章，谓之《乐经》"，但其语旨在诠释《毛诗序》"故正得失，动天地，感鬼神，莫近于诗。先王以是经夫妇，成孝敬，厚人伦，美教化，移风俗"，《乐经》所指不是"六代乐舞"，而是《诗经》的部分乐章，即"其《风》则《关雎》、

---

① 2007年4月网络推出的笔者：《〈乐经〉即〈诗经〉的曲谱》。
② 杨赛：《乐经失传原因探究》，《歌海》2010年第5期。
③ 付林鹏、曹胜高：《从乐教传统论〈乐经〉之形成与残佚》，《黄钟》2010年第1期。
④ 付林鹏：《〈乐经〉存佚说新探》，《中国社会科学报》2013年5月8日第B03版。
⑤ 付林鹏、曹胜高：《从乐教传统论〈乐经〉之形成与残佚》，《黄钟》2010年第1期。
⑥ 项阳：《"六代乐舞"为〈乐经〉说》，《中国文化》2010年第三十一期。
⑦ 同上。
⑧ 彭林、项阳：《礼乐之间：一个久违的思想空间》，《光明日报》2011年5月9日第015版。
⑨ （清）孙之騄辑：《尚书大传》卷三，文渊阁《四库全书》本。
⑩ （汉）郑玄注，（唐）孔颖达等正义：《礼记正义》卷三十一，（清）阮元校刻《十三经注疏》，中华书局1980年影印，第1488页。

《麟趾》、《鹊巢》、《驺虞》，其《小雅》则《鹿鸣》至《菁莪》，其《大雅》则《文王》至《卷阿》，其《颂》则《清庙》至《般》"①。

（三）田君认为："《大司乐》系古本《乐经》遗文"，因而考证"《大司乐》的成书时间，早于春秋战国之际，即使保守推算，也不应晚于公元前 5 世纪。既然《大司乐》成书时间不晚于公元前 5 世纪，……因此，《乐经》形成时代确定为不晚于公元前 5 世纪"②。并具体确定："《乐经》文本初步形成，当在公元前 7—6 世纪之间。……《乐经》的形成时间，应当定位于公元前 613 年至公元前 433 年。"③ 进而又曰："《乐经》文本的最终形成时间，可进一步定在公元前 613 年至公元前 479 年之间。"④ 笔者按：田君确定的几个时间界限，都涉及具体事件，即公元前 613 年楚庄王登基，公元前 479 年孔子去世，公元前 433 年曾侯乙墓下葬时间。

四　《乐经》何以亡佚

诸家都承认《乐经》亡佚，但由于对什么是《乐经》的主张存在分歧，所以对《乐经》亡佚的原因以及亡佚的时间、亡佚的程度等，意见也不一致。

1. 笔者认为："秦火对先秦典籍文献的破坏是严重的，不应低估，但秦火之外，《乐经》亡佚还与以下几方面密切相关：一、列国纷争，礼崩乐坏。……二、郑卫之声的冲击。……三、关注《诗经》的视角发生了转移。……"⑤ 这是从春秋、战国及至秦朝时期的社会动荡、战乱频仍，政治变革、礼乐异化、思潮嬗变的现实出发作出的归纳，较将《乐经》亡佚的原因仅仅归之于秦始皇焚书灭学一端，要全面得多，更符合实际。

2. 项阳认为："《乐经》失传，主要是指'六代乐舞'这种有具体承祀对象的乐舞形态本身，但礼乐观念'未失'。"⑥ "'礼乐相须以为用，礼非乐不行，乐非礼不举'（《通志》）的观念，却作为中国传统文化整体中的重要组成部分，贯穿于整个传统社会之中，代有承继，连绵不断。"⑦

---

① （宋）林岊：《毛诗讲义》卷十一《诗序》，文渊阁《四库全书》本。

② 田君：《〈乐经〉考疑》，《北方论丛》2013 年第 2 期。

③ 同上。

④ 同上。

⑤ 2007 年 4 月网络推出的笔者：《〈诗经〉与器乐·第一章〈乐经〉考论·第三节〈乐经〉不仅毁于秦火》，第 9—12 页。

⑥ 项阳：《〈乐经〉何以失传?》，《光明日报》2008 年 6 月 23 日第 012 版《国学》专栏。

⑦ 同上。

笔者按：既然说"'六代乐舞'为《乐经》"，那么《乐经》失传，则是
"六代乐舞"失传，与礼乐观念失传不失传关系不大，因为"礼乐相须以
为用"的观念并不就产生并完全依附于"六代乐舞'"，我们只可说"六
代乐舞"反映了礼乐观念。

至于《乐经》何以失传？项阳提出三点："一是为乐的特殊性，二是
社会动荡，周王室衰微，各国诸侯之于吉礼用乐的重视不足使有司失其
传，三是始皇帝的最终作用，在开创'新纪元'时废除周制国家大祀所
用六代乐舞，从而使《乐经》彻底告别历史舞台。"① **笔者按：1.** 项阳论
及"乐的特殊性"即"具有强烈时空性质的音声技艺形式说来，其传承
均靠'活体'"，一再强调"特别是在当时尚未发明乐谱、舞谱"②、"其
时尚无乐谱、舞谱之发明用以记录乐舞形态"③，并不符合历史实际，上
文提到的《礼记·投壶》之篇末记载的先秦鲁鼓、薛鼓的"○"和
"□"鼓谱，以及上海博物馆藏楚竹书《采风曲目》所记 40 种曲的篇名
上标明宫、商、徵、羽 4 个声阶和穆、和、讦、祝等 9 个不同音调等，足
可为证。（详见本章第二节）**2.** 项阳在论及"始皇帝的最终作用"时，
一再强调："'始皇帝'，一统天下者就是自己，干吗还要承祀别人？！"④、
"始皇帝给了这种采用六代乐舞祭祀天、地、山川、地望、先妣、先考的
大祀吉礼用乐制度以致命一击：从制度上根除了六代乐舞的承载群体和使
用空间"，⑤ 并"举例说赵宋定然不用李唐含有祭祖之意味的乐，因此雅
乐总是轰然倒在改朝换代的门槛上，这是两周之'乐经'必失的道理。"⑥
很明显，这里所谓的"礼乐不相沿"，主要是秦始皇"不用"有周"有祭
祖之意味的乐"。可是，**（1）**六代乐舞并不都是有周"有祭祖之意味的
乐"，除享先妣的《大濩》和享先祖的《大武》之外，祀天神的《云
门》、祭地祇的《咸池》、祀四望的《大韶》、祭山川的《大夏》怎么也
失传了呢？历代封建统治都是极为尊崇天、地、山川、地望的。实际上，
秦始皇受法家韩非"知者不以言谈教，而慧者不以藏书箧"的影响⑦，不
听从博士齐人淳于越所谓"事不师古而能长久者，非所闻也"的进谏，

---

① 项阳：《"六代乐舞"为〈乐经〉说》，《中国文化》2010 年第三十一期。
② 项阳：《〈乐经〉何以失传？》，《光明日报》2008 年 6 月 23 日第 012 版《国学》专栏。
③ 彭林、项阳：《礼乐之间：一个久违的思想空间》，《光明日报》2011 年 5 月 9 日第 015 版。
④ 项阳：《〈乐经〉何以失传？》，《光明日报》2008 年 6 月 23 日第 012 版《国学》专栏。
⑤ 项阳：《"六代乐舞"为〈乐经〉说》，《中国文化》2010 年第三十一期。
⑥ 彭林、项阳：《礼乐之间：一个久违的思想空间》，《光明日报》2011 年 5 月 9 日第 015 版。
⑦ 陈奇猷：《韩非子集释》卷七《喻老》，上海人民出版社 1974 年版，第 405 页。

赞同丞相李斯的主张和对"以古非今"者的批驳，而采纳了李斯的建议，焚毁秦国历史之外的历史典籍、儒家的经典和诸子百家的著作，坑杀儒生。儒家推重的六代乐舞，当然就在其扫荡之列。① **（2）**《汉书·礼乐志》曰："《文始》舞者，曰本舜《招舞》也，高祖六年更名曰《文始》，以示不相袭也。《五行舞》者，本周舞也，秦始皇二十六年更名曰《五行》也。"②《宋书·志第九·乐一》："周存六代之乐，至秦唯馀《韶》、《武》而已。始皇改周舞曰《五行》，汉高祖改《韶舞》曰《文始》，以示不相袭也。"③《魏书·志第十四·乐五》："周存六代之乐……汉世唯有虞《韶》、周《武》，魏为《武始》、《咸熙》，错综'风'声，为一代之礼。"④《通典·乐》："秦始皇平天下，六代庙乐惟《韶》、《武》存焉。二十六年改周《大武》曰《五行》。"⑤ 以上诸史籍所记，如果属实，那么，秦始皇"从制度上根除了六代乐舞"之说就更无法成立了。

对于项阳的"六代乐舞"失传说，田君也提出异议，认为："六代乐舞具有上古史诗的性质，而且比史诗更加生动、更富感染力。"但是"随着历史的演进，各项制度逐渐健全。特别是秦汉以后，政府的控制力大为加强，冠冕黼黻、仪仗法驾、高阶峻殿，俱以齐备，王者威灵，于此尽显，不必借助乐舞凝聚族群、巩固王权。而史学观念的早熟，使文字记载的历史占据主流，远古历史也逐渐形诸文字。古乐肩负的社会职能，被划分出去，只剩下乐舞仪式的躯壳，后世作乐者，徒示正统而已。古乐内容趋于亡佚，这是自身性质使然，即便《乐经》免遭焚燹，也难逃失传的命运。"⑥ **笔者按：1.** 这是将六代乐舞混同于历史著述。实际上，二者的职能大不相同：历史著述的职能贵在写实，即如实地展示历史的进程，诉诸理性，使人了解历史，把握历史的发展规律。而六代乐舞属于艺术，其虽以历史事件为素材，但以具体可感的形象再现历史，贵在审美，使人在鉴赏中受到激发、感化和陶冶，自然地接受某种思想、观念或倾向的影响。其中不乏提炼和加工，不乏艺术家主观思考的融入，不乏情感的渗透和艺术的渲染。**2.** 任何时代都需要艺术，而且社会越发展越需要艺术，

① （汉）司马迁：《史记》卷六《秦始皇本纪》，中华书局1959年版，第254—255页。

② （汉）班固：《汉书》卷二十二，中华书局1962年版，第1044页。

③ （南朝·梁）沈约：《宋书》卷十九，中华书局1974年版，第533页。

④ （北齐）魏收：《魏书》卷一百零九，中华书局1974年版，第2841页。

⑤ （唐）杜佑：《通典》卷一百四十一，文渊阁《四库全书》本。

⑥ 田君：《〈乐经〉的性质与亡佚新探》，《南京艺术学院学报·音乐与表演》2010年第1期。按，田君：《〈乐经〉考疑》，《北方论丛》2013年第2期重复其说；田君：《国学名家〈乐经〉论说汇考》，《交响—西安音乐学院学报》2013年第1期亦部分重复其说。

有文字记载的历史再详尽，也无法取代艺术。如今，关于古代史和近、现代革命史的撰写可谓详之又详，而反映古代史和近、现代革命史的影视、戏曲、舞蹈却大量涌现、传播，就是很好的说明。需要注意的是，在阶级社会里，任何统治者都会从自身利益出发而管控艺术审美的娱乐、认识和教育功能的，绝对自由是不存在的。六代乐舞正是因为承载了儒家的理想、情趣和思想观念，与法家的理念相左，而遭到推行法制的秦始皇鞑伐的。

3. 除上一段提及的田君说法外，其几篇文章还反复强调：1. "《乐经》合为述律数、明义理、存谱录之书，迨及后世，乐家精其律而昧于理，儒者明其义而绌于艺，理艺兼通之才不世出，旷远日久，宜乎《乐经》散失而殆尽。"① 2. "《乐经》规定乐制，各级贵族用乐规制具有等差性。周室东迁，王纲解纽，实权贵族兴起，不满原有分封待遇，提升等级，自我僭越，在用乐规制上突破爵位限制。而此时若有《乐经》的明文规定，以经典的地位时刻提醒，实权贵族如芒在背。于是'皆去其籍'，采取文化放逐政策，《乐经》已被打入'冷宫'。后来秦始皇焚书，其实只起到推波助澜的作用，使民间藏书遭受浩劫。……紧接着项羽又一把火，焚烧秦都咸阳，政府藏书也付之一炬，本来就被打入'冷宫'的《乐经》，历经磨难，彻底失传。"②

田君说法，最早是针对项阳的主张而发，因而项阳反驳曰："这种对《乐经》失传的解释显然站不住脚"，因为：（1）"若《礼》与《乐》均为文本，明明讲'皆去其籍'，何以后世《乐》失《礼》存？……两者都被去籍，失传的只有《乐经》，确有不通情理之处。"（2）秦始皇和项羽"两把火先后把民间和政府藏书都烧光了，却为何汉世它种经籍都能够'幸免于火'？……独有《乐经》历经磨难而'彻底失传'"？（3）"因乐制导致《乐经》失传的言论也有些苍白"。③

笔者按：（1）项阳的反驳触及到田君说法的要害。（2）田君既然说"乐家精其律而昧于理，儒者明其义而绌于艺"，那应是"乐家"和"儒者"各自擅长《乐经》的一个方面，《乐经》虽"散"而未"失"，怎么只有《乐记》"诸所引述，极可能属于《乐经》遗文"，而田君2013年新

---

① 田君：《国学名家〈乐经〉论说汇考》，《交响—西安音乐学院学报》2013年第1期。按，田君：《〈乐经〉补作史考》，《黄钟》2009年第4期亦有其说。

② 田君：《〈乐经〉的性质与亡佚新探》，《南京艺术学院学报·音乐与表演》2010年第1期。按，田君：《〈乐经〉考疑》，《北方论丛》2013年第2期重复其说。

③ 项阳：《"六代乐舞"为〈乐经〉说》，《中国文化》2010年第三十一期。

添的《乐经》内容之一的"乐谱，属古乐形式"则绝迹了呢？而且田君之举证："危素《送琴师张宏道序》：'先王之泽熄，《乐经》沦亡，人亦莫知所以养其性、平其情，所谓天地之和者，往往变为乖，无可得而宣焉。是以其器虽存、其声虽尚可以追考，则亦吹竹、弹丝、敲金、击石而止耳。苟求其本，则何能得其依稀、存其彷佛哉？'（危素《说学斋稿》卷二）"① 和"王健《题覆进乐律疏》：'今之教者以《诗》《书》为重，而《礼》犹习行之，间知其义，至于《乐》则绝无师受，律尺短长、声音清浊，学士大夫莫有知其说者。'（《明文海》卷五六）"② 除"先王之泽熄，《乐经》沦亡"9个字是说明《乐经》失传原因的，其馀文字，只是就元代或明代当时的情况而言，不能支持其说。（3）从田君谈及"周室东迁，王纲解纽，实权贵族兴起，不满原有分封待遇，提升等级，自我僭越，在用乐规制上突破爵位限制"所举"春秋鲁国季氏'八佾舞于庭'"之例看③，当时被"去其籍"、"放逐"的，只是"《乐经》规定乐制"而已。"实权贵族"们"去其籍"、"放逐""《乐经》规定乐制"，目的就是要在"用乐规制上突破爵位限制"，"提升等级"，享受只有周王可享用之乐。如此，则周王之乐不仅没有被"去其籍"、"放逐"，反而下移各诸侯国乃至卿大夫家，得以进一步地扩散、传播。还有，如果这些"实权贵族"们"去其籍"、"放逐"了周王之乐，他们又用什么乐呢？总之，田君第二种说法，既语焉不详，又不够严密，因而难圆其说。项阳谓其"苍白"，毫不过分。

4. 杨赛认为："周王朝的衰败，是乐经不传的第一原因。""儒家乐学传承的断裂，是乐经失传的第二原因。""秦不倡乐学，是乐经失传的第三原因。""武帝建元五年，只置五经博士，乐经没有博士。这是乐经失传的第四个原因。"④ **笔者按**：其前三个原因在理，而第四个原因值得商榷。实际上，《乐经》早于汉初已不可见。班固即谓汉之前"礼乐丧矣"⑤。又曰："孔子曰：'安上治民，莫善于礼；移风易俗，莫善于乐。'二者相与并行。周衰俱坏，乐尤微眇，以音律为节。又为郑、卫所乱，故无遗法。"⑥ 故而其《汉书·艺文志》著录古书，《乐经》首列"《乐记》

① 田君：《国学名家〈乐经〉论说汇考》，《交响—西安音乐学院学报》2013年第1期。
② 同上。
③ 田君：《〈乐经〉考疑》，《北方论丛》2013年第2期。
④ 杨赛：《乐经失传原因探究·摘要》，《歌海》2010年第5期。
⑤ （汉）班固：《汉书》卷二十二《礼乐志》，中华书局1962年版，第1042页。
⑥ （汉）班固：《汉书》卷三十《艺文志》，中华书局1962年版，第1711—1712页。

二十三篇"，而无经；其他五经则首列"《易经》十二篇"、"《尚书》古文经四十六卷"、"《诗经》二十八卷"、"《礼》古经五十六卷经七十篇"、"《春秋》古经十二篇经十一卷"，皆有经。汉武帝建元五年（前136）置《易》、《书》、《诗》、《礼》、《春秋》"五经博士"而无《乐经》博士，就是因为当时《乐经》已失传。至于班固《汉书》中出现的"六经"一词，不过是承袭了前人的习惯说法而已。

五　关于《乐经》诸说及其各种佚文

1. 笔者梳理历史文献，对以《大司乐》为《乐经》、以《乐记》为《乐经》、以律吕声音为《乐经》、以杂采诸言乐之文为《乐经》、以新编的雅乐为《乐经》、将十二律衍为十二月令为《乐经》六种说法以及所谓的"磬前长三律二尺七寸，后长二律尺八寸"、"十二月行之，所以宣气丰物也"、"舟张辟雍，鸧鸧相从。八风回回，凤凰喈喈"、"以乐德教国子中、和、祇、庸、孝、友，以乐语教国子兴道、讽诵、言语，以乐舞教国子舞《云门大卷》、《大咸》、《大磬》、《大夏》、《大濩》、《大武》"、"金声玉振，始终条理"、"三分损益，隔八相生"六种佚文的来龙去脉一一进行了考察，并指出："这些说法和佚文，皆牵强附会，不足为信。"①

2. 田君2009年发表于《黄钟》第4期的《〈乐经〉补作史考》之摘要曰："先秦'六经'之《乐经》，秦以后亡佚，从此礼乐之教阙焉。但有趣的是，古代学者热衷于补作《乐经》，考诸历代，不绝如缕。这一学术脉络到底如何，至今鲜有论者，综述史料，甄别条理，冀能辨章学术，考镜源流。"实际上，后于拙文两年而出的田君之文并没有超出笔者探讨的范围，其文分两部分，第一部分"《乐经》补作简史"由拙稿"第四节牵强附会的《乐经》诸说"脱化而出，第二部分"《乐经》佚文辨证"由拙稿"第五节各种佚文均非出自古《乐经》"脱化而出。另外，田君2010年发表于《中国音乐学》第4期的《历代〈乐经〉论说流派考》，亦不乏拙文"第四节牵强附会的《乐经》诸说"、"第五节各种佚文均非出自古《乐经》"的影子。读者两相对照、细审自明。2009年田君文章正式发表时，拙文虽然尚未正式发表，但早于2007年4月公布于网上，信手可得。

项阳认为："就后世补经之作，在下以为对《乐经》本身都知之了

---

① 详见2007年4月网上推出《〈诗经〉与器乐·第一章〈乐经〉考论·第四节牵强附会的〈乐经〉诸说、第5节各种佚文均非出自古〈乐经〉》，第12—21页。

了，所谓补经，实乃与经无补。更有甚者，《乐经》不必补，也无从补，后人的理解与诠释岂可为经者?"①

六 关于元始《乐经》

笔者考证：《汉书·王莽传》谓王莽摄政时于汉平帝元始四年（公元4）奏立之《乐经》②，即汉蜀郡人、曾任讲学祭酒和谏议大夫的阳成衡揣度摹仿之作③。田君亦主此说，并指出"汉代艮当所注《乐经》，……《隋书·经籍志》记载'《乐经》四卷'，即属此书。"④ 余作胜则循此进一步考察、辨析，排除了"《周礼·大司乐》说、刘德《雅乐》说、刘歆《钟律书》说、扬雄《乐》四篇说"⑤，"支持元始《乐经》即阳成衡《乐经》一说，并从五个方面对此进行了论证"⑥，确认"阳成衡……所撰《乐经》约于建平元年至元始四年之间成书，……至迟在唐末即散亡殆尽"⑦，指出"元始《乐经》今存佚文寥寥无几。清代辑佚家钩沉索隐，制成元始《乐经》辑本多种，为复原该书付出了艰苦的努力。但由于种种原因，诸辑本所录之文多不可信"⑧。

---

① 项阳：《"六代乐舞"为〈乐经〉说》，《中国文化》2010 年第三十一期。
② （汉）班固《汉书》卷九十九上《王莽传》："是岁，莽奏起明堂、辟雍、灵台，为学者筑舍万区，作市、常满仓，制度甚盛。立《乐经》，益博士员，经各五人。"（中华书局1962 年版，第 4069 页）
③ 《各种佚文均非出自古〈乐经〉》2007 年 4 月。
④ 田君：《〈乐经〉补作史考》，《黄钟》2009 年第 4 期。
⑤ 余作胜：《元始〈乐经〉考》，《音乐研究》2013 年第 2 期。
⑥ 同上。
⑦ 同上。
⑧ 同上。

第二章 《诗经》曲式面面观

第一节 引言

在原始社会，诗、乐、舞是融为一体的。英国乔治·汤姆逊说："总之，舞蹈、音乐、诗歌三种艺术开头是合一的。它们的起源是人体在集体劳动中的有节奏的运动。这运动有两个构成部分——身体的和嘴巴的。前者发展为舞蹈，后者发展为语言。开始是标志节奏的、无意识的呼喊，后来发展为诗的语言和普通语言。抛弃了口唱，运用工具来表演，于是无意义的呼喊就转而化为器乐的起源。达到正式所谓诗，第一步是舞的取消。这样就变成了歌。在歌中，诗是音乐的内容，音乐是诗的形式。"① 这里，汤姆逊精辟地指出诗歌、音乐和舞蹈共同起源于"人体在集体劳动中的有节奏的运动"，"三种艺术开头是合一的"。但认为器乐是歌唱的进化，则未免前后矛盾；认为"在歌中，诗是音乐的内容，音乐是诗的形式"，亦值得商榷。器乐源于声乐、乐（含器乐）为诗的形式等是较为普遍的传统说法，在我国，早在《礼记·乐记》中即曰："金石丝竹，乐之器也。诗，言其志也；歌，咏其声也；舞，动其容也。三者本于心，然后乐器从之。"② 南朝梁刘勰亦曰："夫音律所始，本于人声者也。声含宫商，肇自血气，先王因之，以制乐歌。故知器写人声，声非效器者也。"③ 宋代郑樵亦曰："自后夔以来，乐以诗为本，诗以声为用，八音六律为之羽

---

① ［英］乔治·汤姆逊：《论诗歌源流·节奏和劳动》，袁水拍译，作家出版社 1955 年版，第 28 页。

② （汉）郑玄注，（唐）孔颖达等正义：《礼记正义》卷三十八《乐记》，（清）阮元校刻《十三经注疏》，中华书局 1980 年影印，第 1536 页。

③ （南朝·梁）刘勰著，詹锳义证：《文心雕龙义证》卷七《声律》，上海古籍出版社 1989 年版，第 1209—1210 页。

翼耳。"① 实际上：一、声乐和器乐是同源同体的。声乐出自人口，而最早的器乐就是人手对自身的拍击，最早的乐器就是自身而非人体之外的"工具"。这是当代学者根据文化人类学理论与民族音乐学的田野考察得出的新见解。伍国栋《中国民间音乐》曰："人类乐器的最早形态是人体自身器官和器乐是人类用自身器官拍击的理论，解决了音乐形态起源理论中声乐在前、还是器乐在前的论争。既然以人体声带为发声器官，以嗓音为载体的歌唱艺术是人类最早的一种音乐形式，那么以人体手、足、躯体为发音器官，以击打声为载体的击乐艺术，也是人类最早的一种音乐形式的结论，也就顺理成章了。……最早的器乐与最早的声乐同体同源，因此乐器与器乐起源的导因，自然就与声乐起源的导因完全一致。"② 二、在诗、乐、舞的融合体中，诗（歌词）与乐（含器乐）并不是内容和形式的关系，而是相互渗透、相互补充、相互促进、相互为用、密不可分的。

诗歌、音乐和舞蹈从原始的融合体中分化出来，各自得以独立发展，是社会生产力和文化有了长足的发展之后的事。西周至春秋中期，中华民族虽已迈进文明社会的门坎，但生产力仍较低下，文化积累也不够丰厚，因而产生于此时的《诗经》仍然大都是诗、乐、舞三位一体的。战国时的《墨子》即曰："儒者诵诗三百，弦诗三百，歌诗三百，舞诗三百。"③《毛传》亦曰："古者教以诗乐，诵之，歌之，弦之，舞之。"④ 这反映了当时的实情。顾颉刚认为：孔子生活的时代，"是乐诗的存亡之交，他以前乐诗何等的盛行，他以后就一步步的衰下去了"。⑤

《诗经》中的诗，来源于周王派专门官员到各地采集和公卿祝史们献呈。这些诗，最终全都集中到宫廷乐官们那里，由乐官们筛选后将其词语、音韵、篇章结构等一一进行审视、加工，使之雅言化，更适合音乐，并配上曲谱；原来有曲谱的，也要加以整理、润饰，以求适合各种礼仪和场合。但是，正如上章"第三节《乐经》不仅毁于秦火"所述，由于种种原因，导致《诗经》诸诗曲谱过早地佚散、毁灭了，这就使对《诗经》进行音乐研究成了一大难题。因而，历来研究《诗经》者，多从儒学、经学、文学、语言学、音韵学等入手，而忽视了其歌词的意义，以致形成

---

① （宋）郑樵：《通志》卷四十九《乐略第一·乐府总序》，中华书局 1987 年版，第 625 页。

② 伍国栋：《中国民间音乐》，浙江教育出版社 1995 年版，第 43 页。

③ （清）孙诒让：《墨子闲诂》卷十二《公孟》，中华书局 1954 年版，第 285 页。

④ （汉）毛亨：《毛诗》卷四《郑风·子衿》，《四部丛刊》初编本。

⑤ 顾颉刚：《古史辨》第三册《〈诗经〉在春秋战国间的地位·孔子对于诗乐的态度》，上海古籍出版社 1982 年版，第 345 页。

了"各以义言诗，遂使声歌之道日微"的局面①。而在《诗经》产生的年代，对于诗、乐乃至舞的融合体，人们更关注的是其音乐的仪礼作用，融合体中的诗，应是高度音乐化了的，但这方面的研究却极为欠缺，造成了上古音乐文本和音乐形态的失落，这不能不说是一大缺撼。

"诗为乐章，琴瑟必以歌诗。"② "盖古人不徒歌，必合琴瑟而后谓之歌。口举其词而琴瑟以咏之，犹作乐者升歌而有琴瑟从之也。"③ 由此可知，流传至今的《诗经》305篇，原本不仅有供歌唱的固定的曲谱，而且歌唱时必有器乐相和。因而，不管《诗经》诸乐章的产生是先有曲谱然后填写歌词，还是先有歌词然后谱曲，其曲谱与歌词之间必然存在着某种程度的对应关系，即《诗经》诸乐章的词语的运用、声韵的选择、句式的安排、篇章的结构等，与歌唱、器乐的节奏和旋律等都应尽量契合而同步。这就是说，《诗经》诸乐章的词语中储存和折射着诸多的音乐信息，"故可因诗以观乐"④。如李纯一即曰："孔子所肯定的《诗》，虽然是他以前时代的作品，但有好多却是属于春秋时期的，从这些传留下来的歌词中可以推知它们艺术形式的多样化。下面试举六例：……"⑤ 孙继南等论及《诗经》之《风》亦曰："在表演形式上有独唱、对唱、帮腔等形式。从歌词结构上可以看出，其曲式结构大致有十种之多，如分节歌，主副歌、联曲等形式。"⑥ 蓝雪霏亦曰："我国伟大的音乐学家杨荫浏独辟蹊径，开创性地从《诗经》的歌辞结构中首先破解了古远的音乐曲式之谜，认为：'在《国风》和《雅》两类歌曲中间，我们可以看到十种不同的曲式。'"⑦ 而今《诗经》乐章的曲谱虽已荡然无存，具体的演奏情况也无法知晓，万般无奈中，我们尚可通过对今存其歌词的形式特征进行深入考察、细心紬绎，大体窥察各诗曲谱的曲式。英乔治·汤姆逊说："在谣曲体中，一节是一个'乐段'，一联是一个'乐句'，一行是一个'乐词'。两个'乐词'

---

① （宋）郑樵：《通志·通志总序》，中华书局1987年版，第2页。
② （晋）杜预注，（唐）孔颖达等正义：《春秋左传正义》卷二十九《襄公二年》，（清）阮元校刻《十三经注疏》，中华书局1980年影印，第1929页。
③ （明）陈士元：《论语类考》卷十三《制乐考·弦歌》，文渊阁《四库全书》本。
④ （宋）叶时：《礼经会元》卷三下《诗乐》，文渊阁《四库全书》本。
⑤ 李纯一：《先秦音乐史》（修订版）第四章《春秋音乐》第一节《礼坏乐崩》，人民音乐出版社2005年版，第106页。
⑥ 孙继南、周柱铨主编：《中国音乐通史简编》第二章《西周、春秋、战国时期》第三节《乐舞与歌唱、歌唱理论》，山东教育出版社1993年版，第24页。
⑦ 蓝雪霏：《从荆楚"歌诗"遗音寻求〈诗经〉曲式研究的可拓展空间》，《音乐研究》2010年第5期。

成为一'乐句',两个'乐句'成为一'乐段'。"① 这虽不尽合于《诗经》中的曲式,但却从理论上支持了这一研究。在这方面,"五四"后的叶伯和、郑觐文、王光祈、顾颉刚等学者已有所涉猎,解放后的杨荫浏、家浚、欧兰香等也进行了较为具体的疏理、归纳;② 兹在前哲时贤的启迪下,根据通行的曲式分析理论,结合我们民族传统音乐的特点,参照后人重制的《开元十二诗谱》等,③ 依据今存《诗经》乐章的歌词④,全面考察 305 篇的内容和形式,对其曲谱的曲式一一予以推测、归类。

第二节　一段体曲式

《诗经》中一段体曲式总计 34 篇,全为《颂》,其中《周颂》31 篇,

---

① 〔英〕乔治·汤姆逊:《论诗歌源流》,袁水拍译,作家出版社 1955 年版,第 26 页。

② 参见叶伯和、郑觐文、王光祈等人的同名《中国音乐史》和顾颉刚《古史辨》第三册之《〈诗经〉在春秋战国间的地位·孔子对于诗乐的态度》、《从〈诗经〉中整理出歌谣的意见》、《论〈诗经〉所录全为乐歌》等及杨荫浏《中国古代音乐史稿》上册第四章之《〈诗经〉中所包含的各种曲式》、家浚《〈诗经〉音乐初探》、欧兰香《〈诗经〉的曲式结构分析》等。(按:此条著述之版本或出处见《附录》)

③ 《诗经》原谱应于秦时亡佚,(南朝·梁)沈约《宋书》卷十九《乐志一》:"周衰凋缺,又为郑卫所乱。……于是淫声炽而雅音废矣。及秦焚典籍,《乐经》用亡。……周存六代之乐,至秦唯馀《韶》、《武》而已。"(中华书局 1974 年版,第 533 页)而(唐)房玄龄等《晋书》卷二十二《乐志上》则曰:"杜夔传旧雅乐四曲,一曰《鹿鸣》,二曰《邹虞》,三曰《伐檀》,四曰《文王》,皆古声辞。"(第 684 页)(宋)郑樵《通志·通志总序》(第 2 页)与朱鉴编《诗传遗说》卷六(文渊阁《四库全书》本)等皆谓此四曲至晋亦全部失传。实际上杜夔所传四曲,系其远考诸经而自制。今存《开元十二诗谱》,乃唐人所制;(南宋)赵彦肃进一步予以修订,写成《诗乐篇》;(元)熊朋来再次整理,并补写十七篇新谱,撰成《瑟谱》(文渊阁《四库全书》本);至(清)陈澧又加整理,增加新篇,撰为《诗经今俗字谱》,共 33 篇(云南省图书馆皮藏本);(近代)袁嘉谷又进一步将原来的宫词谱改作五线谱和简谱,整理为较通俗的《诗经古谱》(上、下卷,1907 年清廷学部图书编译局出版)。这些曲谱"虽不知真合于古乐与否,但想来差不甚远"(顾颉刚《古史辨》第三册《〈诗经〉在春秋战国间的地位·孔子对于诗乐的态度》),可作为探讨《诗经》曲式的参照系。

④ 今存《诗经》,应是孔子整理本。阴法鲁曰:"孔子整理的底本大概是鲁国乐官所保存使用的底本。整理工作也许是他和鲁国乐官太师挚合作进行的。"(杨向奎:《宗周社会与礼乐文明》引,人民出版社 1997 年版,第 370 页)吕华亮、王洲明《论今本〈诗经〉依鲁国所存之〈诗〉为底本编纂而成》:"笔者通过相关材料的分析比对,认为今本《诗经》编纂所依之底本应是鲁国所存之《诗》。""先秦时期,各国皆有《诗》本流传,因孔子之故,鲁国所存之《诗》应是保存最为完整,传播最为广泛的。后虽经战国纷乱,秦国大火,它国所存之《诗》皆为残篇碎简,零落难缀,而鲁《诗》独得保全,并流传后世,这恐怕有孔子的很大功劳在内。"(《东岳论丛》2014 年第 2 期)

《商颂》3篇。这些一段体曲式包括引伸式展衍型和综合型两种。

一段体引伸式展衍型，即各句既不直接重复，也不承递引伸，而是按乐曲开始时提供的节奏、旋律和内涵的发展趋势自由地变化衍展。如《周颂·潜》：

> 猗与漆沮，潜有多鱼。
> 有鳣有鲔，鲦鲿鰋鲤。
> 以享以祀，以介景福。

歌词共6句，每句四言，句与句不相重复。第2句以下，按首句的节奏、旋律和内涵的发展趋势，由水而鱼，而鱼品种，而用鱼享祀，而享祀目的，层层推进，逐步衍展。这是引伸式展衍型中方整性的曲式。凡歌词每句言数同一者（不论句数奇偶），或句为偶数而各句言数不完全一致但有规律者，均系**方整性**结构。如《周颂·清庙》：

> 於穆清庙，肃雝显相。
> 济济多士，秉文之德。
> 对越在天，骏奔走在庙。
> 不显不承，无射于人斯。

歌词共8句，前4句为四言，后4句为四言、五言相间。展衍型中，不论句数奇偶，凡诸句言数不一且无规律者，则为**非方整性**结构。如《周颂·昊天有成命》：

> 昊天有成命，二后受之。
> 成王不敢康，夙夜基命宥密。
> 於辑熙，单厥心，肆其靖之。

歌词共7句，分别为五、四、五、六、三、三、四言，极不规整。

一段体引伸式综合型，即引伸中或展衍，或承递，或重复等，起码有两种形式见于同篇者。如《周颂·有客》：

> 有客有客，亦白其马。
> 有萋有且，敦琢其旅。

> 有客宿宿，有客信信。
>
> 言授之絷，以絷其马。
>
> 薄言追之，左右绥之。
>
> 既有淫威，降福孔夷。

歌词共 12 句，前 4 句和第 5、6 句是两种形式的重复，后 6 句应为衍展。

34 篇一段体引伸式曲式，展衍型计 30 篇，其中方整性 16 篇，非方整性 14 篇；综合型 4 篇。兹列表如下：

一段体引伸式曲式一览表

类型			篇目		篇数	
展衍型	方整性	周颂	清庙、执竞、思文、噫嘻、振鹭、有瞽、潜、雝、载见、武、闵予小子、良耜、丝衣、般	14	16	30
		商颂	那、烈祖	2		
	非方整性	周颂	维天之命、维清、烈文、天作、昊天有成命、我将、时迈、丰年、访落、敬之、小毖、酌、桓、赉	14	14	
综合型		周颂	臣工、有客、载芟	3		4
		商颂	玄鸟	1		
总计					34	

第三节　再现式曲式

再现式曲式，必须含两个或两个以上的乐段，其乐段与乐段或完全再现，或变化再现，或数个对等再现（或变化再现）联合，或数个不对等再现（或变化再现）联合。

凡各乐段对应句完全重复者，或部分词语变化、结构大部分相同者，即**完全再现**。如《周南·芣苢》：

> 采采芣苢，薄言采之。采采芣苢，薄言有之。
>
> 采采芣苢，薄言掇之。采采芣苢，薄言捋之。
>
> 采采芣苢，薄言袺之。采采芣苢，薄言襭之。

这是南方妇女采撷车前子时唱的歌，节奏鲜明，情调轻快，洋溢着浓郁的生活气息。3 段歌词重章叠唱。每段第 1、3 句完全相同;第 2、4 句各更换一个动词,结构完全相同。六个动词"采"、"有"、"掇"、"捋"、"袺"、"襭"准确而又有层次地运用,将劳动场面、采撷过程及其情状等栩栩如生地展现出来,简洁而不失生动,单纯而又见敦厚,给人以质朴的美感。陆深评曰:"四十八字内,用'采采'字凡十三,'芣苢'字凡十二,'薄言'字凡十二,除为语助者,才馀五字尔。而叙情委曲,从事始终,与夫经行道途,招邀俦侣,以相从容之意,蔼然可掬,天下之至文也。"① 王夫之亦评曰:"采采芣苢,意在言先,亦在言后,从容涵咏,自然生其气象。"② 再如《周南·桃夭》:

> 桃之夭夭,灼灼其华。之子于归,宜其室家。
> 桃之夭夭,有蕡其实。之子于归,宜其家室。
> 桃之夭夭,其叶蓁蓁。之子于归,宜其家人。

这是婚礼上演唱的喜歌。3 段歌词重章叠唱,反复表达了对新娘子的赞美和祝愿。各段第 1、3 句完全相同:第 1 句比兴新娘子青春年少、体态健美,第 3 句指明这个人出嫁。第 2、4 句有所变化:3 个第 2 句"灼灼其华"、"有蕡其实"、"其叶蓁蓁",由桃花而果实,而枝叶,相继出新,使艺术形象更丰满、具体;3 个第 4 句复中有变,后 2 字或颠倒,或换一个字,由女方而男方,而整个家庭,分别次第而言之。这样,重复中寓以变化,既使主要含意突出、感情充沛,又使内容递进,不断给人新的印象、新的感受,颇具回环摇曳之美。

变化再现,即再现乐段的节奏、调式发生明显变化,新材料过半数者。如《郑风·野有蔓草》:

> 野有蔓草,零露漙兮。有美一人,清扬婉兮。邂逅相遇,适我愿兮。
> 野有蔓草,零露瀼瀼。有美一人,婉如清扬。邂逅相遇,与子偕臧。

这首青年男子在野外与一姑娘不期而遇唱出的歌,采用民歌常用的反复吟叹的形式,表达了深切的倾慕之情。歌词皆为四言,每段 6 句,两句为一层,依次为起兴并交待时间和环境、赞美姑娘清秀美丽、剖白激动的情怀

---

① (明)陆深:《俨山集》卷三十一《诗微》,文渊阁《四库全书》本。
② (清)王夫之:《姜斋诗话》卷一,人民文学出版社 1961 年版,第 140 页。

3 个层次。两段的第 1、3、5 句完全相同；第 2、4、6 句除词语、句法变化外，更主要的是上段句末的"兮"字，下段则无，语调明显不同。再如《小雅·鹿鸣》：

> 呦呦鹿鸣，食野之苹。我有嘉宾，鼓瑟吹笙。吹笙鼓簧，承筐是将。人之好我，示我周行。
> 呦呦鹿鸣，食野之蒿。我有嘉宾，德音孔昭。视民不恌，君子是则是效。我有旨酒，嘉宾式燕以敖。
> 呦呦鹿鸣，食野之芩。我有嘉宾，鼓瑟鼓琴。鼓瑟鼓琴，和乐且湛。我有旨酒，以燕乐嘉宾之心。

这是周代贵族欢宴时的乐歌，歌唱了宴会的盛况及主客赤诚相见的和乐融洽。3 段歌词运用了反复咏唱的叠章形式：每段均为 8 句，各段第 1、3 句完全相同，第 2 句仅"苹"、"蒿"、"芩"3 个名词之别；而第 4、5、6、7、8 句则明显不同，尤其是第 2 段第 6、8 句衍为六言，第 3 段最后 1 句衍为七言。这样重调而又有新变，整齐中增添了曼声多意之趣。

对等再现（或变化再现）联合，即两个或两个以上的再现式曲式（或变化再现式曲式）联合为一曲，共同表现一个主题，而且联合的各曲式乐段相等。如《小雅·鱼丽》：

> 鱼丽于罶，鲿鲨。君子有酒，旨且多。
> 鱼丽于罶，鲂鳢。君子有酒，多且旨。
> 鱼丽于罶，鰋鲤。君子有酒，旨且有。
> 物其多矣，维其嘉矣。
> 物其旨矣，维其偕矣。
> 物其有矣，维其时矣。

这首周代贵族宴飨宾客的乐歌，极力夸饰酒肴盛美，表现贵族们生活豪奢、主人待客殷勤。歌词共 6 段：前 3 段为一部分，每段皆 4 句，依次为四、二、四、三言，且第 1、3 句完全相同，第 2、4 句句式完全一致。这一重章叠唱，重在展示丰盛宴会的图景。后 3 段为一部分，每段皆 2 句，每句四言，对应句仅置换一字，结构完全相同。这一重章叠唱，一方面较之上一部分参差错落、节奏紧促显得整饬而舒缓，形成了对比；另一方面，又紧承前 3 段，抓住"多"、"旨"、"有"三个关键词，进一步拓展、补充，既强化了"美万物盛多"的主题，升华了诗意，又回环呼应，加重了韵味。

不对等再现（或变化再现）联合，即两个或两个以上的再现式曲式（或变化再现式曲式）联合为一曲，共同表现一个主题，但联合的各曲式乐段不相等。如《唐风·葛生》：

> 葛生蒙楚，蔹蔓于野。予美亡此，谁与？独处。
> 葛生蒙棘，蔹蔓于域。予美亡此，谁与？独息。
> 角枕粲兮，锦衾烂兮。予美亡此，谁与？独旦。
> 夏之日，冬之夜。百岁之后，归于其居。
> 冬之夜，夏之日。百岁之后。归于其室。

这是一位女子在墓前哭悼亡夫的哀歌。歌调共5段。前3段为一部分，每段皆5句，依次为四、四、四、二、二言。这一重章叠唱的前两段哀叹亡夫独葬荒野的孤独、凄凉，反复咏叹，笼罩着一种哀婉的气氛，节奏平缓，表达了深沉的哀思；第3段思念发展到高潮，思物伤情，大悲大恸的情感溢于言表。后2段为一部分，每段4句，依次为三、三、四、四言。这又一重章叠唱中相对应的前两句，一字未动，仅语句的顺序巧妙地倒换一下，即描绘出日月推移，漫无尽期，展示了女子寡居生活的艰难；其相对的后两句，仅一字之别，反复发誓，申明将来与丈夫同穴共处的决心。两个不对等的重章叠唱，同为内心独白，表现了女子对亡夫的深切怀念及爱情的坚贞如一。曲调低回，血泪凄怆，夫妻深情跃然纸上。

再现式曲式一览表

类型			篇名		篇数		
完全再现	二段体	召南	小星、驺虞	2	51	63	99
		邶	二子乘舟	1			
		鄘	鹑之奔奔	1			
		卫	河广	1			
		王	君子于役、君子阳阳	2			
		郑	遵大路、有女同车、山有扶苏、萚兮、狡童、褰裳、扬之水、出其东门	8			
		齐	东方之日	1			
		魏	十亩之间	1			
		唐	羔裘、无衣	2			

续表

类型			篇名		篇数		
完全再现	三段体	风	秦	终南、渭阳、权舆	3		99
			陈	东门之杨、防有鹊巢	2		
			豳	狼跋	1		
		雅	小雅	鹤鸣	1	1	
		风	周南	樛木、螽斯、桃夭、兔罝、芣苢、麟之趾	6	51	63
			召南	鹊巢、草虫、甘棠、羔羊、摽有梅、江有汜	6		
			鄘	墙有茨、相鼠、干旄	3		
			卫	淇奥、考槃、有狐	3		
			王	中谷有蓷、兔爰、葛藟、采葛、丘中有麻	5		
			郑	将仲子、叔于田、大叔于田、清人、风雨	5		
			齐	还、著、卢令、敝笱、猗嗟	5		
			魏	汾沮洳、陟岵、伐檀、硕鼠	4		
			唐	蟋蟀、山有枢、绸缪、鸨羽	4		
			秦	蒹葭、无衣	2		
			陈	东门之池、月出、泽陂	3		
			桧	羔裘、素冠、隰有苌楚	3		
			曹	蜉蝣	1		
			豳	破斧	1		
		雅	小雅	彤弓、庭燎、祈父、黄鸟、我行其野、谷风、无将大车、頍弁、青蝇、鱼藻、渐渐之石	11	12	
			大雅	洞酌	1		
	四段体	风	邶	日月	1	3	7
			齐	载驱	1		
			曹	鸤鸠	1		
		雅	小雅	南有嘉鱼、菁菁者莪、鼓钟、瓠叶	4	4	
	五段体	雅	小雅	南山有台	1	3	3
			大雅	凫鹥、民劳	2		
变化再现	二段体	风	郑	东门之墠、野有蔓草	2	3	13
			陈	墓门	1		
	三段体	风	召南	何彼襛矣	1	2	6
			郑	羔裘	1		
		雅	小雅	鹿鸣、鸿雁、鸳鸯	3	3	
		颂	鲁颂	有駜	1	1	

类型				篇名	篇数			
变化再现	四段体	雅	小雅	杕杜、蓼萧、白驹	3	3	3	13
	五段体	雅	大雅	旱麓	1	1	1	
对等完全再现联合	四段体	风	邶	绿衣	1	3	3	4
			郑	丰	1			
			齐	南山	1			
	六段体	雅	小雅	鱼丽	1	1	1	
对等变化再现联合	四段体	风	邶	终风、凯风	2	2	2	2
不对等再现联合	五段体	风	唐	葛生	1	1	2	2
		雅	小雅	小明	1	1		
总计								120

第四节　主副歌式曲式

主副歌式曲式，必须含有两个或两个以上的乐段，各乐段的开始或结尾均有完全相同的部分。**主歌**即各乐段在节拍、速度、调性上有差异的部分，**副歌**即各乐段完全相同的部分。如：《小雅·瞻彼洛矣》：

> 瞻彼洛矣，维水泱泱。君子至止，福禄如茨。韎韐有奭，以作六师。
> 瞻彼洛矣，维水泱泱。君子至止，鞞琫有珌。君子万年，保其家室。
> 瞻彼洛矣，维水泱泱。君子至止，福禄既同。君子万年，保其家邦。

这是为周天子（君子）祝福的歌。朱熹曰："此天子会诸侯于东都以讲武事，而诸侯美天子之诗。言天子至此洛水之上，御戎服而起六师也。"① 歌词共 3 段，每段开始两句皆为"瞻彼洛矣，维水泱泱"，是副歌，描写洛水的汪洋浩荡，展示了周天子讲武事之深广壮美而气象浑然的背景。主

---

① （宋）朱熹：《诗集传》卷十三《小雅·瞻彼洛矣》，中华书局 1958 年版，第 158 页。

歌则赞扬周天子戎装披挂至洛水检阅军队，福禄亦随之而来，并发出至高无上的祝福。通篇笔墨简净，调子和乐肃穆、从容适度，显示了泱泱大国的恢宏气度和振振威仪。又如：《秦风·黄鸟》：

> 交交黄鸟，止于棘。谁从穆公，子车奄息。维此奄息，百夫之特。临其穴，惴惴其栗。彼苍者天，歼我良人！如可赎矣，人百其身。
>
> 交交黄鸟，止于桑。谁从穆公，子车仲行。维此仲行，百夫之防。临其穴，惴惴其栗。彼苍者天，歼我良人！如可赎矣，人百其身。
>
> 交交黄鸟，止于楚。谁从穆公，子车针虎。维此针虎，百夫之御。临其穴，惴惴其栗。彼苍者天，歼我良人！如可赎矣，人百其身。

这是秦国人痛悼"三良"的挽歌。司马迁曰："三十九年，缪（穆）公卒，葬雍。从死者百七十七人，秦之良臣子舆氏三人名曰奄息、仲行、针虎，亦在从死之中。秦人哀之，为作歌《黄鸟》之诗。"[1] 歌词共 3 段，每段前 6 句词语有差异，为主歌，分别哀悼三个人，皆以黄鸟鸣唱起兴，点明殉葬者，并强调其是杰出的人才。每段后 6 句完全相同，是副歌，面对殉葬者痛苦的颤栗，呼告苍天，为其鸣不平。这首歌激越凄楚，哀婉动人，既表达了对殉葬者的深切同情，又抒写了对惨绝人寰的殉葬制度的痛恨、愤慨和无可奈何的心境。再如《周南·汉广》：

> 南有乔木，不可休思。汉有游女，不可求思。汉之广矣，不可泳思！江之永矣，不可方思！
>
> 翘翘错薪，言刈其楚。之子于归，言秣其马。汉之广矣，不可泳思！江之永矣，不可方思！
>
> 翘翘错薪，言刈其蒌。之子于归，言秣其驹。汉之广矣，不可泳思！江之永矣，不可方思！

这是产生于汉江流域的爱情之歌。高亨说是"一个男子追求一个女子而不可得，因作此歌以自叹"。[2] 歌词共 3 段，每段 8 句，各段前 4 句有差异，是主歌；后 4 句完全相同，是副歌。其主歌系有再现的联合型，不同于《瞻彼洛矣》和《黄鸟》之主歌完全再现。第 1 段主歌以乔木为起兴，感叹

---

① （汉）司马迁：《史记》卷五《秦本纪》，中华书局 1959 年版，第 132—133 页。

② 高亨：《诗经今注》，上海古籍出版社 1980 年版，第 11 页。

爱慕的姑娘高不可攀，第2、3段主歌皆以砍柴为起兴，幻想姑娘嫁给他时将亲自驱车迎接，一片痴情。副歌则反复浩叹爱情不可得而无可奈何之情，信手拈来眼前之景，妙喻天成，韵味无穷。这首歌诚实敦厚，感人肺腑。

主副歌式曲式一览表

类型			篇名			篇数				
开始有副歌	主歌完全再现型	二段体	风	邶	式微	1	1	1		4
		三段体	雅	小雅	瞻彼洛矣	1	1	1	3	
		四段体	颂	鲁颂	駉	1	1	1		
	主歌无再现联合型	四段体	风	豳	东山	1	1	1	1	
结尾有副	主歌完全再现型	二段体	风	邶	柏舟	1				
				卫	芄兰	1				
				郑	溱洧	1		7		
				魏	园有桃	1	7			
				唐	椒聊、杕杜、有杕之杜	3				
		三段体	风	召南	殷其靁	1				
				邶	北风	1				
				鄘	桑中	1			18	
				卫	木瓜	1				
				王	黍离、扬之水	2				20
				郑	缁衣	1	10	11		
				唐	采苓	1				
				秦	黄鸟、晨风	2				
			雅	小雅	绵蛮	1	1			
	主歌有再现联合型	三段体	风	周南	汉广	1	2	2	2	
				邶	北门	1				
总计										24

第五节　附加式曲式

附加式曲式，即前加引子、后有尾声，或仅前加引子，或仅后有尾声的曲式。其主体部分最少为两个乐段，一般为完全再现型或变化再现型，亦有循环型和联合型的。

所谓**引子**，指乐曲的开始具有酝酿情绪、创造气氛、提示内容等作用，为基本乐思作准备的乐段。所谓**尾声**，指乐曲最后用以引伸未尽之意并加强结束感的乐段，有的带有发展而形成的曲终高潮。引子和尾声一般较为短小，但不尽然。例如《周南·卷耳》：

> 采采卷耳，不盈顷筐。嗟我怀人，寘彼周行。
> 陟彼崔嵬，我马虺隤。我姑酌彼金罍，维以不永怀。
> 陟彼高冈，我马玄黄。我姑酌彼兕觥，维以不永伤。
> 陟彼砠矣，我马瘏矣，我仆痡矣，云何吁矣！

传统说法这是首思妇之歌，但高亨认为"似乎是个在外服役的小官吏，叙述他坐着车子，走着艰阻的山路，怀念着家中的妻子"，① 姑从其说。歌词共4段：第1段是引子，明写征人想象妻子采撷野菜时思念自己的情景，实际上是在表达自己对妻子思念。第2、3段是主体，写征途艰难跋涉和无法摆脱的精神痛苦，其句法、句数、对应句的字数完全相同，只是用词有所变化。如此重章叠唱，强调了漫长的征途越来越艰险，绵长的思念越来越深切，阴郁的情怀越来越伤悲。第4段是尾声，前3句进一步展示征途的艰难，最后一句则敞开心扉直接抒发对妻子的无限思恋。又如《秦风·车邻》：

> 有车邻邻，有马白颠。未见君子，寺人之令。
> 阪有漆，隰有栗。既见君子，并坐鼓瑟。今者不乐，逝者其耋。
> 阪有桑，隰有杨。既见君子，并坐鼓簧。今者不乐，逝者其亡。

这是一位贵妇人的歌。歌词共3段：第1段是引子，写车马、侍御，旨在渲染富贵气象，营造及时行乐的氛围。第2、3段是主体，赞美夫妻欢洽无间、"并坐鼓瑟"、"并坐鼓簧"的尽情享乐的生活，流露了及时行乐的思想。重章叠唱，使主旨更突出。再如《小雅·苕之华》：

> 苕之华，芸其黄矣。心之忧矣，维其伤矣！
> 苕之华，其叶青青。知我如此，不如无生！

---

① 高亨：《诗经今注》，上海古籍出版社1980年版，第11页。

　　牂羊坟首，三星在罶。人可以食，鲜可以饱！

这是大灾荒年"饥者歌其食"之歌。歌词共 3 段：第 1、2 段为变化再现，以乐景（苕之花灿烂金黄，其叶青翠葱茏）反衬哀情（忧伤至极而悲呼"不如无生"），倍增其哀。第 3 段为尾声，前两句高度概括万物凋耗殆尽的凄凉景象，破释第 1、2 段留下的何以忧伤厌生的悬念；后两句转而对不合理的现实发出诘问，饱含着激愤，是悲痛欲绝激发的火花。歌词之眼前之景、心中之苦和沉痛的呼号融合无间，具有极强的现实主义精神和艺术感染力。

附加式曲式一览表

类型			篇名			篇数			
前加引子后有尾声	四段体	风	周南	卷耳	1	3	3	3	
			曹	候人	1				
			幽	九罭	1				
前加引子	三段体	风	召南	行露	1	4	4	5	
			秦	车邻	1				
			陈	宛丘、衡门	2				
	五段体	雅	小雅	皇皇者华	1	1	1		
完全再现型	后有尾声	三段体	风	周南	葛覃、汝坟	2	12	14	20	28
			召南	采蘩	1				
			邶	新台	1				
			鄘	蝃蝀	1				
			王	大车	1				
			郑	子衿	1				
			齐	鸡鸣、东方未明、甫田	3				
			唐	扬之水	1				
			桧	匪风	1				
		雅	小雅	沔水、菀柳	2	2			
		四段体	风	邶	燕燕	1	2	5		
			曹	下泉	1				
		雅	小雅	湛露、采芑、隰桑	3	3			
		五段体		小雅	都人士	1	1	1		

类型			篇名				篇数				
变化再现型	前加引子	三段体	风	陈	东门之枌	1	1	1	1		
	后有尾声	三段体	雅	小雅	苕之华	1	1	1		5	
		四段体	雅	小雅	裳裳者华、何草不黄	2	2	2	4		
		五段体	雅	小雅	四牡	1	1	1			
循环型	前加引子后有尾声	八段体	雅	大雅	云汉	1	1	1	1	1	
联合型	前加引子	五段体	风	邶	柏舟	1	1	1	1	1	
总计										35	

第六节　循环式曲式

循环式曲式由两个或两个以上的不同乐段组成，全部或大部分的乐段开始或结尾反复出现相同的因素。循环式又分串连型、合尾型两种。

串连型，即全部或大部分乐段的开始反复出现相同因素的曲式。如《小雅·伐木》：

> 伐木丁丁，鸟鸣嘤嘤。出自幽谷，迁于乔木。嘤其鸣矣，求其友声。相彼鸟矣，犹求友声；矧伊人矣，不求友生！神之听之，终和且平。
>
> 伐木许许，酾酒有藇。既有肥羜，以速诸父。宁适不来，微我弗顾。於粲洒埽，陈馈八簋。既有肥牡，以速诸舅。宁适不来，微我有咎。
>
> 伐木于阪，酾酒有衍。笾豆有践，兄弟无远。民之失德，干糇以愆。有酒湑我，无酒酤我。坎坎鼓我，蹲蹲舞我。迨我暇矣，饮此湑矣。

这是贵族宴会亲友所奏的乐歌。歌词共 3 段：第 1 段是对亲友之爱的强调和呼唤；第 2 段具体写施爱求友的行动；第 3 段前 6 句是第 2 段的延续和深化，后 6 句则是向往欢乐的情景，表达和睦亲善的愿望。这 3 段开始皆以"伐木"起兴，由结构基本相同的句子将其串连一体。

合尾型，即全部或大部分乐段的结尾反复再现相同因素的曲式。如《大雅·文王有声》：

> 文王有声，遹骏有声，遹求厥宁，遹观厥成。文王烝哉！
> 文王受命，有此武功，既伐于崇，作邑于丰。文王烝哉！
> 筑城伊淢，作丰伊匹。匪棘其欲，遹追来孝。王后烝哉！
> 王公伊濯，维丰之垣。四方攸同，王后维翰。王后烝哉！
> 丰水东注，维禹之绩。四方攸同，皇王维辟。皇王烝哉！
> 镐京辟廱。自西自东，自南自北，无思不服。皇王烝哉！
> 考卜维王，宅是镐京。维龟正之，武王成之。武王烝哉！
> 丰水有芑。武王岂不仕，诒厥孙谋，以燕翼子。武王烝哉！

这是歌颂周文王和周武王的乐歌。8 段歌词可分为两部分：前 4 段叙说周文王伐崇迁都于丰的经过，赞颂周文王光大祖业而致其孝思。后 4 段记述周武王灭纣后定都于镐的始末，赞颂周武王长保后嗣而永安天下。每段皆 5 句，结尾皆为单句赞辞，不仅结构相同，语气一致，而且最后二字皆为"烝哉"（美啊）。

循环式曲式一览表

类型		篇名			篇数				
串连型	三段体	风	召南	采蘋	1	1		2	5
		雅	小雅	伐木	1	1			
	六段体	雅	大雅	公刘、荡、崧高	3	3	3		
合尾型	八段体	雅	大雅	文王有声	1	1	1		1
总计									6

第七节　联合式曲式

联合式曲式由两个或两个以上的乐段组成，乐段组合的方式多种多样，无一定之规。《诗经》中联合式曲式总计 85 篇，其中《风》25 篇，《雅》56 篇，《颂》4 篇。这些曲式又可分为承递、呼应、对比、展衍四种类型。

承递型，其全部或大部分乐段的开始与前乐段的结尾相同，前后相承，层层拓展或深化主题。如《大雅·既醉》：

既醉以酒，既饱以德。君子万年，介尔景福。
既醉以酒，尔殽既将。君子万年，介尔昭明。
昭明有融，高朗令终。令终有俶，公尸嘉告。
其告维何？笾豆静嘉。朋友攸摄，摄以威仪。
威仪孔时，君子有孝子。孝子不匮，永锡尔类。
其类维何？室家之壶。君子万年，永锡祚胤。
其胤维何？天被尔禄。君子万年，景命有仆。
其仆维何？厘尔女士。厘尔女士，从以孙子。

这是首祖庙祭歌，是祭祀中代表"尸"的祝官向主祭者说一些赐福的话后唱的歌。歌词共8段，不仅从第3段开始，每段首句开始皆承上段末句之尾，而且第3、5、8段中间的句子也首尾相衔，通篇蝉联而下，妙合无垠，表达了对主祭者长寿、福禄、聪慧、子孙孝敬、室家昌盛等多方面的颂祝。于省吾曾称这一顶针修辞技巧为"连锁递承法"。

呼应型，其各乐段中有相同因素或不同因素，既相呼应又互为补充。如《秦风·小戎》：

小戎俴收，五楘梁辀，游环胁驱，阴靷鋈续，文茵畅毂，驾我骐馵。言念君子，温其如玉。在其板屋，乱我心曲。
四牡孔阜，六辔在手，骐駵是中，騧骊是骖，龙盾之合，鋈以觼軜。言念君子，温其在邑。方何为期，胡然我念之？
俴驷孔群，厹矛鋈錞，蒙伐有苑，虎韔镂膺，交韔二弓，竹闭绲滕。言念君子，载寝载兴。厌厌良人，秩秩德音。

这是一位贵族妇人思念驾驭兵车随秦襄公出征的丈夫的歌。歌词共3段，每段皆分前6句和后4句为上下两层。3段的上层依次写战车、战马、兵器，内容不断地变化，极力从多方渲染丈夫的尊贵、威武；3段的下层则同写"言念君子"的执着和专一，无多大变化。

对比型，其全部或大部分乐段的结构不同，但共同表达同一的内容和主题。如《陈风·株林》：

胡为乎株林？从夏南。匪适株林，从夏南。
驾我乘马，说于株野。乘我乘驹，朝食于株。

这是首讽刺陈灵公、孔宁、仪行父君臣三人私通夏姬的歌。《毛诗序》曰:"《陈风》,刺灵公也。淫乎夏姬,驱驰而往,朝夕不休息焉。"[①] 上段歌词通过设问委婉含蓄地揭露了陈灵公三人的卑劣行径,下段歌词进一步以具体事实揭露陈灵公的淫乱。通篇语言朴素,不事雕饰,平淡中蕴含着丰富的内涵和强烈的感情。上段 4 句依次为五、三、四、三言,而下段皆为四言,句法结构、语言节奏显然不同。

展衍型,其全部或大部分乐段不直接承递、引伸前面的材料,只是按前面提供的节奏旋律和内涵而发展。《诗经》中展衍型联合曲式分为有再现性的和无再现性的两种。有再现性的,再现服从内容的需要,没有固定的模式。如《周南·关雎》:

> 关关雎鸠,在河之洲。窈窕淑女,君子好逑。
> 参差荇菜,左右流之。窈窕淑女,寤寐求之。
> 求之不得,寤寐思服。悠哉悠哉,辗转反侧。
> 参差荇菜,左右采之。窈窕淑女,琴瑟友之。
> 参差荇菜,左右芼之。窈窕淑女,钟鼓乐之。

《毛诗序》曰:"《关雎》,后妃之德也。""是以《关雎》乐得淑女以配君子,忧在进贤,不淫其色。哀窈窕,思贤才,而无伤善之心焉,是《关雎》之义也。"[②] 而南宋疑古风盛行以来,大都认为这是首恋歌。歌词共 5 段,每章 4 句,每句四言。第 1、3 段系单章,第 2、4、5 段为再现重调,跳格叠咏,错杂开来,抒写后妃(或谓一位贵族男子)对"窈窕淑女"的爱慕、思念、"求之不得"的痛苦和追求不舍的殷勤。无再现性的,系单章的联合。如:《鄘风·定之方中》:

> 定之方中,作于楚宫。揆之以日,作于楚室。树之榛栗,椅桐梓漆,爰伐琴瑟。
> 升彼虚矣,以望楚矣。望楚与堂,景山与京,降观于桑。卜云其吉,终然允臧。
> 灵雨既零,命彼倌人,星言夙驾,说于桑田。匪直也人,秉心塞

---

① (汉)毛亨传,(汉)郑玄笺,(唐)孔颖达等正义:《毛诗正义》卷七之一,(清)阮元校刻《十三经注疏》,中华书局 1980 年影印,第 378 页。

② (汉)毛亨传,(汉)郑玄笺,(唐)孔颖达等正义:《毛诗正义》卷一之一,(清)阮元校刻《十三经注疏》,中华书局 1980 年影印,第 269、273 页。

渊。骊牝三千。

这首歌词共 3 段，各段词语、句子结构不相同。歌词记叙了卫文公在楚丘营建宫室的全过程：第 1 段描述工人营建宫室的热烈景象，展示了卫国人的集体创造精神和坚强意志；第 2 段倒叙营造宫室前卫文公对楚丘的慎重勘察和抉择；第 3 段赞美卫文公身体力行，勤劳治国。

联合式曲式一览表

类型				篇名		篇数		
承递型	七段体	雅	大雅	文王	1	1	2	2
	八段体	雅	大雅	既醉	1	1		
呼应型	三段体	风	秦	小戎	1	1	1	6
	四段体	风	邶	旄丘	1	1	1	
	五段体	雅	小雅	采菽	1	1	1	
	八段体	风	豳	七月	1	1	3	
		雅	小雅	小弁	1	2		
			大雅	丞民	1			
对比型	二段体	风	陈	株林	1	1	1	8
	三段体	风	召南	野有死麕	1	3	3	
			邶	简兮	1			
			郑	女曰鸡鸣	1			
	四段体	风	邶	匏有苦叶	1	1	1	
	五段体	风	邶	击鼓	1	1	2	
		雅	小雅	车辇	1	1		
	七段体	雅	大雅	召旻	1	1	1	
展衍型	有再现性的	三段体	风	邶	静女	1	2	2	29
		四段体	风	鄘	君子偕老	1			
				邶	雄雉、泉水	2	3	5	
				卫	竹竿	1			
			雅	小雅	桑扈、采绿	2	2		
		五段体	风	周南	关雎	1	1	3	
			雅	小雅	黍苗	1	2		
				大雅	棫朴	1			

类型			篇名		篇数		
有再现性的	六段体	雅	小雅	天保、采薇、出车、六月、巷伯、蓼莪、北山	7	9	9	29
			大雅	下武、江汉	2			
	七段体	颂	商颂	长发	1	1	1	
	八段体	雅	小雅	常棣、角弓、白华	3	4	5	
			大雅	行苇	1			
		颂	鲁颂	泮水	1	1		
	九段体	雅	小雅	斯干	1	1	1	
	十段体	雅	小雅	节南山	1	2	2	
			大雅	卷阿	1			
	十六段体	雅	大雅	桑柔	1	1	1	
展衍型 无再现性的	二段体	风	魏	葛屦	1	2	2	41
			豳	伐柯	1			
	三段体	风	鄘	定之方中	1	2	2	
			秦	驷驖	1			
	四段体	风	鄘	载驰	1	4	10	
			卫	硕人、伯兮	2			
			豳	鸱鸮	1			
		雅	小雅	吉日、无羊、甫田、大田	4	6		
			大雅	思齐、假乐	2			
	五段体	雅	小雅	宾之初筵	1	2	2	
			大雅	灵台	1			
	六段体	风	邶	谷风	1	2	10	
			卫	氓	1			
		雅	小雅	小旻、小宛、巧言、楚茨、信南山	5	7		
			大雅	韩奕、常武	2			
		颂	商颂	殷武	1	1		
	七段体	雅	小雅	雨无正、大东	2	3	3	
			大雅	瞻卬	1			
	八段体	雅	小雅	车攻、十月之交、何人斯、四月	4	8	8	
			大雅	大明、皇矣、生民、板	4			

续表

类型			篇名			篇数			
展衍型	无再现性的	九段体	雅	大雅	绵	1	1	1	41
		十二段体	雅	小雅	正月	1	2	3	
				大雅	抑	1			
			颂	鲁颂	閟宫	1	1		
总计									86

第八节 关于组歌及其曲式问题

先秦之乐，有好多是成组的，即几支乐曲联演。尤其是九支、六支、三支乐曲结为一组的形式，似乎是一种固定的音乐篇制结构。

九支歌或舞为一组者。如：有周之前的《九韶》、《九辩》、《九歌》等，篇名中之"九"字，即指其篇中含九支乐曲。《九韶》，又名《箫韶》、《大韶》，简称《韶》，舜时之乐。① 《竹书纪年·帝舜有虞氏》曰："元年己未帝即位居冀，作《大韶》之乐。"② 《尚书·益稷》曰："箫韶九成，凤皇来仪。"孔安国传曰："仪有容仪，备乐九奏，而致凤凰。"孔颖达疏曰："箫韶之乐，作之九成，以至凤凰来而有容仪也。……成，谓乐曲成也。郑云：'成犹终也，每曲一终，必变更奏。'故《经》言'九成'，《传》言'九奏'，《周礼》谓之'九变'，其实一也。"③ 《九辩》、《九歌》，《山海经·大荒西经》称："西南海之外，赤水之南，流沙之西，有人珥两青蛇，乘两龙，名曰夏后开（启）。开上三嫔于天，得《九辩》与《九歌》以下。"④ 只是传说而已。其实二者乃夏时之乐。《尚书·大禹谟》即曰："禹曰：……九功惟叙，九叙惟歌。戒之用休，董之用威，

---

① 一作帝喾时的音乐。《吕氏春秋·古乐》："帝喾命咸黑作为声，歌九招、六列、六英。"[（战国）吕不韦等：《吕氏春秋》卷五《仲夏纪第五》，《四部丛刊》初编本]《文心雕龙·颂赞》："昔帝喾之世，咸墨为颂，以歌九韶。"（陆侃如、牟世金：《文心雕龙译注》，齐鲁书社1995年版，第169页）

② （南朝·梁）沈约注：《竹书纪年》卷上，文渊阁《四库全书》本。

③ （汉）孔安国传，（唐）孔颖达等正义：《尚书正义》卷五，（清）阮元校刻《十三经注疏》，中华书局1980年影印，第144页。

④ 沈薇薇译注：《山海经译注》卷十六，黑龙江人民出版社2003年版，第181页。

劝之以《九歌》，俾勿坏。"① 屈原《离骚》亦曰："启《九辩》与《九歌》兮，夏康娱以自纵。"汉王逸注曰："启，禹子也。《九辩》、《九歌》，禹乐也。言禹平治水土，以有天下，启能承先志，缵叙其业，育养品类，故九州之物皆可辩数，九功之德皆有次序而可歌也。"②《天问》又曰："启棘宾商，《九辩》《九歌》。"王逸注曰："《九辩》、《九歌》，启所作乐也，言启能备修明禹业，陈列宫商之音，备其礼乐也。"③ 后来的屈原之《九歌》和《九章》、宋玉之《九辩》等，即仿古乐《九歌》、《九辩》之作。王夫之注宋玉《九辩》时说："按九者，乐章之数。凡乐之数，至九而盈。故黄钟九寸，寸有九分，不具十者。乐主乎盈，盈而必反也。舜作《韶》而九成，夏启则《九辩》、《九歌》，以上侪于天。故屈原《九歌》、《九章》皆仿此以为度。而宋玉感时物以闵忠贞，亦仍其制。辩，犹遍也。一阕谓之一遍。盖亦效夏启《九辩》之名，绍古体为新裁。"④ 由此可知，以上诸乐，皆含九支乐曲。

审视历史典籍文献，与今本《诗经》相关的九支乐曲组有《九夏》和《周公之琴舞》：

《九夏》，系周乐。《周礼·春官宗伯·钟师》曰："钟师掌金奏。凡乐事以钟鼓奏《九夏》：《王夏》、《肆夏》、《昭夏》、《纳夏》、《章夏》、《齐夏》、《族夏》、《祴夏》、《骜夏》。凡祭祀、飨食，奏燕乐。"郑玄注："以钟鼓者，先击钟，次击鼓以奏《九夏》。夏，大也，乐之大歌有九。……《九夏》皆诗篇名，颂之族类也。此歌之大者，载在乐章，乐崩亦从而亡，是以颂不能具。"⑤ 季本曰："天子庙乐礼宜九成，意必尚有文舞九成。如《礼记》所谓八佾以舞《大夏》者，盖即《周礼·钟师》之《九夏》也。……盖《九夏》者，文舞也，《乐记》所谓既奏以文也。武者，武舞也，《乐记》所谓复乱以武也。孔氏曰：乐有文舞，有武舞。其入庙也，必先文而后武，则武舞者，其入在文舞之后者也。"⑥《九夏》除祭祀等钟鼓演奏之，还常单独演奏，杜子春即曰："王出入奏《王夏》，尸出入奏《肆夏》，牲出入奏《昭夏》，四方宾来奏《纳夏》，

① （汉）孔安国传，（唐）孔颖达等正义：《尚书正义》卷四，（清）阮元校刻《十三经注疏》，中华书局 1980 年影印，第 135 页。

② 洪兴祖撰，白化文等点校：《楚辞补注》，中华书局 1983 年版，第 21 页。

③ 洪兴祖撰，白化文等点校：《楚辞补注》卷，中华书局 1983 年版，第 98 页。

④ （清）王夫之：《楚辞通释》卷八，中华书局 1975 年版，第 121 页。

⑤ （汉）郑玄注，（唐）贾公彦疏：《周礼注疏》卷二十四《春官宗伯下·钟师》，（清）阮元校刻《十三经注疏》，中华书局 1980 年影印，第 800 页。

⑥ （明）季本：《诗说解颐正释》卷二十《武》，文渊阁《四库全书》本。

臣有功奏《章夏》，夫人祭奏《齐夏》，族人侍奏《族夏》，客醉而出奏《祴夏》，公出入奏《骜夏》。"① 其诸乐章，有人或疑为《王夏》即《文王》，《肆夏》即《时迈》，《昭夏》即《雝》，《纳夏》即《武》，《章夏》即《棫朴》，《齐夏》即《思齐》，《族夏》即《行苇》，《祴夏》即《楚茨》，《骜夏》，即《桑扈》。② 又有人认为："周制别有《九夏》，非虞夏之《九歌》。先儒或引《虞书》'九功惟叙，九叙惟歌'，名为《九夏》，非也。或引《周颂·时迈》为《肆夏》，《执竞》为《繁遏》，《思文》为《渠》，亦非。或曰有声无辞，或曰有辞亡逸，皆非。盖夏之为言大也，乐之大者也，即今《大雅》是也。以诗言之，谓之曰雅，以乐言之，谓之曰夏。则《九夏》者，《大雅》九篇是也。解见下文：《王夏》，旧说王出入奏《王夏》，新说《文王》之篇是也，盖取王字为乐之名，故谓之《王夏》耳。《肆夏》，旧说尸出入奏《肆夏》，新说即《绵》之篇是也，盖取'肆不殄厥愠'之'肆'字为乐名耳。《昭夏》，旧说牲出入奏《昭夏》，新说《大明》之篇是也，盖取'昭事上帝'之'昭'，故曰《昭夏》。《纳夏》，旧说四方宾来奏《纳夏》，新说《旱麓》之篇是也，盖取'君子'纳福如'玉瓒'之纳'黄流'也。《章夏》，旧说臣有功奏《章夏》，新说《棫朴》之篇是也，盖取'为章于天'及'追琢其章'也。《齐夏》，旧说夫人祭奏《齐夏》，新说《思齐》之篇是也，称美母道妇德，故用于夫人之祭焉。《族夏》，旧说族人侍奏《族夏》，新说《行苇》之篇是也，盖取'戚戚兄弟，莫远具尔'之义。《祴夏》，旧说客醉而出奏《祴夏》，新说《既醉》之篇是也。《骜夏》，旧说公出入奏《骜夏》，新说骜乐也，《骜夏》盖即《假乐》之篇；一说古骜字与敖游之敖义通，《卷阿》之篇曰'来游来歌'是也。"③ 如此将《九夏》与《诗经》篇章对号，不仅主此说者意见不一，而且也未得到学术界的公认。黄中松即曰："若明郑世子《乡饮诗乐谱》谓：《夏》大也，大雅也。《王夏》，《文王》也；《肆夏》，《大明》也；《昭夏》，《绵》也；《纳夏》，《棫朴》也；《章夏》，《旱麓》也；《齐夏》，《思齐》；《族夏》，《行苇》；《祴夏》，《既醉》；《骜夏》，《假乐》也。王平仲又以《九夏》为大禹《九章》，功以九叙，故其数有九。

---

① （汉）郑玄注，（唐）贾公彦疏：《周礼注疏》卷二十四《春官宗伯下·钟师》之郑玄注所引，（清）阮元校刻《十三经注疏》，中华书局 1980 年影印，第 800 页。
② （明）何楷：《诗经世本古义》卷九、卷十之中、卷十之下、卷后，文渊阁《四库全书》本。
③ （明）朱载堉：《乐律全书》卷二十五《乐学新说》，文渊阁《四库全书》本。

此皆近于穿凿。"① 这就是说，现在尚无法确认《九夏》诸乐系《诗经》中的篇章。

《清华大学藏战国竹简》第三册《周公之琴舞》，涉及"周公毖臣"和"成王自儆"两个乐诗组，其组之小序分别为"周公作多士儆毖，琴舞九絉（卒）"和"成王作儆毖，琴舞九絉（卒）"，整理者注释为："'絉'见《玉篇》：'绳也。'简文中读为'卒'或'遂'。《尔雅·释诂》：'卒，终也。''九絉'义同'九终'、'九奏'等，指行礼奏乐九曲。"② 这就是说，其每组皆为九首乐诗。惜"周公毖臣"一组只有不见于今本《诗经》的乐诗四句；"成王自儆"一组，虽九首乐诗俱在，但仅其中"元纳启曰"一首为今本《诗经·周颂·闵予小子之什·敬之》，其馀则不见于今本《诗经》。

六支歌或舞为一组者，有周之前的《六莹》、《六列》、《六英》等，篇名中之"六"字，或指其篇中含六支乐曲。《六莹》，古乐名。相传为颛顼或帝喾所作。《淮南子·原道训》："游云梦、沙丘，耳听《九韶》、《文莹》。"高诱注："《六莹》，颛顼乐也。"③《列子·周穆王》："周穆王时，西极之国有化人来，……奏《承云》、《六莹》、《九韶》、《晨露》以乐之。"张湛注："《六莹》，帝喾乐。"④《六列》、《六英》，《吕氏春秋·仲夏纪·古乐》："帝喾命咸黑作为声歌《九招》、《六列》、《六英》。"⑤

审视历史典籍文献，涉及今本《诗经》的六支乐曲组只有《大武》乐章。《大武》，又称《武》，是《周礼·春官》所说周代《六乐》之中的武舞，周武王伐纣胜利后由周公创编⑥，歌颂武王伐纣克商的丰功伟

---

① （清）黄中松：《诗疑辨证》卷六《肆夏》，文渊阁《四库全书》本。

② 李学勤主编：《清华大学藏战国竹简》（叁）下册，中西书局2012年版，第135页。

③ （汉）高诱注：《淮南鸿烈解》卷一《原道训》，《四部丛刊》初编本。

④ （晋）张湛注：《列子》卷三《周穆王》，上海书店1986年版，第31页。

⑤ （战国）吕不韦等：《吕氏春秋》卷五《仲夏纪第五·古乐》，《四部丛刊》初编本。

⑥ 关于《大武》的作者，《左传·宣公十二年》谓为周武王，《庄子·天下》谓"武王、周公作《武》"，实际上应是周公旦。《吕氏春秋·古乐》曰："武王即位，以六师伐殷，六师未至，以锐兵克之牧野，归乃荐俘馘于京大室，乃命周公，作为《大武》。"（《吕氏春秋》卷五《仲夏纪第五》）朱熹曰："《春秋传》以此（按，即《周颂·武》）为《大武》之首章也。……然《传》以此诗为武王所作，则篇内已有武王之谥，而其说误矣。"[（宋）朱熹：《诗集传》卷十九《周颂·武》题解，中华书局1958年版，第232页] "《春秋传》以此（按，即《周颂·桓》）为《大武》之六章。……又篇内已有武王之谥，则其谓武王时作者亦误矣。"[（宋）朱熹：《诗集传》卷十九《周颂·桓》题解，中华书局1958年版，第235页]

业，用作宗庙祭祀祖先以及天子视察学宫①、宴飨诸侯之乐②。古代祭百神，乐章变六次祭典始成，所以《大武》整组共六段（六成），即演奏变化六次。《礼记·乐记》谓孔子告诉宾牟贾曰："夫乐者，象成者也：总干而山立，武王之事也；发扬蹈厉，大公之志也；武乱皆坐，周召之治也。且夫《武》，始而北出，再成而灭商，三成而南，四成而南国是疆，五成而分周公左、召公右，六成复缀以崇，天子夹振之而驷伐，盛威于中国。"③ 其意思是：乐是以象征摹仿来歌颂王者已成功业的：舞者持盾站立，如山一般岿然不动，是象征武王等待各路诸侯到来；激烈地手舞足蹈，是象征姜太公威武鹰扬之志；《武》舞回移转动，乱失行列，全都跪坐下来，是象征周公、召公以文止武的文德治之治。《武》舞之演奏变化，第一成（郑玄注："每奏《武》曲一终为一成。"），舞者从南头首位向北行进（孔颖达疏："初舞位最在于南头。"），象征武王到孟津会合各路诸侯；第二成，舞者继续北进，象征消灭了商纣；第三成，极于北而返身南面，象征克殷奏凯准备南还；第四成，向南行进，象征武王伐纣之后，南方诸国也收入了版图；第五成，舞者分为两列，象征周公于左、召公为右分职而治；第六成，舞者返回南头原位（孔颖达疏："缀，谓南头初位。"），演奏"充其《武》乐"（孔颖达疏："以崇：崇，充也，谓六奏充其武乐。"），象征武王的功德充盈于天下。扮演天子与大将夹舞者振铎而为节，其他舞者则以戈矛四度击刺，显示周人的武力征服了中国。

这六成舞，必有歌诗和器乐相伴。王质曰："《武》在《颂》止有一诗。《礼》，《武》乐最详，周家造基作乐之本，其诗乃简略如此。一奏一终为一成。始而北出，谓攘獫狁之时也，当有诗。再成而灭商，谓陈牧野之时也，亦当有诗。三成而南，谓定荆蛮之时也，亦当有诗。四成而南国是疆，谓服江汉之时也，亦当有诗。五成而分周公左、召公右，谓分陕郊之时也，亦当有诗。六成而复缀以崇，谓伐崇鄘之时也，亦当有诗。六奏而《武》乐成，今存《武》诗当阙他诗也。如《时

---

① （汉）郑玄注，（唐）孔颖达等正义《礼记正义》卷二十《文王世子》："天子视学，……登歌《清庙》，……下管《象》，舞《大武》，大合众以事，达有神，兴有德也。"[（清）阮元校刻：《十三经注疏》，中华书局1980年影印，第1410页]

② （汉）郑玄注，（唐）孔颖达等正义《礼记正义》卷五十《仲尼燕居》："两君相见，揖让而入门，入门而县兴，揖让而升堂，升堂而乐阕，下管《象》、《武》，《夏籥》序兴。"[（清）阮元校刻：《十三经注疏》，中华书局1980年影印，第1614页]

③ （汉）郑玄注，（唐）孔颖达等正义：《礼记正义》卷三十九，（清）阮元校刻《十三经注疏》，中华书局1980年影印，第1542页。

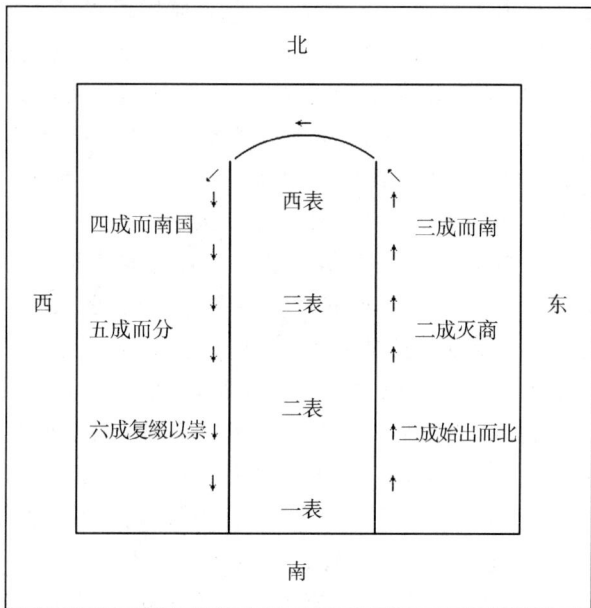

迈》，如《执竞》，如《酌》，如《桓》，如《赉》，如《般》，皆当分配《武》乐。……今以《礼》推之，略见总干而山立，武王之事也，与《执竞》诗相应。发扬蹈厉，太公之志也，与《酌》诗相应。武乱皆坐，周公之治也，乐歌至乱辞则终，所以皆坐而享成，与《桓》、《赉》、《般》等诗相应，此五成以前也。六成而复缀以崇，馀乐馀声也，与《时迈》等诗相应，此五成以后也。"① 姜炳璋亦曰："盖乐有音有容，《颂》主乎容，舞人之缀兆疾徐，屈伸俯仰，歌诗以为之节。……周公于成王之世为《大武》之乐，颂武王之功。《春秋传》谓其卒章曰'耆定尔功。'……其三曰'铺时绎思'，即《赉》也。其六曰'绥万邦，屡丰年'，即《桓》也。《酌》与《般》，楚子未之及，故无传焉。然则《大武》六成，固有六诗矣。……郑氏曰：'成犹奏也，曲一终为一成。'盖舞人每越一位则歌一诗，以为舞节也。分之则《武》、《酌》、《赉》、《般》、《桓》皆乐名，合言之六成皆《大武》也。"② 自从《左传·宣公十二年》"楚子"谓"武王克商，……又作《武》，其卒章曰：'耆定尔功。其三曰：'铺时绎思，我徂维求定。'其六曰：'绥万邦，屡

---

① （宋）王质：《诗总闻》卷十九《闻颂二》，文渊阁《四库全书》本。
② （清）姜炳璋：《诗序补义》卷二十三《周颂》，文渊阁《四库全书》本。

丰年.'"① 其后，学界大都认为《大武》含有今传《诗经·周颂》中的六支乐章，但涉及具体篇章及其编排顺序，意见并不一致。综观诸说，所提到的主要有《武》、《酌》、《赉》、《桓》、《般》、《时迈》、《昊天有成命》、《我将》、《执竞》等篇。据笔者所知，自北宋王质明确说出组成《大武》的全部六支乐章（见上引文）之后，明言者渐多，兹胪列部分如下：

> 明何楷：《武》、《酌》、《赉》、《般》、《时迈》、《桓》。②
> 清魏源：《武》、《酌》、《赉》、《般》、（缺）、《桓》。③
> 清龚橙：《武》、《酌》、《赉》、《般》、《象》（《维清》）、《桓》。④
> 王国维：《昊天有成命》、《武》、《酌》、《桓》、《赉》、《般》。⑤
> 高亨：《我将》、《武》、《赉》、《般》、《酌》、《桓》。⑥

由此可知，《大武》所含的具体篇章及其编排，至今尚无法确定，因而其曲式亦无法推测。

关于与今传《诗经》相关的三支乐曲的组歌，魏源曰："古乐章皆一诗为一终，而奏必三终，从无专篇独奏之例。故《仪礼》歌《关雎》，则必连《葛覃》、《卷耳》而歌之。《左传》、《国语》歌《鹿鸣》之三，则固兼《四牡》、《皇皇者华》而举之；歌《文王》之三，则固兼《大明》、《绵》而举之。《礼记》言升歌《清庙》，必言下管《象舞》，则亦连《维天之命》、《维清》而举之。他若金奏《肆夏》之三，工歌《蓼萧》之三、《鹊巢》之三，笙奏《南陔》之三、《由庚》之三。此乐章之通例。"⑦ 兹仅就《新宫》三终、《肆夏》之三（即《三夏》）、《文王》之三、《鹿鸣》之三（《宵雅》三终）等考释如下：

---

① （晋）杜预注，（唐）孔颖达等正义：《春秋左传正义》卷二十三《宣公十二年》，（清）阮元校刻《十三经注疏》，中华书局1980年影印，第1882页。

② （明）何楷：《诗经世本古义》卷十之下，文渊阁《四库全书》本。

③ （清）魏源：《诗古微》（二十卷本）上编之六《周颂篇次发微上》，《魏源全集》第一册，岳麓书社1989年版，第385—386页。

④ （清）龚橙：《诗本谊》，清光绪十五年刻本。

⑤ （近现代之交）王国维：《周大武乐章考》，《观堂集林》卷二《艺林二》，中华书局1959年版，第104—108页。

⑥ 高亨：《周代〈大武〉乐的考释》，《山东大学学报》1955年第二卷第二期。

⑦ （清）魏源：《诗古微》（二十卷本）上编之二《通论四始·四始义例篇一》，《魏源全集》第一册，岳麓书社1989年版，第220页。

《新宫》三终，《仪礼·大射》："乃管《新宫》三终。"郑玄注："管，谓吹篪，以播《新宫》之乐。其篇亡，其义未闻。"① 《仪礼·燕礼》："升歌《鹿鸣》，下管《新宫》，笙入三成。"郑玄注："《新宫》，《小雅》逸篇也。管之入三成，谓三终也。"贾公彦疏："今工歌《鹿鸣》三终，与笙奏全别。故特言'下管《新宫》'，乃始'笙入三成'者，正谓笙奏《新宫》三终，申说下管之义。云'《新宫》，《小雅》逸篇也'，知在《小雅》者，以配《鹿鸣》而言。《鹿鸣》是小雅，明〈新宫〉小雅可知。"② 这里，郑玄和贾公彦肯定了《新宫》是"《小雅》逸篇"，"笙入三成"即"笙奏《新宫》三终"，而未说明"三终"的含义。其后，虽不乏附和者，但异议纷纭。如：朱熹曰："或曰：《仪礼》'下管《新宫》'、《春秋传》'宋元公赋《新宫》'，恐即此诗。然亦未有明证。"③ 何楷："愚按：此即古《新宫》诗也。……朱子亦疑为此篇，但谓'未有明证'。愚以《左传》'宋元公赋《新宫》'事绎之，断其为此篇无疑也。左昭二十五年，宋元夫人生子，以妻季平子叔孙。昭子如宋聘，且逆之。宋公享昭子，赋《新宫》。昭子赋《车辖》。《车辖》，即《车舝》篇。杜注谓：《小雅》，周人思得贤女以配君子。昭子将为季孙迎宋公女，故赋之。然则，宋公所赋，必是此诗之末章咏乃生女子事，正为婚姻发耳。若《大射》、《燕礼》，下管俱用此诗，所以答《鹿鸣》而寓祝颂之意。其云三终者，当以首章发端语先为一终，似续以下四章言宫室为二终，下莞以下四章言生育为三终。如谓此诗非《新宫》，而《新宫》之诗果亡，则后汉明帝永平二年诏亦曰'升歌《鹿鸣》，下管《新宫》'，是《新宫》诗至后汉尚在，何云亡也。《新宫》之诗不亡，则非此诗无以当。"④ 敖继公曰："《新宫》诗名三终者，管《新宫》并及其下二篇也。二篇之名未闻。三诗盖亦有依。"⑤ 蔡德晋曰："《新宫》，小雅逸篇，或云即《斯干》也，所奏亦三篇。《大射仪》：乃歌《鹿鸣》三终，乃管《新宫》三终是也。笙入三成，谓奏《南陔》《白华》《华黍》，每一篇为一成也。"⑥ 又曰："管，谓吹篪以奏之。三终者，管《新宫》并及其下

① （汉）郑玄注，（唐）陆德明音义，贾公彦疏：《仪礼注疏》卷十七《大射》，清阮元校刻《十三经注疏》，中华书局 1980 年影印，第 1034 页。

② （汉）郑玄注，（唐）陆德明音义，贾公彦疏：《仪礼注疏》卷十五《燕礼》，（清）阮元校刻《十三经注疏》，中华书局 1980 年影印，第 1025 页。

③ （宋）朱熹：《诗集传》卷十一《斯干》，中华书局 1958 年版，第 126 页。

④ （明）何楷：《诗经世本古义》卷十之下《斯干》，文渊阁《四库全书》本。

⑤ （元）敖继公：《仪礼集说》卷七《大射仪第七·乃管新宫三终》，文渊阁《四库全书》本。

⑥ （清）蔡德晋：《礼经本义》卷五《嘉礼·燕礼》，文渊阁《四库全书》本。

二篇也。《新宫》三篇皆逸诗。或以《斯干》为《新宫》,即以一诗而分为三节也。"① 由上可知,《新宫》是"《小雅》逸篇",还是《小雅·斯干》?"笙入三成"即"笙奏《新宫》三终",还是"奏《南陔》、《白华》、《华黍》"?"三终"是"三篇",还是"以一诗而分为三节"?如此,则无法推测其曲式。

《肆夏》之三,又称《三夏》。《左传·襄公四年》首谓:"穆叔如晋,报知武子之聘也。晋侯享之,金奏《肆夏》之三,不拜。……韩献子使行人子员问之,……对曰:'《三夏》,天子所以享元侯也,使臣弗敢与闻。'"② 惜未言及其三篇之名。其后《国语·鲁语》说到同一事,则直言其三篇曰:"金奏《肆夏》——《繁》、《遏》、《渠》,天子所以享元侯也。"③《肆夏》之三,究竟为何?诸儒说解,聚颂纷纷,主要者有三:1. 吕叔玉云:"《肆夏》、《繁遏》、《渠》,皆《周颂》也。《肆夏》,《时迈》也;《繁遏》,《执竞》也;《渠》,《思文》也。"④ 2. 郑玄注:"以《文王》、《鹿鸣》言之,则《九夏》皆诗篇名,颂之族类也。此歌之大者,载在乐章,乐崩亦从而亡。是以颂不能具。"⑤ 3. 韦昭注曰:"金奏,以钟奏乐也。《肆夏》,一名《樊》;《韶夏》,一名《遏》;《纳夏》,一名《渠》:此《三夏》曲也。"⑥ 杜预亦注曰:"《肆夏》,乐曲名,《周礼》'以钟鼓奏《九夏》',其二曰《肆夏》,一名《繁》;三曰《韶夏》,一名《遏》;四曰《纳夏》,一名《渠》。盖击钟而奏此《三夏》曲。"⑦ 其中只有第 1 种认为《肆夏》之三即今传《诗经·周颂》中的《时迈》、《执竞》⑧、《思文》。而驳议颇多,如:贾公彦疏:"吕叔玉云:是子春引之者。子春之意与叔玉同。《三夏》并是在《周颂》篇,故以《时迈》、《执竞》、《思文》三篇当之。后郑不从者,见《文王》、《大明》、《绵》

---

① （清）蔡德晋:《礼经本义》卷六《嘉礼·大射仪》,文渊阁《四库全书》本。

② （晋）杜预注,（唐）孔颖达等正义:《春秋左传正义》卷二十九,（清）阮元校刻《十三经注疏》,中华书局 1980 年影印,第 1931—1932 页。

③ （三国·吴）韦昭解:《国语》卷五《鲁语下》,《四部丛刊》初编本。

④ （汉）郑玄注,（唐）贾公彦疏:《周礼注疏》卷二十四《钟师》之郑玄注引,（清）阮元校刻《十三经注疏》,中华书局 1980 年影印,第 800 页。

⑤ （汉）郑玄注,（唐）贾公彦疏:《周礼注疏》卷二十四《钟师》之郑玄注,（清）阮元校刻《十三经注疏》,中华书局 1980 年影印,第 800 页。

⑥ （三国·吴）韦昭解:《国语》卷五《鲁语下》,《四部丛刊》初编本。

⑦ （晋）杜预注,（唐）孔颖达等正义:《春秋左传正义》卷二十九,（清）阮元校刻《十三经注疏》,中华书局 1980 年影印,第 1931 页。

⑧ 竞,《康熙字典》:"同'竞'。"（清）沈廷芳《十三经注疏正字》卷二十八:"竞,《释文》作'儆'。"

及《鹿鸣》、《四牡》、《皇皇者华》皆举，见在诗篇名，及《肆夏》、《繁遏》、《渠》，举篇中义意，故知义非也。"① 刘玉汝曰："叔玉以《时迈》诗中有'肆夏'字，《思文》诗中亦有'夏'字，又祀'后稷'配天有渠大义，《执竞》虽无'夏'字，而在二诗中间，又'穰'、'简'有繁意，故以三诗为《肆夏》、《繁遏》、《渠》之诗。又《文王》、《大明》、《绵》既有见在诗篇，则《肆夏》、《繁遏》、《渠》亦必有见在诗篇也。……三诗之为三夏篇章，皆未有据。朱子虽存之以备一说，然以愚意论之，吕说削之可也。"② 季本曰："今观《时迈》、《执竞》、《思文》，略无飨元侯之意。则穆叔所指《三夏》，安得必其为此三诗邪？"③ 王夫之曰："今观《时迈》一章，何与于尸？《执竞》、《思文》，何与于迎牲与接宾？合此三诗，抑于享元侯之义无取。而以后稷配天之歌延四方之宾，尤为不伦。且尸宾与牲，方出方入，非献酬之际，但可以金奏节其威仪，浸令配以歌诗，亦孰与听之？故燕饮必毕坐行酬，而后弦歌乃奏，以写心而合欢。未有于出入间乱以歌声者。故知吕叔玉之说附会而失实也。倘以'肆于时夏'与'陈常于时夏'两'夏'字为据，则尤迂谬。"④ 清陈启源曰："既遵吕说，则《执竞》乃《昭夏》。周公制周礼时也，尝为乐章，令钟师奏之矣。乃又谓成康为二王之谥，而《执竞》是昭王以后诗。夫周公所定乐章，安得预歌昭王诗哉？前后语句相戾矣！"⑤ 由上可知，仅笼统地谓"金奏"或"钟鼓奏"的《肆夏》之三，究竟是不是今传《诗经·周颂》中的篇章？"数家之说，各以意言，经典散亡，无以取证"⑥。因而，根本无法推测其曲式。

《文王》之三和《鹿鸣》之三（《宵雅》肆三）⑦，《左传·襄公四年》首谓："穆叔如晋，报知武子之聘也。晋侯享之，金奏《肆夏》之三，不拜。工歌《文王》之三，又不拜。歌《鹿鸣》之三，三拜。韩献

---

① （汉）郑玄注，（唐）贾公彦疏：《周礼注疏》卷二十四《钟师》，（清）阮元校刻《十三经注疏》，中华书局 1980 年影印，第 800 页。

② （元）刘玉汝：《诗缵绪》卷十七《周颂》，文渊阁《四库全书》本。

③ （明）季本：《诗说解颐正释》卷二十《颂·周颂·时迈》，文渊阁《四库全书》本。

④ （清）王夫之：《诗经稗疏》卷四《周颂·二时迈、执竞、思文》，《船山全书》第三册，岳麓书社 1988 年版，第 204 页。

⑤ （清）陈启源：《毛诗稽古编》卷二十三《颂·周颂·执竞》，文渊阁《四库全书》本。

⑥ （宋）魏了翁：《春秋左传要义》卷三十《襄公元年至四年上·肆夏文王鹿鸣皆言三》，文渊阁《四库全书》本。

⑦ 《礼记注疏》卷三十六《学记》之郑玄注 "《宵雅》肆三" 曰："宵之言小也。肆，习也。习小雅之三，谓《鹿鸣》、《四牡》、《皇皇者华》也。"［（清）阮元校刻《十三经注疏》，中华书局 1980 年影印，第 1512 页］

子使行人子员问之，……对曰：'……《文王》，两君相见之乐也，臣不敢及。《鹿鸣》，君所以嘉寡君也，敢不拜嘉！《四牡》，君所以劳使臣也，敢不重拜！《皇皇者华》，君教使臣曰："必咨于周。"臣闻之，访问于善为咨，咨亲为询，咨礼为度，咨事为诹，咨难为谋。臣获五善，敢不重拜！'"① 惜未言及《文王》之三的具体篇章。其后《国语·鲁语》同说此事，则直言《文王》之三曰："夫歌《文王》、《大明》、《绵》，则两君相见之乐也。"② 对此，朱载堉虽然持异议曰："《国语》云：'工歌《文王》之三'，谓《文王》一篇之中三章耳。自'文王在上'至'文王以宁'，是所谓《文王》之三也。《鹿鸣》之三，仿此。或曰之三，犹言三终也，谓一篇连奏三遍也。《仪礼》大射，乃歌《鹿鸣》三终，郑康成云：'歌《鹿鸣》三终，不歌《四牡》、《皇皇者华》。'此说是也。《左传》注云：《鹿鸣》之三，《小雅》首三篇也。《文王》之三，《大雅》首三篇也。此说误矣。由《国语》之误误之也。"③ 但诸儒说解，多从《国语·鲁语》，如：杜预注曰："《文王》之三，《大雅》之首《文王》、《大明》、《绵》。"注《鹿鸣》之三曰："《小雅》之首《鹿鸣》、《四牡》、《皇皇者华》。"④ 孔颖达疏曰："文王之三，盖《文王》、《大明》、《绵》。以《文王》为首，并取其次二篇，以为三。……《鹿鸣》之三，则《鹿鸣》是其一，《四牡》、《皇皇者华》是其二。"⑤ 韦昭解曰："《文王》、《大明》、《绵》，《大雅》之首《文王》之三也。"⑥ 王质曰："杜氏又：《文王》之三，谓《文王》、《大明》、《绵》，良是。《鹿鸣》之三，谓《鹿鸣》、《四牡》、《皇皇者华》，良是。《文王》，《大雅》之首；《鹿鸣》，《小雅》之首也。举其首以次至三也。"⑦ 宋王应麟《小学绀珠》卷四《艺文类·〈文王〉之三》曰："《大雅》之首《文王》、《大明》、《绵》。"《〈鹿鸣〉之三》曰："《小雅》之首《鹿鸣》、《四牡》、《皇皇者

---

① （晋）杜预注，（唐）孔颖达等正义：《春秋左传正义》卷二十九，（清）阮元校刻《十三经注疏》，中华书局 1980 年影印，第 1931—1932 页。

② （三国·吴）韦昭解：《国语》卷五《鲁语下》，《四部丛刊》初编本。

③ （明）朱载堉：《乐律全书》卷三十五《乡饮诗乐谱五》，文渊阁《四库全书》本。按，《鹿鸣》之三，即《鹿鸣》、《四牡》、《皇皇者华》，《春秋左传》已揭明，非始于《国语》。由此推知，《文王》之三，即《国语》所谓《文王》、《大明》、《绵》。很明显，失误的是朱载堉。

④ （晋）杜预注，（唐）孔颖达等正义：《春秋左传正义》卷二十九，（清）阮元校刻《十三经注疏》，中华书局 1980 年影印，第 1931 页。

⑤ 同上。

⑥ （三国·吴）韦昭解：《国语》卷五《鲁语下》，《四部丛刊》初编本。

⑦ （宋）王质：《诗总闻》卷九《雅·皇皇者华》，文渊阁《四库全书》本。

华》。"尽管如此，其演奏的具体情况阙如，仅凭"工歌"、"箫咏"①，或凭孔颖达之所谓："作乐，先击钟。钟是金也，故称金奏。……郑玄云：金奏，击金以为奏乐之节。金，谓钟及镈也。又《燕礼》注云：以钟、镈播之，鼓磬应之，所谓金奏也。此晋人作乐，先歌《肆夏》。《肆夏》是作乐之初，故于《肆夏》先言金奏也。次工歌《文王》，乐已先作，非复以金为始，故言工歌也。于《文王》已言工歌，《鹿鸣》又略不言工，互见以从省耳。其实金奏《肆夏》，亦是工人歌之；工歌《文王》，击金仍亦不息。其歌《鹿鸣》，亦是工歌之耳。"② 皆无法推测二者的曲式。

另外，还有《仪礼》之《乡饮酒礼》和《燕礼》等提及的《升歌三终》（"工歌《鹿鸣》、《四牡》、《皇皇者华》。"）、《笙入三终》（"笙入乐《南陔》、《白华》、《华黍》。"）《间歌三终》（"间歌《鱼丽》，笙《由庚》；歌《南有嘉鱼》，笙《崇丘》；歌《南山有台》，笙《由仪》。"）、合乐（"合乐《周南》：《关雎》、《葛覃》、《卷耳》；《召南》：《鹊巢》、《采蘩》、《采蘋》。"）等，其组合演奏的具体情况也不明。总之，《诗经》诸乐章作为组歌演奏歌唱的事实是存在的，但由于某些组合的篇章无法确定，可确定篇章的编排演奏歌唱的情况又缺乏详明的记载等，目前尚无法推测它们的曲式。鉴于有周倡言"大乐必易，大礼必简。"③ 笔者以为，当时有关《诗经》乐章的组歌，可能大都是一首接一首地联奏联唱，间歌也只是"堂上堂下，一歌一吹，更递而作"④。果如此，其曲式则主要是各乐章的联合。

第九节　结语

以上对《诗经》305 篇的曲式的推测和归类，只不过道其大体而已。要真正具体做实诸乐章的曲式，只有期盼其曲谱奇迹般地再现。笔者认为，历经两千余年世事沧桑，试图通过田间考察，发现原汁原味的《诗

---

① （三国·吴）韦昭解《国语》卷五《鲁语下》："今伶箫、咏歌及鹿鸣之三"。（《四部丛刊》初编本）

② 《春秋左传注疏》卷二十九《襄公起襄公四年》之疏，（清）阮元校刻《十三经注疏》，中华书局 1980 年影印，第 1931 页。

③ （汉）郑玄注，（唐）孔颖达等正义：《礼记正义》卷三十七《乐记》，（清）阮元校刻《十三经注疏》，中华书局 1980 年影印，第 1529 页。

④ （汉）郑玄注，（唐）孔颖达等正义：《礼记正义》卷二十五《郊特牲》之孔颖达疏，（清）阮元校刻《十三经注疏》，中华书局 1980 年影印，第 1447 页。

经》歌唱，也是不可能的。当今民间演唱的一些《诗经》篇章，一般是借用或套用某种传统的乐曲，也有的就是古代文人编创或现当代人新编配的。至于有的学者声称"元江、镇雄等地演唱的《诗经》音乐，可能就是古代《诗经》音乐在民间的残存"①，并摆出了种种理由，亦难以服众。通过今存的《诗经》乐章的歌词探讨其曲式，就当今来说，虽然不失为一条重要途径，但不能彻底解决问题。这正如家浚所说："乐歌中歌词和乐曲的密切结合，这是我国歌曲的优秀传统。现有的《诗经》只有歌词而无曲谱，仅由歌词的分析要具体揣摩这些乐歌音乐上的性格、特征，这是困难的，但词既然是和曲紧密结合的，由词而推测的某些特点，从而对《诗经》音乐的概貌加深了解，应属可能。""从词的结构判断乐调结构要得出明确、具体的结论是困难的，词终究不是曲，但歌词的简洁也必然决定着音乐语言和结构的简炼、质朴。"② 秦序更具体的说："仅据现存《诗经》歌词来推测它们原来的歌曲曲式，有很大困难和局限。因为《诗经》歌词在记录时经过一定的整理删改，有的可能去掉歌中衬句或和声。另外歌曲中词、曲的实际配合方式多种多样，变化无定。……因此，《诗经》歌曲曲式的实际变化，可能更为丰富多彩，当然也更难推测。还有一些曲式变化仅从歌词方面很难或无法推断。例如《论语·泰伯》中孔子曾赞美诗乐：'《师挚》之始，《关雎》之乱，洋洋乎盈耳哉！'……可以认为'始'、'乱'都是有关乐曲曲式结构的术语，而'始'乃与'乱'对称，'乱'就是末章卒章，故'始'即乐之首章，正是一首一末。但是，若无以上孔子的评述，仅凭现为《诗经·国风》第一篇《关雎》的歌词，无法推断其曲式结构中有'乱'及其艺术特点。……再如，当时《诗经》歌曲经常是三首连成一组演唱，几首歌曲在联唱中还加入纯器乐演奏，成为'间歌'形式。这样，就构成了更为复杂的较大组歌和组曲曲式。"③由此可知，我们通过今存《诗经》乐章的305首歌词，将其曲式分理为一段体、再现式、主副歌式、附加式、循环式、联合式等六大类，每大类又包含若干小类，势必存在着这样那样的缺陷和不足。尽管如此，这些分析、归类，应在一定程度上反映了《诗经》乐章曲式的丰富多样性，显

---

① 李安明：《〈诗经〉音乐之我见——〈诗经〉音乐初探之而》，《民族艺术研究》1991年第4期。

② 家浚：《〈诗经〉音乐初探》，音乐研究1981年第1期。

③ 秦序：《关于〈诗经〉歌曲曲式的若干推测》，李心峰主编《中华艺术通史（夏商周卷）》第二章《夏商周歌曲与歌唱艺术》第二节《西周和春秋时期的歌曲艺术》（上）之"三"，北京师范大学出版社2006年版，第96—97页。

示了公元前11—6世纪，我国音乐（含器乐）繁荣发展的水平；亦可窥察在我们中华民族的文化沃土中生成的、上古至春秋中叶音乐艺术积淀结晶的曲式，虽与当今通行的曲式理论所言及的曲式不无相通之处，但更多体现的是民族的和时代的特色。兹就其彰显者撮要如下：

1. 今传《诗经》是以四言（言，此指字）句式为主体的诗歌体式。按句看，据夏传才统计：《诗经》共 7248 句，其中四言 6591 句，约占总句数的 91%；杂言中一言 7 句、二言 14 句、三言 158 句、五言 369 句、六言 85 句、七言 19 句、八言 5 句，共 657 句，占总句数的 9%。① 按篇看，笔者据高亨《诗经今注》统计，305 篇中，全为四言者 139 篇，约占总数的46%；四言占半数以上者（含半数）288 篇，占总数的 94% 强；含四言者297 篇，约占总数的 97.4%；无四言者仅 8 篇，占总数的 2.6% 强。

汉语是一种单音阶的孤立型的语言，一字为一音节，每个音节内部的音素结合极为紧密，听起来浑然一体，而音节和音节之间则界限分明。这一语言的四言句式，一般不直接由单字组成，而是先由两个单字组成双字结构，然后两个双字结构再以 2＋2 的形式组成四言句式，即组成以一对双音节音步（表现诗歌节奏的音组，有单音步、双音步和多音步之分）为基础的四音节的语言结构。要组成这种 2＋2 式的四言句式，必须有大量的双音词，而在《诗经》产生的时代，汉语双音词虽较前有所增加，但整体而言，还是以单音词为主的。为化解这一矛盾，《诗经》首先是"足二"，即在双音词不足时，通过叠字、联绵字、衬字等手段构成双音节结构；② 其次是"足四"，即在按常规难以构成四言句式时，通过截短、拉长等手段构成四音节的语言结构③。

《诗经》中广泛存在的"足二"、"足四"现象，并不是汉语自身发展的必然趋向。当时，尤其在西周，反映殷商时期"四分"观念的"四

① 夏传才：《诗经语言艺术新编·二〈诗经〉的诗体·〈诗经〉的句型》，语文出版社 1998年版，第 28 页。

② 叠字，又称重言，即将音、形、义相同的字连用，如"关关"、"苍苍"等。联绵字，即由两个音节联缀成不能分割的词，主要包括双声、叠韵及叠字等，如"参差"（双声）、"窈窕"（叠韵）等。衬字，此指一个单音实词或前或后衬上一个虚字以补足二言，《诗经》中常用的衬补虚字有"有"、"其"、"薄"、"言"、"彼"、"斯"、"思"等。

③ 截短，此指将字数超过四言的句子截为四言。这种拆截，有时甚至不合乎语法，如"树之榛栗，椅桐梓漆"（《鄘风·定之方中》），本是个动宾结构的句子，动词"树"支配着后面的六个名词（树名），腰斩为四言，则句意破碎，难以理解了。拉长，此指将字数不足四言的句子凑为四言。其手段主要是使用叠字、联绵字、衬字等使单字双化，如"赫赫炎炎"、"优哉游哉，辗转反侧"、"载玄载黄"、"彼兼者葭"等。

音"系统还在惯性延续，宫廷、贵族们的礼乐中仍十分重视宫、角、徵、羽四种调式，加之礼制音乐的代表乐器合瓦式双音钟对音乐的统领、节制以及"中和"审美观念的影响，等等，致使以节奏突出的打击乐为主的《诗经》乐章，形成了以双拍为基础的音乐节奏，而其双拍又很自然地组成了四拍式单元，并进而衍展为以四分之四拍为主的乐章。这样，与音乐和舞蹈融合为一体的诗，要与音乐和舞蹈的二拍＋二拍→四拍的节奏契合如一、同步演进，于是就创造性地采用了"足二"、"足四"等修辞手段，以屈就其范。这充分体现了音乐对诗的渗透和制约。所以朱光潜说："诗歌虽已独立，在形式方面，仍保存若干与音乐舞蹈未分家时的痕迹。最明显的是重叠。……其次是'迭句'。……第三是'衬字'。……最重要的是章句的整齐，一般人所谓'格律'。"[①] 鉴于此，我们完全有理由认为，以四言句式为主体的《诗经》曲式的乐段内部结构与四言句式存在着明显的对应关系，即音素浑然一体的字当对应一个一拍的乐音、两个字组成的双音步当对应一个两拍的乐汇、两个双音步组成的四言句当对应一个四拍的乐节，两个或更多四言句组成的完整句子当对应一个八拍或更多拍的乐句。这就是说，《诗经》绝大部分曲式乐段内部的主要结构形式应是：乐音一拍、乐汇两拍、乐节四拍，乐句八拍或更多拍。很明显，由其组成的乐段乃至曲式，大都是规整的，一般只有乐音高低强弱的变化，而节奏则较为整齐匀称，音调也较为平稳舒缓。此外，《诗经》中存在的9%的杂言，只有8篇无四言者，其馀皆出现在149篇四言占一半以上（不含全为四言者）和9篇四言不足一半的诗中。这些杂言，用字遣词以成句，大都没有固定的格式，在诗中的位置也游移不定。就其音乐性而言，除单音节音步的一言句对应一个一拍的乐音，双音节音步的二言句对应一个两拍的乐汇外，其馀皆无明显的规律可寻。如其三言句对应的三拍的乐节，或为一拍的乐音＋两拍的乐汇，或为两拍的乐汇＋一拍的乐音；六言句对应的六拍的乐节，一般为三个两拍的乐汇相加，个别的为一拍的乐音＋两拍的乐汇＋一拍的乐音＋两拍的乐汇。至于五、七、八言句对应的乐节就更复杂了，唯一可以确定的是组成其乐节的都是一拍的乐音和两拍的乐汇，没有三拍及三拍以上的乐汇。但一拍的乐音和两拍的乐汇组成与五、七、八言句相对应的乐节时，其组合方式是多样化的。具体说，五言句对应的五拍的乐节，基本上是一拍的乐音加两个两拍的乐汇，其乐节或为两

---

① 朱光潜：《诗论》第一章《诗的起源·诗歌所保留的诗、乐、舞同源的痕迹》，生活·读书·新知三联书店1984年版，第11—12页。

个两拍的乐汇＋一拍的乐音，或为一拍的乐音＋两个两拍的乐汇，或为两拍的乐汇＋一拍的乐音＋两拍的乐汇；七言句对应的七拍的乐节，基本上是一拍的乐音加三个两拍的乐汇，但其乐节中一拍的乐音的位置，或在三个两拍的乐汇之前，或在三个两拍的乐汇之后，或夹杂于三个两拍的乐汇之间；八言句对的八拍的乐节，或为四个两拍的乐汇，或为两个两拍的乐汇＋一拍的乐音＋两拍的乐汇＋一拍的乐音，或为一拍的乐音＋两拍的乐汇＋一拍的乐音＋两个两拍的乐汇，根本看不出有什么规则。晋挚虞《文章流别论》谓"诗虽以情志为本，而以成声为节"，其杂言可"备曲折之体"。的确，以上诸杂言句相对应的乐音、乐汇、乐节在含四言句的乐章中间现叠出，就使得乐段内部结构呈现出不同程度的参差错落，整齐匀称的节奏中又有了灵活自由，平稳舒缓的音调中时见跌宕起伏。①

2. 重章叠唱的复沓形式，是今传《诗经》表情达意的一大特色。所谓重章叠唱的复沓，就是一首分章诗的各章或部分章的字句及语法结构基本相同，只是对应地变化某些地方而已。《诗经》中《周南·关雎》、《邶风·简兮》、《鄘风·载驰》、《小雅·伐木》、《大雅·思齐》、《大雅·灵台》、《大雅·行苇》、《鲁颂·閟宫》8 篇，郑玄与朱熹的分章不同，笔者特据高亨《诗经今注》统计，分章诗共 271 篇，其中完全或大部分重章叠唱的复沓者 177 篇，占分章诗总数的 65% 强；其中含有重章叠唱的复沓者 206 篇，占分章诗总数的 76% 强。《诗经》如此广泛普遍地运用重章叠唱的复沓形式，是因为这一形式可使语言节奏突出、韵味十足，给人以深刻的印象；可使篇章结构紧凑而又匀称；可反复强调所要表达的情感、事物，渲染气氛，强化主题；可将诗意一层层地表现出来，扩展、深化意境。

诗分章，原是出于音乐的需要。许慎释"章"字即曰："乐竟为一章，从音从十，十，数之终也。"② 重章叠唱的复沓形式在《诗经》中出现，更是由于歌唱和演奏的促使。我们古代的音乐，尤其是民歌，特别注重旋律的回旋往复。从积极方面看，反复吟唱，一唱而三叹，有利于记忆和传播，但更主要的是强化音乐节拍，形成一定的旋律和节奏，淋漓尽致地抒情言志，增强艺术感染力。从消极方面说，主要依靠重复渲染深化感情，又反映了音乐手段的单调。重章叠唱的复沓形式，正是对音乐那种回

---

① （唐）欧阳询：《艺文类聚》卷五十六《杂文部二·赋》引，上海古籍出版社 1965 年版，第 1018—1019 页。

② （汉）许慎：《说文解字》卷三上，中华书局 1963 年版，第 58 页。

旋往复、反复吟唱的顺应。因此，这一语言形式充分地反映了当年《诗经》的音乐特色，与歌唱和演奏的旋律、节奏、重音、力度等各方面存在着一种和谐对应关系。而今，我们将其作为分析《诗经》佚亡曲谱的曲式的依据，完全可以确定：含有重章叠唱的复沓形式的 206 篇诗，其曲式都具有再现性，并可进一步指认其再现的情况、特点及其类型：

（1）从各曲式中再现的次数看，在 177 篇诗的完全再现或大部分再现曲式中，1 次再现者 42 篇，2 次再现者 104 篇，3 次再现者 22 篇，4 次再现者 7 篇，另有《唐风·葛生》、《小雅·小明》两诗的曲式皆为 2 次再现和 1 次再现的联合。由此可见，在《诗经》曲式中，再现 2 次者最多，这应是最通行的形式。虽然，我们不可机械地以再现次数判定曲式优劣，但一般来说，再现应有个"度"，必须酌情把握，注意分寸。否则，少则难以畅怀尽意，多则刻板、单调而生厌。

（2）从完全再现和大部分再现的 177 篇诗的曲式分布看，《国风》有 133 篇，《小雅》有 37 篇，《大雅》有 5 篇，《颂》有 2 篇。可见，再现主要是在《国风》和接近《国风》的《小雅》的曲式中，而《大雅》和《颂》的曲式中则极为少见。这是因为《国风》和《小雅》或直接来自民歌，或深受民歌的影响，保留了民歌重唱互答的特色。看来，再现是世界各民族民歌曲式共有的特点，英乔治·汤姆逊即曰："我们多数的民歌是二段体的，可是有些便更加精细。……这就是三段体 ABA。更技巧的歌手把第二个 A 唱得不仅是第一个 A 的重复，这是受了 B 的影响之后的新的第一个 A。"① 但是，《诗经》中的曲式，却以三段体居多（115 篇），说明这是当时最流行的形式；至于二段体仅 38 篇，比四段体（43 篇）还少；而且在 115 篇三段体中，有 104 篇是再现性的 $AA^{1}A^{11}$ 式，即只有一个主旋律重复，二、三段皆为再现，并不是体现所谓 ABA 或 ABA^{1} 式的三部性结构原则的曲式。

（3）从再现长于抒情的特点看，再现大都出现在较为短小的二、三、四章的抒情诗的曲式中，以渲染强化某种氛围和情调。至于一些章节较多、篇幅较长的叙事诗，为了驰骋笔墨较完整全面地铺写历史事件和社会生活，没有重章叠唱的复沓形式，其曲式则不宜再现。

3. 关于《风》、《雅》、《颂》的分类，历来就有分歧：或认为按诗的作用分；或认为按作者的身份及诗的内容分；或认为"南"、"风"、

---

① ［英］乔治·汤姆逊：《论诗歌源流·节奏和劳动》，袁水拍译，作家出版社 1955 年版，第 28 页。

"雅"、"颂"为乐器名，按所用之乐器分；笔者则认同"《风》、《雅》、《颂》以音别也"，① 即按音乐分。因为《诗经》产生的时代，对于诗、乐、舞的融合体，人们更关注的是其音乐（含器乐）在礼仪中的作用。主张以音乐分的代表人物郑樵曰："风土之音曰《风》，朝廷之音曰《雅》，宗庙之音曰《颂》。"② 这说明，《诗经》之音乐虽然皆大都以四四节拍为基础，但《风》、《雅》、《颂》又各具特色，这在其曲式中也有所反映。

"风本是乐曲的通名。""乐曲为什么叫做风呢？主要原因是风的声音有高低、大小、清浊、曲直种种的不同，乐曲的音调也有高低、大小、清浊、曲直种种的不同，乐曲有似于风，所以古人称乐为风。同时乐曲的内容和形式，一般是风俗的反映，所以乐曲称风与风俗的风也是有联系的。由此看来，所谓《国风》就是各国的乐曲。"③ 即周王朝直接统治区域之外一些地区和诸侯国的乡土音乐。其中大部分采自民歌，朱熹曰："凡《诗》之所谓《风》者，多出于里巷歌谣之作，所谓男女相与咏歌，各言其情者也。"④ 因此，《国风》之情调一般比较质朴、单纯，多为即兴而发，虽经朝廷乐官们精心加工、润饰，仍较为自由活泼，不乏乡土气息。这从笔者统计的《诗经》中含四言句少于半数的 9 篇中《国风》即占 6 篇，而无四言的 8 篇则全在《国风》中，亦可看出。其曲式一般较为短小，全部分章（乐段），多为二、三个乐段，而且绝大部分是再现性的。笔者据高亨《诗经今注》统计，在《国风》160 篇诗的曲式中，有二、三、四个乐段者 153 篇，约占总数的 96%，有五个或更多个乐段者仅 7 篇，占总数的 4% 强；有再现性的曲式 139 篇，约占总数的 87%，其中 105 篇为 1 个乐调的再现，22 篇为一个乐调再现前后有附加成分，6 篇为 2 个再现乐调的联合，6 篇是 1 个乐调无规律地再现并与 1 个或数个独立乐段联合。

《雅》，大都称之为朝廷的乐歌，实际上除《小雅》之《大东》、《都人士》等极少数篇章可能是东都人的作品外，其大部分都是西周王朝直接统辖地区（即王畿）的音乐，是与四方诸侯国土风不同的"中原之声"。这些乐歌有的记录了周民族的历史，具有史诗性，较为典雅庄重；

---

① （清）惠周惕：《诗说》卷上，文渊阁《四库全书》本。
② （宋）郑樵：《通志·通志总序》，中华书局 1987 年版，第 2 页。
③ 高亨：《诗经简述·诗经的分类——风、雅、颂》，《诗经今注》，上海古籍出版社 1980 年版，第 4 页。
④ （宋）朱熹：《诗集传·序》，中华书局 1958 年版。

有的反映了统治阶级的内部矛盾，对现实有所讥讽和抨击，较为激昂慷慨。因其多出自下层官吏和文人之手，较多地体现了文人关怀，艺术上趋于文雅。其音乐既带有脱胎于民歌的韵味，又颇具雅乐之典重。其曲式和《风》一样，全部分章（乐段），但章节明显增多，篇幅明显增长，再现明显减少，结构明显复杂化了。笔者据高亨《诗经今注》统计，在《小雅》和《大雅》105 篇诗的曲式中，二、三、四个乐段者 42 篇，占总数的 40%，五个或更多个乐段者 63 篇，占总数的 60%；有再现性的曲式 63 篇，亦占总数的 60%，其中 29 篇为一个乐调的再现，11 篇为一个乐调再现前后有附加成分，2 篇为两个再现乐调的联合，21 篇为一个乐调无规则地再现并与两个或更多个独立乐段的联合。然则"二雅……诗体既异，乐音亦殊"。① "类既同，又自别为大小，则声度必有丰杀廉肉，亦如十二律然，既有大吕，又有小吕也"。② "《小雅》、《大雅》皆王朝公卿之诗，但《小雅》主政事而词兼'风'，故其声飘缈而活动；《大雅》多陈君德而词兼'颂'，故其声典则而庄严。"③ 就曲式而论，《大雅》则乐段更多，篇幅更长，结构更复杂。其 31 篇诗的曲式中，二个乐段者为零，三、四个乐段者仅 3 篇，约占总数的 10%，五个或更多个乐段者 28 篇，占总数的 90% 强，其中《桑柔》一篇，竟达十六个乐段。

《颂》是宗庙之乐歌，主要用于尊天敬祖，对天地诸神及祖先的崇拜、祭祀、祈求福佑是其主题。这在当时是一带有宗教性质的特殊品类。由于祭祀对统治者来说十分神圣，气氛极为庄严、肃穆；器乐演奏以"钟鼓之乐"为主，而起统领作用的钟，音疏，馀音较长，比较适宜演奏中速或慢速等节奏悠缓的乐句；有舞蹈表演，歌唱和器乐演奏应与舞步配合；等等，所以其曲调雍容凝重，节奏舒缓安泰。上博简《孔子诗论》第二简即曰："讼，坪（平）德也，多言后。其乐安而迟，其歌绅而荡，其思深而远，至矣！"④ 《周颂》之诗的曲式是典型的代表，31 篇全部为单乐段，篇幅简短，相当数量的乐句不整齐。《礼记·乐记》曰："大乐必易，大礼必简。"⑤ 这正是宗庙音乐所追求的风格。至于《商颂》5 篇

---

① （汉）毛亨传，（汉）郑玄笺，（唐）孔颖达等正义：《毛诗正义》卷一之一孔颖达正义，（清）阮元校刻《十三经注疏》，中华书局 1980 年影印，第 272 页。

② （宋）程大昌：《诗议》，（明）唐顺之编《稗编》卷九《诗二》，文渊阁《四库全书》本。

③ （清）魏源：《诗古微》（二卷本）卷上《诗乐篇二》引"郝氏京说"，《魏源全集》第一册，岳麓书社 1989 年版，第 33 页。

④ 马承源主编：《上海博物馆藏战国楚竹书（一）》，上海古籍出版社 2001 年版，第 127 页。

⑤ （汉）郑玄注，（唐）孔颖达等正义：《礼记正义》卷三十七《乐记》，（清）阮元校刻《十三经注疏》，中华书局 1980 年影印，第 1529 页。

诗的曲式，虽然主题全为祭颂祖先，与《周颂》一致，但其中 2 篇分别为六个和七个独立乐段的联合，3 篇单乐段者也比较长，较《周颂》大为复杂化，有《大雅》的影子。而《鲁颂》4 篇诗的曲式，虽主旨在于颂赞、祭祖，但全部分章（乐段），其中 3 篇还有再现性，就更接近于《大雅》了。

第三章 《诗经》中的乐器考论

——兼匡补杨荫浏先生之说

第一节 杨荫浏《诗经》中"有二十九种"乐器之说考辨

被明代刘濂称为《乐经》的《诗经》，① 本来是有乐器伴奏的诗、歌、舞的融和体，故战国时即有"诵诗三百，弦诗三百，歌诗三百，舞诗三百"之说②。时至汉代，又有司马迁曰："三百五篇，孔子皆弦歌之，以求合《韶》、《武》、《雅》、《颂》之音。"③《毛诗传》曰："古者教以诗乐，诵之、歌之、弦之、舞之。"④ "弦诗""弦歌""弦之"之"弦"，即以弹弦乐器琴和瑟伴奏。然而，作为时间性艺术的器乐，稍纵即逝，由于当时"三百篇"的乐器伴奏只靠口传身授，其曲谱等自秦之后即已亡佚，仅其歌乐之词，凭借文字记载流传下来，这就是我国的第一部诗歌总集《诗经》。而今，"三百篇"洋洋乎盈耳的琴、瑟、钟、鼓、磬、笙、箫、管……伴奏之声，虽然已伴随着时间的流逝杳无声息了，但仔细审视留存下来的《诗经》，亦可管窥当时乐器品种及其发展之一斑。

乐器是器乐的物质基础和载体，器乐离不开乐器，器乐的发展与乐器的制作和种类息息相关。因此，弄清《诗经》中的乐器的品种和发展情况等，是研究西周初期（公元前 11 世纪）至春秋中叶（公元前 6 世纪）大约 500 年间华夏器乐文化必不可少的一环。为此，杨荫浏对《诗经》进行了一番考察后，在其《中国古代音乐史稿》中说："到了周朝，见于

---

① 见第一章之第二节征引刘濂《乐经元义序》之语。
② （清）孙诒让：《墨子闲诂》卷十二《公孟》，中华书局 1954 年版，第 285 页。
③ （汉）司马迁：《史记》卷二十四《孔子世家》，中华书局 1959 年版，第 1937 页。
④ （汉）毛亨：《毛诗》卷四《郑风·子衿》，《四部丛刊》初编本。

记载的乐器，约有近七十种，其中被诗人们所提到，见于后来的《诗经》的，有二十九种。"① 并于页下注中详细列出："见于《诗经》的击乐器有鼓、鼖、贲鼓、应、田、县鼓、鼗鼓、镈、钟、镛、南、钲、磬、缶、雅、柷、圉、和、鸾、铃、簧等21种，吹奏乐器有箫、管、籥、埙、篪、笙等6种，弹弦乐器有琴、瑟等2种。"② 此说一出，经常被一些著述征引或首肯，迄今仍颇具权威性。但是，笔者覆案《诗经》，发现杨荫浏的结论，并不完全符合《诗经》的实际情况：少计"槃""击""庸"3种乐器；缺"圉"多"圈"，所谓"圈"在《诗经》中则觅无踪影；将"和""鸾""铃"三种非乐器计算在内。兹具体考辨如下：

一　杨先生未提到在《卫风·考槃》中出现的"槃"

除诗题之外，"槃"还在诗正文中反复出现了三次，即"考槃在涧""考槃在阿""考槃在陆"。"槃"，朱熹引陈氏之说曰："考，扣也。槃，器名。盖扣之以节歌，如鼓盆拊缶之为乐也。"③ 王鸿绪等引黄氏櫄之说曰："《诗》言：'子有钟鼓，弗鼓弗考。'则所谓考槃者，犹考击此槃以自乐也。"④ 高亨亦曰："考，扣也，敲也。槃，同盘。敲盘以歌。"⑤ 由此可见，"槃"通"盘"，系古乐器。

二　杨先生未提到"击"

对《小雅·甫田》"琴瑟击鼓"之"击"，大都释为敲、打，但从其所处的语言环境看，"击"应和"琴""瑟""鼓"一样，都是动词化的名词，是一种乐器。李贤注《后汉书·马融列传》"故戛击鸣球，载于《虞谟》"，曰："击，柷也，象桶，中有椎柄，连底摇之，所以作乐。"⑥ 而高亨则曰："击，乐器名，与摇鼓相类。"⑦ 并精辟地考辨曰："击，《尚书·益稷》：'戛击鸣球。'（戛是打意。球是玉磬。）今文《尚书》击作隔（《汉书·扬雄传》颜注引韦昭说）。《荀子·礼论》：'尚拊之膈。'（之字衍，《史记·礼书》没有之字。）《乐论》：'鼗柷拊鞷椌楬似万物。'

---

① 杨荫浏：《中国古代音乐史稿》，人民音乐出版社1981年版，第41页。
② 同上。
③ （宋）朱熹：《诗集传》卷三《考槃》，中华书局1958年版，第35页。
④ （清）王鸿绪等总裁：《钦定诗经传说会纂》卷四，文渊阁《四库全书》本。
⑤ 高亨：《诗经今注》，上海古籍出版社1980年版，第81页。
⑥ （南朝·宋）范晔：《后汉书》卷九十，中华书局1965年版，第1955页。
⑦ 高亨：《诗经今注》，上海古籍出版社1980年版，第329页。

击和隔、膈、鼞，古通用，而鼞是本字。乐器名，鼓之一种，竹筒两头蒙皮，当中拴上球形鼓槌，摇击两面都响，和摇鼓相似。此诗的击字当即《尚书》的击字，借做鼞。琴瑟击鼓都是乐器，都是名词，是下句'以御田祖'的'以'字的宾语。"①

三　杨先生未提到"庸"，大概是将"庸"等同于"镛"

其实，《商颂·那》"庸鼓有斁"之"庸"，乃甲骨卜辞中屡见的"庸奏""庸舞""奏庸""旧庸""置庸""置庸鼓""置新庸"等之"庸"（曾被称为"铙"），系商代传承下来的殷王室及贵族们享用的打击乐器。其于新石器晚期已有陶制品，至商代后期则出现了铜制品，这时"庸由侈口腔体和管状柄两大部分构成，有短体、长体两类。演奏时当一手持柄或置柄于地（座），另手敲击口沿正中外侧鼓凸（正鼓部处的凸起）。庸体截面为合瓦形，敲击口沿外侧两边侧鼓部也可能发出另一基音，但与正鼓基音的音程关系杂乱，庸内壁也未发现锉磨调音的痕迹，说明侧鼓音还没有被利用。庸上常铭有文字或徽记。往往大、中、小三件一组出土，可组成编庸，……也有五件一编的。"② 李纯一曾将《商颂·那》与卜辞一些语词相比较，指出："《那》是殷王室后裔宋君祭祀祖先的乐章，其年代去殷未远，因而其中一些语汇和卜辞相同或相关，当非偶然巧合。由此可以推知，《那》之'庸'当是殷后宋人所保留的殷人旧名，其初谊就是现在一般称之为铙的铜制击奏体鸣乐器。"③ 而《大雅·灵台》"贲鼓维镛"之"镛"，因其体型较大，旧称为大铙。《毛传》《尔雅》《说文》等都释为大钟。其"均出土在长江中下游地区，尤以湖南为最多，说明它是古越族特有的乐器"。④ 李纯一说："验之以豫北、鲁南一带的殷商考古，迄今发掘大小墓葬累千，出土各种器物上万，其中仅见小型之'铙'，未见大型之'镛'。"⑤ "那种大铙都出土于长江中下游，很难和卜辞中的'庸'联系在一起。根据迄今考古发现看来，能够和卜辞中的'庸'对上号的，恐怕只有那些出土于殷王朝统治中心地带殷王室成

① 高亨：《诗经今注》，上海古籍出版社 1980 年版，第 330 页。
② 秦序：《夏商器乐和乐器概况·商代器乐与乐器概况》，李心峰主编《中华艺术通史（夏商周卷）》第三章第一节，北京师范大学出版社 2006 年版，第 128 页。
③ 李纯一：《庸名探讨》，《音乐研究》1988 年第 3 期。
④ 秦序：《夏商器乐和乐器概况·商代器乐与乐器概况》，李心峰主编《中华艺术通史（夏商周卷）》第三章第一节，北京师范大学出版社 2006 年版，第 129 页。
⑤ 李纯一：《庸名探讨》，《音乐研究》1988 年第 3 期。

员和奴隶主贵族墓葬的一般所谓的'铙'了。"① 方建军亦曰："河南出土的商晚期编铙（按，即庸）器形一般较小，体呈合瓦形，侈铣、平顶、凹口（个别或平口）。铣间一般略大于铣长，短圆管柄，中空与体相通，柄末粗而根细，有台（即正鼓部凸出之长方形台面）、唇（即口内沿突出之棱）。这些编铙的总体形制大略比较一致，它们与长江中下游地区所出的一般体大质重、平口的商代铜铙（按，即镛）形制明显不同，应属于两种体系。"②

四 杨先生所说的"圉"，今存《诗经》诸本均无

疑杨先生或将"敔"误作"圉"。"圉"通"敔"，是一种形似伏虎的木制古乐器。《毛诗正义》卷十九之三《周颂·有瞽》之孔颖达疏曰："敔，状如伏虎，背上刻之，所以止鼓谓之止。"③ 杨先生所本，或为孙奕所说："敔者，止乐之器，二《礼》、《尚书》谓之敔，《诗》谓之圉，其为乐一也。"④ 但孙奕"《诗》谓之圉"之说，不知何据。或为陈启源所说："圉本作圉。《说文》云：'圉，守之也。经传以圉为图圄。'"⑤ 但陈启源"圉本作圉"之说，仅就《说文》"守之""图圄"之义而言，与乐器无关。

五 杨先生所说的"和"，从其出现在《诗经》中的语言环境看，不是指乐器

"和"在《诗经》中共出现 12 次，其中《小雅·鹿鸣》"和乐且湛"、《小雅·常棣》"和乐且孺"及"和乐且湛"、《小雅·伐木》"终和且平"、《小雅·宾之初筵》"乐既和奏"、《周颂·有瞽》"肃雝和鸣"、《商颂·那》"既和且平"等 7 处之"和"，读 hé，释为和谐；《小雅·宾之初筵》"酒既和旨"之"和"，读 hé，释为醇和；《商颂·烈祖》"亦有和羹"之"和"，读 hè，释为调和；《郑风·萚兮》"倡予和女"之"和"，读 hè，释为唱和；只有《小雅·蓼萧》"和鸾雝雝"、《周颂·载

---

① 李纯一：《庸名探讨》，《音乐研究》1988 年第 3 期。

② 方建军：《河南出土殷商编铙初探》，《中国音乐学》1990 年第 3 期。

③ （清）阮元校刻：《十三经注疏》，中华书局 1980 年影印，第 595 页。按：（清）阮元《〈毛诗注疏〉校勘记》："'所以止鼓之谓止'，……浦镗云：'所以鼓之以止乐'之误，是也。"[（汉）毛亨传，（汉）郑玄笺，（唐）孔颖达等正义：《毛诗正义》卷十九之三，（清）阮元校刻《十三经注疏》，中华书局 1980 年影印，第 599 页]

④ （宋）孙奕：《履斋示儿编·字说·字异而义同》，中华书局 1985 年版，第 193 页。

⑤ （清）陈启源：《毛诗稽古编》卷二十七《正字·字形》，文渊阁《四库全书》本。

见》"和铃央央"两处之"和"，读 hé，释为铃，但二者皆指挂在车前横木（轼）上的铃，并不是乐铃，不属于乐器。

六 杨先生所说的"鸾"，从其在《诗经》中出现的语言环境看，不是指乐器

"鸾"在《诗经》中共出现 12 次，其中《秦风·驷驖》"輶车鸾镳"、《小雅·蓼萧》"和鸾雝雝"、《小雅·采芑》"八鸾玱玱"、《小雅·庭燎》"鸾声将将"与"鸾声哕哕"、《小雅·采菽》"鸾声嘒嘒"、《大雅·烝民》"八鸾锵锵"与"八鸾喈喈"、《大雅·韩奕》"八鸾锵锵"、《鲁颂·泮水》"鸾声哕哕"、《商颂·烈祖》"八鸾鸧鸧"等 11 处之"鸾"，通"銮"，释为挂在马嚼子（镳）或车辕前端的横木（衡）或车架上的铃；《小雅·信南山》"执其鸾刀"之"鸾"，是"刀"的定语，亦通"銮"，指缀在刀柄上的铃。总之，这 12 处"鸾"，皆与音乐无关，不是乐器。

七 杨先生所说的"铃"，仅在《周颂·载见》中出现 1 次，即"龙旗阳阳，和铃央央"

《毛传》曰："和在轼前，铃在旗上。"[1] 马瑞辰曰"杜注亦曰：'铃在旗。'然锡、銮、和三者皆车马之饰，不得独以铃为旗上之物也。……据《说文》銮字注云'铃象銮鸟之声'，则知铃与和銮对文则异，散文则和銮可通称和铃，此诗和铃即和銮耳。"[2] 很明显，这"铃"乃是缀于旗杆上的铃，不是乐铃，称不上乐器。

第二节 《诗经》中的乐器及其分布

照上文所说，《诗经》中所涉及的乐器，仍为二十九种，即弹弦乐器琴、瑟，计 2 种；打击乐器鼓、鼛（鼛鼓）、贲鼓、县鼓、鼍鼓、鼗（鼗鼓）、田、应、击、钟（编钟）、镛、庸、南、钲、磬（编磬）、缶、柷、雅、柷、圉，计 20 种；吹奏乐器笙、箫、管（笛）、籥、篪、埙，计 6

---

① （汉）毛亨：《毛诗》卷十九《周颂·载见》，《四部丛刊》初编本。
② （清）马瑞辰：《毛诗传笺通释》卷二十八《周颂·载见》，中华书局 1989 年版，第 1084—1085 页。

种；拨（或拉）弦乐器簧 1 种①。兹将这二十九种乐器在《诗经》中的分布情况列表如下：

《诗经》中二十九种乐器分布一览表

篇名	周南	邶风	鄘风	卫风	王风	郑风	唐风	秦风	陈风	小雅	大雅	周颂	鲁颂	商颂
琴	关雎		定之方中		女曰鸡鸣					鹿鸣常棣鼓钟甫田车舝				
瑟	关雎		定之方中	淇奥	女曰鸡鸣		山有枢	车邻		鹿鸣鼓钟甫田常棣	旱麓			
鼓	关雎	击鼓					山有枢	车邻	宛丘	彤弓宾之初筵采芑楚茨甫田白华伐木	灵台	执竞	有駜	那

---

① 秦序《民族乐器口弦初探》对"'簧'的形制及演奏"的考证，推翻了基于《毛传》及孔颖达等正义、许慎《说文解字》的成说，指出："'簧'是一种独立的乐器，……有人认为'簧'是指笙中的簧片，进而作为笙的代称，这种看法是片面的。《世本》云：'女娲作簧'，……同时又说：'隋作笙'，可知'簧'并非笙。……关于'簧'的形制及演奏，先秦文献只有'鼓簧'及'簧鼓'等简单记载。东汉刘熙《释名·释乐器》云：'……簧，横也，于管头横施于中也。以竹铁作，于口横鼓之亦是也。'这证明了除笙竽之中的簧外，还有'以竹铁作，于口横鼓'的'簧'。……从刘熙的说明，我们可以知道'鼓簧'及'簧鼓'也就是'于口横鼓'的意思。东汉王符《潜夫论·浮侈》进一步说明'簧'的形状：'……簧，削锐其头有伤害之象，傅以蜡蜜有甘舌之类，皆非吉祥善应。'其形与笙中长方形簧不同，可与'如簧之舌'成语相证。'簧'的演奏还可以从一些诗赋里了解到，如汉蔡邕的《检逸赋》：'思在口而为簧鸣，哀声独而不敢聆'，晋陆云的'鸣簧发丹唇，朱弦绕素腕'等。从以上记载，可以看出'簧'与口弦是非常相似的，当时甚至还有类似多片弦那样的多片簧，如葛洪《神仙传》中王遥的'五舌竹簧三枚'及南北朝庾信《步虚词》中的'夏簧三舌响，春钟九乳鸣'等，都可以看到多片簧的存在。"（《音乐艺术》1981 年第 2 期）稍后，李纯一的《说"簧"》一文，亦当出了与秦序相同的结论。（《乐器》1981年第四期）秦序《西周器乐及乐器发展概况》又曰："簧则是一种特殊的拨（或拉）弹乐器，即至今仍在世界上广为流传的口弦。"并进一步注释曰"簧在古代曾被误认为专指笙竽苗管的簧片，其实簧（口弦）是以竹片或铁、铜等金属制成的乐器，形状多样，靠手指拨动或绳线拉动弹性的簧牙振动，以变化的口腔、气流为共鸣，故也有人将它划为吹奏乐器。"［李心峰主编：《中华艺术通史（夏商周卷）》第三章第二节，北京师范大学出版社 2006 年版，第 130 页］

续表

篇名	周南	邶风	鄘风	卫风	王风	郑风	唐风	秦风	陈风	小雅	大雅	周颂	鲁颂	商颂
鼖 (鼖鼓)										鼓钟	绵			
贲鼓											灵台			
县鼓												有瞽		
鼍鼓											灵台			
鼛 (鼛鼓)												有瞽		那
田												有瞽		
应												有瞽		
击										甫田				
钟 (编钟)	关雎						山有枢			彤弓 鼓钟 宾之 初筵 楚茨 白华	灵台	执竞 有瞽		
镛											灵台			
庸														那
南										鼓钟				
钲										采芑				
磬 (编磬)										鼓钟	灵台	执竞 有瞽		那
缶									宛丘					
槃				考槃										
雅										鼓钟				
枳												有瞽		
圉												有瞽		
簧					君子 阳阳			车邻		鹿鸣 巧言				
笙										鹿鸣 鼓钟 宾之 初筵				

续表

篇名	周南	邶风	鄘风	卫风	王风	郑风	唐风	秦风	陈风	小雅	大雅	周颂	鲁颂	商颂
箫												有瞽		
管（笙）		静女										有瞽执竞		那
篪		简兮								鼓钟宾之初筵				
箎										何人斯	板			
埙										何人斯	板			

说明：表中篇名下标示"—"者，诗中虽有其字，但并不指某种乐器。

第三节　几点发现和认识

　　作为可诵读的歌乐之词，《诗经》的主旨并不在于记载和考察乐器，它只是根据言志陈情的需要，直接描述或间接言及（如运用于比兴等）乐器而已。因而，严格说起来，笔者绘制的上述表格所反映的西周初期至春秋中叶乐器的品种及其分布情况，并不是十分准确、全面的。如15国《风》中，只有周南、邶、鄘、卫、王、郑、唐、秦、陈等9种《风》中出现了乐器，而召南、齐、魏、桧、曹、豳等6种《风》中则未见，我们并不能因此就说这6处地方没有乐器，相反，有的地方乐器品种还很多。以齐国而论，据言战国时：齐威王即善鼓琴，"驺忌子以鼓琴见威王，威王说而舍之右室。须臾，王鼓琴，驺忌子推户入曰：'善哉鼓琴！'"[①]"齐宣王使人吹竽必三百人。"[②]孟尝君被居住临淄的雍门子周"引琴而鼓之，徐动宫徵，微挥羽角，切终而成曲"感动得"涕浪汗增欷"。[③]"临淄之中七万户，……临淄甚富而实，其民无不吹

①　（汉）司马迁：《史记》卷四十六《田敬仲完世家》，中华书局1959年版，第1889页。
②　（战国）韩非：《韩非子》卷九《内储说上七术》，《四部丛刊》初编本。
③　（汉）刘向：《说苑》卷十一《善说》，《四部丛刊》初编本。

竽、鼓瑟、击筑、弹琴、斗鸡、走犬、六博、蹹鞠者。"① 此种盛况，绝
非突然涌现的，在春秋中期，齐国诸侯宫中就已经盛行钟、磬、鼓、竽、
瑟之乐了：

> 宋伐杞，狄伐邢、卫，桓公不救，裸体纫胸称疾。召管仲曰："寡
> 人有千岁之食，而无百岁之寿，今有疾病，姑乐乎？"管子曰："诺。"
> 于是令之县钟磬之榱。陈歌舞竽瑟之乐，日杀数十牛者数旬。……宋
> 已取杞，狄已拔邢、卫矣。桓公起，行笋虡之间，管子从至大钟之
> 西，桓公南面立，管仲北乡对之。大钟鸣，桓公亲（一作"视"）管
> 子曰："乐乎仲父？"管子对曰："此臣之所谓哀，非乐也。臣闻之：
> 古者之言乐于钟磬之间者不如此。言脱于口，而令行乎天下；游钟磬
> 之间，而无四面兵革之忧。今君之事，言脱于口，令不得行于天下，
> 在钟磬之间，而有四面兵革之忧。此臣之所谓忧，非乐也。"桓公
> 曰："善。"于是伐钟磬之县，并歌舞之乐，宫中虚无人。……兵车
> 之会六，乘车之会三，九合诸侯，反位已霸，修钟磬而复乐。管子
> 曰："此臣之所谓乐也。"②

目前，山东临淄、青州一带（原齐国之地）已出土的文物中就有编钟、
编磬、镈、埙等多种春秋乐器③，即充分验证了上述记载。再如 9 国
《风》和《雅》《颂》中已出现的乐器，也仅是其地乐器的一部分而已。
就《鲁颂》而言，只《有駜》一诗之"鼓咽咽，醉言舞"明确提到鼓一
种乐器；而实际上，鲁僖公派兵伐淮夷得胜，鲁臣所作告祭祖庙的乐歌
《閟宫》，已间接涉及乐器的演奏，其第五章"万舞洋洋"，既应有舞者手
持乐器的合奏，还应有伴奏的乐器。历史文献表明，鲁国作为周公旦的封
地，一直享有与周天子同样的礼乐规格，早在春秋初期，即已"八音"
齐全：

> 九月，考仲子之官，将《万》焉。公问羽数于众仲，对曰："天
> 子用八，诸侯用六，大夫四，士二。夫舞所以节八音，而行八风，故

---

① （宋）鲍彪校注：《战国策校注》卷八《齐一·苏秦为赵合从说齐章》，《四部丛刊》初
编本。
② 颜昌峣：《管子校释》卷九《霸形》，岳麓书社 1996 年版，第 210—213 页。
③ 李凌主编：《中国民族民间器乐曲集成（山东卷上册）·山东古代乐器一览表》，中国
ISBN 中心 1994 年版，第 1—4 页。

自八以下。"公从之，于是初献六羽，始用六佾也。①

特别是琴瑟，春秋中叶已较广泛地受到鲁国士人的喜爱：

孔子学鼓琴师襄子，十日不进。师襄子曰："可以益矣。"孔子曰："丘已习其曲矣，未得其数也。"有间，曰："已习其数，可以益矣。"孔子曰："丘未得其志也。"有间，曰："已习其志，可以益矣。"孔子曰："丘未得其为人也。"有间，有所穆然深思焉，有所怡然高望而远志焉。曰："丘得其为人，黯然而黑，几然而长，眼如望羊，如王四国，非文王其谁能为此也！"师襄子辟席再拜，曰："师盖云《文王操》也。"②

今孔丘盛声乐以侈世，饰弦歌鼓舞以聚徒，……③

闻孔子在陈、蔡之间，楚使人聘孔子。孔子将往拜礼，陈、蔡大夫……于是乃相与发徒役围孔子于野。不得行，绝粮，从者病，莫能兴。孔子讲诵弦歌不衰。子路愠见曰："君子亦有穷乎？"孔子曰："君子固穷，小人穷斯滥矣。"④

子之武城，闻弦歌之声。夫子莞尔而笑曰："割鸡焉用牛刀。"⑤

子曰："由之瑟，奚为于丘之门？"⑥

原宪居鲁，环堵之室，茨以生草；蓬户不完，桑以为枢；而瓮牖二室，褐以为塞；上漏下湿，匡坐而弦歌。⑦

子贡……乃反丘门，弦歌颂书，终生不辍。⑧

---

① （晋）杜预注，（唐）孔颖达等正义：《春秋左传正义》卷三《隐公五年》，（清）阮元校刻《十三经注疏》，中华书局 1980 年影印，第 1727—1728 页。
② （汉）司马迁：《史记》卷四十七《孔子世家》，中华书局 1959 年版，第 1925 页。
③ 吴则虞编著：《晏子春秋集释》卷八《仲尼见景公景公欲封之晏子以为不可》，中华书局 1962 年版，第 491 页。
④ （汉）司马迁：《史记》卷四十七《孔子世家》，中华书局 1959 年版，第 1930 页。
⑤ （三国·魏）何晏集解，（宋）邢昺疏：《论语注疏》卷十七《阳货》，（清）阮元校刻《十三经注疏》，中华书局 1980 年影印，第 2524 页。
⑥ （三国·魏）何晏集解，（宋）邢昺疏：《论语注疏》卷十一《先进》，（清）阮元校刻《十三经注疏》，中华书局 1980 年影印，第 2499 页。
⑦ 孟庆祥等：《庄子译注·杂篇·让王》，黑龙江人民出版社 2003 年版，第 466 页。按：《四部备要》本《庄子》卷九《让王》"弦"后无"歌"字，晋司马彪按曰："弦，谓弦歌。"
⑧ （晋）张湛注：《列子》卷四《仲尼》，上海书店 1986 年版，第 40 页。

还有《小雅》中《南陔》《白华》《华黍》《由庚》《崇丘》《由仪》等 6
首诗，有目无词，根本没有"笙"字，但据《仪礼》记载，它们在"乡
饮酒礼"和"燕礼"中都是用于笙奏的，并被后人称为"笙诗"。尽管如
此，但周代近 70 种乐器中的主要乐器大都在《诗经》中出现了，这在一定
程度上反映了当时乐器的发展、流传及其影响，我们由此可以发现：

1. 鉴于乐器与生产力的密切关系，琴瑟这两种古乐器的产生应晚于
土鼓、石磬、骨哨、陶埙等，但从《尚书·益稷》记载的"夔曰：'戛击
鸣球、搏拊、琴瑟以咏。'祖考来格，虞宾在位，群后德让"看，[1] 或许
早在舜时，琴瑟已是朝会、祭礼的主要乐器了。就琴而言，《礼记·乐
记》《史记·乐书》等即谓"昔者舜作五弦之琴，以歌《南风》"[2]；至西
周，"文王、武王加二弦，以合君臣之恩"，[3] 则增加为七弦。西周、春秋
之时，琴瑟在《诗经》中多次出现，既反映了王公贵族对琴瑟的重视和
"士无故不彻琴瑟"的现状，[4] 也表明它们已逐渐冲破"士无故不彻琴
瑟""君子之近琴瑟，以仪节也，非以慆心也"的礼乐规范[5]，由宫廷庙
堂走向华夏各地，融入社会各阶层，不仅参与伴奏、合奏，更有学者指
出："春秋时期便已出现了以琴乐为代表的独立的器乐乐种，出现了像师
旷所鼓的《清商》《清徵》，孔子学弹的《文王操》和他自己创作的琴曲
《诹操》，伯牙创造演奏的《高山》《流水》等许多纯器乐作品。"[6] 其时，
官方乐师中出现了楚之钟仪、鲁之师襄子、晋之师旷、郑之师文、卫之师
曹和师涓等一批琴瑟高手。如比孔子大 20 余岁的师旷为晋平公弹奏"清
徵"之声，"一奏之，有玄鹤二八道南方来，集于郎门之垝；再奏之，而
列；三奏之，延颈而鸣，舒翼而舞，音中宫商之声，声闻于天。平公大
说，坐者皆喜。平公提觞而起，为师旷寿。"又为平公弹奏"清角"之

---

① 陈成国校注：《尚书校注》，岳麓书社 2004 年版，第 22 页。

② （汉）郑玄注，（唐）孔颖达等正义：《礼记正义》卷三十八，（清）阮元校刻《十三经
注疏》，中华书局 1980 年影印，第 1534 页；（汉）司马迁：《史记》卷二十四，中华书
局 1959 年版，第 1197 页。（战国）韩非《韩非子》卷十一《外储说左上》亦曰："昔
者舜鼓五弦、歌《南风》之诗而天下治。"

③ （宋）郭茂倩：《乐府诗集》卷五十七《琴曲歌辞》引《琴操》之语，中华书局 1979 年
版，第 821 页。

④ （汉）郑玄注，（唐）孔颖达等正义：《礼记正义》卷四《曲礼》，（清）阮元校刻《十
三经注疏》，中华书局 1980 年影印，第 1259 页。

⑤ （晋）杜预注，（唐）孔颖达等正义：《春秋左传正义》卷四十一《昭公元年》，（清）
阮元校刻《十三经注疏》，中华书局 1980 年影印，第 2025 页。

⑥ 秦序：《春秋战国时期器乐发展概况·三、独树一帜的琴乐》，李心峰主编《中华艺术通
史（夏商周卷）》第三章第三节，北京师范大学出版社 2006 年版，第 147 页。

声，"一奏，而有玄云从西北方起；再奏之，大风至，大雨随之，裂帷幕，破俎豆，隳廊瓦。坐者散走。平公恐惧，伏于廊室之间。晋国大旱，赤地三年。平公之身遂癃病。故曰：'不务听治而好五音不已，则穷身之事也。'"① 虽然这只是一种传说，但从其渲染夸张中亦可窥测师旷的造诣之精、琴艺发展的水平之高以及王公贵族对琴乐的过度推重。琴瑟在继续供王公贵族享乐和在朝聘、宴饮等典礼仪式中演奏外，特别受到士人的钟爱，民间也广泛地用于表达爱情以及亲友欢聚的场合，并出现了教成连"鼓琴能化人情"的方子春②、"教伯牙鼓琴"的成连③、"鼓琴而六马仰秣"的伯牙等民间琴家④。《鄘风·定之方中》曰："树之榛栗，椅桐梓漆，爰伐琴瑟。"反映当时制琴瑟已讲究选用质地优良轻柔的桐、梓等木料，使之各具美妙丰富的表现力，从而促使弹弦乐器迎来了发展的新阶段。

2. 为数居多的周代之前就有的打击乐器鼓类、钟类、磬、柷、圉和吹奏乐器箫、管、籥、簧等，仍然是西周、春秋时期乐器的主力军。尤其鼓和钟，是最常用的两种乐器。这些打击乐，有的虽在民间出现，如《陈风·宛丘》写女巫"坎其击鼓，宛丘之下"之"鼓"和"坎其击缶，宛丘之道"之"缶"（皆为巫觋传统用器），《邶风·静女》"静女其姝，贻我彤管"之"管"，但其在礼乐中占有重要的地位，主要还是用于殿堂宴乐、宗庙祭祀、朝聘礼仪等，供上层统治者享乐。即使《国风》，也反映了这一状况。如鼓，共出现在《国风》4 首诗中，其中《邶风·击鼓》之"鼓"是用于卫国君主州吁联合陈国侵略郑国的战争的，《唐风·山有枢》之"鼓"是为贵族们拥有的，《周南·关雎》之"鼓"也是王室祭祀先王、先祖的（或说是有地位的"君子"用来使"淑女"欢心的）。钟，与鼓同时出现在《山有枢》《关雎》2 首诗中，这两处的用法完全与鼓相同。籥，仅出现在《邶风·简兮》1 首诗中，是用于卫国诸侯宫中舞会的。西周、春秋之时，这些承袭的乐器，较之其前：第一，大小、形制等发生了多种变异，种类明显增多。如鼓，《诗经》中就有 9 种。其中有有足的贲鼓、鼍鼓，贲鼓"鼓长八尺，鼓四尺，中围加三之一"⑤，鼍鼓"剥鼍以为鼓，其皮坚厚，皸以冒鼓，故曰鼍鼓。鼍鼓非特有取于皮，亦

---

① （战国）韩非：《韩非子》卷三《十过》，《四部丛刊》初编本。

② （宋）李昉等：《太平御览》卷五百七十八《乐部十六·琴中》，《四部丛刊》三编本。

③ 同上。

④ （清）王先谦：《荀子集解》卷一《劝学篇》，中华书局 1988 年版，第 10 页。

⑤ （汉）郑玄注，（唐）贾公彦疏：《周礼注疏》卷四十《韗人》，（清）阮元校刻《十三经注疏》，中华书局 1980 年影印，第 918 页。

其鼓声逢逢然象鼍之鸣"①；有用架子（虡业）吊的馨鼓、县鼓，"馨鼓长丈二尺"②，"县鼓，谓大鼓也"③；有有木架的田；有体形较小的鼗、应、击，鼗和应都有长柄和耳可用手举着摇转击奏，击"与摇鼓相类"④。

第二，制作精细，工艺水平相当高。如《周礼·冬官考工记·凫氏》曰："凫氏为钟，两栾谓之铣，铣间谓之于，于上谓之鼓，鼓上谓之钲，钲上谓之舞，舞上谓之甬，甬上谓之衡。钟县谓之旋，旋虫谓之斡。钟带谓之篆，篆间谓之枚，枚谓之景。于上之擁谓之遂。十分其铣，去二以为钲，以其钲为之铣间，去二分以为之鼓间。以其鼓间为之舞修，去二分以为舞广。以其钲之长为之甬长。以其甬长为之围，参分其围，去一以为衡围。参分其甬长，二在上，一在下，以设其旋。薄厚之所震动，清浊之所由出，侈弇之所由兴，有说。钟已厚则石，已薄则播，侈则柞，弇则郁，长甬则震。是故大钟十分其鼓间，以其一为之厚；小钟十分其钲间，以其一为之厚。钟大而短，则其声疾而短闻。钟小而长，则其声舒而远闻。为遂，六分其厚，以其一为之深而圜之。"⑤ 钟体细分为铣、于、鼓、钲、舞、甬、衡、旋、斡、篆、枚、景、遂13个部位，各部位及大钟、小钟的长短厚薄数据精确。钟是当时上层统治者地位和权力的象征，因而诸侯僭越，都不惜劳民伤财，花费极大的人力、物力进行铸造，以享其乐。吕布韦等即批评曰："今天下弥衰，圣王之道废绝，世主多盛其欢乐，大其钟鼓，侈其台榭苑囿，以夺人财，轻用民死。"⑥ 其时的合瓦式钟，不仅音色优美、音律精确，并且能发出高低不同相差大小三度的双音，敲击正鼓，发出第一基音，敲击侧鼓（周时常在侧鼓处增饰一小鸟或其他花纹标明敲击的位置）发出第二基音，同时还能发出泛音，表现力大大增强。编钟以及编磬是此时乐器最突出的成就。编钟已由最初的3个钟一套发展为5个钟一套，乃至8个、9个或10余个钟一套。一套编钟可构成完整的五声音阶、六声音阶或七声音阶，奏出响亮悠远的旋律，显示了其不断

① （元）刘瑾：《诗传通释》卷十六《诗·朱子集传·大雅三·灵台》引"埤雅曰夏小正云"，文渊阁《四库全书》本。

② （汉）郑玄注，（唐）贾公彦疏：《周礼注疏》卷十二《鼓人》之郑玄注，（清）阮元校刻《十三经注疏》，中华书局1980年影印，第702页。

③ （汉）郑玄注，（唐）孔颖达等正义：《礼记正义》卷二十四《礼器》之孔颖达疏，（清）阮元校刻《十三经注疏》，中华书局1980年影印，第1441页。

④ 高亨：《诗经今注·甫田》之注，上海古籍出版社1980年版，第329页。

⑤ （汉）郑玄注，（唐）贾公彦疏：《周礼注疏》卷四十《冬官考工记》，（清）阮元校刻《十三经注疏》，中华书局1980年影印，第916页。

⑥ （战国）吕不韦等：《吕氏春秋》卷十三《听言·有始览第一》，《四部丛刊》初编本。

追求音响效果，艺术性明显增强的趋势。《大雅·灵台》"虡业维枞，贲鼓维镛。於论鼓钟，於乐辟廱"之钟，即为编钟。《小雅·鼓钟》"鼓钟将将""鼓钟喈喈""鼓钟钦钦"所传达的即编钟之新声。如磬，《诗经》中出现了五次，即《小雅·鼓钟》"鼓钟钦钦，鼓瑟鼓琴，笙磬同音"、《大雅·灵台》"虡业维枞，贲鼓维镛"、《周颂·执竞》"钟鼓喤喤，磬管将将"和《有瞽》"设业设虡①，崇牙树羽。应田县鼓，鞉磬柷圉"、《商颂·那》"既和且平，依我钟声"，皆为天子、诸侯等的礼仪用乐，可见周代统治者对其极为重视。因而，也得到了长足的发展，编磬音列日渐完备。《论语·宪问》记载孔子"击磬于卫"一事②，说明磬的音响表现力已很强，独奏即可传达心声。如笙，结构更为复杂合理，更富有表现力，不仅参与各种合奏，还进行独奏，产生了《南陔》《白华》《华黍》《由庚》《崇丘》《由仪》六首纯器乐曲。

3. 拨（或拉）弦乐器也已适于演奏多音的音阶。如《小雅·巧言》"巧言如簧"之"簧"，秦序考证这是"在出现笙这种较为复杂的多管簧乐器之前"存在的一种"以竹铁作，于口横鼓之"的"较简单的簧管乐器或振簧发音的乐器"。"先秦及汉晋，簧似乎是一种比较'高雅'的乐器，如《诗·王风·君子阳阳》中的'君子阳阳，左执簧，右招我由房'的'君子'使用簧。《小雅·鹿鸣》'我有嘉宾，鼓瑟吹笙，吹笙鼓簧，承筐是将'，看来也是贵族的作品。汉晋的文人雅士颇喜为之，如刘向《九叹》……：'愿假簧以舒忧兮，老纤郁其难释'以及前述的蔡邕、陆云等。假托班固所撰的《汉武内传》的'西王母命侍女许飞琼鼓震灵之簧'及《神仙传》的王遥，则是连神仙都爱鼓簧的。"③这里将花言巧语比作簧，说明簧已经能够发出多种美妙动人的乐音。

4. 在《诗经》涉及乐器的 31 首诗中，有 20 首不止出现一种乐器，具体说：有两种乐器的是《定之方中》《女曰鸡鸣》《车邻》《宛丘》《彤弓》《楚茨》《采芑》《白华》《何斯人》《板》10 首，有 3 种乐器的是《山有枢》1 首，有 4 种乐器的是《关雎》《鹿鸣》《甫田》《宾之初筵

---

① 高亨《诗经今注·灵台》注曰："虡，悬编钟编磬的木架。"（上海古籍出版社 1980 年版，第 394 页）

② （三国·魏）何晏集解，（宋）邢昺疏《论语注疏》卷十四："子击磬于卫，有荷蒉而过孔氏之门者，曰：'有心哉，击磬乎！'既而曰：鄙哉，硁硁乎！莫基知也，斯己而已矣。深则厉，浅则揭。'子曰：'果哉！末之难矣。"〔（清）阮元校刻：《十三经注疏》，中华书局 1980 年影印，第 2513 页〕

③ 秦序：《民族乐器口弦初探》，《音乐艺术》1981 年第 2 期。

《执竞》5 首，有 5 种乐器的是《那》1 首，有 6 种乐器的是《灵台》1 首，有 9 种乐器的是《鼓钟》1 首、有 10 种乐器的是《有瞽》1 首。《诗经》中大量存在的乐器组合现象，表明西周、春秋中叶，乐器主要是用于伴奏中的合奏的，琴、瑟、笙等虽然有时进行独奏，但还称不上纯粹的独奏乐器。当时的器乐合奏相当兴盛，如琴和瑟这两种具有流畅、细腻的表现性能的姊妹乐器的组合，既声韵和谐，又有所对比、互补，是一种颇为流行的形式。因此，二者曾 8 次同时出现在《诗经》的《关雎》《定之方中》《女曰鸡鸣》《鹿鸣》《常棣》《鼓钟》《甫田》等 7 首诗中，在《常棣》一诗中还生发出了 "妻子好合，如鼓琴瑟" 的比喻义。尤其在宫廷和上层社会中，乐器组合更为普遍，其最重要的形式就是兴起于西周的以鼓、编钟、编磬为主体的 "钟鼓之乐"。《小雅·鼓钟》描写的淮水边的大合奏，动用了编钟、鼛、南、磬、雅、笙、籥、琴、瑟等 9 种乐器，《周颂·有瞽》展示的周王在宗庙里享祭祖先的大合奏，亦集中了编钟、编磬、县鼓、鼗、田、应、柷、圉、箫、管等 10 种乐器。其乐器组合之规模可观，简直就像是在配备一个颇为庞大的民族乐队。

5. 《诗经》之《风》《雅》《颂》三部分，涉及乐器最多的是《雅》，计 18 种；而 9 国之《风》，只涉及 9 种；《颂》只涉及 11 种。《雅》中之所以出现大量的乐器，是因为：其一，无论《大雅》和《小雅》，大都是西周王畿（周文王定都于丰——今陕西鄠县东，周武王迁都于镐京——今陕西西安西南）的诗；极少数如《小雅》中的《大东》《都人士》等，似为东都（洛邑——今河南洛阳西）人士的作品。京畿，作为国家政治、经济、文化的中心，其乐器丰富多样，当是其他各地无法开比的，大量出现在诗中也应是情理中事。其二，二《雅》中的诗，来源复杂，它们或出自西周初期社会比较稳定、繁荣时期的朝廷官吏之手，或出自周王室日渐衰微、社会动荡不安时期的士大夫之手，或出自士阶层和少数劳动人民之手。这样，上自宫廷下及民间、近在京畿远至各诸侯国流行的乐器，都有可能反映到诗里来。其三，《雅》诗中有史诗、颂诗、宴饮诗、狩猎诗、农事诗、怨愤诗、讽刺诗、战争诗、人民疾苦诗、婚姻爱情诗等，内容丰富多彩，反映社会现实的深度和广度，也是《风》和《颂》望尘莫及的。

以上回避了前哲时贤已多有研究的乐器形制诸问题，谨就《诗经》中乐器的种类、分布情况加以考辩并略陈点滴鄙见。

第四章 《诗经》中的器乐演奏考论

前人对《诗经》中乐器的种类和形制多有研究，但很少具体论及《诗经》中的器乐演奏，这对于本来就是诗、乐、舞一体的《诗经》来说，不能不是一大缺憾。本章拟进一步就《诗经》中的器乐演奏予以探讨。

第一节 《风》《雅》《颂》涉及的器乐演奏

就《诗经》之文本而言，有目有诗的 305 首中，直接或间接涉及器乐演奏的总计 28 首，其中《风》9 首，《雅》15 首，《颂》4 首，兹依次列表如下：

《风》涉及器乐演奏一览表

《风》名	数量	篇名
周南	1	关雎
邶风	2	击鼓、简兮
卫风	1	考槃
王风	1	君子阳阳
郑风	1	女曰鸡鸣
唐风	1	山有枢
秦风	1	车邻
陈风	1	宛丘

《雅》涉及器乐演奏一览表

《雅》名	数量	篇名
小雅	12	鹿鸣、常棣、伐木、彤弓、采芑、巧言、何人斯、鼓钟、楚茨、甫田、宾之初筵、白华
大雅	3	灵台、绵、板

《颂》涉及器乐演奏一览表

《颂》名	数量	篇名
周颂	2	执竞、有瞽
鲁颂	1	有駜
商颂	1	那

第二节　一种乐器的演奏情况、特点及其分布

在《诗经》28 首有关器乐演奏的诗篇中，明言涉及 1 种乐器演奏的有 12 首，其分布情况和演奏乐器如下表：

《诗经》中一种乐器演奏情况一览表

部分名	首数	篇名	涉及乐器	
			数量	乐器名
风	7	邶风·击鼓、邶风·简兮、卫风·考槃、王风·君子阳阳、唐风·山有枢、秦风·车邻、陈风·宛丘	6	鼓、籥、槃、簧、瑟、缶
雅	4	小雅·伐木、小雅·采芑、小雅·巧言、大雅·绵	4	鼓、钲、簧、鼖鼓（依高亨之说）
颂	1	鲁颂·有駜	1	鼓

由表可知，在涉及 1 种乐器演奏的 12 首诗中，共出现了 8 种乐器，其中出现在《国风》中 6 种，出现在《雅》中 4 种，出现在《颂》中 1 种。这些乐器，不仅单独一器独奏或伴奏，有的还用同一乐器合奏。诗是这样描述 8 种乐器的：

一　单一乐器独奏或伴奏

鼓，最古老的民族乐器之一，被称之为乐器之父，出现在 5 首诗中。鼓因节奏感特强，单独演奏主要用于伴舞，使舞更加整齐优美。如《小雅·伐木》："坎坎鼓我，蹲蹲舞我。"《鲁颂·有駜》："鼓咽咽，醉言舞。"皆描述鼓在贵族官僚宴饮中伴随舞蹈演奏。在《陈风·宛丘》"坎其击鼓，宛丘之下。无冬无夏，值其鹭羽"中，鼓虽用于巫术，作为巫觋的传统乐器，但诗着意于描述的是其伴随女巫手持白鹭之羽起舞而击奏。此外鼓还用于军事，如《邶风·击鼓》："击鼓其镗，踊跃用兵。"用于公元前 720 年

卫国联合陈国和宋国侵略郑国的战争，以激励士气。这里展现了咚咚的战鼓中士兵们冲锋陷阵踊跃拼杀的场景。《小雅·采芑》："方叔涖止，其车三千，师干之试。方叔率止、钲人伐鼓，陈师鞠旅。……伐鼓渊渊，振旅阗阗。"用于周宣王之大臣方叔领兵征讨楚国，击鼓以振作士气、壮大声威。"渊渊""阗阗"，突出了震天的鼓声中兵势之威武众盛。钲，仅见于《小雅·采芑》，击钲以使士兵肃静。按，《采芑》虽涉及鼓和钲两种乐器，但因二者在军中的作用不同，仅只单独敲击而已。

瑟，出现在 2 首诗中：《唐风·山有枢》："子有酒食，何不日鼓瑟，且以喜乐，且以永日。"表述贵族们及时享乐的生活和心态。这体现了瑟在周代贵族心目中的崇高地位。此应是边歌唱边"鼓瑟"，即弦歌。

簧，出现在 3 首诗中：《王风·君子阳阳》："君子阳阳，左执簧，右招我由房。"用为"君子"伴舞。《小雅·巧言》："巧言如簧，颜之厚矣。"喻指花言巧语似簧般好听，这说明当时的簧已经能够发出多种美妙动人的乐音。因此，其在周代贵族心目中，有相当高的地位，经常出现在王公贵族乃至卿大夫的宴饮欢会中。

槃，《卫风·考槃》一诗中反复言及一位隐居山林的贤士"考槃在涧""考槃在阿""考槃在陆"。朱熹曾引陈氏之说曰："考，扣也。槃，器名。盖扣之以节歌，如鼓盆拊缶之为乐也。"[1] 高亨亦曰："考，扣也，敲也。槃，同盘，敲盘以歌。"[2] 可知，其用于伴唱。

缶，仅出现在《陈风·宛丘》中，与此首诗中的鼓一样，虽用于巫术，作为巫觋的传统乐器，但诗着意描述的是"坎其击缶"伴女巫手持白鹭羽所编成的道具而起舞。

鼛鼓，仅出现在《大雅·绵》中，"捄之陾陾，度之薨薨，筑之登登，削屡冯冯。百堵皆兴，鼛鼓弗胜"，描述了周之祖先亶父迁都于岐大兴土木时使用鼛鼓的情形，以激励干劲。"陾陾""薨薨""登登""冯冯"四个象声词，极尽人们在鼛鼓声中同心协力装土、填土、捣土、削镂砖木的声响，把震天的鼛鼓之声都压了下去了。（此依高亨之说，而毛亨传、郑玄笺、孔颖达疏等则谓鼛鼓为两种乐器。）

二　同种乐器合奏

《秦风·车邻》："既见君子，并坐鼓瑟。今者不乐，逝者其耋。""既

---

① （宋）朱熹：《诗集传》卷三《考槃》，中华书局 1958 年版，第 35 页。

② 高亨：《诗经今注·〈卫风·考槃〉》注［一］，上海古籍出版社 1980 年版，第 81 页。

见君子，并坐鼓簧。今者不乐，逝者其亡。"涉及两种同种乐器的合奏，即两人共同鼓瑟又共同鼓簧为乐，表达了贵族夫妇及时享乐的生活和心态。这种合奏，可能两人同奏一曲，也可能间奏互答。

《邶风·简兮》："简兮简兮，方将万舞。日之方中，在前上处。硕人俣俣，公庭万舞。有力如虎，执辔如组，左手执籥，右手秉翟，赫如渥赭。"描写万舞时舞师在卫君宫廷舞会上翩翩起舞的形象。万舞，舞名。此先是"有力如虎，执辔如组（丝织的宽带）"的武舞；继而是"左手执籥，右手秉翟（野鸡的尾羽）"的文舞。按有周的礼乐规定，诸侯宫廷的万舞，应为六佾，即 6 排，每排 6 人，共 36 人，可见，这里涉及的应是众多舞师"左手执籥"的合奏。

通过考察《诗经》对以上 8 种乐器的演奏和使用情况的描述，我们发现：

1. 在西周至春秋中叶，这一种乐器的演奏，除用于礼仪外（如《鲁颂·有駜》："鼓咽咽，醉言舞。"《王风·君子阳阳》："君子阳阳，左执簧，右招我由房。"《邶风·简兮》："硕人俣俣，公庭万舞。……左手执籥，右手秉翟，赫如渥赭。"《大雅·绵》中，"百堵皆兴，鼟鼓弗胜"《小雅·采芑》："方叔率止、钲人伐鼓，陈师鞠旅。"《邶风·击鼓》："击鼓其镗，踊跃用兵。"），还用于享乐自娱（如《唐风·山有枢》："子有酒食，何不日鼓瑟，且以喜乐，且以永日。"《卫风·考槃》："考槃在涧""考槃在阿""考槃在陆"。《秦风·车邻》："既见君子，并坐鼓瑟。今者不乐，逝者其耋。""既见君子，并坐鼓簧。今者不乐，逝者其亡。"），但演奏的享受和欣赏者，主要是诸侯、贵族、卿大夫以及士，而真正的平民百姓，几乎无从与焉（《陈风·宛丘》中击鼓、击缶者，乃是具有特殊身份的女巫）。艺术虽然是劳动人民创造的，而这时却仍垄断在统治者手中。

2. 这些器乐演奏除用于军事、大规模的劳役之外，大都是伴歌、伴舞。即如瑟，虽常用于自娱，显示了独奏的意向，但在西周至春秋中叶，"琴瑟必以歌诗"，[①] 即用于弦歌，边弹奏边歌唱。这说明当时的诗、乐、舞基本上还是融为一体的；尤其是诗与乐，仍密不可分。

3. 打击乐如鼓、缶等，富有节奏感，常用于伴舞，这既是巫术文化的遗存，也说明变化多端而又整饬严谨的击打之声乃是舞蹈乐感的基础。

4. 管弦（拨弦）等富有旋律的乐器，独奏之外，还有同种乐器灵活

---

① （晋）杜预注，（唐）孔颖达等正义：《春秋左传正义》卷二十九《襄公二年》孔颖达疏，（清）阮元校刻《十三经注疏》，中华书局 1980 年影印，第 1929 页。

自由的合奏。尤其是《邶风·简兮》涉及的籥合奏，众多乐器在舞蹈中齐鸣，必须整齐划一，音调一致，这既显示了乐器制作之精致、规范，又能体现演奏者技艺之纯熟、精到。

第三节 两种乐器的合奏情况、特点及其分布

在《诗经》28 首有关器乐演奏的诗篇中，涉及两种乐器合奏的有 10首，其分布情况和乐器组合如下表：

《诗经》中两种乐器合奏情况一览表

部分名	首数	篇名	组合乐器
风	3	周南·关雎、郑风·女曰鸡鸣、唐风·山有枢	琴瑟、钟鼓
雅	7	小雅·鹿鸣、小雅·常棣、小雅·彤弓、小雅·何人斯、小雅·楚茨、小雅·白华、大雅·板	琴瑟、钟鼓、埙篪、瑟笙、笙簧

由表可知，在涉及两种乐器合奏的 10 首诗中，共有 5 种合奏形式，其中出现在《风》中 2 种，出现在《雅》中 5 种。琴瑟、钟鼓、埙篪 3种合奏，在当时较为流行，诗是这样描述的：

钟鼓合奏，出现在 5 首诗中：《周南·关雎》"窈窕淑女，钟鼓乐之"所言钟鼓合奏，汉儒谓王室祭祀先王、先祖之乐（南宋之后或谓"君子"与"淑女"以钟鼓合奏为乐）。《唐风·山有枢》："子有钟鼓，弗鼓弗考。宛其死矣，他人是保。"劝告贵族们敲起钟鼓，及时行乐。《小雅·楚茨》是农业丰收后贵族祭祀祖先的乐歌。凌廷堪曰："《小雅·楚茨》凡六章，言王朝卿大夫之祭祀也。首章言黍稷为酒食之用，遂及正祭之妥侑也。二章言牲牢为鼎俎之用，遂及祭之享报也。三章言宾尸于堂之礼也。四章言尸嘏主人之礼也。五章言既祭而彻也。六章言既彻而燕也。"[①]其第五章"礼仪既备，钟鼓既戒。孝孙徂位，工祝致告。神具醉止，皇尸载起。鼓钟送尸，神保聿归"，谓钟鼓合奏用于祭祀中的送尸；[②] 第六

---

① （清）凌廷堪：《礼经释例·祭礼下》，《皇清经解》（卷 793）本。
② 尸，古代祭祀时代死者受祭的人。《公羊传·宣公八年》"祭之明日也"之汉代何休注："祭必有尸者，节神也。礼，天子以卿为尸，诸侯以大夫为尸，卿大夫以下以孙为尸。"〔（汉）何休注，（唐）徐彦疏：《春秋公羊传注疏》卷八，（清）阮元校刻《十三经注疏》，中华书局 1980 年影印，第 2280 页〕

章"乐具入奏，以绥后禄。尔殽既将，莫怨具庆。既醉既饱，小大稽首"，谓钟鼓合奏亦用于祭祀之后的宴饮。《小雅·彤弓》："钟鼓既设，一朝飨之。""钟鼓既设，一朝右之。""钟鼓既设，一朝酬之。"钟鼓合奏用于天子招待有功诸侯的宴饮。《小雅·白华》："鼓钟于宫，声闻于外。"则以周王宫中钟鼓之乐作比喻。按：鼓声深厚沉雄，富于节奏变化，激越与疏缓、欢乐与肃穆都可表现得淋漓尽致；钟声肃穆庄严，音律精密，音域宽广，音量宏大而富有穿透力。钟鼓合奏，荡气回肠，气势恢宏，能产生隆重庄严、至尊至高的功效，故曾被视为"大乐"或"王者之乐"，成为权力、地位、名分、等级的象征。以上各诗所言钟鼓合奏之享受者不出天子、诸侯、贵族，正反映了西周至春秋中叶的实情。

琴瑟合奏，出现在4首诗中：《周南·关雎》"窈窕淑女，琴瑟友之"所言琴瑟合奏，和钟鼓合奏一样，汉儒谓王室祭祀先王、先祖之乐（南宋之后或谓"君子"与"淑女"以琴瑟合奏为乐）。《郑风·女曰鸡鸣》："宜言饮酒，与子偕老。琴瑟在御，莫不静好。"并不是展示琴瑟技巧，而是士大夫阶层的一对夫妻通过琴瑟之声交流情意，安享生活的闲静和美。《小雅·鹿鸣》："我有嘉宾，鼓瑟鼓琴。鼓瑟鼓琴，和乐且湛。"是国君娱乐群臣嘉宾的。这悠扬和谐的琴瑟合奏，既陶情怡志，又渲染了宴会欢乐祥和的气氛。《小雅·常棣》是申述兄弟应互相友爱的诗，很明显，"妻子好合，如鼓瑟琴"是以琴瑟合奏比喻夫妻和谐好合。按：琴系弹弦乐器，从当时的张弦机制和制弦技术推测，发音应该较低，音域也较狭窄；而瑟，大者50弦，颂瑟25弦，小者亦有15弦，并有可移动的柱码将弦驾高，增大了张力，发音应该较高，音域相对较宽广。二者合奏，瑟奏主旋律，而琴则以深厚的低音应和，其声高低和谐、婉转幽妙、细润柔美，很富有表现力，因而在西周至春秋中叶，已由宫廷下移，开始广泛融入士阶层。"琴瑟"并言广泛地出现在先秦典籍中，即反映了这一状况。有人仅据《大雅》和《颂》无"琴瑟"字样，而断言那时琴瑟还未普遍，未免片面。其时，不仅"卿大夫听琴瑟未尝离于前，所以养正心而灭淫气也"[1]、士为"娱身""治民"而"无故不彻琴瑟"[2]，大多数礼仪乃至后妃侍奉君王的房中乐不可或缺，而且如以上诸诗所言，琴瑟合鸣已开始世俗化，尤其较普遍地融入贵族、士之夫妻独处的生活，并用以比

---

① （汉）刘向：《说苑》卷十九《修文》，《四部丛刊》初编本。
② （汉）郑玄注，（唐）孔颖达等正义：《礼记正义》卷四《曲礼》，（清）阮元校刻《十三经注疏》，中华书局1980年影印，第1259页。

喻夫妻关系的和谐、甜蜜。后世常见的比喻夫妇或朋友之间亲密融洽的"琴瑟和鸣""琴瑟和谐""和如琴瑟""琴瑟之好""琴瑟之欢"等词语，即源于琴瑟合奏。

埙篪合奏，出现在两首诗中：《小雅·何人斯》："伯氏吹埙，仲氏吹篪。"以埙篪相应，比喻兄弟亲密和睦。如刘瑾解释曰："伯仲，兄弟也。俱为王臣，则有兄弟之义矣。……'伯氏吹埙'而'仲氏吹篪'，言其心相亲爱而声相应和也。"①《大雅·板》："天之牖民，如埙如篪。"以埙篪相应，比喻"天"（统治者）诱导民众，上下和顺。如林岊解释曰："君之导民，即天之导民也；如埙如篪然，民必应君命如埙篪之相和。"② 按：埙篪这两种古老的乐器，以"其声质"③"中声之所出"④，被誉为"德音之音"⑤。"埙篪鸣自合"⑥，远在有周之前，古人已发现这两种乐器合奏极为和谐。关于埙篪和鸣，古人多所探究，或曰："土部有一：曰埙。其说以谓：释《诗》者以埙、篪异器而同声，然八音孰不同声，必以埙、篪为况？尝博询其音，盖八音取声相同者，惟埙、篪为然。埙、篪皆六孔而以五窍取声。十二律始于黄钟，终于应钟。二者，其窍尽合则为黄钟，其窍尽开则为应钟，馀乐不然。故惟埙、篪相应。"⑦ 或曰："旧说埙篪其窍尽合则为黄钟，其窍尽开则为应钟。今按唇有俯仰抑扬，气有疾徐轻重，一孔可具数音，则旋宫亦自足，不必某孔为某声也。"⑧ "埙篪皆活音，与群乐共奏，俯仰迁就，自能相合，而旧说指某孔为某律，亦非也。"⑨ 或曰："《书》称'八音克谐'，则八音相合无乖戾而不和者，古今乃独称埙篪，至比之为兄弟者何也？盖七音各自为五声，如玉磬，宫磬鸣而徵磬和；独埙篪则二器共为一事，如埙为宫而篪之徵和，埙为商而篪之羽和。……世传埙有大中小，篪亦有大中小，共为六，……盖大埙管黄钟、太簇，大篪管大吕、夹钟；中埙管姑洗、蕤

---

① （元）刘瑾：《诗传通释》卷十二《何人斯》，文渊阁《四库全书》本。
② （宋）林岊：《毛诗讲义》卷八，文渊阁《四库全书》本。
③ （汉）郑玄注，（唐）孔颖达等正义：《礼记正义》卷三十九《乐记》郑玄注，（清）阮元校刻《十三经注疏》，中华书局1980年影印，第1541页。
④ （宋）陈旸：《乐书》卷二十五《礼记训义·乐记》，文渊阁《四库全书》本。
⑤ （汉）郑玄注，（唐）孔颖达等正义：《礼记正义》卷三十九《乐记》，（清）阮元校刻《十三经注疏》，中华书局1980年影印，第1541页。
⑥ （唐）杜甫撰，（清）仇兆鳌详注：《杜诗详注》卷二十三《奉赠萧十二使君》，中华书局1979年版，第2503页。
⑦ （元）脱脱：《宋史》卷一百二十九《乐志·乐四》，中华书局1977年版，第3011页。
⑧ （明）朱载堉：《乐律全书》卷八《土音之属总序》，文渊阁《四库全书》本。
⑨ （明）朱载堉：《乐律全书》卷八《古埙考证》，文渊阁《四库全书》本。

宾，中篪管仲吕、林钟；小埙管夷则、无射，小篪管南吕、应钟，共为十二调。"① 或曰："《尔雅》：大埙谓之嘂，嘂则六孔交鸣而喧哗，沂（笔者按，指小篪）则一孔而其声清辨。或曰篪之为言啼也，或曰沂之为言悲也，岂其声自空而出若婴儿之悲啼然邪？……诗曰：'伯氏吹埙，仲氏吹篪。'又曰：'天之牖民，如埙如篪。'是埙篪异器而同乐，伯仲异体而同气，故诗人取以况焉。"② 以上所述《诗经》中的两处埙篪合奏，皆用作比喻，说明这一组合不仅在当时已被公认为和美合理，而且在社会生活中产生了广泛影响并扩展了词语的内涵，使之成为后世代指兄弟亲密无间的常用语。

西周至春秋中叶的两种乐器合奏，主要就是钟鼓、琴瑟、埙篪等，《诗经》全都涉及了。至于《鹿鸣》"我有嘉宾，鼓瑟吹笙。吹笙鼓簧，承筐是将"所提及的宴请嘉宾时的"瑟笙""笙簧"合奏，则颇为少见。通过以上涉及两种乐器合奏的 10 首诗的考察，可知这类小型合奏除主要用于天子、诸侯、贵族们举行的礼仪外（如《小雅·楚茨》："礼仪既备，钟鼓既戒""鼓钟送尸，神保聿归"。《小雅·彤弓》："钟鼓既设，一朝飨之""钟鼓既设，一朝右之""钟鼓既设，一朝酬之"。《小雅·鹿鸣》："我有嘉宾，鼓瑟鼓琴。鼓瑟鼓琴，和乐且湛。"），有时也用于贵族士大夫阶层的享受娱乐（如《小雅·常棣》："妻子好合，如鼓瑟琴。兄弟既翕，和乐且湛。"《唐风·山有枢》："子有钟鼓，弗鼓弗考。宛其死矣，他人是保。"《郑风·女曰鸡鸣》："宜言饮酒，与子偕老。琴瑟在御，莫不静好。"）。其组合、演奏方式也比较随意。如《小雅·鹿鸣》描写娱乐群臣嘉宾的宴饮用乐"我有嘉宾，鼓瑟吹笙。吹笙鼓簧，承筐是将""我有嘉宾，鼓瑟鼓琴。鼓瑟鼓琴，和乐且湛"，即涉及瑟笙、笙簧、琴瑟三种合奏。

第四节 两种以上乐器的大合奏情况、特点及其分布

两种以上的乐器大合奏，《诗经》中仅出现了 4 种乐器、5 种乐器、6 种乐器、9 种乐器、10 种乐器合奏的五种形式，涉及 7 首诗，兹列表如下：

---

① （明）韩邦奇：《苑洛志乐》卷十《埙篪》，文渊阁《四库全书》本。
② （宋）陈旸：《乐书》卷一百二十二《乐图论·雅部·小篪》，文渊阁《四库全书》本。

《诗经》中两种以上乐器合奏情况一览表

乐器数目	乐器名	篇名
4	琴、瑟、击、鼓	小雅·甫田
	鼓、钟、笙、簧	小雅·宾之初筵
	鼓、钟、磬、筦(管)	周颂·执竞
5	鼓、鼗鼓、磬、管、庸	商颂·那
6	鼓、贲鼓、鼍鼓、编钟、编磬、镛	大雅·灵台
9	钟、磬、琴、瑟、南、磬、雅、笙、簧	小雅·鼓钟
10	编钟、编磬、应、田、县鼓、鼗、柷、圉、箫、管	周颂·有瞽

由上可知，《诗经》中出现的 4 种、5 种、6 种、9 种、10 种乐器的组合演奏，都是"钟鼓之乐"（又称"庙尊之乐""金石之音""金石之乐"等）。这种"钟鼓之乐"，是先秦宫廷之乐的代表。其经历夏、商两代，迄西周至春秋时则迎来了发展的黄金时期，成为雅乐的主体。其乐以钟、编钟、磬、编磬、镛、庸、鼓、鼗鼓、贲鼓、鼍鼓、县鼓、磬、应、田、击、南、雅、柷、圉等打击乐器为主，笙、簧、管（筦）、箫等吹管乐器次之，弹弦乐器琴、瑟则相对较少。各种乐器性能不一，在合奏中承担的任务也不同。秦序曰："早期编钟编磬，只有有限的几个阶名，故主要用来引导推动音乐行进，同时演奏乐曲骨干音以加强旋律，在节奏上发挥作用。丝竹之乐则主要配合歌咏，承担旋律的演奏。至于鼓和柷、敔等革木类乐器，则控制整个演出的节奏节拍。"[①] "钟鼓之乐"主要用于天子、诸侯、贵族、卿大夫们祭祀祖先、天地和朝贺、燕飨等。《诗经》中的"钟鼓之乐"，功用即全在于此。如《小雅·宾之初筵》："钟鼓既设，举酬逸逸。""簧舞笙鼓，乐既和奏。"就是描写周天子举行大射仪用乐。下面将要分析的《大雅·灵台》亦是天子以"钟鼓之乐"用于庆典的。尤其是敬神祭祖，几乎都是用"钟鼓之乐"。以上表格涉及的两种以上乐器大合奏的 7 篇乐章中，就有 4 篇是明言敬神祭祖的。如：《小雅·甫田》："以我齐明，与我牺羊，以社以方。我田既臧，农夫之庆。琴瑟击鼓，以御田祖，以祈甘雨，以介我稷黍，以谷我士女。"是写农奴主以"钟鼓之乐"祭祀农神（田祖）和土神（社）、四方之神（方），祈求风调雨顺、庆祝丰收的。《周颂·执竞》："执竞武王，无竞维烈，不显成

---

① 秦序：《西周器乐及乐器发展概况》，李心峰主编《中华艺术通史（夏商周卷）》第三章第二节，北京师范大学出版社 2006 年版，第 130 页。

康，上帝是皇。自彼成康，奄有四方，斤斤其明。钟鼓喤喤，磬筦将将。降福穰穰，降福简简。威仪反反。既醉既饱，福禄来反。"是写周天子以"钟鼓之乐"享祭武王、成王、康王的。下面将要分析的《商颂·那》、《周颂·有瞽》都是以"钟鼓之乐"祭祖的。周人如此特别重视敬神祭祖仪式中用乐，是出于当时实用性的宗教音乐观，笃信乐声是沟通人和神灵、人和祖宗的关系的重要媒介，是向神灵、祖宗表达思想感情和意图的必要手段。很明显，这在某种程度上承续了"商人尊鬼尚声"，"声者，所以诏告于天地之间。声召风，风召气，气召神"的观念。① 总之，"钟鼓之乐"是一种宫廷或庙堂音乐。春秋伊始，其虽然成为礼乐僭越的重要方面，逐渐下移于诸侯、卿大夫乃至家臣之所，但至春秋中业，还仅盛行于上层社会，一般人是享受不到的。《诗经》的时代，是典型的贵族宗法制时代，等级森严，"钟鼓之乐"的使用也是分等次的，贵族内部不同等级、地位的人，使用的乐器种类、数量、材质、配置以及演出场合、乐队规模、演奏曲目、舞蹈人数等都有不同的规定，严禁僭越。如："大尝禘，升歌《清庙》，下而管《象》，朱干玉戚以舞《大武》，八佾以舞《大夏》，此天子之乐也。"② "《三夏》，天子所享元侯也。……《文王》，两君相见之乐也。"③ 悬挂于笋虡之钟磬等乐器的使用和安置则"王宫县（按，悬挂于东、西、南、北四面），诸侯轩县（按，悬挂于东、西、北三面），卿、大夫判县（按，悬挂于东、西二面），士特县（按，悬挂于东或阶间一面）"④。"凡射，王奏《驺虞》，诸侯奏《狸首》、卿大夫奏《采蘋》，士奏《采蘩》。"⑤ 万舞，"天子用八（按，指八佾，即8排，每排8人，共64人），诸侯用六（按，即6排，每排6人，共36人），大夫四（按，即4排，每排4人，共16人），士二（按，即2排，每排2人，共4人）"。⑥ 其演奏庄严雍容，多与歌舞配合，子夏曾对魏文侯描绘说：

① （清）方玉润：《诗经原始》卷十八引陈际泰语，中华书局1986年版，第645页。

② （汉）郑玄注，（唐）孔颖达等正义：《礼记正义》卷四十九《祭统》，（清）阮元校刻《十三经注疏》，中华书局1980年影印，第1607页。

③ （晋）杜预注，（唐）孔颖达等正义：《春秋左传正义》卷二十九《襄公四年》，（清）阮元校刻《十三经注疏》，中华书局1980年影印，第1932页。

④ （汉）郑玄注，（唐）贾公彦疏：《周礼注疏》卷二十三《春官宗伯·小胥》，（清）阮元校刻《十三经注疏》，中华书局1980年影印，第795页。

⑤ （汉）郑玄注，（唐）贾公彦疏：《周礼注疏》卷二十四《春官宗伯·钟师》，（清）阮元校刻《十三经注疏》，中华书局1980年影印，第800页。

⑥ （晋）杜预注，（唐）孔颖达等正义：《春秋左传正义》卷三《隐公五年》，（清）阮元校刻《十三经注疏》，中华书局1980年影印，第1727—1728页。

"今夫古乐，进旅退旅，和正以广，弦匏笙簧，会守拊鼓，始奏以文（郑玄注曰：'文谓鼓也，武谓金也。'），复乱以武，治乱以相，讯疾以雅。"①这就是说：先王之正乐（以钟鼓之乐为主）的演奏，舞者俱进俱退，整齐如一；乐声和平纯正而且宽广舒缓。弦乐管乐，都依从搏拊与鼓的节奏。开始演奏时击鼓，进入高潮时敲钟。用"相"辅佐奏乐，乱得以理；用"雅"指挥动作，疾得以节。尤其是一些高层次或较高层次的"钟鼓之乐"，其规模之宏大，场面之隆重，气氛之庄严神秘，极为可观。诸如以下诸诗所描述的：

《大雅·灵台》是"叙写周王建筑灵台和他游观灵囿灵沼，在辟雍奏乐自娱的情况"的乐章。②《毛诗序》曰："《灵台》，民始附也。文王受命，而民乐其有灵德，以及鸟兽昆虫焉。"③《孟子·梁惠王章句上》曰："文王以民力为台为沼，而民欢乐之。谓其台曰灵台，谓其沼曰灵沼，乐其有麋鹿鱼鳖。古之人与民偕乐，故能乐也。"④ 其第四章和第五章描写的周天子在辟雍（周王朝为贵族子弟设立的大学）大飨而庆祝灵台建成并行养老之礼的器乐，是典型的天子所享的钟鼓之乐：

> 虡业维枞，贲鼓维镛。於论鼓钟，於乐辟雍。
>
> 於论鼓钟，於乐辟雍。鼍鼓逢逢，蒙瞍奏公。

这钟鼓之乐，合奏者主要是大型的打击乐器编钟、编磬、镛、鼓、贲鼓、鼍鼓等。孔颖达疏曰："使人设植者之虡、横者之枸，上加大版而捷业然。又有崇牙，其饰维枞然。于此虡业之上，悬贲之大鼓，及维镛之大钟，然后使人击之，观其和否。于是思念鼓钟，使之和谐。于是作乐在此辟雍宫中。"⑤ 由此可以想见，其参演者众多，规模宏大，气势磅礴，乐声庄重而雍容、节奏舒缓而和谐。

《商颂·那》是周代宋国的作品。《毛诗序》曰："祭成汤也。"孔颖

① （汉）郑玄注，（唐）孔颖达等正义：《礼记正义》卷三十八《乐记》，（清）阮元校刻《十三经注疏》，中华书局 1980 年影印，第 1538 页。
② 高亨：《诗经今注》，上海古籍出版社 1980 年版，第 393 页。
③ （汉）毛亨传，（汉）郑玄笺，（唐）孔颖达等正义：《毛诗正义》卷十六之五，（清）阮元校刻《十三经注疏》，中华书局 1980 年影印，第 524 页。
④ （汉）赵岐注，（宋）孙奭疏：《孟子注疏》卷一上，（清）阮元校刻《十三经注疏》，中华书局 1980 年影印，第 2665—2666 页。
⑤ （汉）毛亨传，（汉）郑玄笺，（唐）孔颖达等正义：《毛诗正义》卷十六之五，（清）阮元校刻《十三经注疏》，中华书局 1980 年影印，第 525 页。

达疏曰:"那之诗者,祀成汤之乐歌也。成汤创业垂统,制礼作乐,及其崩也,后世以时祀之,诗人述其功业,而作此歌也。"① 苏辙曰:"'商人尚声,臭味未成,涤荡其声,乐三阕,然后出迎牲。'故其祀成汤也,取其所植鼗鼓而奏之,以作乐,以乐其烈祖成汤,乐奏而汤孙至。"② 万时华曰:"商人尚声,故盛称其乐。一章臭味未成,涤荡先举时也;二章乐三阕,乃出迎牲时也;三章钟鼓交作,九献既终时也;末二章复言祭意之远,而以气类异之也。始祭以鼗鼓,当祭以鼗鼓,以管,以磬,祭成以庸鼓、万舞,亦互言之也。"③ 方玉润曰:"诗虽祀汤,而不言汤之功德,独举鼗鼓管磬庸鼓之声与《万舞》之奕者,则又何故?说者谓商人尚声,声之盛是德之盛也。汤之功德,自有《大濩》之乐,此所谓声,即《大濩》之声耳。……全诗辞意与周之《有瞽》备举诸乐以成文者,亦复相类。第彼以作乐合祖,'永观厥成',是乐之终;此以声音韶神,冀其来享,是乐之始。"④ 成汤,即商朝开国君祖商汤(?-约前1588),名履,又名天乙,河南商丘人,宋国君主即其后代。如《礼记·郊特牲》所谓"殷人尚声,臭味未成,涤荡其声,乐三阕,然后出迎牲。声音之号,所以昭告于天地之间也"⑤,再根据以上诸人的阐说,则商代祭祀是先奏乐然后出迎牲的,此乐章正反映了这一礼俗。其开始6句:

> 猗与那与,置我鼗鼓。奏鼓简简,衎我烈祖。汤孙奏假,绥我
> 思成。

即表明这是宋国国君(汤孙)祭祀祖先(烈祖)的乐歌,"猗与""那与"两个赞美词,渲染出气氛的热烈与场面的盛大。接下来10句,就是祭祀用乐:

> 鼗鼓渊渊,嘒嘒管声。既和且平,依我磬声。於赫汤孙,穆穆厥
> 声。庸鼓有斁,万舞有奕。我有嘉客,亦不夷怿。

---

① (汉)毛亨传,(汉)郑玄笺,(唐)孔颖达等正义:《毛诗正义》卷二十之三,(清)阮元校刻《十三经注疏》,中华书局1980年影印,第620页。
② (宋)苏辙:《诗集传》卷十九,文渊阁《四库全书》本。
③ (明)万时华:《诗经偶笺》卷十三,《续修四库全书》本。
④ (清)方玉润:《诗经原始》卷十八,中华书局1986年版,第644页。
⑤ (汉)郑玄注,(唐)孔颖达等正义:《礼记正义》卷二十六,(清)阮元校刻《十三经注疏》,中华书局1980年影印,第1457页。

这里以拟声叠字"渊渊""嘒嘒"描写鼗鼓的摇击声、管乐的吹奏声，伴随着玉磬的节奏高下疾徐，抑扬有致，和谐而又齐平。而庸与诸鼓则伴随翩翩翼翼从容舒展的万舞齐鸣，场面盛大庄重，主客无不欢愉尽情。对此，孔颖达疏曰："又述祭时之乐，其鼗鼓之声渊渊而和也；嘒嘒然而清烈者，是其管籥之声。诸乐之音既以和谐，且复齐平，不相夺伦，又依倚我玉磬之声，与之和合。以其乐音和谐，更复叹美成汤。於乎！赫然盛矣者，乃汤之为人之子孙也。穆穆然而美者，其乐之音声。大钟之镛与所植之鼓有斁然而盛，执其干戈为万舞者有奕然而闲习，言其用乐之得宜也。于此之时，有王者之后及诸侯来助汤祭，我有嘉善之宾客矣。其助祭也，岂亦不夷悦而怿乐乎！"① 这应是高规格的王者之乐了。

《周颂·有瞽》，《毛诗序》曰："始作乐而合乎祖也。"郑玄笺曰："王者治定制礼，功成作乐。合者，大合诸乐而奏之。"孔颖达疏曰："《有瞽》诗者，始作乐而合于太祖之乐歌也。谓周公摄政六年，制礼作乐，一代之乐功成，而合诸乐器于太祖之庙，奏之，告神以知善否。诗人述其事而为此歌焉。经皆言合诸乐器奏之事也。言合于太祖，则特告太祖，不因祭祀，则不告馀庙。以乐初成，故于最尊之庙奏之耳。"② 而高亨则曰："这篇是周王大合乐于宗庙所唱的乐歌。大合乐于宗庙是把各种乐器会合一起奏给祖先听，为祖先开个盛大的音乐会。周王和群臣也来听。据《礼记·月令》，每年三月举行一次。"③ 笔者认为高亨之说更切合实际。此诗即具体详细地描述了这一仪式中大合乐的全过程及其盛况：

> 有瞽有瞽，在周之庭。

诗落笔即交待了周天子将乐官（瞽）招集于宗庙准备演奏之事。陈旸释之曰："《周官》：瞽蒙之职，上瞽四十人，中瞽百人，下瞽百六十人。则其言'有瞽有瞽'，兼上、中、下瞽而言之也。"④ 这说明，其参加演奏的

---

① （汉）毛亨传，（汉）郑玄笺，（唐）孔颖达等正义：《毛诗正义》卷二十之三《那》，（清）阮元校刻《十三经注疏》，中华书局1980年影印，第621页。

② （汉）毛亨传，（汉）郑玄笺，（唐）孔颖达等正义：《毛诗正义》卷十九之三《有瞽》，（清）阮元校刻《十三经注疏》，中华书局1980年影印，第594页。

③ 高亨：《诗经今注》，上海古籍出版社1980年版，第490页。《礼记·月令》曰：季春之月，"是月之末，择吉日大合乐，天子乃率三公、九卿、诸侯、大夫、亲往视之"。[（汉）郑玄注，（唐）孔颖达等正义：《礼记正义》卷十五，（清）阮元校刻《十三经注疏》，中华书局1980年影印，第1364页]

④ （宋）陈旸：《乐书》卷七十《诗训义·周颂·有瞽》，文渊阁《四库全书》本。

乐官众多,阵容非常盛大。紧接 4 句:

> 设业设虡,崇牙树羽。应田县鼓,鼗磬柷圉。

详细地记叙了开演前协助瞽之视瞭(据《周礼·春官》知有"视瞭三百人")陈设悬鼓的木架(业)和编钟、编磬的木架(虡)、在木架横木上的崇牙上装饰五彩羽毛等紧张而又井然有序的准备工作,并不厌其详地列举安放的各种乐器,仅鼓就有应、田、悬鼓、鼗 4 种。这番铺陈,进一步突显出了仪式的隆重庄严,使人预感到开幕的大合乐将是不同凡响、极为壮观的。继而 4 句:

> 既备乃奏,箫管备举。喤喤厥声,肃雝和鸣……

描写演奏情景:已陈设好的各种打击乐器和乐官随身携带的箫、管等吹管乐器齐奏和鸣,多种音色交织在一起,声音宏亮悠扬(喤喤)、庄严雍容而又整齐和谐(肃雝)。最后 2 句:

> 我客戾止,永观厥成。

以听者自始至终陶醉于乐声中,烘托这场器乐合奏艺术之精妙动人。

《小雅·鼓钟》写淮水边一场乐奏及对"淑人君子"的思念。关于此诗,或云:"刺幽王也。"[①] "幽王鼓钟淮水之上,为流连之乐,久而忘反。闻者忧伤,而思古之君子不能忘也。"[②] 或云:"昭王时,《鼓钟》之诗所为作。盖昭王南巡至汉,故疑其为昭王也。"[③] 或云:"大率淮夷叛服不常,当是前此既服至此又骚,将帅经理者,合乐临戎,以此夸耀下国而慑服夷心。识者忧其不可,故以美辞晓将帅尔。"[④] 尽管诗产生的时间和意图难以论定,但就其文本对乐奏的盛赞而言,则充分显示这是一场名副其实的高层次的"钟鼓之乐",大有"王者之乐"的气象。全诗共四章,从第一章的"鼓钟将将"、第二章的"鼓钟喈喈",到第三章的"鼓钟伐鼛",直至第四章乐终合乐:

---

① (汉)毛亨:《毛诗》卷十三《诗序》,《四部丛刊》初编本。
② (宋)朱熹:《诗集传》卷十三引王氏说,中华书局 1958 年版,第 152 页。
③ (宋)戴溪:《续吕氏家塾读诗记》卷二引郑氏语,文渊阁《四库全书》本。
④ (宋)王质:《诗总闻》卷十三《鼓钟》,文渊阁《四库全书》本。

鼓钟钦钦，鼓瑟鼓琴，笙磬同音。以雅以南，以籥不僭。

这里锵锵然坚刚的钟声（应为大型的编钟，"将将""嘒嘒""钦钦"当形容其旋律）、咚咚然促急的鼛鼓声（丈二长的大鼓，一"伐"字，突显出其演奏的声势）、清亮纯净的磬声、典雅柔婉的琴瑟声、和美悦耳的笙籥声，以及希见罕闻的雅与南声，打击乐、吹奏乐、弹弦乐三者和谐地交织在一起；加之"淮水汤汤""淮水湝湝""淮有三洲"的宏阔背景作陪衬、渲染，其场面之壮观，气势之非凡，令人叹为观止。而演奏引发的作者深沉、绵远的忧思和感喟，更反映了这一"钟鼓之乐"强烈的艺术感染力。正如刘向所言："钟声铿，铿以立号，号以立横，横以立武，君子听钟声则思武臣；石声磬，磬以立辩，辩以致死，君子听磬声则思死封疆之臣；丝声哀，哀以立廉，廉以立志，君子听琴瑟之声则思志义之臣；竹声滥，滥以立会，会以聚众，君子听竽笙箫管之声则思畜聚之臣；鼓鼙之声欢，欢以立动，动以进众，君子听鼓鼙之声则思将帅之臣。君子之听音，非听其铿锵而已，彼亦有所合之也。"①

《大雅·灵台》《商颂·那》《周颂·有瞽》《小雅·鼓钟》描述的器乐大合奏，代表了当时器乐发展的最高水平，可以说早在西周至春秋中叶我国就已经出现了颇具规模的大型民族乐队。

---

① （汉）刘向：《说苑》卷十九《修文》，《四部丛刊》初编本。

第五章 《诗经》中的器乐应用考论

　　器乐在西周初年至春秋中期已有着广泛的应用，这在《诗经》诸诗中多有言及。《诗经》所反映的器乐应用，主要分为两类：一、用于礼仪。周代礼仪繁缛复杂，《礼记·礼器》曰："经礼三百，曲礼三千。"① 这些礼仪，按东汉郑众的说法，大致可以归总为"吉、凶、宾、军、嘉"之"五礼"。② 郑玄之《礼记·月令》注曰："凡用乐必有礼，用礼则有不用乐者。"③ 五礼之中，凶礼为禁乐之礼，即所谓"凡日月食，四镇五岳崩，大傀异灾，诸侯薨，令去乐。大札、大凶、大灾、大臣死，凡国之大忧，令弛县。……大丧，莅廞乐器。及葬，藏乐器亦如之。"④ 特别是丧礼，不仅丧葬之时禁乐，而且规定直系亲属在三年守孝期间也必须禁乐。而吉、嘉、宾、军四礼，除嘉礼中婚礼⑤、士冠礼不用乐外⑥，皆有乐。二、用于娱乐及巫术。兹仅就其明言器乐应用之诸诗，予以分类考论。至于《秦风·墓门》第二章之"夫也不良，歌以讯之"、《小雅·车舝》第三章之"式歌且舞"、《大雅·卷阿》第十章之"矢诗不多，维以遂歌"等所言之"歌"，在《诗经》产生的时代，是必有瑟或琴相伴的。如《大雅·行苇》，"这是

---

① （汉）郑玄注，（唐）孔颖达等正义：《礼记正义》卷二十三，（清）阮元校刻《十三经注疏》，中华书局 1980 年影印，第 1435 页。

② （汉）郑玄注，（唐）贾公彦疏：《周礼注疏》卷十《地官司徒·大司徒》，（清）阮元校刻《十三经注疏》，中华书局 1980 年影印，第 708 页。

③ （汉）郑玄注，（唐）孔颖达等正义：《礼记正义》卷十七《月令》之郑玄注，（清）阮元校刻《十三经注疏》，中华书局 1980 年影印，第 1384 页。

④ （汉）郑玄注，（唐）贾公彦疏：《周礼注疏》卷二十二《春官宗伯·大司乐》，（清）阮元校刻《十三经注疏》，中华书局 1980 年影印，第 791 页。

⑤ （汉）郑玄注，（唐）孔颖达等正义《礼记正义》卷二十六《郊特牲》曰："昏礼不用乐，幽阴之义也；乐，阳气也。昏礼不贺，人之序也。"［（清）阮元校刻：《十三经注疏》，中华书局 1980 年影印，第 1456 页］（汉）郑玄注，（唐）孔颖达等正义《礼记正义》卷十八《曾子问》曰："孔子曰：'嫁女之家，三夜不息烛，思相离也；取妇之家，三日不举乐，思嗣亲也。'"［（清）阮元校刻：《十三经注疏》，中华书局 1980 年影印，第 1392 页］

⑥ 《仪礼·士冠礼》《礼记·冠义》皆无士冠礼用乐的记载。

一首描写贵族和兄弟宴会、较射、祭神、祈福的诗"①。其第四章谓宴饮时"或歌或咢",必然会有琴、瑟、鼓等器乐伴奏。毛亨传即曰:"歌者,比于琴瑟也。徒击鼓曰咢。"② 孔颖达正义亦曰:"酒殽既备,又作乐助欢。于是时,或比于琴瑟而歌,或徒击鼓而咢。""经传诸言歌者,皆以弦和之,故云'歌者,比于琴瑟'。'徒击鼓曰咢',《释乐》文。"③ 但这仅仅是间接涉及器乐而已,并未明言之,故皆从略。

第一节　器乐用于吉礼

吉礼,即祭祀之礼。古人祭祀旨在求得吉祥,故称。其乃西周五礼之冠,主要是祭祀天神(昊天上帝,日月星辰,司中、司命、雨师等)、地祇(社稷、五祀、五岳,山林川泽、四方百物等)、人鬼(先王、先祖等)。《周礼·春官宗伯·大宗伯》曰:"大宗伯之职,掌建邦之天神、人鬼、地祇之礼,以佐王建保邦国。以吉礼事邦国之鬼神祇:以禋祀祀昊天上帝,以实柴祀日、月、星、辰,以槱燎祀司中、司命、飏师、雨师,以血祭祭社稷、五祀、五岳,以狸沈祭山林川泽,以疈辜祭四方百物,以肆献祼享先王,以馈食享先王,以祠春享先王,以禴夏享先王,以尝秋享先王,以烝冬享先王。"④ 这些沟通人与天地神灵的仪式,是周代祭祀活动的总称。

审视《诗经》诸诗,言及器乐用于吉礼者,计有《小雅·甫田》《周南·关雎》《邶风·简兮》《小雅·楚茨》《周颂·执竞》《周颂·有瞽》《商颂·那》7首,涉及祭祀地祇和人鬼。

《小雅·甫田》之第二章:"以我齐明,与我牺羊,以社以方。"社,土神;方,四方之神。此谓仲秋丰收之后"祭祀土神和四方之神"。⑤ 故郑玄笺云:"以絜齐丰盛,与我纯色之羊,秋祭社与四方,为五谷成熟,

① 高亨:《诗经今注》,上海古籍出版社1980年版,第405页。
② (汉)毛亨传,(汉)郑玄笺,(唐)孔颖达等正义:《毛诗正义》卷十七之二,(清)阮元校刻《十三经注疏》,中华书局1980年影印,第534页。
③ 同上。
④ (汉)郑玄注,(唐)贾公彦疏:《周礼注疏》卷十八,(清)阮元校刻《十三经注疏》,中华书局1980年影印,第757—758页。
⑤ 高亨:《诗经今注》,上海古籍出版社1980年版,第329页。

报其功也。"① "琴瑟击鼓，以御田祖，以祈甘雨，以介我稷黍，以谷我士女。"则是回顾当年孟春之吉亥曾以"琴瑟击鼓"之乐迎接农神（田祖）而祭祀，祈祷年丰。② 故郑玄笺云："御，迎。介，助。谷，养也。设乐以迎祭先啬（笔者按，即先农，农神），谓郊后始耕也。以求甘雨，佑助我禾稼，我当以养士女也。《周礼》曰：'凡国祈年于田祖，吹《豳》雅，击土鼓，以乐田畯。'"③ 其仪式热烈非凡。

《诗经》除《小雅·甫田》明言祭祀地祇用"琴瑟击鼓"之乐外，尚有《邶风·简兮》兼及鼓乐祭山川（详见下文）；而明言祭祀人鬼用器乐者，则有6首，即：

《周南·关雎》言及祭祀先王、先祖时的琴瑟、钟鼓之乐。其第四章"参差荇菜，左右采之。窈窕淑女，琴瑟友之"和第五章"参差荇菜，左右芼之。窈窕淑女，钟鼓乐之"所谓采择的"荇菜"，即供于宗庙之祭。《礼记·祭统》曰："夫祭也者……水草之菹，陆产之醢，小物备矣。三牲之俎，八簋之实，美物备矣。昆虫之异，草木之实，阴阳之物备矣。凡天之所生，地之所长，苟可荐者，莫不咸在，示尽物也。"④ 故毛亨传曰："后妃有《关雎》之德，乃能共荇菜，备庶物，以事宗庙也。"⑤ 郑玄笺曰："共荇菜之时，乐必作。"⑥ "琴瑟在堂，钟鼓在庭，言共荇菜之时，上下之乐皆作，盛其礼也。"⑦ 唐孔颖达正义曰："四章'琴瑟友之'，卒章'钟鼓乐之'，皆谓祭时。故笺云：'共荇菜之时也。'"⑧ "琴瑟与钟鼓同为祭时，但此章言采之，故以琴瑟为友以韵之；卒章云芼，故以钟鼓为

① （汉）毛亨传，（汉）郑玄笺，（唐）孔颖达等正义：《毛诗正义》卷十四之一，（清）阮元校刻《十三经注疏》，中华书局1980年影印，第474页。
② （后晋）刘昫等《旧唐书》卷二十四《礼仪志四》："孟春吉亥，祭帝社于藉田，天子亲耕。……诸祭祀卜日，皆先卜上旬；不吉，次卜中旬、下旬。"（中华书局1975年版，第910页）（宋）李焘《续资治通鉴长编》卷六十七《真宗》载景德四年十二月庚戌孙奭曰："先儒皆云：元日即上辛，郊天也；元辰谓郊后吉亥，享先农而耕籍也。《六典》、《礼阁新仪》，并先云上辛祀昊天，次云吉亥享先农。"（上海古籍出版社1986年版，第588页）
③ （汉）毛亨传，（汉）郑玄笺，（唐）孔颖达等正义：《毛诗正义》卷十四之一，（清）阮元校刻《十三经注疏》，中华书局1980年影印，第474页。
④ （汉）郑玄注，（唐）孔颖达等正义：《礼记正义》卷四十九，（清）阮元校刻《十三经注疏》，中华书局1980年影印，第1603页。
⑤ （汉）毛亨传，（汉）郑玄笺，（唐）孔颖达等正义：《毛诗正义》卷一之一，（清）阮元校刻《十三经注疏》，中华书局1980年影印，第273页。
⑥ 同上书，第274页。
⑦ 同上。
⑧ 同上。

乐以韵之，俱祭时所用，而分为二等耳。此笺'乐必作'，兼下钟鼓也。"① "此诗美后妃能化淑女，共乐其事，既得荇菜以祭宗庙，上下乐作，盛此淑女所共之礼也。乐虽主神，因共荇菜，归美淑女耳。"② 当然，自宋代疑古之风以来，关于此诗"琴瑟""钟鼓"之奏，亦盛行用于娱乐说，如南宋朱熹《诗集传》卷一谓其第五章曰："此窈窕之淑女，既得之，则当亲爱而娱乐之矣。盖此人此德，世不常有，幸而得之，则有以配君子而成内治，故其喜乐尊奉之意，不能自已，又如此云。"③ 尽管其说或可追溯至孔颖达正义《毛传》"宜以琴瑟友乐之"曰："此称后妃之意。后妃言己思此淑女，若来，己宜以琴瑟友而乐之。……下传曰'德盛者宜有钟鼓之乐'，与此章互言也。明淑女若来，琴瑟钟鼓并有，故此传并云'友乐之'，亦逆取下章之意也。……则此诗所言，思求淑女而未得也，若得，则设琴瑟钟鼓以乐此淑女。故孙毓述毛云：'思淑女之未得，以礼乐友乐之。'是思之而未致，乐为淑女设也。知非祭时设乐者，若在祭时，则乐为祭设，何言德盛？设女德不盛，岂祭无乐乎？又琴瑟乐神，何言友乐也？岂得以祭时之乐，友乐淑女乎？以此知毛意思淑女未得，假设之辞也。"④ 但笔者以为，《毛传》诂训，大抵本先秦学者意见，其后的娱乐之说，未必尽合编纂《诗经》的周代太师和乐官们的本义，以上所引"共荇菜，备庶物，以事宗庙"，足以为证。

《邶风·简兮》第一章"简兮简兮，方将万舞。日之方中，在前上处。硕人俣俣，公庭万舞"，言及伶官教国子万舞和在"公庭万舞"。其万舞，先是武舞，舞者手拿兵器；后是文舞，舞者手拿鸟羽和乐器。毛亨传："以干羽为万舞，用之宗庙、山川。"⑤ 高亨《诗经今注》曰："简，鼓声。《商颂·那》：'奏鼓简简。'开舞前先击鼓。"⑥ 第二章之"左手执籥，右手秉翟"二句，指籥舞。籥舞，谓文舞，即吹籥而舞，舞时依照籥声为节拍。其应用于郊庙祭祀。《诗·小雅·宾之初筵》："籥舞笙鼓，乐既和奏。"毛亨传曰："秉籥而舞，与笙鼓

① （汉）毛亨传，（汉）郑玄笺，（唐）孔颖达等正义：《毛诗正义》卷一之一，（清）阮元校刻《十三经注疏》，中华书局1980年影印，第274页。

② 同上。

③ （宋）朱熹：《诗集传》，中华书局1958年版，第2页。

④ （汉）毛亨传，（汉）郑玄笺，（唐）孔颖达等正义：《毛诗正义》卷一之一，（清）阮元校刻《十三经注疏》，中华书局1980年影印，第274页。

⑤ （汉）毛亨传，（汉）郑玄笺，（唐）孔颖达等正义：《毛诗正义》卷二之三，（清）阮元校刻《十三经注疏》，中华书局1980年影印，第308页。

⑥ 高亨：《诗经今注》，上海古籍出版社1980年版，第55页。

相应。"①《公羊传·宣公八年》："籥者何？籥舞也。"何休注："籥，所吹以节舞也，吹籥而舞文乐之长。"②

《小雅·楚茨》共六章，是丰收后祭祀祖先的乐歌，歌咏了礼仪的全过程。孔颖达正义曰："首章言酒食，二章言牛羊，三章言俎豆燔炙，四章言神嗜饮食，共论一祭。""五章祭事既毕，告尸利成。卒章言于祭之末，与同族燕饮。六章共述祭事，而其文皆次。"③ 其第五章之"礼仪既备，钟鼓既戒"，则"谓击钟鼓以告戒庙中之人，言祭毕也"。④"鼓钟送尸，神保聿归"，则谓"鸣钟鼓以送尸，谓奏《肆夏》也"。⑤ 这正是《周礼·春官宗伯·大司乐》所说的"尸出入，则令奏《肆夏》"。⑥其第六章"乐具入奏，以绥后禄"，不仅明言祭祀最后，"诸父兄弟"饮食祭祖所馂之酒肉，即进行家庭宴饮（燕私）时，奏钟鼓之乐；而且显示祭祀过程中亦奏钟鼓之乐。故而郑玄笺曰："燕而祭时之乐复皆入奏，以安后日之福禄。"⑦ 孔颖达正义曰："以上章云'备言燕私'，故此即陈燕私之事。以祭时在庙，燕当在寝，故言祭时之乐皆复来入于寝而奏之，以安其从今以后之福禄。"⑧"案前文而言入奏，故知祭之乐复皆入也。燕、祭不得同乐，而云皆入者，歌咏虽异，乐器则同，故皆入也。"⑨

《周颂·执竞》，"祀武王也"。⑩ 孔颖达正义曰："《执竞》诗者，祀武王之乐歌也。谓周公、成王之时，既致太平，祀于武王之庙。时人以今

① （汉）毛亨传，（汉）郑玄笺，（唐）孔颖达等正义：《毛诗正义》卷十四之三，（清）阮元校刻《十三经注疏》，中华书局1980年影印，第485页。
② （汉）何休注，（唐）徐彦疏：《春秋公羊传注疏》卷十五，（清）阮元校刻《十三经注疏》，中华书局1980年影印，第2281页。
③ （汉）毛亨传，（汉）郑玄笺，（唐）孔颖达等正义：《毛诗正义》卷十三之二，（清）阮元校刻《十三经注疏》，中华书局1980年影印，第467页。
④ （汉）毛亨传，（汉）郑玄笺，（唐）孔颖达等正义：《毛诗正义》卷十三之二，孔颖达正义，（清）阮元校刻《十三经注疏》，中华书局1980年影印，第469页。
⑤ 同上。
⑥ （汉）郑玄注，（唐）贾公彦疏：《周礼注疏》卷二十二，（清）阮元校刻《十三经注疏》，中华书局1980年影印，第790页。
⑦ （汉）毛亨传，（汉）郑玄笺，（唐）孔颖达等正义：《毛诗正义》卷十三之二，（清）阮元校刻《十三经注疏》，中华书局1980年影印，第470页。
⑧ 同上。
⑨ 同上。
⑩ （汉）毛亨传，（汉）郑玄笺，（唐）孔颖达等正义：《毛诗正义》卷十九之二《毛诗序》，（清）阮元校刻《十三经注疏》，中华书局1980年影印，第589页。

得太平，由武王所致，故因其祀，述其功，而为此歌焉。"① 其"钟鼓喤喤，磬筦将将"，乃形容祭祀之器乐之盛。郑玄笺即曰："武王既定天下，祭祖考之庙，奏乐而八音克谐……"② 孔颖达正义亦曰："武王之祭宗庙也，作钟鼓之乐，其声和乐喤喤然；奏磬管之音，其声合集锵锵然。"③

《周颂·有瞽》是周天子大合乐于宗庙的乐歌，其词集中描述了编钟、编磬、应、田、悬鼓、鼗、柷、圉、箫、管诸乐器大合奏宏亮而又和谐的盛况。孔颖达疏曰："毛以为，始作《大武》之乐，合于大庙之时，有此瞽人，有此瞽人，其作乐者，皆在周之庙廷矣。既有瞽人，又使人为之设其横者之业，又设其植者之虡，其上刻为崇牙，因树置五采之羽以为之饰。既有应之小鼓，又有田之大鼓，其鼓悬之虡业，为悬鼓也。又有鼗有磬，有柷有圉，皆视瞭设之于庭矣。既备具，乃使瞽人击而奏之。又有吹者，编竹之箫，并竹之管，已备举作之，喤喤然和集其声。此等诸声，皆恭敬和谐而鸣，不相夺理，先祖之神于是降而听之。于时我客二王之后，适来至止，与闻此乐，其音感之，长令多其成功。谓感于和乐，遂入善道也。此乐能感人神，为美之极，故述而歌之。"④《礼记·月令》曰：季春之月，"是月之末，择吉日大合乐，天子乃率三公、九卿、诸侯、大夫，亲往视之"。⑤ 可知，有周一代，每年三月天子都要在宗庙集合各种乐器演奏给祖先听。

《商颂·那》是商代成汤的子孙祭祀祖先的乐歌。《毛诗序》即曰："《那》，祀成汤也。"⑥ 孔颖达正义亦曰："《那》诗者，祀成汤之乐歌也。"⑦ 其"奏鼓简简，衎我烈祖。汤孙奏假，绥我思成。鼗鼓渊渊，嘒嘒管声。既和且平，依我磬声。於赫汤孙，穆穆厥声。庸鼓有斁，万舞有奕"12句，则集中描述了祭祀之乐的隆盛。郑玄笺曰："奏鼓，奏堂下之乐也。烈祖，汤也。汤孙，太甲也。假，升。绥，安也。以金奏堂下诸

① （汉）毛亨传，（汉）郑玄笺，（唐）孔颖达等正义：《毛诗正义》卷十九之二，（清）阮元校刻《十三经注疏》，中华书局1980年影印，第589页。
② 同上。
③ 同上。
④ （汉）毛亨传，（汉）郑玄笺，（唐）孔颖达等正义：《毛诗正义》卷十九之三《有瞽》，（清）阮元校刻《十三经注疏》，中华书局1980年影印，第595页。
⑤ （汉）郑玄注，（唐）孔颖达等正义：《礼记正义》卷十五，（清）阮元校刻《十三经注疏》，中华书局1980年影印，第1364页。
⑥ （汉）毛亨传，（汉）郑玄笺，（唐）孔颖达等正义：《毛诗正义》卷二十二之三，（清）阮元校刻《十三经注疏》，中华书局1980年影印，第620页。
⑦ 同上。

县，其声和大简简然，以乐我功烈之祖成汤。汤孙太甲又奏升堂之乐，弦歌之，乃安我心所思而成之。"①"磬，玉磬也。堂下诸县与诸管声皆和平不相夺伦，又与玉磬之声相依，亦谓和平也。""穆穆，美也。於，盛矣！汤孙，呼太甲也。此乐之美，其声钟鼓则戁戁然有次序，其干舞又闲习。"② 孔颖达正义曰："祭祀之礼有食有乐，此诗美成汤之祭先祖，不言酒食，唯论声乐，由其殷人尚声。"③

第二节 器乐用于嘉礼

嘉礼，系西周五礼之一，即人际交流、联络感情的礼仪，包括饮食、婚冠、宾射、飨宴、脤膰、贺庆等六类。《周礼·春官宗伯·大宗伯》曰："以嘉礼亲万民：以饮食之礼，亲宗族兄弟；以昏冠之礼，亲成男女；以宾射之礼，亲故旧朋友；以飨燕之礼，亲四方之宾客；以脤膰之礼，亲兄弟之国；以贺庆之礼，亲异姓之国。"④ 郑玄注："嘉，善也。所以因人心所善者而为之制。嘉礼之别有六。"⑤ 其礼仪主要有"乡饮酒礼""乡射礼""燕礼""大射仪""养老、优老礼""婚礼""士冠礼"等。所用之乐皆穿插于"婚礼""士冠礼"之外的各种礼仪的活动过程中。与吉礼之乐娱神不同，嘉礼音乐旨在娱人，因而，其内容多与当时的生活相关，颇具世俗化倾向，基调亦较为活泼、热烈，具有乡乐性质。

审视《诗经》诸诗，言及器乐用于嘉礼者，计有《王风·君子阳阳》、《小雅·鹿鸣》、《小雅·伐木》、《小雅·彤弓》、《小雅·宾之初筵》、《大雅·灵台》、《鲁颂·有駜》7首，涉及燕礼、射礼、养老之礼、宴会故旧亲朋、宴会兄弟等。

《王风·君子阳阳》第一章之"君子阳阳，左执簧，右诏我由房"，言及诸侯房中之乐的乐舞有簧。此之"簧"，解说不一：毛亨传曰："簧，

---

① （汉）毛亨传，（汉）郑玄笺，（唐）孔颖达等正义：《毛诗正义》卷二十之三，（清）阮元校刻《十三经注疏》，中华书局1980年影印，第620页。

② 同上。

③ 同上书，第621页。

④ （汉）郑玄注，（唐）贾公彦疏：《周礼注疏》卷十八，（清）阮元校刻《十三经注疏》，中华书局1980年影印，第760页。

⑤ 同上。

笙也。由，用也。国君有房中之乐。"① 郑玄笺曰："由，从也。君子禄仕在乐官，左手持笙，右手招我，欲使我从之于房中，俱在乐官也。我者，君子之友自谓也，时在位，有官职也。"② 孔颖达正义曰："簧者，笙管之中金薄鍱也。……笙必有簧，故以簧表笙。传以笙簧一器，故云'簧，笙也'。……此执笙招友，欲令在房，则其人作乐在房内矣，故知国君有房中之乐。"③ 高亨曰："簧，乐器名，疑是摇鼓，有柄可执，摇而鼓之。《秦风·车邻》：'并坐鼓簧。'《小雅·鹿鸣》：'吹笙鼓簧。'可证簧是可鼓的乐器。"④ 笔者则认同秦序所谓：簧是"在出现笙这种较为复杂的多管簧乐器之前"存在的一种"以竹铁作，于口横鼓之"的"较简单的簧管乐器或振簧发音的乐器"。⑤ 尽管如此，但各方都肯定"簧"作为乐器，用于房中之乐。房中之乐，用场不一，此则用之于诸侯的燕礼。

《小雅·鹿鸣》是首关于燕礼的诗。《毛诗序》曰："《鹿鸣》，燕群臣嘉宾也。既饮食之，又实币帛筐篚，以将其厚意，然后忠臣嘉宾，得尽其心矣。"⑥ 孔颖达正义曰："作《鹿鸣》诗者，燕群臣嘉宾也。言人君之于群臣嘉宾，既设飨以饮之，陈馔以食之，又实币帛于筐篚而酬侑之，以行其厚意，然后忠臣嘉宾佩荷恩德，皆得尽其忠诚之心以事上焉。"⑦ 其第一章之"我有嘉宾，鼓瑟吹笙。吹笙鼓簧，承筐是将"和第三章之"我有嘉宾，鼓瑟鼓琴。鼓瑟鼓琴，和乐且湛"，即明言燕礼所用器乐有笙、簧、琴、瑟等。明何楷《诗经世本古义》卷六《鹿鸣》曰："焘谓首章言'鼓瑟吹笙'，至此复言'鼓瑟鼓琴'者，盖旅酬将终，作无算乐之时也。"清顾镇《虞东学诗》卷六《鹿鸣》亦曰："二三章叠言'我有旨酒'者，彻俎之后脱履就席，君曰'无不醉也'。末章复言作乐，变笙言琴者，堂下之乐不作，独鼓琴瑟以尽宾主之欢。（《诗所》）盖至此，则爵行无算，乐亦无算也。"⑧

《小雅·伐木》是关于贵族宴会故旧亲朋的诗。其卒章之"坎坎鼓

---

① （汉）毛亨传，（汉）郑玄笺，（唐）孔颖达等正义：《毛诗正义》卷四之一，（清）阮元校刻《十三经注疏》，中华书局1980年影印，第331页。

② 同上。

③ 同上。

④ 高亨：《诗经今注》，上海古籍出版社1980年版，第98页。

⑤ 秦序：《民族乐器口弦初探》，《音乐艺术》1981年第2期。

⑥ （汉）毛亨传，（汉）郑玄笺，（唐）孔颖达等正义：《毛诗正义》卷九之二，（清）阮元校刻《十三经注疏》，中华书局1980年影印，第405页。

⑦ 同上。

⑧ （清）顾镇：《虞东学诗》，文渊阁《四库全书》本。

我，蹲蹲舞我"，明言宴会有击鼓之乐。郑玄笺曰："为我击鼓坎坎然，为我兴舞蹲蹲然，谓以乐乐己。"① 明何楷《诗经世本古义》卷六《伐木》曰："言'坎坎鼓我，蹲蹲舞我'，是无算乐。"

《小雅·彤弓》叙写"天子锡有功诸侯"②，并以飨燕招待他们。郑玄笺曰："诸侯敌王所忾而献其功，王飨礼之，于是赐彤弓一，彤矢百，旅弓矢千。"③ 孔颖达正义曰："作《彤弓》诗者，天子赐有功诸侯。诸侯有征伐之功，王以弓矢赐之也。经三章，上二句言诸侯受王彤弓，是赐之事，下四句言王设乐飨酬，而行飨，亦是赐之事，故云'锡'以兼之。"④ 其第一章之"钟鼓既设，一朝飨之"，谓飨燕有钟鼓之乐。飨，以隆重的礼仪宴请宾客；一朝，犹言就在这一天。其第二章之"钟鼓既设，一朝右之"，谓主人献宾时奏钟鼓之乐。右，通"侑"，劝酒食。其第三章之"钟鼓既设，一朝酬之"，谓主人酬宾时奏钟鼓之乐。"饮酒之礼，主人献宾，宾酢主人。主人又饮而酌宾，谓之酬。酬犹厚也，劝也。"⑤

《小雅·宾之初筵》，关乎射礼。但西周时的射礼，有大射、宾射、燕射、乡射之分：大射为天子祭祀之前于射宫选择诸侯、群臣及邦国所贡之士可以参与祭祀者之射，宾射为天子与来朝见的诸侯、故旧朋友于朝中行燕饮之射，燕射为天子、诸侯于寝中与群臣宴饮之射，乡射为周长于州序（州的学校）会民或乡大夫大比贡士之后与乡老、乡人于乡学之庠之射。此射为何？毛传说是"燕射"，郑玄笺则谓"大射"。故孔颖达正义反复曰："此经五章，毛以上二章陈古燕射之礼，次二章言今王燕之失。郑以上二章陈古大射行祭之事，次二章言今王祭末之燕。"⑥ "毛于首章传曰：'有燕射之礼。'二章传曰：'主人请射于宾。'则毛以上二章皆陈古者先行燕礼，后为燕射，无祭祀之事也。……郑以将祭而射谓之大射。大射之初，先行燕礼。首章上八句言射初饮燕之事，下六句言大射

---

① （汉）毛亨传，（汉）郑玄笺，（唐）孔颖达等正义：《毛诗正义》卷九之三，（清）阮元校刻《十三经注疏》，中华书局1980年影印，第411页。

② （汉）毛亨传，（汉）郑玄笺，（唐）孔颖达等正义：《毛诗正义》卷十之一《毛诗序》，（清）阮元校刻《十三经注疏》，中华书局1980年影印，第421页。

③ 同上。

④ 同上。

⑤ （汉）毛亨传，（汉）郑玄笺，（唐）孔颖达等正义：《毛诗正义》卷十之一，郑玄笺，（清）阮元校刻《十三经注疏》，中华书局1980年影印，第422页。

⑥ （汉）毛亨传，（汉）郑玄笺，（唐）孔颖达等正义：《毛诗正义》卷十四之三，（清）阮元校刻《十三经注疏》本，中华书局1980年影印，第484页。

之事。二章言作乐以祭,尽章皆说祭时之事。"① 审视其诗,郑笺更切合实际,因而笔者认同孔颖达正义所谓:"(郑笺)既言大射之礼,而毛以此为燕射,故破之云:'将祭而射,谓之大射。下章言"烝衎烈祖",其非祭乎?'既'烝衎烈祖',是为祭事,则此时祭为大射,明矣。"② 其第一章之"锺鼓既设,举酬逸逸",谓大射仪宾客升筵献酬之时,奏锺鼓之乐;及其将射,宾客举相酬之爵逸逸然往来之际,则将锺鼓改设于他处。因射不用锺鼓,改设以免锺鼓妨碍射位。第二章之"籥舞笙鼓,乐既和奏",即谓大射仪"为祭之初,先秉籥而舞,吹笙击鼓,声音涤荡,节度相应。其乐既和而俱奏,诏告天地之间,进乐功烈之祖,以合百国所献之礼,而荐之宗庙"。③ 明何楷则谓《宾之初筵》涉及"无算乐、无算爵"。④

《大雅·灵台》第四章"虡业维枞,贲鼓维镛。於论鼓钟,於乐辟廱"和第五章"於论鼓钟,於乐辟廱。鼍鼓逢逢,蒙瞍奏公",皆明言周文王建灵台,修灵囿、灵沼后,以为音声之道与政通,故于辟雍合乐以详之,并行养老之礼。因为于辟廱"凡大合乐,必遂养老"。⑤ 孔颖达正义曰:"此在辟廱合乐,必行养老之礼,但主言乐之得理,不美养老之事,故言不及焉。治世之音安以乐,故以辟廱之内与闻之者,莫不喜乐,是其和之至也。"⑥ 此合乐主要是编钟、编磬、贲鼓、镛、鼍鼓等打击乐。

《鲁颂·有駜》,这首描写官宦守职和宴饮而"颂僖公君臣之有道"的诗,⑦ 言及鼓乐。明何楷谓此宴饮涉及"无算乐、无算爵"。⑧ 其第一章之"振振鹭,鹭于下。鼓咽咽,醉言舞。于胥乐兮",描写了宴饮中的击鼓。郑玄笺曰:"僖公之时,君臣无事则相与明明德而已。洁白之士,群集于君之朝,君以礼乐与之饮酒,以鼓节之,咽咽然至于无算爵,则又舞

---

① (汉)毛亨传,(汉)郑玄笺,(唐)孔颖达等正义:《毛诗正义》卷十四之三,(清)阮元校刻《十三经注疏》,中华书局1980年影印,第484页。

② 同上书,第485页。

③ (汉)毛亨传,(汉)郑玄笺,(唐)孔颖达等正义:《毛诗正义》卷十四之三,孔颖达正义,(清)阮元校刻《十三经注疏》,中华书局1980年影印,第486页。

④ (明)何楷:《诗经世本古义》卷十九之上,文渊阁《四库全书》本。

⑤ (汉)郑玄注,(唐)孔颖达等正义:《礼记正义》卷二十《文王世子》,(清)阮元校刻《十三经注疏》,中华书局1980年影印,第1406页。

⑥ (汉)毛亨传,(汉)郑玄笺,(唐)孔颖达等正义:《毛诗正义》卷十六之五,(清)阮元校刻《十三经注疏》,中华书局1980年影印,第525页。

⑦ (汉)毛亨传,(汉)郑玄笺,(唐)孔颖达等正义:《毛诗正义》卷二十之一《毛诗序》,(清)阮元校刻《十三经注疏》,中华书局1980年影印,第610页。

⑧ (明)何楷:《诗经世本古义》卷二十四之下,文渊阁《四库全书》本。

燕乐以尽其欢。君臣于是则皆喜乐也。"① 孔颖达正义曰："以君臣闲暇，共明德义，故在外贤士竞来事君。振振然而群飞者，洁白之鹭鸟也。此鹭鸟于是下而集止于其所，以喻洁白者众士也，此众士于是来而集止于君朝。既集君朝，与之燕乐，以鼓节之咽咽然，至于无算爵而醉，为君起舞，以尽其欢，于是君臣皆喜乐兮，是其相与之有道也。"② "以礼与之饮酒，谓为燕礼。燕礼以乐助劝，故以鼓节之咽咽然。醉始言舞，故知至于无算爵，则有舞尽欢。以君与臣燕，故知君臣于是皆喜乐也。"③ 其第二章之"振振鹭，鹭于飞。鼓咽咽，醉言归。于胥乐兮"，描述的是宴饮结束群臣乘醉将归时的鼓乐。郑玄笺曰："飞，喻群臣饮酒醉欲退也。"④

第三节　器乐用于宾礼

宾礼，西周五礼之一，即天子招待朝觐诸侯及诸侯聘使之礼。《周礼·春官宗伯·大宗伯》曰："以宾礼亲邦国：春见曰朝，夏见曰宗，秋见曰觐，冬见曰遇，时见曰会，殷见曰同，时聘曰问，殷眺曰视。"⑤ 清孙诒让曰："谓制朝聘之礼，使诸侯亲附，王亦使诸侯自相亲附也。"⑥ 宋王与之："黄氏曰：'宾礼，皆王之所以礼答诸侯朝、觐、宗、遇、会、同，诸侯修王事，王皆以礼见之也。'"⑦ 元毛应龙曰："三山刘氏曰：'宾礼者，天子为主，而用是礼以待诸侯之来见者也。'"⑧

审视《诗经》诸诗，言及器乐用于宾礼者，只有《小雅·鼓钟》1首。

《小雅·鼓钟》全诗以赋的手法铺写淮河边的一场器乐大合奏。其第一章之"鼓钟将将，淮水汤汤"，第二章之"鼓钟喈喈，淮水湝湝"，第三章之"鼓钟伐鼛，淮有三洲"，第四章"鼓钟钦钦，鼓瑟鼓琴，笙磬同

① （汉）毛亨传，（汉）郑玄笺，（唐）孔颖达等正义：《毛诗正义》卷二十之一，（清）阮元校刻《十三经注疏》，中华书局 1980 年影印，第 610 页。

② 同上。

③ 同上。

④ 同上。

⑤ （汉）郑玄注，（唐）贾公彦疏：《周礼注疏》卷十八，（清）阮元校刻《十三经注疏》，中华书局 1980 年影印，第 759—760 页。

⑥ （清）孙诒让：《周礼正义（九）》卷三十四，王云五主编《万有文库》，商务印书馆 1929—1937 年版，第 71 页。

⑦ （宋）王与之：《周礼订义》卷二十九《春官宗伯上》，文渊阁《四库全书》本。

⑧ （元）毛应龙：《周官集传》卷五《春官宗伯第三》，文渊阁《四库全书》本。

音。以雅以南，以籥不僭"，涉及钟、磬、瑟、琴，笙、磬、雅、南、籥
等器乐。①《毛诗序》曰："《鼓钟》，刺幽王也。"② 而毛亨传和郑玄笺进
一步解说则并不完全一致，因而孔颖达反复指出："毛以刺鼓其淫乐，以
示诸侯。郑以为作先王正乐于淮水之上。毛、郑虽其意不同，俱是失所，
故刺之。经四章，毛、郑皆上三章是失礼之事，卒章陈正礼责。此刺幽
王明矣。"③ "毛以为，言幽王会诸侯于淮水之上，鼓其淫乐以示之。鼓击
其钟而声将将然，其傍淮水之流汤汤然，于淮上作乐，以示诸侯，而其乐
不与德比，故贤者为之忧结于心，且复悲伤，伤其失所也。"④ "传言'淫
乐'，笺易之为'先王之乐'者，以卒章所陈是先王正乐之事，举得正以
责王，明是王作之失所耳，非有他乐也，故孙毓云：'此篇四章之义，明
皆正声之和。'"⑤ "毛以为，幽王会诸侯而示之淫乐，鼓击其钟，伐击其
磬，于淮水有三洲之地。由此失所，贤者为之忧结于心，且为之变动容貌
也。……郑以为，幽王作先王正乐，击钟伐磬于淮上。贤者为忧心，且悼
伤。"⑥ "毛以为，幽王既作淫乐失所，故言其正者。言善人君子皆鼓击其
钟，则其声钦钦然，人闻而乐进其善。又鼓其琴与瑟，又击其堂下东方之
笙磬，于是四县之乐皆得和同其音矣。琴瑟，堂上也；笙磬，堂下也，是
上下之乐得所，以为王者之雅乐，以为四方之南乐，又以为羽舞之籥乐，
如是音声舒合，节奏得所，为和而不参差，此正乐之作也。王何为不如此
作之，乃鼓其淫乐于淮水之上，以示诸侯乎？郑以为，上三章言幽王作正
乐于淮水之上，失其处，故此言其正乐，鼓其钟钦钦然，又鼓其瑟与琴，
吹匏竹之笙与玉石之磬，于是堂上之琴瑟，与堂下之磬钟，皆同其声音，
不相夺伦。又以为雅乐之万舞，以为南乐之夷舞，以为羽籥之翟舞，此三

---

① 高亨：《诗经今注》，上海古籍出版社 1980 年版，第 321 页。

② （汉）毛亨传，（汉）郑玄笺，（唐）孔颖达等正义：《毛诗正义》卷十三之二，（清）
阮元校刻《十三经注疏》本，中华书局 1980 年影印，第 466 页。

③ （汉）毛亨传，（汉）郑玄笺，（唐）孔颖达等正义：《毛诗正义》卷十三之二，孔颖达
正义，（清）阮元校刻《十三经注疏》本，中华书局 1980 年影印，第 466 页。

④ （汉）毛亨传，（汉）郑玄笺，（唐）孔颖达等正义：《毛诗正义》卷十三之二，孔颖达
疏第一章之"鼓钟将将，淮水汤汤，忧心且伤"，（清）阮元校刻《十三经注疏》本，
中华书局 1980 年影印，第 466 页。

⑤ （汉）毛亨传，（汉）郑玄笺，（唐）孔颖达等正义：《毛诗正义》卷十三之二，孔颖达
正义"笺'为之'至'尤甚'"，（清）阮元校刻《十三经注疏》本，中华书局 1980 年
影印，第 466 页。

⑥ （汉）毛亨传，（汉）郑玄笺，（唐）孔颖达等正义：《毛诗正义》卷十三之二，孔颖达
疏第三章之"鼓锺伐磬，淮有三洲，忧心且妯"，（清）阮元校刻《十三经注疏》本，
中华书局 1980 年影印，第 466 页。

者，皆不借差，又作不失处，故可为美，王今何故于淮水而作之乎？"①
尽管毛亨传和郑玄笺有分歧，但二者皆谓这场器乐大合奏用之于天子会诸
侯时的飨宴。

第四节　器乐用于军礼

军礼，西周五礼之一，即有关军队操练、校阅、征伐方面的礼仪，包
括大师、大均、大田、大役、大封五大类。《周礼·春官宗伯·大宗伯》
曰："以军礼同邦国：大师之礼，用众也；大均之礼，恤众也；大田之
礼，简众也；大役之礼，任众也；大封之礼，合众也。"② 周代极为重视
军礼，所谓"国之大事，在祀与戎"，③ 足见军事之重要。在当时，军队
出征前举行的祭祀活动中要用音乐，出师途中要有乐律，交战中要击鼓鸣
钟激励将士，胜利回师的凯旋仪式上要奏《恺》乐，军事训练要用乐，
和军事训练相关的劳役和田猎也要用乐。

审视《诗经》诸诗，言及器乐用于军礼者，计有《邶风·击鼓》《小
雅·采芑》《大雅·绵》3 首，主要涉及征战之出兵、战斗、收兵以及大
役。乐器有鼓和钲，特别强调了鼓乐对士气的巨大鼓舞作用。《周礼·地
官·鼓人》曰："鼓人掌教六鼓、四金之音声，以节声乐，以和军旅，以
正田役。教为鼓，而辨其声用。……以鼖鼓鼓军事，以鼛鼓鼓役事，……
凡军旅夜鼓鼜，军动则鼓其众，田役亦如之……"④

《邶风·击鼓》，作于鲁隐公四年（前719）。其年春，卫国公子州吁
弑杀卫桓公，取而代之，即联合陈国、宋国等侵略郑国，强迫人民出征。
故《毛诗序》曰："《击鼓》，怨州吁也。卫州吁用兵暴乱，使公孙文仲将
而平陈与宋，国人怨其勇而无礼也。"⑤ 其第一章之"击鼓其镗，踊跃用

---

① （汉）毛亨传，（汉）郑玄笺，（唐）孔颖达等正义：《毛诗正义》卷十三之二，孔颖达
　　疏第四章，（清）阮元校刻《十三经注疏》本，中华书局1980年影印，第467页。

② （汉）郑玄注，（唐）贾公彦疏：《周礼注疏》卷十八《春官宗伯·大宗伯》，（清）阮
　　元校刻《十三经注疏》本，中华书局1980年影印，第760页。

③ （晋）杜预注，（唐）孔颖达等正义：《春秋左传正义》卷二十七《成公十三年》，载刘
　　子语，（清）阮元校刻《十三经注疏》，中华书局1980年影印，第1991页。

④ （汉）郑玄注，（唐）贾公彦疏：《周礼注疏》卷十二，（清）阮元校刻《十三经注疏》
　　本，中华书局1980年影印，第720—721页。

⑤ （汉）毛亨传，（汉）郑玄笺，（唐）孔颖达等正义：《毛诗正义》卷二之一，（清）阮
　　元校刻《十三经注疏》本，中华书局1980年影印，第299页。

兵",孔颖达正义曰:"州吁初治兵出国,命士众将行,则击此鼓,其声镗然,使士众皆踊跃用兵也。"① 此言及鼓乐。

《小雅·采芑》是一首叙写西周时宣王派大臣方叔率兵征讨楚国的诗。《毛诗序》曰:"《采芑》,宣王南征也。"② 孔颖达正义曰:"宣王命方叔南征蛮荆之国。"③ 其第三章之"方叔率止,钲人伐鼓,陈师鞠旅。显允方叔,伐鼓渊渊,振旅阗阗",郑玄笺曰:"钲也,鼓也,各有人焉。言钲人伐鼓,互言尔。""'伐鼓渊渊',谓战时进士众也。至战止将归,又振旅伐鼓阗阗然。"④ 孔颖达正义曰:"方叔既临视,乃率之以行也。未战之前,则陈阅军士,则有钲人击钲以静之,鼓人伐鼓以动之。……当战之时,身自伐鼓,率众以作,其气渊渊然。为众用力,遂败蛮荆。及至战止将归,又敛陈振旅,伐鼓阗阗然。由将能如此,所以克胜也。"⑤ 此言及钲与鼓之乐。

《大雅·绵》,高亨曰:"周人始祖后稷之后裔公刘迁都于豳(在今陕西枸邑西),到了古公亶父,因为昆夷(即獫狁)的侵略,又迁都于岐(在今陕西岐山县)。这首诗就是叙述亶父迁岐的事,也是一首史诗,歌颂了亶父迁国开基的功业。"⑥ 其第六章"捄之陾陾,度之薨薨。筑之登登,削屡冯冯。百堵皆兴,鼛鼓弗胜",描写的就是周民齐心合力构建城邑宫室之"大役",这涉及劳作之时的鼛鼓之乐。高亨释"鼛鼓弗胜"曰:"鼛(gao 高)鼓,一种大鼓。在众人服力役的时候,要打起鼛鼓来催动工作。弗胜,指鼛鼓的声音胜不过劳动的声音。"⑦ 而毛亨传、郑玄笺、孔颖达正义等则谓:"鼓是总名,鼛是鼓之别名。今鼛鼓并言,则非一物。"⑧ "传以鼛鼓为二鼓,解有二鼓之意。'凡大鼓之侧有小鼓,谓之应鼙、朔鼙',此经鼛是大鼓也,鼓谓鼙也。"⑨ 并认为:"或鼛或鼓,

---

① (汉)毛亨传,(汉)郑玄笺,(唐)孔颖达等正义:《毛诗正义》卷二之一,(清)阮元校刻《十三经注疏》,中华书局 1980 年影印,第 299 页。

② (汉)毛亨传,(汉)郑玄笺,(唐)孔颖达等正义:《毛诗正义》卷十之二,(清)阮元校刻《十三经注疏》,中华书局 1980 年影印,第 425 页。

③ 同上。

④ 同上书,第 426 页。

⑤ 同上。

⑥ 高亨:《诗经今注》,上海古籍出版社 1980 年版,第 376—377 页。

⑦ 同上书,第 380 页。

⑧ (汉)毛亨传,(汉)郑玄笺,(唐)孔颖达等正义:《毛诗正义》卷十六之二,孔颖达正义"传'鼛大'至'乐劝'",(清)阮元校刻《十三经注疏》,中华书局 1980 年影印,第 511 页。

⑨ 同上。

言劝事乐功也。"① "百堵同时起，鼛鼓不能止之，使休息也。"② "毛以为，……其作此墙之时，百堵皆同时而起，其间欲令之食息，击鼛击鼓不能胜而止之。民皆劝事乐功，竞欲出力，言大王之得人心也。"③ "又解不胜之义，言其劝其事，乐其功，民欲疾作，鼓欲令止，二者交竞，鼓不能胜止人使休，是其劝乐之甚也。"④ 总之，对于鼛鼓之乐的解说，两者虽差异明显，但皆不离劳作。这正如《周礼·地官司徒·鼓人》曰："以鼛鼓鼓役事。"⑤ 贾公彦疏曰："释曰：案《绵》诗云'鼛鼓弗胜'，郑云：'鼛鼓不能止之。'此云鼓役事，谓击鼓起役事。与彼不同者，但起役止役皆用鼛鼓，两处义得相兼耳。"⑥

第五节　器乐用于娱乐

娱乐，是人追求快乐、缓解生存压力、调节与补偿劳作的一种天性，也是一种生活态度、生活方式和精神需求。娱乐是分层次的，首先是悦耳悦目愉身的浅表型的感官娱乐，其次是获得解脱与宣泄而心满意足的悦心悦意，最高境界是怡神悦志的全身心投入的人生感悟。娱乐与社会制度、经济发展密切相关，西周至春秋中叶，尽管礼乐制度如同巨大的绳索束缚钳制着人们的天性，经济的发展也不能满足人们的基本心理需求，但人们并没有放弃对娱乐的追求。

审视《诗经》诸诗，言及器乐用于娱乐者，计有《卫风·考槃》《郑风·女曰鸡鸣》《唐风·山有枢》《秦风·车邻》4 首，几乎涉及娱乐的各个层面。

《卫风·考槃》是一首赞美隐居山林之贤士的诗。《毛诗序》曰：

---

① （汉）毛亨传，（汉）郑玄笺，（唐）孔颖达等正义：《毛诗正义》卷十六之二，毛亨传"百堵皆兴，鼛鼓弗胜"，（清）阮元校刻《十三经注疏》，中华书局 1980 年影印，第511 页。

② 同上。

③ （汉）毛亨传，（汉）郑玄笺，（唐）孔颖达等正义：《毛诗正义》卷十六之二，孔颖达疏第六章，（清）阮元校刻《十三经注疏》，中华书局 1980 年影印，第 511 页。

④ （汉）毛亨传，（汉）郑玄笺，（唐）孔颖达等正义：《毛诗正义》卷十六之二，孔颖达正义"传'鼛大'至'乐劝'"，（清）阮元校刻《十三经注疏》，中华书局 1980 年影印，第 511 页。

⑤ （汉）郑玄注，（唐）贾公彦疏：《周礼注疏》卷十二，（清）阮元校刻《十三经注疏》，中华书局 1980 年影印，第 720 页。

⑥ 同上。

"《考槃》，刺庄公也。不能继先公之业，使贤者退而穷处。"① 其诗共三章，每章之第一句分别言及隐士"在涧""在阿""在陆"考槃。考，即扣、击；槃，通"盘"，系古乐器。"所谓考槃者，犹考击其槃以自乐之也。贤者虽不见用于时，而击槃以自乐涧阿之中，雍容宽绰而无怨望之意，真所谓遁世无闷者。"② 高亨亦曰："敲盘以歌。"③

《郑风·女曰鸡鸣》，《毛诗序》曰："刺不说德也。陈古义以刺今，不说德而好色也。"④ 孔颖达正义曰："作《女曰鸡鸣》诗者，刺不说德也。以庄公之时，朝廷之士不悦有德之君子，故作此诗。陈古之贤士好德不好色之义，以刺今之朝廷之人，有不悦宾客有德，而爱好美色者也。经之所陈，皆是古士之义，好德不好色之事。以时人好色不好德，故首章先言古人不好美色，下章乃言爱好有德，但主为不悦有德而作，故序指言'刺不悦德也'。"⑤ 故孔颖达正义则谓涉及琴瑟之乐的第二章"弋言加之，与子宜之。宜言饮酒，与子偕老。琴瑟在御，莫不静好"曰："此又申上弋射之事。弋取凫雁，我欲为加豆之实，而用之与子宾客作肴羞之馔，共食之。宜乎我以燕乐宾客而饮酒，与子宾客俱至于老。……于饮酒之时，琴瑟之乐在于侍御。有肴有酒，又以琴瑟乐之，则宾主和乐，又莫不安好者。古之贤士亲爱有德之宾客如是，刺今不然。"⑥ 笔者以为，《毛诗序》和孔颖达正义之诠释未免牵强附会，倒是宋朱熹的解说比较靠谱，其《诗集传》卷四曰："射者男子之事，而中馈妇人之职。故妇谓其夫既得凫雁以归，则我当为子和其滋味之所宜，以之饮酒相乐，期于偕老。而琴瑟之在御者，亦莫不安静而和好。其和乐而不淫可见矣。"⑦ 高亨认为"这首诗叙写士大夫阶层中一对夫妇的生活。通篇用对话形式"，⑧ 则更切合诗之本文。其注"琴瑟在御，莫不静好"曰："御，用也。琴瑟在用，言夫妇弹琴鼓瑟。""静好，指生活安静美好。"⑨ 这就是说，琴瑟之乐，

① （汉）毛亨传，（汉）郑玄笺，（唐）孔颖达等正义：《毛诗正义》卷三之二，（清）阮元校刻《十三经注疏》，中华书局 1980 年影印，第 321 页。
② （宋）李樗、黄櫄：《毛诗集解》卷七之黄櫄语，文渊阁《四库全书》本。
③ 高亨：《诗经今注》，上海古籍出版社 1980 年版，第 81 页。
④ （汉）毛亨传，（汉）郑玄笺，（唐）孔颖达等正义：《毛诗正义》卷四之三，（清）阮元校刻《十三经注疏》，中华书局 1980 年影印，第 340 页。
⑤ 同上。
⑥ 同上。
⑦ （宋）朱熹：《诗集传》，中华书局 1958 年版，第 51 页。
⑧ 高亨：《诗经今注》，上海古籍出版社 1980 年版，第 115 页。
⑨ 同上书，第 116 页。

用之于夫妇的娱乐。

《唐风·山有枢》本是一首"劝告贵族们活一天就享乐一天，不要吝啬财物；否则，你死后，财物就被别人占有了"的诗。① 但《毛诗序》竟牵强附会曰："《山有枢》，刺晋昭公也。不能修道以正其国，有财不能用，有钟鼓不能以自乐，有朝廷不能洒扫，政荒民散，将以危亡。四邻谋取其国家而不知，国人作诗以刺之也。"② 孔颖达正义亦曰："有钟鼓不能以自乐者，二章云'子有钟鼓，弗鼓弗考'是也。……衣裳、车马亦是有财，序独言钟鼓者，据娱乐之大者言之也。"③ 又正义第三章之"子有酒食，何不日鼓瑟？且以喜乐，且以永日。宛其死矣，他人入室"曰："责昭公，言子既有酒食矣，何不日日鼓瑟自饮食之，且得以喜乐己身，且可以永长。此日何故弗为乎？言永日者，人而无事，则日长难度。若饮食作乐，则忘忧愁，可以永长此日。"④ 笔者以为，不管哪种诠释，此诗所言钟鼓和瑟之乐，都是用于自娱，即宋朱熹《诗集传》卷六所谓："子有衣裳车马而不服不乘，则一旦宛然以死，而他人取之以为己乐矣。盖言不可不及时为乐。"⑤

《秦风·车邻》，《毛诗序》曰："美秦仲也。秦仲始大，有车马礼乐侍御之好焉。"⑥ 循此基调，孔颖达正义曰："作《车邻》诗者，美秦仲也。秦仲之国始大，又有车马礼乐侍御之好焉，故美之也。……有车马者，首章上二句是也。侍御者，下二句是也。二章、卒章言鼓瑟、鼓簧，并论乐事，用乐必有礼，是礼乐也。"⑦ 对于第二章之"既见君子，并坐鼓瑟"，毛亨传曰："又见其礼乐焉。"⑧ 郑玄笺曰："既见，既见秦仲也。并坐鼓瑟，君臣以闲暇燕饮相安乐也。"⑨ 孔颖达正义曰："由其君明臣贤，政清事简，故皆并坐而观鼓瑟。作乐必饮酒，故云'燕饮相

① 高亨：《诗经今注》，上海古籍出版社1980年版，第151页。

② （汉）毛亨传，（汉）郑玄笺，（唐）孔颖达等正义：《毛诗正义》卷六之一，（清）阮元校刻《十三经注疏》，中华书局1980年影印，第361页。

③ 同上。

④ 同上书，第362页。

⑤ （宋）朱熹：《诗集传》，中华书局1958年版，第69页。

⑥ （汉）毛亨传，（汉）郑玄笺，（唐）孔颖达等正义：《毛诗正义》卷六之三，（清）阮元校刻《十三经注疏》，中华书局1980年影印，第368页。

⑦ 同上。

⑧ 同上书，第369页。

⑨ 同上。

安乐'。"① 实际上，这只是一首"贵族妇人所作的诗，咏唱她们夫妻的享乐生活"。② 第二章"既见君子，并坐鼓瑟。今者不乐，逝者其耋"和第三章"既见君子，并坐鼓簧。今者不乐，逝者其亡"所述瑟、簧之乐，乃用之于夫妻及时行乐而已。

第六节　器乐用于巫术

巫师是在原始社会神鬼观念发展到一定阶段时出现的。原始社会的人们，由于生产力低下、科学知识贫乏，面对自然和社会的诸多困扰，往往无能为力。他们认为万事万物皆有灵，世界是由不可违抗的神鬼主宰和支配的，因而渴望与神鬼沟通，以祈福求利、祛祸禳灾。于是，巫师应运而生，成为联系人间与神鬼世界的桥梁和纽带，既通过他们将人的希望和祈求报知神鬼，又通过他们将神鬼的意志和命令传达给人。这些人与神鬼之间的特殊人物，从事预言、占卜、医病、求雨、祭祀、招魂、驱鬼等巫术活动。《国语·楚语下·昭王问于观射父》曰："民之精爽不携贰者，而又能齐肃衷正，其智能上下比义，其圣能光远宣朗，其明能光照之，其聪能听彻之，如是则明神降之，在男曰觋，在女曰巫。"③ 殷商之时，崇尚巫术，巫师享有较高的社会地位，是其鼎盛期。尔后，则渐呈颓势。及至有周，礼乐文化代替了巫觋文化和祭祀文化，巫术活动即日趋衰落，巫师开始向民间流动。虽然如此，在《诗经》产生的西周初至春秋中叶，还是比较看重神鬼的作用的。如《周礼·春官宗伯·司巫》曰："司巫掌群巫之政令。若国大旱，则帅巫而舞雩。国有大灾，则帅巫而造巫恒。……"④ 又其《男巫》曰："掌望祀、望衍、授号，旁招以茅。冬堂赠，无方无筭。春招弭，以除疾病。王吊，则与祝前。"⑤ 《女巫》曰："掌岁时祓除衅浴。旱暵则舞雩。若王后吊，则与祝前。凡邦之大

---

① （汉）毛亨传，（汉）郑玄笺，（唐）孔颖达等正义：《毛诗正义》卷六之三，（清）阮元校刻《十三经注疏》，中华书局 1980 年影印，第 369 页。

② 高亨：《诗经今注》，上海古籍出版社 1980 年版，第 163 页。

③ （三国·吴）韦昭解：《国语》卷十八，《四部丛刊》初编本。

④ （汉）郑玄注，（唐）贾公彦疏：《周礼注疏》卷二十六，（清）阮元校刻《十三经注疏》，中华书局 1980 年影印，第 816 页。

⑤ 同上。

灾，歌哭而请。"① 朝廷这样，巫师在民间则更有市场，楚国、陈国尤甚。
巫师，行法术时，其跳舞等动作，必有乐器伴奏。这既能壮声势、渲染气
氛、激发一种疯癫和沉醉，又能取悦于神鬼。尤其是鼓，一直是巫师常用
的法器。而且，从人类学的角度来看，娱乐活动的发生也和原始的巫术活
动有某些关联。

审视《诗经》诸诗，言及器乐用为巫师之表演者，只有《陈风·宛
丘》1首。

《陈风·宛丘》，《毛诗序》牵强附会曰："《宛丘》，刺幽公也。淫荒
昏乱，游荡无度焉。"② 孔颖达正义亦曰："毛以此序所言是幽公之恶，经
之所陈是大夫之事，由君身为此恶，化之使然，故举大夫之恶以刺君。郑
以经之所陈，即是幽公之恶，经、序相符也。首章言其信有淫情，威仪无
法，是淫荒也。下二章言其击鼓持羽，冬夏不息，是无度。无度者，谓无
复时节度量。"③ 宋朱熹《诗集传》卷七曰："子，指游荡之人也。汤，
荡也。……国人见此人常游荡于宛丘之上，故叙其事以刺之，言虽信有情
思而可乐矣，然无威仪可瞻望也。"④ 实际上这是一首有关女巫的诗。据
《汉书·匡衡传》注引汉魏之际的张晏语："（陈国）胡公夫人，武王之女
大姬，无子，好祭神鬼，鼓舞而祀，故其诗曰：'坎其击鼓，宛丘之下，
无冬无夏，值其鹭羽。'"⑤ 朱熹《诗集传》卷七亦曰："周武王时，帝舜
之胄有虞阏父为周陶正。武王赖其利器用，与其神明之后，以元女大姬妻
其子满，而封之于陈，都于宛丘之侧，与黄帝帝尧之后，共为三恪，是为
胡公。大姬妇人尊贵，好乐巫觋歌舞之事，其民化之。今之陈州，即其地
也。"⑥ 因而高亨曰："陈国巫风盛行。这是一篇讽刺女巫的诗。"⑦ 程俊
英亦曰："这首诗，写一个男子爱上一个以巫为职业的舞女。陈国民间爱
好跳舞，巫风盛行。《说文》：'巫，祝也。女能事无形，以舞降神者也。'
诗中的'子'，就是以舞降神为职业的女子。所以她不论天冷天热都在街

① （汉）郑玄注，（唐）贾公彦疏：《周礼注疏》卷二十六，（清）阮元校刻《十三经注
疏》，中华书局1980年影印，第816—817页。
② （汉）毛亨传，（汉）郑玄笺，（唐）孔颖达等正义：《毛诗正义》卷七之一，（清）阮
元校刻《十三经注疏》，中华书局1980年影印，第376页。
③ 同上。
④ （宋）朱熹：《诗集传》，中华书局1958年版，第81页。
⑤ （汉）班固：《汉书》卷八十一，中华书局1962年版，第3336页。
⑥ （宋）朱熹：《诗集传》，中华书局1958年版，第81页。
⑦ 高亨：《诗经今注》，上海古籍出版社1980年版，第176页。

上为人们祝祷跳舞。"① 高亨和程俊英的解说虽不一致，但二者都认为其诗之第二章"坎其击鼓，宛丘之下。无冬无夏，值其鹭羽"和第三章"坎其击缶，宛丘之道。无冬无夏，值其鹭翿"所言之鼓与缶，是女巫表演时所持的法器。

第七节　结语

为便于说明问题，特据以上考稽，制《诗经》中的器乐应用情况一览表如下：

篇名	器乐	应用					
		吉礼	嘉礼	宾礼	军礼	娱乐	其他
小雅·甫田	琴、瑟、击、鼓	祭祀地祇					
周南·关雎	琴、瑟、钟、鼓	祭祀祖先					
邶风·简兮	鼓、籥	祭山川、宗庙					
小雅·楚茨	钟、鼓	祭祀祖先，燕私					
周颂·执竞	钟、鼓、磬、筦（管）	祭祀武王等					
周颂·有瞽	钟（编钟）、磬（编磬）、应、田、悬鼓、鼗、柷、圉、箫、管	祭祀宗庙					
商颂·那	鼓、鼗鼓、磬、管、庸	祭祀成汤					
王风·君子阳阳	簧		诸侯燕礼				

---

① 程俊英译注：《诗经译注》，上海古籍出版社 1985 年版，第 237 页。

续表

篇名	器乐	应用					
		吉礼	嘉礼	宾礼	军礼	娱乐	其他
小雅·鹿鸣	笙、簧、琴、瑟		诸侯燕礼				
小雅·伐木	鼓		宴会故旧亲朋				
小雅·彤弓	钟、鼓		天子飨燕				
小雅·宾之初筵	钟、鼓、籥、笙		大射				
大雅·灵台	鼓、编钟、编磬、贲鼓、镛、鼍鼓		养老之礼				
鲁颂·有駜	鼓		燕礼				
小雅·鼓钟	钟、磬、瑟、琴，笙、磬、雅、南、籥			宾礼			
邶风·击鼓	鼓				征伐		
小雅·采芑	钲、鼓				征伐		
大雅·绵	鼖、鼓				大役		
卫风·考槃	槃					隐居自乐	
郑风·女曰鸡鸣	琴、瑟					夫妇娱乐	
唐风·山有枢	钟、鼓、瑟					及时行乐	
秦风·车邻	瑟、簧					夫妻享乐	
陈风·宛丘	鼓、缶						女巫表演

由以上对《诗经》诸诗中所反映的器乐应用的考论及列表，我们可以得出以下几点认识：

1. 就应用的器乐种类而言，《诗经》明言器乐应用的总计23首，其中各种器乐涉及的篇数依次是：鼓类（鼓、击、应、田、悬鼓、鼗、贲鼓、鼍鼓、馨等）18 首、钟类（钟、编钟、镛）9 首、瑟 7 首、琴 5 首、磬类（磬、编磬）5 首、笙 3 首、管 3 首、籥 3 首、簧 3 首、箫 1 首、柷 1 首、圉 1 首、雅 1 首、南 1 首、钲 1 首、敔 1 首、缶 1 首、庸 1 首。这就是说：使用乐器种类最多的是打击乐，有鼓、击、应、田、悬鼓、鼗、贲鼓、鼍鼓、馨、钟、编钟、镛、庸、磬、编磬、柷、圉、雅、南、钲、敔、缶等 22 种样式；吹奏乐除明言及用所的笙、管、籥、箫等外，还有不明应用仅打比喻而已的《小雅·何人斯》、《大雅·板》中的簧和埙；较少的是弹弦乐，只有瑟和琴；拨（或拉）弦乐器只有簧。而乐器种类的多寡，与其产生的时间早晚相关。打击乐器出现得最早，《礼记·明堂位》曰："土鼓、蒉桴、苇籥，伊耆氏之乐也。"① 《吕氏春秋·古乐篇》曰："帝尧立，乃命质为乐。质乃效山林溪谷之音以作歌，乃以麋革置缶而鼓之，乃拊石击石，以像上帝玉磬之音，以致舞百兽。"② 现存出土的实物有山西陶寺夏文化遗址的鼍鼓、磬，陕西长安县客省庄龙山文化遗址的陶钟等。因其历史最悠久，而式样繁多。吹奏乐器晚于打击乐，但也很悠久，高承曰："（《世本》）又曰：'埙，暴辛公所作。'宋均云：'周平王时《诸侯通典》曰，不知何代人，周之畿内有暴国，岂其人乎？'……《乐记》曰：'圣人作为鼗、鼓、控、揭、埙、篪。此六者，德音之音也。'言圣人作为，则明非暴公所能作矣。隋《音乐志》亦谓：'埙六孔，暴辛公之所作非也。'《通历》曰：'帝喾造。'王子年《拾遗记》乃云：'庖牺灼土为埙也。'"③ 殷商甲骨文中的"龢"，即和，据《尔雅·释乐》"大笙谓之巢，小者谓之和"④，知其乃为小笙的名称。现存出土的吹奏乐器的实物已不少，如：河南舞阳县贾湖的多音孔骨笛，最早的距今近九千年，其早期有的音阶为四至五声，中期有的音阶达六至七声。浙江余姚河姆渡氏族社会遗址的骨哨，距今已七千年左右，有一至二孔，能吹奏简单曲调；一个吹孔的陶埙，是目前发现的最早的实物。"西安半坡仰韶文化遗址、山西万泉荆村遗址、甘肃玉门火烧沟遗址、河南郑州铭功路、二里岗商代遗址、辉县琉璃阁区殷墓都有发现。这些埙均为陶制，呈橄榄形、

---

① （汉）郑玄注，（唐）孔颖达等正义：《礼记正义》卷二十三，（清）阮元校刻《十三经注疏》，中华书局 1980 年影印，第 1491 页。

② （战国）吕不韦等：《吕氏春秋》卷五《仲夏纪第五》，《四部丛刊》初编本。

③ （宋）高承：《事物纪原》卷二《乐舞声歌部十一·埙》，文渊阁《四库全书》本。

④ （晋）郭璞注，（宋）邢昺疏：《尔雅注疏》卷五，（清）阮元校刻《十三经注疏》，中华书局 1980 年影印，第 2601 页。

圆形、椭圆形、鱼形、平底卵形。有一音孔、二音孔、三音孔、五音孔等多种。多音孔埙是旋律乐器。"① 弹弦乐只有当有了养蚕业和缫丝业的发明和发展后，才有可能产生。瑟、琴的名称最早见于《诗经》。罗振玉解释"乐"字曰："从丝附木上，琴瑟之象也；或增'白'以象调弦之器，犹今弹琵琶、阮咸者之有拨矣。"② 则认为殷商时已有琴瑟了。其说影响很大。但是，审视出土的甲骨文卜辞，其中9处"乐"字全都用作地名，根本"无用作音乐义之辞例"③。因而，人们探索不断，诸说纷纭，莫衷一是。考古迄今也未发现周前有瑟和琴的实物。即便一般认为是战国时编写的《尚书·益稷》所记载的"夔曰：'戛击鸣球、搏拊、琴瑟以咏。'"④ 以及《礼记·乐记》、《史记·乐书》等所谓"昔者舜作五弦之琴，以歌《南风》"属实⑤，比较而言，弹弦乐也应是在打击乐、吹奏乐之后才兴起的。

2. 就器乐应用的范围而言，诸器乐中，最古老的鼓乐用场最多。上举《诗经》23 首诗中，关乎鼓乐的计15 首，应用既涉及吉、嘉、军三礼，又涉及娱乐和女巫表演。而以全新的节奏韵律兴起的瑟、琴之乐，亦应用于吉、嘉、宾三礼和娱乐。这说明了在《诗经》产生的时代，鼓、瑟、琴之乐的普及情况：它们不仅是宫廷音乐的主体，而且已开始在士阶层广泛流传；不仅被广泛地用作声乐伴奏，而且也萌生了独奏的端倪。尤其是琴和瑟，从春秋时伯牙弹奏《高山》《流水》的传说，可知其已具有较强的表现力；从《左传》的记载，知已有楚之钟仪、鲁之师襄、晋之师旷、郑之师文、卫之师曹和师涓等琴师崭露头角。《诗经》反映的与之基本吻合。

3. 就器乐应用的对象看，《诗经》明言应用的 29 种器乐中，有鼓、击、应、田、悬鼓、鼗、簧、贲鼓、鼍鼓、磬、钟、编钟、镛、庸、磬、编磬、瑟、琴、笙、管、篪、箫、柷、圉、雅、南、钲等 27 种用于礼仪，而用于娱乐的仅钟、鼓、瑟、琴、槃、簧等 6 种，用于女巫表演的只有鼓、缶 2 种。这就是说，当时的器乐主要用于吉、嘉、宾、军四种礼仪，

① 缪天瑞、吉联抗、郭乃安主编：《中国音乐词典》，人民音乐出版社 2000 年版，第 443 页。
② 罗振玉：《殷虚书契考释三种》，中华书局 2006 年版，第 463 页。
③ 徐中舒：《甲骨文字典》，四川辞书出版社 1988 年版，第 650 页。
④ 陈成国校注：《尚书校注》，岳麓书社 2004 年版，第 22 页。
⑤ （汉）郑玄注，（唐）孔颖达等正义：《礼记正义》卷三十八，（清）阮元校刻《十三经注疏》，中华书局 1980 年影印，第 1534 页；（汉）司马迁：《史记》卷二十四，中华书局 1959 年版，第 1197 页。

强调的是它的实用性；而民间流行的器乐品类还不多，娱乐性尚未受到应有的重视；并且和导语征引《周礼·春官宗伯·大司乐》所说的一样，未见器乐用于凶礼及嘉礼中的婚礼和士冠礼。

4. 就应用器乐于吉礼的 7 首诗而言，有 6 首是祭祀宗庙、先祖的（其中 1 首兼祭山川），祭祀地祇的只有 2 首（其中 1 首还兼祭宗庙）。这说明周人虽然还保留着原始宗教的天地崇拜和祖先崇拜的痕迹，但与原始社会乃至夏、商主要祭祀自然之神或自然之神与祖先并重不同的是，他们更重视的是对列宗列祖的祭祀，其名目众多，活动频繁。如天子和诸侯四时都要祭祀先王、先祖，春天用祠祭，夏天用礿祭，秋天用尝祭，冬天用烝祭。①

---

① （汉）郑玄注，（唐）孔颖达等正义《礼记正义》卷十二《王制》"天子、诸侯宗庙之祭，春曰礿，夏曰禘，秋曰尝，冬曰烝"之郑玄注曰："此盖夏、殷之祭名，周则改之，春曰祠，夏曰礿，以禘为殷祭。《诗·小雅》曰：'礿祠烝尝，于公先王。'此周四时祭宗庙之名。"（清）阮元校刻：《十三经注疏》，中华书局 1980 年影印，第 1335 页。

第六章 从历史典籍文献看《诗经》对器乐艺术的促进

> 金石丝竹，乐之器也。《诗》言其志也，歌咏其声也，舞动其容也。三者本于心，然后乐器从之。[①]
>
> 《诗》者，乐之章也。故必学乐而后诵诗。所谓乐者，盖琴瑟埙篪。乐之一物，以渐习之，而节夫诗之音律者也。[②]
>
> 合歌者之诗，与击者、拊者、吹者之器，而谓之乐。[③]

以上三段引言，共同强调了《诗经》与器乐艺术的密切关系。这种关系形成了器乐和《诗经》的双向互动：《诗经》凭借器乐得以更广泛地传播，而器乐则因演奏《诗经》呈现出前所未有的繁荣和生机。对此，历史典籍文献，尤其是先秦的《仪礼》《周礼》《礼记》《左传》等，多有记载。兹拟从以下诸方面切入《诗经》与器乐艺术的关系，以探讨《诗经》在先秦对器乐艺术的促进。

第一节 《诗经》305 篇皆可弦歌

今传《诗经》有目有词者 305 篇，篇篇都可以弦歌[④]。最早明言这点

---

① （汉）郑玄注，（唐）孔颖达等正义：《礼记正义》卷三十八《乐记》，（清）阮元校刻《十三经注疏》，中华书局 1980 年影印，第 1536 页。

② （宋）朱熹：《四书或问》卷十三《论语·泰伯》，文渊阁《四库全书》本。

③ （清）魏源：《诗古微》（二卷本）卷上《诗乐篇一》，《魏源全集》第一册，岳麓书社 1989 年版，第 29 页。

④ 弦歌，对孔子来说，就是一边用琴瑟弹奏《诗经》的曲谱，一边依循琴瑟的音律歌唱《诗经》。其用琴瑟弹奏《诗经》的曲谱，并不是纯器乐。这里涉及的器乐，只是一个宽泛的概念。

的应是战国时的墨翟。他主张"非乐",在论及"礼乐"时,曾对公孟子说:"或以不丧之间,诵《诗》三百,弦《诗》三百,歌《诗》三百,舞《诗》三百。若用子之言,则君子何日以听治,庶人何日以从事?"① 至汉代,司马迁则进一步指出:"三百五篇孔子皆弦歌之,以求合《韶》《武》《雅》《颂》之音。礼乐自此可得而述,以备王道,成六艺。"② 《毛诗传》亦曰:"古者教以《诗》乐,诵之,歌之,弦之,舞之。"③ 还有郑玄《六艺论》曰:"《诗》者,弦歌讽喻之声也。"④

《诗经》305篇皆可弦歌之说自有所本:一、早在春秋中期的鲁襄公二十九年(公元前544)孔子8岁时,吴国公子季札出访鲁国,"请观于周乐",鲁国乐师即为之一一弦歌《周南》《召南》《邶》《鄘》《卫》《王》《郑》《齐》《豳》《秦》《魏》《唐》《陈》《郐》《曹》(笔者按:《曹》应包括在行文"自《郐》以下"之内)《小雅》《大雅》《颂》等,⑤ 较之今传《诗经》,鲁国乐师弦歌之《风》未出十五国《风》的范围;弦歌顺序除《豳》《秦》提前外,亦完全相同。二、孔子曾自言:"吾自卫反鲁,然后乐正,《雅》、《颂》各得其所。"⑥ 孔子周游列国自卫返鲁,是在鲁哀公十一年(公元前474)冬,其整理《诗经》兴正礼乐之举,实即司马迁所谓"三百五篇孔子皆弦歌之"。如唐王勃曰:"返鲁裁诗,《雅》、《颂》得弦歌之。"⑦ 李孝光曰:"孔子至自卫,……乃取殷周之诗,皆弦歌之,以求合《韶》、《武》、《雅》、《颂》之音。"⑧ 皆就此而发。

"弦歌,以琴瑟和歌也"。⑨ 弦诗,"谓工歌诗,依琴瑟而咏之诗"。⑩

---

① (清)孙诒让:《墨子间诂》卷十二《公孟》,中华书局1954年版,第285页。
② (汉)司马迁:《史记》卷四十七《孔子世家》,中华书局1959年版,第1937页。
③ (汉)毛亨传,(汉)郑玄笺,(唐)孔颖达等正义:《毛诗正义》卷四之四《郑风·子衿》,(清)阮元校刻《十三经注疏》,中华书局1980年影印,第345页。
④ (宋)李昉等:《太平御览》卷六百八,《四部丛刊》三编本。
⑤ (晋)杜预注,(唐)孔颖达等正义:《春秋左传正义》卷三十九《襄公二十九年》,(清)阮元校刻《十三经注疏》,中华书局1980年影印,第2006—2007页。
⑥ (三国·魏)何晏集解,(宋)邢昺疏:《论语注疏》卷九《子罕》,(清)阮元校刻《十三经注疏》,中华书局1980年影印,第2491页。
⑦ 蒋清翊:《王子安集注》卷十五《益州夫子庙碑》,上海古籍出版社1995年版,第441页。
⑧ (元)李孝光:《乐府诗集序》,(宋)郭茂倩《乐府诗集》,《四部丛刊》初编本。
⑨ (元)许谦:《读四书丛说》卷六《阳货·武城章》,《四部丛刊》续编本。
⑩ (汉)郑玄注,(唐)贾公彦疏:《周礼注疏》卷二十三"小师"贾公彦疏,(清)阮元校刻《十三经注疏》,中华书局1980年影印,第797页。

"弦之，谓以琴瑟播之"。① "弦歌""弦诗""弦之"所谓"弦"，从中华民族乐器发展史看，在西周和春秋时期特指弹弦乐器琴和瑟而言。所以朱熹注《论语》"子之武城，闻弦歌之声"曰："弦，琴瑟也。"② 郑玄注《周礼》"小师掌教鼓鼗柷敔埙箫管弦歌"曰："弦，谓琴瑟也。"③ 郑玄注《乐记》"乐师辨乎声诗，故北面而弦"曰："弦，谓鼓琴瑟也。"④ 所谓"歌"，在儒家诸经传中，亦有特定的含义，专指以琴瑟伴奏的歌唱而言。所以，《诗经·大雅·行苇》"或歌或咢"之毛亨传曰："歌者，比于琴瑟也。"⑤ 朱公迁曰："合曲曰歌，徒歌曰谣。毛氏本作曲合乐曰歌，此易其文如此，盖歌必合于琴瑟，谣则徒歌而已。"⑥ 陈士元曰："盖古人不徒歌，必合琴瑟而后谓之歌。口举其词而琴瑟以咏之，犹作乐者升歌而有琴瑟从之也。《记》云：'无故不彻琴瑟。'故知子与人歌而善，必有琴瑟以和声；其謦孺悲，必取瑟而歌，此古人所以不徒歌也。"⑦ 既然古人不徒歌，经传中的"歌"必有琴瑟相和，而琴瑟在西周和春秋时期尚未发展为纯正的独奏乐器，"《诗》为乐章，琴瑟必以歌《诗》"，⑧ 则先秦"琴瑟与歌相须为用"、⑨ 相得益彰的关系昭昭然矣。故朱载堉曰：

> 古人非歌不弦，非弦不歌，歌、弦皆不徒作乃其常也，徒歌、徒弦则其变也。……学歌则必先琴瑟，故《传》有不学操缦不能安弦，不学博依不能安诗。弦在诗之前，诗在弦之后，是知学乐先丝音矣。⑩
> 歌以弦为体，以歌为用，弦歌二者不可偏废。⑪

---

① （汉）毛亨传，（汉）郑玄笺，（唐）孔颖达等正义：《毛诗正义》卷四之四《郑风·子衿》孔颖达疏，（清）阮元校刻《十三经注疏》，中华书局 1980 年影印，第 345 页。
② （宋）朱熹：《论语集注·阳货第十七》，齐鲁书社 1992 年版，第 175 页。
③ （汉）郑玄注，（唐）贾公彦疏：《周礼注疏》卷二十三《小师》，（清）阮元校刻《十三经注疏》，中华书局 1980 年影印，第 797 页。
④ （汉）郑玄注，（唐）孔颖达等正义：《礼记正义》卷三十八《乐记》，（清）阮元校刻《十三经注疏》，中华书局 1980 年影印，第 1538 页。
⑤ （汉）毛亨传，（汉）郑玄笺，（唐）孔颖达等正义：《毛诗正义》卷十七之二，（清）阮元校刻《十三经注疏》，中华书局 1980 年影印，第 534 页。
⑥ （元）朱公迁：《诗经疏义会通》卷五《园有桃》，文渊阁《四库全书》本。
⑦ （明）陈士元：《论语类考》卷十三《制乐考·弦歌》，文渊阁《四库全书》本。
⑧ （晋）杜预注，（唐）孔颖达等正义：《春秋左传正义》卷二十九《襄公二年》孔颖达疏，（清）阮元校刻《十三经注疏》，中华书局 1980 年影印，第 1929 页。
⑨ （明）朱载堉：《乐律全书》卷八《竹音之属总序》，文渊阁《四库全书》本。
⑩ 同上。
⑪ （明）朱载堉：《乐律全书》卷十八《论弦歌二者不可偏废》，文渊阁《四库全书》本。

这里，需要简要说明的是：

1. 对于《诗经》305 篇皆可弦歌，先秦迄北宋并无异议，墨子、司马迁、《毛诗传》之言曾被广泛地征引或发挥。时至南宋，疑古风盛行，朱熹则在程大昌提出的"若夫邶、鄘、卫、王、郑、齐、魏、唐、秦、陈、桧、曹、豳，此十三国者，诗皆可采而声不入乐，则直以徒诗著之本土"①、"《南》、《雅》、《颂》之为乐诗，而诸国之为徒诗"的基础上，②附会所谓"风雅正变"之说，针对司马迁发难曰：

> 太史公所谓孔子皆弦歌之，以求合于《韶》、《武》之音，其误盖亦如此（笔者按：指不谙"风雅正变"）。然古乐既亡，无所考正，则吾不敢必为之说，独以其理与其词推之，有以知其必不然耳。③

但朱熹的支持者寡，反对者众。元杨维桢即曰：

> 夫谱之云者，音调可录，节族可被于弦歌者也。"诗三百"曷无一不可被于弦歌。④

明代章潢批驳曰：

> 晦庵尽斥《序》说，以为淫奔之人所自赋之诗，故疑其非雅乐也，愚以为未然。盖季子所观乐者，周乐也，使郑卫诸诗为里巷狭邪所用，则周乐安得有之？而鲁之乐工亦安能歌异国淫邪之诗乎？然尝因是考之，《诗》之被之弦歌也。⑤

清朱载堉亦批驳曰：

> 古诗存者三百馀篇，皆可以歌，而人不能歌者，患不知音耳。苟能神解意会以音求之，安有不可歌之理？臣尝取《三百篇》诗一一

---

① （宋）程大昌：《诗论·诗论一》，中华书局 1985 年版，第 1—2 页。
② （宋）程大昌：《诗论·诗论二》，中华书局 1985 年版，第 2 页。
③ （宋）朱熹：《晦庵先生朱文公文集》卷七十《读吕氏诗托〈桑中〉篇》，《四部丛刊》初编本。
④ （元）杨维桢：《东维子集》卷一《渔樵谱序》，文渊阁《四库全书》本。
⑤ （明）章潢：《图书编》卷一百十五《乐歌考》，文渊阁《四库全书》本。

弦歌之，始信古乐未尝绝传于世，但人自画不求之音耳。①

历经长期的论争，清代晚期方取得共识，《诗经》皆入乐，皆可弦歌，被学人普遍认同，成为不刊之论。

2. 先秦常以琴瑟并提，陈旸曰："八音以丝为主，丝以琴为君。琴之乐，出乎器，入乎觉。而瑟实类之，其所异者，特丝分而音细耳。"② 实际上，先秦时用于弦歌《诗经》的弹弦乐器，主要是瑟而不是琴。宋代史绳祖有"瑟先于琴"说，③ 其后熊朋来曰："瑟者，登歌所用之乐器也。古者歌诗必以瑟。《论语》三言瑟而不言琴，《仪礼》乡饮、乡射、大射、燕礼，堂上之乐惟瑟而已。"④ 朱载堉亦曰："琴瑟与笙互相为用，《曲礼》曰'士无故不彻琴瑟'，而燕、射及乡饮、乡射独有瑟而无琴，《鹿鸣》先瑟而后琴，《山有枢》、《车邻》只言瑟而不言琴，《论语》言瑟再三亦不言琴。以此观之，瑟之于琴，尚矣！"⑤ 此结论立足于对《仪礼》《论语》《诗经》等经籍的考察，的然可信。瑟在先秦之所以高于琴，笔者以为，除其较琴弦多、音高、音域宽广而更适合弦歌外，更重要的原因是统治者从礼乐需要出发赋予瑟以道德功能。或如《世本》曰："瑟，洁也，使人精洁于心，淳一于行也。"⑥ 或如汉班固《白虎通德论》卷二《礼乐》曰："瑟者，啬也闲也，所以惩忽宫、商、角则宜。君父有节，臣子有义，然后四时和。四时和，然后万物生，故谓之瑟也。"⑦

如上所述，早在孔子 8 岁时，《诗经》就已经基本定型，而且可以弦歌。那么孔子何以又将"三百五篇……皆弦歌之"呢？对此，司马迁仅简要地概述为"以求合《韶》《武》《雅》《颂》之音。礼自此可得而述，以备王道，成六艺"，未多作说明。兹具体阐释如下：

1. 孔子"皆弦歌""三百五篇"，是为修复"周乐"，实施"乐教"。

孔子对"周乐"是推崇备至、顶礼膜拜的，声称"周监于二代，郁郁乎文哉！吾从周！"⑧ 他所在的鲁国，是周初制礼作乐的周公姬旦的封

---

① （明）朱载堉：《乐律全书》卷三十六《乡饮酒诗乐谱》，文渊阁《四库全书》本。
② （宋）陈旸：《乐书》卷七十八，文渊阁《四库全书》本。
③ （宋）史绳祖：《学斋占毕》卷二《瑟先于琴》，文渊阁《四库全书》本。
④ （元）熊朋来：《瑟谱》卷一，文渊阁《四库全书》本。
⑤ （明）朱载堉：《乐律全书》卷七上，文渊阁《四库全书》本。
⑥ （宋）李昉等：《太平御览》卷五百七十六《琴》征引，《四部丛刊》三编本。
⑦ （汉）班固：《白虎通德论》，上海古籍出版社 1990 年版，第 21 页。
⑧ （三国·魏）何晏集解，（宋）邢昺疏：《论语注疏》卷三《八佾》，（清）阮元校刻《十三经注疏》，中华书局 1980 年影印，第 2467 页。

地（开国君主即周公姬旦之子伯禽），享有用"天子之乐"的特权。自公元前 770 年周平王姬宜臼迁都洛邑之后，周王室日渐衰微，诸侯僭越，社会动荡，礼崩乐坏，于是鲁国就成了保全"周乐"的最佳之地，所谓"周礼尽在鲁矣"之"周礼"，① 亦应包括"周乐"在内，季札赴鲁国观"周乐"，就证明了这点。但是，自孔子 8 岁季札观"周乐"至孔子 68 岁由卫返鲁，六十余年世事沧桑，鲁国也难免"诗书阙，礼乐废"。② 就"周乐"言之，则因"太师挚适齐，亚饭干适楚，三饭缭适蔡，四饭缺适秦，鼓方叔入于河，播鼗武入于汉，少师阳、击磬襄入于海"，③ 或零散佚失、篇次无序、章句离析，或重复繁杂、走腔串调、真假不分。孔子自称："述而不作，信而好古，窃比于我老彭。"④ 面对"周乐"废损的现实以及他周游列国耳闻目睹四方之音殊异，他"皆弦歌""三百五篇"，并不是像有的人说的那样为"三百五篇"谱曲，而是辑集佚散，补订残缺，梳理混乱，剔除怪异，统一声韵，再现"周乐"的原貌。这也是他致力于教育兴邦、实施乐教的必要环节。孔子有深厚的音乐造诣，熟悉"周乐"，博闻多识，完全胜任这一工作。楼钥曰："孔子之时，礼乐已缺，其观于周而历聘诸国，志固在于行道，未始不切切于二者，故问于老聃，问于苌弘。……盖乡人邦国所用之外，乐歌多失其声，苟闻歌而善，必使再歌之，所谓和之者，又得此一诗之声矣。太史公知之，言'三百五篇孔子皆弦歌之，以求合《韶》《武》《雅》《颂》之音。礼乐自此可得而述'。故曰'吾自卫反鲁，然后乐正，《雅》《颂》各得其所'，其苟云乎哉！自太师挚适齐，至少师阳、击磬襄入于海，亦多不得其说。挚而下皆乐工，散之四方，夫子谨志之，如有欲用，则皆知其所之。殆所谓乐失，求诸夷者耶。"⑤

2. 孔子"皆弦歌""三百五篇"，旨在崇雅排俗。

所谓"雅"，即雅乐，亦称周乐、正乐、先王之乐、古乐等。雅乐以仁为本，依"礼"而行，是周代"礼乐"制的重要组成部分，用于王室、诸侯、贵族、卿大夫们举行的祭祀、燕飨、使聘盟会、军事大典等各种礼

---

① （晋）杜预注，（唐）孔颖达等正义：《春秋左传正义》卷四十二《昭公二年》，（清）阮元校刻《十三经注疏》，中华书局 1980 年影印，第 2029 页。

② （宋）刘恕编集：《资治通鉴外纪》卷九，《四部丛刊》初编本。

③ （三国·魏）何晏集解，（宋）邢昺疏：《论语注疏》卷十八《微子》，（清）阮元校刻《十三经注疏》，中华书局 1980 年影印，第 2530 页。

④ （三国·魏）何晏集解，（宋）邢昺疏：《论语注疏》卷七《述而》，（清）阮元校刻《十三经注疏》，中华书局 1980 年影印，第 2481 页。

⑤ （宋）楼钥：《攻媿集》卷五十四《重修太常寺记》，《四部丛刊》初编本。

仪，宗旨是维护、调和宗法血缘社会关系，巩固周王室的统治。因此，雅乐的使用不仅不同的场合，乐器的种类和数目、演奏的曲目、乐队的规模和排列以及舞蹈等都有明确的规定，而且享用者也有严格的等级划分。如万舞，执羽而舞之人，"天子用八，诸侯用六，大夫四，士二"①。然而，孔子自卫返鲁之时，天下无道，人心不古，雅乐已混乱不堪。其主要表现：一方面是诸侯僭越成风，卿大夫擅权，礼乐下移而失序。如《左传·襄公四年》记鲁国大夫穆叔访问晋国，晋侯竟命金奏享元侯的《肆夏》、工歌两君相见之乐《文王》；《左传·庄公二十八年》记楚文王夫人新寡，文王之弟令尹子元想诱惑她，就在她的住处演万舞，以娱妇人。更有甚者，在所谓"礼仪之邦"的鲁国，大夫"季氏八佾舞于庭"，② 家臣仲孙、叔孙、季孙"三家者以《雍》彻"（笔者按：《雍》，《周颂·臣工》篇名，系天子宗庙歌之以彻祭之乐），③ 雅乐成何体统，已可想而知。另一方面是以"郑声"为代表的俗乐（又称郑卫之音、新乐等）流行，已成泛滥之势。如魏文侯曰："吾端冕而听古乐，则唯恐卧；听郑卫之音，则不知倦。"④ 齐国遗赠鲁君"女子好者八十人，皆衣文衣而舞康乐"⑤，季桓子使鲁定公受之，"君臣相与观之，废朝礼三日"⑥。这种礼乐混乱的现实，说明雅乐的正统地位已遭到破坏，统治秩序已被扰乱，人心浸淫，世风日下，社会危机在加深。作为奴隶制时代的政治家，孔子非常自觉地以传统守卫者自居，以承传文化传统为己任，辅佐君王弘扬礼乐实现仁政是他的最高理想。无奈，他不被鲁国统治者赏识，周游列国又处处碰壁，只好将大部分时间和精力用在聚徒讲学、整理古代文化的遗存上。他"皆弦歌""三百五篇"，汲汲于复原周乐，正是他致力于乐教、挽救礼崩乐坏的重要举措。因为，从音乐的角度来说，《诗经》是雅乐的基本文化载体，雅乐大都出自《诗经》；《雅》、《颂》、

① （晋）杜预注，（唐）孔颖达等正义：《春秋左传正义》卷三《隐公五年》，（清）阮元校刻《十三经注疏》，中华书局 1980 年影印，第 1727—1728 页。

② （三国·魏）何晏集解，（宋）邢昺疏：《论语注疏》卷三《八佾》，（清）阮元校刻《十三经注疏》，中华书局 1980 年影印，第 2465 页。

③ 同上。

④ （汉）郑玄注，（唐）孔颖达等正义：《礼记正义》卷三十八《乐记》，（清）阮元校刻《十三经注疏》，中华书局 1980 年影印，第 1538 页。

⑤ （三国·魏）何晏集解，（宋）邢昺疏：《论语注疏》卷十八《微子》之邢昺疏，（清）阮元校刻《十三经注疏》，中华书局 1980 年影印，第 2529 页。

⑥ （三国·魏）何晏集解，（宋）邢昺疏：《论语注疏》卷十八《微子》之何晏集解，（清）阮元校刻《十三经注疏》，中华书局 1980 年影印，第 2529 页。

《风》，特别是《周南》、《召南》是雅乐的常用篇章；雅乐中的《大武》乐章，即《周颂》中的《我将》、《武》、《赉》、《般》、《酌》、《桓》（笔者按，诸说关于具体篇章及其编排次序存有差异，此采用高亨之说）。

稽考诸文献典籍，雅乐这一概念就是孔子首先提出的。《论语·阳货》："子曰：恶紫之夺朱也，恶郑声之乱雅乐也，恶利口之覆邦家者。"① 可以看出，孔子对郑声之深恶痛绝。他将雅乐与郑声对举，就是要在恢复雅乐的同时，排斥以郑声为代表的俗乐。因为郑声没有负载他所要求的"礼乐"内含，惑人耳目，乱人心志，混淆是非，败坏雅乐；不清除郑声，就无法使雅乐纯正，无法实施诗教。孔子在回答"颜渊问为邦"时还说："行夏之时，乘殷之辂，服周之冕，乐则《韶》、《武》。放郑声，远佞人。郑声淫，佞人殆。"② 将"放郑声"上纲到治国安邦平天下的高度，旗帜何其鲜明，态度何其坚决！

对于"郑声"，先秦和西汉均视之为音乐，至东汉许慎《五经异议》始提出了郑诗说。其实，"夫子言'郑声淫'，曷尝言'郑诗淫'乎？声音，音乐也，非诗词也。"③ "凡所谓声，所谓音，非言其诗也。如靡靡之乐，涤滥之音，其始作也，实自郑卫桑间、濮上耳。然则，郑卫之音，非郑诗、卫诗，桑间、濮上之音，非《桑中》诗，其义甚明。"④ 孔子岂止仅仅反对一郑声！他听子路弹琴，愤然斥之为"小人之音"，"匹夫之徒，曾无意于先王之制而习亡国之声，岂能保其六七尺之体哉"；⑤ 鲁定公十年夏，定公与齐景公会于夹谷，"齐有司趋而进曰：'请奏四方之乐。'……于是旍旄羽袚矛戟剑拔鼓噪而至。孔子趋而进，历阶而登，不禁一等，举袂而言曰：'吾两君为好会，夷狄之乐何为于此！请命有司！'……有顷，齐有司趋而进曰：'请奏宫中之乐。'……优倡侏儒为戏而前。孔子趋而进，历阶而登，不禁一等，曰：'匹夫而荧惑诸侯者罪当诛！请命有司！'有司加法焉，手足异处。"⑥ 可见，孔子倡言"放郑声"，是把郑声作为当时流行的俗乐的代表而抨击挞伐的。王樵曰："郑

---

① （三国·魏）何晏集解，（宋）邢昺疏：《论语注疏》卷十七，（清）阮元校刻《十三经注疏》，中华书局1980年影印，第2525页。

② （三国·魏）何晏集解，（宋）邢昺疏：《论语注疏》卷十五《卫灵公》，（清）阮元校刻《十三经注疏》，中华书局1980年影印，第2517页。

③ （清）陈启源：《毛诗稽古编》卷二十五《诗乐》，文渊阁《四库全书》本。

④ （清）戴震：《戴东原集》卷一《书郑风后》，《四部丛刊》初编本。

⑤ （三国·魏）王肃注：《孔子家语》卷八《辩乐》，《四部丛刊》初编本。

⑥ （汉）司马迁：《史记》卷四十七《孔子世家》，中华书局1959年版，第1915页。

声者，周子所谓妖淫愁怨道欲增悲者也。疑春秋时所谓郑卫之声者，亦不专行于此地，诸国皆有之，但是其音节而不必是其辞，则皆其声也。夫子以其时之所尚而盛行，荡人心坏风教莫甚于是也，故亟欲放之。放郑声者，夫子之本志；归鲁正乐，则考定雅乐以为之兆也。"① 如此这般，除了政治上的原因外，从音乐艺术的角度探究，孔子对郑声也是不能容忍的。因为在孔子的心目中，雅乐是尽善尽美、千古不可移易的。雅乐由宫、商、角、徵、羽五声搭配而成，有节有度，"迟速、本末以相及，中声以降，五降之后，不容弹矣。于是有烦手淫声，慆堙心耳，乃忘平和，君子弗听也"②。如器乐演奏，"琴瑟尚宫，钟尚羽，石尚角，匏竹利制，大不逾宫，细不过羽"，③ 即乐器各自有最适合的音声，音高均不超过五声音阶的一个八度；其声调中和平顺，节奏宽广舒缓，风格崇高典雅，情味纯正清淡。这一切，就是孔子尊奉不违的衡量音乐的准绳。而郑声，早在季札观周乐时即有"其细已甚"之嫌，其后音高则已超出了五声音阶的一个八度，而且"烦手淫声，慆堙心耳，乃忘平和"，"不依于礼，没有节制，声调可以伸缩随意，不立一定的规矩"，④ 突破了五声的界限和传统的声律相合的原则；其声调靡曼幻眇，节奏繁促多变，风格或柔婉或愤激，情思或缠绵或放浪；而且其演奏方式，"进俯退俯，奸声以滥，溺而不止，及优侏儒，獶杂子女，不知父子"⑤。这一切，就是孔子所谓的"淫"，与孔子的要求格格不入，势必要被孔子入另册了。

就音乐发展史看，郑声实际上是春秋之际崛起的一种新兴的音乐。孔子"放郑声"，不仅未能阻止新乐的流行和发展，而且充分暴露了他保守、倒退的世界观，这是问题的一个方面。另一方面，孔子"皆弦歌""三百五篇"，修复"周乐"；"放郑声"，使雅乐纯正，又有益于《诗经》乐章和弦乐的保存和传承，有利于更好地施行乐教。孔子曾学鼓琴于鲁国师襄子，会击磬，能吹笙，尤钟情于琴瑟。他不仅"皆弦歌""三百五篇"，开创了以琴瑟为先的乐教、诗教，而且身体力行，琴瑟不离身。朱载堉曰："《论语》曰'取瑟而歌'，又曰'子于是日哭则不歌'，其非病

---

① （明）王樵：《方麓集》卷二《诗考序》，文渊阁《四库全书》本。
② （晋）杜预注，（唐）孔颖达等正义：《春秋左传正义》卷四十一《昭公元年》，载医和语，（清）阮元校刻《十三经注疏》，中华书局 1980 年影印，第 2024 页。
③ （三国·吴）韦昭解：《国语》卷三《周语下》，载伶州鸠语，《四部丛刊》初编本。
④ 顾颉刚：《古史辨》第三册《诗经在春秋战国间的地位·孔子对于诗乐的态度》，上海古籍出版社 1982 年版，第 349 页。
⑤ （汉）郑玄注，（唐）孔颖达等正义：《礼记正义》卷三十九《乐记》，（清）阮元校刻《十三经注疏》，中华书局 1980 年影印，第 1540 页。

非哭之日盖无日不弦不歌。由是而观，则知弦歌乃素日常事，所谓不可斯须去身，信矣。"① 有关孔子弦歌的记载常见于典籍，如："孔子游乎缁帷之林，休坐乎杏坛之上。弟子读书，孔子弦歌鼓琴。奏曲未半，有渔父者下船而来，……距陆而止，左手据膝，右手持颐以听。"② "孔子晨立堂上，闻哭者声音甚悲，孔子援琴而鼓之，其音同也。"③ "孔子遭厄于陈蔡之间，绝粮七日，弟子馁病，孔子弦歌。"④ 在孔子言传身教、谆谆诱导之下，"孔子门人学乐者多矣，或援琴而歌，或执干而舞，或咏而归，或坐而弦，无非乐道以成己者也"⑤。"至若子游、子路、曾皙之徒，皆以弦咏相尚"。⑥ 子游为武城宰，"子之武城，闻弦歌之声"。⑦ "原宪居鲁，环堵之室，茨以蒿莱，蓬户瓮牖，桷桑而无枢，上漏下湿，匡坐而弦歌"。⑧ 如此这般，就使原本局囿于宫廷、宗庙以及贵族、卿大夫之家，主要由御用乐师掌管的弦乐，进一步加速下移并普及于士阶层，形成了"士无故不彻琴瑟"、⑨ 士"以琴瑟乐心"的社会风尚⑩，并对后世文人乐于琴瑟产生了深远的影响。这无疑对琴瑟艺术的传承和发展起了巨大的推动作用。

第二节 六笙诗
——笙演奏的范本

笙是一种古老的民族乐器。《礼记·明堂位》曰："女娲之笙簧。"⑪

① （明）朱载堉：《乐律全书》卷十八《论弦歌二者不可偏废》，文渊阁《四库全书》本。
② （清）王先谦：《庄子集解》卷八《渔父》，三秦出版社 2005 年版，第 443 页。
③ （汉）刘向：《说苑》卷十八《辨物》，《四部丛刊》初编本。
④ （三国·魏）王肃注：《孔子家语》卷五《困誓》，《四部丛刊》初编本。
⑤ （宋）陈旸：《乐书》卷八十九，文渊阁《四库全书》本。
⑥ （明）朱载堉：《乐律全书》卷十八《论弦歌二者不可偏废·弦歌要旨序》，文渊阁《四库全书》本。
⑦ （三国·魏）何晏集解，（宋）邢昺疏：《论语注疏》卷十七《阳货》，（清）阮元校刻《十三经注疏》，中华书局 1980 年影印，第 2524 页。
⑧ （汉）韩婴：《韩诗外传》卷一，《四部丛刊》初编本。
⑨ （汉）郑玄注，（唐）孔颖达等正义：《礼记正义》卷四《曲礼下》，（清）阮元校刻《十三经注疏》，中华书局 1980 年影印，第 1259 页。
⑩ 董治安、郑杰文汇撰：《荀子汇校汇注·乐论篇》，《文献集成》（2），齐鲁书社 1998 年版，第 679 页。
⑪ （汉）郑玄注，（唐）孔颖达等正义：《礼记正义》卷三十一，（清）阮元校刻《十三经注疏》，中华书局 1980 年影印，第 1491 页。

汉应劭曰："《世本》：'随作笙。'长四寸，十二簧，像凤之身。"① 这仅是传说，至今尚难以确定笙产生的具体时限，但稽考诸古代典籍文献，殷墟甲骨文中有"龢"字，即"和"，《尔雅·释乐》称笙"小者谓之和"②；《尚书·益稷》首言："下管鼗鼓，合止柷敔，笙镛以间，鸟兽跄跄。《箫韶》九成，凤皇来仪。"③ 则禹舜之时笙演奏或许已见于宗庙祭祀，而且"于堂下吹竹管，击鼗鼓，合乐用柷，止乐用敔，吹笙击钟，以次迭作，鸟兽相率而舞，其容跄跄然，堂下之乐，感亦深矣"④。

汉班固曰："笙者，太簇之气，象万物之生，故曰笙。有七正之节焉，有六合之和焉，天下乐之，故谓之笙。"⑤ 宋陈旸曰："古者造笙，以曲沃之匏，汶阳之篞，列管匏中，而施簧管端，则美在其中。钟而为宫，盖所以道达冲气，律中太簇，立春之音也。故有长短之制焉，有六合之和焉。故《五经析疑》曰：笙者，法万物始生，道达阴阳之气，故有长短，黄钟为始，法象凤凰。盖笙为乐器，其形凤翼，其声凤鸣。"⑥ 因此，笙在先秦音乐中居有较高的地位，"掌教吹竽笙埙籥箫篪笛管舂牍应雅，而独以笙师名官。笙，东方之乐，有始事之意"，⑦ 足见当时对笙的重视。

笙诗，即可用笙吹奏的有曲谱的诗。此文所谓笙诗，特指《毛诗·小雅》中《南陔》、《白华》、《华黍》、《由庚》、《崇丘》、《由仪》六诗。这六诗，本无其名，称为"笙诗"，始于北宋。宋人所据，系《仪礼》之《燕礼》和《乡饮酒礼》两处用乐的记述，如《燕礼》所述：

　　　笙入，立于县中，奏《南陔》、《白华》、《华黍》。……乃间歌《鱼丽》，笙《由庚》；歌《南有嘉鱼》，笙《崇丘》；歌《南山有台》，笙《由仪》。遂歌乡乐《周南》：《关雎》、《葛覃》、《卷耳》；《召南》：《鹊巢》、《采蘩》、《采蘋》。大师告于乐正曰："正歌备。"⑧

① 王利器校注：《风俗通义校注》卷六《声音·笙》，中华书局1981年版，第281页。
② （晋）郭璞注，（宋）邢昺疏：《尔雅注疏》卷五，（清）阮元校刻《十三经注疏》，中华书局1980年影印，第2601页。
③ （汉）孔安国传，（唐）孔颖达等正义：《尚书正义》卷五《益稷》，（清）阮元校刻《十三经注疏》，中华书局1980年影印，第144页。
④ （汉）孔安国传，（唐）孔颖达等正义：《尚书正义》卷五《益稷》之孔颖达疏，（清）阮元校刻《十三经注疏》，中华书局1980年影印，第144页。
⑤ （汉）班固：《白虎通德论》卷二《礼乐》，《四部丛刊》初编本，第21页。
⑥ （宋）陈旸：《乐书》卷一百二十三《八音·匏之属》，文渊阁《四库全书》本。
⑦ （宋）王与之：《周礼订义》卷四十一引王昭禹语，文渊阁《四库全书》本。
⑧ （汉）郑玄注，（唐）陆德明音义，贾公彦疏：《仪礼注疏》卷十五《燕礼》，（清）阮元校刻《十三经注疏》，中华书局1980年影印，第1021页。

（按，《乡饮酒礼》文字与其大同小异，见本章第三节《〈诗经〉是先秦各种器乐演奏的主体》之"先秦诸典籍文献记载器乐演奏《诗经》情况一览表"）

在汉代《鲁诗》、《齐诗》、《韩诗》、《毛诗》四家并行，而鲁、齐、韩三家《诗》皆305篇，并无《南陔》等六诗，惟《毛诗》为311篇，载其六诗，但仅有篇名及诗序，没有文辞。《毛诗序》曰："《南陔》，孝子相戒以养也。《白华》，孝子之洁白也。《华黍》，时和岁丰，宜黍稷也。有其义而亡其辞。"① 又曰："《由庚》，万物得由其道也。《崇丘》，万物得极其高大也。《由仪》，万物之生各得其宜也。有其义而亡其辞。"② 这就留下了许多疑点。然而，自东汉末年迄唐，对《毛诗序》的认识和解说基本一致。如郑玄笺曰："孔子论诗'雅颂各得其所'时俱在耳。……遭战国及秦之世而亡之，其义则与众篇之义合编，故存。至毛公为《诂训传》，乃分众篇之义，各置于其篇端云。"③ 陆德明"音义"曰："盖武王之时，周公制礼用为乐章，吹笙以播其曲，孔子删定在三百一十一篇内，遭战国及秦而亡。子夏序《诗》篇义合编，故诗虽亡而义犹在也。毛氏《训传》各引序冠其篇首，故序存而诗亡。"④ 时至宋代，疑古风起，才产生了异议，此后即辩难不休，争议焦点则集中于这六诗是否有文辞上。

主张《南陔》等六"笙诗"无文辞者，最有影响的是朱熹之说：

> 此笙诗也，有声无辞。⑤
> 亦笙诗也。……《南陔》以下，今无以考其名篇之义，然曰笙，曰乐，曰奏，而不言歌，则有声而无辞明矣。所以知其篇第在此者，意古经篇题之下必有谱焉，如《投壶》"鲁薛鼓"之节而亡之耳。⑥

---

① （汉）毛亨传，（汉）郑玄笺，（唐）孔颖达等正义：《毛诗正义》卷九之四，（清）阮元校刻《十三经注疏》，中华书局1980年影印，第418页。

② （汉）毛亨传，（汉）郑玄笺，（唐）孔颖达等正义：《毛诗正义》卷十之一，（清）阮元校刻《十三经注疏》，中华书局1980年影印，第419页。

③ （汉）毛亨传，（汉）郑玄笺，（唐）孔颖达等正义：《毛诗正义》卷九之四，（清）阮元校刻《十三经注疏》，中华书局1980年影印，第418页。

④ 同上。

⑤ （宋）朱熹：《诗集传》卷九《南陔》，中华书局1958年版，第109页。

⑥ （宋）朱熹：《诗集传》卷九《华黍》，中华书局1958年版，第109页。

所谓有其义者，非真有；所谓亡其辞者，乃本无也。①

而实际上始主六"笙诗"本无文辞之说者，是北宋的刘敞。卫湜曰："清江刘氏曰：《由庚》、《崇丘》、《由仪》，此三篇皆笙诗也。《小序》云'有其义而亡其辞'，亡，谓本无，非亡逸之亡也。……《南陔》以下，今无以考其名篇之义，然曰笙，曰乐，曰奏，而不言歌，则有声而无辞明矣。下《由庚》、《崇丘》、《由仪》放此。"②继而郑樵反复申说："古者丝竹与歌相和，故有谱无词。所以六诗在'三百篇'中但存名耳。汉儒不知，谓为六亡诗也。"③"诗有六亡篇，乃六笙诗，本无辞。"④"此六诗皆主于笙奏之。商份曰：'所谓亡其辞者，今《论语》亡字皆读为无字，谓此六诗以笙奏之，虽有其声，举无辞句，不若《鱼丽》、《南有嘉鱼》、《南山有台》于歌奏之。歌，人声也，故有辞尔，此歌与笙之异也。……'辩曰：古者有堂下堂上之乐，歌主人声，堂上乐也；笙镛以间，堂下乐也。谓之笙镛，乃间歌之声，皆有义而无其辞。束广微之补亡六诗，皮日休补《肆夏》，不知六亡诗乃笙诗，《肆夏》乃金奏，初无辞之可传也。"⑤"六亡诗，不曰六亡诗，曰六笙诗，盖歌主人，必有辞，笙主竹，故不必辞也，但有其谱耳。"⑥"诗多以首二字，或篇中次取二字或一字以为题，……此六章有题无诗，作序者但考两字，便率意作一篇之序。"⑦此后洪迈亦曰："亡其辞者，元未尝有辞也。郑康成始以为及秦之世而亡之。……陆德明《音义》云……盖祖郑说耳。且古《诗》经删及逸不存者多矣，何独列此六名于大序中乎？……《左传》叔孙豹如晋，晋侯享之，金奏《肆夏》、《韶夏》、《纳夏》，……三夏者乐曲名，击钟而奏，亦以乐曲无辞，故以金奏。"⑧王质亦曰："有其义者，以题推之也；亡其辞者，莫知其中谓何也。……毛氏不晓笙歌，而一概观之。……大率歌者，有辞有调者也；笙者、管者，有腔无辞者也。……有声无辞，当是相传有腔而已，此六诗之比

---

① （宋）朱熹辨说：《诗序》卷下《华黍》，文渊阁《四库全书》本。
② （宋）卫湜：《礼记集说》卷一百五十七，文渊阁《四库全书》本。
③ （宋）郑樵：《通志》卷四十九《乐略第一·乐府总序》，中华书局1987年版，第625页。
④ （宋）郑樵：《六经奥论》卷三《亡诗六篇》，文渊阁《四库全书》本。
⑤ 同上。
⑥ （宋）周孚：《蠹斋铅刀编》卷三十一《非诗辨妄》引郑樵语，文渊阁《四库全书》本。
⑦ （宋）李樗、黄櫄：《毛诗集解》卷二十引郑樵语，文渊阁《四库全书》本。
⑧ （宋）洪迈：《容斋随笔·容斋续笔》卷十五《南陔六诗》，中国世界语出版社1995年版，第258页。

也。甚矣，《序》之欺后世也。"① 董逌亦曰："笙入者，有声而无诗也。盖诗有歌有声，见于诗者，歌也；寓于乐者，声也。以其用于乡人、邦国，故当时人习其义，是以因其事而识其声知其义也。然则，亡其辞者，乃本亡之，非失亡也。"② 以上诸人，皆早于朱熹，实为朱熹之说所本。

然而，六笙诗本无文辞提出后，即遭到长期的驳议："吕氏（按，即南宋吕祖谦，与朱熹为切磋友）曰：'《国语》叔孙穆子聘晋，伶箫歌《鹿鸣》之三，《鹿鸣》三篇既可与箫相和而歌，则《南陔》以下独不可与笙相和而歌乎？必是有其诗而亡之也。'严氏（按，即南宋严粲）曰：'乐以人声为主，人声即所歌之辞也。若本无其辞，则无由有其义。《序》本因其辞以知其义，后亡其辞，惟《序》之义存焉耳。'郝氏（按，即明代郝敬）曰：'《仪礼·乡射》奏《驺虞》、《狸首》，《驺虞》有辞也，亦云奏。《国语》金奏《肆夏》、《樊遏》、《渠》，《肆夏》即《时迈》也，《樊遏》为《韶夏》即《执竞》也，《渠》为《纳夏》即《思文》也，皆有辞，而皆曰金奏。《周礼·籥章》以籥吹豳诗，即《七月》也。籥吹《七月》，犹笙吹《南陔》、《白华》、《华黍》也。《明堂位》、《祭统》升歌《清庙》，下管《象》，《象》即《维清》也，亦曰管。是知笙诗固未尝无辞也。'虞惇按：古言郑氏云笙诗有声有辞，如其有声无辞，宜曰笙调，不曰笙诗。《燕礼》升歌《鹿鸣》，下管《新宫》，《新宫》今亡，《左传》宋公享昭子赋《新宫》，将谓管亦有声无辞乎？……笙诗之亡，犹管诗之亡也。《书》曰'琴瑟以咏'、'笙镛以间'，《诗》曰'我有嘉宾，鼓瑟吹笙'，皆有诗也。是故升歌三终，《鹿鸣》三诗也；笙入三终，《南陔》三诗也；间歌三终，《鱼丽》、《由庚》六诗也；合乐三终，则《二南》六诗，众声偕作矣。于是工告乐正曰'正歌备'，皆谓之歌，而可谓之有声无辞乎？凡乐四节，首节歌也，比歌以瑟也；二节笙也，辅笙以磬也；三节笙歌相禅也；四节乡乐六诗也。凡乐四节，为诗十八篇，皆有声有辞，'鼓瑟鼓琴，笙磬同音，以雅以南'，此之谓也。然则，《序》所谓'有其义而亡其辞'者，遭战国秦火而亡之，非本亡。"③ 毛奇龄曰："且六诗亦以被笙之故，偶轶其字句，未尝无诗。天下无无诗而有题者，亦无无诗

---

① （宋）王质：《诗总闻》卷十《由仪》，文渊阁《四库全书》本。
② （元）刘瑾：《诗传通释》卷九引，文渊阁《四库全书》本。
③ （清）严虞惇：《读诗质疑》卷十七，文渊阁《四库全书》本。

而可以笙者。惟朱子臆断，妄谓其六诗者有声无诗。……况《诗》题非他，皆摘《诗》中字标以为题。……是题也，假如无诗，题将安出？且亦何所见？何所取义？可妄曰《南陔》、曰《华黍》、曰《崇丘》、曰《由仪》？此皆悖理之已甚者。况古有徒歌并无徒乐，纵有徒乐，如后世吹角吹箛等，亦皆有辞存乎其中，况堂堂大乐燕享酬报？即徒歌尚不可，岂有虚吹虚打如时俗嫁娶之理？"①范家相曰："朱子曰笙之无词，大约如鲁鼓、薛鼓之节而亡之，是又不然。鼓所以节乐，考击出于人手，类于戛磬柷敔，不可比之以词。若笙箫管笛，皆因人气逼而有音，其音高下长短疾徐，唯人是使，如今俗乐，必有工尺之谱也，而谓笙本无词乎？"②

　　笔者不厌其详地胪列势不两立的诸说，除探本求源揭示六"笙诗"本无文辞说的原委和承绪，展示双方持论的主要理由和依据外，更主要的是：

　　1. 指出六"笙诗"有无文辞之说的分歧主要在于对《毛诗序》"有其义而亡其辞"一语中"亡"的理解不一。主有文辞者认为"亡"为"遗失"，主无文辞者认为"亡"即"无"，各是其是，旁征博引，轩轾难分。尽管如此，但他们大都信从《毛诗》及《毛诗序》，认可六"笙诗"是《诗经·小雅》中的篇目，③ 有的还力图重新确定六"笙诗"在

---

① （清）毛奇龄：《诗传诗说驳义》卷四《小正》，文渊阁《四库全书》本。
② （清）范家相：《诗沈》卷十一，文渊阁《四库全书》本。
③ 亦有个别人认为《毛诗》在篇目上比鲁、齐、韩三家《诗》多6篇，是传《毛诗》者误将《仪礼》之《乡饮酒礼》和《燕礼》中提及的《南陔》、《白华》、《华黍》、《由庚》、《崇丘》、《由仪》六"笙诗"的篇目收进了《诗经》。如宋代六"笙诗"本无文辞说提出后，王质进一步发挥曰："窃意有腔无辞者，圣人皆不以入《诗》，如《新宫》之类是也。"［（宋）王质：《诗总闻》卷十《由仪》，文渊阁《四库全书》本］清代姚际恒亦曰："此乃当时作乐者撰此六诗，用以吹笙，而非'三百篇'之诗也。……自序《诗》者见前世有此六诗，误以为'三百篇'之散亡者，而以其篇名捃拾于'三百篇'中。以《南陔》三篇名列于《小雅·鱼丽》之后，荟萃一处，悉本《仪礼》，盖序《诗》者之妄也。"［（清）姚际恒：《仪礼通论》，中国社会科学出版社1998年版，第104—105页］今人张西堂亦曰："这是传《毛诗》的误将《仪礼·燕礼》的……六个笙乐的篇目，当作了乐歌，来混淆诗篇的数目，表示《毛诗》的篇数比三家诗多，其实这六首笙乐本来就是无词的。朱熹《诗集传》中已说，……清儒姚际恒的《仪礼通论》，牟庭的《诗切序》，皮锡瑞的《诗经通论》也都推论很详细。在《仪礼》中凡言笙、管、奏的都是无辞，这是'器乐'，不是乐歌，不应当与《诗》三百篇混为一谈。"（张西堂：《诗经六论·诗经是中国古代的乐歌总集》，商务印书馆1957年版，第2页）

《小雅》中的序次①。

2. 说明自宋以来围绕六"笙诗"有无文辞之争，虽然纷如聚讼，莫衷一是，但各方都一致认定六"笙诗"是有曲谱的，是燕飨宾客、上下通用的笙演奏曲。

基于以上认识，我们可以说，就器乐艺术而论，《诗经》中的六"笙诗"，原是笙演奏的范本。在先秦，尤其是西周和春秋时期，各种礼仪繁多，六"笙诗"的出演使用率很高，演奏的形式也有独奏、间奏、合奏等多种多样。这不仅对于笙乐在当时的发展和传播起着决定性的作用，使以笙、竽、管为主的匏竹之吹奏乐愈来愈受到重视，② 而且对后世也产生了深远的影响。在唐代，"嘉礼"之"乡饮酒"和"正齿位"皆有："笙入，立于堂下北面，奏《南陔》；讫，乃间歌《南有嘉鱼》，笙《崇丘》；乃合乐《周南·关雎》、《召南·鹊巢》。"③ 在宋代，"周六笙诗，自《南

---

① 六"笙诗"在《小雅》中的序次，计有三种排列：1.《毛诗》排序：……《杕杜》—《鱼丽》—《南陔》—《白华》—《华黍》—《南有嘉鱼》—《南山有台》—《由庚》—《崇丘》—《由仪》—《蓼萧》……郑玄曰："《南陔》、《白华》、《华黍》……篇第当在于此。……以见在为数，故推改什首，遂通耳。而下〔笔者按：指《华黍》以下〕非孔子之旧。"〔（汉）毛亨传，（汉）郑玄笺，（唐）孔颖达等正义：《毛诗正义》卷九之四，（清）阮元校刻《十三经注疏》，中华书局1980年影印，第418页〕苏辙亦主此，但曰："此三诗（笔者按：指《南陔》、《白华》、《华黍》）……毛公传《诗》附之《鹿鸣之什》，遂改什首，予以为非古，于是复为《南陔之什》，《小雅之什》皆复孔子之旧。"（《诗集传》卷十，文渊阁《四库全书》本） 2. 朱熹据《仪礼》之《燕礼》和《乡饮酒礼》二章排序：……《杕杜》—《南陔》—《白华》—《华黍》—《鱼丽》—《由庚》—《南有嘉鱼》—《崇丘》—《南山有台》—《由仪》—《蓼萧》……朱熹《诗集传》卷九于《南陔》之下曰："此笙诗也，……旧在《鱼丽》之后，以《仪礼》考之，其篇次当在此（笔者按：指在《杕杜》之后），今正之。"又以《白华》为次什之首曰："毛公以《南陔》以下三篇无辞，故升《鱼丽》以足《鹿鸣》什数，而附笙诗三篇于其后，因以《南有嘉鱼》为次什之首。今悉依《仪礼》正之。"（第109页） 3. 陆德明"音义"据《诗经·六月》之《毛诗序》排序：……《杕杜》—《鱼丽》—《南陔》—《白华》—《华黍》—《由庚》—《南有嘉鱼》—《崇丘》—《南山有台》—《由仪》—《蓼萧》……陆德明曰："此三篇者（笔者按：指《由庚》、《崇丘》、《由仪》）……依《六月序》，《由庚》在《南有嘉鱼》前，《崇丘》在《南山有台》前，今同在此者（笔者按：指《毛诗》置《由庚》、《崇丘》、《由仪》于《南山有台》之后），以其俱亡，使相从耳。"〔（汉）毛亨传，（汉）郑玄笺，（唐）孔颖达等正义：《毛诗正义》卷十之一，（清）阮元校刻《十三经注疏》，中华书局1980年影印，第419页〕吕祖谦亦主此，但以《南陔》为什之首。

② （三国·吴）韦昭解《国语》卷十七《楚语上》：伍举劝谏楚灵王不应"以金石、匏竹之昌大、嚣庶为乐"。（《四部丛刊》初编本）

③ （唐）中敕：《大唐开元礼》卷一百二十七《嘉礼·乡饮酒》和卷一百二十八《嘉礼·正齿位》，民族出版社2000年据光绪十二年氏公善堂校刊本影印，第604、607页。

陔》皆有声而无其诗，笙师掌之，以供祀飨，此所谓吹笙者也"。① 至清代，记载更多："乾隆七年，御制补笙诗六篇，举行乡饮时奏之。……初举觯，工歌《鹿鸣》、《四牡》、《皇皇者华》。再举觯，笙入，乐《南陔》、《白华》、《华黍》。三举觯，间歌《鱼丽》，笙《由庚》；歌《南有嘉鱼》，笙《崇丘》；歌《南山有台》，笙《由仪》。供汤，乃合乐《周南》：《关雎》、《葛覃》、《卷耳》；《召南》：《鹊巢》、《采蘩》、《采蘋》。工告'乐备'，乃降。"② "《律吕正义》中原有御制补笙诗六首，骈注工尺宫商字样，著一并入编，颁发学宫肄习，以示作乐崇德、协律同和之至意。"③ "钦定《文庙乐谱》，御制《补笙诗乐谱》，二书俱颁行，直省各府属已家诵户弦矣。"④ 虽然，《诗经》之六"笙诗"的文辞早已于秦时亡佚，无复考证，此后之六"笙诗"及其曲谱皆为后人补作，⑤ 难以复现原貌，但补作之曲谱及其演奏，对维系、保存和丰富笙乐，无疑有不可没之功。

第三节　《诗经》是先秦各种器乐演奏的主体

除歌唱 305 篇必伴以琴瑟、六笙诗专供笙演奏外，《诗经》还是先秦各种器乐演奏的主体。宋郑樵即曰："古之达乐三：一曰风，二曰雅，三曰颂，所谓金石丝竹匏土革木，皆主此三者以成乐。"⑥ 这在先秦和汉代诸典籍文献中多有记载，兹列表如下：

---

① （元）脱脱：《宋史》卷一百三十一《乐志·乐六》，中华书局 1977 年版，第 3053 页。

② （清）嵇璜、刘墉等：《皇朝通志》卷六十三，文渊阁《四库全书》本。

③ （清）张廷玉等：《皇朝文献通考》卷一百五十六《乐考·乐制》，文渊阁《四库全书》本。

④ （清）阿桂等纂修：《八旬万寿盛典》卷六十《乐章五》，文渊阁《四库全书》本。

⑤ （明）李之藻《頖宫礼乐疏》卷九《笙人三终谱》："笙诗之义，载于《毛诗小序》，遭秦灭学，其文遂亡。……夏侯湛、束皙皆有补作。湛诗仅存《南陔》一首，见刘孝标《世说》注。暂作俱载《文选》，今以操缦谱之，十六字只是一长声，暗藏节奏。"（文渊阁《四库全书》本，声谱略）就连（清）朱鹤龄《诗经通义》卷六所言"《南陔》合吹黄钟、大吕二宫，《白华》合吹太蔟、夹钟二宫，《华黍》合吹姑洗、南吕二宫，《由庚》合吹蕤宾、林钟二宫，《崇丘》合吹夷则、仲吕二宫，《由仪》合吹无射、应钟二宫"（文渊阁《四库全书》），也仅是臆度而已。

⑥ （宋）郑樵：《通志》卷四十九《乐略第一·乐府总序》，中华书局 1987 年版，第 625 页。

先秦和汉代诸典籍文献记载器乐演奏《诗经》情况一览表

书名	篇章	原文	演奏篇目《诗经》	佚诗及其他
仪礼	乡饮酒礼	1. 设席于堂廉，东上。工四人，二瑟，瑟先。相者二人，皆左何瑟，后首，挎越，内弦，右手相。乐正先升，立于西阶东。工人，升自西阶，北面坐。相者东面坐，遂授瑟，乃降。工歌《鹿鸣》、《四牡》、《皇皇者华》。卒歌，主人献工。……笙入堂下，磬南，北面立。乐《南陔》、《白华》、《华黍》。……乃间歌《鱼丽》，笙《由庚》；歌《南有嘉鱼》，笙《崇丘》；歌《南山有台》，笙《由仪》。乃合乐《周南》：《关雎》、《葛覃》、《卷耳》；《召南》：《鹊巢》、《采蘩》、《采蘋》。工告乐正曰："正歌备。" 2. 说屦，揖让如初，升，坐。乃羞。无算爵。无算乐。 3. 宾出，奏《陔》。主人送于门外，再拜。 4. 主人释服，乃息司正。……羞唯所有。征唯所欲。……乡乐唯欲。 5. 乐正命奏《陔》，宾出，至于阶，《陔》作。	《鹿鸣》、《四牡》、《皇皇者华》、《南陔》、《白华》、《华黍》、《鱼丽》、《由庚》、《南有嘉鱼》、《崇丘》、《南山有台》、《由仪》、《关雎》、《葛覃》、《卷耳》、《鹊巢》、《采蘩》、《采蘋》	《陔》〔（明）朱载堉《乐律全书》卷十七，文渊阁《四库全书》本："《陔夏》也，即《南陔》，或曰《既醉》，见《大雅》。"又有人认为即《祴夏》。〕
	乡射礼	1. 席工于西阶上，少东。乐正先升，北面立于其西。工四人，二瑟，瑟先。相者皆左何瑟，面鼓，执越，内弦，右手相。入，升自西阶，北面东上。工坐，相者坐授瑟，乃降。笙入，立于县中，西面。乃合乐《周南》：《关雎》、《葛覃》、《卷耳》；《召南》：《鹊巢》、《采蘩》、《采蘋》。工不兴，告于乐正曰："正歌备。" 2. 司射遂适阶间，堂下北面命曰："不鼓不释！"……乐正东面命大师，曰："奏《驺虞》，间若一。"……乃奏《驺虞》以射。 3. 主人以宾揖让，说屦，乃升。大夫及众宾皆说履，升，坐，乃羞。无算爵。……无算乐。 4. 宾兴，乐正命奏《陔》。宾降及阶，《陔》作。宾出，众宾皆出，主人送于门外，再拜。 5. 主人释服，乃息乐正。……遂无算爵。……羞唯所有。乡乐唯欲。 6. 大夫说矢束，坐说之。歌《驺虞》若《采蘋》，皆五终。	《关雎》、《葛覃》、《卷耳》、《鹊巢》、《采蘩》、《采蘋》、《驺虞》	《陔》

续表

书名	篇章	原文	演奏篇目 《诗经》	演奏篇目 佚诗及其他
仪礼	燕礼	1. 席工于西阶上，少东。乐正先升，北面立于其西。小臣纳工，工四人，二瑟。小臣左何瑟，面鼓，执越，内弦，右手相。入，升自西阶，北面东上坐。小臣坐授瑟，乃降。工歌《鹿鸣》、《四牡》、《皇皇者华》。卒歌，主人洗，升献工。……笙入，立于县中，奏《南陔》、《白华》、《华黍》。……乃间歌《鱼丽》，笙《由庚》；歌《南有嘉鱼》，笙《崇丘》；歌《南山有台》，笙《由仪》。遂歌乡乐《周南》：《关雎》、《葛覃》、《卷耳》；《召南》：《鹊巢》、《采蘩》、《采蘋》。大师告于乐正曰："正歌备。" 2. 遂升，反坐。士终旅于上，如初。无算乐。 3. 宾醉，北面坐取其荐脯以降。奏《陔》。 4. 若以乐纳宾，则宾及庭，奏《肆夏》。 5. 宾拜酒，主人答拜而乐阕。公拜受爵而奏《肆夏》；公卒爵，主人升受爵以下而乐阕。升歌《鹿鸣》，下管《新宫》，笙入三成。遂合乡乐。若舞，则《勺》。 6. 若与四方之宾燕，……有房中之乐。	《鹿鸣》、《四牡》、《皇皇者华》、《南陔》、《白华》、《华黍》、《鱼丽》、《由庚》、《南有嘉鱼》、《崇丘》、《南山有台》、《由仪》、《关雎》、《葛覃》、《卷耳》、《鹊巢》、《采蘩》、《采蘋》、《勺》（即《周颂·酌》）高亨《诗经今译》谓"《酌》是《大武》舞曲的第五章。"	《陔》、《肆夏》（见《九夏》，又吕叔玉谓"《时迈》也"）、《新宫》（郑玄注曰："《新宫》，《小雅》逸篇也。"或谓即《斯干》；或谓有三曲，如《由庚》、《白华》之类）
	大射	1. 乐人宿县于阼阶东，笙磬西面，其南笙钟，其南镈，皆南陈。建鼓在阼阶西，南鼓；应鼙在其东，南鼓。西阶之西，颂磬东面，其南钟，其南镈，皆南陈。一建鼓在其南，东鼓；朔鼙在其北。一建鼓在西阶之东，南面。簜在建鼓之间。鼗倚于颂磬西纮。 2. 公升，即席，奏《肆夏》。 3. 公拜受爵，乃奏《肆夏》。 4. 乃席工于西阶上，少东。小臣纳工，工六人，四瑟。仆人正徒相大师，仆人师相少师，仆人士相上工。相者皆左何瑟，后首，内弦，挎越，右手相。后者徒相入。小乐正从之，升自西阶，北面，东上。坐授瑟，乃降。小乐正立于西阶东。乃歌《鹿鸣》三终。主人洗，升实爵，献工。……大师及少师、上工皆降，立于鼓北，群工陪于后。乃管《新宫》三终。卒管。大师及少师、上工皆东坫之东南，西面，北上，坐。 5. 司射遂适堂下，北面视上射，命曰："不鼓不释！"……乐正命大师，曰："奏《狸首》，间若一。"……奏《狸首》以射，三耦卒射。 6. 无算爵……士终旅于上，如初。无算乐。 7. 宾醉，北面坐取其荐脯以降。奏《陔》。……公入，《骜》。	《鹿鸣》、《四牡》、《皇皇者华》	《肆夏》、《新宫》、《狸首》（郑玄于《仪礼注疏·大射》谓为"佚诗"；孔颖达于《毛诗正义·毛诗谱》谓"在《召南》之篇"）、《陔》、《骜》（《骜夏》，见《九夏》）

书名	篇章	原文	演奏篇目	
			《诗经》	佚诗及其他
周礼	春官·大司乐	1. 以乐舞教国子，舞《云门》、《大卷》、《大咸》、《大磬》、《大夏》、《大濩》、《大武》。 2. ……乃奏无射，歌夹钟，舞《大武》，以享先祖。凡六乐者，文之以五声，播之以八音。 3. 凡乐事，大祭祀，宿县，遂以声展之。王出入，则令奏《王夏》；尸出入，则令奏《肆夏》；牲出入，则令奏《昭夏》……大射，王出入，令奏《王夏》；及射，令奏《驺虞》。	《大武》（诸说皆谓为《周颂》中的篇章，高亨认为即《我将》、《武》、《赉》、《般》、《酌》、《桓》六首）、《驺虞》	《王夏》、《肆夏》、《昭夏》（皆见《九夏》）
	春官·乐师	1. 教以乐仪，行以《肆夏》、趋以《采荠》，车亦如之。 2. 凡射，王以《驺虞》为节，诸侯以《狸首》为节，大夫以《采蘋》为节，士以《采蘩》为节。	《驺虞》、《采蘋》、《采蘩》	《肆夏》、《采荠》（亦作《采齐》、《采茨》。郑众谓"乐名，或曰逸诗"；熊朋来谓"乃堂上之歌《诗》"；辅广云"或谓《采荠》即《楚茨》也"）、《狸首》
	春官·大师	大师掌六律六同，以合阴阳之声。阳声：黄钟、大簇、姑洗、蕤宾、夷则、无射。阴声：大吕、应钟、南吕、函钟、小吕、夹钟。皆文之以五声，宫、商、角、徵、羽。皆播之以八音，金、石、土、革、丝、木、匏、竹。教六诗：曰风、曰赋、曰比、曰兴、曰雅、曰颂。以六德为之本，以六律为之音。大祭祀，帅瞽登歌，令奏击拊，下管播乐器，令奏鼓朄。大飨亦如之。大射，帅瞽而歌射节，大师，执同律以听军声，而诏吉凶。大丧，帅瞽而廞，作匶谥。凡国之瞽蒙正焉。"（第795—796）	六诗（即《诗经》乐章，贾公彦疏曰："《诗》上下惟有风雅颂是诗之名也，但就三者之中有比赋兴，故总谓之六诗也。"）	

续表

书名	篇章	原文	演奏篇目	
			《诗经》	佚诗及其他
仪礼	春官·瞽蒙	瞽蒙掌播鼗、柷、敔、埙、箫、管、弦、歌。讽诵诗，世奠系，鼓琴瑟。掌《九德》、六诗之歌，以役大师。	六诗之歌（即《诗经》诸乐章，郑锷曰："六诗之歌，风赋比兴雅颂之声节。"另外，金鹗曰："其诗或《雅》或《南》。"案《雅》盖指《小雅》中的《鹿鸣》、《四牡》、《皇皇者华》和《鱼丽》、《南有嘉鱼》、《南山有台》，《南》盖指《周南》中的《关雎》、《葛覃》、《卷耳》和《召南》中的《鹊巢》、《采蘩》、《采蘋》）	
	春官·钟师	1. 钟师，掌金奏。凡乐事，以钟奏九夏：《王夏》、《肆夏》、《昭夏》、《纳夏》、《章夏》、《齐夏》、《族夏》、《祴夏》、《骜夏》。 2. 凡射，王奏《驺虞》，诸侯奏《狸首》、卿大夫奏《采蘋》，士奏《采蘩》。	《驺虞》、《采蘋》、《采蘩》	《九夏》（汉郑玄注曰："《九夏》，皆《诗》篇名，《颂》之族类也。"）、《狸首》
	春官·笙师	笙师掌教吹竽、笙、埙、龠、箫、篪、笛、管，舂牍、应、雅，以教《祴》乐。		《祴》（即《祴夏》，或作《陔夏》）
	春官·籥章	中春，昼击土鼓，吹《豳诗》，以逆暑。中秋，夜迎寒，亦如之。凡国祈年于田祖，吹《豳雅》，击土鼓，以乐田畯。国祭蜡，则吹《豳颂》，击土鼓，以息老物。	《豳诗》（即《七月》，从郑玄之说）、《豳雅》（即《雅》。朱熹谓为《小雅》、《周颂》之言农事者。何楷谓为《甫田》、《大田》）、《豳颂》（即《颂》。或谓为《丰年》、《载芟》、《良耜》）	

书名	篇章	原文	演奏篇目	
			《诗经》	佚诗及其他
仪礼	夏官·射人	以射法治射仪。……王……乐以《驺虞》，九节，五正。……诸侯……乐以《狸首》，七节，三正。……孤卿大夫……乐以《采蘋》，五节，二正。……士……乐以《采蘩》，五节，二正。	《驺虞》、《采蘋》、《采蘩》	《狸首》
礼记	文王世子	天子视学，……登歌《清庙》，既歌而语，以成之也。……下管《象》，舞《大武》。	《清庙》、《象》（姚小鸥谓为《维清》、《昊天有成命》、《天作》）、《大武》	
	郊特牲	1. 宾入大门而奏《肆夏》，示易以敬也。 2. 大夫之奏《肆夏》也，由赵文子始也。 3. 诸侯之宫县，而祭以白牡，击玉磬，朱干设锡，冕而舞《大武》，乘大路，诸侯之僭礼也。	《大武》	《肆夏》
	内则	十有三年，学乐，诵诗，舞《勺》。成童舞《象》，学射御。	《勺》、《象》	
	明堂位	季夏六月，以禘礼祀周公于大庙……升歌《清庙》，下管《象》；朱干玉戚，冕而舞《大武》；皮弁素积，裼而舞《大夏》。	《清庙》、《象》、《大武》	
	乐记	1.《清庙》之瑟，朱弦而疏越，壹唱而三叹，有遗音者矣。 2. 天下大定，然后正六律，和五声，弦歌诗颂，此之谓德音；德音之谓乐。 3. 散军而郊射，左射《狸首》，右射《驺虞》，而贯革之射息也。 4. 肆直而慈爱者宜歌《商》。……温良而能断者宜歌《齐》。……宽而静、柔而正者宜歌《颂》。广大而静、疏达而信者宜歌《大雅》。恭俭而好礼者宜歌《小雅》。正直而静、廉而谦者宜歌《风》。	《清庙》、《驺虞》、"诗颂"、《颂》、《大雅》、《小雅》、《风》、《商》、《齐》（钱澄之《田间诗学》卷首曰："郑氏疑《商》《齐》与《风》《雅》《颂》并列为歌，则以《齐》为《齐风》，《商》为《商颂》矣。"）	《狸首》
	祭统	1. 夫祭有三重焉：献之属莫重于裸，声莫重于升歌，舞莫重于《武·宿夜》，此周道也。 2. 夫大尝禘，升歌《清庙》，下而管《象》，朱干玉戚，以舞《大武》，八佾以舞《大夏》，此天子之乐也。	《武·宿夜》（从"宿夜"即《周颂·我将》说）、《清庙》、《象》、《大武》	

续表

书名	篇章	原文	演奏篇目	
			《诗经》	佚诗及其他
礼记	仲尼燕居	大飨有四焉，……两君相见，揖让而入门，入门而县兴。揖让而升堂，升堂而乐阕。（升歌《清庙》），下管《象》，《武》、《夏》籥序兴。……行中规，还中矩，和鸾中《采齐》，客出以《雍》，彻以《振羽》。是故，君子无物而不在礼矣。入门而金作，示情也；升歌《清庙》，示德也；下而管《象》，示事也。是故，古之君子不必亲相与言也，以礼乐相示而已。	《清庙》、《象》、《武》、《雍》（即《雝》）、《振 羽》（即《振鹭》）	《采齐》（见《采荠》）
	投壶	（司射）命弦者曰："请奏《狸首》，间若一。"		《狸首》
	射义	其节，天子以《驺虞》为节，诸侯以《狸首》为节，卿大夫以《采蘋》为节，士以《采蘩》为节。《驺虞》者，乐官备也；《狸首》者，乐会时也；《采蘋》者，乐循法也；《采蘩》者，乐不失职也。	《驺虞》、《采蘋》、《采蘩》	《狸首》
大戴礼记	保傅	1. 行中鸾和，步中《采茨》（一作《采荠》），趋中《肆夏》，所以明有度也。 2. 上车以和鸾为节，下车以佩玉为度。……行以《采茨》，趋以《肆夏》。		《采茨》（见《采荠》）、《肆夏》
	投壶	1. （司射）命弦者曰："请奏《狸首》，间若一。" 2. 凡《雅》二十六篇：其八篇可歌——歌《鹿鸣》、《狸首》、《鹊巢》、《采蘩》、《采蘋》、《伐檀》、《白驹》、《驺虞》；八篇废不可歌；七篇《商》、《齐》，可歌也；三篇间歌。	《鹿鸣》、《鹊巢》、《采蘩》、《采蘋》、《伐檀》、《白驹》、《驺虞》、《商》、《齐》	《狸首》
左传	襄公四年	夏……穆叔如晋，报知武子之聘也。晋侯享之，金奏《肆夏》之三，不拜。工歌《文王》之三，又不拜。歌《鹿鸣》之三，三拜。韩献子使行人问之，……对曰："《三夏》，天子所享元侯也，使臣弗敢与闻。《文王》，两君相见之乐也，臣不敢及。《鹿鸣》，君所以嘉寡君也，敢不拜嘉。《四牡》，君所以劳使臣也，敢不重拜。《皇皇者华》，君教使臣曰：诹于周。……敢不重拜！	《文王》、《大明》、《绵》，《鹿鸣》、《四牡》、《皇皇者华》	《肆夏》、《三夏》（即《肆夏》、《韶夏》、《纳夏》，从韦昭注《国语·鲁语下》之说）
	襄公十四年	孙文子如戚，孙蒯入使，公饮之酒，使大师歌《巧言》之卒章。 　大师辞，师曹请为之。……公使歌之，遂诵之。蒯惧，告文子。	《巧言》	

书名	篇章	原文	演奏篇目	
			《诗经》	佚诗及其他
左传	襄公二十九年	（季札）请观于周乐，使工为之歌《周南》、《召南》。……为之歌《邶》、《鄘》、《卫》。……为之歌《王》。……为之歌《郑》。……为之歌《齐》。……为之歌《豳》。……为之歌《秦》。……为之歌《魏》。……为之歌《唐》。……为之歌《陈》。……自《郐》以下无讥焉。为之歌《小雅》。……为之歌《大雅》。……为之歌《颂》。	十五国《风》、《小雅》、《大雅》、《颂》	
国语	鲁语下	叔孙穆子聘于晋，晋悼公飨之，乐及《鹿鸣》之三，而后拜乐三。晋侯使行人问焉，……对曰："……夫先乐金奏《肆夏》、《樊遏》、《渠》，天子所以飨元侯也；夫歌《文王》、《大明》、《绵》，则两君相见之乐也。……臣以为肆业及之，故不敢拜。今伶箫咏歌及《鹿鸣》之三，君所以贶使臣，臣不敢拜贶。夫《鹿鸣》，君之所以嘉先君之好，敢不拜嘉。《四牡》，君之所以章使臣之勤也，敢不拜章。《皇皇者华》，君教使臣曰：每怀靡及，诹谋度询，必咨于周。敢不拜教。"	《鹿鸣》、《四牡》、《皇皇者华》，《樊遏》、（即《执竞》）、《渠》（即《思文》）、《文王》、《大明》、《绵》	《肆夏》
论语	八佾	三家者，以《雍》彻。子曰："'相维辟公，天子穆穆'，奚取于三家之堂?"	《雍》	
	泰伯	子曰：师挚之始，《关雎》之乱，洋洋乎盈耳哉！	《关雎》	
	子罕	子曰：吾自卫反鲁，然后乐正，《雅》、《颂》各得其所。	《雅》、《颂》	
墨子	三辨	1. 武王胜殷杀纣，……因先王之乐，又自作乐，命曰《象》。 2. 周成王因先王之乐，又自作乐，命曰《驺虞》。	《象》、《驺虞》	
	公孟	子墨子谓公孟子曰：……诵《诗》三百，弦《诗》三百，歌《诗》三百，舞《诗》三百。若用子之言，则君子何日以听治，庶人何日以从事?	《诗经》	
庄子	让王	曾子居卫……曳縰而歌《商颂》，声满天地，若出金石。	《商颂》	
	天下	黄帝有《咸池》，尧有《大章》，舜有《大韶》，禹有《大夏》汤有《大濩》，文王有《辟雍》之乐，武王、周公作《武》。	《辟雍》（即《灵台》）、《武》	

续表

书名	篇章	原文	演奏篇目 《诗经》	演奏篇目 佚诗及其他
荀子	儒效	故无首虏之获，无蹈难之赏，反而定三革，偃五兵，合天下，立声乐，于是《武》、《象》起而《韶》、《濩》废矣。	《武》、《象》	
荀子	正论	（天子）乘大路趋越席以养安，……和鸾之声，步中《武》、《象》，驺中《韶》、《濩》以养耳。	《武》、《象》	
荀子	礼论	1. 故天子大路越席，……和鸾之声，步中《武》、《象》，趋中《韶》、《濩》，所以养耳也。 2. 三年之丧，哭之不文也。《清庙》之歌，一唱而三叹也。县一钟，尚拊之膈，朱弦而通越也。（见《四部丛刊》本） 3. 故钟鼓管磬，琴瑟竽笙，《韶》、《夏》、《濩》、《武》、《汋》、《桓》、《箾》、简《象》，是君子所以为愅诡，其所喜乐之文也。	《武》、《象》、《清庙》、《汋》（即《酌》）、《桓》	
荀子	乐论	绅端章甫，无（舞）《韶》歌《武》，使人之心庄。	《武》	
孔子家语	论礼	两君相见，揖让而入门，入门而悬兴；揖让而升堂，升堂而乐阕。下管《象》舞，《夏》籥序兴。……行中规，旋中矩，鸾和中《采荠》。客出以《雍》，彻以《振羽》。是故，君子无物而不在于礼焉。入门而金作，示情也；升歌《清庙》，示德也；下管《象》舞，示事也。是故，古之君子不必亲与言也，以礼乐相示而已。	《象》、《雍》、《振羽》、《清庙》	《采荠》

　　以上诸典籍文献中有关《诗经》的器乐演奏的记载，足以证实周代各种情况的器乐演奏，几乎都是以《诗经》的篇目为主体的。尤其是当时盛行的各种典礼仪式上演奏的正歌、无算乐以及房中之乐、乡乐等，简直全是演奏《诗经》了。

第四节　正歌考论

　　正歌，又作正乐，其名首见于《仪礼》之《乡饮酒礼》、《乡射礼》、《燕礼》。（详见上表）另外，《燕礼》关于"若以乐纳宾，……升歌《鹿鸣》，下管《新宫》，笙入三成。遂合乡乐"的记载，① 演奏的也是正歌，只是没有明言罢了。

正歌由来已久，其源盖出自"夔曰：'戛击鸣球、搏拊、琴瑟以咏。'……下管鼗鼓，合止柷敔，笙镛以间，鸟兽跄跄。《箫韶》九成，凤凰来仪"。② 如元许谦曰："《书》言'戛击鸣球、搏拊、琴瑟以咏'，盖咏诗击磬拊琴瑟也。此是说升歌三成。言'下管鼗鼓，……笙镛以间'，盖间时奏笙堂下，而随之管鼗鼓镛也。此是说间歌三成。言'箫韶九成，凤凰来仪'，此是说合乐三成。以上九成，不言笙入者，笙入与升歌共为三成，故不言。"③ 清李光地亦曰："据《仪礼》，作乐凡四节，……准此以求，则'戛击鸣球、搏拊、琴瑟以咏'，升歌之乐也。'下管鼗鼓，合止柷敔'，下管之乐也。'笙镛以间'，间歌之乐也。'箫韶九成'，合作之乐也。"④

对于周代的正歌，古人进行了多视角的解说：

一、郑玄曰："正歌者，声歌及笙各三终，间歌三终，合乐三终，为一备。备亦成也。"⑤ 这是就其演奏形式而言。从《仪礼》之《乡饮酒礼》、《燕礼》看，完整的正歌应包括升歌、笙入或下管、间歌、合乐四节。

第一节升歌，亦称登歌、堂上之乐，即瞽蒙（乐师）升阶登堂而歌。⑥ 升歌虽以歌为主，贵人声，但古人不徒歌，"《尔（按，《乐府诗集》作"广"）雅》曰：声比于琴瑟曰歌"，⑦ 因而，各种场合的升歌必

---

① （汉）郑玄注，（唐）陆德明音义，贾公彦疏：《仪礼注疏》卷十五《燕礼》，（清）阮元校刻《十三经注疏》，中华书局 1980 年影印，第 1024—1025 页。

② 陈戌国校注：《尚书校注·益稷》，岳麓书社 2004 年版，第 22 页。

③ （元）许谦：《读书丛说》卷三《益稷》，中华书局 1985 年版，第 51 页。

④ （清）李光地：《古乐经传》卷三《附乐经》，文渊阁《四库全书》本。

⑤ （汉）郑玄注，（唐）陆德明音义，贾公彦疏：《仪礼注疏》卷十五《燕礼》，（清）阮元校刻《十三经注疏》，中华书局 1980 年影印，第 1021 页。

⑥ （汉）郑众曰："登歌，歌者在堂也。"［（汉）郑玄注，（唐）贾公彦疏：《周礼注疏》卷二十三引，（清）阮元校刻《十三经注疏》，中华书局 1980 年影印，第 796 页］（元）许谦《读书丛说》卷三曰："升歌者，工升至西阶，歌某诗是也。"（第 51 页）（南朝·梁）梁元帝《纂要》曰："堂上奏乐而歌曰登歌，亦曰升歌。"［（宋）郭茂倩：《乐府诗集》卷八十三《杂歌谣辞》引，中华书局 1979 年版，第 1165 页］（宋）严粲《诗辑》卷三十二《清庙之什·维清》曰："古乐歌者，在上以人歌者，皆曰升歌，亦曰登歌。"（文渊阁《四库全书》本）

⑦ （唐）徐坚等：《初学记》卷十五，文渊阁《四库全书》本。

有琴瑟伴奏。而大祭祀、大飨等，则要“奏击拊”，[①] 用玉磬、颂磬以节歌句，以柷、敔为作止之节。升歌之曲目，乡饮酒礼、燕礼等场合为《小雅》之《鹿鸣》、《四牡》、《皇皇者华》三篇；而“天子之祭祀、养老、飨诸侯，诸侯之相见，鲁之尝禘，皆升歌（《周颂》之《清庙》）”[②]。《礼记·祭统》曰：“夫大尝禘，升歌《清庙》，下而管《象》。朱干玉戚以舞《大武》，八佾以舞《大夏》，此天子之乐也。”[③]《礼记·明堂位》曰：“（成王）命鲁公世世祀周公以天子之礼乐.……季夏六月，以禘礼祀周公于大庙。……升歌《清庙》，下管《象》；朱干玉戚，冕而舞《大武》，皮弁素积，裼而舞《大夏》。”[④]《礼记·文王世子》：“天子视学，……登歌《清庙》，……下管《象》，舞《大武》。”[⑤] 而汉郑玄曰：“乡乐者，风也。《小雅》为诸侯之乐，《大雅》、《颂》为天子之乐。《乡饮酒》升歌《小雅》，礼盛者可以进取也。《燕》合乡乐，礼轻者可以逮下也。《春秋传》曰：《肆夏》、《繁遏》、《渠》，天子所以享元侯也。《文王》、《大明》、《绵》，两君相见之乐也。然则诸侯相与燕，升歌《大雅》，合《小雅》。天子与次国、小国之君燕亦如之。与大国之君燕，升

① （汉）郑玄注，（唐）贾公彦疏：《周礼注疏》卷二十三《春官·大师》，（清）阮元校刻《十三经注疏》，中华书局 1980 年影印，第 796 页。按：关于“击拊”，古人说解不一。（汉）郑玄曰：“击拊，瞽乃歌也，故《书》‘拊’为‘付’。郑司农云：……‘付’字当为‘拊’，《书》亦或为‘拊’，乐或当击或当拊。……玄谓：拊，形如鼓，以韦为之，著之以糠。”［（汉）郑玄注，（唐）贾公彦疏：《周礼注疏》卷二十三《春官·大师》，（清）阮元校刻《十三经注疏》，中华书局 1980 年影印，第 796 页］（唐）贾公彦曰：“《白虎通》引《尚书大传》云：拊，革装之糠。”（见同上）郑玄又曰：“相即拊也，亦以节乐。拊者，以韦为表，装之以糠。糠，一名相，……今齐人或谓糠为相雅，亦乐器名也，状如漆筒，中有椎。”［（汉）郑玄注，（唐）孔颖达等正义：《礼记正义》卷三十八《乐记》，（清）阮元校刻《十三经注疏》，中华书局 1980 年影印，第 1538 页］（宋）王昭禹《周礼详解》卷二十一曰：“击拊，《书》曰‘击石拊石’。”（文渊阁《四库全书》本）（宋）王与之《周礼订义》卷四十曰：“黄氏曰：《明堂位》曰：拊，搏玉磬；揩，击大琴、大瑟、中琴、小瑟四代之乐器也。是登歌则击磬、戛击鸣球、搏拊琴瑟，皆击也。玉磬、琴瑟皆有击拊之名。”

② （宋）卫湜：《礼记集说》卷五十三，文渊阁《四库全书》本。

③ （汉）郑玄注，（唐）孔颖达等正义：《礼记正义》卷四十九，（清）阮元校刻《十三经注疏》，中华书局 1980 年影印，第 1607 页。

④ （汉）郑玄注，（唐）孔颖达等正义：《礼记正义》卷三十一，（清）阮元校刻《十三经注疏》，中华书局 1980 年影印，第 1488—1489 页。

⑤ （汉）郑玄注，（唐）孔颖达等正义：《礼记正义》卷二十，（清）阮元校刻《十三经注疏》，中华书局 1980 年影印，第 1410 页。

歌《颂》，合《大雅》。"① 郑玄又引吕叔玉之言曰："《肆夏》、《繁遏》、《渠》，皆《周颂》也。《肆夏》，《时迈》也；《繁遏》，《执竞》也；《渠》，《思文》。"② 唐贾公彦亦曰："歌诗尊卑各别，若天子享元侯，升歌《肆夏》、《颂》，合《大雅》；享五等诸侯，升歌《大雅》，合《小雅》；享臣子，歌《小雅》，合乡乐；若两元侯自相享，与天子享己同；五等诸侯自相享，亦与天子享己同；诸侯享臣子，亦与天子享臣子同。"③ 这就是说，《颂》、《大雅》等皆可用之于升歌。

第二节笙入或下管，皆系堂下之乐。笙入，即吹笙者入于堂下奏《南陔》、《白华》、《华黍》三诗。④ 下管，即吹管者于堂下奏《象》、或《武》、或《新宫》诸诗。⑤ 管，郑玄曰："郑司农云：'……管如篪，六孔。'玄谓管如笛而小，并两而吹之，今大于乐官有焉。"⑥ 贾公彦曰："《广雅》云：管象箫，长尺围寸，八孔，无底。八孔者，盖传写误，当从六孔为正也。"⑦ 或认为："管盖竹之总称，……《周礼》曰'吹……籥、箫、篪、笛管'，管字总承上四字言也。"⑧ 周代之乐，"盖管重于笙，

---

① （汉）郑玄注，（唐）陆德明音义，贾公彦疏：《仪礼注疏》卷九《乡饮酒礼》，（清）阮元校刻《十三经注疏》，中华书局 1980 年影印，第 986 页。

② （汉）郑玄注，（唐）贾公彦疏：《周礼注疏》卷二十四《钟师》，（清）阮元校刻《十三经注疏》，中华书局 1980 年影印，第 800 页。

③ 同上。

④ （唐）孔颖达曰："笙入三终者，谓吹笙之人入于堂下奏，每一篇一终也。"〔（汉）郑玄注，（唐）孔颖达等正义：《礼记正义》卷六十一"乡饮酒之义"，（清）阮元校刻《十三经注疏》，中华书局 1980 年影印，第 1684 页〕按，《南陔》、《白华》、《华黍》三篇及第三节间歌中笙奏的《由庚》、《崇丘》、《由仪》三篇，载于《毛诗》，但仅有篇名及诗序，没有文辞。

⑤ （宋）陈旸《乐书》卷一百十三《堂上下乐》之上曰："《礼记·文王世子》曰：登歌《清庙》，下管《象》、《武》，……贵人声也。《仲尼燕居》曰：升歌《清庙》，示德也；下管《象》，示事也。《祭义》曰：昔周公有勋劳于天下，成王赐之重祭，升歌《清庙》，下而管《象》。《燕礼》、《大射》曰：升歌《鹿鸣》、《四牡》、《皇皇者华》，下管《新宫》。由此观之，周之升歌不过《清庙》、《鹿鸣》、《四牡》、《皇皇者华》，下管不过《象》、《武》、《新宫》。"而"《象》即《维清》"。（（清）朱鹤龄《诗经通义》卷六《小雅》）"《新宫》，《小雅》逸篇也。"〔（汉）郑玄注，（唐）陆德明音义，贾公彦疏：《仪礼注疏》卷十五《燕礼》之郑玄注，（清）阮元校刻《十三经注疏》，中华书局 1980 年影印，第 1025 页〕或认为："《新宫》，《诗》名。三终者，管《新宫》并及其下二篇也。二篇之名未闻。"〔（元）敖继公：《仪礼集说》卷七《大射仪》，文渊阁《四库全书》本〕

⑥ （汉）郑玄注，（唐）贾公彦疏：《周礼注疏》卷二十三《春官·小师》，（清）阮元校刻《十三经注疏》，中华书局 1980 年影印，第 797 页。

⑦ 同上。

⑧ （明）韩邦奇：《苑洛志乐》卷十，文渊阁《四库全书》本。

《虞书》、《周礼》'下管'，《礼记》'升歌《清庙》，下管《象》'，皆重乐也"。① "管者，吹篴以奏之，其乐重，维天子、诸侯得用之。……若卿、大夫以下，但有'笙入'之节，而无'下管'"。② 如《仪礼》之《乡饮酒礼》、《乡射礼》但言"笙入"，而《大射》仅言"下管"。又如《燕礼》先"言'笙入'者，燕为诸侯之轻故也"。③ 后"《鹿鸣》不言工歌，《新宫》不言笙奏，而言'升歌'、'下管'者，欲明笙奏异于常燕。常燕即上所陈四节是也"。④ 笙入或下管之乐，笙或管仅是主要的乐器，此外还有钟、磬、鼓、鼗、埙、籥、箫、柷、敔等乐器参奏。⑤ 故宋朱熹曰："《乡饮酒》云：'笙入……乐《南陔》、《白华》、《华黍》'，想是笙入吹此诗而乐亦奏此诗。乐便是众乐皆奏之也。"⑥ 宋易袚曰："堂下之乐，必曰下管，播乐器者，谓众乐皆作，而以下管为倡，贵人气也，大师必令奏鼓㧖以导之。"⑦

　　第三节间歌，即"笙入"或"下管"之后，堂上之乐与堂下之乐相间代，堂上弦歌一篇，则堂下吹奏一篇，更递而作。如《仪礼》之《乡饮酒礼》和《燕礼》所谓"歌《鱼丽》，笙《由庚》；歌《南有嘉鱼》，笙《崇丘》；歌《南山有台》，笙《由仪》"。间歌在周代演奏的篇目为堂上所歌《小雅》之《鱼丽》、《南有嘉鱼》、《南山有台》三篇，或升歌《小雅》之《鹿鸣》、《四牡》、《皇皇者华》三篇；堂下笙吹奏《由庚》、《崇丘》、《由仪》三篇，或下管《象》、《武》、《新宫》诸篇。

　　第四节合乐，系正歌的最后一节，古人皆认为是"合堂上、堂下之乐而总奏之"，⑧ 即堂上之歌、瑟、琴、玉磬、颂磬，堂下之笙或管、钟、磬、鼓、鼗、埙、籥、箫以及堂上、堂下共享之柷、敔等一时并作。故明黄佐云："燕礼、乡饮，升歌三终，笙入三终，间歌三终，乃合乐三终以

① （清）李光地：《古乐经传》卷三，文渊阁《四库全书》本。
② （清）鄂尔泰、张廷玉等总裁：《钦定仪礼义疏》卷十二《燕礼》，文渊阁《四库全书》本。
③ （清）鄂尔泰、张廷玉等总裁：《钦定仪礼义疏》卷六《乡饮酒礼》，文渊阁《四库全书》本。
④ （汉）郑玄注，（唐）陆德明音义，贾公彦疏：《仪礼注疏》卷十五《燕礼》之贾公彦疏，（清）阮元校刻《十三经注疏》，中华书局1980年影印，第1025页。
⑤ （宋）易袚《周官总义》卷十四曰："鼓、鼗、埙、箫，用之于堂下者也；柷、敔则堂上、堂下皆用之，以为作止之节者也。"（宋）卫湜《礼记集说》卷五十五曰："管、磬、钟、鼓，堂下之乐。《书》云'下管鼗鼓，笙镛以间'是也。"
⑥ （宋）黎靖德编：《朱子语类》卷八十五《乡饮酒》，文渊阁《四库全书》本。
⑦ （宋）易袚：《周官总义》卷十四，文渊阁《四库全书》本。
⑧ （清）毛奇龄：《郊社禘祫问》，文渊阁《四库全书》本。

为乱。乱者，乐之末章也。《关雎》虽为《风》始，以合乐在升歌、间歌之后，则末也。是以孔子曰：'师挚之始，《关雎》之乱，洋洋乎盈耳哉！'"① 清刘台拱示曰："始者，乐之始；乱者，乐之终。……凡乐之大节，有歌，有笙，有间，有合，是为一成，始于升歌，终于合乐。是故，开歌谓之始，合乐谓之乱。"② 但在合乐的方式上，意见不一致。唐孔颖达曰："合乐三终者，谓堂上下歌、瑟及笙并作也，若工歌《关雎》，则笙吹《鹊巢》合之；若工歌《葛覃》，则笙吹《采蘩》合之；若工歌《卷耳》，则笙吹《采蘋》合之。"③ 而唐贾公彦则曰："云'合乐，谓歌乐众声俱作'者，谓堂上有歌瑟，堂下有笙磬，合奏此诗。"④ 针对这一分歧，宋朱熹评断曰："合乐，孔疏非是，当从上篇贾疏之说，谓堂上歌瑟、堂下笙磬合奏此六诗也。言三终者，《二南》各三终也。"⑤ 朱载堉亦曰："所谓合乐者，如堂上歌《关雎》，则堂下亦奏《关雎》以合之；如堂上歌《鹊巢》，则堂下亦奏《鹊巢》以合之：此之谓合乐也。旧说如堂上歌《关雎》，则堂下奏《鹊巢》以合之，此不达之论也。"⑥ 笔者较认同于贾公彦之说，以为若依孔颖达之说，上下不演奏同一篇章，则乐不致于协调，难以达到儒家倡导的"和"的境界。合乐一般演奏《周南》之《关雎》、《葛覃》、《卷耳》和《召南》之《鹊巢》、《采蘩》、《采蘋》六篇，此外，郑玄认为《小雅》、《大雅》亦可用之于合乐（见"第一节升歌"引文）。

正歌是用于正礼的。以上四节，并非所有的场合皆依次出奏。如乡射礼无升歌、笙入、间歌，只有合乐。郑玄曰："不歌、不笙、不间，志在射，略于乐也。不略合乐者，《周南》、《召南》之风，乡乐也，不可略其正也。"⑦ 大射亦仅有登歌、下管，而无间歌、合乐。

二、唐贾公彦曰："云'正乐'者，对后无算乐非正乐也。"⑧ 宋陈

① （明）何楷：《诗经世本古义》卷五征引，文渊阁《四库全书》本。

② （清）刘台拱：《论语骈枝》第九条，《续修四库全书》本。

③ （汉）郑玄注，（唐）孔颖达等正义：《礼记正义》卷六十一《冠义》，（清）阮元校刻《十三经注疏》，中华书局1980年影印，第1684页。

④ （汉）郑玄注，（唐）陆德明音义，贾公彦疏：《仪礼注疏》卷九《乡饮酒礼》，（清）阮元校刻《十三经注疏》，中华书局1980年影印，第986页。

⑤ （宋）朱熹：《仪礼经传通解》卷七《乡礼三之下·乡饮酒义》，文渊阁《四库全书》本。

⑥ （明）朱载堉：《乐律全书》卷三十四《乡饮诗乐谱四》，文渊阁《四库全书》本。

⑦ （汉）郑玄注，（唐）陆德明音义，贾公彦疏：《仪礼注疏》卷十一《乡射礼》，（清）阮元校刻《十三经注疏》，中华书局1980年影印，第996页。

⑧ 同上。

旸曰："乐贵不流，故谓之正歌。"① 这是就其演奏规范而言。正歌演奏之节数之外，演奏之篇目、曲调、程序以及使用的乐器、享用则尊卑有别等，都是有严格规定的；即使有所变化，也是按规范进行的。此考之《仪礼》自明。

三、元敖继公曰："正歌谓所歌者皆《风》、《雅》之正也。"② 清严虞惇曰："凡乐四节，诗十八篇，皆谓之正歌。"③ 这仅就其演奏篇目而言，大概是本之于郑玄等汉儒的"正《风》"、"正《雅》"之说。就是说，正歌演奏的全为《诗经》中的"正《风》"、"正《雅》"篇目，取之于《诗经》中的"正《风》"、"正《雅》"即为正。

客观地说，周代正歌受"礼"的严格规范，过于程序化，过于繁琐，不利于音乐的发展。但这仅是问题的一个方面，另一方面，逐渐程序化、逐渐完善的正乐，也代表了当时那个时代大型组合音乐（主要是器乐）发展的最高水平，反映了《诗经》对民族音乐发展的巨大促进作用。而且，这一高度程序化的音乐形式，极大地影响了我国漫长的封建社会的宫廷和官方音乐。如唐中敕撰《大唐开元礼》卷一百二十七《嘉礼·乡饮酒》和卷一百二十八《嘉礼·正齿位》、宋欧阳修等《新唐书》卷十九《礼乐志第九》等皆记有正歌四节，明朱载堉《乐律全书》卷十七《律吕正义》和卷三十一至卷三十六《乡饮诗乐谱》皆载有正歌所用《诗经》18 篇及其乐谱。这些后人新编制的正歌，无疑是对失传的周代正歌的继承和发展。

第五节　无算乐考论

无算乐，在先秦典籍文献中仅见于《仪礼》一书，共出现 4 次，即：

说屦，揖让如初，升，坐。乃羞。无算爵。无算乐。④
主人以宾揖让，说屦，乃升。大夫及众宾皆说屦，升，坐。乃

---

① （宋）陈旸：《乐书》卷五十八《仪礼训义·乡射礼》，文渊阁《四库全书》本。
② （元）敖继公：《仪礼集说》卷四《乡饮酒礼·乡宾》，文渊阁《四库全书》本。
③ （清）严虞惇：《读诗质疑》卷首八《诗乐》，文渊阁《四库全书》本。
④ （汉）郑玄注，（唐）陆德明音义，贾公彦疏：《仪礼注疏》卷十《乡饮酒礼》，（清）阮元校刻《十三经注疏》，中华书局 1980 年影印，第 989 页。

羞。无算爵。……无算乐。①

遂升，反坐，士终旅于上，如初。无算乐。②

升，反位，士终旅于上，如初。无算乐。③

最早对无算乐予以诠释的是东汉的郑玄，他于《仪礼》中4处无算乐皆有注。其后唐贾公彦又对其大都作了疏通。兹胪列郑注和贾疏（按，【疏】字前为郑注，后为贾疏）如下：

燕乐亦无数，或间或合，尽欢而止也。《春秋》襄二十九年，吴公子札来聘，请观于周乐。此国君之无算。【疏】……释曰：云'燕乐亦无数'者，亦上无算爵也。案上升歌间合乐皆三终，言有数，此即无也。云'或间或合，尽欢而止也'者，以其不言《风》、《雅》，故知或间如上，间歌用《小雅》也；或合用二南也。言'或间或合'者，于后科用其一，但不并用也。引"《春秋》"者，彼是国君礼，此是大夫礼，见其异也。但无算之乐，还依尊卑用之。案《春秋》为季札所歌《大雅》与《颂》者，但季札请观周乐，鲁为之尽陈。又鲁，周公之后，歌乐得与元侯同，故无算之乐，《雅》、《颂》并作也。④

合乡乐无次数。【疏】……注'合乡乐无次数'，释曰：知合乡乐《二南》者，约上正歌时不略，其正已歌乡乐。但上有次第，先歌《关雎》，次歌《葛覃》、《卷耳》，次歌《鹊巢》、《采蘋》、《采蘩》，皆三终，有次数。今无次数，在宾主所好也。⑤

升歌间合无数也，取欢而已。其乐章亦然。【疏】……注"升歌"至"亦然"，释曰：此无算对上升歌、笙、间、合，各依次第而三终，有次有数。此则任君之情，无次无数。其《诗》乐章亦然，

---

① （汉）郑玄注，（唐）陆德明音义，贾公彦疏：《仪礼注疏》卷十三《乡射礼》，（清）阮元校刻《十三经注疏》，中华书局1980年影印，第1008—1009页。

② （汉）郑玄注，（唐）陆德明音义，贾公彦疏：《仪礼注疏》卷十五《燕礼》，（清）阮元校刻《十三经注疏》，中华书局1980年影印，第1023页。

③ （汉）郑玄注，（唐）陆德明音义，贾公彦疏：《仪礼注疏》卷十八《大射》，（清）阮元校刻《十三经注疏》，中华书局1980年影印，第1043—1044页。

④ （汉）郑玄注，（唐）陆德明音义，贾公彦疏：《仪礼注疏》卷十《乡饮酒礼》，（清）阮元校刻《十三经注疏》，中华书局1980年影印，第989页。

⑤ （汉）郑玄注，（唐）陆德明音义，贾公彦疏：《仪礼注疏》卷十三《乡射礼》，（清）阮元校刻《十三经注疏》，中华书局1980年影印，第1009页。

亦无次无数。①

　　升歌间合无次数，唯意所乐。②

比较而言，这也是最权威、最全面、最流行的诠释，多为后人沿袭。如明何楷曰："无算乐者，升歌间合无次数，惟意所乐也。"③ 清蔡德晋曰："郝仲与曰：'无算乐，升歌间合不拘正乐三终之数也。'"④ 综观郑玄、贾公彦之言，其意思大体可归纳为六点：

　　1. 无算乐是针对正歌而言的。

　　2. 无算乐是周代多数礼仪之正礼、正歌之后配合宾主宴饮、爵行无数、唯醉乃止的"无算爵"而演奏的，系周代礼乐文化中几乎与正歌具有同等价值的一部分。不仅乡饮酒礼、乡射礼、燕礼、大射仪用之，而且"天子视学，……祭先师、先圣"遂燕"三老、五更、群老"亦用之。郑玄注《礼记·文王世子》"有司告以乐阕"即曰："阕，终也。告君以歌舞之乐终。此所告者谓无算乐。"⑤ 又对于无算乐的演奏，《小雅》之《鹿鸣》、《伐木》、《湛露》、《宾之初筵》及《鲁颂》之《有駜》等皆有所描述。如明何楷《诗经世本古义》卷六《鹿鸣》曰："焘谓首章言'鼓瑟吹笙'，至此复言'鼓瑟鼓琴'者，盖旅酬将终，作无算乐之时也。……无算乐，向者献酬有节，笙、歌、间、合皆三终；今曰无算，不拘三也。"卷六《伐木》曰："言'坎坎鼓我，蹲蹲舞我'，是无算乐。"又其卷十之中谓《湛露》、卷十九之上谓《宾之初筵》、卷二十四之下谓《有駜》等皆涉及"无算乐、无算爵"。清顾镇《虞东学诗》卷六《鹿鸣》亦曰："二三章叠言'我有旨酒'者，彻俎之后脱履就席，君曰'无不醉也'。末章复言作乐变笙，言琴者，堂下之乐不作，独鼓琴瑟以尽宾主之欢。……盖至此，则爵行无算，乐亦无算也。"这也反映了无算乐广为流布的情况。

　　3. 无算乐演奏的通常是正歌中的《诗经》18 篇，即《小雅》中的《鹿鸣》、《四牡》、《皇皇者华》、《南陔》、《白华》、《华黍》、《鱼丽》、《由庚》、《南有嘉鱼》、《崇丘》、《南山有台》、《由仪》12 篇，《周南》

---

① （汉）郑玄注，（唐）陆德明音义，贾公彦疏：《仪礼注疏》卷十五《燕礼》，（清）阮元校刻《十三经注疏》，中华书局 1980 年影印，第 1023—1024 页。

② （汉）郑玄注，（唐）陆德明音义，贾公彦疏：《仪礼注疏》卷十八《大射》，（清）阮元校刻《十三经注疏》，中华书局 1980 年影印，第 1044 页。

③ （明）何楷：《诗经世本古义》卷十九之上，文渊阁《四库全书》本。

④ （清）蔡德晋：《礼经本义》卷三，文渊阁《四库全书》本。

⑤ （汉）郑玄注，（唐）孔颖达等正义：《礼记正义》卷二十，（清）阮元校刻《十三经注疏》，中华书局 1980 年影印，第 1410 页。

中的《关雎》、《葛覃》、《卷耳》3篇，《召南》中的《鹊巢》、《采蘩》、《采蘋》3篇。有时亦演奏《周颂》之《维清》、《时迈》、《执竞》、《思文》、《武》，《大雅》之《文王》、《大明》、《绵》及《小雅》佚诗《新宫》等篇；或如季札观周乐，不仅《风》、《雅》、《颂》一一俱陈，而且因为其乃"国君之无算乐"，只"以其遍歌，谓之无数，不以不次为无算也"；① 或如乡射礼"不歌、不笙、不间，志在射，略于乐也"，② 仅"合乡乐（按，此指《二南》中的《关雎》、《葛覃》、《卷耳》、《鹊巢》、《采蘩》、《采蘋》6篇）无次数"③。无算乐演奏时，一般不必遵守正歌各乐章的编排次序，主客可以随意挑出自己喜欢的乐章让乐工演奏，或信从乐工自由演奏。

4. 无算乐的演奏形式不出正歌之弦歌、笙奏、间歌、合乐，但不必遵守正歌的演奏次序，或弦歌、或笙奏、或间歌、或合乐，主客可以随意指定，乐工亦可自由演奏。

5. 无算乐每一篇章、每一形式出演的次数不定，可根据时间和客人情况，酌情而用之。

6. 无算乐演奏的目的在于侑酒佐欲，尽情尽欢。

对于郑玄、贾公彦之说，也有人并不完全认同。唐孔颖达正义郑玄《大小雅谱》曰："变者（笔者按：指变雅）虽亦播于乐，或无算之节所用，或随事类而歌，又在制礼之后，乐不常用。"④ 清方苞持有异议辩曰："旧说仍用前歌与间，但叠用数篇，周而复始，亦比于慢矣。疑若《春秋传》所载，宾各赋诗，工以瑟与笙应之，其不歌者，亦听之无定数，故谓之无算。以不出太师所陈十五国之《风》，故曰乡乐。""无算乐不限于间、合之所歌明矣，必于正歌中取之，则不得为无算；如以叠奏为无算，则复而生厌矣。"⑤ 清鄂尔泰、张廷玉等《钦定周官义疏》亦曰："正礼之乐，升歌、笙入、间歌、合乐，有一定之节。至燕则礼杀，随人意而用之，至旄舞、夷歌皆可与焉。则乐无一定，唯不及《雅》、《颂》

---

① （汉）郑玄笺，（唐）陆德明音义，（唐）孔颖达疏：《毛诗注疏·原目》，文渊阁《四库全书》本。

② （汉）郑玄注，（唐）陆德明音义，贾公彦疏：《仪礼注疏》卷十一《乡射礼》郑玄注，（清）阮元校刻《十三经注疏》，中华书局1980年影印，第996页。

③ （汉）郑玄注，（唐）陆德明音义，贾公彦疏：《仪礼注疏》卷十三《乡射礼》郑玄注，（清）阮元校刻《十三经注疏》，中华书局1980年影印，第1009页。

④ （汉）毛亨传，（汉）郑玄笺，（唐）孔颖达等正义：《毛诗正义》卷九之一，（清）阮元校刻《十三经注疏》，中华书局1980年影印，第402页。

⑤ （清）方苞：《仪礼析疑》卷四《乡饮酒礼》，文渊阁《四库全书》本。

可见矣。"① 还有现代人何定生曰："'无算乐'就是诗篇之出于诗人吟咏或民间歌谣，而用于燕饮最后的乐次，藉以娱宾的散歌，凡《三百篇》中不用于正歌之诗篇者皆属之。"② 林素英曰："然而此时无算乐所用之乐歌，经文并无记载。推测其因，此时既为有别于正礼的'脱屦'而'燕坐'情况，则乐歌之内容又当配合此休闲气氛，而与正歌用乐有所差别。尤其既已明立司正，其职责正在于全场人士尽情享有'安燕而不乱'之气氛，故而在明白标示'无算爵'下所进行的'无算乐'，则其所用乐歌，除却可以不依正歌演奏之顺序之外，曲目也未必一定要局限在正歌所用乐曲之部分，而应该可以被允许使用《诗》之中其他合适的乐歌。如此一来，也可避免相同乐歌一再反复之单调气氛，以使全场更为活络，宾主更为尽兴，因此经文不记载此部分乐歌之内容应是可理解的。"③ 其所谓演奏篇章及演奏形式与郑玄、贾公彦说有所出入甚而迥异。这大概是由于《仪礼》述及无算乐时，行文太简略，未涉及演奏篇章及演奏形式而引发的歧异。笔者以为，方苞等人之论仅着眼于无算乐侑酒佐欲的娱乐功能而发，脱离了周代的无算乐赖以生存的具体环境，不如郑玄、贾公彦的诠释更切合历史的实际。

　　诠释无算乐，诸说虽存在着分歧，但对于无算乐的娱情性，即郑玄所谓"尽欢而止"、"取欢而已"、"唯意所乐"，则是一致肯定的。历史典籍文献告诉我们，周代各种礼仪的正礼之后是无算爵。关于行无算爵的情景，《仪礼·燕礼》有段生动的描述：

　　　　宾反入，及卿大夫皆说屦，升，就席。公以宾及卿大夫皆坐，乃安。羞庶羞。大夫祭荐。司正升受命，皆命："君曰无不醉！"宾及卿大夫皆兴，对曰："诺。敢不醉！"皆反坐。④

这里强调的是"宾主燕饮，爵行无数，醉而止也"、⑤"从首至末，更从上

_____

① （清）鄂尔泰、张廷玉等总裁：《钦定周官义疏》卷二十三《教缦乐燕乐之钟磬》，文渊阁《四库全书》本。
② 何定生：《定生论学集——诗经与孔学研究》，台北幼狮文化事业公司1978年版，第85页。
③ 林素英：《论乡饮酒礼中诗乐与礼相融之意义》，《井冈山大学学报》2011年第2期。
④ （汉）郑玄注，（唐）陆德明音义，贾公彦疏：《仪礼注疏》卷十五，（清）阮元校刻《十三经注疏》，中华书局1980年影印，第1022页。
⑤ （汉）郑玄注，（唐）陆德明音义，贾公彦疏：《仪礼注疏》卷十《乡饮酒礼》郑玄注，（清）阮元校刻《十三经注疏》，中华书局1980年影印，第989页。

至下，唯醉乃止"①，即自由随意、恣情纵欲。可见，无算爵与程序繁琐的正礼要求参与者严格遵循规范形成了明显的对比。如此这般，配合畅怀酣饮、一醉方休的无算爵而出演的无算乐，其侑酒佐欲的娱乐功能则昭然若揭了。因而顾颉刚曰："无算乐则多量的演奏，期于尽欢，犹之乎无算爵的期于无不醉。"② 何定生亦曰："从上文'燕'的轻松、与'飨'紧张的强烈对比，我们才可以更充分的看出'无算乐'的重要和意义来，尤其是要以一个单一的节次来解除十七至二十个礼节上所压积下来的疲劳，这中间是需要多么大的作用啊？而燕的作用也是处处针对着这一点。最能解疲乏的当然无过于'说屦'，差不多所有身体和心情的约束，无形中都一下子解除了。而'庶羞'和'无算爵'，也正是个开怀的吃喝，而最顺理成章的，自然是'无算乐'的成为这时娱乐的顶点了。我觉得当初制礼的人之所以对于'爵'和'乐'而必采用'无算'的名号，显然也是和整个'燕'的要求配合的。因为'无算'实在就是没有约束的意思。所以《诗经》中所有被汉儒谥为'变诗'的篇什，当初也便很自然的成为这一节目（无算乐）所要求的乐歌。"③ 但是"饮酒之节，朝不废朝，莫不废夕，则虽无算，知其不及于乱"，④ 活跃于周代诸礼仪中的无算乐，并没有超越时空，逃出"礼制"的樊篱，成为纯粹的娱乐艺术。和正歌一样，它也是以"礼"为本的，其娱乐性受"礼"的节制，有一定的限度。如其演奏的篇章就不能出《诗经》及其佚诗的范围，演奏的形式也不出正歌的升歌、笙入或下管、间歌、合乐四种。这是循"礼"而设的铁门槛，主使者和享用者无论情欲如何恣纵，都不得跨过。

从音乐的发展史看，在周代，尽管无算乐的娱乐性受到了"礼"的束缚，但无算乐的盛行，也在某种程度上张扬了人的七情六欲，彰显了音乐的娱乐功能。应该说，这对于当时郑卫之音的滋生蔓延起了某种推涛助澜的作用；对于后世娱情音乐的发展亦有着深远的影响。还有，周代之后延续下来的无算乐也都呈现了崭新的面貌。如胡三省注司马光编著《资

---

① （汉）郑玄注，（唐）陆德明音义，贾公彦疏：《仪礼注疏》卷十《乡饮酒礼》贾公彦疏，（清）阮元校刻《十三经注疏》，中华书局1980年影印，第989页。

② 顾颉刚：《古史辨》第三册《论诗经所录全为乐歌》，上海古籍出版社1982年版，第652页。

③ 何定生：《定生论学集——诗经与孔学研究》，台北幼狮文化事业公司1978年版，第82页。

④ （清）鄂尔泰、张廷玉等总裁：《钦定仪礼义疏》卷七《乡饮酒礼·无算乐》，文渊阁《四库全书》本。

治通鉴》"（唐玄宗开元六年）秋。八月，颁乡饮酒礼于州县，令每岁十二月行之"，谓其乡饮酒礼"奠酬既毕，乃行无算爵、无算乐"。① 明朱载堉曰："刁斗，……唐宫县内无算乐用之，非古之制也。"②

第六节　房中之乐考论

房中之乐，先秦仅见于《仪礼·燕礼》"若与四方之宾燕，……有房中之乐"一处。③ 究竟何为房中之乐，诠说纷纭，界定主要有三：

1. 汉郑玄曰："弦歌《周南》、《召南》之诗，而不用钟磬之节也。谓之房中者，后、夫人之所讽诵，以事其君子。"④ "《周南》、《召南》，《国风》篇也，王后、国君夫人房中之乐歌也。"⑤ 又曰："燕乐、房中之乐，所谓阴声也。二乐皆教其钟磬。"⑥ 很明显，郑玄之说似乎存在着矛盾，唐贾公彦于是在疏《仪礼·燕礼》"有房中之乐"和郑玄注"'弦歌'至'君子'"时即弥合曰："'弦歌《周南》、《召南》之诗，而不用钟磬之节'者，此文承'四方之宾燕'下而云'有'，明四方之宾而有之。知'不用钟磬'者，以其此《二南》本后、夫人侍御于君子，用乐师，是本无钟磬。今若改之而用钟磬，当云有房中之奏乐；今直云'有房中之乐'，明依本无钟磬也。若然，案《磬师》云：'教缦乐、燕乐之钟磬。'注云：'燕乐、房中之乐，所谓阴声也。二乐皆教其钟磬。'房中乐得有钟磬者，彼据教房中乐，待祭祀而用之，故有钟磬也。房中及燕，则无钟磬也。"⑦ 郑玄较早对房中之乐作了解释，其定义涉及使用的乐器、演奏的篇目、演奏的目的及演奏的指使者等，较为全面。或

---

① （宋）司马光编著：《资治通鉴》卷二百一十二《唐纪二十八·玄宗至道大明孝皇帝上之下》，古籍出版社1956年版，第6733—6734页。

② （明）朱载堉：《乐律全书》卷一百三十五《乐考七》，文渊阁《四库全书》本。

③ （汉）郑玄注，（唐）陆德明音义，贾公彦疏：《仪礼注疏》卷十五，（清）阮元校刻《十三经注疏》，中华书局1980年影印，第1025页。

④ 同上。

⑤ （汉）郑玄注，（唐）陆德明音义，贾公彦疏：《仪礼注疏》卷九《乡饮酒礼》，（清）阮元校刻《十三经注疏》，中华书局1980年影印，第986页。

⑥ （汉）郑玄注，（唐）贾公彦疏：《周礼注疏》卷二十四《春官·磬师》，（清）阮元校刻《十三经注疏》，中华书局1980年影印，第800页。

⑦ （汉）郑玄注，（唐）陆德明音义，贾公彦疏：《仪礼注疏》卷十五《燕礼》，（清）阮元校刻《十三经注疏》，中华书局1980年影印，第1025页。

谓其"本诗之初意而言"。① 笔者亦以为这是郑玄在对周代礼乐和《周南》、《召南》诸诗进行了具体、深入地考察而作出的界定，较符合历史的实际。

2. 宋朱熹曰："武王崩，子成王诵立。周公相之，制礼作乐，乃采文王之世风化所及民俗之诗，被之管弦，以为房中之乐，而又推之以及于乡党邦国，所以著明先王风俗之盛，而使天下后世之修身齐家治国平天下者，皆得以取法焉。盖其得之国中者，杂以南国之诗，而谓之《周南》。……其得之南国者，则直谓之《召南》。"② 这是从房中之乐的缘起作的解释，认为其乐肇端于周成王时周公制礼作乐，演奏篇章为《周南》、《召南》。稽之《周南》、《召南》诸诗，大都产生于周公姬旦、召公姬奭分治东西方诸侯的西周初期，笔者以为其说较为可信。

3. 元敖继公曰："奏之于房，故云房中之乐，盖别于堂上堂下之乐也。"③ 但其房在何处，说法不一：或曰"《尔雅》'宫中之门谓之闱，小者谓之闺'，而《燕礼》有房中之乐，岂非作于闺门之内者欤？"④ 或曰："燕礼既行，有房中之乐。古者堂后左房右室，钟磬簴难以移入房，但以琴歌《周南》之三、《召南》之三，唯所欲者歌之，曰房中之乐。"⑤ 明方以智曰："房中之乐，奏于堂上之房也。"⑥ 另外，关于《诗经·王风·君子阳阳》"右招我由房"之句，清陈启源曰："毛云'房中之乐'。孔氏申之以为：天子路寝如明堂，有五室，无左右房，小寝则有之。然天子小寝，皆系于路寝，此房中之乐，当于路寝之下小寝之内作之。张氏易谓：房非房中之房，是顾命之东房、西房，盖作之于路寝也。"⑦ 总之，诸说皆围绕一个"房"字，即就其乐的演奏场所而发。笔者认为：先秦除后、夫人有房中之乐外，"天子、诸侯皆有房中之乐也"，⑧ 因而，其演奏场所并非一处，"房"可以作多种解释。或者房中之乐初始的演奏场所是在房中，但后来就不一定只在房中了。其名仅是承袭了历史的说法，为

---

① （清）鄂尔泰、张廷玉等总裁：《钦定周官义疏》卷二十三《春官宗伯·教缦乐燕乐之钟磬》，文渊阁《四库全书》本。

② （宋）朱熹：《诗集传》卷一，中华书局 1958 年版，第 1 页。

③ （元）敖继公：《仪礼集说》卷六《燕礼》，文渊阁《四库全书》本。

④ （宋）陈旸：《乐书》卷三十《礼记训义·乐记》，文渊阁《四库全书》本。

⑤ （元）熊朋来：《经说》卷五《房中之乐》，文渊阁《四库全书》本。

⑥ （明）方以智：《通雅》卷二十九《乐曲》，中国书店 1990 年据清康熙姚文燮浮山此藏轩刻本影印，第 350 页。

⑦ （清）陈启源：《毛诗稽古编》卷五《君子阳阳》，文渊阁《四库全书》本。

⑧ （宋）吕祖谦：《吕氏家塾读诗记》卷七《君子阳阳》，文渊阁《四库全书》本。

其界定不应仅仅纠缠于一个"房"字。

以上诠说，各从某些或某一视角观照房中之乐，皆有一定的合理性，综观诸论，有益于对房中之乐的全面把握。至于明郝敬曰："房中之乐，所谓缦乐也。……《周礼·春官·旄人》掌散乐，宾客以舞。其燕乐，即房中之乐也。"① 乃派生于前引《周礼·春官·磬师》"教缦乐、燕乐之钟磬"之郑玄注。但郑玄是将燕乐与房中之乐并列而言，并非将二者等同。笔者以为，房中之乐用之于燕礼，则其仅是燕礼用乐之一种而已，燕乐绝不等同于房中之乐。

对于房中之乐参奏的乐器，郑玄既曰"不用钟磬"，又曰"教其钟磬"（见前引文），致使后人或谓仅有琴瑟侑歌，或谓有琴瑟亦有钟磬合奏，争论不休。如宋陈祥道曰："《关雎》之诗曰'钟鼓乐之'，而《周礼》教燕乐以磬师，则房中之乐非不用钟磬也。郑氏言不用钟磬，又言教以磬师，是自惑也。贾公彦曰房中乐以祭祀则有钟磬，以燕则无钟磬，此不可考。毛苌、侯芭、孙毓皆云有钟磬；王肃言无钟磬，与郑同。萧统曰'妇人尚柔，以静为体，不宜用钟磬'，隋牛洪修房中之乐，遂采萧统之说，据以为证。"② 而清盛世佐则曰："至其用钟磬与否，则先儒之说各有异同。今又后之数千载，音乐久失传，将何以定其孰非而孰是？然以义推之，则康成、王肃之论亦未可尽非也。盖古者乐悬之制，必视其人以为之等，是故天子、诸侯钟磬镈俱有，大夫以下无镈，诸侯之士亦无钟。……后、夫人之德，尤以幽闲贞静为主，其于金石之乐似非所宜一也。乐之设也，各有其地，歌者在上，匏竹在下，琴瑟在堂，钟鼓在庭，皆一定之位，毋相乱也。此乐奏之于房，房非设悬之所二也。"③ 笔者以为，既然房中之乐有后、夫人与天子、诸侯之别，而周代用乐又等级森严，因此，随其出演的场合不同，参奏乐器亦应有所变化，可能有时只有琴瑟侑歌，有时则琴瑟钟磬并作，不可执于一端。

关于房中之乐演奏的篇目，大都认同郑玄"《周南》、《召南》"之说，至于明郝敬曰："房中之乐，系之末简，其非尽雅乐可知。郑必以《二南》当之，亦非也。"④ 胡彦升谓："《礼记》但云有房中之乐，不言

---

① （明）郝敬：《仪礼节解》卷六《燕礼第六》，明万历四十三年至四十七年郝千秋、郝千石刻郝氏九经解本。

② （宋）陈祥道：《礼书》卷一百八，文渊阁《四库全书》本。

③ （清）盛世佐：《仪礼集编》卷十二，文渊阁《四库全书》本。

④ （明）郝敬：《仪礼节解》卷六《燕礼第六》，明万历四十三年至四十七年郝千秋、郝千石刻郝氏九经解本。

歌《二南》，《毛氏诗传》亦但云国君有房中之乐，不言歌《二南》，盖别有房中之乐歌也。"① 皆似难鸣之孤掌，罕有应者。

以琴瑟钟磬等演奏《周南》、《召南》诸诗的房中之乐，较之正礼之后配合宾主畅怀宴饮、爵行无数、唯醉乃止的无算乐，更多一些"礼"的规范；但较之举行正礼时的正歌，又少一些"礼"的束缚，多一些娱乐色彩。因而，其在先秦上层社会流传甚广，促进了当时器乐合奏的普及和发展。不仅如此，房中之乐在先秦之后漫长的封建社会中并未尝废："周房中乐，秦始皇三十六年（笔者按：唐杜佑《通典》、元黄镇成《尚书通考》、明韩邦奇《苑洛志乐》等皆谓"二十六年"）改曰'祷人'（笔者按：大都作'寿人'）。所谓房中乐者，妇人祷祠于房中者也，唯宫中用之。汉'房中祠乐'，本高祖唐山夫人所作。高祖好楚声，故房中乐亦楚声。孝惠二年，诏乐府令夏侯宽备其箫管，更名曰'安世乐'。《宋书·乐志》曰：魏文帝皇初二年，议者以房中歌后妃之德，所以风天下，正夫妇，乃改为'正始之乐'。明帝太和初，缪袭奏魏国初建，王粲所作《登歌安世诗》，专以思咏神灵及说神灵鉴享之意，后省读《汉安世诗》；无有《二南》风化天下之言，又改曰《享神歌》。隋高祖龙潜时，颇好音乐，常倚琵琶作歌二首，名曰《天高地厚》，述以夫妇之义，因即取之为皇后房内曲，命妇人登歌、上寿并用之。"② 从以上所言秦至隋房中之乐的发展变化可知，由于秦汉之际《诗经》乐谱亡佚，房中之乐的传承嬗变，主要是演奏内容和演奏形式的创新。特别是"秦汉以下，俳优侏儒尽入太常，房中之乐但以穷声色、娱耳目"，③ 其亦当是周代房中之乐之娱乐性的进一步突显、张扬，所以明董悦曰："《钟石书》：齐宣王房中之乐，金迟石缓，丝竹合奏，秦汉淫声之祖也。"④ 此外，还有的人说："乐府之名，始于汉房中之乐。"⑤ "乐府之名，始于汉初，如高帝之三侯、唐山夫人之房中是也。"⑥ "惟庙乐名安世乐，词有体要。然其名安世，即房中之乐，在《诗》为《风》，在汉后乐府为三调相和歌词。诸乐专以此祠庙，已为不伦，而后汉明帝即又改名郊庙之乐，为大予乐"。⑦ 此虽仅

---

① （清）胡彦升：《乐律表微》卷八《论房中乐》，文渊阁《四库全书》本。

② （宋）高似孙：《纬略》卷十一《房中乐》，文渊阁《四库全书》本。

③ （清）范家相：《诗沈》卷六《君子阳阳》，文渊阁《四库全书》本。

④ （明）董悦：《七国考》卷七《房中之乐》，文渊阁《四库全书》本。

⑤ （明）宋公传编：《元诗体要》卷一《乐府体》，文渊阁《四库全书》本。

⑥ （清）王士禛等：《诗友诗传录》，丁福保汇辑《清诗话》，上海古籍出版社1978年版，第127页。

⑦ （清）毛奇龄：《西河集》卷六《历代乐章配音乐议》，文渊阁《四库全书》本。

备一说，但也揭示了房中之乐与乐府较为密切的关系，表明房中之乐对乐府的产生和发展也是有所促进的。

第七节　乡乐考论

乡乐，四见于《仪礼》，即《乡饮酒礼》和《乡射礼》："乡乐唯欲。"①《燕礼》："遂歌乡乐《周南》：《关雎》、《葛覃》、《卷耳》；《召南》：《鹊巢》、《采蘩》、《采蘋》。"②"遂合乡乐。"③ 这是其最早的出处。

何谓乡乐？最早对其予以诠释的是东汉的郑玄，他于《仪礼》中再三出注。其后唐代贾公彦又对其注大都作了疏通。兹胪列郑注和贾疏（【疏】字前为郑注，后为贾疏）如下：

> 《周南》、《召南》，《国风》篇也。王后、国君夫人房中之乐歌也。……其诗有仁贤之风者，属之《召南》焉；有圣人之风者，属之《周南》焉。夫妇之道，生民之本，王政之端，此六篇者，其教之原也，故国君与其臣下及四方之宾燕，用之合乐也。乡乐者，风也。《小雅》为诸侯之乐，《大雅》、《颂》为天子之乐。《乡饮酒》升歌《小雅》，礼盛者可以进取也。《燕》合乡乐，礼轻者可以逮下也。……【疏】……云"乡乐者，风也"者，亦据《燕礼》而言。故《燕礼·记》云"遂合乡乐"者，据此《乡饮酒》"乡大夫"所作也。……云"《燕》合乡乐"，"礼轻者可以逮下也"者，逮，及也，以燕礼轻，故言"可以逮下也"。……案《诗谱》云："天子、诸侯燕群臣及聘问之宾，皆歌《鹿鸣》，合乡乐。"④
>
> 合乐者，《周南》、《召南》之风，乡乐也。……昔大王、王季、文王始居岐山之阳，躬行《召南》之教，以成王业，至三分天下，乃宣《周南》、《召南》之化，本其德之初，"刑于寡妻，至于兄弟，以

---

① （汉）郑玄注，（唐）陆德明音义，贾公彦疏：《仪礼注疏》卷十和卷十三，（清）阮元校刻《十三经注疏》，中华书局 1980 年影印，第 990、1009 页。

② （汉）郑玄注，（唐）陆德明音义，贾公彦疏：《仪礼注疏》卷十五，（清）阮元校刻《十三经注疏》，中华书局 1980 年影印，第 1021 页。

③ 同上书，第 1025 页。

④ （汉）郑玄注，（唐）陆德明音义，贾公彦疏：《仪礼注疏》卷九《乡饮酒礼》，（清）阮元校刻《十三经注疏》，中华书局 1980 年影印，第 986 页。

御于家邦",故谓之乡乐。用之房中以及朝廷飨、燕、乡射、饮酒。此六篇,其风化之原也。是以合金石丝竹而歌之。……【疏】……云"合乐者,《周南》、《召南》之风,乡乐也"者,上注已云《颂》及《大雅》天子乐,《小雅》诸侯乐,此《二南》卿大夫乐,但《乡饮酒》、《乡射》是大夫、士为主人,故大夫、士乐为乡乐者也。①

《周南》、《召南》,《国风》篇也。王后、国君夫人房中之乐歌也。……其诗有仁贤之风者,属之《召南》焉;有圣人之风者,属之《周南》焉。夫妇之道者,生民之本,王政之端。此六篇者,其教之原也。故国君与其臣下及四方之宾燕,用之合乐也。乡乐者,风也。《小雅》为诸侯之乐,《大雅》、《颂》为天子之乐。《乡饮酒》升歌《小雅》,礼盛者可以进取。《燕》合乡乐者,礼轻者可以逮下也。……【疏】……云"遂歌乡乐"者,《乡饮酒》云"乃合乐"与此文不同者,以其《二南》是大夫、士乐。大夫、士或作乡大夫,或作州长,故名乡大夫乐。《饮酒》不言乡乐者,以其是己之乐,不须言乡,故直言合乐。此燕礼是诸侯礼,下歌大夫、士乐,故以乡乐言之。②

乡乐,《周南》、《召南》六篇。③

比较而言,这也是最权威、最全面、最流行的诠释,多为后人沿袭。如清《钦定仪礼义疏》曰:"《正义》贾氏公彦曰:《二南》是大夫、士乐,故名乡乐。《乡饮酒》不言乡乐者,以是己之乐,不须言乡,故直言合乐。此是侯礼,下歌大夫、士乐,故以乡乐言之。"④ 清蔡德晋曰:"谓之乡乐者,《关雎》、《葛覃》诸篇,所言皆修身、齐家之事,自天子至于庶人无异道。故乡饮、乡射、士大夫家皆得用之,而遂以为乡乐。"⑤ 综观郑玄、贾公彦之言,其意思大体可归纳为四点:

1. 《周南》、《召南》为乡乐,而其中之《关雎》、《葛覃》、《卷耳》、

---

① (汉)郑玄注,(唐)陆德明音义,贾公彦疏:《仪礼注疏》卷十一《乡射礼》,(清)阮元校刻《十三经注疏》,中华书局 1980 年影印,第 996 页。

② (汉)郑玄注,(唐)陆德明音义,贾公彦疏:《仪礼注疏》卷十五《燕礼》,(清)阮元校刻《十三经注疏》,中华书局 1980 年影印,第 1021 页。

③ (汉)郑玄注,(唐)陆德明音义,贾公彦疏:《仪礼注疏》卷十五《燕礼》郑玄注,(清)阮元校刻《十三经注疏》,中华书局 1980 年影印,第 1025 页。

④ (清)鄂尔泰、张廷玉等总裁:《钦定仪礼义疏》卷十二《燕礼》,文渊阁《四库全书》本。

⑤ (清)蔡德晋:《礼经本义》卷五《嘉礼·燕礼》,文渊阁《四库全书》本。

《鹊巢》、《采蘩》、《采蘋》六篇则常用于演奏。

2. 乡乐主要用于乡邦之乡饮酒礼和乡射礼等。因乡饮酒礼、乡射礼的主人是大夫、士，所以乡乐即大夫、士乐，或曰乡大夫之乐。《仪礼·乡饮酒礼》"乃合乐《周南》：《关雎》、《葛覃》、《卷耳》；《召南》：《鹊巢》、《采蘩》、《采蘋》"，① 不提乡乐，就因为乡乐是自己的音乐，毋庸多言。

3. 乡乐也用于后、夫人之房中以及"天子、诸侯燕群臣及聘问之宾"。如《燕礼》"遂歌乡乐《周南》：《关雎》、《葛覃》、《卷耳》；《召南》：《鹊巢》、《采蘩》、《采蘋》"，是因为礼仪较轻，"可以逮下也"。对此唐代孔颖达作了具体阐释："燕礼者，诸侯燕其群臣及聘问之宾之礼也。……其礼歌《鹿鸣》合乡乐也。诸侯以《小雅》取燕群臣及聘问之宾而合乡乐；天子以《大雅》取燕群臣及聘问之宾，歌《小雅》合乡乐，是皆为下就也。……《燕礼》注云'合乡乐者，礼轻者逮下'，诸侯燕臣子合乡乐为下就；明天子于诸侯合《鹿鸣》者，亦是下就也。"②

4. 《周南》和《召南》，尤其是其中的《关雎》、《葛覃》、《卷耳》、《鹊巢》、《采蘩》、《采蘋》六篇，之所以称为乡乐，并用于"国君与其臣下及四方之宾燕"等，还因为其乃"风化之原"，为"夫妇之道，生民之本，王政之端"，可"刑于寡妻，至于兄弟，以御于家邦"。

但郑玄的注语又存在着一定的模糊性，其两次所说的"乡乐者，风也"之"风"，是指"《周南》、《召南》"或"《周南》、《召南》六篇"呢？还是指全部的"《国风》"呢？还是指"仁贤"、"圣人"之风范呢？还是指"《周南》、《召南》"之风教呢？无论是全面观照，还是审视具体的语境，我们都难以作出确切的判断。这就促发了后人理解和认识的歧异：

1. 元代敖继公明确断言："乡乐者，凡《国风》皆是也。"③ 即派生于郑玄之诠释。笔者考察，自唐代孔颖达反复申说："知《风》为乡乐矣。""《大雅》为一等；《小雅》为一等；《风》既定为乡乐，差次之。""《风》，乡乐也，不可略其正。""《风》为夫妇之道，生民之本，王政所

①　（汉）郑玄注，（唐）陆德明音义，贾公彦疏：《仪礼注疏》卷九，（清）阮元校刻《十三经注疏》，中华书局 1980 年影印，第 986 页。

②　（汉）毛亨传，（汉）郑玄笺，（唐）孔颖达等正义：《毛诗正义》之《毛诗谱·大小雅谱》之疏，（清）阮元校刻《十三经注疏》，中华书局 1980 年影印，第 402—403 页。

③　（元）敖继公：《仪礼集说》卷四《乡饮酒礼》，文渊阁《四库全书》本。

重，欲天下遍化之，故《风》为乡乐。"① "乡乐者，《风》诗也。"② 其说则颇具影响，时有应者，上引敖继公之言外，明代张次仲即曰："《风》既定为乡乐，差次而上，《小雅》为诸侯乐，《大雅》为天子乐矣。"③ 唐顺之亦曰："乡乐，即《风》诗也。"④

2. 宋代朱熹立足于《风》、《雅》正变说，倡言："《二南》，正《风》，房中之乐也，乡乐也。……是或见于《序》义，或出于传记，皆有可考。"⑤ 亦派生于郑玄之诠释。其说面世不久，宋真德秀《西山读书记》卷二十三《诗要指》和朱鉴《史传遗说》卷二等即一字不差地作了转述。

3. 今人顾颉刚曰："乡乐一名，我以为应该作乡土之乐解才对，因为慰劳司正是一件不严重的礼节。所以吃的东西，只要有什么是什么；听的东西，也只要点什么是什么。乡土之乐是最不严重的，故便在那时奏了。"⑥ 此乃立足于对《仪礼》之《乡饮酒礼》和《乡射礼》皆谓在宴请宾客之后的第二天慰劳司正时才演奏乡乐而言，着眼点是礼轻。其所谓"乡土之乐"，应指《国风》。由此可见，其说与郑玄的诠释亦不无关联。

郑玄、贾公彦及其后之学者等在言及无算乐时，还将乡乐与无算乐混为一谈。如郑注曰："（无算乐）合乡乐无次数。"⑦ 贾疏曰："此（笔者按：指'乡乐唯欲'）即与上无算乐同。"⑧ 清代方苞曰："无算乐……以不出太师所陈十五国之《风》，故曰乡乐。"⑨ 另外，还有人说："乡乐又为房中之乐。"⑩ 其源亦应上溯至《仪礼·燕礼》"遂歌乡乐《周南》：

---

① （汉）毛亨传，（汉）郑玄笺，（唐）孔颖达等正义：《毛诗正义》之《毛诗谱·小大雅谱》之疏，以上均见（清）阮元校刻《十三经注疏》，中华书局 1980 年影印，第 402 页。

② （晋）杜预注，（唐）孔颖达等正义：《春秋左传正义》卷二十九《襄公四年》，（清）阮元校刻《十三经注疏》，中华书局 1980 年影印，第 1932 页。

③ （明）张次仲：《待轩诗记》卷首，文渊阁《四库全书》本。

④ （明）唐顺之编：《稗编》卷八《国粹辩》，文渊阁《四库全书》本。

⑤ （宋）朱熹：《晦庵先生朱文公文集》卷七十《读吕氏诗记桑中高》，《四部丛刊》初编本。

⑥ 顾颉刚：《古史辨》第三册《论〈诗经〉所录全为乐歌》，上海古籍出版社 1982 年版，第 652 页。

⑦ （汉）郑玄注，（唐）陆德明音义，贾公彦疏：《仪礼注疏》卷十三《乡射礼》，（清）阮元校刻《十三经注疏》，中华书局 1980 年影印，第 1009 页。

⑧ 同上。

⑨ （清）方苞：《仪礼析疑》卷四，文渊阁《四库全书》本。

⑩ （明）张次仲：《待轩诗记》卷首，文渊阁《四库全书》本。

《关雎》、《葛覃》、《卷耳》；《召南》：《鹊巢》、《采蘩》、《采蘋》"之郑玄注"《周南》、《召南》，《国风》篇也。王后、国君夫人房中之乐歌也"，而前引朱熹之言则说得更加肯定。其实，乡乐并不就等同于无算乐或房中之乐：

1. 就演奏篇章而论：按郑玄的说法，乡乐主要演奏《周南》、《召南》之中的《关雎》、《葛覃》、《卷耳》、《鹊巢》、《采蘩》、《采蘋》6篇，这在《仪礼·燕礼》中即有明确的记载。房中之乐，先秦仅只《仪礼·燕礼》一处记载"若与四方之宾燕，……有房中之乐"，[①] 未言及具体的演奏篇目，大都认为演奏《周南》、《召南》诸篇。无算乐通常演奏的是正歌中的《诗经》18篇，即《小雅》中的《鹿鸣》、《四牡》、《皇皇者华》、《南陔》、《白华》、《华黍》、《鱼丽》、《由庚》、《南有嘉鱼》、《崇丘》、《南山有台》、《由仪》12篇，《周南》中的《关雎》、《葛覃》、《卷耳》3篇，《召南》中的《鹊巢》、《采蘩》、《采蘋》3篇。有时亦演奏《周颂》之《维清》、《时迈》、《执竞》、《思文》、《武》，《大雅》之《文王》、《大明》、《绵》，及《小雅》佚诗《新宫》等篇；或如季扎观周乐，则《风》、《雅》、《颂》一一俱陈；或如乡射礼"不歌、不笙、不间，志在射，略于乐也"，[②] 仅"合乡乐（按，此指《二南》中的《关雎》、《葛覃》、《卷耳》、《鹊巢》、《采蘩》、《采蘋》6篇）无次数"[③]。无算乐在《仪礼》之《乡饮酒礼》、《乡射礼》、《燕礼》、《大射》四章中皆有记载，但均未言及演奏篇目。

2. 就演奏用场而论：乡乐主要用于乡邦之乡饮酒礼、乡射礼和天子、诸侯礼仪较轻的飨、燕等正歌的第四节合乐，以及乡饮酒礼、乡射礼"明日……主人释服，乃息司正"的礼节，这在《仪礼》之《燕礼》、《乡饮酒礼》、《乡射礼》中均有明确的记载，郑注和贾疏也作了具体说明。而房中之乐系王后、国君夫人命女使于房中演奏以事其夫君以及天子、诸侯用于招待宴请四方之宾客的，此考察《仪礼·燕礼》及郑玄注自明。无算乐则是周代多数礼仪之正礼、正歌之后配合宾主宴饮、爵行无数、唯醉乃止的"无算爵"而演奏的，系周代礼乐文化中几乎与正歌具

---

① （汉）郑玄注，（唐）陆德明音义，贾公彦疏：《仪礼注疏》卷十五，（清）阮元校刻《十三经注疏》，中华书局1980年影印，第1025页。

② （汉）郑玄注，（唐）陆德明音义，贾公彦疏：《仪礼注疏》卷十一《乡射礼》郑玄注，（清）阮元校刻《十三经注疏》，中华书局1980年影印，第996页。

③ （汉）郑玄注，（唐）陆德明音义，贾公彦疏：《仪礼注疏》卷十三《乡射礼》郑玄注，（清）阮元校刻《十三经注疏》，中华书局1980年影印，第1009页。

有同等价值的一部分。此审视《仪礼》的四处记载可知。此外，"天子视学，……祭先师、先圣"遂燕"三老、五更、群老"，亦用无算乐。①

3. 就演奏方式而论：乡乐既参与正歌第四节的合奏，遵循严格的程序和规范；又单独演奏，与正歌不同，不拘节次，"取《周》《召》之诗，在所好"，② 尤其在"乡乐《周南》、《召南》六篇之中，唯所欲作，不从次也"③。而房中之乐一般只是单独演奏，鉴于面对的是天子、诸侯、四方之宾客，应较为严肃，演奏的顺序和次数会有所规范。而无算乐则弦歌、笙奏或下管、间歌、合奏兼俱，但不必遵守正歌的演奏次序，或弦歌、或笙奏、或间歌、或合乐，主客可以随意指定，乐工亦可自由演奏，演奏次数一般也没有限制④。

4. 就演奏的乐器而论：乡乐是"合金石丝竹而歌之"、⑤ 歌"与众声俱作"⑥，即所谓"笙磬琴瑟以合乡乐"⑦。而房中之乐随其出演的场合不同，参奏乐器有所变化，有时只有琴瑟侑歌，有时则歌与琴瑟钟磬并作。无算乐则有堂上之瑟、琴、玉磬、颂磬，堂下之笙或管、钟、磬、鼓、鼗、埙、籥、箫以及堂上、堂下共享之柷、敔等，诸乐器或一时并作，或部分组合而侑歌、间作、递奏。

由此上可见，乡乐虽与无算乐、房中之乐有关联，但更多的是其不同。作为周乐之一种，乡乐在演奏篇章、演奏用场、演奏方式以及演奏的乐器诸方面，都有着明显的独特之处。乡乐在不参与正歌第四节的合奏而单独演奏时，与无算乐、房中之乐都不同程度地张扬了人的七情六欲，彰显了音乐的娱乐功能，强化了审美意义。这对于当时以"郑声"为代表的新乐的滋生蔓延以及后世娱情音乐的流行和发展，是有所促进和影响

---

① （汉）郑玄注《礼记·文王世子》"有司告以乐阕"即曰："阕，终也。告君以歌舞之乐终。此所告者谓无算乐。"［（汉）郑玄注，（唐）孔颖达等正义：《礼记正义》卷二十，（清）阮元校刻《十三经注疏》，中华书局 1980 年影印，第 1410 页］

② （汉）郑玄注，（唐）陆德明音义，贾公彦疏：《仪礼注疏》卷十三《乡射礼》郑玄注，（清）阮元校刻《十三经注疏》，中华书局 1980 年影印，第 1009 页。

③ （汉）郑玄注，（唐）陆德明音义，贾公彦疏：《仪礼注疏》卷十《乡饮酒礼》，（清）阮元校刻《十三经注疏》，中华书局 1980 年影印，第 990 页。

④ 季扎观周乐，因其乃"国君之无算乐"，仅"以其遍歌，谓之无数，不以不次为无算也"。（文渊阁《四库全书》本《毛诗注疏·原目》）

⑤ （汉）郑玄注，（唐）陆德明音义，贾公彦疏：《仪礼注疏》卷十一《乡射礼》郑玄注，（清）阮元校刻《十三经注疏》，中华书局 1980 年影印，第 996 页。

⑥ （汉）郑玄注，（唐）陆德明音义，贾公彦疏：《仪礼注疏》卷十五《燕礼》贾公彦疏，（清）阮元校刻《十三经注疏》，中华书局 1980 年影印，第 1021 页。

⑦ （清）蒋溥等辑：《御览经史讲义》卷二十五《周礼》之赵青藜按，文渊阁《四库全书》本。

的。但是，三者又皆为周代礼乐文化的组成部分，不同程度地受到周礼的约束和规范，不可超越周礼的樊篱。如《隋书·音乐志下》顾言奏议曰："乡乐以感人，须存雅正。"① 不过，乡乐的娱情性，较之房中之乐要强得多，但又不及无算乐那么放任、自由。

---

① （唐）魏征等：《隋书》卷十五，中华书局 1973 年版，第 374 页。

第七章 《诗经》器乐演奏的实用性、娱乐性及其审美

远古时代，诗、乐、舞是三位一体的，所谓"昔葛天氏之乐，三人掺牛尾投足以歌八阕"，① 即是明证。迄西周至春秋中叶《诗经》产生和流行的时代，虽然原始艺术固有的混合性开始嬗变，诗、乐、舞已露分离的端倪，《颂》之外的一些篇章很少伴之以舞，但其诗和乐仍是紧密配合、相辅相成的。《礼记·乐记》曰："乐者，音之所由生也。"② 汉许慎曰："乐，五声八音总名，象鼓鞞木虡也。"③《诗经》之乐，即声乐和器乐。稽考《诗经》诸篇章，其与诗相配之乐除少数整理编订的旧制（如《豳风·七月》）之外，大部分属于新制。这些音乐，无论是旧制的整理，还是新制的创作、编排，皆由周代御用"乐官"依礼完成；后来礼崩乐坏，孔子"正乐"，亦在于彰扬周礼。据此，我们可以说，作为周代雅乐主体的《诗经》，是乐官文化的产物，是本于周礼而搜集、整理或创作的，即使从民间采集来的篇章，经过御用"乐官"之手，也已失去了其原本的意义，而成为周礼文化的载体了。因而，考察、探讨《诗经》器乐演奏的实用性、娱乐性及其审美，必须抓住周礼这一关键。

第一节 周代之礼与乐

我国先秦文化，大体经历了巫觋、祭祀、礼乐三个发展时期。公元前十一世纪，周武王推翻了商纣王的统治，建立了周王朝，"殷人尊神，率

---

① （战国）吕不韦等：《吕氏春秋》卷五《仲夏纪第五·古乐》，《四部丛刊》初编本。
② （汉）郑玄注，（唐）孔颖达等正义：《礼记正义》卷三十七《乐记》，（清）阮元校刻《十三经注疏》，中华书局1980年影印，第1527页。
③ （汉）许慎：《说文解字》卷六上，中华书局1963年版，第124页。

民以事神，先鬼而后礼"① 的以神权为政治器械的典型的祭祀文化，即开始向"周人尊礼尚施，事鬼敬神而远之"② 的以伦理为政治器械的礼乐文化转型。

礼，即人类在长期的社会生活中约定俗成的行为准则、道德规范和各种礼节。杨向奎曰："礼起源于原始社会的风俗习惯。"③ 郭沫若曰："大概礼之起源于祭神，故其字后来从示，其后扩展而为对人，更其后扩展而为吉、凶、军、宾、嘉的各种仪制。"④ 原始社会生产力低下，人们的认识水平有限，不能了解和把握自然界的规律，把自然界变化莫测的现象统统归之于神的魔力，对神无比敬畏，于是祀神就成了那时的主要风俗习惯。由此可见杨向奎和郭沫若二位的表述基本上是一致的，他们共同指明了礼并不起源于周代，其应萌芽于原始人出现之时，并随着人类的发展而积累传递、嬗变演化，不同时期的礼，内涵亦有所不同。孔子曰："殷因于夏礼，所损益可知也；周因于殷礼，所损益可知也。"⑤ 又曰："周鉴于二代，郁郁乎文哉。"⑥ 清孙诒让《周礼正义》曰："粤昔周公，赞文武之志，光辅成王，宅中作雒，爰述官政，以垂成宪，有周一代之典，炳然大备。然非徒周一代之典也，盖自黄帝、颛顼以来，纪于民事以命官，更历八代，斟酌损益，因袭积累，以集于文武，其经世大法，咸粹于是。"⑦ 今人匡亚明亦曰："周礼是周族在长期社会实践中形成的传统的典章、制度、仪礼、习俗的总称。"⑧ 可见，周礼是周人在对远古以来，尤其是夏、商二代之礼的整理、总结的基础上继承、改造、发展而来的。

"王者功成作乐，治定制礼。其功大者，其乐备；其治辩者，其

---

① （汉）郑玄注，（唐）孔颖达等正义：《礼记正义》卷五十四《表记》，（清）阮元校刻《十三经注疏》，中华书局 1980 年影印，第 1642 页。

② 同上。

③ 杨向奎：《宗周社会与礼乐文明》，人民出版社 1997 年版，第 229 页。

④ 郭沫若：《十批判书·孔墨的批判》，周谷城主编《民国丛书》第四编，上海书店 1992 年版，第 83 页。

⑤ （三国·魏）何晏集解，（宋）邢昺疏：《论语注疏》卷二《为政》，（清）阮元校刻《十三经注疏》，中华书局 1980 年影印，第 2463 页。

⑥ （三国·魏）何晏集解，（宋）邢昺疏：《论语注疏》卷三《八佾》，（清）阮元校刻《十三经注疏》，中华书局 1980 年影印，第 2467 页。

⑦ （清）孙诒让：《周礼正义》之《序》，王云五主编《万有文库》，商务印书馆 1929—1937 年版，第 1 页。

⑧ 匡亚明：《孔子评传》第四章《仁的人生哲学思想》，南京大学出版社 1990 年版，第 193 页。

礼具。"① 历史文献记载，多谓周礼制定始于周公旦，如：

> 先君周公制周礼曰："则以观德，德以处事，事以度功，功以食民。"②

> 武王崩，成王幼弱，周公践天子之位，以治天下。六年，朝诸侯于明堂，制礼作乐，颁度量，而天下大服。七年，致政于成王。③

> 周公摄政君天下，弭乱六年而天下大治。乃会方国诸侯于宗周，大朝诸侯明堂之位。……制礼作乐，颁度、量，而天下大服，万国各致其方贿。七年，致政成王。④

> 周公居摄六年，制礼作乐，天下和。⑤

> 周公摄政，一年救乱，二年克殷，三年践奄，四年建侯卫，五年营成周，六年制礼作乐，七年致政成王。⑥

其实，周人制礼作乐，早在有周建国之初周公作《大武》乐章庆祝推翻殷商王朝、歌颂武王奉天承运之武功时即开始了。不过周公摄政第六年时制礼作乐，是周礼发展中至为关键的一步，这使周礼趋于完整化、体系化，初步确定了一整套典章、制度、规矩、仪节，奠定了周人以道德伦理为政治器械的基础，树立了周礼的权威性。嗣后，西周的成王、康王、昭王、穆王等都在积极不懈地进行这一工作。尤其是周成王，"既绌殷命，袭淮夷，归在丰，作《周官》。兴正礼乐，度制于是改，而民和睦，颂声兴"⑦。

有周系封建宗法制社会，其主要的社会关系是血缘亲属关系。这种关系包括宗亲关系和姻亲关系两个方面。宗亲指的是具有同一男性祖先关系的血缘共同体，姻亲指的是异姓血缘共同体之间通过婚姻串联起来形成的甥舅关系。整个周代社会如同一座由这样诸多具有姻亲关系的宗亲共同体

---

① （汉）郑玄注，（唐）孔颖达等正义：《礼记正义》卷三十七《乐记》，（清）阮元校刻《十三经注疏》，中华书局1980年影印，第1530页。

② （晋）杜预注，（唐）孔颖达等正义：《春秋左传正义》卷二十《文公十八年》，载鲁国季文子语，（清）阮元校刻《十三经注疏》，中华书局1980年影印，第1861页。

③ （汉）郑玄注，（唐）孔颖达等正义：《礼记正义》卷三十一《明堂位》，（清）阮元校刻《十三经注疏》，中华书局1980年影印，第1488页。

④ 黄怀信、张懋镕、田旭东：《逸周书汇校集注》卷六《明堂解》，上海古籍出版社1995年版，第759—766页。

⑤ （汉）伏胜：《尚书大传》卷四《嘉禾传》，《四部丛刊》初编本。

⑥ （汉）伏胜：《尚书大传》卷四《洛诰传》，文渊阁《四库全书》本。

⑦ （汉）司马迁：《史记》卷四《周本纪》，中华书局1959年版，第133页。

交织、垒积而成的金字塔。这些共同体，不但划分同姓和异姓、大宗和小宗、上代和下代，而且同父之子还有长幼、嫡庶之别。这一切就决定了处于这一严密的关系网中的人们各自不同的社会地位、分享的权利和承担的义务等，等次极为分明。诸如"衣服有制，宫室有度，人徒有数，丧祭械用皆有等宜。"① 作为周代最高统治者的周王室，即处于诸血缘共同体组成的等级森严的金字塔之顶，至尊至贵，具有无限的权力和权利。他们制礼，即基于上述深度凝固的血缘宗法关系，将众多异姓血缘共同体有机地纳入以自己同姓宗亲为主干的统一的宗法体系中，使原为宗教性的礼发展成一套以血亲家长制为核心的伦理道德观、行为准则、社会规范以及相关的礼仪、仪式，从而把血缘关系形成的约束关系变为国家秩序中的等级原则，化家为国，化族权为政权，化血缘关系和权利、义务为政治关系，并推行、贯彻于社会生活的各个领域，令人们各安其分，依循而行。其目的就在于以血缘为纽带，以亲疏为依据，以等级为秩序，来确定人们在社会地位上的尊卑、贵贱，维护各阶层的等级秩序和权利、义务，巩固自己的统治地位。王国维说："周人制度之大异于商者，一曰立子立嫡之制，由是而生宗法及丧服之制，并由是而生封建子弟之制，君天子臣诸侯之制；二曰庙数之制；三曰同姓不婚之制。此数者，皆周之所以纲纪天下。其旨则在纳上下于道德，而合天子、诸侯、卿、大夫、士、庶民以成一道德之团体。周公制作之本意，实在于此。"② 因此，礼在当时被奉为"国之干"、③"国之纪"、④"政之舆"、⑤"王之大经"、⑥"君之大柄"⑦，可以"经国家，定社稷，序民人，利后嗣者也"⑧。在先秦典籍文献中，尤其是

---

① 董治安、郑杰文汇撰：《荀子汇校汇注》之《王制篇》和《王霸篇》，《文献集成》（2），齐鲁书社1998年版，第285、387页。

② 王国维：《殷周制度论》，雪克等标校《王国维学术论著》，浙江人民出版社1998年版，第56页。

③ （晋）杜预注，（唐）孔颖达等正义：《春秋左传正义》卷四十《襄公三十年》，（清）阮元校刻《十三经注疏》，中华书局1980年影印，第2013页。

④ （三国·吴）韦昭解：《国语》卷十《晋语》，《四部丛刊》初编本。

⑤ （晋）杜预注，（唐）孔颖达等正义：《春秋左传正义》卷三十四《襄公二十一年》，（清）阮元校刻《十三经注疏》，中华书局1980年影印，第1972页。

⑥ （晋）杜预注，（唐）孔颖达等正义：《春秋左传正义》卷四十七《昭公十五年》，（清）阮元校刻《十三经注疏》，中华书局1980年影印，第2078页。

⑦ （汉）郑玄注，（唐）孔颖达等正义：《礼记正义》卷二十一《礼运》，（清）阮元校刻《十三经注疏》，中华书局1980年影印，第1418页。

⑧ （晋）杜预注，（唐）孔颖达等正义：《春秋左传正义》卷四《隐公十一年》，（清）阮元校刻《十三经注疏》，中华书局1980年影印，第1736页。

儒家著述中，有关这方面的论说俯拾皆是，如：

> 夫礼，天之经也，地之义也，民之行也。①
> 礼之可以为国也久矣，与天地并！君令臣共，父慈子孝，兄爱弟
> 敬，夫和妻柔，姑慈妇听，礼也。②
> 夫礼者，民之纪，纪乱则民失，乱纪失民，危道也。③
> 夫礼，先王以承天之道，以治人之情，故失之者死，得之者生。④
> 礼者，天地之序也。⑤
> 凡治人之道，莫急于礼。⑥
> 礼者，治辨之极也，强国之本也，威行之道也，功名之总也。⑦
> 礼者，人道之极也。⑧

这简直将礼视为天纲大法，在所谓的"四达而不悖，则王道备矣"、⑨"四
达不悖，则爵禄所劝，民皆兴起于善，而无复气质不齐之可言矣"⑩ 的
"礼、乐、刑、政"之"四达"中，礼明显处于核心地位，事事必讲礼，
处处必讲礼，时时必讲礼，大凡人们一切物质的和精神的活动、一切人与
人和人与自然的关系概莫能外。"人无礼不生，事无礼不成，国家无礼不
宁。"⑪"道德仁义，非礼不成；教训正俗，非礼不备；分争辨讼，非礼不

---

① （晋）杜预注，（唐）孔颖达等正义：《春秋左传正义》卷五十一《昭公二十五年》，载
子产语，（清）阮元校刻《十三经注疏》，中华书局1980年影印，第2107页。
② （晋）杜预注，（唐）孔颖达等正义：《春秋左传正义》卷五十二《昭公二十六年》，载
晏子对齐侯语，（清）阮元校刻《十三经注疏》，中华书局1980年影印，第2115页。
③ 吴则虞编著：《晏子春秋集释》卷二《内篇谏下·景公为泰吕成将以燕飨晏子谏第十
二》，中华书局1962年版，第124页。
④ （汉）郑玄注，（唐）孔颖达等正义：《礼记正义》卷二十一《礼运》，（清）阮元校刻
《十三经注疏》，中华书局1980年影印，第1414页。
⑤ （汉）郑玄注，（唐）孔颖达等正义：《礼记正义》卷三十七《乐记》，（清）阮元校刻
《十三经注疏》，中华书局1980年影印，第1530页。
⑥ （汉）郑玄注，（唐）孔颖达等正义：《礼记正义》卷四十九《祭统》，（清）阮元校刻
《十三经注疏》，中华书局1980年影印，第1602页。
⑦ （清）王先谦：《荀子集解》卷十《议兵篇》，中华书局1988年版，第281页。
⑧ （清）王先谦：《荀子集解》卷十三《礼论篇》，中华书局1988年版，第356页。
⑨ （汉）郑玄注，（唐）孔颖达等正义：《礼记正义》卷三十七《乐记》，（清）阮元校刻
《十三经注疏》，中华书局1980年影印，第1529页。
⑩ （清）李光坡：《周礼述注》卷七，文渊阁《四库全书》本。
⑪ 董治安、郑杰文汇撰：《荀子汇校汇注·大略篇》，《文献集成》（2），齐鲁书社1998年
版，第897页。

决；君臣上下，父子兄弟，非礼不定；宦学事师，非礼不亲；班朝治军，
莅官行法，非礼威严不行；祷祠祭祀，供给鬼神，非礼不诚不庄。是以君
子恭敬撙节退让以明礼。"① 如此这般，乐当然也要受到礼的总摄、规范
和制约了。

先秦之乐，本是诗、乐、舞融汇统一的综合文化艺术形态，它既不与
礼同源，又不与礼同构同型。虽然早在巫觋文化时期，乐与礼就同时出现
在祭祀活动中，礼中有乐，乐中有礼了，但那仅是一种"自为"的现象；
而且处于文化核心地位的是乐，不是礼。而经过夏和商两代阶级政权后，
至周初礼乐制建立，乐（特指雅乐，俗乐姑置勿论，下同）则与礼"人
为"地结合在一起，成为周代统治者御用文化的重要组成部分了。周代
礼乐制，虽然礼与乐并举，但在这种结合中，核心发生了转移，变成了礼
为主乐为辅。具体说，二者的关系是：

1. 乐服从礼、为礼服务。其具体表现：

（1）在创作上，一部分乐是应礼的需要而创作的，成为礼的组成部
分；另一部分乐也是在礼的规范下创作，或是在礼的规范下对传统音乐和
民间音乐加以改造，以礼为旨归的。《诗经》就是如此形成的服务于礼的
乐章汇编。总之，"先王之制礼乐也，非以极口腹耳目之欲也，将以教民
平好恶，而反人道之正也"②。周代统治者及其御用太师们在创作新乐和吸
纳、改造传统音乐、民间音乐之时，已自觉地"使亲疏、贵贱、长幼、男
女之理，皆形见于乐"，③ 即将其自奉为天纲大法的礼，灌注、渗透到乐中
去，使乐成了反映"周人尊礼尚施"的文化特质的载体，沦为附属于礼
的工具。《礼记·乐记》曰："乐者，通伦理者也。……审乐以知政，而
治道备矣。……知乐则几于礼矣。"④ 即立足于乐是附属于礼的工具而言。

（2）在演奏时，乐是礼仪活动的重要组成部分，依附于礼仪、以满
足礼仪的需要为存在的前提，有什么样的礼仪，就有什么样的乐与之相匹
配，乐官、乐工们的行乐活动及其行为方式，即乐队的编制、演奏的篇
章、乐器的使用和安置、节目的编排等等，都有严格的规定，体现了礼的

① （汉）郑玄注，（唐）孔颖达等正义：《礼记正义》卷一《曲礼》，（清）阮元校刻《十
　三经注疏》，中华书局 1980 年影印，第 1231 页。
② （汉）郑玄注，（唐）孔颖达等正义：《礼记正义》卷三十七《乐记》，（清）阮元校刻
　《十三经注疏》，中华书局 1980 年影印，第 1528 页。
③ （汉）郑玄注，（唐）孔颖达等正义：《礼记正义》卷三十八《乐记》，（清）阮元校刻
　《十三经注疏》，中华书局 1980 年影印，第 1535 页。
④ （汉）郑玄注，（唐）孔颖达等正义：《礼记正义》卷三十七，（清）阮元校刻《十三经
　注疏》，中华书局 1980 年影印，第 1528 页。

等级观念和规范。诸如：悬挂于笋虡之钟磬等乐器的使用和安置则"王宫县，诸侯轩县，卿、大夫判县，士特县"，① 即天子悬挂于东、西、南、北四面，诸侯悬挂于东、西、北三面，卿、大夫悬挂于东、西二面，士悬挂于东（或阶间）一面。万舞队的编制规定则"天子用八，诸侯用六，大夫四，士二"，② 即天子用 8 排，每排 8 人，共计 64 人；诸侯用 6 排，每排 6 人，共计 36 人；大夫用 4 排，每排 4 人，共计 16 人；士用 2 排，每排 2 人，共计 4 人。升歌时的篇章曲目，大夫、士以及诸侯宴请其臣下和友邦使节皆用《小雅》之《鹿鸣》、《四牡》、《皇皇者华》，两君相见用《大雅》之《文王》、《大明》、《绵》，有时也用《周颂》之《清庙》，而天子则一定要用《周颂》。乐工、乐器的配备，大夫、士一级的乡饮酒礼、乡射礼，作乐时一般"工四人"升堂，配备 2 瑟；而诸侯大射则是"工六人"升堂，配备 4 瑟。另外，从先秦的墓葬发掘中也发现，陪葬的乐器亦明确反映了礼的等级规范。

（3）一些用之于教育的雅乐，如大司乐"以乐舞教国子，舞《云门大卷》、《大咸》、《大韶》、《大夏》、《大濩》、《大武》"，③ 贵族子弟"十有三年，学乐，诵诗，舞《勺》；成童（按，十五岁），舞《象》，学射御；二十而冠，始学礼，可以衣裘帛，舞《大夏》"④；以及一些出现在私人生活中的雅乐，如"孔子遭厄于陈、蔡之间，绝粮七日，弟子馁病。孔子弦歌，子路入见曰：'夫子之歌，礼乎？'孔子弗应，曲终而曰：'由，来，吾语汝：君子好乐，为无骄也。'"⑤ "原宪居鲁，环堵之室，茨以生草，蓬户不完，桑以为枢而瓮牖，二室，褐以为塞；上漏下湿，匡坐而弦。"⑥ 也都是以符合礼的修身养性为出发点的。

（4）在音乐机构的设置上，宗周直接参与管理、制作、演奏等音乐活动的机关有 23 种，其中大司乐、乐师、大胥、小胥、大师、小师、瞽蒙、视瞭、典同、钟师、磬师、笙师、镈师、韎师、旄人、籥师、籥章、

---

① （汉）郑玄注，（唐）贾公彦疏：《周礼注疏》卷二十三《春官宗伯·小胥》，（清）阮元校刻《十三经注疏》，中华书局 1980 年影印，第 795 页。

② （晋）杜预注，（唐）孔颖达等正义：《春秋左传正义》卷三《隐公五年》众仲语，（清）阮元校刻《十三经注疏》，中华书局 1980 年影印，第 1727—1728 页。

③ （汉）郑玄注，（唐）贾公彦疏：《周礼注疏》卷二十二《春官·大司乐》，（清）阮元校刻《十三经注疏》，中华书局 1980 年影印，第 787 页。

④ （汉）郑玄注，（唐）孔颖达等正义：《礼记正义》卷二十八《内则》，（清）阮元校刻《十三经注疏》，中华书局 1980 年影印，第 1471 页。

⑤ （三国·魏）王肃注：《孔子家语》卷五，《四部丛刊》初编本。

⑥ （清）王先谦：《庄子集解》卷八《让王》，三秦出版社 2005 年版，第 416 页。

鞊鞻氏、典庸器、司干等 20 种隶属于掌管礼仪的春官,任职者实际上是礼官,以履行礼官的职责为根本;另外鼓人、舞师、保氏 3 种隶属于掌管教育的地官大司徒,其任职者是教官,任务也是通过教导乐舞灌输礼的规范。由此亦可见乐是依附于礼的。

2. 鉴于乐服从于礼、为礼服务这一认识,有人即认为有周之乐完全属于礼。但是乐与礼相通,礼不能代替乐,因为乐和礼的社会文化功能并不相同。对此,《礼记·乐记》从异与同、离与流、序与化、节与和、外与内、理与情、恭敬与亲爱以及减与盈、报与施等方面作了多视角、多层面的论述:

> 礼节民心,乐和民声。①
>
> 乐者为同,礼者为异。同则相亲,异则相敬。乐胜则流,礼胜则离。合情饰貌者,礼乐之事也。礼义立则贵贱等矣,乐文同则上下和矣。②
>
> 乐由中出,礼自外作。……乐至则无怨,礼至则不争。揖让而治天下者,礼乐之谓也。暴民不作,诸侯宾服,兵革不试,五刑不用,百姓无患,天子不怒,如此则乐达矣;合父子之亲,明长幼之序,以敬四海之内,天子如此,则礼行矣。③
>
> 大乐与天地同和,大礼与天地同节。④
>
> 礼者殊事,合敬者也;乐者异文,合爱者也。⑤
>
> 乐者,天地之和也;礼者,天地之序也。和故百物皆化,序故群物皆别。⑥
>
> 论伦无患,乐之情也;欣喜欢爱,乐之官也。中正无邪,礼之质也;庄敬恭顺,礼之制也。⑦
>
> 天高地下,万物散殊,而礼制行矣;流而不息,合同而化,而乐兴焉。⑧

---

① （汉）郑玄注,（唐）孔颖达等正义:《礼记正义》卷三十七,（清）阮元校刻《十三经注疏》,中华书局 1980 年影印,第 1529 页。

② 同上。

③ 同上。

④ 同上书,第 1530 页。

⑤ 同上。

⑥ 同上。

⑦ 同上。

⑧ 同上书,第 1531 页。

乐者敦和，……。礼者别宜，……。①

礼者天地之别也。……乐者天地之和也。②

乐者，所以象德也；礼者，所以缀淫也。③

乐也者施也，礼也者报也。乐，乐其所自生；而礼反其所自始。乐章德，礼报情，反始也。④

乐也者，情之不可变者也；礼也者，理之不可易者也。乐统同，礼辨异。⑤

致乐以治心，则易直子谅之心油然生矣。……致礼以治躬，则庄敬；庄敬则严威。⑥

乐也者，动于内者也；礼也者，动于外者也。乐极和，礼极顺。⑦

乐也者，动于内者也；礼也者，动于外者也。故礼主其减（按，抑制人性），乐主其盈（按，满足人性）。礼减而进，以进为文；乐盈而反，以反为文。……故礼有报，而乐有反。⑧

我们胪列这些，足以说明早在当时，人们对乐与礼的不同即有明确而又深刻的认识。正是这些不同的存在，所以乐虽然受到礼的总摄、规范和制约，但"礼乐相互以为用，礼非乐不行"，⑨ 要想使礼顺利施行，必须有乐的辅佐。因为礼仅是一种外在的规范，旨在"别异"，即维护等级秩序，区分尊卑贵贱，制造王权至上的威严。如此势必会导致一些人的心理失衡，触发紧张的人际关系。而"乐者，乐也，人情之所不能免也"。⑩这是一种内在的心灵活动，旨在"和同"，由于其节奏和音响等自然属性，发乎人性，能通过接受者个体心灵情感与官能感受发挥潜移默化的作用，感人至深，可以陶冶情操，教化人伦，弥缝不同等级的心理差别，调节人与人之间的关系，引导人们亲和向善，自觉地依礼而行。"故乐行而

---

① （汉）郑玄注，（唐）孔颖达等正义：《礼记正义》卷三十七，（清）阮元校刻《十三经注疏》，中华书局 1980 年影印，第 1531 页。

② 同上。

③ 同上书，第 1534 页。

④ 同上书，第 1537 页。

⑤ 同上。

⑥ 同上书，第 1543—1544 页。

⑦ 同上书，第 1544 页。

⑧ 同上。

⑨ （宋）郑樵：《通志》卷四十九《乐略第一·乐府总序》，中华书局 1987 年版，第 625 页。

⑩ （汉）郑玄注，（唐）孔颖达等正义：《礼记正义》卷三十九《乐记》，（清）阮元校刻《十三经注疏》，中华书局 1980 年影印，第 1544 页。

伦清，耳目聪明，血气和平，移风易俗，天下皆宁。"① "乐在宗庙之中，君臣上下同听之，则莫不和敬；在族长乡里之中，长幼同听之，则莫不和顺；在闺门之内，父子兄弟同听之，则莫不和亲。"② 孔子所强调的 "礼之用，和为贵。先王之道，斯为美"，③ 即就乐独特的亲和作用而言。总之，乐在增进人的亲和力方面起到了礼无法起到的作用。西周统治者对此是清楚了然的，为避免并调和强制推行礼所带来的种种不安和矛盾，在 "制礼" 的同时，亦极为重视乐，建立了明确定额即有 1463 人之多的庞大的音乐机构，④ "作乐"、演奏、进行乐教，以 "合和父子君臣，附亲万民也"⑤。所以，郭沫若曰："乐须得礼以为之节制，礼也须得乐以为之调和。礼是秩序，乐是和谐。礼是差别，乐是平等。礼是阿波罗（Apolio 太阳神）精神，乐是狄奥尼索司（Dionysos 酒神）精神。两者看来是相反的东西，但两相调剂则可恰到好处。"⑥

第二节 《诗经》器乐演奏的实用性

我们已于上文中说明，礼乐制之乐，特指雅乐而言。一般认为，雅乐是古代帝王祭祀天地、祖先及朝贺、宴饮时所用的与王权政治密切结合的正统音乐，其实，周代雅乐之内涵和外延要比这宽泛得多，有它特定的历史面貌，既不同于夏、商以巫术文化为主的音乐，也不同于其后的宫廷雅乐。班固曰："乐尚雅。雅者，古正也，所以远郑声也。"⑦ 这就是说雅乐即正乐。何谓乐之正？不同时代，标准并不一致。从对有周之乐与礼关系的

① （汉）郑玄注，（唐）孔颖达等正义：《礼记正义》卷三十八《乐记》，（清）阮元校刻《十三经注疏》，中华书局 1980 年影印，第 1536 页。

② （汉）郑玄注，（唐）孔颖达等正义：《礼记正义》卷三十九《乐记》，（清）阮元校刻《十三经注疏》，中华书局 1980 年影印，第 1545 页。

③ （三国·魏）何晏集解，（宋）邢昺疏：《论语注疏》卷一《学而》，（清）阮元校刻《十三经注疏》，中华书局 1980 年影印，第 2458 页。

④ 杨荫浏：《中国古代音乐史稿》，人民音乐出版社 1981 年版，第 34 页。按：魏征等《隋书·音乐志上》统计为 1339 人，（第 287 页）杨华《先秦礼乐文化》一书统计为 1461 人（湖北教育出版社 1997 年版，第 117 页注②）。

⑤ （汉）郑玄注，（唐）孔颖达等正义：《礼记正义》卷三十九《乐记》，（清）阮元校刻《十三经注疏》，中华书局 1980 年影印，第 1545 页。

⑥ 郭沫若：《青铜时代·公孙尼子与其音乐理论》，《郭沫若全集》（《历史编》第 1 卷），人民出版社 1982 年版，第 500 页。

⑦ （汉）班固：《白虎通德论》卷二《礼乐》，《四部丛刊》初编本。

考察可知，当时所谓乐正与否，唯一的标准就是看其是否合乎礼的规范。准此，我们即可确认：在周代凡合乎周礼规范的音乐都属于雅乐。其使用范围也不限于周天子祭祀天地、祖先及朝贺、宴饮，还用之于诸侯、贵族、卿、大夫、士的活动、交往的礼仪及其日常生活中。如皆可弦歌的《诗经》305 篇，既出现在乡饮酒礼、乡射礼中，也可进行乐教和陶冶个人的情操等。周之雅乐，始生于周初的制礼作乐，但是，首称"雅乐"，却始于孔子，他在抨击新兴的突破了礼制束缚、不遵循礼制规范的"郑声"时说："恶郑声之乱雅乐也。"① 孔子将雅乐与郑声对举，也反证了我们的认识。

从周代礼乐制度的建设看，其雅乐和作为诗、乐、舞融合体的《诗经》文本的形成，应是同源同步发展的。在周代的雅乐中，除了西周初期承袭的历代以祭祀为主的乐舞（如黄帝时的《云门大卷》、尧时的《大咸》、舜时的《大韶》、夏禹时的《大夏》、商汤时的《大濩》等）之外，日积月累的《诗经》篇目则无疑渐次成为雅乐的基本文化载体。《诗经》是周代王公贵族享用的专利品，从其来源看，许多篇章都是历代乐官们奉命为各种礼仪制作的，或直接出于贵族士大夫之手；即使《国风》中真正来自民间的篇章，也是出于教化的需要征集而来，经过严格地筛选，最后由周太师和乐官们整理、加工，为礼而用的。不仅如此，《诗经》中的《风》、《雅》、《颂》分类，也与其实用性直接相关。如郑玄曰："乡乐者，《风》也。《小雅》为诸侯之乐，《大雅》、《颂》为天子之乐。"② 郑樵曰："风土之音曰《风》，朝廷之音曰《雅》，宗庙之音曰《颂》。"③ 朱熹曰："雅者，正也，正乐之歌也。……正《小雅》，燕飨之乐也；正《大雅》，会朝之乐，受厘陈戒之辞也。"④ 既然如此，作为《诗经》乐章的一个有机组成部分的器乐演奏，势必要把实用性置于首位，以服务于礼、辅佐礼施行为己任。

就艺术的起源而言，劳动说、巫术说、求偶说等，大都不同程度地体现了一定的实用性。作为诗、乐、舞融合体的《诗经》，其实用性是对上古艺术的继承。只不过周代统治者出于维护、巩固和扩张政权的需要，一开始就特别重视它的实用性，极端地将其政治化、伦理化，使其负担起推

---

① （三国·魏）何晏集解，（宋）邢昺疏：《论语注疏》卷十七《阳货》，（清）阮元校刻《十三经注疏》，中华书局 1980 年影印，第 2525 页。

② （汉）郑玄注，（唐）陆德明音义，贾公彦疏：《仪礼注疏》卷九《乡饮酒礼》，（清）阮元校刻《十三经注疏》，中华书局 1980 年影印，第 986 页。

③ （宋）郑樵：《通志·通志总序》，中华书局 1987 年版，第 2 页。

④ （宋）朱熹：《诗集传》卷九《小雅》解题，中华书局 1958 年版，第 99 页。

行和实施礼制的使命。关于这点，从《周礼》、《仪礼》、《礼记》、《左传》、《国语》、《论语》等先秦典籍言乐皆记其应用（如《左传·昭公元年》秦之医和曰："先王之乐，所以节百事也。"[①] 季札观周乐由艺术的实用功能进而阐发出艺术中所包含的思想理念，再进而从不同的艺术形式中看出社会各种政治文化对艺术的影响），以及孔子正乐主要是为了"以备王道，成六艺，礼乐自此可得而述"，[②] 即可证实。

《诗经》器乐演奏的实用性，在今传先秦诸典籍文献和《诗经》文本中多有记载，其主要体现在以下几方面：

一　参与各种礼仪活动

我们已于第五章《〈诗经〉中的器乐应用考论》之导语中指出：周代繁缛复杂的礼仪，大致可以归总为吉、凶、宾、军、嘉五礼。五礼之中，凶礼为禁乐之礼，吉、嘉、宾、军四礼，除嘉礼中婚礼、士冠礼不用乐外，皆有乐。

1. 吉礼，即沟通人与天地神灵的仪式，是周代祭祀活动的总称。其名目众多，活动频繁。[③] 其中祫禘之祭礼仪最为盛大，向祖先行"九献"大礼时，始终伴有钟鼓之乐。马端临曰："用九献，王服衮冕而入，奏《王夏》；后服副袆从王而入，则奏《齐夏》；次尸入，奏《肆夏》。……此为一献。（乐章歌《九功》之德，《诗》用《清庙》。）……次奏黄钟为宫、大吕为角、太蔟为徵、应钟为羽，路鼓、路鼗、阴竹之管、龙门之琴瑟、《九德》之歌、《九韶》之舞于宗庙之中奏之。若乐九变，则人鬼可得而礼矣。……次王出迎牲入，奏《昭夏》。……三献也。后于是荐朝事之笾豆，时堂上以大吕之调，歌《清庙》之诗；堂下以黄钟之调，作《大武》之乐。奏《大武》之诗，则歌《维清》及《大武》之诗。献后稷尸时乐同。降神乐章则歌《思文》。献先王、先公则大司乐云'奏无射，歌夹钟，舞《大武》'，以飨先祖。先王、先公乐章，则歌《天作》。献文王尸歌《清庙》，献武王尸歌《执竞》，乐同先王、先公。……凡四献也。……既九献，王乃冕而总干戚率群臣，王在东舞《大武》，乐皇尸。又皮弁而舞《大夏》，兼作六代之乐，遂行加爵，

---

① （晋）杜预注，（唐）孔颖达等正义：《春秋左传正义》卷四十一，（清）阮元校刻《十三经注疏》，中华书局1980年影印，第2024页。

② （汉）司马迁：《史记》卷四十七《孔子世家》，中华书局1959年版，第1937页。

③ 以上所言吉礼，详见第五章之第一节《器乐用于吉礼》第一段、第五节《结语》最后一段。

为旅酬之始。"① 由此可见，《诗经》之乐章与周人祭祖仪式关系极为密切。尤其是"《清庙》之瑟，朱弦而疏越，壹倡而三叹"之"遗音"，②萦绕着整个祭奠过程。融诗、乐、舞为一体的《大武》，由《周颂》之《我将》、《武》、《赉》、《般》、《酌》、《桓》六个乐章组成了依次演进的叙事型祭祖乐歌，歌颂周武王伐纣取得的辉煌胜利的武功（依高亨之说），场面富于变幻，境界雄阔，气势恢宏，气氛庄重，钟鼓萦耳，曲调舒缓连绵，孔子谓"尽美矣"，③ 更是有周庙堂宫殿常用的最重要的当朝国乐。

在周代五礼之中，吉礼（祭祀之礼）居首，最为隆重。《礼记·祭统》曰："凡治人之道，莫急于礼。礼有五经，莫重于祭。"④《左传·成公十三年》曰："国之大事，在祀与戎。"⑤ 周人之所以格外重视祭祀之礼，是因为：

> 夫祀，国之大节也；而节，政之所成也。⑥
> 祀所以昭孝息民，抚国家，定百姓也，不可以已。……国于是乎烝尝，家于是乎尝祀，百姓夫妇择其令辰，奉其牺牲，敬其蠲盛，洁其粪除，慎其采服，禋其酒醴，帅其子姓，从其时享，虔其宗祝，道其顺辞，以昭祀其先祖，肃肃济济，如或临之。于是乎合其州乡朋友婚姻，比尔兄弟亲戚。于是乎弭其百苟，殄其逸匿，合其嘉好，结其亲昵，亿其上下，以申固其姓。上所以教民虔也，下所以昭事上也。……其谁敢不战战兢兢，以事百神。⑦
> 夫祭有十伦焉，见事鬼神之道焉，见君臣之义焉，见父子之伦焉，见贵贱之等焉，见亲疏之杀焉，见爵赏之施焉，见夫妇之别焉，

① （元）马端临：《文献通考》卷一百《宗庙考十·袷禘》，浙江古籍出版社 1988 年影印本，第 910—911 页。

② （汉）郑玄注，（唐）孔颖达等正义：《礼记正义》卷三十七《乐记》，（清）阮元校刻《十三经注疏》，中华书局 1980 年影印，第 1528 页。

③ （三国·魏）何晏集解，（宋）邢昺疏：《论语注疏》卷三《八佾》孔子论《武》，（清）阮元校刻《十三经注疏》，中华书局 1980 年影印，第 2469 页。

④ （汉）郑玄注，（唐）孔颖达等正义：《礼记正义》卷四十九，（清）阮元校刻《十三经注疏》，中华书局 1980 年影印，第 1602 页。

⑤ （晋）杜预注，（唐）孔颖达等正义：《春秋左传正义》卷二十七刘子语，（清）阮元校刻《十三经注疏》，中华书局 1980 年影印，第 1911 页。

⑥ （三国·吴）韦昭解：《国语》卷四《鲁语上》，《四部丛刊》初编本。

⑦ （三国·吴）韦昭解：《国语》卷十八《楚语》观射父对楚昭王语，《四部丛刊》初编本。

见政事之均焉，见长幼之序焉，见上下之际焉。①

这就是说，祭祀给宗法社会的等级制度、伦理道德等披上了宗教的外衣，使之仪式化、固定化、神圣化。祭祀中用乐，更可使人们增强同姓同族的血缘认同感，化解森严的等级制造成的人际隔阂，有助于维护家与国一体化的周王室的统治。

吉礼各种祭祀仪式所用乐之来源：

（1）来源于六代乐舞。其行乐形式："乃分乐而序之，以祭，以享，以祀。乃奏黄钟，歌大吕，舞《云门》，以祀天神。乃奏太簇，歌玄钟，舞《咸池》，以祭地祇。乃奏姑洗，歌南吕，舞《大韶》，以祀四望。乃奏蕤宾，歌函钟，舞《大夏》，以祭山川。乃奏夷则，歌仲吕，舞《大濩》，以享先妣。乃奏无射，歌夹钟，舞《大武》，以享先祖。"② 如前所述，其中的《大武》即《诗经》之《周颂》中6篇。

（2）来源于《诗经》。《周颂》共31篇：《清庙》，《毛诗序》曰："祭文王也。"③《维天之命》，《毛诗序》曰："太平告文王也。"④《维清》，《毛诗序》曰："奏《象舞》也。"孔颖达疏曰："周公、成王之时，奏之于庙。"⑤《烈文》，《毛诗序》曰："成王即政，诸侯助祭也。"⑥《天作》，《毛诗序》曰："祀先王、先公也。"⑦《昊天有成命》，《毛诗序》曰："郊祀天地也。"⑧ 唐杜佑曰："祫祭之礼毕献之后，天子舞六代之乐。若感帝及迎气，即天子舞当代之乐。其乐章用《昊天有成命》。"⑨《我将》，《毛诗序》曰："祀文王于明堂也。"⑩《时迈》，《毛诗序》曰："巡守告祭柴望也。"⑪

---

① （汉）毛亨传，（汉）郑玄笺，（唐）孔颖达等正义：《毛诗正义》卷十七之二《既醉》孔颖达疏，（清）阮元校刻《十三经注疏》，中华书局1980年影印，第535页。
② （明）黄道周：《月令明义》卷一《孟春章》，文渊阁《四库全书》本。
③ （汉）毛亨传，（汉）郑玄笺，（唐）孔颖达等正义：《毛诗正义》卷十九之一，（清）阮元校刻《十三经注疏》，中华书局1980年影印，第583页。
④ 同上。
⑤ 同上书，第584页。
⑥ 同上。
⑦ 同上书，第585页。
⑧ 同上书，第587页。
⑨ （唐）杜佑：《通典》卷四十二《礼二·吉一·郊天上》，文渊阁《四库全书》本。
⑩ （汉）毛亨传，（汉）郑玄笺，（唐）孔颖达等正义：《毛诗正义》卷十九之二，（清）阮元校刻《十三经注疏》，中华书局1980年影印，第588页。
⑪ 同上。

《执竞》，《毛诗序》曰："祀武王也。"① 《思文》，《毛诗序》曰："后稷配天也。"孔颖达疏曰："后稷配天之乐歌也。……祭于南郊。"② 《臣工》，《毛诗序》曰："诸侯助祭遣于庙也。"③ 《噫嘻》，《毛诗序》曰："春夏祈谷于上帝也。"④ 《振鹭》，《毛诗序》曰："二王之后来助祭也。"⑤《丰年》，《毛诗序》曰："秋冬报也。"郑玄笺曰："报者，谓尝也烝也。"⑥ 《有瞽》，《毛诗序》曰："始作乐而合乎祖也。"孔颖达疏曰："合诸乐器于太祖之庙奏之，告神以知善否。"⑦ 《潜》，《毛诗序》曰："季冬荐鱼，春献鲔也。"郑玄笺曰："荐献之者，谓于宗庙也。"⑧《雝》，《毛诗序》曰："禘大祖也。"⑨《载见》，《毛诗序》曰："诸侯始见乎武王庙也。"⑩《有客》，《毛诗序》曰："微子来见祖庙也。"⑪、《武》，《毛诗序》曰："奏《大武》也。"孔颖达疏曰："周公摄政六年之时，象武王伐纣之事，作《大武》之乐，既成，而于庙奏之。"⑫ 《闵予小子》，《毛诗序》曰："嗣王朝于庙也。"⑬ 《访落》，《毛诗序》曰："嗣王谋于庙也。"⑭ 《敬之》，孔颖达疏曰："群臣进戒嗣王之乐歌也。谓成王朝庙与群臣谋事，群臣因在庙而进戒嗣王。"⑮ 《小毖》，孔颖达疏曰："嗣王求助之乐歌也。谓……成王初始嗣位，因祭在庙而求群臣助己。"⑯《载芟》，《毛诗序》曰："春籍田而祈社稷也。"⑰《良耜》，《毛诗序》曰："秋报社

---

① （汉）毛亨传，（汉）郑玄笺，（唐）孔颖达等正义：《毛诗正义》卷十九之二，（清）阮元校刻《十三经注疏》，中华书局1980年影印，第589页。
② 同上书，第590页。
③ 同上。
④ 同上书，第591页。
⑤ （汉）毛亨传，（汉）郑玄笺，（唐）孔颖达等正义：《毛诗正义》卷十九之三，（清）阮元校刻《十三经注疏》，中华书局1980年影印，第594页。
⑥ 同上。
⑦ 同上。
⑧ 同上书，第595页。
⑨ 同上。
⑩ 同上书，第596页。
⑪ 同上书，第597页。
⑫ 同上。
⑬ 同上书，第598页。
⑭ 同上。
⑮ 同上。
⑯ （汉）毛亨传，（汉）郑玄笺，（唐）孔颖达等正义：《毛诗正义》卷十九之四，（清）阮元校刻《十三经注疏》，中华书局1980年影印，第600页。
⑰ 同上书，第601页。

稷也。"①《丝衣》，《毛诗序》曰："绎宾尸也。"②《酌》，《毛诗序》曰：
"告成《大武》也。"郑玄笺曰："周公居摄六年，制礼作乐，归政成王，
乃后祭于庙而奏之。其始成，告之而已。"③《桓》，《毛诗序》曰："讲武
类祃也。"郑玄笺曰："类也、祃也，皆师祭也。"④《赉》，《毛诗序》曰：
"大封于庙也。"⑤《般》，《毛诗序》曰："巡守而祀四岳河海也。"⑥《鲁
颂》共 4 篇：《駉》、《有駜》两篇皆祭鲁僖公，重在歌颂其文治；《泮
水》，祭鲁僖公，重在歌颂其修泮宫、克服淮夷；《閟宫》，祭鲁僖公，重
在歌颂其承周先祖、先王之道治理鲁国的丰功伟绩。《商颂》共 5 篇：
《那》，《毛诗序》曰："祀成汤也。"⑦《烈祖》，《毛诗序》曰："祀中宗
也。"⑧《玄鸟》，《毛诗序》曰："祀高宗也。"⑨《长发》，《毛诗序》曰：
"大禘也。"⑩《殷武》，《毛诗序》曰："祀高宗也。"⑪《大雅》共 16 篇：
《文王》、《大明》、《棫朴》、《旱麓》、《皇矣》、《文王有声》，6 篇皆祭祀
文王；《下武》，祭祀武王；《生民》，祭祀始祖后稷；《公刘》，祭祀后稷
曾孙公刘；《绵》，祭祀太王古公亶父；《假乐》，祭祀成王；《行苇》、
《既醉》、《凫鹥》3 篇，皆写祭祖礼仪结束后的饮宴、祝祷活动；《思
齐》，祭祀文王祖母古公亶父之妻大姜、文王之母王季之妻大任、文王之
妻大姒；《云汉》，祈天祭雨。《小雅》共 4 篇：《楚茨》，宋王质曰："烝
尝之祭也。"⑫清凌廷堪曰："言王朝卿大夫之祭也。"⑬《信南山》，王质
曰："荐新之祭也。"⑭《甫田》，是籍田农政典礼中"耨获亦于籍"之
"耨"时"治农"之礼的乐歌，祭祀方社、田神；《大田》，是收获时节

---

① （汉）毛亨传，（汉）郑玄笺，（唐）孔颖达等正义：《毛诗正义》卷十九之四，（清）
　　阮元校刻《十三经注疏》，中华书局 1980 年影印，第 602 页。
② 同上书，第 603 页。
③ 同上书，第 604 页。
④ 同上。
⑤ 同上书，第 605 页。
⑥ 同上。
⑦ （汉）毛亨传，（汉）郑玄笺，（唐）孔颖达等正义：《毛诗正义》卷二十之三，（清）
　　阮元校刻《十三经注疏》，中华书局 1980 年影印，第 620 页。
⑧ 同上书，第 621 页。
⑨ 同上书，第 622 页。
⑩ （汉）毛亨传，（汉）郑玄笺，（唐）孔颖达等正义：《毛诗正义》卷二十之四，（清）
　　阮元校刻《十三经注疏》，中华书局 1980 年影印，第 625 页。
⑪ 同上书，第 627 页。
⑫ （宋）王质：《诗总闻》卷十三，文渊阁《四库全书》本。
⑬ （清）凌廷堪：《礼经释例·祭礼下》，《皇清经解》（卷 793）本。
⑭ （宋）王质：《诗总闻》卷十三，文渊阁《四库全书》本。

报祭四方之神的乐歌。另有《豳诗》（即《七月》，从郑玄之说）、《豳雅》（即《雅》）、《豳颂》（即《颂》），《周礼·春官宗伯·籥章》曰："籥章，掌土鼓、豳籥。中春，昼击土鼓，吹《豳诗》以逆暑。中秋，夜迎寒，亦如之。凡国祈年于田祖，吹《豳雅》，击土鼓，以乐田畯。国祭蜡，则吹《豳颂》，击土鼓，以息老物。"① 计若干篇。还有佚诗《王夏》、《肆夏》、《昭夏》、《齐夏》、《族夏》，郑玄曰："王出入，奏《王夏》；尸出入，奏《肆夏》；牲出入，奏《昭夏》；……夫人祭，奏《齐夏》；族人侍，奏《族夏》。"② 计 5 篇。还有《雍》，即《周颂》之《雝》，或谓为《周颂》之"《臣工》"，马融曰："天子祭于宗庙，歌之以彻祭。"③

由上可见，吉礼各种祭祀仪式所用之乐主要来源于《诗经》中的三《颂》，其次是《大雅》。这些乐舞，典礼性质重，历史感强，不同程度地带有原始宗教的天地崇拜和祖先崇拜的色彩，体现出一定的血缘意识。

2. 嘉礼，详见第五章《〈诗经〉中的器乐应用考论》之第二节《器乐用于嘉礼》第一段。考嘉礼所用诸乐章，除所谓《诗经》部分佚诗外，《诗经》之正《风》、正《小雅》是其主要来源。兹据先秦典籍文献及今传《诗经》文本，仅将有记载的《诗经》一些篇章（包括佚诗）的演奏在嘉礼各种仪式中的实用情况列表如下：

《诗经》器乐演奏在嘉礼中实用情况一览表

《诗经》篇目		演奏乐器	实用情况
305 篇	佚诗		
《小雅》之《鹿鸣》、《四牡》、《皇皇者华》		瑟、箫	1. "乡饮酒礼"用于工歌、合乐、无算乐，（无箫） 2. "燕礼"用于工歌、无算乐，（无箫） 3. "大射"用于升歌、无算乐，（无箫） 4. 诸侯接待友邦使臣。

---

① （汉）郑玄注，（唐）贾公彦疏：《周礼注疏》卷二十四，（清）阮元校刻《十三经注疏》，中华书局 1980 年影印，第 801—802 页。

② （汉）郑玄注，（唐）贾公彦疏：《周礼注疏》卷二十四，《春官宗伯·钟师》，（清）阮元校刻《十三经注疏》，中华书局 1980 年影印，第 800 页。

③ （三国·魏）何晏集解，（宋）邢昺疏：《论语注疏》卷三《八佾》，（清）阮元校刻《十三经注疏》，中华书局 1980 年影印，第 2465 页。

《诗经》篇目		演奏乐器	实用情况
305 篇	佚诗		
《小雅》之《鹿鸣》		瑟	1. 天子燕群臣、嘉宾； 2. "燕礼"用于升歌、合乡乐。
	《南陔》、《白华》、《华黍》	笙	1. "乡饮酒礼"用于笙奏、合乐、无算乐； 2. "燕礼"用于笙奏、无算乐、合乡乐。
《小雅》之《鱼丽》、《南有嘉鱼》、《南山有台》		瑟	1. "乡饮酒礼"用于间歌、合乐、无算乐； 2. "燕礼"用于间歌、无算乐。
《小雅》之《南有嘉鱼》		瑟	天子燕群臣、嘉宾。
	《由庚》、《崇丘》、《由仪》	笙	1. "乡饮酒礼"用于间歌、合乐、无算乐； 2. "燕礼"用于间歌、无算乐。
《周南》之《关雎》、《葛覃》、《卷耳》，《召南》之《鹊巢》、《采蘩》、《采蘋》		磬、鼓、瑟、笙、管、钟	1. "乡饮酒礼"用于合乐、无算乐、乡乐，（无管和钟） 2. "乡射礼"用于合乐、无算乐、乡乐，（无管和钟） 3. "燕礼"用于乡乐、无算乐、酬宾合乐、与四方之宾燕之房中之乐。
	《陔》	鼓、钟	1. "乡饮酒礼"用于送宾，（无钟）； 2. "乡射礼"用于送宾、无算乐，（无钟）； 3. "燕礼"用于送宾； 4. "大射"用于送宾。
	《驺虞》	鼓、钟	1. "乡射礼"用于射、无算乐，（无钟） 2. "乡射礼"用于"大夫说矢束"； 3. "大射"用于天子射； 4. 用于周武王西学之郊射。
	《騶》	钟、鼓	"大射"用于迎接公入。

续表

《诗经》篇目		演奏乐器	实用情况
305 篇	佚诗		
	《肆夏》	鼓、瑟、笙、磬、钟、镈、建鼓、应鼙、颂磬、朔鼙、簜①、鼗	1. "燕礼"用于以乐纳宾、公拜受爵、合乡乐，（无镈、建鼓、应鼙、颂磬、朔鼙、簜、鼗）； 2. "大射"用于公升即席、公拜受爵； 3. 飨礼用于卿大夫。
	《新宫》	管	1. "燕礼"用于酬宾、合乡乐； 2. "大射"用于升歌之后的下管。
《勺》（即《周颂》之《酌》）		磬、鼓、瑟、笙、管、钟	"燕礼"用于乐舞。
	《狸首》	鼓、钟	1. "大射"用于诸侯射； 2. 用于周武王东学之郊射。
	《王夏》	鼓、钟、磬等	"大射"用于王者出入。
《召南》之《采蘋》		鼓	卿大夫射以之为节。
《召南》之《采蘩》		鼓	士射以之为节。
《周颂》之《清庙》		瑟	1. 天子视学用于登歌； 2. 两君相见用于升歌； 3. 秋时养老用于登歌。
《象》（姚小鸥谓为《维清》、《昊天有成命》、《天作》）		管	1. 天子视学用于下管， 2. 两君相见用于下管。
《大武》（即《周颂》之《我将》、《武》、《赉》、《般》、《酌》、《桓》）		鼓、瑟、笙、磬、钟、镈、建鼓、应鼙、颂磬、朔鼙、簜、鼗	天子视学用于乐舞。
"诗颂"		瑟、琴	用于庆贺天下大定。
《周颂》之《武》		管	两君相见用于下管。
《雍》（即《周颂》之《雝》，或谓《周颂》之"《臣工》"）		钟、磬、鼓等	用于两君相见后送客。

---

① （晋）郭璞注，（宋）邢昺疏《尔雅注疏》卷八之晋郭璞注："簜……谓箫、管之属。"〔（清）阮元校刻：《十三经注疏》，中华书局 1980 年影印，第 2626 页〕

续表

《诗经》篇目		演奏乐器	实用情况
305 篇	佚诗		
《振羽》（即《周颂》之《振鹭》）		钟、磬、鼓等	用于两君相见后彻宴。
《大雅》之《文王》《大明》《绵》		瑟、琴	用于两君相见。
《小雅》之《常棣》		钟、磬、鼓等	用于燕礼。
《小雅》之《伐木》		钟、磬、鼓等	用于燕礼。
《小雅》之《蓼萧》		钟、磬、鼓等	用于燕礼。
《小雅》之《湛露》		钟、磬、鼓等	用于天子燕诸侯之飨礼。
《小雅》之《彤弓》		钟、磬、鼓等	用于天子赐有功诸侯之飨礼。
《小雅》之《頍弁》		钟、磬、鼓等	用于燕饮。
《小雅》之《瓠叶》		钟、磬、鼓等	用于燕饮。
《大雅》之《行苇》		钟、磬、鼓等	用于燕饮。

3. 宾礼，详见第五章《〈诗经〉中的器乐应用考论》之第三节《器乐用于宾礼》第一段。关于宾礼用乐的具体记载不多，涉及《诗经》演奏之实用的，仅知有：

（1）《大雅》之《文王》、《大明》、《绵》，《小雅》之《湛露》、《彤弓》，以瑟、琴演奏，用于诸侯、贵族朝聘燕享；

（2）《小雅》之《鹿鸣》、《四牡》、《皇皇者华》，以瑟、箫演奏，用于诸侯、贵族朝聘燕享；

（3）《樊遏》（即《周颂》之《执竞》）、《渠》（即《周颂》之《思文》），以钟、磬、鼓等演奏，用于天子享元侯；

（4）佚诗《肆夏》、《韶夏》、《纳夏》，以鼓、瑟、笙、磬、钟、镈、建鼓、应鼙、颂磬、朔鼙、籥（按，指"箫、管之属"）、鼗等演奏，用于天子飨元侯。

4. 军礼，详见第五章《〈诗经〉中的器乐应用考论》之第四节《器乐用于宾礼》第一段。关于《诗经》演奏在战争中实用的记载仅见"甲寅，谒我（伐）殷于牧野。……篇人奏《武》。王人……献《明明》三终"一处。[①] 笔者以为《诗经》中《大雅》之《崧高》、《江汉》、《常

① 黄怀信、张懋镕、田旭东：《逸周书汇校集注》卷四《世俘解》，上海古籍出版社1995年版，第454页。

武》,《小雅》之《出车》、《杕杜》、《采薇》、《六月》、《采芑》、《车攻》、《吉日》,《鄘风》之《定之方中》,《秦风》之《驷驖》、《小戎》,《豳风》之《东山》、《破斧》,等等,言及战争、田猎、劳役的篇章,或许就是军礼之乐。如《毛诗序》曰:"《杕杜》,劳还役也。"① 清秦蕙田《五礼通考》曰:"范氏曰:'《出车》劳率,故美其功;《杕杜》劳众,故极其情。'"②

二 进行乐教

《礼记·学记》曰:"君子如欲化民成俗,其必由学乎。玉不琢不成器,人不学不知道。是故古之王者,建国君民,教学为先。"③《周礼·地官司徒·大司徒》曰:"以五礼防万民之伪,而教之中;以六艺防万民之情,而教之和。"④ 周代王室的统治能够持续几个世纪,礼乐制得以迅速、全面地推行,与其倡导"教学"、重视贵胄子弟的教育和礼乐文化实施者的培养有重要关系。刘师培曰:"古人以礼为教民之本,列于六艺之首,岂知上古教民,六艺之中,乐为最崇,因以乐教为教民之本哉。"⑤ 鉴于雅乐在维护血缘等级制中的特殊作用,周代统治者亦极为重视乐教,天子每年仲春都要"率三公、九卿、诸侯、大夫"亲往学宫举行视学之礼。⑥ 乐教主要在宫中所设大学中进行。大学有五,即成均(见于《周礼》)、辟雍、上庠、东序、瞽宗(见于《礼记》),成均乃五学之通称。周代颇具规模的音乐机构"大司乐",不仅掌管宫廷乐队的雅乐演奏,更重要的是负责学校教学,教育贵胄子弟和培养礼乐文化的实施者。《周礼·春官宗伯·大司乐》曰:"大司乐掌成均之法,以治建国之学政,而合国之弟子焉。凡有道者、有德者,使教焉。……以乐德教国子,中、和、祗、庸、孝、友;以乐语教国子,兴、道、讽、诵、言、语;以乐舞教国子,舞《云门大卷》、《大咸》、《大韶》、《大夏》、《大

---

① (汉)毛亨传,(汉)郑玄笺,(唐)孔颖达等正义:《毛诗正义》卷九之四,(清)阮元校刻《十三经注疏》,中华书局 1980 年影印,第 416 页。

② (清)秦蕙田:《五礼通考》卷二百三十九《军礼七·出师》,文渊阁《四库全书》本。

③ (汉)郑玄注,(唐)孔颖达等正义:《礼记正义》卷三十六《学记》,(清)阮元校刻《十三经注疏》,中华书局 1980 年影印,第 1521 页。

④ (汉)郑玄注,(唐)贾公彦疏:《周礼注疏》卷十,(清)阮元校刻《十三经注疏》,中华书局 1980 年影印,第 708 页。

⑤ 刘师培:《学校原始论》,《刘申叔遗书》,江苏古籍出版社 1996 年版,第 667 页。

⑥ (汉)郑玄注,(唐)孔颖达等正义:《礼记正义》卷十五《月令》,(清)阮元校刻《十三经注疏》,中华书局 1980 年影印,第 1362 页。

濩》、《大武》。"① 这里提到的"国子",大都视为公卿大夫的子弟,也有人认为"国子者,王大子、王子、诸侯公卿大夫之子弟,皆是"②。他们在"成均"（大学）接受"有道者、有德者"的教导,学习"乐德"、"乐语"、"乐舞"等主要课程。其中"乐语"之"兴、道、讽、诵、言、语",朱自清认为:"这六种'乐语'的分别,现在还不能详知,似乎都以歌辞为主。'兴'、'道'（导）似乎是合奏,'讽'、'诵'似乎是独奏,'言'、'语'是将歌辞应用在日常生活里。这些都用歌辞来表示情意,所以称为'乐语'。"③ 其中的"乐舞",则指具体的音乐、舞蹈的演奏和表演,所举《大武》,就是《诗经·周颂》中的《我将》、《武》、《赉》、《般》、《酌》、《桓》六个乐章。据《周礼》知,参与"国子"之教的还有地官之大司徒、师氏、保氏等。如保氏"养国子以道,乃教之六艺:一曰五礼,二曰六乐,三曰五射,四曰五驭,五曰六书,六曰九数"。④ 从以上课程内容多为传统乐舞看,大概是就西周初期的教学而言。至于《礼记·王制》曰:"乐正崇四术,立四教,顺先王《诗》、《书》、《礼》、《乐》以造士。春秋教以《礼》、《乐》,冬夏教以《诗》、《书》。"⑤《汉书·礼乐志》曰:"《周诗》既备,而其器用张陈,《周官》具焉。典者自卿大夫师瞽以下,皆选有道德之人,朝夕习业,以教国子。国子者,卿大夫之子弟也,皆学歌九德,诵六诗,习六舞、五声、八音之和。"⑥ 教学内容已明显增加了《诗经》乐章的分量,可能是就《诗经》篇章逐渐累积、成型时的教学而言。嗣后,孔子"正乐",弦歌305篇,把《诗经》乐章作为乐教的首选教材,则是《诗经》篇章成型后的事了。另外《周礼》还提到大师"教六诗:曰风、曰赋、曰比、曰兴、曰雅、曰颂。以六德为之本,以六律为之音",则是"教瞽蒙也",⑦ 即以培养实施礼乐文化的乐官为目的的"瞽蒙"之教,与"国子"之教不同。从事这方面

---

① （汉）郑玄注,（唐）贾公彦疏:《周礼注疏》卷二十二,（清）阮元校刻《十三经注疏》,中华书局1980年影印,第787页。

② （清）刘书年:《刘贵阳说经残卷·国子证误》,《丛书集成》初编第二六六册,中华书局1985年版,第15页。

③ 朱自清:《诗言志辨·诗言志·献诗陈志》,华东师范大学出版社1996年版,第7页。

④ （汉）郑玄注,（唐）贾公彦疏:《周礼注疏》卷十四,（清）阮元校刻《十三经注疏》,中华书局1980年影印,第731页。

⑤ （汉）郑玄注,（唐）孔颖达等正义:《礼记正义》卷十三,（清）阮元校刻《十三经注疏》,中华书局1980年影印,第1341页。

⑥ （汉）班固:《汉书》卷二十二,中华书局1962年版,第1038页。

⑦ （汉）郑玄注,（唐）贾公彦疏:《周礼注疏》卷二十三《春官宗伯·大师》郑玄注,（清）阮元校刻《十三经注疏》,中华书局1980年影印,第796页。

教育的有隶属于大司乐的大师、小师、瞽蒙、视瞭、磬师、笙师等。"六诗",实际上主要是关于《诗经》乐章的教学纲领,《诗经》乐章的演奏和表演,无疑是其重要的教学内容。

三 用于君子的自我修养和日常生活中

生活在浓重的礼乐文化氛围中的君子们(主要指王公贵族),大都是周代血缘等级制度的受益者和卫道士。他们必须修身养性,自觉地使自己的举止行为纳入礼乐规范。孔子曰:"礼也者,理也;乐也者,节也。君子无理不动,无节不作。不能《诗》,于礼缪;不能乐,于礼素。……达于礼而不达于乐,谓之素;达于乐而不达于礼,谓之偏。"① 又曰:"兴于《诗》,立于礼,成于乐。"② 这强调了音乐在人格修养中的重要作用,反映了当时人们在自我修养和日常生活中对音乐的重视。其所谓"乐",当以作为雅乐基本载体的《诗经》乐章为主。只有在这些乐章的陶冶中,才能完成最高层次的人格修养,成就所谓的君子,使其"情深而文明,气盛而化神,和顺积中而英华发外",③ "德辉动于内而民莫不承听,理发诸外而民莫不承顺"④。因此,在自我修养和日常生活中,"君子曰:'礼乐不可斯须去身。致乐以治心,则易直子谅之心,油然生矣。易直子谅之心生则乐,乐则安,安则久,久则天,天则神。天则不言而信,神则不怒而威,致乐以治心者也。'"⑤ "大夫无故不彻县,士无故不彻琴瑟",⑥ "燕处则听《雅》、《颂》之音"⑦。尤其是琴瑟,古人常谓:

> 盖琴则易良,瑟则静好,其声尚宫,其音主丝,士君子常御,所以乐得其道。堂上之乐也,故用大琴必以大瑟配之,用中琴必以小瑟

---

① (汉)郑玄注,(唐)孔颖达等正义:《礼记正义》卷五十《仲尼燕居》,(清)阮元校刻《十三经注疏》,中华书局1980年影印,第1614页。

② (三国·魏)何晏集解,(宋)邢昺疏:《论语注疏》卷八《泰伯》,(清)阮元校刻《十三经注疏》,中华书局1980年影印,第2487页。

③ (汉)郑玄注,(唐)孔颖达等正义:《礼记正义》卷三十八《乐记》,(清)阮元校刻《十三经注疏》,中华书局1980年影印,第1536页。

④ (汉)郑玄注,(唐)孔颖达等正义:《礼记正义》卷三十九《乐记》,(清)阮元校刻《十三经注疏》,中华书局1980年影印,第1544页。

⑤ 同上书,第1543页。

⑥ (汉)郑玄注,(唐)孔颖达等正义:《礼记正义》卷四《曲礼下》,(清)阮元校刻《十三经注疏》,中华书局1980年影印,第1259页。

⑦ (汉)郑玄注,(唐)孔颖达等正义:《礼记正义》卷五十《经解》,(清)阮元校刻《十三经注疏》,中华书局1980年影印,第1610页。

配之，然后大者不陵，细者不抑，足以禁淫邪，正人心矣。故荀卿曰
"琴瑟以乐心"。①

琴者，禁也，所以禁止淫邪，正人心也。②

君子所常御者，琴最亲密，不离于身，……以为琴之大小得中，
而声音和，大声不哗人而流漫，小声不湮灭而不闻，适足以和人意
气，感人善心。③

琴者，先王所以修身、理性、禁邪、防淫者也，是故君子无故不
去其身④

郑樵曰："三百篇中之诗，皆可被之弦歌。"⑤ "古之达乐三：一曰《风》，
二曰《雅》，三曰《颂》。所谓金、石、丝、竹、匏、土、革、木，皆主
此三者以成乐。"⑥ 西周至春秋时期，琴瑟与歌唱是不分的，弹奏琴瑟必
然歌唱，歌唱必有琴瑟伴奏；而其所弹奏和歌唱的篇章，基本上也都出自
《诗经》。由此可足窥《诗经》器乐演奏在君子的自我修养和日常生活中
实用之广泛。

四 用于观风知气，移化助教

司马迁曰："州异国殊，情习不同，故博采风俗，协比声律，以补短
移化，助流政教。"⑦ 这应是《诗经》之十五国《风》中描写民风民俗的
篇章承担的使命，如《豳风》之《七月》等。但其具体的器乐演奏情况，
缺乏文献记载。

五 用于讽诵美刺，补察时政

如《国语·周语上》曰："天子听政，使公卿至于列士献诗，瞽献
典，史献书，师箴，瞍赋，矇诵，百工谏，庶人传语，近臣尽规，亲戚补
察，瞽史教诲，耆艾修之，而后王斟酌焉。"⑧ 师况亦曰："自王以下，各
有父兄子弟，以补察其政。史为书，瞽为诗，工诵箴谏，大夫规诲，士传

① （宋）陈旸：《乐书》卷六十三，文渊阁《四库全书》本。
② （汉）班固：《白虎通德论》卷二《礼乐》，《四部丛刊》初编本。
③ 王利器校注：《风俗通义校注》卷六《声音·琴》，中华书局 1981 年版，第 293 页。
④ （宋）郭茂倩：《乐府诗集》卷五十七《琴曲歌辞一》，中华书局 1979 年版，第 821 页。
⑤ （宋）郑樵：《六经奥论》卷三《诗经·乐章图·丝奏》，文渊阁《四库全书》本。
⑥ （宋）郑樵：《通志》卷四十九《乐略第一·乐府总序》，中华书局 1987 年版，第 625 页。
⑦ （汉）司马迁：《史记》卷二十四《乐书》，中华书局 1959 年版，第 1175 页。
⑧ （三国·吴）韦昭解：《国语》卷一，《四部丛刊》初编本。

言，庶人谤，商旅于市，百工献艺。故《夏书》曰：'遒人以木铎徇于路，官师相规，工执艺事以谏。'"① 这应是《诗经》之大、小《雅》和《风》中一些讽刺、赞美的篇章承担的使命。其具体的器乐演奏情况，亦缺乏文献记载。

第三节 《诗经》器乐演奏的娱乐性及其审美

对于周代的雅乐，近现代人大都认为是礼的附庸，唯礼是从，缺乏音乐的娱情悦性功能和审美意义。如此，则势必导致从儒学、经学、文学、语言学、音韵学等方面给予极高评价的《诗经》，在音乐学方面（包括器乐演奏）却否多而是少，受到了不应有的贬抑。这一极大的认识反差，无疑是一种违背历史辩证法带来的偏见。从中国音乐发展史看，西周出现的雅乐，应是历史发展链条中不可忽视的重要一环。与夏、商乃至上古音乐相比，周代的雅乐虽然不乏承继性，但却发生了质的飞跃。它不仅以新鲜的形式、新鲜的内容展示着独特的社会风情，传达了"郁郁乎文哉"的礼乐文化的道德实质；而且有着规模庞大的音乐组织机构进行生产、演奏和管理，有着一整套的高度规范化的制度确保其使用和推广。它不仅在当时是声势浩大的音乐主潮，流行于神州大地几个世纪，代表着一个时代音乐发展的最高水平；而且对后世音乐，尤其是宫廷音乐有着深远的影响。既然如此，作为雅乐基本载体的《诗经》，也应该受到公允的切合历史实际的对待。

确实，周代统治者对《诗经》乐章实用功能的重视，远远地超过了它的艺术功能；历史典籍文献言及《诗经》乐章的功能时，也多着眼于实用性；尤其是儒家的经学阐释取向，大都是清一色的政治教化。这就忽略并掩盖了《诗经》篇章入乐演奏、歌唱的娱悦功能和审美意义。其实，《诗经》乐章的实用功能，都是通过一定的演奏、歌唱艺术来实现的。席勒曰："要使感性的人成为理性的人，除了首先使他成为审美的人以外，别无其他途径。"② "道德状态只能从审美状态中发展而来，

---

① （晋）杜预注，（唐）孔颖达等正义：《春秋左传正义》卷三十二《襄公十四年》，（清）阮元校刻《十三经注疏》，中华书局 1980 年影印，第 1958 页。

② ［德］弗里德里希·席勒：《审美教育书简》，冯至、范大灿译，北京大学出版社 1985 年版，第 116 页。

而不能从物质状态中发展而来。"① 周代统治者为尽量发挥《诗经》乐章服务于礼的潜移默化的熏陶效力，何尝不关注艺术审美的形式？御用太师和乐官们在严格按照礼的规范精心打制、润饰或改造、琢磨乃至最后审定每一乐章时，又何尝不致力于其外在的艺术包装的完美？《诗经》演奏、歌唱的曲调虽然早已佚失，但如前所述，从今传诸乐章歌词之文本，犹可大体窥察其曲式、曲调、旋律、音响等。诸如《诗经》歌词文本最显著的富于变化的回环复沓特色，正是其音乐曲调丰富多样的回环复沓特色的遗存迹痕。发微洞幽，深入探析，即依稀可辨其在旋律、重音、力度等方面形成的一种和谐对应关系，以及一唱三叹、馀音不绝于耳的艺术效果。就曲式而言，回环复沓大体具有呈示、展现、呼应的性质，可构成重复、对比、再现等基本形式。这就是说，《诗经》作为具有明确实用目的的雅乐，也是具有艺术审美意义的乐歌，不乏审美娱悦性。在其特有的文化认同范围内，在形式上和观念上具有相当规范的行乐过程中，去获得内在情感心理和外在行乐行为的和谐一致。如《诗经》中的祭祀乐章，并不是纯审美意义上的艺术，但由于祭祀者在其演奏、歌唱声中表达了娱神娱祖的心愿，祈求了神与祖的福佑，实现了凝聚族群、稳定社会秩序的目的，自然会怡然沉浸于钟鼓喤喤、一唱而三叹的音乐氛围之中。再如《乡饮酒礼》所用《诗经》18 个乐章，由工歌瑟伴奏《鹿鸣》、《四牡》、《皇皇者华》，而笙奏《南陔》、《白华》、《华黍》，而瑟伴奏工歌《鱼丽》、《南有嘉鱼》、《南山有台》与笙奏《由庚》、《崇丘》、《由仪》相间，直至正歌最后一节磬、鼓、瑟、笙、管等一齐合奏、合唱《关雎》、《葛覃》、《卷耳》、《鹊巢》、《采蘩》、《采蘋》，乐器逐渐增多，乐章不断出新，演奏、歌唱的花样一再变化，娱乐性则依次递增。正歌之后就是佐酒助兴的"燕乐亦无数，或间或合，尽欢而止也"的"无算乐"② 和"唯所欲作，不从次也"的"乡乐"③，使其娱悦性在礼的规范中得以尽情地发挥。

音乐审美的娱悦性，与审美主体追求的客体之实用性密切相关，所谓无功利的纯娱悦性是不存在的。人的追求，或曰欲望，有先天本能的，有后天形成的，千种百样，是无法否认的客观现实。因而，其审美愉悦性，

---

①　[德] 弗里德里希·席勒：《审美教育书简》，冯至、范大灿译，北京大学出版社 1985 年版，第 118 页。

②　（汉）郑玄注，（唐）陆德明音义，贾公彦疏：《仪礼注疏》卷十《乡饮酒礼》之郑玄注，（清）阮元校刻《十三经注疏》，中华书局 1980 年影印，第 989 页。

③　同上书，第 990 页。

也千差万别，不可执一而论。《诗经》乐章所具有的审美娱悦性，映射着周代统治者对其实用价值的欲望和追求，是属于周代贵族的。当周代的贵族们，在《诗经》乐章的演奏、歌唱中，满足了自己的欲望和追求，娱悦之情便油然而生。孔子于齐国闻《韶》乐，"三月不知肉味，曰：'不图为乐之至于斯也。'"① 这是因为他认为《韶》乐的内容和形式完全符合自己的审美理想和要求，臻于"尽美矣，又尽善也"的境界②。有一种成见认为礼制绝情弃欲，这并不符合历史的实际。荀子曰：

> 礼起于何也？曰：人生而有欲。欲而不得，则不能无求。求而无度量分界，则不能不争。争则乱，乱则穷。先王恶其乱也，故制礼义以分之，以养人之欲，给人之求。使欲必不穷于物，物必不屈于欲。两者相持而长，是礼之所起也。故礼者，养也。刍豢稻粱，五味调香，所以养口也。椒兰芬芳，所以养鼻也。雕琢刻镂，黼黻文章，所以养目也。钟鼓管磬，琴瑟竽笙，所以养耳也；疏房檖貌，越席床第几筵，所以养体也。③

可见周代统治者制礼，并不是要绝情弃欲，只是以之限制人欲不使乱流而已。以礼和乐节制、调适人欲，这是周代统治者对历史的推陈出新，是中华文化之独创，也是我国历代封建统治者维护自身利益和特权的法宝。实事求是地说，这有其合理的内核，于社会文明进步和人性的发展不是一无是处的。因为作为社会的人，其"欲"无论是出于动物的本能，还是后天才有的，都是既不可灭也不能放纵的，灭或放纵都将引发灾难性的后果。但是，周代礼乐所限制的，除与禽兽相通的生理本能即情欲外，更多的是人们背离血缘等级制规范、危害宗法统治的欲求，尽管今天看来这些欲求有许多合理的成分；而不违背血缘等级制规范之欲求，则全在保护之列，尽管今天看来这些欲求是极不合理的。孔子曰："礼乎礼，夫礼所以制中也。"④ 周礼承认人欲的存在，又不使其乱流，极力将人欲限制在血

---

① （三国·魏）何晏集解，（宋）邢昺疏：《论语注疏》卷七《述而》，（清）阮元校刻《十三经注疏》，中华书局 1980 年影印，第 2482 页。

② （三国·魏）何晏集解，（宋）邢昺疏：《论语注疏》卷三《八佾》，（清）阮元校刻《十三经注疏》，中华书局 1980 年影印，第 2469 页。

③ 董治安、郑杰文汇撰：《荀子汇校汇注·礼论篇》，《文献集成》（2），齐鲁书社 1998 年版，第 615 页。

④ （汉）郑玄注，（唐）孔颖达等正义：《礼记正义》卷五十《仲尼燕居》，（清）阮元校刻《十三经注疏》，中华书局 1980 年影印，第 1613 页。

缘等级制允许的范围内，使其处于有利于周代王室统治的最佳状态，就是"制中"，或曰"中礼"。这也决定了服务于礼的《诗经》乐章，必须遵循礼"制中"的要求，并且只能在"中礼"的前提下，发挥其"和"的独特作用。如此，在审美方面，周礼"制中"也规范着《诗经》乐章的美学取向只能是中和之美，不可放任自流。

考"中和"一词，虽在《礼记》之《中庸》和《乐记》中才出现，但其义发端由来久矣，唐尧即告诫虞舜曰"允执其中"，① 虞舜已要求音乐"直而温，宽而栗，刚而无虐，简而无傲。诗言志，歌永言，声依永，律和声。八音克谐，无相夺伦，神人以和"。② 不过有周之前所谓中和之言论，大都与"神人以和"相关，主要体现的是群体意识，讲的是杂多的统一；而至《诗经》乐章之立足于礼的中和，则经历了漫长的发展和演变，发生了质的变化，其主要是关乎社会秩序之和，体现的是宗法等级意识。《诗经》乐章之中和，从其内容看，中即与礼相符，无所乖戾，这是中和的基本和灵魂；和即使人与天和谐、与社会和谐、与人和谐、自我身心和谐，这是中和的指向和结果。从艺术形式和风格看，中即适度，不偏不倚，无过于张扬或不及之虞，尤其是旋律音响，应"在清浊之间，……夫乐不过以听耳，……若听乐而震，……患莫甚焉"，③ "夫音亦有适，太巨则志荡，以荡听巨，则耳不容，弗容则横塞，横塞则振动；太小则志嫌，以嫌听小，则耳不充，不充则不詹，不詹则窕；太清则志危，以危听清，则耳溪极，溪极则不鉴，不鉴则竭；太浊则志下，以下听浊，则耳不收，不收则不特，不特则怒。故太巨、太清、太小、太浊皆非适也。"④ 适中是美与雅乐的标志，否则，就是丑与溺音（或曰郑声）。和即在规定的限度内，扣其两端，执两用中，使对立双方或杂多因素和谐统一，相济相成，风格典雅、从容、温和、平稳、朴实、敦厚，避免强烈的对比和大起大落的变幻。具体言之：

吉礼无论是供奉天地四方，还是祭祀祖先神灵，都是为了达到天、神祇与人以及宗族内诸成员间的和谐。其仪式都异常隆重；祭祀者必须毕恭毕敬，不可大悲大喜；气氛极为庄严、肃穆。其所用乐大都是曲调凝重、

---

① 　（三国·魏）何晏集解，（宋）邢昺疏：《论语注疏》卷二十《尧曰》，（清）阮元校刻《十三经注疏》，中华书局1980年影印，第2535页。

② 　（汉）孔安国传，（唐）孔颖达等正义：《尚书正义》卷三《舜典》，（清）阮元校刻《十三经注疏》，中华书局1980年影印，第131页。

③ 　（三国·吴）韦昭解：《国语》卷三《周语下》，《四部丛刊》初编本。

④ 　（战国）吕不韦等：《吕氏春秋》卷五《仲夏纪第五·适音》，《四部丛刊》初编本。

平缓、"肃雍和鸣"、"穆如清风"的三《颂》和《大雅》，如以上所举及的《清庙》和《周颂》之《我将》、《武》、《赍》、《般》、《酌》、《桓》六个乐章组成的《大武》等。《礼记·乐记》曰："听其《雅》、《颂》之声，志意得广焉；执其干戚，习其俯仰诎伸，容貌得庄焉；行其缀兆，要其节奏，行列得正焉，进退得齐焉。故乐者，天地之命，中和之纪，人情之所不能免也。"① 而过于放纵的乐舞，是绝不能入庙堂演奏的。如"郑音好滥淫志，宋音燕女溺志，卫音趋数烦志，齐音敖辟乔志，此四者皆淫于色而害于德，是以祭祀弗用。"②

嘉礼和宾礼，无论是"亲万民"，还是"亲邦国"，都是为了求"和"，即达到君臣万民之各阶层之间以及各邦国之间的和顺安乐。其仪式皆等级分明，秩序井然；宾主都谦恭揖让，循规蹈矩，言行恰到好处；气氛颇为和乐融洽。其行乐所用大都是产生于西周较繁荣安定时期的赞颂太平盛世的所谓正《小雅》（指《鹿鸣》至《菁菁者莪》22 篇，包括 6 篇笙诗）、正《风》（指《周南》、《召南》）。如以上所举乡饮酒礼之正歌、所用 18 个乐章，全部出自正雅、正风。就其演奏情况而言，正歌四节分堂上之乐和堂下之乐，陈旸再三曰：

> 乐贵不流，故谓之正歌。③
>
> 堂上之乐，以歌为主，故工歌《鹿鸣》、《四牡》、《皇皇者华》，则君臣和于朝，堂上之乐也。堂下之乐，以管为主，故笙入磬南面立，乐《南陔》、《白华》、《华黍》，则父子和于家，堂下之乐也。④
>
> 堂上之乐，以咏为主，则声依永也；堂下之乐，以间为主，则律和声也。两者并用，然后上下合奏，而不失中和之纪矣。⑤

至于无算乐和乡乐，虽曰"唯所欲作"，但其演奏篇目有具体规定，尽欢也只能"发乎情，止乎礼义"，⑥ 遵循中正和谐的原则，绝不能破坏愉快

---

① （汉）郑玄注，（唐）孔颖达等正义：《礼记正义》卷三十九，（清）阮元校刻《十三经注疏》，中华书局 1980 年影印，第 1545 页。

② （汉）郑玄注，（唐）孔颖达等正义：《礼记正义》卷三十九《乐记》，（清）阮元校刻《十三经注疏》，中华书局 1980 年影印，第 1540 页。

③ （宋）陈旸：《乐书》卷五十八《乡射礼》，文渊阁《四库全书》本。

④ （宋）陈旸：《乐书》卷一百五十四《笙歌上》，文渊阁《四库全书》本。

⑤ （宋）陈旸：《乐书》卷一百十三《堂上下乐上》，文渊阁《四库全书》本。

⑥ （汉）毛亨传，（汉）郑玄笺，（唐）孔颖达等正义：《毛诗正义》卷一之一，（清）阮元校刻《十三经注疏》，中华书局 1980 年影印，第 272 页。

祥和的气氛。就其涉及的乐章而言，朱熹曰：

> 惟《周南》、《召南》，亲被文王之化以成德，而人皆有以得其性情之正。故其发于言者，乐而不过于淫，哀而不及于伤。是以二篇独为《风》诗之正经。①

特别是四始之一的《小雅·鹿鸣》，是先秦礼仪场合演奏频率最高的篇章。《毛诗序》谓其"燕群臣、嘉宾也"。② 从其今存歌词看，所展现的是旨酒、佳肴、币帛，鼓瑟、弹琴、吹笙、鼓簧和"以燕乐嘉宾之心"的其乐融融的场面。在"和乐且湛"的乐声中，与宴的人们，化解了一切矛盾和隔阂，完全沉醉于和谐的精神同一和共鸣中。这是中和之美的充分体现。

乐教和自我修养之乐，大都出自《诗经》。康有为曰："古人以乐教人，所以导和某德，……乐之精如此。"③ 孔子极为重视《诗经》乐章提高人的道德修养的作用，强调"温柔敦厚，《诗》教也"，"温柔敦厚而不愚，则深于诗者也"。④ "温柔敦厚"谓人的品德，兼指《诗经》乐章的内容和风格，系儒家中庸哲学思想的体现。朱自清释之曰：

> "温柔敦厚"是"和"，是"亲"，也是"节"，是"敬"，也是"适"，是"中"。这代表殷、周以来的传统思想。儒家重中道，就是继承这种传统思想。⑤

而"温柔敦厚而不愚"，旨则更在于中正、中和。《诗经》要完成"导和"、使人"温柔敦厚而不愚"的任务，从审美角度说，必须具有中和之美。

观风知气、讽诵美刺之乐章，亦应具有中和之美。前者如季札观乐，可谓观风知气的典型，季札的议论（见下文），即全面概括了《诗经》乐章的中和之美。后者如孔颖达诠释"温柔敦厚，《诗》教也"曰："温谓颜色温润，柔谓情性和柔，《诗》依违讽谏，不指切事，故云温柔敦厚是

---

① （宋）朱熹：《诗集传·序》，中华书局1958年版。

② （汉）毛亨传，（汉）郑玄笺，（唐）孔颖达等正义：《毛诗正义》卷九之二，（清）阮元校刻《十三经注疏》，中华书局1980年影印，第405页。

③ 康有为著，吴熙钊等校点《南海康先生口说·变化气质检摄威仪》，中山大学出版社1985年版，第78页。

④ （汉）郑玄注，（唐）孔颖达等正义：《礼记正义》卷五十《经解》，（清）阮元校刻《十三经注疏》，中华书局1980年影印，第1609页。

⑤ 朱自清：《诗言志辨·诗教·温柔敦厚》，华东师范大学出版社1996年版，第132页。

《诗》教也。"① 这就是说,"温柔敦厚,《诗》教也"除指《诗经》的教化感染作用外,还指用《诗经》乐章进行讽谏时,讽谏者必须"主文而谲谏",② 心平气和,言辞委婉,所用乐章应具中和之美,以礼义节之。

　　总而言之,《诗经》是宫廷乐章,作为雅乐的基本载体,其全部都具有中和之美。换言之,即中和之美是《诗经》最突出的审美特征。至于孔子所要放的"郑声",笔者以为乃当时新兴的俗乐的代表,其内容和形式,皆超脱了礼的规范和中和的原则,绝不等同于经周王室御用太师改制的《郑风》。

　　对于《诗经》乐章的中和之美,先秦的人们早有所阐释。如鲁襄公二十九年吴国公子季札聘使鲁国观周乐(周代宫廷之乐),鲁国乐师几乎为其演奏、歌唱了全部《诗经》乐章,季札一一予以评论曰:

　　　　使工为之歌《周南》、《召南》,曰:"美哉!始基之矣,犹未也,然勤而不怨矣。"为之歌《邶》、《鄘》、《卫》,曰:"美哉!渊哉!忧而不困者也。吾闻卫康叔、武公之德如是,是其《卫风》乎?"为之歌《王》,曰:"美哉!思而不惧,其周之东乎?"为之歌《郑》,曰:"美哉!其细已甚,民弗堪也,是其先亡乎!"为之歌《齐》,曰:"美哉!泱泱乎!大风也哉!表东海者,其大公乎?国未可量也。"为之歌《豳》,曰:"美哉!荡乎!乐而不淫,其周公之东乎?"为之歌《秦》,曰:"此之谓夏声。夫能夏则大,大之至也!其周之旧乎?"为之歌《魏》,曰:"美哉!沨沨乎!大而婉,险而易,行以德辅,此则明主也。"……为之歌《小雅》,曰:"美哉!思而不贰,怨而不言,其周德之衰乎?犹有先王之遗民焉。"为之歌《大雅》,曰:"广哉!熙熙乎!曲而有直体,其文王之德乎?"为之歌《颂》,曰:"至矣哉!直而不倨,曲而不屈;迩而不逼,远而不携;迁而不淫,复而不厌;哀而不愁,乐而不荒;用而不匮,广而不宣;施而不费,取而不贪;处而不底,行而不流。五声和,八风平,节有度,守有序,盛德之所同也。"③

这是流传至今的中国美学史上最早的比较完整的音乐批评,也是对于

① (汉)郑玄注,(唐)孔颖达等正义:《礼记正义》卷五十《经解》,(清)阮元校刻《十三经注疏》,中华书局1980年影印,第1609页。
② (汉)毛亨传,(汉)郑玄笺,(唐)孔颖达等正义:《毛诗正义》卷一之一《毛诗序》,(清)阮元校刻《十三经注疏》,中华书局1980年影印,第271页。
③ (晋)杜预注,(唐)孔颖达等正义:《春秋左传正义》卷三十九《襄公二十九年》,(清)阮元校刻《十三经注疏》,中华书局1980年影印,第2006—2007页。

《诗经》乐章的演奏和歌唱的最早的评论。季札除探讨了《诗经》乐章与民风、民俗以及德、时政等的关系外，在概括各部分诗乐的情感、风格和审美意象特征时，始终极力强调的是恰当的对立统一所体现的中和之美；特别对于《颂》乐章的中和之美，不仅连用"直而不倨"等十四个"A而不B"结构的分句加以赞美，可谓"至矣哉"！还进而推崇其宫、商、角、徵、羽五声和谐，金、石、土、革、丝、木、匏、竹八音（八风）协调，节制符合规定的度数，进行遵守一定的次序。显然，其说承袭并发展了《尚书·舜典》"直而温，宽而栗，刚而无虐，简而无傲"的观点。①稍晚于季札的孔子，则与季札一脉相承，其基于中庸哲学思想，评论《诗经》乐章曰：

> 《诗》三百，一言以蔽之，曰："思无邪。"②

"思无邪"即中正、纯正不二。这里以否定"正"之对立面"邪"的形式，对《诗经》全部乐章的中和之美作了充分的肯定，谓其音乐纯正典雅而"中礼"。对于具体篇章，孔子亦有所品评曰：

> 《关雎》乐而不淫，哀而不伤。③

此就《关雎》的音乐而言。《毛诗序》曰："《关雎》乐得淑女以配君子，忧在进贤，不淫其色。哀窈窕，思贤才，而无伤善之心焉，是《关雎》之义也。"④ 郑玄曰："乐得淑女，以为君子之好仇，不为淫其色也。寤寐思之，哀世失夫妇之道，不得此人，不为灭伤其爱也。"⑤ 孔安国注曰："乐不至淫，哀不至伤，言其和也。"⑥ 朱熹注曰："淫者，乐之过而失其

---

① 陈成国校注：《尚书校注》，岳麓书社 2004 年版，第 10 页。

② （三国·魏）何晏集解，（宋）邢昺疏：《论语注疏》卷二《为政》，（清）阮元校刻《十三经注疏》，中华书局 1980 年影印，第 2461 页。

③ （三国·魏）何晏集解，（宋）邢昺疏：《论语注疏》卷三《八佾》，（清）阮元校刻《十三经注疏》，中华书局 1980 年影印，第 2468 页。

④ （汉）毛亨传，（汉）郑玄笺，（唐）孔颖达等正义：《毛诗正义》卷一之一，（清）阮元校刻《十三经注疏》，中华书局 1980 年影印，第 272 页。

⑤ （三国·魏）何晏集解，梁皇侃义疏：《论语集解义疏》卷二《八佾》，中华书局 1985 年版，第 39 页。

⑥ （三国·魏）何晏集解，（宋）邢昺疏：《论语注疏》卷三《八佾》，（清）阮元校刻《十三经注疏》，中华书局 1980 年影印，第 2468 页。

正者也；伤者，哀之过而害于和者也。《关雎》之诗言后妃之德宜配君子，求之未得，则不能无寤寐反侧之忧；求而得之，则宜其有琴瑟钟鼓之乐。盖其忧虽深而不害于和，其乐虽盛而不失其正。故夫子称之如此。"①郑樵具体阐释曰："'《关雎》乐而不淫，哀而不伤。'此言其声之和也。人之情，闻歌则感；乐者闻歌，则感而为淫；哀者闻歌，则感而为伤。惟《关雎》之声和而平，乐者闻之而乐，其乐不至于淫；哀者闻之而哀，其哀不至于伤，此《关雎》所以为美也。"②而刘台拱则曰："'哀而不伤'，旧说多异。《毛诗》篇义云'哀窈窕、思贤才，而无伤善之心'，郑注云'哀世夫妇，不得此人，不为灭伤其爱'，二义皆迂穴难通。……推寻众说，未得所安，窃以己意妄论之曰：诗有《关雎》，乐亦有《关雎》。此章特据乐言之也。古之乐章皆三篇为一。……盖乐章之通例如此。……《仪礼》'合乐'《周南》：《关雎》、《葛覃》、《卷耳》，《召南》：《鹊巢》、《采蘩》、《采蘋》，而孔子但曰'《关雎》之乱'，亦不及《葛覃》以下，此其例也。乐亡而《诗》存，说者遂徒执《关雎》一诗以求之，岂可通哉！'乐而不淫'者，《关雎》、《葛覃》也；'哀而不伤'者，《卷耳》也。《关雎》乐妃匹也，《葛覃》乐妇职也，《卷耳》哀远人也。……季札闻歌《豳》而曰：'美哉，乐而不淫！'即《葛覃》可知矣！"③ 总之，在孔子看来，《关雎》或《关雎》与《葛覃》、《卷耳》三篇完全符合无过、无不及的中庸之道，是体现适中和谐的中和之美的典范。同时，"乐而不淫，哀而不伤"也是从情性抒发的视角对全部《诗经》乐章的中和之美的高度概括。至战国时，儒学大师荀卿循季札、孔子的思路进一步评论《诗经》乐章曰：

> 《诗》者，中声之所止也。④
>
> 先王恶其乱也，故制《雅》、《颂》之声以道之，使其声足以乐而不流，使其文足以辨而不諰，使其曲直、繁省、廉肉、节奏足以感动人之善心，使夫邪污之气无由得接焉。是先王立乐之方也。⑤

其前者肯定《诗经》全部乐章演奏、歌唱的中和之美，是对季札和孔子

① （宋）朱熹：《论语集注》卷二《八佾》，齐鲁书社 1992 年版。
② （宋）郑樵：《通志》卷七十五《昆虫草木略第一·序》，中华书局 1987 年版，第 865 页。
③ （清）刘台拱：《论语骈枝》第四条，《续修四库全书》本。
④ （清）王先谦：《荀子集解》卷一《劝学》，中华书局 1988 年版，第 11 页。
⑤ （清）王先谦：《荀子集解》卷十四《乐论》，中华书局 1988 年版，第 379 页。

之说的认同，唐杨倞解释曰："《诗》，谓乐章，所以节声音，至乎中而止，不使流淫也。"① 陈旸亦曰："正六律而使之和声，和五声而使之协律，弦之琴瑟，歌之《诗·颂》，则中声所止，无非盛德之形容焉。"② 后者涉及了"曲直、繁省、廉肉、节奏"等艺术的表达和处理的具体问题，则是对季札和孔子中和之美说的具体发挥。

中和之美是中国美学史上贯穿始终的极为重要的美学原则。溯本求源，中和之美虽然并不萌生于《诗经》乐章，但是，由于《诗经》乐章在周代一直受到统治者的高度重视，传播广泛而又普遍，其所体现的中和之美，不仅对于当时及后代的文学艺术发生了巨大而深远的影响，使中华民族传统的文化心理结构中的审美定势在潜移默化中积淀；而且，对于儒家崇尚中和之美的文艺观的形成和发展，也起到了重要的促进作用。当然，任何事物都有其两面性，中和之美也助长了中华民族重共性轻个性的观念和不喜标新立异、顾忌离经叛道的惰性。李泽厚在论及这一局限性时曾深刻地指出："现实原则对快乐原则的战胜，'超我'的过早的强大出现，使个体的生命力量在长久压抑中不能充分宣泄发扬，甚至在艺术中也如此。奔放的情欲、本能的冲动、强烈的激情、怨而怒、哀而伤、狂暴的欢乐、绝望的痛苦、能洗涤人心的苦难、虐杀、毁灭、悲剧，给人以丑、怪、恶等等难以接受的情感形式（艺术）便统统被排除了。情感被牢笼在、满足在、锤炼在、建造在相对的平宁和谐的形式中。即使有所谓粗犷、豪放、拙重、潇洒，也仍然脱不出这个'乐以和'的情感形式的大圈子。无怪乎现代的研究者要说：'用西方人的耳朵听来，中国音乐似乎并没有充分发挥出表情的效力，无论是快乐或是悲哀，都没有发挥得淋漓尽致。'项退结《中国民族性研究》（台湾商务印书馆1966年版，第88页。）"③ 这一切，亦可于《诗经》的器乐演奏中进行管窥蠡测。尽管如此，《诗经》乐章所体现的中和之美的价值论色彩、正确性原则、普遍和谐观以及朴素辩证法之影响，也许永远不会消失。

---

① （唐）杨倞注：《荀子》卷一《劝学》，文渊阁《四库全书》本。
② （宋）陈旸：《乐书》卷二十四《礼记训义·乐记》和卷一百五十一《乐图论·雅部·歌·诗下》，文渊阁《四库全书》本。
③ 李泽厚：《华夏美学》第一章《礼乐传统·二"乐从和"情感与形式》，天津科学院出版社2001年版，第46页。

附录　关于《周代乡乐考论》和孔子"弦歌"问题的论争

本章所收笔者四篇驳论，皆关乎《诗经》与器乐这一课题，可视为以上部分观点的进一步阐释和深化。就撰写情况而言，四篇驳论应分作两类：

一、不得已而为之者，即《评彭林教授的〈评《周代乡乐考论》〉》、《高举"统观"旗帜，理应自省、自勉——与吕友仁先生商兑》、《学术乃天下之公器——与罗艺峰先生商兑》三篇。我之所以撰写这些驳论，是因为"《诗经》之器乐研究"这一课题的前期成果《周代乡乐考论——先秦诸乐考之一》一发表于《中国文化研究》2007年夏之卷（第二期），即遭到清华大学历史系彭林教授的当头棒喝，继而又有西安音乐学院的副院长罗艺峰教授和河南师范大学文学院的吕友仁教授等出来助阵围剿。我大惑不解是，一篇短短的论文，不过阐述了自己的某些思考和见解而已，何以惹得这些先生大动"肝火"，乃至于兴师动众，欲置我这"黄毛丫头"于死地？当我静下心来，将这些批评文章与拙文一一对读，并覆案相关典籍文献，发现除观点和认识相左外，三位先生有的随意曲解拙文，无中生有，欲加之罪而振振其词；有的明明偷换概念违背了逻辑同一律，硬说笔者逻辑混乱；有的大打版本牌"教人"，而自己竟然弄错了版本；有的脱离了具体的语言环境，错误地征引并诠释古人之说；更有甚者，威吓笔者"不在正文点明被征引者的姓名，而只是在注文中提及"，"要小心吃著作权官司呢"！……如此这般，使我深感学术领域并非春和景明、有时还必须直面党同伐异者不问青红皂白的"打杀"和"围剿"，被逼上梁山时，该出手时就得出手。这三篇驳论，旨在坚持并进而阐明自己的立场观点，澄清事实，以正视听。

二、主动辩驳者，即《也解孔子"弦歌"——与蒋国保先生商榷》一文。我之所以撰写此文，是因为"《诗经》与器乐研究"这一课题的前期成果《〈诗经〉305篇皆可弦歌考论》① 与蒋国保先生的《孔子"弦歌"别解》② 几乎同时分别在《东岳论丛》和《孔子研究》两个刊物上面世，引起了我的注意。但拜读蒋国保先生之文，觉得其对孔子"弦歌"的别解乃至涉及的《诗经》与音乐等诸多问题，虽然发前人所未发，但背离了"知人论世"的原则，只是凭想当然标新立异而已；而且《孔子研究》发行可观，其文影响非同一般，特予以商榷，以求准确诠证古人行实。

如蒙过目，烦请读者最好能与笔者所驳辩之文对读，其出处见各部分开始或注释。

评彭林教授的《评〈周代乡乐考论〉》③

拙文《周代乡乐考论》刊发于《中国文化研究》夏之卷后，④ 彭林教授即在秋之卷发表了《说乡乐、房中之乐与无算乐——评〈周代乡乐考论〉》一文，⑤ 对拙文全盘加以否定。笔者认为彭教授的文章可商榷之处很多，不得不采用点评方式逐一进行论辩，同时亦欲借此文向彭教授和学界同仁请教。以下"【点评】"之前的仿宋体字为…教授的原文；"【点评】"之后的宋体字系笔者的驳论，并括以"【】"号。

《仪礼》的《乡饮酒礼》、《乡射礼》和《燕礼》等篇有关于乡乐、房中之乐和无算爵的记载，对三者的理解，学界自来没有分歧。【点评】【从彭教授下文看，其所谓"对三者的理解，学界自来没有分歧"，乃是指其所说"乡乐、房中之乐和无算乐，是同一个东西"的结论，"学界自来没有分歧"，这是不符合实际的：1. 从历史典籍文献看，乡乐、房中之乐和无算乐最早是在《仪礼》同一书中出现的，而且还同时出现在《仪礼》之《燕礼》一篇中。其演奏的用场、演奏的方式、演奏的乐器明显不同；其演奏的篇章虽有所重合，亦有所不同。可见，一开始撰著者即将乡乐、房中之乐和无算乐视为不同的品类了。2. 顾颉刚《论〈诗经〉所录全为乐歌》，谓周代"典礼中所用的乐歌有三种：（1）正歌，（2）无

---

① 《东岳论丛》（月刊）2009年第4期。
② 《孔子研究》（双月刊）2009年第3期。
③ 《中国文化研究》2007年冬之卷，第165—178页。
④ 《中国文化研究》2007年夏之卷，第64—68页。
⑤ 《中国文化研究》2007年秋之卷，第199—203页。

算乐，（3）乡乐。正歌是在行礼时用的，无算乐是在礼毕坐燕时用的，乡乐是在慰劳司正时用的。正歌义取严重；无算乐则多量的演奏，期于尽欢，犹之乎'无算爵'的期于'无不醉'；乡乐则随便，犹之乎'羞唯所有'，有什么是什么了"。① 朱自清《歌谣的历史·诗经中的歌谣》对顾颉刚之说亦作了全面征引，并表示赞同。② 缪天瑞等主编《中国音乐词典》之"古代乐名"中列有"乡乐"、"房中乐"名目，并分别作了解释。③ 这说明他们也是把乡乐、房中之乐和无算乐视为独立的品类的。】全文未作分节，但可约略分之为四部分，今依顺序简要评述如下。

第一部分，作者征引了《仪礼》的《乡饮酒礼》、《乡射礼》、《燕礼》中郑玄、贾公彦的四段文字，作为全文论述的基础。【点评】【表述错误，《仪礼》中怎么出现了"郑玄、贾公彦的四段文字"，应改为"郑玄注，贾公彦疏的四段文字"】】这一部分属于纯粹的列举材料，最不应该出问题。但是，居然也明显的出现问题：

1. 郑玄、贾公彦关于乡乐、房中之乐、无算乐的解释，并非凭空之论，而是渊源有自。如果作者在讨论乡乐之前，能先读一读《诗序》，就可以知道，《诗序》乃是郑、贾之说的所本，就不会与他们纠缠不休了。

2. 作者在引述以上四段文字之后断言，郑玄、贾公彦之说"多为后人沿袭"，并引用了两条材料为证。按照作者的逻辑，后面的两条材料必须是晚于贾公彦的人所说，否则就不成其为"后人"，更谈不上"沿袭"的问题。而作者所引的第一条材料："《正义》贾氏曰"云云，这条材料引自清人的《仪礼义疏》，文中的"贾氏"乃是指贾公彦，清人引贾公彦疏每每称"贾氏曰"，这是治礼学者的常识。作者居然不知贾氏就是贾公彦，而将此贾氏当成受贾公彦影响的后人，令人忍俊不禁！如果作者真是为了研究乡乐，就应该先将《乡饮酒礼》全部读完，就可以发现，"贾氏曰"这段文字，就在离作者所引的第一段材料的不远处，就不会出这种笑话。【点评】【这是对拙文原意的严重曲解：1. 笔者前已引贾公彦之"疏"，后引清人照搬贾氏之"疏"对《仪礼》进行义疏，是说清人信从贾公彦之"疏"，而直接用贾公彦之"疏"来解说《仪礼》，如此不是清人"沿袭"了贾氏之"疏"吗？正因为笔者知道"贾氏"即指贾公彦，才说后人沿袭。2. "居然不知贾氏就是贾公彦"，是对笔者引

---

① 顾颉刚：《古史辨》第三册下编，上海古籍出版社 1982 年版，第 652 页。
② 朱自清：《中国歌谣》第三章，金城出版社 2005 年版，第 90 页。
③ 缪天瑞、吉联抗、郭乃安主编：《中国音乐词典》，人民音乐出版社 2000 年版，第 425—426、102 页。

文的误读。彭教授认定笔者说"贾氏"沿袭了"贾公彦",从而树起了虚假的靶子,并像唐吉珂德把大风车作为假想之敌搏斗一样,面对着这一虚假的命题起劲地抨击、讥讽。用彭教授的话说,这才真"令人忍俊不禁"! **3.** 彭教授说:"如果作者真是为了研究乡乐,就应该先将《乡饮酒礼》全部读完,就可以发现,'贾氏曰'这段文字,就在离作者所引的第一段材料的不远处,就不会出这种笑话。"这里也仿照彭教授的说法,言明事实:"如果彭教授真是为了讨论问题,只要认真读一下你所说的'第一部分,作者征引了《仪礼》的《乡饮酒礼》、《乡射礼》、《燕礼》中郑玄、贾公彦的四段文字',就可以发现,'贾氏曰'这段文字,就在那'四段文字'的第三段中,'就不会出这种笑话了。'"】

　　3. 作者在第一段与第三段所引的郑注,虽然一出于《乡饮酒礼》,一出于《燕礼》,但文字完全相同。学术论文最一般的规定是:完全相同的材料,只能引一条,否则就有堆砌材料之嫌,在同一章节之内尤其是如此。两段郑注长达一百多字,如果作者是逐字输入的,两处又离得如此之近,至少会发现其雷同,只有从网上剪贴下来,才会如此浑然不觉。**【点评】**【完全相同的材料不重引,的确是学术论文的一般要求,但并非硬性规定,有时也可根据具体情况变通。拙文开头第一行"《乡饮酒礼》和《乡射礼》:'乡乐唯欲。'"一处对相同材料的处理,足以证实笔者是按这一要求去做的,彭教授"三读"拙文,就没有注意到吗?至于"第一段与第三段所引的郑注",我所以不避重复:一是因为郑注和贾疏是联引的,在这两段中,前者皆是郑注,后者皆为贾公彦对郑注的疏通,虽然前者相同,但后者的疏通不同;二是好呼应并证实下文特别点出的郑玄曾"两次"说到"乡乐者,风也"。对此,笔者曾权衡再三,觉得还是全引出来为好。彭教授说笔者不懂得"学术论文最一般的规定"之后,又断言我没有"发现其雷同,只有从网上剪贴下来,才会如此浑然不觉",真令我哭笑不得。退一步说,即使我真是"从网上剪贴下来"的,也总得看看剪贴的是什么内容呀,何况相同的材料,又须从一处剪贴下来,能"浑然不觉"其同吗?彭教授批评拙文,落笔就说"全文逻辑混乱",可在这里,先生究竟遵循的是什么逻辑呢?彭教授后面还有"《关雎》,后妃之德也……"和"二国之诗以后妃夫人之德为首……"两条都重复征引了,这也"有堆砌材料之嫌"吗?也是"从网上剪贴下来"的吗?也算不懂"学术论文最一般的规定"吗?难道萧何制律,可以自犯?】

　　第二部分,作者将郑注、贾疏关于乡乐、房中之乐、无算乐的要点归纳为如下四点:……这四点乃是常识,而且完全正确,读《仪礼》者人人都很清楚……

【点评】【彭教授肯定笔者归纳的"四点""完全正确",但却不管前哲时贤是否做了这方面的工作,又以"读《仪礼》者人人都很清楚"的"常识"相鄙薄,很明显,是认为笔者不该作此归纳了。笔者则以为,就某一议题而言,集中前人零散的论说,梳理、审视并进行一番归纳,有时是非常必要的。彭教授的著述中,不是也大量地这样做了吗?不是还经常承袭前人之说吗?如彭教授的《儒学之根基六经之阶梯》、《怎样孝敬父母》等,通篇都是熟悉经学者"人人都很清楚"的"常识",为什么自己偏要著文发表?】

第三部分,作者批评郑玄的解释存在"一定的模糊性",所说"乡乐者,风也"之"风",是指《周南》、《召南》或《周南》、《召南》的六篇呢?还是指全部的《国风》呢?还是指"仁贤"、"圣人"之风范呢?还是指《周南》、《召南》之风教呢?作者说"无论是全面观照,还是审视具体的语境,我们都难以作出确切的判断。这就促发了后人理解和认识的歧异"。

作者一连提出几个问题,看似勤于思索,其实是不动脑筋。**【点评】**【笔者指出郑玄的注语"存在着一定的模糊性",并针对其"乡乐者,风也"之"风"的内涵进行了发问,这实际上是具体阐说郑玄注语的模糊性。这里每一发问,都是紧扣郑玄之"注"的,要说"勤于思索",我不敢当,但说"不动脑筋",则又颇感委屈。怎么才算"勤于思索"、"动脑筋"呢?大概只有彭教授下面引经据典大讲什么叫"风"、什么是"风之始"、什么是"二南"之缘起、什么是"二南"之"主题"、什么是"二南"之教化功能等才是吧?说实在的,这才是些不折不扣的常识!彭教授笼统地讲这些,与笔者指出的郑玄注释"乡乐"时所言之"风"的内涵不确定性,究竟有多大关联呢?所谓"风"……《诗序》说得很清楚:"《关雎》,后妃之德也,风之始也,所以风天下而正夫妇也,故用之乡人焉,用之邦国焉。"**【点评】**【彭教授下文重复征引了此条。】《关雎》位于十五国风之首,所以说是"风之始"。疏云:"风之始,此谓十五国风,风是诸侯政教也。"……**【点评】**【"疏云",误。彭教授以上引文系唐陆德明"音义",即陆德明《经典释文》对"风"的义训,非孔颖达之"疏"。彭教授应弄清《毛诗正义》的体例再征引。】十五国风之中,以《周南》、《召南》为典型,《诗·周南召南谱》云:"文王受命,作邑于丰,乃分岐邦。……"意思是说,周公、召公受封于文王之时,乃"施先公之教于己所职治国"。武王克商之后,陈诗观风,当时天下有九州，殷纣无道，文王三分天下有其二，得其六州；"六州者得二公之德教尤纯"，成绩最是卓著。而且，"二公之德教，自岐而行于南国也"，影响尤其深广，《周南》、《召南》之"南"即由此得名。……【点评】【"《周南》、《召南》之'南'""得名"，历来诸说纷纭，莫衷一是，主要有"南"指地域说和"南"是乐曲的名称说等，彭教授所言，仅是早就有的其中的一说而已。】至于作者提出："风"指"仁贤"、"圣人"之风范？还是指《周南》、《召南》之风教？这问题问得很古怪，这里的圣贤风范难道可以脱离《二南》而存在？古人以周、召二公为圣贤，而《二南》体现的正是圣贤之教，道理如此明白，作者岂能不明？【点评】【的确，"古人以周、召二公为圣贤"，但笔者认为此郑玄之"注"所言"仁贤"、"圣人"，指的却是周文王，不是彭教授所说的"周、召二公"。郑玄之"注"曰："于时文王三分天下有其二，德化被于南土，是以其诗有仁贤之风者，属之《召南》焉；有圣人之风者，属之《周南》焉。"贾公彦"疏"之曰："《周南》三篇即言后妃，《召南》三篇则言夫人，不同者，此虽同是文王之化，《召南》是文王未受命以前之事，诸侯之礼，故称夫人；《周南》是文王受命称王之后，天子之礼，故称后也。"又曰："云'是以其诗有仁贤之风者，属之《召南》焉'者，谓文王未受命以前也。云'有圣人之风者，属之《周南》焉'者，谓受命以后也。"① 这里笔者也仿照彭教授的话问一声：郑"注"、贾"疏"已说得很明白了，先生"岂能不明"？】

　　作者为了证成郑玄的"模糊性"，又列举了三条材料，第一条引敖继公之说："乡乐者，凡《国风》皆是也。"而作者说它是"派生于郑玄之诠释"；第二条引朱熹关于《二南》、正《风》为房中之乐、乡乐的说法，【点评】【朱熹原话是："《二南》，正《风》，房中之乐也，乡乐也。"意思是说：《二南》，即正《风》，是房中之乐，也是乡乐。而彭教授复述时，将《二南》和正《风》之间的逗号换成了顿号，这一小小的标点符号的改变，则使《二南》和正《风》成了并列关系，将朱熹的意思篡改为：《二南》和正《风》，皆为房中之乐、乡乐。正《风》就是指《二南》，应是人所共知的常识吧？难道《二南》之外，还有个正《风》吗？难道《二南》即自为一体（历史上有这种说法），不属于风吗？看来这些都与彭教授以上主张相抵牾，那么，是否彭教授不明顿号的正确用法呢？】

---

① （汉）郑玄注，（唐）陆德明音义，贾公彦疏：《仪礼注疏》卷九《乡饮酒礼》，（清）阮元校刻《十三经注疏》，中华书局1980年影印，第986页。

但作者说它"亦派生于郑玄之诠释";第三条引顾颉刚的乡乐"应该作乡土之乐解",而作者又说"其说与郑玄的解释亦不无关联"。也就是说,连作者都认为这三条材料与郑玄之说是一致的!因而我们看不明白作者所谓"促发了后人理解和认识的歧异"究竟表现在哪里?【点评】【笔者列举的敖继公、朱熹、顾颉刚关于乡乐的不同解说,的确是"为了证成郑玄的'模糊性'"。这里所说的郑玄注语的"模糊性"促发的"后人理解和认识的歧异",是指敖继公、朱熹、顾颉刚等人之间"理解和认识的歧异",并非彭教授认为的他们对郑玄注语"理解和认识的歧异"。笔者将三则材料分条胪列,就是要具体对比说明这一问题。与此同时,笔者指出敖继公、朱熹、顾颉刚的解说分别都与郑玄注语的某一方面有关联,就是要"证成郑玄的'模糊性'"。正是由于郑玄注释"乡乐"时所言之"风"的内涵存在着不确定性(或曰多义性),后人各持其一端,才促发了"理解和认识的歧异"。在这一部分,彭教授不仅篡改了朱熹的意思,也曲解了笔者的观点和论说。】

第四部分,作者试图驳斥郑玄、贾公彦将乡乐与房中之乐、无筭乐混为一谈,认为三者在以下四个方面都不同:

演奏篇章:……【点评】【彭教授对无筭乐演奏的篇目复述不全。有拙文在,不赘述。】

演奏用场:……【点评】【彭教授对无筭乐演奏的用场复述不全。有拙文在,不赘述。】

演奏方式:……【点评】【彭教授对拙文注⑦未作复述,可覆案拙文。】

演奏乐器:乡乐是合金石丝竹而歌之,与众声俱作;……【点评】【什么与众声俱作?乡乐吗?否。是"歌",彭教授复述给漏掉了,是一时疏忽呢,还是不明其意?】

既然不能将乡乐、房中之乐、无筭乐混为一谈,则表明作者认为这三者是不同的东西。此又大谬也。【点评】【笔者从四个方面对乡乐与无筭乐、房中之乐进行比较探讨,旨在证实乡乐与无筭乐、房中之乐的不同之处,所以未充分展开三者"有关联"的一面,以免分散笔墨、冲淡议题。其实,对于乡乐与无筭乐、房中之乐的主要关联,如有共享的演奏乐章、"三者又皆为周代礼乐文化的组成部分,不同程度地受到周礼的约束和规范,不可超越周礼的樊篱"等,笔者在所列的四个方面及其下文中,皆有所旁及,彭教授是否注意到了?笔者要问:彭教授是否承认拙文所列乡乐与无筭乐、房中之乐四个方面的不同之处?彭教授在这里要批我"大谬",看来是矢口否认的,那么,为何不直接以事实驳辩,下文竟然顾左右而言它？否定了四个方面的不同，我之"大谬"不就昭昭然了吗？事实如铁，大概彭教授无法否定，才大讲起其同来，这究竟有多大的针对性呢？对于三者的关联，我是从来不否认的；对于彭教授所言其同，我也基本认同。但是，彭教授讲这些，既无法否认我承认三者有关联的一面，又无法推翻我摆出的三者不同的一面，更无法证成其"三者是同一个东西"的主张。】

乡乐是诸侯国推行风教的诗歌，……【点评】【说"乡乐是……诗歌"，错了。"诗歌"乃现代的一种文体，不应等同于乡乐。周代的乡乐起码应是诗与乐融合为一体的，称之为"诗"可以，但不能说是"诗歌"。在先秦"诗"不等同于"诗歌"是一般的常识。】那么，地方的风诗，为什么又用于房中之乐呢？这要从《二南》的主题说起。《诗序》云："《关雎》，后妃之德也，风之始也，所以风天下而正夫妇也。故用之乡人焉，用之邦国焉。"【点评】【此条重引。】……"初，古公亶父聿来胥宇，爰及姜女。……是故，二国之诗以后妃夫人之德为首，终以《麟趾》、《驺虞》，言后妃夫人有斯德，兴助其君子，皆可以成功，至于获嘉瑞。"……"二国之诗以后妃夫人之德为首，终以《麟趾》、《驺虞》，言后妃夫人有斯德，兴助其君子，皆可以成功，至于获嘉瑞"。【点评】【重引，而且只隔一行！】在周人看来，有夫妇然后有父子，有父子然后有君臣，有君臣然后有礼仪，所以夫妇是人伦之基，王道之始，尤其重要。……后妃、夫人是天子、诸侯的配偶，她们选择《关雎》等作为房中之乐的诗歌，【点评】【"的诗歌"三字应删掉，因为：**1.** 行文啰嗦。**2.** 当时作为房中之乐的《关雎》，起码是诗和乐合一的，不等同于现代意义上的"诗歌"。】正是为了"兴助其君子"。《仪礼·燕礼》郑玄也说："夫妇之道者，生民之本，王政之端，此六篇者，其教之原也，故国君与其臣下及四方之宾燕，用之合乐也。"可见，郑玄对于乡乐的解释是有文献依据的。【点评】【**1.** 周代的《仪礼·燕礼》中怎么出现了东汉郑玄的话，郑玄之后应添一"注"字吧？**2.** 彭教授此段阐述，只能说明乡乐与房中之乐有部分共享的乐章和较一致的教化功能（这些在拙文中已经涉及了），但无法推翻笔者所举三者之不同。很明显，既然存在不同，而且不止一个方面，就不应混为一谈，不应说"是一回事"。】

那么，为什么房中之乐只有琴瑟伴奏，而没有钟磬等乐器？道理很简单，堂上之地狭窄，故《仪礼》举乐，瑟在堂上，笙管钟磬鼓鼗等均在堂下。房在堂上，房中更为迫窄，无法容纳钟磬等大型乐器，只能用琴瑟伴奏。所以《仪礼·燕礼记》【点评】【"记"字是衍文。或改为《仪礼·燕礼·记》】"有房中之乐",郑注:"弦歌《周南》、《召南》之诗,而不用钟磬之节也。"【点评】【1. 彭教授谓"房中之乐只有琴瑟伴奏,而没有钟磬等乐器",只是依据《仪礼·燕礼》之郑玄注。彭教授于此处注释曰:"《仪礼》各篇,房中之乐均无钟磬,而《周礼·春官·磬师》说有'燕乐之钟磬',如此则房中之乐有钟磬,不合情理。两书体系不同,故多有异说,不必强为调和。"笔者以为:(1)房中之乐仅见于《仪礼·燕礼》"有房中之乐"一处,而彭教授则谓"《仪礼》各篇,房中之乐均无钟磬",还有哪几篇?先生能举出来吗?学术之道,岂可信口出不实之词!(2)《周礼·春官·磬师》郑玄注曰:"燕乐、房中之乐,所谓阴声也。二乐皆教其钟磬。"彭教授没作任何论述,一句"不合情理",既否定了《周礼》,也否定了郑玄注,这是否也有"妄腾私议,轻诋前贤"之嫌?(3)郑玄谓房中之乐"不用钟磬",是就"燕礼"而言;谓房中之乐有钟磬,是就"磬师"之"教"而言。合而论之,才是其对房中之乐所用乐器的全面诠释。由此可知,房中之乐参演的场合不一,使用的乐器亦应有所变化,有时只有琴瑟侑歌,有时则歌与琴瑟钟磬并作。《仪礼·燕礼》之贾公彦疏亦曰:"房中乐得有钟磬者,彼据教房中乐,待祭祀而用之,故有钟磬也。房中及燕,则无钟磬也。"① 2. 房中之乐之"房"在何处,说法不一:或曰"《尔雅》'宫中之门谓之闱,小者谓之闺',而《燕礼》有房中之乐,岂非作于闺门之内者欤?"② 或曰:"燕礼既行,有房中之乐。古者堂后左房右室,钟磬簴难以移入房,但以琴歌《周南》之三、《召南》之三,唯所欲者歌之,曰房中之乐。"③ 明方以智曰:"房中之乐,奏于堂上之房也。"④ 另外,"毛云'房中之乐'。孔氏申之以为:……此房中之乐,当于路寝之下小寝之内作之。张氏易谓:房非房中之房,是顾命之东房、西房,盖作之于路寝也。"⑤ 彭教授所谓"房在堂上",只是其中一说而已。】

　　至于无算乐,不过是乡乐在非礼节性演奏,并非另有其乐歌。【点评】【1. 无算乐是周代礼乐文化中几乎与正歌具有同等价值的品类,……

---

① （汉）郑玄注,（唐）陆德明音义,贾公彦疏:《仪礼注疏》卷十五《燕礼》,（清）阮元校刻《十三经注疏》,中华书局1980年影印,第1025页。
② （宋）陈旸:《乐书》卷三十《礼记训义·乐记》,文渊阁《四库全书》本。
③ （元）熊朋来:《经说》卷五《房中之乐》,文渊阁《四库全书》本。
④ （明）方以智:《通雅》卷二十九《乐曲》,中国书店1990年据清康熙姚文燮浮山此藏轩刻本影印,第335页。
⑤ （清）陈启源:《毛诗稽古编》卷五《君子阳阳》,文渊阁《四库全书》本。

教授在这里却完全抹杀了它的存在，这是站不住脚的。因为：（1）无算乐是周代乡饮酒礼、乡射礼、燕礼、大射仪以及"天子"燕"三老、五更、群老"等礼仪之"正礼"、"正歌"之后配合无算爵而演奏的，无算乐与无算爵都是以上各种礼仪的必不可少的环节，或曰重要的组成部分。虽然无算乐不必遵守正歌的演奏次序，或弦歌、或笙奏（管奏）、或间歌、或合乐，主人和客人可以随意指定，乐工亦可自由演奏，演奏次数一般也无限制，但这是礼仪的规定，其演奏是遵循礼仪的规范进行的，绝不能视为与礼仪无关的"非礼节性演奏"。(2)乡乐诸篇章仅是无算乐演奏的乐歌中的一部分，不是全部。彭教授不是笃信郑玄之说吗，郑玄除在注《仪礼·乡射礼》中的"无算乐"时说过"合乡乐无次数"① 外，还在注《乡饮酒礼》中的"无算乐"时曰："燕乐亦无数，或间或合，尽欢而止也。《春秋》襄二十九年，吴公子札来聘，请观于周乐。此国君之无算。"②在注《燕礼》中的"无算乐"时曰："升歌间合无数也，取欢而已。其乐章亦然。"③ 在注《大射》中的"无算乐"时曰："升歌间合无次数，唯意所乐。"④ 这就是说，除乡乐诸篇章外，通常演奏的还有正歌中的《小雅》之《鹿鸣》、《四牡》、《皇皇者华》、《南陔》、《白华》、《华黍》、《鱼丽》、《由庚》、《南有嘉鱼》、《崇丘》、《南山有台》、《由仪》12 篇；有时甚至《风》、《雅》、《颂》一一俱陈，如季札观周乐。这一切，拙文已述及，如果无法否定又不是视而不见的话，怎能说"无算乐，不过是乡乐……，并非另有其乐歌"呢？2. 这里，彭教授亮明自己的观点后，本应着力一一否定笔者所举无算乐演奏的乡乐之外的乐章，以证实自己的观点正确。但遗憾的是，彭教授下文竟躲开了这一本应直接面对的问题，以三段的篇幅解说起正乐之四节和什么是无算乐来。这究竟要说明什么呢？从三段之后的总结段中，才看出原来又是顾左右而言它，只是要说明："由于《二南》的主题是夫妇之道，故后、夫人每每在房中演奏，……而无算乐中的《二南》，……它要表达的主题没有任何改变。乡乐、房中之乐和无算乐，是同一个东西的三个方面：从它的来源而言，称

---

① （汉）郑玄注，（唐）陆德明音义，贾公彦疏：《仪礼注疏》卷十三《乡射礼》，（清）阮元校刻《十三经注疏》，中华书局 1980 年影印，第 1009 页。

② （汉）郑玄注，（唐）陆德明音义，贾公彦疏：《仪礼注疏》卷十《乡饮酒礼》，（清）阮元校刻《十三经注疏》，中华书局 1980 年影印，第 989 页。

③ （汉）郑玄注，（唐）陆德明音义，贾公彦疏：《仪礼注疏》卷十五《燕礼》，（清）阮元校刻《十三经注疏》，中华书局 1980 年影印，第 1023 页。

④ （汉）郑玄注，（唐）陆德明音义，贾公彦疏：《仪礼注疏》卷十八《大射》，（清）阮元校刻《十三经注疏》，中华书局 1980 年影印，第 1044 页。

为乡乐；当用于后夫人的房中之时，称为房中之乐；当它在正式仪节结束之后单独演奏，称为无算乐；这就（是）郑玄、贾公彦的诠释。"用彭教授的话说，这倒真有点"令人读之茫然"了！因为：（1）《二南》是乡乐、房中之乐和无算乐演奏中的共有篇章，这一点拙文已揭明了，如果再用来反驳我，岂不是无的放矢？（2）《二南》是乡乐、房中之乐和无算乐演奏中的共有篇章，但对于无算乐来说，正如笔者以上所言，只是其演奏乐章的一部分。对于房中之乐来说，也未必就是全部的演奏乐章。如明郝敬曰："房中之乐，系之末简，其非尽雅乐可知。郑必以《二南》当之，亦非也。"① 清胡彦升曰："《礼记》但云有房中之乐，不言歌《二南》，《毛氏诗传》亦但云国君有房中之乐，不言歌《二南》，盖别有房中之乐歌也。"② 既然如此，就绝不能通过《二南》这个中介证明"乡乐、房中之乐和无算乐，是同一个东西的三个方面"。因为虽然可以说《二南》等于乡乐演奏乐章，但不好断言《二南》就一定等于房中之乐演奏乐章，而且完全可以肯定乡乐不等于无算乐演奏乐章。如果依照彭教授错误的逻辑推论下去，那么"正歌"之第四节合乐也演奏了《二南》，是否"正歌"也与"乡乐、房中之乐和无算乐"一样，"是同一个东西"的又一个方面呢？】在正式的礼仪场合中，乐可以分为四节，第一节称为"升歌"，……第二节称为"笙奏"，【点评】【"笙奏"应为笙入或卜管。清《钦定仪礼义疏》曰："管者，吹籥以奏之，其乐重，维天子、诸侯得用之。……若卿、大夫以下，但有'笙入'之节，而无'下管'。"③ 如《仪礼》之《乡饮酒礼》、《乡射礼》但言"笙入"，而《大射》仅言"下管"。】吹笙者站立在堂下的磬之南，面朝北而立，吹奏《南陔》、《白华》、《华黍》。【点评】【《南陔》、《白华》、《华黍》，为笙入吹奏。下管，则吹管者于堂下奏《象》或《武》或《新宫》诸乐章。宋陈旸曰："《礼记·文王世子》曰：登歌《清庙》，下管《象》、《武》，……贵人声也。《仲尼燕居》曰：升歌《清庙》，示德也；下管《象》，示事也。《祭义》曰：昔周公有勋劳于天下，成王赐之重祭，升歌《清庙》，下而管《象》。《燕礼》、《大射》曰：升歌《鹿鸣》、《四牡》、《皇皇者华》，下管《新宫》。由此观之，周之……下管不过《象》、《武》、《新宫》。"④】第三节称为"间

---

① （明）郝敬：《仪礼节解》卷六《燕礼》，明万历四十三年至四十七年郝千秋、郝千石刻郝氏九经解本。

② （清）胡彦升：《乐律表微》卷八《论房中乐》，文渊阁《四库全书》本。

③ （清）鄂尔泰、张廷玉等总裁：《钦定仪礼义疏》卷十二《燕礼》，文渊阁《四库全书》本。

④ （宋）陈旸：《乐书》卷一百一十三《堂上下乐》之上，文渊阁《四库全书》本。

歌",是指堂上的歌唱【点评】【准确的说法应是"堂上在瑟的伴奏下的歌唱"或"堂上的弦歌"。下三处同。】与堂下的笙奏轮番而起:堂上歌唱《鱼丽》完毕,堂下笙奏《由庚》;堂上歌唱《南有嘉鱼》,堂下笙奏《崇丘》;堂上歌唱《南山有台》,堂下笙奏《由仪》;【点评】【1. ……教授只是就礼轻者一方面而言,而礼重者则是堂上升歌《小雅》之《鹿鸣》、《四牡》、《皇皇者华》三篇,与堂下管奏之《象》、《武》、《新宫》三篇更递轮换而作。2. 最后一个分号用错了,上下不是并列关系。】形式略似于今日的轮唱,台上的弦歌与台下的笙奏【点评】【此处应添"或管奏"三字。】交替而作。第四节称为"合乐",堂上的乐工与堂下的笙磬等合奏《周南》中的《关雎》、《葛覃》、《卷耳》以及《召南》中的《鹊巢》、《采蘩》、《采苹》。【点评】【1. "《采苹》",原为"《采蘋》","蘋"字不应简化为"苹"。2. "合乐"包括堂上的"弦歌",应将"堂上的乐工"改为"堂上的弦歌",才与以下引及的郑玄注《乡饮酒礼》吻合。3. 合乐歌唱、演奏《周南》和《召南》六篇,是在一般场合。此外,《小雅》、《大雅》亦可用之于合乐。郑玄注《仪礼·乡饮酒礼》即曰:"《春秋传》曰:《肆夏》、《繁遏》、《渠》,天子所以享元侯也。《文王》、《大明》、《绵》,两君相见之乐也。然则诸侯相与燕,升歌《大雅》,合《小雅》。天子与次国、小国之君燕亦如之。与大国之君燕,升歌《颂》,合《大雅》。"①】郑玄《乡饮酒礼》注说:"合乐,谓歌乐与众声并作。"至确。《燕礼》、《大射仪》也分为这样四节,这是通例,【点评】【1. 《仪礼》之篇名为《大射》,此衍一"仪"字。2. 《仪礼·大射》仅有登歌、下管两节,而无间歌与合乐。宋陈祥道曰"大射有歌而无间、笙,有管而无合乐。"②请问彭教授:哪来的"四节"?】清人凌廷堪早有论述。【点评】【凌廷堪在何处说过《仪礼·大射》也有"四节"?很明显,彭教授所言正歌之四节既不够全面,又不够准确。】

　　《乡射礼》的奏乐比较特殊,没有升歌、笙奏、间歌三节,只有合乐一节,即合乐《周南》的《关雎》、《葛覃》、《卷耳》以及《召南》的《鹊巢》、《采蘩》、《采苹》。……【点评】【1. "《采苹》",应为"《采蘋》"。2. 如上所述,《大射》的奏乐也比较特殊。】

　　古代仪式中的饮酒……

---

① （汉）郑玄注,（唐）陆德明音义,贾公彦疏:《仪礼注疏》卷九《乡饮酒礼》,（清）阮元校刻《十三经注疏》,中华书局1980年影印,第986页。

② （宋）陈祥道:《礼书》卷一百一十八《登歌下管》,文渊阁《四库全书》本。

由以上分析可知，周人重视教化，故而采集十五国风，用以化民成俗。其中《周南》、《召南》体现的政教思想最为纯正笃厚，故被广泛演奏，既可以在体现尊贤之道的乡饮酒礼中演唱，也能在彰显正德修身理念的乡射礼中演奏。由于《二南》的主题是夫妇之道，故后、夫人每每在房中演奏，希冀教化、警示其夫君。而无算乐中的《二南》，只是没有放在原有的演奏系统之中，它要表达的主题没有任何改变。乡乐、房中之乐和无算乐，是同一个东西的三个方面：从它的来源而言，称为乡乐；当用于后、夫人的房中之时，称为房中之乐；当它在正式仪节结束之后单独演奏，称为无算乐；【点评】【这后一个分号又用错了。】这就（是）郑玄、贾公彦的诠释。【点评】【1. 彭教授认为"乡乐、房中之乐和无算乐，是同一个东西的三个方面"，其根本的理由就是乡乐、房中之乐和无算乐只是演奏《二南》中"主题是夫妇之道"的六篇，并且"它要表达的主题没有任何改变"。以上已指出，这是违背事实和逻辑的。再从音乐分类来看，乡乐、房中之乐和无算乐，至少应是歌词、声乐、器乐融合一体的，这种综合性音乐的分类至今尚无统一的标准，或按表演形式分类，或按应用场合分类，或按社会流行层面分类彭教授按主题分类，充其量仅是诸说之一，何况《二南》还无法涵盖无算乐和房中之乐的主题呢？如果彭教授认为确实"这就（是）郑玄、贾公彦的诠释"的话，那么，郑玄、贾公彦也错定了。2. 就逻辑而言，彭教授在这里将《二南》换成了乡乐、房中之乐和无算乐，是偷换了概念。如果不违犯逻辑的话，彭教授的结论应该改为"《二南》，从它的来源而言，称为乡乐；当用于后、夫人的房中之时，称为房中之乐；当它在正式仪节结束之后单独演奏，称为无算乐"。3. 请问彭教授"正式仪节结束之后单独演奏，称为无算乐"是何意思？只单独演奏《二南》吗？无算乐还有升歌、笙入或下管、间歌的《小雅》中的12篇以及《周颂》之《维清》、《时迈》、《执竞》、《思文》、《武》，《大雅》之《文王》、《大明》、《绵》和《小雅》佚诗《新宫》等篇章吗？】郑玄、贾公彦没有将三者混为一谈，倒是该文的作者强生分别，妄加割裂，令人读之茫然。

作者最后得出的结论是：乡乐与无算乐、房中之乐都不同程度地张扬了人的七情六欲，彰显了音乐的娱乐功能，强化了审美意义。这对于当时以"郑声"为代表的新乐的滋生蔓延以及后世娱情音乐的流行和发展，是有所促进和影响的。三者同为周代礼乐文化的组成部分，不同程度地受到周礼的约束和规范。乡乐的娱情性，较之房中之乐要强得多，但又不及无算乐那么放任自由。

这一段结论悖逆了儒家音乐理论的基本常识，几乎要逐字批驳。首先，作者认为乡乐等"张扬了人的七情六欲"、"彰显了音乐的娱乐功能"，这话实在太离谱。【点评】【为避免重复，此仅就彭教授指责拙文使用了"音乐"一词，从而"悖逆了儒家音乐理论的基本常识"予以辩驳。上文说到笔者是站在当今的立场上来审视乡乐、房中之乐和无筹乐的，因而所使用的"音乐"一词是具有现代意义的，绝不是硬将战国之前"音"和"乐"两个不同的词捏合在一起，这和当今中国诸多古代音乐研究者著述中频繁出现的"音乐"一词是一致的，难道这些都是"悖逆了儒家音乐理论的基本常识"吗？都需要先生批驳吗？说实在的，彭教授下文大讲"儒家音乐理论的基本常识"，对"音"和"乐"进行区分和解说，既有些与笔者所使用的"音乐"一词风马牛不相及，又是极为偏颇的。】在儒家的音乐理论中，"音"和"乐"是严格区分的。【点评】【从汉语发展史看，战国之前多单音词，"音"和"乐"在当时的所有典籍文献中都是分别使用的两个词。直至战国末期吕不韦等在《吕氏春秋》卷一《重己》、卷五《大乐》和《适音》中五次使用"音乐"一词，"音"和"乐"才第一次合而为一，并具有了与现代意义相通的某些内涵。此后在儒家学者的著述中，"音乐"一词也屡见不鲜了，其意义亦大都和现代有相通之处。如南北朝后期的颜之推曰："音乐在数十人下。"[①] 南宋真德秀曰："知帝之耽嗜音乐也。"[②] 难道这些儒家学者也都"悖逆了儒家音乐理论的基本常识"，不知"区分""音"和"乐"，硬将二者混而为一了吗？】"音"相当于今人所说的"音乐"，【点评】【随着语言的发展，"音"一词的含义有所变窄。而在先秦，"音"的义项较多，除泛指"音乐"之外，起码还有"今乐（新乐）"、"声音"、"音律"、"言语和文辞"、"乐器"等。很明显，彭教授所言欠严密，应改为"'音'的义项之一相当于今人所说的'音乐'"。】其功能以娱乐为主，表达七情六欲，但"音"对于情欲的表达往往没有"度"的把握，或者太过，或者不及，成为了无节制的宣泄，不利于人的身心健康。【点评】【1. 彭教授既然称"'音'相当于今人所说的'音乐'"，那么，"今人所说的'音乐'"是什么呢？《汉语大词典》释之曰："指有组织的乐音表达人们的思想感情、反映社会生活的一种艺术。"[③] 《辞海》释

---

① （隋）颜之推：《颜氏家训》卷五《省事篇》，中国文史出版社 2003 年版，第 217 页。
② （宋）真德秀：《大学衍义》卷十九《格物致知之要二·辨人材》，山东友谊出版社 1991 年版，第 565 页。
③ 罗竹风主编：《汉语大词典》（缩印本），汉语大辞典出版社 1997 年版，第 7394 页。

之曰："艺术的一种。通过一定形式的音响组合，表现人们的思想感情和生活状态。音乐是表演艺术，通过演唱、演奏，为听众所感受而产生艺术效果。其构成要素和表现手段有旋律、节奏、和声、复调、音色、力度、速度等。"① 赵沨和赵宋光的《音乐》一文则解说得更深刻："音乐是凭借声波振动而存在、在时间中展现、通过人类的听觉器官而引起各种情绪反映和情感体验的艺术门类。从社会学的角度讲，音乐是人类所创造的诸多文化现象之一；人类早期的音乐活动是混生性社会文化现象中的一个要素，到人类进入阶级社会以后，音乐又同时是社会意识形态之一。"② 由此可知，这音乐乃是人为的艺术，其"'音'特指有秩序、有条理、有组织的声音"，③ 绝不等同于自然的天籁、地籁和某些无意识的人籁。这怎能笼统地、不加分析地一概而论"'音'对于情欲的表达往往没有'度'的把握，或者太过，或者不及，成为了无节制的宣泄"呢？音乐"表达七情六欲"是肯定的，但由于人们所处的时代、地域不同，所属的阶级、阶层不同，信仰、信念不同，所遭遇的感受、刺激不同，其音乐所宣泄的方式、方法、程度以及侧重点也就不同。《礼记·乐记》所谓"治世之音，安以乐，其政和；乱世之音，怨以怒，其政乖；亡国之音，哀以思，其民困。声音之道，与政通矣"，④ 即是很好的说明。尽管如此，各种音乐还都是有所节制的，诸如时代和地域的、阶级和阶层的、信仰和信念的局限、左右和影响等就是种种节制。如果仅是出于本能的无意识的宣泄，无秩序、无条理、无组织地嚎叫，根本就不是什么音乐，当然也不应是彭教授所谓的"音"了。2. 笼统地、不加分析地一概而论"'音'……不利于人的身心健康"，也是欠思考的。由于人们的追求和爱好千种百样，可以说，从古至今，还没有任何一种音乐能使每个人都心旷神怡或泪流满面。就以周代上层人物而论，王室统治者和儒家的鼻祖孔子极力推崇雅乐，对郑卫之音深恶痛绝；而魏文侯则曰："吾端冕而听古乐，则唯恐卧；听郑卫之音，则不知倦。"⑤ 齐宣王亦曰："寡人非能好先

---

① 夏征农主编：《辞海》（缩印本），上海辞书出版社 2000 年版，第 2449 页。
② 赵沨、赵宋光：《音乐》，《中国大百科全书·音乐、舞蹈》，中国大百科全书出版社 1998 年版，第 1 页。
③ 同上。
④ （汉）郑玄注，（唐）孔颖达等正义：《礼记正义》卷三十七，（清）阮元校刻《十三经注疏》，中华书局 1980 年影印，第 1527 页。
⑤ （汉）郑玄注，（唐）孔颖达等正义：《礼记正义》卷三十八《乐记》，（清）阮元校刻《十三经注疏》，中华书局 1980 年影印，第 1538 页。

王之乐也，直好世俗之乐耳。"① 类似的情况多有记载，则民间百姓对雅乐和新乐持何态度，就可想而知了。】"乐"不同，《乐记》说"德音之谓乐"，乐有道德内涵，可以改善人的心性，使之得到道德理性的约束，以中正平和为主要特点，所以孔子说："《关雎》，乐而不淫，哀而不伤。"

【点评】【1. 彭教授所谓"乐"，就是服务于周代礼乐制度的雅乐，《礼记·乐记》谓之"古乐"。这种"乐"，无论是旧制的整理，还是新制的创作、编排，皆由周代御用"乐官"们依礼完成。即使从民间采集而来的篇章，经过御用"乐官"之手，也程度不同地失去了其原本的意义，而成为周代礼乐文化的载体了。后来礼崩乐坏，孔子"正乐"，亦在于彰扬周礼。其所谓"德"，即周代以血亲家长制为核心的伦理道德、行为准则和社会规范。其所谓"中正平和"，就是要符合周礼的要求，无过与不及。在《礼记·乐记》中，子夏论及"古乐"与"今乐"时，曾对魏文侯曰："今君之所问者乐也，所好者音也。夫乐者，与音相近而不同。"对此，唐孔颖达作了具体诠释："此经答文侯所好古乐、今乐之不同也。文侯之意，古乐、今乐并皆为乐。子夏之意，以古乐德正声和，乃为乐；今乐但淫声音曲而已，不得为乐也。故云今君之所问者乐也。谓古、今皆名乐，所好者音也。子夏之意，君之所爱者谓音声也。'夫乐者，与音相近而不同'者，古乐有音声、律吕，今乐亦有音声、律吕，是乐与音相近也。乐则德正声和，音则心邪声乱，是不同也。"② 可知，子夏是站在周代礼乐制卫道士的立场上来看待"音"与"乐"的，他称"今乐"为"音"，称"古乐"为"乐"，并非因为二者的音声、律吕不同，而主要在于是否符合周礼。他贬斥"今乐"为"溺音"，就是因其冲破了周礼的约束和规范。由此也不难看出，彭教授所谓"音"与"乐"之别，完全是承袭子夏之说。2. 彭教授此处所说之"乐"，只是笔者前面提到的"音"的诸义项之一"音乐"中的一个品类。其实，先秦儒家典籍文献中所使用之"乐"，也有泛指音乐的义项，就是彭教授一再征引的《礼记·乐记》即曰："乐者，音之所由生也。""音之起，由人心生也。人心之动，物使之然也。感于物而动，故形于声。声相应，故生变。变成方，谓之音。比音而乐之，及干戚、羽旄，谓

① （汉）赵岐注，（宋）孙奭疏：《孟子注疏》卷二上《梁惠王章句下》，（清）阮元校刻《十三经注疏》，中华书局1980年影印，第2673页。

② （汉）郑玄注，（唐）孔颖达等正义：《礼记正义》卷三十九《乐记》，（清）阮元校刻《十三经注疏》，中华书局1980年影印，第1540页。

之乐。"① 这就和"音"泛指音乐的义项一致了。而且，在以上举证中，"音"还可释作组成"音乐"的音声；在《礼记·乐记》所谓的"治世"、"乱世"、"亡国"之"音"中，"音"也可释为"音乐"。总而言之，在战国之前，单独使用的"音"和"乐"都是多义词，在儒家的典籍文献中，二者某些义项不同，而某些义项又是重合、交叉甚至互相从属或包含的，即使在《礼记·乐记》中也不乏这一情况。既然在儒家的音乐理论中，"音"和"乐"的关系如此复杂，岂一个"严格区分"即可了得？】在儒家的音乐理论中，存在着"欲"与"道"的对立，彼此之间存在着谁主导谁的问题，《乐记》说："乐者乐也。君子乐得其道，小人乐得其欲。……""先王之制礼乐也，非以极口腹耳目之欲也……""乐也者，圣人之所乐也……"乡乐是用以风教万民的，怎么会成为彰显七情六欲的工具呢？《诗序》说："治世之音安以乐，其政和。……"房中之乐是用以兴助天子、诸侯的，怎么也成了同样的工具呢？**【点评】【**此所谓"欲"，当指人欲，即人的欲望、欲求；所谓"道"，当指周礼。所以，彭教授所谓"欲"与"道"的对立，实即人欲与周礼的对立。从上文的征引和阐释可知，彭教授在这一问题上，认为儒家是只讲求"欲"与"道"的对立、主张绝情弃欲的。这又是极为偏颇的。因为：1. 在儒家学说中，尤其是早期的儒家学说中，都承认"欲"是客观存在的正常人性不可缺少的一种属性。荆门市博物馆编《郭店楚墓竹简·语丛二》曰："欲生于性。"② 只要是正常人，不论贵为天子，尊为圣人，还是芸芸众生，谁也摆脱不了七情六欲的纠缠。尽管人欲千种百样、层次不一，但总有一些是共同的。《论语·里仁》载孔子曰："富与贵，是人之所欲也。……贫与贱，是人之所恶也。"③ 《孟子·告子章句上》曰："欲贵者，人之同心也。"④《荀子·荣辱》曰："凡人有所一同：饥而欲食，寒而欲暖，劳而欲息，好利而恶害，是人之所生而有也，是无待而然者也，是禹、桀之所同也。"⑤ 彭教授所本《乐记》所在《礼记》之《礼运》篇亦曰："喜怒

---

① （汉）郑玄注，（唐）孔颖达等正义：《礼记正义》卷三十八《乐记》，（清）阮元校刻《十三经注疏》，中华书局 1980 年影印，第 1527 页。

② 荆门市博物馆编：《郭店楚墓竹简·语丛二》，文物出版社 1998 年版，第 203—204 页。

③ （三国·魏）何晏集解，（宋）邢昺疏：《论语注疏》卷四，（清）阮元校刻《十三经注疏》，中华书局 1980 年影印，第 2471 页。

④ （汉）赵岐注，（宋）孙奭疏：《孟子注疏》卷十一上，（清）阮元校刻《十三经注疏》，中华书局 1980 年影印，第 2749 页。

⑤ 董治安、郑杰文汇撰：《荀子汇校汇注》，《文献集成》（2），齐鲁书社 1998 年版，第 133 页。

哀惧爱恶欲，七者弗学而能。……饮食男女，人之大欲存焉。"① 2. "尽去人欲，而复全天理"，② 这只是朱熹等后代儒学家的主张，而先秦儒家不是禁欲主义者，他们认为人欲是灭不了的，甚至像张岱年在《中国哲学大纲》第七章《欲与理》中指出的那样，"孔子讲仁，尝以欲字来讲"，孟子则"尝以欲字来讲善"，而"荀子反对去欲或寡欲。……实比孟子更倾向于承认欲"。③《礼记·祭统》亦曰："不齐（斋）则与物无妨也，嗜欲无止也。"④ 3. 先秦儒家对于"欲"，既不是"灭"，也不是"纵"，而是主张节制、调适和导引，认为在周礼允许的范围内尽量满足人欲是理所当然的。如孔子关心的就是如何将人欲置于周礼允许的范围内使其合理化，着意于"欲"与"礼"的交汇与融和。孟子不反对齐宣王好货、好色之"欲"，但要求"与百姓同之"才不害于"仁"。特别是荀子，更具体地阐明了儒家以礼节制、调适和导引"欲"的观念。《荀子·礼论》曰："礼起于何也？曰：人生而有欲。欲而不得，则不能无求。求而无度量分界，则不能不争。争则乱，乱则穷。先王恶其乱也，故制礼义以分之，以养人之欲，给人之求。使欲必不穷于物，物必不屈于欲。两者相持而长，是礼之所起也。故礼者，养也。刍豢稻粱，五味调香，所以养口也。椒兰芬芳，所以养鼻也。雕琢刻镂，黼黻文章，所以养目也。钟鼓管磬，琴瑟竽笙，所以养耳也；疏房檖貌，越席床第几筵，所以养体也。"⑤ 彭教授所引《乐记》"乐者乐也。君子乐得其道，小人乐得其欲。以道制欲，则乐而不乱；以欲忘道，则惑而不乐"一段，亦见于《荀子·乐论》，强调的也是在欣赏音乐时，欣赏主体应以周礼（道）节制人欲问题，即"以道制欲"，不可"以欲忘道"，并不是要灭"欲"，也不是不要音乐的美感作用。】

　　先秦社会又有"古乐"与"新乐"的对立：古乐是德音雅乐，是可以奏之于庙堂，用于教化民众的乐；新乐以"郑声"为代表，以放纵人性，刺激感官为特点。雅乐与郑声冰炭不投，势不两立，孔子厌恶郑声对雅乐的冲击："恶紫之夺朱也，恶郑声之乱雅乐也。"令人大惑不解的是，

① （汉）郑玄注，（唐）孔颖达等正义：《礼记正义》卷二十二，（清）阮元校刻《十三经注疏》，中华书局 1980 年影印，第 1422 页。
② （宋）朱熹：《晦庵先生朱文公文集》卷三十六《答陈同甫》，《四部丛刊》初编本。
③ 张岱年：《中国哲学大纲》，中国社会科学出版社 1994 年版，第 446 页。
④ （汉）郑玄注，（唐）孔颖达等正义：《礼记正义》卷四十九，（清）阮元校刻《十三经注疏》，中华书局 1980 年影印，第 1603 页。
⑤ 董治安、郑杰文汇撰：《荀子汇校汇注》，《文献集成》（2），齐鲁书社 1998 年版，第 615 页。

作者居然说，乡乐对以"'郑声'为代表的新乐的滋生蔓延以及后世娱情音乐的流行和发展，有所促进和影响"，不是郑声冲击了雅乐，而是雅乐催生了郑声。真是奇谈怪论！【点评】【1. 彭教授只言"'古乐'与'新乐'的对立"、"雅乐与郑声冰炭不投，势不两立"，未免有些形而上学。唯物辩证法告诉我们，对立的事物，不仅存在着相互关联的一面，而且对立的双方还会在一定条件下互相转化。彭教授看不到这些，也难怪对拙文所说的乡乐和房中之乐、无算乐"对于当时以'郑声'为代表的新乐的滋生蔓延以及后世娱情音乐的流行和发展，是有所促进和影响的""大惑不解"了。此所谓"古乐"、"雅乐"，乃是周代礼乐文化的载体，是符合周礼规范的音乐；而与其相对而言的"新乐"、"郑声"，乃当时广泛流传于民间的俗乐，则超出或者完全背离了周礼的规范。如果彭教授对这一解说无异议的话，那么，周王室当初制礼作乐时，大量采集、改造民间音乐，应是一次人为的俗乐向雅乐的明显转化；而后来周王室衰微，礼崩乐坏，"郑声之乱雅乐"，应是又一次自为的俗乐向雅乐的潜移默化的转化。试想，雅乐中吸纳甚至混杂了那么多俗乐，二者之间能毫无关联吗？尽管周代统治者及其护圣卫道之徒一方面对雅化中的俗乐进行百般润饰、歪曲，一方面又对仍流传于民间的俗乐口诛笔伐，但历史的灰尘遮盖不住俗乐的真实面目和基本精神，更割不断雅乐与俗乐的联系，尤其割不断已转化为雅乐的俗乐与仍在民间流传的俗乐的联系。譬如乡乐和房中之乐、无算乐演奏中共有的《周南》、《召南》诸篇章，原本就大都是流传于民间的俗乐，而且多反映婚姻生活和男女思恋之情，其相对自由、宽松的频繁演奏，能不影响当时的世风世俗吗？能断言其不波及于民间俗乐并反作用于民间俗乐吗？至于乡乐和房中之乐、无算乐对"后世娱情音乐的流行和发展"的"促进和影响"，唐杜佑即曰："平调、清调、瑟调，皆周房中之遗声也，汉代谓之三调。"[①] 三调，乃俗乐之相和歌与清商乐中最主要的三种调式。明董悦亦曰："《钟石书》：齐宣王房中之乐，金迟石缓，丝竹合奏，秦、汉淫声之祖也。"[②] 2. 彭教授指称笔者主张"雅乐催生了郑声"，是对拙文谓乡乐等"对于当时以'郑声'为代表的新乐的滋生蔓延……，是有所促进和影响的"话语的曲解，相信读者不难体察个中的区别。笔者以为，要真想辩明问题，论辩者首先应严格遵循实事求是的原则；否则，于事毫无裨益。】

---

① （唐）杜佑：《通典》卷一百四十五《乐五·杂歌曲》，文渊阁《四库全书》本。

② （明）董悦：《七国考》卷七《田齐音乐·房中之乐》，文渊阁《四库全书》本，第230页。

作者又说，乡乐、房中之乐、无箅乐"不同程度地受到周礼的约束和规范。乡乐的娱情性，较之房中之乐要强得多，但又不及无箅乐那么放任自由"，这话逻辑不清。房中之乐、无箅乐不过是乡乐在不同的场合演奏而已，不知作者是怎么看出它们受到周礼的约束和规范是"不同程度"的？文中没有举出任何证据。作者将乡乐、房中之乐、无箅乐看作是三个不同的东西，所以必须强作解人，此即：无箅乐是放任自由的，乡乐的娱情性很强，房中之乐的娱情性和放任自由最差。如此，则同为《二南》六篇，在乡饮酒礼中是娱情的，在无箅爵中是放任的，【点评】【无箅爵是乡饮酒礼的一个重要环节，《仪礼·乡饮酒礼》有明确的记载，彭教授使乡饮酒礼与无箅爵并列，不是将无箅爵排斥于乡饮酒礼之外了吗？】

在房中之乐中却是平淡无奇。我们不明白，这是哪门子乡乐？乡乐还有没有主题可言？何以能有如此不同的效果？真是荒诞不经。【点评】【1. 大前提不同，推论必然不同。彭教授从"乡乐、房中之乐和无箅乐，是同一个东西的三个方面"的固有成见出发，当然要说拙文"逻辑不清"、"荒诞不经"了。同样，笔者要从乡乐、房中之乐和无箅乐是不同品类的大前提出发，也会得出彭教授行文"逻辑不清"、"荒诞不经"的结论。这里，如果不能确认谁的大前提是正确的，将永远搅和不清。究竟哪一大前提正确呢？笔者以为，拙文《周代乡乐考论》、彭教授《评〈周代乡乐考论〉》以及笔者的驳论已公诸于世，"公理"、"婆理"都摆出来了，就让学界去评议吧。2. 关于"乡乐、房中之乐、无箅乐'不同程度地受到周礼的约束和规范'"的例证，本文第二段征引的顾颉刚之言即其一，下面再看看《仪礼》的有关记载及郑玄之"注"：关于房中之乐，仅《燕礼》于篇末补记曰："若与四方之宾燕，……有房中之乐。"郑玄注曰："弦歌《周南》、《召南》之诗，而不用钟磬之节也。谓之房中者，后、夫人之所讽诵，以事其君子。"① 又注《乡饮酒礼》曰："《周南》、《召南》，《国风》篇也，王后、国君夫人房中之乐歌也。"② 知其一是用于"正礼"之后招待四方宾客的燕饮。其演奏虽限于宾主之礼，但决不会像"正歌"那样有诸多的限制，应不乏娱情悦性和彼此沟通之追求。一是用于天子或诸侯之夫妇房中相对之时。其演奏虽尚顾及夫妇之道，但已摆脱了宾主之礼的繁文缛节，旨在创造一较为温馨自由的气氛，在含情

---

① （汉）郑玄注，（唐）陆德明音义，贾公彦疏：《仪礼注疏》卷十五，（清）阮元校刻《十三经注疏》，中华书局1980年影印，第1025页。

② （汉）郑玄注，（唐）陆德明音义，贾公彦疏：《仪礼注疏》卷九，（清）阮元校刻《十三经注疏》，中华书局1980年影印，第986页。

脉脉的融会交流中后或夫人有所讽谏。关于乡乐，《燕礼》有两处记载：
"遂歌乡乐《周南》：《关雎》、《葛覃》、《卷耳》；《召南》：《鹊巢》、《采
蘩》、《采蘋》。"① "遂合乡乐。"② 郑玄注曰："乡乐，《周南》、《召南》
六篇。"③ "乡乐者，风也。……《燕》合乡乐，礼轻者可以逮下也。"④
其皆出现在正式礼仪的"正歌"中，虽然用于礼仪较轻的燕礼，但其礼
仪程序的规定仍是严格的，演奏必须循规蹈矩，恪守不二。《乡饮酒礼》
和《乡射礼》皆在最后慰劳"司正"时记曰："乡乐唯欲。"⑤ 郑玄注曰：
"乡乐《周南》、《召南》六篇之中，唯所欲作，不从次也。"⑥ "不歌
《雅》、《颂》，取《周》、《召》之诗，在所好。"⑦ 这较之"正歌"的歌
奏就随意多了，虽然仍有篇目的限制，但歌奏不再遵循"正歌"的繁琐
规程，"唯"当事者"所欲"、"在"当事者"所好"了。其"所欲"、
"所好"难道不含有点歌者的娱情悦性的欲望吗？关于无筭乐，《乡饮酒
礼》、《乡射礼》、《燕礼》、《大射》中各记有一次，皆用之于"正礼"之
后杯觥交错、一醉方休的"无筭爵"中。郑玄亦于每次下有"注"，见以
上对彭教授所谓"至于无筭乐，不过是乡乐在非礼节性演奏，并非另有
其乐歌"的点评。从郑玄之"注"可知，这种无筭乐，虽然演奏的篇目
固定，演奏的方式不出"升歌间合"，但与程序繁琐的"正礼"要求"正
歌"严格遵循规范形成了明显的对比。就娱情性而言，其侑酒助兴，"尽
欢而止"、"取欢而已"、"唯意所乐"，较之乡乐和房中之乐不是更放任自
由、受周礼的约束和规范的程度不是更轻了吗？例证不必过多胪列，仅此
足以说明笔者所谓乡乐、房中之乐和无筭乐"不同程度地受到周礼的约
束和规范，不可超越周礼的樊篱。……不过，乡乐的娱情性，较之房中之
乐要强得多，但又不及无筭乐那么放任自由"，绝非空穴来风、凭空臆
说。彭教授如果还看不出三者受周礼的约束和规范的程度轻重及其娱情性

---

① （汉）郑玄注，（唐）陆德明音义，贾公彦疏：《仪礼注疏》卷十五，（清）阮元校刻《十
　　三经注疏》，中华书局 1980 年影印，第 1021 页。
② 同上书，第 1025 页。
③ 同上。
④ （汉）郑玄注，（唐）陆德明音义，贾公彦疏：《仪礼注疏》卷九《乡饮酒礼》和卷十五
　　《燕礼》，（清）阮元校刻《十三经注疏》，中华书局 1980 年影印，第 986、1021 页。
⑤ （汉）郑玄注，（唐）陆德明音义，贾公彦疏：《仪礼注疏》卷十《乡饮酒礼》和卷十三
　　《乡射礼》，（清）阮元校刻《十三经注疏》，中华书局 1980 年影印，第 990、1009 页。
⑥ （汉）郑玄注，（唐）陆德明音义，贾公彦疏：《仪礼注疏》卷十《乡饮酒礼》，（清）
　　阮元校刻《十三经注疏》，中华书局 1980 年影印，第 990 页。
⑦ （汉）郑玄注，（唐）陆德明音义，贾公彦疏：《仪礼注疏》卷十三《乡射礼》，（清）
　　阮元校刻《十三经注疏》，中华书局 1980 年影印，第 1009 页。

强弱有所不同的话，那只能从自身是否承认周礼对事物的约束、规范有程度的差别和是否承认乡乐、房中之乐和无筭乐具有娱情性等方面去找原因了。**3.** 彭教授在此偷换了概念，将乡乐、房中之乐和无筭乐变为"《二南》六篇"，并将拙文关于乡乐、房中之乐和无筭乐娱情性强弱的论述，曲解为"在乡饮酒礼中是娱情的，在无筭爵中是放任的，在房中之乐中却是平淡无奇"的，亦不是一位严谨学者应有的态度。】

高举"统观"旗帜，理应自省、自勉[①]
——与吕友仁先生商兑

接到《中国文化研究》编辑部转来的吕友仁先生《读书不统观首尾，不可妄下批评——读〈周代乡乐考论〉札记》一文，[②] 笔者读罢颇感失望。吕先生的批评、指教，列出 12 条，除第 9 条指出的拙文引文中一句话的断句值得思考外，其中 11 条，或求之过甚，节外生枝；或断章取义，唯我所用；或误读曲解，无中生有；或逻辑混乱，前后矛盾；或小题大做，言辞刻薄。总之，笔者认为吕先生之文，有违自我倡导的"统观"原则，理应自省、自勉。为此，特与吕先生依次一一商兑如下：

吕文"1"。笔者以为：1. 此条未免求之过甚。拙文落笔探讨的是周代"乡乐""最早的出处"，当然会只就《仪礼》之经文明言"乡乐"的四处而言之。至于后人注疏所谓的《仪礼》中未明言"乡乐"者，仅 4000 余字的拙文，不可能过多地涉猎。2. 吕先生征引"《仪礼·燕礼》："遂歌乡乐。'贾公彦疏"之后，按曰："如贾公彦所说，《乡饮酒礼》之'乃合乐'，只不过由于是自己乡的饮酒礼，不言而喻，所以省去了那个'乡'字。同理可以推知，《乡射礼》中的'乃合乐'，也是'乃合乡乐'之省。"尽管吕先生之按有所凭依，但统观《仪礼》之《乡饮酒礼》和《乡射礼》，笔者难免生疑。因为《乡饮酒礼》、《乡射礼》之"息司正"也是"在自己乡"进行的，经文何以皆谓之"乡乐唯欲"，不"省去了那个'乡'字"呢·吕先生于此是否有所"统观"？能给以圆满的解答吗？虽然贾公彦疏通《仪礼》郑玄注功不可没，但学界大都认为其编著《仪礼注疏》时，由于可供参照的资料不多，较之其编著的《周礼注疏》，逊

① 《中国文化研究》2008 年夏之卷，第 196—204 页。
② 同上书，第 189—195 页。

色不少，因而其疏并非万无一失，不可统统奉为定论，处处盲从。

吕文"2"。笔者以为：1.《仪礼·燕礼》曰："遂歌乡乐《周南》：《关雎》、《葛覃》、《卷耳》；《召南》：《鹊巢》、《采蘩》、《采蘋》。"① 实际上是说：遂歌乡乐《周南》中的《关雎》、《葛覃》、《卷耳》和乡乐《召南》中的《鹊巢》、《采蘩》、《采蘋》。由此我们可以说"《周南》中的《关雎》、《葛覃》、《卷耳》和《召南》中的《鹊巢》、《采蘩》、《采蘋》，是乡乐"，但绝不能说"乡乐是《周南》中的《关雎》、《葛覃》、《卷耳》和《召南》中的《鹊巢》、《采蘩》、《采蘋》"。正如"马是四蹄动物"这一命题，绝不能说成"四蹄动物是马"一样。吕友仁先生于"乡乐"后用一冒号，就轻易地篡改了其文之本意。郑玄注和贾公彦疏皆一再明言《二南》为乡乐，则《周南》中的《关雎》、《葛覃》、《卷耳》和《召南》中的《鹊巢》、《采蘩》、《采蘋》，只是乡乐的部分篇章而已。2. 古书正文中不乏正文体的训诂，这是常识；吕友仁先生所举"《孟子·梁惠王下》：'老而无妻曰鳏，老而无夫曰寡，老而无子曰独，幼而无父曰孤。'"之例，亦是典型的诠释句式。但是，其例与被篡改了的《仪礼·燕礼》之言绝然不属于同类，不可类比，根本无法证成其"最早对'乡乐'予以诠释的是孔子"之说。何况早于汉代即提出的孔子编定《仪礼》之说，迄今尚未为学界公认呢!② 3. 郑玄笺《毛诗·周南·桃夭序》"老而无妻曰鳏"一句，与《孟子·梁惠王下》一字不差，分明是照抄；而统观郑玄注"乡乐"，行文与之明显不同，不可开比。而且郑玄注"乡乐"有多处（拙文已胪列，读者可覆案），吕友仁先生何以仅挑出两处？是唯我所用，还是自行违背了高举的"统观"原则？

吕文"3"。**笔者按**：上条吕友仁先生谈到"正文体的训诂"，可惜所举《仪礼·燕礼》一例风马牛不相及；而此条所指"合乐者，《周南》、《召南》之风，乡乐也"，本是郑注中含有诠释的典型句式，又不予认可，责之为"名副其实的在掐头去尾的引用"。确实，笔者在引用时省略了与拙文关系不很大的文字，但丝毫未伤其原意。为文引用忠实于原文，绝不是胡子眉毛一把抓，将无关的和有关的文字统统拿来，必须有所选择、截

---

① 罗竹风主编《汉语大词典》释"乡乐"引其文如此标点，并谓："郑玄注，'乡乐者，《风》也。'"（缩编本，汉语大辞典出版社 1997 年版，第 6200 页）视乡乐为全部《国风》。

② 汉代司马迁《史记》之《孔子世家》、《儒林列传》提出了孔子"修起"《仪礼》说。清代邵懿辰《礼经通论》即明确认定孔子手定《仪礼》17 篇。现代的朱自清亦有相近的见解。而更多的学者则感到证据不足，难成定论。

取才是。选择、截取如不背离原意，有何不妥？吕先生"核查""郑注的原文"时，可能又忘了"统观"其下的贾疏吧，贾公彦就是将其作为一个完整的诠释句加以疏通的，其疏曰："云'合乐者，《周南》、《召南》之风，乡乐也'者，上注已云《颂》及《大雅》天子乐……"读者覆案自明。

吕文"4"。**笔者按**：既然拙文征引中华书局影印本阮刻《仪礼注疏》之郑玄注准确无误，引文亦未影响到问题的阐述，吕友仁先生何以又扯出了中华书局影印本阮刻《仪礼注疏》的失校问题？这是短短的拙文应解决的吗？岂不是节外生枝？

吕文"5"之"吕按：鄙人阅读李文至此……那也只好听之任之了"。笔者按：此外，吕文开头的导语亦指责笔者："当简则繁，当繁则简，处置失当。例如，'何谓乡乐'，这本来是一个给乡乐下定义的问题，竟然不避雷同地繁征博引五六百字，是所谓当简则繁。"说实的，拙文落笔指出"乡乐""最早的出处"后，即发问："何谓乡乐？"不是像……先生说的那样，自己"下个定义"了事。拙文的宗旨是梳理、考论以郑玄注和贾公彦疏为主的有关乡乐的诸种诠释，如若遵照吕先生的"指点"，只引"'乡乐，《周南》、《召南》六篇'八个字"，怎能再展开下文呢？还能归纳出郑注和贾疏的"四点"来吗？还能论及郑注和贾疏存在的问题吗？如此明白的问题，吕先生竟"不明白"，还征引《汉书·艺文志》及颜师古注以教人，岂不是白费口舌？其原因就在于吕先生"不统观"拙文，寻寻觅觅只想着找漏洞。针砭问题可以，指点门径欢迎，但切不可戴有色眼镜。话说回来，如果笔者真的照吕先生说的去做了，先生就可以冠冕堂皇地大批特批，以为毫无根底的胡言乱语、轻诋前贤了。

吕文"5"之"顺便给作者提个醒……不留余地"。笔者按：谢谢吕友仁先生对拙文三个"最"字"提个醒"。笔者考虑，如果在"这也是最权威、最全面、最流行的诠释"之前添上"比较而言"四个字，也许……先生就不会有那种"印象"和"感觉"了。但是，话说回来，即使不添"比较而言"四个字，从三个"最"字出现的具体的语言环境中，读者也大都能看出，这只是就郑注和贾疏与其他诠释比较而言，在诸诠释中，郑注和贾疏的确是"最权威、最全面、最流行的"。笔者如此说，绝不是"捧之则上天"，谓其"诠释已经是尽善尽美的了"。至于"但郑玄的注语又存在着一定的模糊性"，指出其存在的问题，也并非"抑之则入地"。

吕文"6"之"吕按：第一，不知从什么时候开始兴起了这样一条规矩……还要小心吃著作权官司呢"。笔者以为：1. 吕友仁先生言辞未免刻薄了些。2. 写作中，为了行文畅顺，正文未提及被征引者的姓名而于注释中揭明，就是"半隐半现，遮遮盖盖"，不"感谢人家，尊重人家"吗？就是侵犯了著作权，得"吃著作权官司"吗？这是否有些小题大做？3. 请吕先生说明：是谁，又于何时制定的只可"在正文中点明被征引者的姓名"，严禁"在注文中提及"被征引者的姓名这一法规的。

吕文"6"之"第二，我不认为这两个例子是'沿袭'……那也只是局部的、片面的'沿袭'"。笔者以为，上举两例是不折不扣的沿袭，不可否认。沿袭有各种情况：或照搬字句，或复述意思；或全部拿来，或攫取某一部分；或明言之，或暗袭之。看来吕友仁先生认定的沿袭，只是字句不多不少的照搬而已。那么，攫取某一部分（如"这两个例子"）又叫什么呢？吕先生于第 2 条举《孟子·梁惠王下》："老而无妻曰鳏，老而无夫曰寡，老而无子曰独，幼而无父曰孤。"断言"郑玄在笺《毛诗·周南·桃夭序》时也说了一句：'老而无妻曰鳏'"，是"萧规曹随"。"萧规曹随"不就是沿袭吗？可《孟子·梁惠王下》是四句 24 字，郑玄笺只一句 6 字，如依此条中吕先生认定的沿袭标准衡量，就不该说是"萧规曹随"了。吕先生在这里前后矛盾、逻辑混乱，既不能自圆其说，岂可以理服人？

吕文"6"之"第三，认真玩味这两节所谓'沿袭'的引文……还是点金成石"。**笔者按**：谢谢吕友仁先生指出了笔者此段引文存在的问题，这说明我治学还不够谨严，不够细心。但笔者重新覆案《钦定仪礼义疏》，核实原文是"贾氏公彦"四字，不是吕先生说的"原文本来就是'贾公彦'三字"。很明显，这是我一时疏忽，脱漏了"公彦"二字。而吕先生专门核验后却将原文"贾氏公彦"说成"'贾公彦'三字"，指责笔者非要将"贾公彦""改作'贾氏'"，进而断言我是"妙手剪裁，刻意为之"。如此以最坏的可能推测他人，是粗心大意呢？还是"妙手剪裁，刻意为之"？相信世人自有公断。学术探讨应老老实实，作为初涉学界的不久的无名小卒，笔者岂敢于此"刻意为之"，考验吕先生的阅读理解能力，致其"直骂自己笨蛋"呢？

吕文"6"之"第三"之"再说……这样的例子才具有说服力"。笔者以为：既然沿袭的是郑玄、贾公彦之说，就应与郑玄、贾公彦相关。吕先生所谓"这个后人，应该是完完全全的与郑玄、贾公彦毫不相关的后人"，究竟是什么样的人呢？既然其人"完完全全的与郑玄、贾公彦毫不相关"，又有何高招沿袭郑玄、贾公彦之说？

吕文"6"之"第三"之"孰料李文是以经过后人编定的书中有贾公

彦的话来证明'沿袭'……这里就不再赘引了"。**笔者按**：1. 笔者谓拙文征引的《钦定仪礼义疏》一段话为沿袭，绝非因为其书冠以"钦定"字样。不知吕友仁先生怎么妙悟到我是因为其书冠以"钦定"字样就确认那段话是沿袭的？出此奇思异想，真是太意外了！《钦定仪礼义疏》一书，不是将有关文字收罗来不置可否的大杂烩，该书《凡例》即明言其"义例分为七类，俾大义分明而后兼综众说。一曰正义，乃直解经义确然无疑者；二曰辨正，乃后儒驳正旧说至当不易者；三曰通论，……"笔者征引的"'贾氏公彦'曰"一段话，在其"正义"类，很明显是编者肯定其为"直解经义确然无疑者"，并用以明经之"大义"的，如此不是沿袭又是什么？2. 更出人意外的是，吕先生围绕"钦定"大侃一通之后，公然向笔者"献上一策"，自以为得计地说：将引文"换成库本《仪礼注疏》"，"岂不更好"！阮刻《十三经注疏》本郑玄注，贾公彦疏《仪礼注疏》和库本郑玄注，贾公彦疏《仪礼注疏》，不过是一书的两个版本；而阮刻《十三经注疏》本郑玄注，贾公彦疏《仪礼注疏》与四库馆臣编著的《钦定仪礼义疏》，则是两种书。《钦定仪礼义疏》之《提要》即曰："惟元敖继公《仪礼集说》，疏通郑注而纠其失，号为善本。故是编大旨以继公所说为宗，而参核诸家以补正其舛漏。"① 关于这些，打版本牌的吕先生是否清楚？如不清楚，热心地"献上一策"，当是无意识的误导；如心知肚明，再出此下策，就不是忠厚、友仁之长者所为了。说实在的，若照吕先生的指点一改，就真的成了"贾公彦沿袭贾公彦"了，对谁"更好"，不是秃子头上的虱子明摆着吗！

　　吕文"6"之"第四，第二节所谓'沿袭'的引文……不如说是在和郑玄等的诠释唱反调"。**笔者按**：1. 敖继公《仪礼集说》卷四《乡饮酒礼》之"乡乐唯欲"注："乡乐者，凡《国风》皆是也。"拙文已引及，并作了简要考述，指出其乃派生于郑玄注两次所说的"乡乐者，风也"。蔡德晋《礼经本义》卷三《嘉礼·乡引酒礼》之"乡乐唯欲"注："乡乐，敖君善谓凡国风皆是也。惟欲者随意使工歌之，不拘节次也。"肯定敖继公之说，并用以解释乡乐，当然是沿袭，系笔者上文所说的照搬字句型。2. 后人沿袭前人，并非必须拘囿于一家，更多的是兼采众说。因而，蔡德晋此处沿袭了敖继公的《仪礼集说》，在别处完全可以沿袭他人之说。拙文所举其《礼经本义》卷五《嘉礼·燕礼》一段话，即是对郑玄注，贾公彦疏的沿袭，系笔者上文所说的复述意思型；因未明

---

① （清）纪昀总纂：《四库全书总目提要》卷二十，河北人民出版社 2000 年版，第 538 页。

言被沿袭者，又属于暗袭之。此段话是从意义层面解说《关雎》、《葛覃》六篇何以"谓之乡乐"的，与蔡德晋沿袭的敖继公从演奏篇章的角度诠释乡乐并不矛盾。看来吕友仁先生是"统观"了蔡德晋关于乡乐的两处注解，但是只机械地观其皮相，不作具体分析，无怪乎会认为"与其说是蔡德晋'沿袭'郑玄等的诠释，不如说是在和郑玄等的诠释唱反调"了。

吕文"7"。**笔者按**：吕友仁先生口口声声"统观"，"不可唯我所需"，此处恰恰又触而犯之。因为拙文明明白白地写着"归纳"的是"综观郑玄、贾公彦之言"的"四点"，而吕先生为了否定拙文归纳的第 1 点"《周南》、《召南》为乡乐，而其中之《关雎》、《葛覃》、《卷耳》、《鹊巢》、《采蘩》、《采蘋》六篇则常用于演奏"，证成乡乐就是《关雎》、《葛覃》、《卷耳》、《鹊巢》、《采蘩》、《采蘋》六篇，却仅举郑玄注，只字不提贾公彦疏；而且所举郑玄注又"唯我所需"。为揭明问题，特胪列吕先生避而不谈的郑注、贾疏关于《周南》、《召南》为乡乐的言论：

> 郑玄注《乡饮酒礼》"乃合乐《周南》：《关雎》、《葛覃》、《卷耳》；《召南》：《鹊巢》、《采蘩》、《采蘋》"和《燕礼》"遂歌乡乐：《周南》：《关雎》、《葛覃》、《卷耳》；《召南》：《鹊巢》、《采蘩》、《采蘋》"两处皆曰："《周南》、《召南》，《国风》篇也。……乡乐者，风也。《小雅》为诸侯之乐，《大雅》、《颂》为天子之乐。"①
>
> 以上郑注《燕礼》之贾公彦疏曰："云'遂歌乡乐'者，《乡饮酒》云'乃合乐'与此文不同者，以其《二南》是大夫、士乐。"②
>
> 郑玄注《乡射礼》"乃合乐《周南》：《关雎》、《葛覃》、《卷耳》；《召南》：《鹊巢》、《采蘩》、《采蘋》"曰："合乐者，《周南》、《召南》之风，乡乐也。"③
>
> 以上郑注之贾公彦疏曰："云'合乐者，《周南》、《召南》之风，乡乐也'者，上注已云《颂》及《大雅》天子乐，《小雅》诸

---

① （汉）郑玄注，（唐）陆德明音义，贾公彦疏：《仪礼注疏》卷九《乡饮酒礼》、卷十五《燕礼》，（清）阮元校刻《十三经注疏》，中华书局 1980 年影印，第 986、1021 页。

② （汉）郑玄注，（唐）陆德明音义，贾公彦疏：《仪礼注疏》卷十五《燕礼》，（清）阮元校刻《十三经注疏》，中华书局 1980 年影印，第 1021 页。

③ （汉）郑玄注，（唐）陆德明音义，贾公彦疏：《仪礼注疏》卷十一《乡射礼》，（清）阮元校刻《十三经注疏》，中华书局 1980 年影印，第 996 页。

侯乐，此《二南》卿大夫乐。"①

另外，贾公彦还疏《乡饮酒礼》"'卒歌'至'送爵'"之郑玄注曰：
"《二南》是乡大夫之正。"② 至于吕先生所举的4条郑玄注，第1条"乡
乐《周南》、《召南》六篇之中，唯所欲作，不从次也"，其所谓"《周
南》、《召南》六篇"明显上承"正歌"之"乃合乐《周南》：《关雎》、
《葛覃》、《卷耳》；《召南》：《鹊巢》、《采蘩》、《采蘋》"，不是给乡乐下
定义，界定其所有的篇章，而是说乡乐之中的《周南》、《召南》六篇。
第2、3、4条，皆是针对经文中出现的"《周南》：《关雎》、《葛覃》、
《卷耳》；《召南》：《鹊巢》、《采蘩》、《采蘋》"六篇而言的，也不是给乡
乐下定义，界定其所有的篇章。将其还归于郑注、贾疏的语言环境中，仔
细审视，问题是非常清楚的。

　　吕文"8"。**笔者按**："乡邦"中的"邦"字是否多馀，仅举数例以
明之：《毛传》："风之始也，所以风天下而正夫妇也，故用之乡人焉，用
之邦国焉。"唐孔颖达疏之曰："周公制礼作乐，'用之乡人焉'，令乡大
夫以之教其民也；又'用之邦国焉'，令天下诸侯以之教其臣也。欲使天
子至于庶民，悉知此诗皆正夫妇也。"③ 宋王柏《鲁斋集》卷十六《王风
辨》曰："周公于功成治定之后，推本文王之所以王周者，化基于衽席而
风动于邻国，取其声诗义理深长、章句整齐者，定为一体，……名之曰
《风》，被之管弦，以为家乡邦国之用，止二十馀篇而已。"④ 元陈栎《书
集传纂疏》卷一《虞书·益稷》纂疏"出纳五言"谓宋陈大猷曰："出，
出诗播之乐章，如《关雎》用之乡邦时而飏之是也。"⑤ 明郝敬曰："乡
乐，《二南·关雎》等六诗，以其为列国之风，乡邦用之，故谓之乡乐。"⑥
参其足知"邦"字绝非画蛇添足。

　　吕文"10"之"吕按：'之所以称为乡乐'云云，与'刑于寡妻，
至于兄弟，以御于家邦'不是因果关系，用到这里，不仅意思拧了，而

---

① （汉）郑玄注，（唐）陆德明音义，贾公彦疏：《仪礼注疏》卷十一《乡射礼》，（清）
　　阮元校刻《十三经注疏》，中华书局1980年影印，第996页。

② （汉）郑玄注，（唐）陆德明音义，贾公彦疏：《仪礼注疏》卷九《乡饮酒礼》，（清）
　　阮元校刻《十三经注疏》，中华书局1980年影印，第985页。

③ （汉）毛亨传，（汉）郑玄笺，（唐）孔颖达等正义：《毛诗正义》卷一之一，（清）阮
　　元校刻《十三经注疏》，中华书局1980年影印，第269页。

④ （宋）王柏：《鲁斋集》，文渊阁《四库全书》本。

⑤ （元）陈栎：《书集传纂疏》，文渊阁《四库全书》本。

⑥ （清）姚际恒：《仪礼通论》卷六《燕礼》引，中国社会科学出版社1998年版，第208页。

且也不得体"。**笔者评**：此处吕友仁先生故意割舍掉了拙文一个因果复句中最主要的两部分（"并用于'国君与其臣下及四方之宾燕'等"和"'风化之原'，'夫妇之道，生民之本，王政之端'"），不惜歪曲他人，唯我是用。明此，足知下文就是吕先生自树靶子，引经据典批自己了。这与拙文何干？手法再"高明"，终是无用之工！

吕文"10"之"贾公彦解释此句郑注云……不能像《左传》中人那样断章取义地去赋诗"。**笔者按**：1.《二南》，尤其是《关雎》等六篇称为乡乐，并且用之于"国君与其臣下及四方之宾燕"等，与"风化之原"，"夫妇之道，生民之本，王政之端"，可"刑于寡妻，至于兄弟，以御于家邦"之因果关系，郑玄注言之凿凿。为辩明问题，兹征引如下：

> 《关雎》言后妃之德，《葛覃》言后妃之职，《卷耳》言后妃之志，《鹊巢》言国君夫人之德，《采蘩》言国君夫人不失职，《采蘋》言卿大夫之妻能修其法度。昔大王、王季居于岐山之阳，躬行《召南》之教，以兴王业。及文王而行《周南》之教，以受命。《大雅》云："刑于寡妻，至于兄弟，以御于家邦。"谓此也。其始一国耳，文王作邑于丰，以故地为卿士之采地，乃分为二国。周，周公所食；召，召公所食。于时文王三分天下有其二，德化被于南土，是以其诗有仁贤之风者，属之《召南》焉；有圣人之风者，属之《周南》焉。夫妇之道，生民之本，王政之端，此六篇者，其教之原也，故国君与其臣下及四方之宾燕，用之合乐也。①
>
> 昔大王、王季、文王始居岐山之阳，躬行《召南》之教，以成王业，至三分天下，乃宣《周南》、《召南》之化，本其德之初，"刑于寡妻，至于兄弟，以御于家邦"，故谓之乡乐。用之房中以及朝廷飨、燕、乡射、饮酒。此六篇，其风化之原也。是以合金石丝竹而歌之。②

至于吕友仁先生所举的贾公彦和孔颖达疏，其旨皆在于阐释郑玄注引用《大雅·思齐》"刑于寡妻，至于兄弟，以御于家邦"，只是为了说明《二南》反映"文王施化，自近及远，自微至著"，"先以后妃、夫人为

---

① 此引自（汉）郑玄注，（唐）陆德明音义，贾公彦疏《仪礼注疏》卷九《乡饮酒礼》，（清）阮元校刻《十三经注疏》，中华书局 1980 年影印，第 986 页。第 1021 页卷十五《燕礼》注文较其仅多 3 个"而"字，1 个"耳"字换作"尔"。

② （汉）郑玄注，（唐）陆德明音义，贾公彦疏：《仪礼注疏》卷十一《乡射礼》，（清）阮元校刻《十三经注疏》，中华书局 1980 年影印，第 996 页。

首"的意义，并非就这几句诗之本意作解。2. 学术论辩更应该实事求是，吕先生公然割舍拙文，"断章取义"，以证成自己的曲解，是实事求是吗？

吕文"11"之"吕按：上文我已经指出……真不知道郑玄应该怎样做才算不模糊"。**笔者按**：郑玄注和贾公彦疏也一再说过《周南》、《召南》为乡乐。吕友仁先生始终在举"统观"之旗，行"唯取所需"之实。其所谓乡乐就是《周南》、《召南》六篇之论，我在"吕文'7'"一段已有驳议，此不赘述。

吕文"11"之"不错……那里赫然入目的仍然是《周南·关雎》、《葛覃》、《卷耳》，《召南·鹊巢》、《采蘩》、《采蘋》六篇篇名"。笔者按：1. 郑玄在注《乡饮酒礼》和《燕礼》时两次曰："乡乐者，风也。"从这一解说所处的语言环境看，其中之"风"字，究竟指何，的确有些模糊。如"乡乐者，风也"之上文"《周南》、《召南》，《国风》篇也"和"其诗有仁贤之风者，属之《召南》焉；有圣人之风者，属之《周南》焉"，前者中"风"指《周南》、《召南》，后者中"风"指"仁贤"、"圣人"之风范、教化；"乡乐者，风也"之下文紧相承接之语是"《小雅》为诸侯之乐，《大雅》、《颂》为天子之乐"，似乎此"风"又是与《小雅》、《大雅》、《颂》对举的，应指十五国《风》。再如郑玄注《乡射礼》曰："不略合乐者，《周南》、《召南》之风，乡乐也，不可略其正也。"① 此"风"明指《周南》、《召南》。至于贾公彦于《乡饮酒礼》郑注下疏曰："云'乡乐者，风也'者，亦据《燕礼》而言，故《燕礼·记》云'遂合乡乐'者，据此《乡饮酒》乡大夫所作也。"② 此绝不是说乡乐就只是《关雎》等六篇，从篇目角度定义乡乐；而是说明"风"在《燕礼》中何以称乡乐。关于此，贾公彦于《燕礼》郑注下疏即明确曰："云'遂歌乡乐'者，《乡饮酒》云'乃合乐'。与此文不同者，以其《二南》是大夫士乐，大夫士或作乡大夫，或作州长，故名乡大夫乐。《饮酒》不言乡乐者，以其是己之乐，不须言乡，故直言合乐。此燕礼是诸侯礼，下歌大夫士乐，故以乡乐言之。"③ 2. 吕文两处"《燕礼记》"应

---

① （汉）郑玄注，（唐）陆德明音义，贾公彦疏：《仪礼注疏》卷十一《乡射礼》，（清）阮元校刻《十三经注疏》，中华书局1980年影印，第996页。

② （汉）郑玄注，（唐）陆德明音义，贾公彦疏：《仪礼注疏》卷九《乡饮酒礼》，（清）阮元校刻《十三经注疏》，中华书局1980年影印，第986页。

③ （汉）郑玄注，（唐）陆德明音义，贾公彦疏：《仪礼注疏》卷十五《燕礼》，（清）阮元校刻《十三经注疏》，中华书局1980年影印，第1021页。

改为"《燕礼·记》",或"《燕礼》记"。3. 覆按吕友仁先生所说的"我们去翻看《燕礼记》的'遂合乡乐',会发现那里赫然入目的仍然是《周南·关雎》、《葛覃》、《卷耳》,《召南·鹊巢》、《采蘩》、《采蘋》六篇篇名",实际上,《燕礼·记》中并无"赫然入目的""《周南·关雎》、《葛覃》、《卷耳》,《召南·鹊巢》、《采蘩》、《采蘋》六篇篇名",只是郑玄注曰:"乡乐,《周南》、《召南》六篇。"① 意思是说合乡乐《周南》、《召南》中的六篇。吕先生是无中生有呢?还是另有版本所据?

吕文"11"之"即令有时候郑玄对乡乐使用了'《周南》、《召南》'这一称呼……行文何等简约明白"。笔者以为,郑玄注乡乐"使用了'《周南》、《召南》'",绝不等于《关雎》等六篇。《乡射礼》郑注下贾公彦疏曰:"云'合乐者,《周南》、《召南》之风,乡乐也'者,上注已云《颂》及《大雅》天子乐,《小雅》诸侯乐,此《二南》乡大夫乐,但《乡饮酒》、《乡射》是大夫、士为主人,故大夫、士乐为乡乐者也。云'不可略其正也'者,《二南》是大夫、士之乡乐,己之正乐,故云不可略其正者也。"足可证实。

吕文"12"之"吕按:这是李文的一个'重点'……贾疏《仪礼·乡射礼》'乡乐唯欲'云:'此即与上"无算乐"同'。"**笔者必须说明:**1. 拙文此处指出的问题是"郑玄、贾公彦及其后世之学者等在言及无算乐时,还将乡乐与无算乐混为一谈",因此,除吕友仁先生提及的郑玄注、贾公彦疏外,还举有清方苞、明张次仲之例为证。白纸黑字,历历在目,而吕文开头导语竟谎称笔者:"所谓'郑玄、贾公彦及其后世之学者等在言及无算乐时,还将乡乐与无算乐混为一谈'这样一个大问题,本来应该多方举证,以证服人,而遗憾的是作者仅仅举了两个例子。"请问吕先生,方苞、张次仲两例哪去了?不顾事实以至于此,真诚何在?2. 吕先生所指两例,笔者的表述如下:

郑注曰:"(无算乐)合乡乐无次数。"②
贾疏曰:"此(指'乡乐唯欲')即与上无算乐同。"③

---

① (汉)郑玄注,(唐)陆德明音义,贾公彦疏:《仪礼注疏》卷十五《燕礼》,(清)阮元校刻《十三经注疏》,中华书局 1980 年影印,第 1025 页。
② (汉)郑玄注,(唐)陆德明音义,贾公彦疏:《仪礼注疏》卷十三《乡射礼》,见(清)阮元校刻《十三经注疏》,中华书局 1980 年影印,第 1009 页。
③ 同上。

如此处理只是为了使所举四例的行文一致，这有何不可？征引的方式难道只有吕先生费心改写的那一种（请读者注意：吕文"6"之"吕按：第一"还煞有介事地说"不在正文中点明被征引者的姓名，而只是在注文中提及"，是侵犯著作权，"要小心吃著作权官司"）？这本来是不值得一辩的问题，既然吕先生那么"看重"，笔者只好浪费笔墨了。至于引文括号中的字，是笔者添加的，只是为了使引文的语意更明些，并不是吕先生咬定的"经文"，如果说所引郑注中的"（无算乐）"还看不出来的话，那么所引贾疏中的"（指'乡乐唯欲'）"则分明是对"此"字而言的，不是什么经文。吕先生能举出《仪礼》何处有"指'乡乐唯欲'"的经文吗？引文中征引者根据对引文的理解补以括号中的文字，当今学术著述中并不乏其例，这是否规范，可以讨论，但是至今尚未见何时、何处公布过吕先生一再言及的征引规范，有，当出自吕先生。

吕文"12"之"为了讨论的方便……从上述第一、第二两点来看，不诬"。**笔者按**：笔者所举郑玄注，贾公彦疏，是说其自相矛盾。二者虽同引自《仪礼注疏》卷十三《乡射礼》，并出自中华书局1980年版《十三经注疏》第1009页，但郑玄注的是"无算乐"，贾公彦疏通的是"乡乐唯欲"的郑注，拙文是将其作为两个独立的例证举出的，它们并无直接的关联。吕友仁先生动手"将此两例改写为学术界习惯的一种表述法"，对这点应是很清楚的。既然如此，吕先生硬将二者捏合在一起，指称贾疏"此即与上无算乐同"是直接疏通"无算乐"之郑注"合乡乐无次数"的，并大发"疏不破注"之论，这不是存心而为之吗？这"逻辑混乱"究竟是谁搅出的不是昭然若揭了吗？恕我直言，吕先生此文一再施展了这一"高招"。

吕文"12"之"第三，对于这样一个坏了规矩、乱了套数的贾疏……莫此为甚"。**笔者按**：1. 吕友仁先生断然将"（指'乡乐唯欲'）"判为经文，公然把不直接相关的郑注和贾疏拼接在一起，岂止是"眼拙"指鹿为马，简直是费尽心机妙手生"花"。自己"坏了规矩"搅乱"套数"了，还得强加在他人头上，真个"莫此为甚"！2. 吕先生举出的贾疏，是针对郑注经文"乡乐唯欲"所释"不歌《雅》、《颂》，取《周》、《召》之诗，在所好"的，贾疏谓"此即与上无算乐同"，即指其与以上郑注经文"无算乐"所释"合乡乐无次数"相同，既然贾疏说郑注"不歌《雅》、《颂》，取《周》、《召》之诗，在所好"与郑注"合乡乐无次数"相同，那么其认为《乡射礼》中的"乡乐"与"无算乐"相同，不是明摆着的吗？何劳吕先生"不幸而言中"？吕先生所发"断章取义"之慨不过是空穴来风而已。

吕文"12"之"下面我们来说郑注之例……我们就来一步一步地这样来考查"。笔者以为，吕友仁先生所谓"凡是无算乐，都和其前的工歌、笙吹、间歌、合乐有关系"，只是以郑注、贾疏为主的说法，而清胡培翚《仪礼正义》卷八《乡射礼》"乃合乐《周南》：《关雎》、《葛覃》、《卷耳》；《召南》：《鹊巢》、《采蘩》、《采蘋》"之疏则曰："江氏筠云：……玩下'无算乐'之文与'息司正'所云'乡乐惟欲'者，固不同也。"① 清方苞《仪礼析疑》卷四《乡饮酒礼·工告于乐正曰正歌备》亦曰："无算乐不限于间、合之所歌明矣，必于正歌中取之，则不得为无算。如以叠奏为无算，则复而厌矣。"② 还有现代人何定生曰："'无算乐'就是诗篇之出于诗人吟咏或民间歌谣，而用于燕饮最后的乐次，藉以娱宾的散歌，凡《三百篇》中不用于正歌之诗篇者皆属之。"③ 笔者认为：江筠、方苞、何定生所谓"无箅乐"演奏篇章乃至演奏方式与郑、贾之说有别，是由于《仪礼》四处述及"无箅乐"时仅有此三字，而郑注、贾疏只是或然之词所致。对郑注、贾疏予以质疑，是合乎情理、在所难免的。如果吕先生笃信郑注、贾疏之说，自可奉为圭臬并循其说进行各方面的探讨或论辩，但在拿出铁证证实郑注、贾疏为千古不易之论之前，不可责难他人不守规范，另立邪说。

吕文"12"之"所以我们在《乡射礼》只能看到：'乃合乐。《周南》：《关雎》、《葛覃》、《卷耳》；《召南》：《鹊巢》、《采蘩》、《采蘋》。'"笔者按：破句，前一句号应改为逗号，或去掉。

吕文"12"之"郑注：'不歌，不笙，不间，志在射，略于乐也。不略合乐者，《周南》、《召南》之风，乡乐也，不可略其正也。'……有兴趣的读者，可以自行覆按"。笔者按：1. 应该承认，吕友仁先生"考查"的《仪礼》之《乡射礼》、《乡饮酒礼》中"无箅乐"的演奏篇章和演奏方式，与郑注、贾疏相符。关于这些，笔者早已按郑注、贾疏对《仪礼》之《乡饮酒礼》、《乡射礼》、《燕礼》、《大射》中出现的四处"无箅乐"作过具体、全面的考查，并在与《周代乡乐考论》同一时期撰写的《周代无箅乐考论》（同期还撰有《周代房中之乐考论》、《周代正考论》）中设有专段论说。即以拙文《周代乡乐考论》而言，就在吕先生特意"揪

---

① （清）胡培翚：《仪礼正义》，《四部备要》本。
② （清）方苞：《仪礼析疑》，文渊阁《四库全书》本。
③ 何定生：《定生论学集——诗经与孔学研究》，台北幼狮文化事业公司1978年版，第85页。

出"的所谓"李文的一个'重点',也是最大的'亮点'"的"郑玄、贾公彦及其后世之学者等在言及无算乐时,还将乡乐与无算乐混为一谈"之段后,为论证"乡乐并不就等同于无算乐或房中乐",笔者即于"1. 就演奏篇章而论"之段中写道:

> 无算乐通常演奏的是正歌中的《诗经》18篇,即《小雅》中的《鹿鸣》、《四牡》、《皇皇者华》、《南陔》、《白华》、《华黍》、《鱼丽》、《由庚》、《南有嘉鱼》、《崇丘》、《南山有台》、《由仪》12篇,《周南》中的《关雎》、《葛覃》、《卷耳》3篇,《召南》中的《鹊巢》、《采蘩》、《采蘋》3篇。有时亦演奏《周颂》之《维清》、《时迈》、《执竞》、《思文》、《武》,《大雅》之《文王》、《大明》、《绵》,及《小雅》佚诗《新宫》等篇;或如季扎观周乐,则《风》、《雅》、《颂》一一俱陈;或如乡射礼"不歌、不笙、不间,志在射,略于乐也",仅"合乡乐(按,此指《二南》中的《关雎》、《葛覃》、《卷耳》、《鹊巢》、《采蘩》、《采蘋》6篇)无次数"。无算乐在《仪礼》之《乡饮酒礼》、《乡射礼》、《燕礼》、《大射》四章中皆有记载,但均未言及演奏篇目。①

吕文在其开头的导语中对拙文的问题归纳了三点,其"第三,当简则繁,当繁则简,处置失当",笔者已于"吕文'5'之'吕按:鄙人阅读李文至此……那也只好听之任之了'"一段予以驳辩。其所谓"第一,'读书不统观首尾,不可妄下批评'","第二,率尔操觚,贸然立论"两点,笔者以上评说中也多处触及到吕文的这些问题,此处摆出上述事实,旨在进一步显示:吕先生理直气壮地指责他人,而自己竟然明目张胆地反其道而行之,言行何其不一!请问吕先生,在撰写此文时,是否"统观"了拙文?是否注意到了笔者有关"无算乐"的文字?如未"统观",就"不可妄下批评",不可"率尔操觚,贸然立论";如已"统观",不就是处心积虑地篡改事实,反诬笔者"孤立地、片面地看问题"、"读书不统观首尾"、"妄下批评"、"率尔操觚,贸然立论"吗?吕先生还讥讽道:"当我们要批评郑玄、贾公彦这样的学者犯了如此低级的错误时,要首先警惕自己是不是犯了低级的错误。"不知吕先生如此曲解拙文"妄下批评"的行为是高级的,还是低级的?难道以

---

① 《中国文化研究》2007年夏之卷,第67页。

为读者只听先生一面之词不取拙文比对核实吗？2. 鉴于《仪礼》中四次出现的"无箅乐"，"均未言及演奏篇目"（见上引拙文关于"无箅乐"文字的末句）；郑注、贾疏并无铁证支持，不过或然之说；后人时而质疑郑注、贾疏（见上引江筠、方苞、何定生之言），不无道理等，笔者考查"无箅乐"，只是把郑注、贾疏视为一说而已。笔者之所以说郑注、贾疏"在言及无算乐时，还将乡乐与无算乐混为一谈"，主要是参照诸说，认为郑注、贾疏所谓《乡射礼》中"乡乐"、"无箅乐"与"合乐"的演奏篇目完全相同，而"乡乐"与"无箅乐"更是毫无差别，同一礼仪用乐如此重复，是不大可能的。即便"乡乐"、"无箅乐"与"合乐"的演奏篇目完全相同勉强能说得过去，而谓名目根本不同的"乡乐"与"无箅乐"毫无差别，就难以令人置信了。笔者不敢贸然判定"乡乐"和"无箅乐"的具体篇章，但根据周代推行礼乐制的现实，窃以为乡乐不会超出十五国《风》的范围，无箅乐不会超出雅乐的范围。老实说，这也仅是一种或然之论，是否合理，可以切磋、批评，但论辩只是为了探讨学术，各方均应出自真诚，恪守实事求是的原则。

学术乃天下之公器①
——与罗艺峰先生商兑

近年来，我一直致力于"先秦音乐"的学习与探讨，有篇 4 千馀字的短文《周代乡乐考论——先秦诸乐考之一》于《中国文化研究》2007年夏之卷（第 2 期）发表后，清华大学历史系的彭林教授立即于《中国文化研究》2007 年秋之卷（第 3 期）推出了专评《说乡乐、房中之乐与无箅乐——评〈周代乡乐考论〉》。我向来认为，辛辛苦苦地撰写一些东西，发表后人们视而不见，置之不理，是作者最大的悲哀。有反响，无论是肯定、鼓励（绝不是无原则的吹捧，甚至捧杀），还是辩证、批评（绝不是时兴的唱反调，甚至打杀、围剿），都是令人欣慰的事。拙文如此迅速地得到"名人"的垂顾，可喜可庆！但是，拜读彭教授的大文，方知其连拙文的副标题都没有看清，② 即率然操觚，或误读，或曲解，或无中

---

① 《聊城大学学报》2008 年第 6 期。

② 拙文的副标题是《先秦诸乐考之一》，而……《说乡乐、房中之乐与无箅乐——评〈周代乡乐考论〉》一文则曰："从此文标题看，这是作者对周代乡乐的考论之一……"。

生有，进行了全盘否定，且贬斥讥讽，盛气凌人。其文最后说："韩愈感叹礼书难读，诚非虚言。因此，耐下性子，先把书读明白，乃是礼学研究的第一等大事，千万不可书没有读完就妄腾私议，轻诋前贤。"孤立地看，此话也许无可指摘，但是出现在此一具体的语言环境中，则是有意把"礼学研究"这一领域高高悬起，大有当头棒喝，将我这不速之客驱之于外，并警告他人亦应望而却步之意。"夫学术者，天下之公器。"① 岂可搞垄断，圈地盘，不许他人涉足？有鉴于此，笔者即刻撰写了《评彭林教授的〈评周代乡乐考论〉》一文，以澄清事实，并对彭林教授将乡乐、房中之乐与无筹乐混而为一等观点一一予以点评。笔者万分感激，面对当今学术界风气并非纯正的现实，《中国文化研究》坚定不移地秉持学术面前人人平等的原则，不惜版面，为我提供了说话的平台；并于《中国文化研究》2007 年冬之卷（第 4 期）刊发的拙驳论前加了《编者按》：

　　本刊夏之卷发表了李婷婷的文章《周代乡乐考论》，秋之卷又发表了彭林的文章《说乡乐、房中之乐与无筹乐——评〈周代乡乐考论〉》，由此引发了对周代乡乐问题的讨论。本期我们在"学术争鸣"专栏同时发表罗艺峰的《评彭林教授的〈评周代乡乐考论〉》和罗艺峰的《关于〈周代乡乐考论〉和彭林先生的批评》两文，以期将讨论引向深入。本刊热诚欢迎对此感兴趣的学界同仁撰写文章，参与对这一问题的讨论。

　　此《编者按》所说的《关于〈周代乡乐考论〉和彭林先生的批评》一文，乃出自西安音乐学院副院长罗艺峰教授之手。罗艺峰先生是否应彭林先生之请而出马上阵，笔者不敢妄加推测；但其文不问青红皂白，为彭文吹号抬轿，吹毛求疵于拙文，却是旗帜鲜明、有目共睹的。罗艺峰先生无视彭文从治学态度，到观点立论，到逻辑论述，到用语行文，到引文举证，乃至错别字、标点符号等等存在的大量问题，② 公然声称："本人完全赞成彭林先生的意见。"并吹捧彭文曰："反映了该对于学术争鸣的认真态度，也反映了彭先生不避长幼为学术尊严而发言的可贵精神，后学自当引为楷模。"试问：先生是真的没有看出彭文满篇错误的任何一点而欣然"完全赞成"呢，还是无原则地吹捧其精神"可贵"、"后学自当引为楷模"呢？恕我直言，笔者认为，罗文完全悖离了学术之真诚、严肃的原则，旨在党同伐异而已。正因为此，其文之具体问题，亦多失实、讹误之处：

---

① （近代）黄节：《李氏焚书跋》，（明）李贽著，张建业主编《李贽文集》第 1 卷《焚书》，中国社会文献出版社 2000 年版，第 245 页。

② 笔者刊发于《中国文化研究》2007 年冬之卷（第 4 期）的《评……教授的〈评周代乡乐考论〉》已一一予以点评。

一、罗文曰："无论是'乡乐'、'房中之乐'还是'无算乐'，都是上古的礼乐，……上古用乐有着严格的制度化要求，这是治中国音乐史者的通识，因此，讨论这个题目应该在礼学这个大范围中。……这样一个关乎对象的根本性质的问题，不容偏颇，甚至错误。"其目的不过是诬指拙文脱离了"礼学这个大范围"，出现了"根本性质的""偏颇，甚至错误"。这一批评，纯系无稽之谈，没有一点事实依据。因为拙文题目已标明《周代乡乐考论》，副题又标明《先秦诸乐考之一》，正文落笔即曰"周代乡乐四见于《仪礼》"，展开探讨亦步步不离《仪礼》之《乡饮酒礼》、《乡射礼》、《燕礼》诸篇，收尾并指出乡乐、无算乐与房中之乐"三者又皆为周代礼乐文化的组成部分，不同程度地受到周礼的约束和规范，不可超越周礼的樊篱。如《隋书·音乐志下》曰：'乡乐以感人，须存雅正。'"这一切，不是在"礼学这个大范围中"讨论问题是什么？拙文白纸黑字明明摆在那里，所载刊物也已发布天下，岂能抹煞得掉？难道就以为世人会完全听信罗先生的误导，不再去覆案拙文了吗？

二、罗文曰："按上古通例，'无礼不乐'，一切'乐'的活动都在'礼'的要求之下进行。"如此将"无礼不乐"诠释为"一切'乐'的活动都在'礼'的要求之下进行"，实在是曲解了古人之意以为己用。笔者所知，"无礼不乐"最早见于《左传》文公七年晋郤缺对赵宣子所言："……无礼不乐，所由叛也。"对此，唐孔颖达疏之曰："在上为政无礼，则民不乐，是叛之所由。"[1] 此后，南宋朱熹始引"无礼不乐"传释《诗经·鄘风·干旄》，曰："此上三诗（按，此指《蝃蝀》、《相鼠》、《干旄》），《小序》皆以为文公时诗。……然卫本以淫乱无礼，不乐善道而亡其国。今破灭之馀，人心危惧，正其有以惩创往事而兴起善端之时也。故其为诗如此。"[2] 对朱熹之传，元刘瑾进一步释之曰："愚案：卫俗淫乱无礼，不好善道，以致亡国。君臣上下，盖尝溺于三者之中而不知矣。逮其灭亡之馀，惩往事而兴善念，于是淫乱者有《蝃蝀》之刺，无礼者有《相鼠》之恶，乐善道者又有《干旄》之诗。非文公之更化，何以臻此？"[3] 由此足知，罗艺峰先生断章取义，所释"无礼不乐"与古人之意风马牛不相及。

---

① （晋）杜预注，（唐）孔颖达等正义：《春秋左传正义》卷十九，（清）阮元校刻《十三经注疏》，中华书局1980年影印，第1846页。

② （宋）朱熹：《诗集传》卷三，中华书局1958年版，第33页。

③ （元）刘瑾：《诗传通释》卷三《干旄》，文渊阁《四库全书》本。

　　三、罗文曰："'无算乐'与'无筭乐'的一字之差，看似没有问题，因为'筭'确实有'算'的意思，但是，彭林先生非常小心地把它表述为原文的'筭'，因为它还有'筹'的意思，至确。"……先生所言"无筭乐"之"筭"，是否就有"筹"的意思，其文并未明言。看来，这可能是罗艺峰先生的独到见解了。可惜，其见解又完全错了。具体说：其一、古时"筭"与"算"可通用，因而，'无筭乐'亦可作"无算乐"。如文渊阁《四库全书》中总计出现"无筭乐"和"无算乐"208次，其中"无筭乐"为44次，"无算乐"为164次。不仅如此，二者还同时出现在《仪礼集释》、《仪礼要义》、《仪礼述注》、《仪礼郑注句读》、《诗经世本古义》、《乐律全书》、《皇王大纪》、《续古今考》等著作中。另外，《仪礼注疏》之《十三经注疏》本作"无筭乐"，而文渊阁《四库全书》本则作"无算乐"。这方面的例子不胜枚举。如照罗艺峰先生所说"无筭乐"为"至确"，那末文渊阁《四库全书》中出现的164次"无算乐"及其所载《仪礼注疏》，岂不是都"不确"了吗？其二、古时，"算"亦有"筹"的意思。如《汉语大词典》"算"之义项之三曰："谋划。《孙子·计》：'夫未战而庙算胜者，得算多也。未战而庙算不胜者，得算少也。'梅尧臣注：'多算，故未战而庙谋先胜；少算，故未战而庙谋不胜。是不可无算矣。'《资治通鉴·汉献帝建安元年》：'夫行非常之事，乃有非常之功，愿将军算其多者。'"①《辞源》"算"之义项之二曰："计谋。《列子·力命》：'自长非所增，自短非所损，算之所亡，若何？'注：'算，犹智也。'"② 而今，"算"仍有"筹"的意思。如《辞海》"算"之义项之五曰："计划；酬谋。如：盘算；打算；失算。也特指暗算。"③ 罗艺峰先生谓"彭林先生非常小心地把它表述为原文的'筭'，因为它还有'筹'的意思"。很明显，其肯定是认为"算"就没有'筹'的意思了，如此，则有悖于古今语言的实际的。其三、"筭"，的确有"筹"的意思；但是，其处于具体的语言环境中，并不一定有"筹"的意思。"无筭乐"之"筭"，就根本没有"筹"的意思。如最早对"无筭乐"作注的东汉郑玄，在《仪礼注疏》之《乡饮酒礼》、《燕礼》、《大射》诸篇中释"无筭爵"时一再曰："筭，数也。"其释"无筭乐"时，也是把"筭"视为"数"的。兹胪列

---

①　罗竹风主编：《汉语大词典》（缩印本），汉语大辞典出版社1997年版，第5230页。

②　《辞源》（修订之合订本），商务印书馆1988年版，第1282页。

③　夏征农主编：《辞海》（缩印本），上海辞书出版社2000年版，第2274页。

郑玄的四处注为证：

> 燕乐亦无数，或间或合，尽欢而止也。①
> 合乡乐无次数。②
> 升歌、间、合无数也，取欢而已。其乐章亦然。③
> 升歌、间、合无次数，唯意所乐。④

其后至罗文问世，诸家释"无筭乐"之"筭"，皆依从于郑玄注，未见异议，谓"筭""还有'筹'的意思"，或许即始于罗艺峰先生，而这不过是脱离了"筭"的具体的语言环境，强作解事而已。

此外，礼与欲、审美的关系，"房中之乐、无筭乐不过是乡乐在不同场合演奏而已"等问题，笔者《评彭林教授的〈评周代乡乐考论〉》和《高举"统观"旗帜，理应自省、自勉——与吕友仁先生商兑》两文已有驳议，不再赘述。

也解孔子"弦歌"⑤
——与蒋国保先生商榷

近日拜读蒋国保先生的刊载于《孔子研究》2009 年第 3 期的《孔子"弦歌"别解》一文，觉得其将孔子"弦歌"别解为"不用弹琴相伴的清唱"、只是以合乎琴瑟音律的特定音调来歌唱"、"极可能就是以特定的音调（合乎琴瑟音律的音调）诵《诗》"等，诚然别出心裁，发前人所未发，但强作解释，使人难以折服。

笔者认为，诠证古人行实，必须知人论世，不能凭想当然标新立异。考孔子其人其世，孔子"弦歌"，就是其本人一边用琴瑟弹奏《诗经》的

---

① （汉）郑玄注，（唐）陆德明音义，贾公彦疏：《仪礼注疏》卷十《乡饮酒礼》，（清）阮元校刻《十三经注疏》，中华书局 1980 年影印，第 989 页。

② （汉）郑玄注，（唐）陆德明音义，贾公彦疏：《仪礼注疏》卷十三《乡射礼》，（清）阮元校刻《十三经注疏》，中华书局 1980 年影印，第 1009 页。

③ （汉）郑玄注，（唐）陆德明音义，贾公彦疏：《仪礼注疏》卷十五《燕礼》，（清）阮元校刻《十三经注疏》，中华书局 1980 年影印，第 1023—1024 页。

④ （汉）郑玄注，（唐）陆德明音义，贾公彦疏：《仪礼注疏》卷十八《大射》，（清）阮元校刻《十三经注疏》，中华书局 1980 年影印，第 1044 页。

⑤ 《文学遗产》（网络版）2012 年第 1 期。

曲谱，一边依循琴瑟的音律歌唱《诗经》。这与汉刘歆《西京杂记·戚夫人歌舞》"高帝戚夫人善鼓瑟击筑。帝常拥夫人倚瑟而弦歌。毕，每泣下流涟"① 和魏曹植《闺情二首》其二"弹琴抚节，为我弦歌"② 等所谓的"弦歌"不同，因为时过境迁，后者随琴瑟音律而歌唱的，就不一定是《诗经》了。因此，如将孔子"弦歌"仅仅注释或翻译为"弹琴唱歌"、"弹着琴唱着歌"、"边弹琴边唱歌"等，而不涉及弹奏和歌唱的《诗经》；或谓"边弹琴边唱诗歌"，将弹奏和歌唱的内容笼统地指为"诗歌"，则难免脱离孔子其人及其生活的具体时代之嫌。还有，有周之时，"弦歌"《诗经》乐章不外乎两种形式：一如《仪礼》之《乡饮酒礼》、《乡射礼》、《燕礼》等堂上"二人鼓瑟，则二人歌也"的"升歌"，③ 以及大祭祀时"大师帅瞽人登堂，……歌者与瑟以歌诗"的"登歌"，④ 弹奏琴瑟和依循琴瑟的音律而歌唱者，各有其人。一如孔子"弦歌"以及"后、夫人之所讽诵，以事其君子"的"弦歌《周南》、《召南》之诗，而不用钟磬之节"的房中之乐，⑤ 只是独自弹奏歌唱。不论哪种形式，歌唱《诗经》时必须依循琴瑟弹奏的音律，绝不是蒋先生所谓的"不用弹琴相伴的"、只是"合乎琴瑟音律的特定音调"的"清唱"（或曰"诵《诗》"）。因为：

其一，据统计，在先秦典籍文献中，"弦"与"歌"相连同现，除蒋先生《孔子"弦歌"别解》开列的《庄子》中 5 处外，还有 11 处，即：

小师掌教鼓、鼗、柷、敔、埙、箫、管、弦、歌。⑥

---

① 向新阳、刘克任校注：《西京杂记校注》卷一，上海古籍出版社 1991 年版，第 12 页。

② 赵幼文校注：《曹植集校注》卷三，人民文学出版社 1984 年版，第 516 页。

③ （汉）郑玄注，（唐）陆德明音义，贾公彦疏：《仪礼注疏》卷九《乡饮酒礼》之郑玄注，（清）阮元校刻《十三经注疏》，中华书局 1980 年影印，第 985 页。

④ （汉）郑玄注，（唐）贾公彦疏：《周礼注疏》卷二十三《春官宗伯·大师》之贾公彦疏，（清）阮元校刻《十三经注疏》，中华书局 1980 年影印，第 796 页。（汉）毛亨传，（汉）郑玄笺，（唐）孔颖达等正义《毛诗正义》卷二十之三《那》之孔颖达正义曰："琴瑟在堂，故知奏升堂之乐谓弦歌之声也。"［（清）阮元校刻：《十三经注疏》，中华书局 1980 年影印，第 621 页］清应㧑谦：《古乐书》卷下曰："古者习诸侯、大夫、士于祭祀、飨燕，习士、庶人于乡射、乡饮，莫非用琴瑟弦歌。通乎上下，非是莫敢用乐焉。"（文渊阁《四库全书》本）

⑤ （汉）郑玄注，（唐）陆德明音义，贾公彦疏：《仪礼注疏·燕礼》之郑玄注，（清）阮元校刻《十三经注疏》，中华书局 1980 年影印，第 1025 页。

⑥ （汉）郑玄注，（唐）贾公彦疏：《周礼注疏》卷二十三《春官宗伯·小师》，（清）阮元校刻《十三经注疏》，中华书局 1980 年影印，第 797 页。

瞽蒙掌播鼗、柷、敔、埙、箫、管、弦、歌。①

子之武城,闻弦歌之声。夫子莞尔而笑,曰:"割鸡焉用牛刀?"②

今孔丘盛声乐以侈世,饰弦歌鼓舞以聚徒,……③

孔某盛容修饰以蛊世,弦歌鼓舞以聚徒④

又弦歌鼓舞,习为声乐,此足以丧天下。⑤

原宪居鲁,环堵之室,茨以生草;蓬户不完,桑以为枢;而瓮牖二室,褐以为塞;上漏下湿,匡坐而弦歌。⑥

子贡……乃反丘门,弦歌颂书,终生不辍。⑦

乐者,非谓黄钟、大吕、弦歌、干扬也。⑧

天下大定,然后正六律,和五声,弦歌诗颂,此之谓德音。⑨

昔者舜鼓五弦、歌《南风》之诗而天下治。⑩

很明显,其中不仅最早出现的《周礼》2 处,"弦"与"歌"各自独立,"弦,谓琴瑟也。歌,依咏诗也"⑪。继而在《论语》、《礼记》和《晏子春秋》、《墨子》、以及《庄子》、《列子》中出现的 13 处,"弦"与"歌"虽然已连缀一体,可视为一个合成词或亚合成词,但就其结构而言,两个词素是并列的,所以当时的"弦歌"只能解释为"用琴瑟弹奏《诗经》的曲谱,并依循琴瑟的音律歌唱《诗经》"。如《礼记正义·乐记》之孔

① (汉)郑玄注,(唐)贾公彦疏:《周礼注疏》卷二十三《春官宗伯·瞽蒙》,(清)阮元校刻《十三经注疏》,中华书局 1980 年影印,第 797 页。

② (三国·魏)何晏集解,(宋)邢昺疏:《论语注疏》卷十七《阳货》,(清)阮元校刻《十三经注疏》,中华书局 1980 年影印,第 2524 页。

③ 吴则虞编著:《晏子春秋集释》卷八《仲尼见景公景公欲封之晏子以为不可》,中华书局 1962 年版,第 491 页。

④ (清)孙诒让:《墨子间诂》卷九《非儒下》引晏婴语,中华书局 1954 年版,第 190 页。

⑤ (清)孙诒让:《墨子间诂》卷十二《公孟》,中华书局 1954 年版,第 287 页。

⑥ 孟庆祥等:《庄子译注·杂篇·让王》,黑龙江人民出版社 2003 年版,第 466 页。按:《四部备要》本《庄子》卷九《让王》"弦"后无"歌"字,晋司马彪按曰:"弦,谓弦歌。"

⑦ (晋)张湛注:《列子》卷四《仲尼》,上海书店 1986 年版,第 40 页。

⑧ (汉)郑玄注,(唐)孔颖达等正义:《礼记正义》卷三十八《乐记》,(清)阮元校刻《十三经注疏》,中华书局 1980 年影印,第 1538 页。

⑨ 同上书,第 1540 页。

⑩ (战国)韩非:《韩非子》卷十一《外储说左上》,《四部丛刊》初编本。

⑪ (汉)郑玄注,(唐)贾公彦疏:《周礼注疏》卷二十三《春官宗伯·小师》之郑玄注,(清)阮元校刻《十三经注疏》,中华书局 1980 年影印,第 797 页。

颖达疏曰:"'弦歌诗颂'者,谓以琴瑟之弦歌此诗也。"① 《论语集注大全》卷十七《阳货》引勉斋黄氏语曰:"弦歌,弦且歌也。"② 元李冶《敬斋古今黈》卷一曰:"古诗三百五篇皆可声之琴瑟。口咏其辞而以琴瑟和之,所谓弦歌也。古人读诗者皆然。"③ 明柯尚迁曰:"鼓琴瑟被以九德、六诗之歌,所谓弦歌也。"④ 库本《礼记注疏》卷三十八《考证》释"弦歌"曰:"弦者琴瑟,歌者人声也。"⑤ 再如宋王安石《杂咏八首》其六:"谁能弦且歌,为我发古声。"⑥ 元陆文圭《送黄子高常熟教授》:"子游故里今依然,采芹思乐弦且歌。"⑦ 元同恕《为韩母题萱春堂》:"谁能弦且歌,南陔久无续。"⑧ 将"弦歌"拆用,亦可显示"弦"与"歌"两个词素的并列关系。而蒋先生别解"弦歌"为"不用弹琴相伴的"、只是"合乎琴瑟音律的特定音调"的"清唱"(或曰"诵《诗》"),"弦歌"岂不就成了以词素"歌"为主、词素"弦"仅起修饰作用的偏正词?至于《韩非子》1 处,则与孔子"弦歌"的说解关系不大。其乃本之于《礼记·乐记》"昔者舜作五弦之琴,以歌《南风》",⑨ 只是于上文"弦"字之后省略了"之琴以"三字,才使"弦"与"歌"靠在一起而已。

其二,据统计,在汉代司马迁《史记》中"弦"与"歌"相连同现共 6 处,即:

> 乐者,非谓黄锺大吕弦歌干扬也。⑩
>
> 天下大定,然后正六律,和五声,弦歌诗颂,此之谓德音。⑪
>
> 闻孔子在陈、蔡之间,楚使人聘孔子。孔子将往拜礼,陈、蔡大夫……于是乃相与发徒役围孔子于野。不得行,绝粮,从者病,莫能

---

① (汉)郑玄注,(唐)孔颖达等正义:《礼记正义》卷三十八《乐记》,(清)阮元校刻《十三经注疏》,中华书局 1980 年影印,第 1540 页。

② (明)胡广等:《四书大全·论语集注大全》,文渊阁《四库全书》本。

③ (元)李冶:《敬斋古今黈》,文渊阁《四库全书》本。

④ (明)柯尚迁:《周礼全经释原》卷八,文渊阁《四库全书》本。

⑤ (汉)郑氏注,(唐)陆德明音义,孔颖达疏:《礼记注疏》,文渊阁《四库全书》本。

⑥ (宋)王安石撰,李璧笺注:《王荆公诗笺注》卷五,中华书局 1958 年版,第 60 页。

⑦ (元)陆文圭:《墙东类稿》卷十六,文渊阁《四库全书》本。

⑧ (元)同恕:《榘庵集》卷十一,文渊阁《四库全书》本。

⑨ (汉)郑玄注,(唐)孔颖达等正义:《礼记正义》卷三十八,(清)阮元校刻《十三经注疏》,中华书局 1980 年影印,第 1534 页。

⑩ (汉)司马迁:《史记》卷二十四《乐书》,中华书局 1959 年版,第 1204 页。

⑪ 同上书,第 1223 页。

兴。孔子讲诵弦歌不衰。子路愠见曰："君子亦有穷乎？"孔子曰："君子固穷，小人穷斯滥矣。"①

三百五篇孔子皆弦歌之，以求合《韶》、《武》、《雅》、《颂》之音。礼乐自此可得而述，以备王道，成六艺。②

子游既已受业，为武城宰。孔子过，闻弦歌之声。孔子莞尔而笑曰："割鸡焉用牛刀？"③

及高皇帝诛项籍，举兵围鲁，鲁中诸儒尚讲诵习礼乐，弦歌之音不绝，岂非圣人之遗化，好礼乐之国哉？④

其中第1、2处照搬《礼记·乐记》，第3处本之《庄子·让王》，第5处承袭《论语·阳货》，第6处的用法类似于《论语·阳货》，只有第4处是对孔子自谓"吾自卫反鲁，然后乐正，《雅》、《颂》各得其所"（《论语·子罕》）的生发⑤。其"弦歌"仍应视为两个词素并列的合成词，词义亦应与先秦一致。

其三，春秋末期，面对普遍激化的雅乐与俗乐之争，儒家崇雅排俗，旗帜极为鲜明。如子夏对魏文侯曰："今夫新乐，进俯退俯，奸声以滥，溺而不止；及优侏儒，獶杂子女，不知父子；乐终不可以语，不可以道古。""郑音好滥淫志，宋音燕女溺志，卫音趋数烦志，齐音敖辟乔志。此四者，皆淫于色而害于德。"⑥ 作为儒家鼻祖的孔子，更是声称："恶郑声之乱雅乐也。"⑦ 疾呼："放郑声，远佞人。郑声淫，佞人殆！"⑧ 他听子路弹琴，则愤然斥之为"小人之音"，"匹夫之徒，曾无意于先王之制

---

① （汉）司马迁：《史记》卷四十七《孔子世家》，中华书局1959年版，第1930页。
② 同上书，第1936页。
③ （汉）司马迁：《史记》卷六十七《仲尼弟子列传》，中华书局1959年版，第2201页。
④ （汉）司马迁：《史记》卷一百二十一《儒林列传》，中华书局1959年版，第3117页。
⑤ 如（唐）王勃《益州夫子庙碑》曰："返鲁裁诗，《雅》、《颂》得弦歌之旨。"（蒋清翊：《王子安集注》卷十五，上海古籍出版社1995年版，第441页）（元）李孝光《乐府诗集序》："孔子至自卫，……乃取殷、周之诗，皆弦歌之，以求合《韶》、《武》、《雅》、《颂》之音。"（《四部备要》本郭茂倩：《乐府诗集·序一》）皆系类似的生发。
⑥ （汉）郑玄注，（唐）孔颖达等正义：《礼记正义》卷三十九《乐记》，（清）阮元校刻《十三经注疏》，中华书局1980年影印，第1540页。
⑦ （三国·魏）何晏集解，（宋）邢昺疏：《论语注疏》卷十七《阳货》，（清）阮元校刻《十三经注疏》，中华书局1980年影印，第2525页。
⑧ （三国·魏）何晏集解，（宋）邢昺疏：《论语注疏》卷十五《卫灵公》，（清）阮元校刻《十三经注疏》，中华书局1980年影印，第2517页。

而习亡国之声，岂能保其六七尺之体哉"！① 鲁定公十年夏，定公与齐景公会于夹谷，"孔子摄相事"。"齐有司趋而进曰：'请奏宫中之乐。'……优倡侏儒为戏而前。孔子趋而进，历阶而登，不尽一等，曰：'匹夫而荧惑诸侯者罪当诛！请命有司！'有司加法焉，手足异处"。② 从鲁襄公二十九年（公元前544）吴公子季札聘于鲁观周乐看，早在孔子8岁时，《诗经》乐章已是雅乐最基本的载体，不仅孔子弦歌《诗经》乐章，歌唱必合于琴瑟弹奏的音律，而且儒家诸经传中所谓的"歌"，也专指以琴瑟伴奏而歌唱《诗经》乐章。因为当时"徒歌谓之谣"，③ 如无琴瑟，只是"清唱"，就是"谣"而非"歌"了。所以，《大雅·行苇》毛传曰："歌者，比于琴瑟。"孔颖达疏曰："经传诸言歌者，皆以弦和之，故云'歌者，比于琴瑟'。"④ 又《魏风·园有桃》毛传曰："曲合乐曰歌，徒歌曰谣。"孔颖达疏曰："《释乐》云：'徒歌谓之谣。'……'曲合乐曰歌'，乐即琴瑟。《行苇》传曰：'歌者，合于琴瑟也。'"⑤ 关于此，明陈士元《论语类考》卷十三《弦歌》亦曰："盖古人不徒歌，必合琴瑟而后谓之歌。口举其辞而琴瑟以咏之，犹作乐者升歌而有琴瑟从之也。《记》云：'无故不彻琴瑟。'故知子与人歌而善，必有琴瑟以和声；其謷孺悲，必取瑟而歌。此古人所以不徒歌也。"⑥ 尤其是明朱载堉《乐律全书》则再三强调：

> 古人非歌不弦，非弦不歌，歌、弦皆不徒作乃其常也，徒歌、徒弦则其变也。⑦
>
> 歌以弦为体，以歌为用，弦、歌二者不可偏废。⑧
>
> 古人歌诗未尝不弹琴瑟，弹琴瑟亦未尝不歌诗，此常事也。或有不弹而歌，不歌而弹，此则变也。故《尔雅》曰："徒歌谓之谣，徒

---

① （三国·魏）王肃注：《孔子家语》卷八《辩乐》，《四部丛刊》初编本。

② （汉）司马迁：《史记》卷四十七《孔子世家》，中华书局1959年版，第1915页。

③ （晋）郭璞注，（宋）邢昺疏：《尔雅注疏》卷五《释乐》，（清）阮元校刻《十三经注疏》，中华书局1980年影印，第2602页。

④ （汉）毛亨传，（汉）郑玄笺，（唐）孔颖达等正义：《毛诗正义》卷十七之二，（清）阮元校刻《十三经注疏》，中华书局1980年影印，第534页。

⑤ （汉）毛亨传，（汉）郑玄笺，（唐）孔颖达等正义：《毛诗正义》卷五之三，（清）阮元校刻《十三经注疏》，中华书局1980年影印，第357、358页。

⑥ （明）陈士元：《论语类考》卷十三《弦歌》，文渊阁《四库全书》本。

⑦ （明）朱载堉：《乐律全书》卷八《竹音之属总序》，文渊阁《四库全书》本。

⑧ （明）朱载堉：《乐律全书》卷十八《论弦歌二者不可偏废》，文渊阁《四库全书》本。

鼓瑟谓之步。"……歌与谣讴，故当不同。……然则歌贵而谣贱，歌尊而讴卑。凡先王雅乐，切忌讴之。讴之是轻之也。何谓讴之，不鼓琴瑟而歌是也。《论语》曰："取瑟而歌。"《家语》曰："弹琴而歌。"此则古之圣贤歌诗未尝不鼓琴瑟之明证也。今人歌诗与琴不能相入，盖失其传耳。是则非歌也，谓之讴可也。①

蒋国保先生"别解"孔子"弦歌"，切入点及主要依据即《庄子》之《秋水》、《让王》、《渔父》篇中关于孔子"弦歌"的三则记载。② 蒋先生对这几处记载的具体理解和诠释，笔者亦不敢恭维。

其一，针对《庄子》所谓"孔子游于匡，宋人围之数匝，而弦歌不惙"③ 和"孔子穷于陈蔡之间，七日不火食，藜羹不糁，颜色甚惫，而弦歌于室"④ 两则，…先生说："一边弹琴一边唱歌乃悠闲生活处境的情形"，"试想在被宋人、蔡人围攻的处境中，孔子如何能做到摆着琴一边弹一边唱？这似乎不合情理。既不合情理，则孔子之'弦歌'就有别解之可能"。笔者不禁要问：蒋先生所谓的"不用弹琴相伴的"、只是"合乎琴瑟音律的特定音调"的"清唱"（或曰"诵《诗》"）是否就不是"悠闲生活处境的情形"呢？孔子处此困境"不用弹琴相伴"、只是"以合乎琴瑟音律的特定音调"来"清唱"（或曰"诵《诗》"）是否就"合情理"呢？说实在的，这里蒋先生只是把孔子视为一个常人，按常情常理加以推断，既游离于《庄子》之行文，又没有顾及孔子其人。这正如清郭庆藩辑《庄子集释》疏"子路入见，曰：'何夫子之娱也？'"所说："匡人既围，理须忧惧，而弦歌不止，何故如斯？不达圣情，故起此问。"⑤

就《庄子》之行文而言，"孔子游于匡"的记载，是把孔子描写为乐天知命的"圣人"，因而其"临大难而不惧"，照旧一边以琴瑟弹奏《诗经》的曲谱，一边依循琴瑟的音律歌唱《诗经》。此则主旨在于昭示道家主张的无为的作用。所以王夫之曰："知时势之适然，则无求胜之心。大小、贵贱、然否，乃至成乎祸福，皆动之必变，时之必移，无有恒也。则于桀纣之世，不冀尧舜之得，而一听之于化，徐以俟之，将自化焉，故弦

---

① （明）朱载堉：《乐律全书》卷十八《论古人非弦不歌非歌不弦》，文渊阁《四库全书》本。

② 详见《孔子研究》2009 年第 3 期，兹不复述。

③ 孟庆祥等：《庄子译注·外篇·秋水》，黑龙江人民出版社 2003 年版，第 250 页。

④ 孟庆祥等：《庄子译注·杂篇·让王》，黑龙江人民出版社 2003 年版，第 472 页。

⑤ （清）郭庆藩辑：《庄子集释》卷六下，中华书局 1961 年版，第 595 页。

歌而匡围解。"① "孔子穷于陈、蔡之间"的记载，是把孔子描写为"古之得道者"，因而其"再逐于鲁，削迹于卫，伐树于宋，穷于商周，围于陈蔡"，"七日不火食，藜羹不糁，颜色甚惫"，② 毫不忧伤气馁，从未停止一边以琴瑟弹奏《诗经》的曲谱，一边依循琴瑟的音律歌唱《诗经》。此则主旨在于宣扬道家乐天知命、随遇而安的思想。所以宋王雱曰："圣人能全其天乐也。天乐全则万物不足以忧之，此孔子穷于陈、蔡而弦歌不息也。子路、子贡者，不知圣人乐天知命而不忧，以为君子无耻此，孔子不得不语之以穷通之理。……圣人自得如此，而不改其乐也。乐不改，则利害荣辱不能汩于中，任其所变而已矣。"③

就孔子其人而言，他生活的春秋末期，正是诸侯僭窃，周王室日益凌夷，礼崩乐坏，旧章泯灭，郑卫之音泛滥之时。即使保全周礼最好的鲁国，"季氏亦僭于公室，陪臣执国政，是以鲁自大夫以下皆僭离于正道"；④ 宫廷乐师鸟兽散，"大师挚适齐，亚饭干适楚，三饭缭适蔡，四饭缺适秦，鼓方叔入于河，播鼗武入于汉，少师阳、击磬襄入于海"；⑤ "礼乐废，《诗》《书》缺"⑥。面对这一礼崩乐坏的现实，孔子痛心疾首，矢志"克己复礼，天下归仁焉。……非礼勿视，非礼勿听，非礼勿言，非礼勿动"，⑦ 声称"周鉴于二代，郁郁乎文哉！吾从周"⑧。虽然其从政不被鲁国统治者信任，周游列国又到处碰壁，但从不改变初衷。弦歌《诗经》，正是其彰扬礼乐的重要举措。《礼记·曲礼下》曰："士无故不彻琴瑟。"郑玄注曰："忧乐不相干也。故，谓灾患丧病。"⑨ 孔子游匡被围数匝仍"弦歌不辍"，"穷于陈、蔡之间，七日不火食……而弦歌于室"，一是其身体力行无"灾患丧病"则"不彻琴瑟"。明朱载堉曰："《论语》曰'取瑟而歌'，又曰'子于是日哭则不歌'，其非病非哭之日，盖无日

---

① （清）王夫之：《庄子解》卷十七《秋水》，中华书局 1964 年版，第 146 页。
② 孟庆祥等：《庄子译注·杂篇·让王》，黑龙江人民出版社 2003 年版，第 472 页。
③ （宋）王雱：《南华真经新传》卷十六《让王篇》，文渊阁《四库全书》本。
④ （汉）司马迁：《史记》卷四十七《孔子世家》，中华书局 1959 年版，第 1914 页。
⑤ （三国·魏）何晏集解，（宋）邢昺疏：《论语注疏》卷十八《微子》，（清）阮元校刻《十三经注疏》，中华书局 1980 年影印，第 2530 页。
⑥ （汉）司马迁：《史记》卷四十七《孔子世家》，中华书局 1959 年版，第 1935 页。
⑦ （三国·魏）何晏集解，（宋）邢昺疏：《论语注疏》卷十二《颜渊》，（清）阮元校刻《十三经注疏》，中华书局 1980 年影印，第 2502 页。
⑧ （三国·魏）何晏集解，（宋）邢昺疏：《论语注疏》卷三《八佾》，（清）阮元校刻《十三经注疏》，中华书局 1980 年影印，第 2467 页。
⑨ （汉）郑玄注，（唐）孔颖达等正义：《礼记正义》卷四，（清）阮元校刻《十三经注疏》，中华书局 1980 年影印，第 1259 页。

不弦不歌。由是而观，则知弦歌乃素日常事，所谓不可斯须去身，信矣。"① 二是修习礼乐，陶冶情操，守志不移；三是弘扬礼乐，以实现"天下归仁"的宏愿。孔子"弦歌"与"忧乐不相干"，所以宋陈旸曰："古之得道者，穷亦乐，通亦乐，所乐非穷通也，乐道而已。是以孔子再逐于鲁，削迹于卫，伐木于宋，穷于商、周，阨于陈、蔡，弦歌鼓琴未尝绝音，况与人歌而善乎？"② 至于其游匡被围，汉苞咸曰："匡人误围夫子，以为阳虎。阳虎尝暴于匡。夫子弟子颜克，时又与虎俱往，后克为夫子御，至于匡，匡人相与共识克；又夫子容貌与虎相似，故匡人以兵围之。"③ 孔子其时"弦歌"，还可能有以此表明自己只是致力于礼乐，不是篡夺鲁国政权并带兵侵略屠掠匡邑的阳虎，以消除误解，化解危难。儒家对其事的记载，即蕴含此意。如《孔子家语·困誓》曰："孔子之宋，匡人简子以甲士围之。子路怒，奋戟将与战，孔子止之曰：'恶有修仁义而不免俗者乎？夫诗书之不讲，礼乐之不习，是丘之过也；若以述先王好古法而为咎者，则非丘之罪也，命夫！歌，予和汝。'子路弹琴而歌，孔子和之，曲三终，匡人解甲而罢。"④

其二，蒋先生别解孔子"弦歌"为"不用弹琴相伴的"、只是"合乎琴瑟音律的特定音调"的"清唱"（或曰"诵《诗》"），所举具体证据主要是对《庄子》记载中的"弦歌鼓琴"和"反琴"的具体诠释：

（一）针对《让王》和《渔父》中出现的"弦歌鼓琴"，蒋先生说："'弦歌'与'鼓琴'是两种不同的'乐'的方式，它们可以同时进行，也可以分开各自独立进行。'鼓琴'就是弹琴。既然'鼓琴'意为弹琴，那么，将'弦歌'解释为边弹琴边唱歌就会使'弦歌鼓琴'于理难通。要想让'弦歌鼓琴'这一提法说得通，就只能将'弦歌'理解为可以脱离弹琴的一种歌唱。"此说完全脱离了孔子生活的时代，因为：1. 如上所述，春秋时所说的"歌"，专指以琴瑟伴奏而歌唱《诗经》乐章；如无琴瑟，只是"清唱"，就是"谣"而非"歌"；2. 从我国民族器乐发展史看，春秋时期，琴瑟虽已显示了独奏的意向，但尚未完全成为独奏的乐器，其主要用场就是与歌唱《诗经》相伴。《春秋左传正义·襄公二年》之孔颖达疏即曰："诗为乐章，琴瑟必以

---

① （明）朱载堉：《乐律全书》卷十八《弦歌要旨序》，文渊阁《四库全书》本。

② （宋）陈旸：《乐书》卷八十六《论语训义·述而》，文渊阁《四库全书》本。

③ （三国·魏）何晏集解，梁皇侃义疏：《论语集解义疏》卷五《子罕》引，中华书局1985年版，第117页。

④ （三国·魏）王肃注：《孔子家语》卷五，《四部丛刊》初编本。

歌诗。"① 《礼记正义·乐记》孔颖达疏 "《清庙》之瑟" 又曰："谓歌《清庙》之诗所弹之瑟。"② 既然如此，琴瑟岂可"独立"？3. 元熊朋来曰："瑟者，登歌所用之乐器也。古者歌诗必以瑟。《论语》三言瑟而不言琴，《仪礼》乡饮、乡射、大射、燕礼，堂上之乐惟瑟而已。"③ 明朱载堉《乐律全书》卷七上亦曰："燕、射及乡饮、乡射独有瑟而无琴，《鹿鸣》先瑟后琴，《山有枢》、《车邻》只言瑟而不言琴，《论语》言瑟再三亦不言琴。以此观之，瑟之于琴，尚已！"④ 可见，春秋时用于弦歌《诗经》的，主要是瑟而不是琴。因为瑟用于弦歌《诗经》，习以为常，故不必言"弦歌鼓瑟"。而孔子以并不常用之琴弦歌《诗经》，故《庄子》谓其"弦歌鼓琴"。这是特意指明孔子"弦歌"时弹奏的是琴，而不是常用的瑟。"鼓琴"只是补充说明"弦歌"之"弦"而已，绝不是说"'弦歌'与'鼓琴'是两种不同的'乐'的方式"。

（二）蒋先生又以《庄子·让王》"'反琴而弦歌'来佐证"其"别解"，谓："'反'通'翻'，在这里作'推倒'解，反琴而弦歌，就是推开琴而唱歌。孔子推开琴却能歌唱者，当然就是不用弹琴相伴的清唱，其所以又特称为'弦歌'，想必是因为他不是一般地歌唱，而是以合乎琴瑟音律的特定音调来歌唱。"细审《让王》一则记载，"孔子削然反琴而弦歌"，⑤ 乃是针对上文"孔子推琴，喟然而叹"而言。前曰"推琴"，即放下琴，后言"反琴"，则与之相呼应。此"反"同"返"，是使动用法，应释为"使返还"。"反琴"，使琴返还，即把刚才放下的琴再拿起来。蒋先生无视上文已出现的"孔子推琴"，随意曰："'反'通'翻'，在这里作'推倒'解，反琴而弦歌，就是推开琴而唱歌。"实在是于文于情皆不通。既然如此，则蒋先生的进一步推论："孔子推开琴却能歌唱者，当然就是不用弹琴相伴的清唱，其所以又特称为'弦歌'，想必是因为他不是一般地歌唱，而是以合乎琴瑟音律的特定音调来歌唱。"就成了无根之言。

另外，《孔子"弦歌"别解》一文所谓孔子对"'《诗》三百'重新

---

① （晋）杜预注，（唐）孔颖达等正义：《春秋左传正义》卷二十九，（清）阮元校刻《十三经注疏》，中华书局1980年影印，第1929页。

② （汉）郑玄注，（唐）孔颖达等正义：《礼记正义》卷三十七，（清）阮元校刻《十三经注疏》，中华书局1980年影印，第1528—1529页。

③ （元）熊朋来：《瑟谱》卷一，文渊阁《四库全书》本。

④ （明）朱载堉：《乐律全书》卷七上，文渊阁《四库全书》本。

⑤ 孟庆祥等：《庄子译注·杂篇·让王》，黑龙江人民出版社2003年版，第472页。

分类"、"《墨子·公孟》篇记载:'诵诗三百,弦诗三百,歌诗三百,舞诗三百',……每一类三百首,共一千二百首"、"在春秋时代流传的可能只是未谱曲、不能歌唱、只可朗诵的'诵诗三百'"、"孔子用来教学的《诗》只是属于诵诗类的诗,并不包括弦诗、歌诗、舞诗"、孔子"将原本只能诵的《诗》谱成了合乎琴瑟的调子,变成了能唱的《诗》"等,亦值得商榷,鉴于篇幅,姑置勿论。

参考文献

阿桂等纂修：《八旬万寿盛典》，文渊阁《四库全书》本。

（元）敖继公：《仪礼集说》，文渊阁《四库全书》本。

（汉）班固：《白虎通德论》，《四部丛刊》初编本。

（汉）班固：《白虎通德论》，上海古籍出版社1990年版。

（汉）班固：《汉书》，中华书局1962年版。

鲍彪校注：《战国策校注》，《四部丛刊》初编本。

（清）蔡德晋：《礼经本义》，文渊阁《四库全书》本。

蔡先金等：《上海博物馆楚简〈采风曲目〉与〈诗经〉学案》，《合肥学院学报》2013年第6期。

蔡邕：《琴操》，中华书局1985年版。

晁福林：《先秦时期"德"观念的起源及其发展》，《中国社会科学》2005年第4期。

陈澧：《声律通考》，咸丰十年大兴殷保康刻本。

陈澧：《诗经今俗字谱》，云南省图书馆庋藏本。

陈栎：《书集传纂疏》，文渊阁《四库全书》本。

陈奇猷：《韩非子集释》，上海人民出版社1974年版。

（清）陈启源：《毛诗稽古编》，文渊阁《四库全书》本。

（明）陈士元：《论语类考》，文渊阁《四库全书》本。

陈寿：《三国志》，中华书局1969年版。

陈成国校注：《尚书校注》，岳麓书社2004年版。

陈铁镔：《诗经解说》，书目文献出版社1985年版。

（宋）陈祥道：《礼书》，文渊阁《四库全书》本。

（宋）陈旸：《乐书》，文渊阁《四库全书》本。

成伯玙：《毛诗指说》，文渊阁《四库全书》本。

成相如：《〈乐经〉迷失考略》，《安徽文学》2009年第11期。

（宋）程大昌：《诗论》，中华书局1985年版。

（宋）程大昌：《诗议》，（明）唐顺之编《稗编》，文渊阁《四库全书》本。

程俊英译注：《诗经译注》，上海古籍出版社 1985 年版。

仇兆鳌详注：《杜诗详注》，中华书局 1979 年版。

戴溪：《续吕氏家塾读诗记》，文渊阁《四库全书》本。

戴震：《戴东原集》，《四部丛刊》初编本。

邓安生：《简说周礼"乐德"》，《文史知识》2014 年第 4 期。

邓安生：《论"六艺"与"六经"》，《南开学报》2000 年第 2 期。

董斯张：《广博物志》，岳麓书社 1991 年据明万历四十五年高晖堂刻本影印。

（明）董悦：《七国考》，文渊阁《四库全书》本。

董治安、郑杰文汇撰：《荀子汇校汇注》，《文献集成》（2），齐鲁书社 1998 年版。

董治安：《先秦文献与先秦文学》，齐鲁书社 1994 年版。

杜甫撰，仇兆鳌详注：《杜诗详注》，中华书局 1979 年版。

（唐）杜佑：《通典》，文渊阁《四库全书》本。

（晋）杜预注，（唐）孔颖达等正义：《春秋左传正义》，（清）阮元校刻《十三经注疏》，中华书局 1980 年影印。

（清）鄂尔泰、张廷玉等总裁：《钦定仪礼义疏》，文渊阁《四库全书》本。

（清）鄂尔泰、张廷玉等总裁：《钦定周官义疏》，文渊阁《四库全书》本。

范家相：《诗沈》，文渊阁《四库全书》本。

范文澜：《范文澜全集》第一册，河北教育出版社 2002 年版。

范文澜：《文心雕龙注》，人民文学出版社 1958 年版。

范文澜：《中国通史》第一册，人民出版社 1994 年版。

（南朝·宋）范晔：《后汉书》，中华书局 1965 年版。

（清）方苞：《仪礼析疑》，文渊阁《四库全书》本。

方大琮：《铁庵集》，文渊阁《四库全书》本。

方建军：《河南出土殷商编铙初探》，《中国音乐学》1990 年第 3 期。

（明）方以智：《通雅》，中国书店 1990 年据清康熙姚文燮浮山此藏轩刻本影印。

（清）方玉润：《诗经原始》，中华书局 1986 年版。

房玄龄、褚遂良等：《晋书》，中华书局 1974 年版。

冯复京：《六家诗名物疏》，文渊阁《四库全书》本。

冯惟讷：《古诗纪》，文渊阁《四库全书》本。

（汉）伏胜：《尚书大传》，《四部丛刊》初编本。

（汉）伏胜：《尚书大传》，河北人民出版社 2000 年版。

付林鹏、曹胜高：《从乐教传统论〈乐经〉之形成与残佚》，《黄钟》2010 年第 1 期。

付林鹏：《〈乐经〉存佚说新探》，《中国社会科学报》2013 年 5 月 8 日第 B03 版。

高承：《事物纪原》，文渊阁《四库全书》本。

高亨：《诗经今注》，上海古籍出版社 1980 年版。

高亨：《周代〈大武〉乐的考释》，《山东大学学报》1955 年第二卷第二期。

高似孙：《纬略》，文渊阁《四库全书》本。

高诱注：《淮南鸿烈解》，《四部丛刊》初编本。

（清）龚橙：《诗本谊》，清光绪十五年刻本。

顾颉刚：《古史辨》第三册，上海古籍出版社 1982 年版。

顾镇：《虞东学诗》，文渊阁《四库全书》本。

（宋）郭茂倩：《乐府诗集》，《四部丛刊》初编本。

（宋）郭茂倩：《乐府诗集》，中华书局 1979 年版。

郭沫若：《青铜时代》，《郭沫若全集》（《历史编》第 1 卷），人民出版社 1982 年版。

郭沫若：《十批判书》，周谷城主编《民国丛书》第四编，上海书店 1992 年版。

（晋）郭璞注，（宋）邢昺疏：《尔雅注疏》，（清）阮元校刻《十三经注疏》，中华书局 1980 年影印。

郭庆藩辑：《庄子集释》，中华书局 1961 年版。

（明）韩邦奇：《苑洛志乐》，文渊阁《四库全书》本。

（战国）韩非：《韩非子》，《四部丛刊》初编本。

韩婴：《韩诗外传》，《四部丛刊》初编本。

（元）郝经：《续后汉书》，文渊阁《四库全书》本。

（明）郝敬：《仪礼节解》，明万历四十三年至四十七年郝千秋、郝千石刻郝氏九经解本。

何焯：《义门读书记》，文渊阁《四库全书》本。

何定生：《定生论学集——诗经与孔学研究》，台北幼狮文化事业公司 1978 年版。

（明）何楷：《诗经世本古义》，文渊阁《四库全书》本。

（明）何乔新：《椒丘文集》，文渊阁《四库全书》本。

（汉）何休注，（唐）徐彦疏：《春秋公羊传注疏》，（清）阮元校刻《十三经注疏》，中华书局 1980 年影印。

（三国·魏）何晏集解，梁皇侃义疏：《论语集解义疏》，中华书局 1985 年版。

（三国·魏）何晏集解，（宋）邢昺疏：《论语注疏》，（清）阮元校刻《十三经注疏》，中华书局 1980 年影印。

弘历：《乾隆五十一年十二月十七日上谕》，见朱载堉《乐律全书·之首》。

（清）高宗弘历：《御制诗五集》，文渊阁《四库全书》本。

（清）高宗弘历：《御制文三集》，文渊阁《四库全书》本。

（宋）洪迈：《容斋随笔·容斋续笔》，中国世界语出版社 1995 年版。

洪兴祖撰，白化文等点校：《楚辞补注》，中华书局 1983 年版。

胡广等：《四书大全·论语集注大全》，文渊阁《四库全书》本。

胡广等：《四书大全·孟子集注大全》，文渊阁《四库全书》本。

胡翰：《胡仲子集》，文渊阁《四库全书》本。

胡培翚：《仪礼正义》，《四部备要》本。

胡渭：《大学翼真》，文渊阁《四库全书》本。

（清）胡彦升：《乐律表微》，文渊阁《四库全书》本。

黄道周：《月令明义》，文渊阁《四库全书》本。

黄怀信、张懋镕、田旭东：《逸周书汇校集注》，上海古籍出版社 1995 年版。

黄虞稷：《千顷堂书目》，文渊阁《四库全书》本。

黄中松：《诗疑辨证》，文渊阁《四库全书》本。

（宋）黄仲元：《四如讲稿》，文渊阁《四库全书》本。

黄宗羲：《黄梨洲文集》，中华书局 1959 年版。

惠周惕：《诗说》，文渊阁《四库全书》本。

嵇璜、刘墉等：《皇朝通志》，文渊阁《四库全书》本。

嵇康：《嵇中散集》，《四部丛刊》初编本。

（清）纪昀总纂：《四库全书总目提要》，河北人民出版社 2000 年版。

（明）季本：《诗说解颐正释》，文渊阁《四库全书》本。

家浚：《〈诗经〉音乐初探》，《音乐研究》1981 年第 1 期。

（清）江永：《律吕阐微》，文渊阁《四库全书》本。

（清）江永：《群经补义》，文渊阁《四库全书》本。

姜炳璋：《诗序补义》，文渊阁《四库全书》本。

蒋溥等辑：《御览经史讲义》，文渊阁《四库全书》本。

蒋清翊注：《王子安集注》，上海古籍出版社 1995 年版。

金景芳：《孔子与六经》，《孔子研究》1986 年创刊号。

荆门市博物馆编：《郭店楚墓竹简》，文物出版社 1998 年版。

康有为著，吴熙钊等校点：《南海康先生口说》，中山大学出版社 1985
年版。

（明）柯尚迁：《周礼全经释原》，文渊阁《四库全书》本。

（汉）孔安国传，（唐）孔颖达等正义：《尚书正义》，（清）阮元校刻《十
三经注疏》，中华书局 1980 年影印。

匡亚明：《孔子评传》，南京大学出版社 1990 年版。

蓝雪霏：《从荆楚"歌诗"遗音寻求〈诗经〉曲式研究的可拓展空间》，
《音乐研究》2010 年第 5 期。

劳舒编：《刘师培学术论著·经学教科书》，浙江人民出版社 1998 年版。

雷永强：《先秦时期"乐德"观念的内涵及其嬗变》，《山西师大学报》
2011 年第 4 期。

（宋）黎靖德编：《朱子语类》，文渊阁《四库全书》本。

李安明：《〈诗经〉音乐之我见——〈诗经〉音乐初探之而》，《民族艺术
研究》1991 年第 4 期。

（宋）李樗、黄櫄：《毛诗集解》，文渊阁《四库全书》本。

李纯一：《说"簧"》，《乐器》1981 年第 4 期。

李纯一：《先秦音乐史》（修订版），人民音乐出版社 2005 年版。

李纯一：《庸名探讨》，《音乐研究》1988 年第 3 期。

（宋）李昉等：《太平御览》，《四部丛刊》三编本。

（清）李光地：《古乐经传》，文渊阁《四库全书》本。

李光坡：《周礼述注》，文渊阁《四库全书》本。

李凌主编：《中国民族民间器乐曲集成（山东卷上册)》，中国 ISBN 中心
1994 年版。

李焘：《续资治通鉴长编》，上海古籍出版社 1986 年版。

李学勤：《郭店楚简与儒家经籍》，《郭店楚简研究（中国哲学：第 20 辑)》，
辽宁教育出版社 1999 年版。

李学勤：《经史总说》，李学勤、郑万耕等《经史说略·十三经说略》，北
京燕山出版社 2002 年版。

李学勤：《十三经注疏·序言》，李学勤主编《十三经注疏点校本》，北京
大学出版社 1999 年版。

李学勤：《新整理清华简六种概述》，《文物》2012 年第 8 期。

李学勤主编：《清华大学藏战国竹简》（叁）下册，中西书局 2012 年版。

李冶：《敬斋古今黈》，文渊阁《四库全书》本。

李泽厚：《华夏美学》，天津科学院出版社 2001 年版。

李之藻：《頖宫礼乐疏》，文渊阁《四库全书》本。

李贽著，张建业主编：《李贽文集》，中国社会文献出版社 2000 年版。

梁志锵：《〈诗经〉与〈楚辞〉音乐研究》，上海古籍出版社 2010 年版。

廖名春：《"六经"次序探源》，《历史研究》2002 年第 2 期。

廖名春：《马王堆帛书周易经传释文》，《续修四库全书》（经部第 1 册），
    上海古籍出版社 2002 年版。

林葱：《中国音乐史提要》，学艺出版社 1982 年版。

（宋）林岊：《毛诗讲义》，文渊阁《四库全书》本。

林素英：《论乡饮酒礼中诗乐与礼相融之意义》，《井冈山大学学报》2011
    年第 2 期。

凌迪知：《万姓统谱》，文渊阁《四库全书》本。

凌廷堪：《礼经释例》，《皇清经解》（卷 793）本。

刘宝楠：《论语正义》，中华书局 1990 年版。

（元）刘瑾：《诗传通释》，文渊阁《四库全书》本。

刘濂：《乐经元义》，明嘉靖刻本。

刘梦溪：《国学辨义》，《文汇报》2008 年 8 月 4 日第 016 版《学林》专栏。

刘明澜：《中国古代诗词音乐》，中国科学文化出版社 2003 年版。

刘全志：《论〈乐经〉的基本形态及其在战国的传播》，《南京艺术学院学
    报·音乐与表演》2013 年第 2 期。

刘莎、陈明：《〈诗经〉中的祭祀诗与乐器运用》，《南京艺术学院学报》
    2008 年第 3 期。

刘师培：《刘申叔遗书》，江苏古籍出版社 1996 年版。

刘师培著，葛建雄主编：《刘师培讲经学》，凤凰出版社 2008 年版。

刘师培著，劳舒编：《刘师培学术论著》，浙江人民出版社 1998 年版。

刘书年：《刘贵阳说经残卷》，中华书局 1985 年版。

刘恕编集：《资治通鉴外纪》，《四部丛刊》初编本。

刘台拱：《论语骈枝》，《续修四库全书》本，上海古籍出版社 2002 年版。

（汉）刘向：《说苑》，《四部丛刊》初编本。

（南朝·梁）刘勰著，詹锳义证：《文心雕龙义证》，上海古籍出版社 1989
    年版。

（后晋）刘昫：《旧唐书》，中华书局 1975 年版。

刘玉汝：《诗缵绪》，文渊阁《四库全书》本。

刘昭补并注：《后汉书》，文渊阁《四库全书》本。

楼钥：《攻媿集》，《四部丛刊》初编本。

陆侃如、牟世金：《文心雕龙译注》，齐鲁书社 1995 年版。

陆深：《俨山集》，文渊阁《四库全书》本。

陆文圭：《墙东类稿》，文渊阁《四库全书》本。

罗泌：《路史》，文渊阁《四库全书》本。

罗艺峰：《由〈乐纬〉的研究引申到〈乐记〉与〈乐经〉的问题》，台湾
　　高雄师范大学经学研究所出版《经学研究集刊》2007 年第三期。

罗振玉：《殷虚书契考释三种》，中华书局 2006 年版。

罗竹风主编：《汉语大词典》（缩印本），汉语大辞典出版社 1997 年版。

（战国）吕不韦等：《吕氏春秋集释》，《四部丛刊》初编本。

吕华亮、王洲明：《论今本〈诗经〉依鲁国所存之〈诗〉为底本编纂而成》，
　　《东岳论丛》2014 年第 2 期。

吕振羽：《简明中国通史》上册，人民出版社 1982 年版。

（宋）吕祖谦：《吕氏家塾读诗记》，文渊阁《四库全书》本。

（宋）吕祖谦编：《宋文鉴》，文渊阁《四库全书》本。

马承源主编：《上海博物馆藏战国楚竹书（四）》，上海古籍出版社 2004
　　年版。

马承源主编：《上海博物馆藏战国楚竹书（一）》，上海古籍出版社 2001
　　年版。

马承源著，陈佩芬、陈识吾编：《马承源文博论集》，上海古籍出版社 2007
　　年版。

马端临：《文献通考》，浙江古籍出版社 1988 年影印本。

马国翰辑佚：《玉函山房辑佚书·乐经》，上海古籍出版社 1990 年据光绪
　　九年娜嬛馆补校本影印。

（清）马瑞辰：《毛诗传笺通释》，中华书局 1989 年版。

马宗霍：《中国经学史》，商务印书馆 1937 年版。

（汉）毛亨：《毛诗》，《四部丛刊》初编本。

（汉）毛亨传，（汉）郑玄笺，（唐）孔颖达等正义：《毛诗正义》，（清）
　　阮元校刻《十三经注疏》，中华书局 1980 年影印。

毛奇龄：《郊社禘祫问》，文渊阁《四库全书》本。

毛奇龄：《诗传诗说驳义》，文渊阁《四库全书》本。

毛奇龄：《西河集》，文渊阁《四库全书》本。

毛应龙：《周官集传》，文渊阁《四库全书》本。

梅鼎祚编：《东汉文纪》，文渊阁《四库全书》本。

孟庆祥等译注：《庄子译注》，黑龙江人民出版社 2003 年版。

缪天瑞、吉联抗、郭乃安主编：《中国音乐词典》，人民音乐出版社 2000 年版。

南怀瑾：《孟子旁通》，北京国际文化出版公司 1994 年版。

聂麟枭：《乐本无经——从经学史与"六艺"教学活动解读"乐经"疑案》，《人民音乐》2011 年第 8 期。

欧兰香：《诗经的曲式结构分析》，《西北师大学报》2004 年第 2 期。

欧阳修等：《新唐书》，中华书局 1975 年版。

彭林、项阳：《礼乐之间：一个久违的思想空间》，《光明日报》2011 年 5 月 9 日第 015 版。

彭林：《儒学之根基六经之阶梯——"四书五经"简介》，《古典文学知识》2006 年第 1 期。

（清）皮锡瑞：《经学历史》，中华书局 2004 年版。

（清）秦蕙田：《五礼通考》，文渊阁《四库全书》本。

秦序：《关于〈诗经〉歌曲曲式的若干推测》，李心峰主编《中华艺术通史（夏商周卷）》第二章《夏商周歌曲与歌唱艺术》第二节《西周和春秋时期的歌曲艺术》（上）之"三"，北京师范大学出版社 2006 年版。

秦序：《民族乐器口弦初探》，《音乐艺术》1981 年第 2 期。

秦序：《夏商周歌曲与歌唱艺术·战国时期的声乐艺术》、《夏商器乐和乐器概况·商代器乐与乐器概况》，李心峰主编《中华艺术通史（夏商周卷）》，北京师范大学出版社 2006 年版。

丘浚：《大学衍义补》，京华出版社 1999 年版。

丘琼荪：《历代乐志乐律校释》（第二分册），人民音乐出版社 1999 年版。

丘琼荪：《历代乐志乐律校释》（第一分册），人民音乐出版社 1999 年版。

丘之稑：《律音汇考》，宣统三年（1911）浏阳礼乐局精写刻本。

瞿九思：《乐经以俟录》，文渊阁《四库全书》本。

阮元：《〈毛诗注疏〉校勘记》，（清）阮元校刻《十三经注疏》，中华书局 1980 年影印。

邵懿辰：《礼经通论》，《皇清经解续编》，光绪刻本。

沈廷芳：《十三经注疏正字》，文渊阁《四库全书》本。

沈薇薇译注：《山海经译注》，黑龙江人民出版社 2003 年版。

（南朝·梁）沈约：《梁沈约集》，张溥辑《汉魏六朝百三家集》，文渊阁

《四库全书》本。

（南朝·梁）沈约：《宋书》，中华书局 1974 年版。

（南朝·梁）沈约注：《竹书纪年》，文渊阁《四库全书》本。

盛世佐：《仪礼集编》，文渊阁《四库全书》本。

史绳祖：《学斋占毕》，文渊阁《四库全书》本。

（宋）司马光编著：《资治通鉴》，古籍出版社 1956 年版。

（汉）司马迁：《史记》，中华书局 1959 年版。

宋公传编：《元诗体要》，文渊阁《四库全书》本。

（宋）苏辙：《诗集传》，文渊阁《四库全书》本。

孙继南、周柱铨主编：《中国音乐通史简编》，山东教育出版社 1993 年版。

孙蓉蓉：《〈乐纬〉与〈乐经〉》，《中国社会科学报》2010 年 7 月 27 日第
　　012 版。

（清）孙诒让：《墨子闲诂》，中华书局 1954 年版。

孙诒让：《周礼正义》，王云五主编《万有文库》，商务印书馆 1929—1937
　　年版。

孙奕：《履斋示儿编》，中华书局 1985 年版。

孙之騄辑：《尚书大传》，文渊阁《四库全书》本。

唐顺之：《稗海》，文渊阁《四库全书》本。

田君：《〈乐经〉补作史考》，《黄钟》2009 年第 4 期。

田君：《〈乐经〉的性质与亡佚新探》，《南京艺术学院学报·音乐与表
　　演》2010 年第 1 期。

田君：《〈乐经〉考疑》，《北方论丛》2013 年第 2 期。

田君：《〈乐经〉年代学研究》，《南京艺术学院学报·音乐与表演》2013
　　年第 3 期。

田君：《国学名家〈乐经〉论说汇考》，《交响—西安音乐学院学报》2013
　　年第 1 期。

田君：《历代〈乐经〉论说流派考》，《中国音乐学》2010 年第 4 期。

同恕：《榘庵集》，文渊阁《四库全书》本。

（元）脱脱：《宋史》，中华书局 1977 年版。

万时华：《诗经偶笺》，《续修四库全书》本，上海古籍出版社 2002 年版。

（清）汪烜（一名绂）：《乐经律吕通解》，中华书局 1985 年版。

王安石撰，李壁笺注：《王荆公诗笺注》，中华书局 1958 年版。

王柏：《鲁斋集》，文渊阁《四库全书》本。

王充：《论衡》，《四部丛刊》初编本。

王夫之：《楚辞通释》，中华书局 1975 年版。

王夫之：《姜斋诗话》，人民文学出版社 1961 年版。

王夫之：《诗经稗疏》，《船山全书》第三册，岳麓书社 1988 年版。

王夫之：《庄子解》，中华书局 1964 年版。

王光祈：《中国音乐史》，广西师范大学出版社 2005 年版。

王国维：《观堂集林》，中华书局 1959 年版。

王国维著，雪克等标校：《王国维学术论著》，浙江人民出版社 1998 年版。

王鸿绪等总裁：《钦定诗经传说会纂》，文渊阁《四库全书》本。

王锦生：《〈乐经〉——佚失的儒家经籍——河南博物院藏熹平石经残石
    内容管窥》，《中原文物》2014 年第 1 期。

王锦生：《探佚消失的〈乐经〉——河南博物院藏“熹平石经”残石内容
    管窥》，《光明日报》2013 年 11 月 21 日第 012 版。

王利器校注：《风俗通义校注》，中华书局 1981 年版。

王明：《抱朴子内篇校释》，中华书局 1985 年版。

王雱：《南华真经新传》，文渊阁《四库全书》本。

（明）王樵：《方麓集》，文渊阁《四库全书》本。

王士禛等：《诗友诗传录》，丁福保汇辑《清诗话》，上海古籍出版社 1978
    年版。

王士禛著，赵伯陶选注：《池北偶谈》，学苑出版社 1999 年版。

（三国·魏）王肃注：《孔子家语》，《四部丛刊》初编本。

王先谦：《汉书补注》，中华书局 1983 年版。

（清）王先谦：《荀子集解》，中华书局 1988 年版。

王先谦：《庄子集解》，三秦出版社 2005 年第 2 版。

王秀臣：《“仪礼时代”与〈仪礼〉中燕飨礼仪中的诗乐情况分析》，《中
    国韵文学刊》2005 年第 1 期。

王耀华等：《中国传统音乐乐谱学》，福建教育出版社 2006 年版。

王应麟：《汉书艺文志考证》，文渊阁《四库全书》本。

王应麟：《困学纪闻》，《四部丛刊》三编本。

王应麟：《玉海》，文渊阁《四库全书》本。

（宋）王与之：《周礼订义》，文渊阁《四库全书》本。

王长华：《关于新出土文献进入文学史叙述的思考——以清华简〈周公之
    琴舞〉为例》，《河北师范大学学报》2014 年第 4 期。

王昭禹：《周礼详解》，文渊阁《四库全书》本。

王志长：《周礼注疏删翼》，文渊阁《四库全书》本。

王质：《诗总闻》，文渊阁《四库全书》本。

（三国·吴）韦昭解：《国语》，《四部丛刊》初编本。

（宋）卫湜：《礼记集说》，文渊阁《四库全书》本。

魏了翁：《春秋左传要义》，文渊阁《四库全书》本。

（北齐）魏收：《魏书》，中华书局1974年版。

（清）魏源：《诗古微》（二十卷本），《魏源全集》第一册，岳麓书社1989年版。

（唐）魏征等：《隋书》，中华书局1973年版。

吴澄：《礼记纂言》，文渊阁《四库全书》本。

吴澄：《吴文正集》，文渊阁《四库全书》本。

（元）吴莱：《渊颖吴先生文集》（宋濂编），《四部丛刊》初编本。

吴则虞编著：《晏子春秋集释》，中华书局1962年版。

伍国栋：《中国民间音乐》，浙江教育出版社1995年版。

夏传才：《诗经语言艺术新编》，语文出版社1998年版。

夏传才：《十三经讲座》，广西师范大学出版社2006年版。

夏征农主编：《辞海》（缩印本），上海辞书出版社2000年版。

冼焜虹：《诗经述论》，山西人民出版社1986年版。

向新阳、刘克任校注：《西京杂记校注》，上海古籍出版社1991年版。

项阳：《"六代乐舞"为〈乐经〉说》，《中国文化》2010年第三十一期。

项阳：《〈乐经〉何以失传?》，《光明日报》2008年6月23日第012版《国学》专栏。

（元）熊朋来：《经说》，文渊阁《四库全书》本。

（元）熊朋来：《瑟谱》，文渊阁《四库全书》本。

熊十力：《论六经·中国历史讲话》，中国人民大学出版社2006年版。

（唐）徐坚等：《初学记》，文渊阁《四库全书》本。

徐元太：《喻林》，文渊阁《四库全书》本。

许谦：《读书丛说》，中华书局1985年版。

许谦：《读四书丛说》，《四部丛刊》续编本。

（汉）许慎：《说文解字》，中华书局1963年版。

许自昌：《樗斋漫录》，《续修四库全书》，上海古籍出版社2002年版。

严粲：《诗辑》，文渊阁《四库全书》本。

（清）严虞惇：《读诗质疑》，文渊阁《四库全书》本。

阎若璩：《尚书古文疏证》，上海古籍出版社1987年版。

颜昌峣：《管子校释》，岳麓书社1996年版。

颜之推：《颜氏家训》，中国文史出版社 2003 年版。

杨伯峻主编：《经学浅谈》，中华书局 1984 年版。

杨华：《先秦礼乐文化》，湖北教育出版社 1997 年版。

杨杰：《无为集》，文渊阁《四库全书》本。

杨倞注：《荀子》，文渊阁《四库全书》本。

杨赛：《乐经失传原因探究》，《歌海》2010 年第 5 期。

杨士奇等编：《历代名臣奏议》，文渊阁《四库全书》本。

杨维桢：《东维子集》，文渊阁《四库全书》本。

杨向奎：《宗周社会与礼乐文明》，人民出版社 1997 年版。

杨荫浏：《中国古代音乐史稿》，人民音乐出版社 1981 年版。

杨荫浏：《中国音乐史纲》，万叶书店 1952 年印行。

（清）姚际恒：《仪礼通论》，中国社会科学出版社 1998 年版。

姚小鸥：《诗经三颂与先秦礼乐文化》，北京广播学院出版社 2000 年版。

姚之骃：《后汉书补逸》，文渊阁《四库全书》本。

叶伯和：《中国音乐史》，台北贯雅文化 1993 年版。

叶时：《礼经会元》，文渊阁《四库全书》本。

（宋）易祓：《周官总义》，文渊阁《四库全书》本。

（清）永瑢等：《四库全书总目》，中华书局 1965 年版。

余作胜：《元始〈乐经〉考》，《音乐研究》2013 年第 2 期。

（晋）袁宏：《后汉纪》，《四部丛刊》本。

袁嘉谷：《诗经古谱》，清廷学部图书编译局 1907 年版。

允禄、张照等：《御制律吕正义后编》，文渊阁《四库全书》本。

詹道传：《孟子纂笺》，文渊阁《四库全书》本。

（明）张次仲：《待轩诗记》，文渊阁《四库全书》本。

张岱年：《中国哲学大纲》，中国社会科学出版社 1994 年版。

张放：《论〈乐记〉对〈乐经〉的替代》，《中华文化论坛》2013 年第
　　12 期。

张守节：《史记正义》，文渊阁《四库全书》本。

（清）张廷玉等：《皇朝文献通考》，文渊阁《四库全书》本。

（清）张廷玉等：《明史》，中华书局 1974 年版。

（清）张廷玉等：《钦定续文献通考》，文渊阁《四库全书》本。

（清）张廷玉等编辑：《皇清文颖》，文渊阁《四库全书》本。

（清）张廷玉等纂修：《日讲礼记解义》，文渊阁《四库全书》本。

张西堂：《诗经六论》，商务印书馆 1957 年版。

（晋）张湛注：《列子》，上海书店 1986 年版。

（明）章潢：《图书编》，文渊阁《四库全书》本。

章如愚：《群书考索》，文渊阁《四库全书》本。

章太炎：《国学概论》，上海古籍出版社 1997 年版。

章太炎：《国学讲演录》，华东师范大学出版社 1995 年版。

赵敏俐：《略论〈诗经〉的乐歌性质及其认识价值》，《陕西师范大学学报》2004 年第 1 期。

赵敏俐：《略论〈诗经〉乐歌的生产、消费与配乐问题》，《北方论丛》2005 年第 1 期。

赵沛林：《〈诗经〉与音乐关系研究的历史和现状》，《音乐研究》2005 年第 1 期。

（汉）赵岐注，（宋）孙奭疏：《孟子注疏》，（清）阮元校刻《十三经注疏》，中华书局 1980 年影印。

赵顺孙：《孟子纂疏》，文渊阁《四库全书》本。

赵幼文校注：《曹植集校注》，人民文学出版社 1984 年版。

真德秀：《大学衍义》，山东友谊出版社 1991 年版。

真德秀：《西山读书记》，文渊阁《四库全书》本。

郑觐文：《中国音乐史》，上海大同乐会发行 1929 年版。

（宋）郑樵：《六经奥论》，文渊阁《四库全书》本。

（宋）郑樵：《通志》，中华书局 1987 年版。

（汉）郑玄笺，（唐）陆德明音义，（唐）孔颖达疏：《毛诗注疏》，文渊阁《四库全书》本。

（汉）郑玄注，（唐）陆德明音义，贾公彦疏：《仪礼注疏》，（清）阮元校刻《十三经注疏》，中华书局 1980 年影印。

（汉）郑玄注，（唐）孔颖达等正义：《礼记正义》，（清）阮元校刻《十三经注疏》，中华书局 1980 年影印。

（汉）郑玄注，（唐）陆德明音义，孔颖达疏：《礼记注疏》，文渊阁《四库全书》本。

郑玉：《师山遗文》，文渊阁《四库全书》本。

（唐）中敕：《大唐开元礼》，民族出版社 2000 年据光绪十二年氏公善堂校刊本影印。

周必大：《文忠集》，文渊阁《四库全书》本。

（宋）周孚：《蠹斋铅刀编》，文渊阁《四库全书》本。

周琦：《东溪日谈录》，文渊阁《四库全书》本。

周延良：《诗经学案与儒家伦理思想研究》，学苑出版社 2005 年版。

周予同：《中国经学史讲义》，上海文艺出版社 1999 年版。

（元）朱公迁：《诗经疏义会通》，文渊阁《四库全书》本。

朱光潜：《诗论》，生活·读书·新知三联书店 1984 年版。

朱鹤龄：《诗经通义》，文渊阁《四库全书》本。

朱鉴编：《诗传遗说》，文渊阁《四库全书》本。

朱维铮编：《周予同经学史论著选集》，上海人民出版社 1983 年版。

（宋）朱熹：《晦庵先生朱文公文集》，《四部丛刊》初编本。

（宋）朱熹：《晦庵先生朱文公文集续集》，《四部丛刊》初编本。

（宋）朱熹：《论语集注》，齐鲁书社 1992 年版。

（宋）朱熹：《诗集传》，中华书局 1958 年版。

（宋）朱熹：《四书或问》，文渊阁《四库全书》本。

（宋）朱熹：《仪礼经传通解》，文渊阁《四库全书》本。

朱熹辨说：《诗序》，文渊阁《四库全书》本。

（清）朱彝尊：《经义考》，《四部备要》本。

朱渊春、廖名春主编：《上海馆藏战国楚竹书》，上海书店出版社 2002
　　年版。

（明）朱载堉：《乐律全书》，文渊阁《四库全书》本。

朱倬：《诗经疑问》，文渊阁《四库全书》本。

朱自清：《经典常谈》，复旦大学出版社 2004 年版。

朱自清：《诗言志辨》，华东师范大学出版社 1996 年版。

朱自清：《中国歌谣》，金城出版社 2005 年版。

祝穆：《古今事文类聚》续集，文渊阁《四库全书》本。

《庄子》，《四部备要》本。

《辞源》（修订之合订本），商务印书馆 1988 年版。

《郭店楚简研究（中国哲学：第 20 辑）》，辽宁教育出版社 1999 年版。

《马克思恩格斯选集》第四卷，人民出版社 1972 年版。

《中国大百科全书·音乐、舞蹈》，中国大百科全书出版社 1998 年版。

［德］弗里德里希·席勒：《审美教育书简》，冯至、范大灿译，北京大学
　　出版社 1985 年版。

［日］魏子明氏辑：《魏氏乐谱》，明和五年戊子正月书林芸香堂刊。

［英］乔治·汤姆逊：《论诗歌源流》，袁水拍译，作家出版社 1955 年版。